4,90

Der Engel Midron und seine Begegnungen

Andreas Bauer

Der Engel Midron
und seine Begegnungen

Malerischer Roman

**CORNELIA GOETHE
LITERATURVERLAG**

IM GROSSEN HIRSCHGRABEN ZU
FRANKFURT A/M

*Das Programm des Verlages widmet sich
aus seiner historischen Verpflichtung heraus
der Literatur neuer Autoren.
Das Lektorat nimmt daher Manuskripte an,
um deren Einsendung das gebildete Publikum
gebeten wird.*

©2006 CORNELIA GOETHE LITERATURVERLAG FRANKFURT AM MAIN
Ein Imprintverlag des Frankfurter Literaturverlags GmbH
Ein Unternehmen der Holding
FRANKFURTER VERLAGSGRUPPE
AKTIENGESELLSCHAFT AUGUST VON GOETHE
In der Straße des Goethehauses/Großer Hirschgraben 15
D-60311 Frankfurt a/M
Tel. 069-40-894-0 ✱ Fax 069-40-894-194

www.cornelia-goethe-verlag.de
www.haensel-hohenhausen.de
www.fouque-verlag.de
www.ixlibris.de

Die Deutsche Bibliothek – CIP-Einheitsaufnahme
Ein Titeldatensatz für diese Publikation ist bei
der Deutschen Bibliothek erhältlich.

Satz und Lektorat: Margarete Worm
ISBN 3-86548-274-0

Die Rechte für Umschlagsabbildung und Autorenfoto liegen bei Andreas Bauer.

Die Autoren des Verlags unterstützen das Albert-Schweitzer-Kinderdorf in Hessen e.V.,
das verlassenen Kindern ein Zuhause gibt.
Wenn Sie sich als Leser an dieser Förderung beteiligen möchten, überweisen Sie bitte
einen – auch gern geringen – Beitrag an die Sparkasse Hanau, Kto. 19380, BLZ 506 500 23,
mit dem Stichwort „Literatur verbindet". Die Autoren und der Verlag danken Ihnen dafür!

Dieses Werk und alle seine Teile sind urheberrechtlich geschützt.
Nachdruck, Vervielfältigung in jeder Form, Speicherung,
Sendung und Übertragung des Werks ganz oder
teilweise auf Papier, Film, Daten- oder Ton-
träger usw. sind ohne Zustimmung
des Verlags unzulässig und
strafbar.

Printed in Germany

Inhaltsverzeichnis

Vorwort	9
Erklärungen der maßgeblichen Romanfiguren	13
Der erste Auftritt	15
Christophs Erzählung	80
Der Stadtbummel	114
Gefangen auf dem Friedhof	147
Gott war verreist und Weihnachten stand vor der Tür	172
Das verspätete Frühlingserwachen	207
Die Residenz	247
Das Glück und der Kampf	319
Der nasse Rebell	366
Bekannte Geschöpfe	405
Die Herausforderung	444
Wenn Engel reisen ... oder Neugieriger Engel	482
Gottes Geburtstag	509
Nachwort	538

Dieses Buch widme ich all denen, die fest an mich glauben; vornehmlich meiner Frau Sabine und darüber hinaus meiner ganzen Familie, die mich während der Verwirklichung dieses Werkes geduldig ertragen und kontinuierlich motiviert hat.

Vorwort

Poetische Werke können zuweilen amüsante Anekdoten enthalten. Heitere Gedichte, vergnügliche Kurzgeschichten und darüber hinaus gleichfalls betreffende Kino- und Fernsehfilme locken immer wieder mit himmlischen Gestalten und wirken manchmal übersät mit abstrus Unvorstellbarem und weit entfernt Ungreifbarem. Bisweilen begegnet der Mensch diesem Phänomen selbst im Theater mit kopfschüttelnder Verständnislosigkeit, aber auch mit beträchtlichem Interesse. Eine gewisse Gruppe der irdischen Leser saugt immer wieder gerne aufgestautes und niedergeschriebenes Wissen über diese ambrosischen Kreaturen ein. Oft rückt die Erkenntnis über diese Wesen in den Vordergrund, ist gespickt mit genüsslicher Begierde und infolgedessen ebenso mit allem, was damit in Verbindung gebracht werden kann.

In illustren Journalen und Magazinen erscheinen die Engelsfiguren schon einmal als satirische Karikaturen. Nicht selten sehen die Betrachter anmutige Engel, die sie gemalt auf sich anbietenden Häuserfronten erblicken. Manche Fassaden wurden in kunstvollem Baustil geschaffen. Von mannigfaltigen Dächern aller Art schauen freundliche Engelsfiguren neugierig auf die Menschen herab. Außerdem finden sich gebastelte Rauschgoldengel auf glühweingeschwängerten Weihnachtsmärkten wieder, die zur Adventszeit entstanden sind. Sie wurden handwerklich komponiert aus Metalldrähten, buntem Stanniolpapier und vergoldeten Hanfhaaren. Wohl geordnet an den vielen illustren Verkaufshäuschen, mitunter überflüssigen Nippesbuden sowie Gebäck- und Getränkeständen hängend, werden sie angeboten. Ob nun der alljährliche Weihnachtsmarkt lockt oder der sonntägliche

Kirchgang ansteht, überall schaut der Betrachter meist zufällig auf diese *himmlischen Erscheinungen*.

Zuweilen reden überzeugende Erzähler mit Engelszungen, und ihre sinnlichen Ohren empfangen göttliche Engelsmusik. Einerseits vernehmen sie hohe Engelsstimmen und hören begeistert die anmutigen Töne der himmlischen Engelsharfen, andererseits betrachten sie feine Engelshaare und sehen hübsche Engelsgesichter, perfekte Engelsflügel, leider auch wankende Engelsgemüter, irrende Engel auf den Straßen, Unglück bringende Todesengel, böse Engel im Nacken, aber dann wieder liebevolle Engel im Bett mit ihrer beharrlichen und sprichwörtlichen Engelsgeduld.

Die glühende Liebe zu diesem Engelhaften führte so weit, dass sie sich in Fauna und Flora wiederfindet, indem Menschen selbst eine Pflanze namens *Datura suaveolens*, landläufig übersetzt Engelstrompete, nannten. Es handelt sich hierbei um ein Gewächs mit trompetenartigen Blüten und betörendem Duft. Ähnlich verhält es sich bei der wohl riechenden *Angelica sylvestris*, dem Wald-Engelwurz, der als Heil- und Gewürzpflanze einzuordnen ist. – Selbst unter Wasser trifft ein begeisterter Taucher auf Engelhaie, eine Unterordnung der Engelfische.

Wer hat je einen Engel gesehen, der sich im Raum befindet und lächelt? – ... wie auch immer ...! Im Übrigen „nicht zu vergessen": ... der ADAC mit den *gelben* Engeln ... – *Wir sind für Sie da, wenn wir gebraucht werden!* – ... sowie die umweltgerechten Produkte, die mit *Blauen* Engeln gekennzeichnet sind, *als visuelles Wohlgefühl und Aufdruck.*

Engel hier und Engel dort. – Einfach nicht fortzudenken!

Die Sehnsucht nach dem Engeldasein begleitet den Menschen *ein Lebe lang* ...

Das erwünschte Anfreunden und Nahebringen ambrosischer Themen steht für die gewillte Leserschaft im Vordergrund. Vor ihrem geistigen Auge entwickeln sie den Blick auf Gegenständliches oder Banales und spüren, wenn sie wollen, das allzeit wärmende Licht dieser göttlichen Welt. Der tiefe Glaube steht allem voran.

Der große und *liebe* Gott als Zebaoth, der mephistophelische Höllenfürst als Widersacher und die geträumten Himmelsschlösser ziehen derartig in den Bann, dass dem Leser und Zuschauer, dem Träumer und Fantasten sowie dem Idealisten und Realisten keine Chance der Ignoranz dieser Themen bleibt.

In diesem Themenbereich nun agiert der vorliegende Roman, der nicht nur erquickend für die Seele gedacht ist, sondern ebenfalls in seiner teils humorvoll und leicht übertriebenen Art zum Nachdenken anregen soll.

Lassen wir den nachdenklichen Himmelsboten, mitunter lustigen und vorlauten Engel Midron reisen. Lassen wir ihn erzählen aus seinem gelegentlich grausigen und turbulenten, ferner komischen und kuriosen Leben, von allem, was ihn umgibt, von dem er träumt und sich wünschen würde. Tauchen wir trockenen Fußes ein in seine gelegentlich benetzten Augen der Sehnsucht und meist tugendhaften Gedanken. – In welcher Sprache auch immer!

Mein Gott, haben Engel überhaupt Gefühle? – Ja, in der Tat, das haben sie! *Wir werden es miterleben!*

Die vorhandenen Namen und Orte berühren nicht den Kern der *eigentlichen* Geschichte und dienen inhaltlich nicht der Sache an sich. Sie erscheinen als unwichtig und werden daher nicht in den Vordergrund gerückt.

Die hier und da einfließenden onomatopoetischen, sprich lautmalerischen Bemerkungen sind gewollt und werden von mir als unbedingt notwendig erachtet, weil sie diesen Romantext so angenehm abrunden!

Im Übrigen sollte der humorige Inhalt dieses ungewöhnlichen Romans nicht *klerikal-wissenschaftlich-geistig-gläubig* analysiert und zerpflückt werden. Das würde jegliche Freude am Lesen eindämmen, wenn nicht gar zerstören. Das Deuten der Geschehnisse sei erlaubt, ja sogar erwünscht und das Hören der Zwischentöne dem jeweiligen Ohr überlassen.

Wer nur einen Hauch von Glauben und frohgemuten Gedanken in sich verspürt, hält garantiert das richtige Buch in den Händen.

Andreas Bauer

Erklärungen der maßgeblichen Romanfiguren

Für Leser, die sich nicht ganz sicher mit der Hierarchie der Engel und der Bedeutung der vorkommenden Figuren auskennen, sind hier einige Informationen verzeichnet:
(Quelle: Zweibändiges Bertelsmann *Universallexikon in Farbe*, A-Kn und Ko-Z)

Cherub: im A. T. ein himmlisches Wesen; Hüter des Paradieses, der Bundeslade und der Erscheinung Gottes.

Engel: als Personen gedachte Boten der Gottheit und himmlische Wesen; nach Vorstellung der *Angelologie* (Lehre von den E.) hierarchisch gegliedert: Seraphim, Cherubim, Throne, Mächte, Herrschaften, Gewalten, Fürsten, Erzengel und E. In der Volksfrömmigkeit sind nur Erzengel (7 oder 4: Michael, Gabriel, Raphael, Uriel) und E. bekannt; letztere besonders als Schutzengel. E., die sich gegen Gott empörten, wurden zum Satan und zu seinen bösen Geistern. Die *Engelverehrung* (Angelolatrie) ist in der kath. und orth. Kirche üblich; der Protestantismus und weiterhin auch das Judentum lehnen sie ab.

Gott: *Gottheit*, griech.: *theos*, latein.: *deus*. Der Glaube an Gott(heiten) ist zu unterscheiden von dem Glauben an eine numinose Macht (mit einem melanes. Ausdruck *Mana* benannt), die nicht als Person vorgestellt wird, und von dem Glauben an *Dämonen*, die auch nicht-göttliche Personen sein können. Die Götter der Religionsgeschichte werden als Personen vorgestellt; sie sind damit der Gefahr der Vermenschlichung, z. T. unter Verlust ihrer Heiligkeit, ausgesetzt (z. B. in den griechischen Göttersagen).

In den Hochreligionen bleibt der personale Charakter der Gottesbeziehung erhalten. Diese kennen z. B. viele Gottheiten nebeneinander und den Ein-Gott-Glauben (Hinduismus), daneben aber auch Götterboten oder Abbilder (Buddhismus). Der Islam als nachchristliche Religion vertritt konsequent den Ein-Gott-Glauben. Das Christentum ist ohne seine Grundlage im Monotheismus des A. T. nicht zu denken; Gott (israelit.: *Jahwe*) ist Schöpfer und Herr der Welt.

Das Christentum gründet sich auf die geschichtliche Offenbarung Gottes in der Person *Jesu von Nazareth*, indem der Name Gottes seinen konkreten Inhalt bekommt; Vater und Versöhner der Welt.

Seraph: himmlisches (sechsflügeliges) Wesen. Die Seraphim bilden den höchsten der neun Engelchöre.

Teufel: *Diabolos, Satan,* die bei fast allen Völkern bekannte Verkörperung des Bösen. Nach einer Vorstellung des N. T. ist der T. der mit seinem Anhang (böse Geister oder Dämonen) von Gott abgefallene höchste Engel (s. Lucifer). S. Beelzebub.

Der erste Auftritt

Der entfernte, kühle Mond wanderte.
Die eisige Herzenskälte der traurigen Menschheit glitt über Gottes greisen, viel leidtragenden Rücken. Ein breites Kreuz.
Er überlegte kurzerhand. – *Hm?* – Er stutzte einen Wimpernschlag lang. – *Ah!*
Er sinnierte einen flüchtigen Moment. – *Ja, ja, ja.* – Er verwischte ein schnelles Nu mit diesem bedächtig stillen Zwinkern seiner Augenlider.
Ein erst verwaschenes, danach klares Bild entwickelte sich vor seinen alles erfassenden Augen. Doch um welches Bild handelte es sich? Genau um das.
Um das Bildnis des Engels Midron.
Wer ist dieser Midron? – Ach ja, der!
Dieser wankelmütige Engel Midron muss noch eine Mission erfüllen.

Die glühende Sonne wachte still über ihre brütende Hitze.
Beinahe beängstigend ruhig strahlte sie weit hinaus auf andere Sterne und schien unerreichbar zu sein. Grell und heiß. Diese ausstrahlende Wärme; Wärme – ein ebenso wärmendes Wort oder eher doch ein Antonym – ein vielleicht menschenkalter Ausdruck? – *Hm.*
Ein ausgedehnt hörbarer wie charakteristischer Stimmenschwall hangelte sich an den himmlischen, hohen Wänden entlang. Die fahlen, emporragenden Wände bestanden aus kalten Mauern. Diese eisigen, gewaltigen Mauern waren bestechend weiß. Ein recht kalkiges Weiß und ihr stummes Erscheinungsbild wirkte äußerst kühl. Fast britisch kühl. Inselkalt. Wie England. Wie *Engelland?*

Kalte Mauern also, überaus breit und beträchtlich hoch wie die gewaltigen Fluten eines unbezwingbaren Meeres, scheinbar aus einem gigantischen Granitblock gemeißelt, stachen sie wie unerreichbare Übermächte in die Urmutter aller Galaxien hinein. Diese schweren Mauern standen nun mehr seit Milliarden Jahren fest verankert im paradiesischen Himmelspalast. Unumstößlich steinhart und wie Felsen fest. Felsenfest halt. Unumstößlich hart. Eben felsenhart.

Wir befinden uns momentan noch nicht auf dieser unserer Erde, sondern in einer göttlichen Welt der schweifenden Gedanken, die uns dadurch so menschlich erscheinen lässt. Die uns ausmacht. Nur uns allein.

Die sonore Stimme, in sich vibrierend wie von einem leichten Glissando geschwängert, kam näher und näher und krabbelte waagerecht an dieser schaurig kalten Mauer entlang. Meter für Meter und Zentimeter für Zentimeter.
Dieser unverkennbare Stimmenschwall durchstreifte göttlich umfangen die kalten Flure und wurde zuvor aus den Stimmbändern entsandt. Er wanderte durch die Gänge der weitläufigen Gewölbe bis an Engel Midrons Ohren. Die Verständlichkeit seiner Worte wurde immer deutlicher.
Was hat Gott nun wieder für eine Idee?
Was will er von mir?

„Midron, aus dir mache ich noch einen Engel *erster* Klasse, mein Lieber, und zwar einen anständigen, und das mit Sicherheit schon bald!", posaunte Gott, der unumstößliche und ewige Himmelsherrscher, quer über den breiten Flur, der von einem der unzähligen Gänge durch sein himmlisches Gewölbe gekreuzt wurde. Darüber hinaus blies er noch, in dritter Person sprechend, einen maßregelnden Satz in seinen weißen, bauschigen Rauschebart:

„Er präsentiert sich äußerlich genau wie *mein einziger Sohn*, der genau so eine barbierscheue Zottelmähne ist – und immer *auf Achse!*"

Sein sich ergießender, bisweilen träufelnder Wortschwall wollte nicht zur Ruhe kommen, und so trompetete er weiter:

„Ja, ja, aus dir! – Komm ruhig näher, nur keine Hemmungen. Keine falsche Bescheidenheit, *mein Sohn*. – Engel Midron, ich rede mit dir!"

Aha, daher weht der Wind!, erkannte ich nicht unschwer und war ein wenig stolz auf meine schnelle Kombinationsgabe. – *Ja, Holmes!*

Gott stocherte mit dem rechten Zeigefinger in rechts-links-Kombination ein imaginäres Loch in die Luft, die leicht brannte. Doch damit nicht genug. Er stemmte anschließend beide knöchernen Fäuste in seine wohl proportionierten Flanken, holte mächtig tief Luft und drückte seinen schweren, an einen aufkommenden Sturm erinnernden Atem durch den langen Flur. Als zerplatze ein kleiner, unbedeutender Stern laut in Millionen winziger Teilchen, ergriff er erneut das Wort, und alsdann brach eine fast philosophische Frage energisch aus ihm heraus:

„Was habe ich dir erst für eine himmlische Chance eingeräumt, dich zu erkennen? Ja, dich, Midron! – dich, Engel Midron. Nun hör gut zu und denke an die bevorstehende Reise! Was geht nur in deinem langhaarigen Engelskopf vor? Du bist hier im Himmel, Midron, in meinem reinen, unbefleckten Himmel und nicht in irgendeinem Tollhaus auf der Erde! Erspare dir in Zukunft deine ungehaltenen Worte anderen gegenüber. Erkenne dich selbst, bevor du versuchst, andere zu bekehren oder ihnen dein wankelmütiges Denken

aufzuzwängen. Viele deiner Gefährten benötigen ebenfalls eine gewisse Zeit, um zu lernen, sich in der Gewalt zu haben.
– Außerdem, *mein Sohn,* lass dir endlich die Haare schneiden! Ganz so lang wie bei einem *Schautanz-Engel,* das muss ja wohl nicht sein, oder wie soll ich diese Haarpracht interpretieren?"

Die vorschnelle Beurteilung anderer Engel stand mir, Midron, nicht zu. Trotzdem versuchte ich immer wieder, diese Mitgefährten zu bevormunden, ohne dass ich selbst dazu befugt war. Diese Befugnis hieß es durch die Bewältigung gestellter, göttlicher Aufgaben zu erlangen. Bei mir bestünde die Aufgabe eben in einer Reise zur Erde.

Gottes ernüchternde Worte klangen definitiv ungehalten, eher konservativ, und er vergrub nun seine betagten, mit blauen Adern durchzogenen Hände in den voluminösen wie ausgebeulten Taschen seines edlen, bis zu den Füßen reichenden Gewandes. Dabei schnürte es ihm beinahe die Luft ab, als er seine Hände so burschikos in diese Taschen stopfte. Der steife Kragen des Kleides bohrte sich in seine mitunter durstige Kehle. Der hervorstehende Adamsapfel flutschte Richtung innerer Hals. Röchelnde Würgelaute träufelten aus seinem Gesicht. Er hüstelte erschrocken mit bellenden, aufspringenden Lippen, die die darauf folgenden Worte kaum herausließen:

Himmel, Blitz und Donnerschlag! – Verdammt!

Dieses Bellen klang ganz, ganz leise. Fast unhörbar leise. Nicht etwa animalisch wie bei einem kleinen Hundewelpen. Ein kleines, gezielt eingesetztes Fluchwort am Ende einer Hustenattacke? Ja, aber Gotttongemäß.

Nun ja! – Ich lasse es damit gut sein und hülle mich in Schweigen.

Braunbärig grummelnd trat er von einem Bein auf das andere. Seine glänzenden Schuhe elefantierten mit den Sohlen auf dem Parkett des himmlischen Gewölbes. Mal schlug ein Absatz, mal eine Schuhspitze auf, als steppe er zu einer eingängigen Musik. War es ein Boogie-Woogie-Tanzschritt, vielleicht fetziger Rock'n'Roll, ein eleganter Wiener Walzer oder etwa der allseits beliebte Foxtrott oder der Cha-Cha-Cha? Nein, sicher nicht, denn sonst wäre er ja *gut* zurecht gewesen! Allerbestens zurecht sogar. Nach anfänglicher Rosa- bis Purpurrotfärbung seines greisen Gesichtes lief die dunkelrote Farbe durch die feinen Äderchen in den restlichen Körper zurück, und die gewohnte, schneeweiße Miene kehrte wieder. Das konnte zuweilen sehr täuschen und erschien befremdlich. Gut, hin und wieder wirkte er schon wie gedankenverloren abwesend. Die Folge demnach war eine engelumgreifende Unwissenheit auf allen Fluren. – *C' est la vie.*

Sein gestähltes Antlitz verharrte nahezu regungslos, und sein göttlicher Blick durchstach den langen Gang wie ein überdimensionaler Gesteinsbohrer arbeitend in den düsteren Tiefen eines alten Salzbergwerkes.
Ich wollte schon ansetzen, um zu antworten, da schoss noch ein folgender, mit einem Fragezeichen behafteter Satz an meinem langhaarigen Engelsschädel vorbei.
„Ja, Midron, fehlen dir denn gerade alle Worte – soll ich deine Sprachlosigkeit als Schweigen deuten?", fragte mich Gott bestimmend und sehr zynisch obendrein.

Gott erscheint mir heute etwas ungehalten, sind es etwa die Nerven? Kann er denn überhaupt genervt sein?, dachte ich, *Er – der Allmächtige? – Hm, eigentlich doch nicht.*

Ja, dieser Gott, der mächtige Herrscher des weiten Himmels, der Übervater allen Redlichen und Aufrichtigen und seit Ewigkeiten der allmächtigste Feind des Teufels.

Dieser *Teufel!* – Der unglückselige Dämon, von Gott einst persönlich in die Hölle geschickt, spielt zum Leidwesen aller Irdischen und Göttlichen immer noch eine sehr gewichtige, wenn auch gelegentlich untergeordnete Rolle. Der gnadenlose Schuft mit dem glutheißen Allesbrenner aus dem Vorhof der Hölle. Der Fürst der Finsternis, der aus dem Fegefeuer emporschnellt, geifert in die *unschuldige* Welt und gibt eine unsägliche Zuwidergestalt ab. Weiß Gott ja. Er ist übel, ganz übel. Es ist und bleibt Gottes gefallener Engel, sein alter Luzifer und sein unschmackhafter Satansbraten; eben sein *Super-Ex-Hau-ihn-an-die-Wand-Engel.* – Ah!

Dieses Höllenluder war ihm seit jeher ein Dorn im Auge, allein schon auf Grund der Tatsache, dass dieser mit seiner mephistophelischen Niederträchtigkeit überall hausieren ging und er es wie niemand anderer verstand, Gut gegen Böse einzutauschen. *Gott Vater und der Beelzebub.* Ein Buchtitel – unzählige Textbände könnten damit gefüllt werden. Ganze Enzyklopädien entstünden, wenn die Geschichten dieser beiden Kontrahenten niedergeschrieben würden. So viele Bäume könnten gar nicht nachwachsen, wie das daraus gewonnene Papier dringend benötigt würde, um diese Bücher anzufertigen.

Natürlich wusste ich genau, wie ich war, wie ich mich anderen gegenüber verhielt und überhaupt benahm. Engel lernen erst mit der Zeit, sie werden schließlich nicht perfekt geboren, sondern müssen sich entwickeln. Gott hatte mit seinen Anschuldigungen Recht, doch ich wollte es nicht eingestehen und mir meine Individualität bewahren, so lange es ging. *Stur-Engel.*

Die sprachlose Trockenheit meiner ausgedörrten Kehle verschwand, und durch die tropfende Nervosität bedingt, verwandelte sich mein Rachen in einen feuchten Hohlraum. Mit einem eleganten Fingerschnippen stahl ich mir eine sich öffnende Sprachlücke.

Ha! Geschafft! Prima! Endlich!, fuhr es mir durch den Kopf. Ich sprach eilends, um meine Gedanken ebenso schnell zu formulieren. Sie sollten meinem Kopf nun flink entfliehen können. So fuhr ich dazwischen.

„Entschuldige, Vater, ich bin momentan im Kopf etwas verwirrt und gedanklich ein wenig unsortiert. Sagen wir besser zerstreut. Meine geplante Mission bereitet mir doch mehr Kopfzerbrechen, als ich anfänglich dachte. Warum auch immer?", antwortete ich entschuldigend mit leicht abgewinkeltem Haupt und konnte mir beileibe nicht erklären, weshalb Gott nun schon wieder etwas an meiner Haarpracht auszusetzen hatte. Lang getragen, mondän über der Schulter hängend, empfand ich jedenfalls engelsmodern. Gottes Ansicht nach bildete ich das Abbild *seines Sohnes* vor aller Augen. Es verhielt sich so, als hätte sich dieses Bildnis mit einem Brandeisen in die dünne Netzhaut eines Jeden eingebrannt. Doch bloß kein Wort darüber! Eher schon verlor ich einige Worte über meine Reise, über diese notwendige Exkursion zu Mutter Erde. Sie stand außer Frage und war jüngst erst göttlich entschieden worden. Eine Entscheidung von oben, von *ganz oben.* Leider oder Gott sei Dank. So oder so – ... das würde sich zeigen.

Die vielleicht etwas zu langen Fingernägel meiner linken Hand kratzten Zickzack-Elemente auf die bröselige Kopfhaut, und das fast ausschließlich in der Mitte des Kopfes. Weiße, stecknadelkopfgroße Schuppen sprangen unwillkürlich auf meinem Haar umher, und einige davon schnellten mir gegen die Korona. Etliche dieser weißen Schildplatten auf meiner Schädeldecke blieben zudem unter den durchaus sonst gepflegten Nägeln haften. Ein hochinteressanter Anblick. Meine Augen fielen auf die Oberseiten der beiden Hände, die ich weit von mir gestreckt hatte.

Ich dachte so spinös: *Ein Ring würde meiner rechten Hand sehr gut tun. Ein Engelring. Unter Umständen aus goldenem Material geformt, rund und breit. Nur so rein optisch gesehen. Das wäre doch schön! Vielleicht sogar mit einem winzigen Brillanten?*

Bombastisch wär's!

Waren die langen Haare schuld an meiner Schuppenmisere? Solch eine Frage stellte ich besser dem Frisör, unserem fleißigen Himmels-Coiffeur, den ich seiner Meinung nach viel zu selten aufsuchte.

Ich bin sicher, der weiß das!

Ein wenig konsterniert und nahezu peinlich berührt stand ich unbeholfen, dennoch nachdenklich auf diesem weiten, unendlich erscheinenden Flur.

Plötzliche Einsamkeit floss mir den langen Rücken herunter, und durchsichtige, gläserne Tränen des Unverstandes tropften mir in die Kniekehlen. Emotionell sicherlich zu vertreten.

Das glaubt mir wieder keiner!

Ich, der verständnisvolle, zuweilen zickige Engel Midron, lehnte, mit der rechten Schulter abgefedert, an der emporragenden, kalten Steinmauer. Bedingt durch eine anschließende Drehung meines Körpers ruhten nun beide Schulterblätter an der Wand. So stehend konnte ich den linken

Fuß bequem an der geweißelten Flurwand abstützen, mich ausruhen in einem der unzähligen Gänge in Gottes Reich.

Die himmlischen Gewölbe bilden ein verzwicktes Labyrinth der Endlosigkeit, riesig und unüberschaubar, kühl und zuweilen eisig kalt. Die Weite der unglaublichen Irrgänge versprüht mitunter ein Gedankengut, das von den wissbegierigen Engeln problemlos aufgenommen werden durfte. Ein geballtes Geisteswissen schwebt über diesem Ort der Stille und Besinnlichkeit.

Gott und seine akribische Selbstfindung. Schrecklich! Immer dasselbe.

Wie sein Kopf war auch meine Gedankenschatulle prall gefüllt mit verschiedensten Kräften, die ich aus den Himmelsgängen bezogen hatte.

War ich denn überhaupt schon einmal auf die Suche nach meinem wahren Ego gegangen und hatte in den Tiefen meines zentralen Denkapparates mitunter sogar Brauchbares gefunden? – Nein, nein! Fort mit diesen tief greifenden Gedanken, dazu schien es mir nicht an der Zeit zu sein. Wenn doch, musste ich alles in Ruhe bedenken – ... aber das erst später. – *Not yet.* – Immer hübsch eins nach dem anderen.

Wenn auch nicht immer alles glatt lief, Gottes Reich wurde und ist nun mein Zuhause. Gott befahl meine hoffentlich reine Seele hier oben hin. Höchstpersönlich sogar. Ich begreife ja schon einiges, kann aber nicht alles verstehen! Vielleicht hat er einen *Narren* an mir gefressen? Wenigstens einen kleinen. *A little fool angel.* – *Le petit fou ange.* – Einen *Mini-Narren-Engel.* Das lag immerhin im Bereich der Möglichkeiten.

Die verruchten Seelen der bösen Verblichenen, der schäbigen und abtrünnigen Toten, überließ Gott geflissentlich seinem Erzfeind Luzifer, und der wusste wie kein zweiter, Schindluder mit diesen infamen Seelen zu treiben. – Der Höllenfürst besitzt ein geballtes Repertoire an Fantasie und hegt, die Seelen betreffend, böse Gedanken: ... *in die Brühe eintauchen,* ... *hochziehen und durchstechen,* ... *einen Augenblick schweben lassen* ... – ... *und wieder hinterher jagen* ..., – *und wieder in die Brühe hineintauchen.* – *Immer wieder* ... ! – *Da capo et* ... *da capo.*

Ein unendlich erscheinendes Spiel, das sich daraus bewerkstelligen ließe!

Dazu kommt wie selbstverständlich sein schallendes und widerliches Gelächter, sein satanisches Gejohle, sein niederträchtiges Gekeife, sein hexenartiges Spucken, sein pferdefüßiges Treten und sein diabolisches Tanzen mit dem Dreizack. Wenn Mephistopheles in seinem heißen Kessel rührt, ergibt das eine teuflische Suppe, von der die halbe Menschheit schon während ihrer Lebzeiten vergiftet werden könnte. Zum Glück hatte ich bisher diesen Kessel noch nicht gesehen, also hoffte ich auch weiterhin, nie von dieser Brühe kosten zu müssen.

Nie? – Völlig ausgeschlossen? – Niemals? – Never say never again!

Meine Seele war makellos wie eine ungeschälte junge Banane in ihrem Inneren. So existierte mein *Wohlfühlheim im ausgepolsterten Himmel.* Diese Bleibe wurde gottlob zu meiner immerwährenden Bettstatt, aus der ich nicht mehr ausbrechen wollte und eine Vertreibung nicht fürchtete, wenn ich mich dementsprechend unterordnete.

Ein Wolkenkuckucksheim konnte ich ausschließen, denn die angemessene Wohnung, die für die Ewigkeit bestimmt war, bestand für mich als ein Ort der ohrenschonenden Stille

und der geselligen Harmonie, der alle denkbar schönen Ereignisse für mich bereithielt. Prächtig, grandios, einfach großartig!
Zweifel möglich? Eigentlich nicht!
Die Hoffnung ist bekanntlich der Anker der Welt, allerdings nicht für jeden. Sie stirbt als Letztes. Das wiederum, muss jeder akzeptieren.
Aber das sehen wir dann schon!

Gott ging nicht im Geringsten auf meine Ausführungen ein, sondern sprach in seiner Manier, wohl sortiert und nun klar artikulierend:
„Midron, deine lang geplante Mission, deine Entsendung zu den Menschen steht unmittelbar bevor. Dein großer Auftritt. Es ist alles vorbereitet und arrangiert. Enttäusche niemanden von uns, hörst du? Dich nicht und schon gar nicht mich, sind wir uns da einig? Der mächtige Rat um die Seraphim wird ständig über dich wachen. Von nun an. Keine Schranke wird dich bremsen oder aufhalten. Mein starkes Licht und meine ewige Kraft werden dich begleiten. Ich werde mich nun zurückziehen, aber bestimmt nicht, ohne dir Glück zu wünschen. Du weißt, es ist nicht leicht, ein Erzengel zu werden. Aber du schaffst das schon, zu 100 Prozent, so prophezeie ich es. Gehe hin und vollbringe in Freuden deine Taten. Zeige, was in dir steckt!"
Gut gebrüllt, Löwe, dachte ich und rieb mir spitzbartandeutend das blanke, wohl geformte Kinn. – Hm! – Etwas stoppelig, das Engelsgesicht.
Barthaare.
Die wohl überflüssigste Erscheinung in einem Engelsgesicht. Aber was wollte ich machen? Den zwei Schuhen, in denen mein himmlischer Vater steckte, blickte ich tiefsinnig

hinterdrein und sann vor mich hin: *Die glänzen ja wie poliert – was denke ich doch wie ein schleimender Schuhputz-Engel!*
Gott ging nicht. – *Nicht wirklich.*
Gott schwebte über die kalten Steine. (*Vielleicht, weil sie so kalt waren?*) Sein Gewand reichte tief hinab bis zu seinen Schuhen. So sah es aus und es sah nicht nur so aus! Er entschwand auf dem langen Flur mit seinem wallenden, weißen Haar und seinem kranzförmigen, leuchtenden Schein. Der Prachtvollste!
Midron, oh weh, der Midron, der muss sich seine Hörner abstoßen, fagottierte Gott leise im Fortgehen und hypnotisierte den zu begehenden Bereich vor sich, indem er alle zehn Finger einsetzte und es aussah, als würde er sich frische Luft zufächern.
Aber es schien eben nur so.
In den enormen Tiefen des unliebsamen Fegefeuers murmelte eine verbiesterte, in dunklen Hautfarben erscheinende Gestalt ziemlich abfällig das Wort *Hörner?*
Ach ja, Hörner! Aus wessen Schandmaul wohl dieses Wort entsprungen war?
Wer hatte da womöglich einmal wieder seine Ohren gespitzt und wie eine Peilantenne in den entfernten Himmel gehalten? – Nun, wer? Etwa Herr, äh ...
Prof. Dr. Phil. Kill. Dämon Teufel Diabolus Beelzebub zu Mephistopheles.
Es stände eine schöne satanische Klingelschildbeschriftung für diesen Höllenfürsten zur Debatte. Das betreffende Klingelschild bestünde vielleicht aus rotem, totem Fleisch, in das schwarze Buchstaben tief eingebrannt und mit stinkendem Geifer ausgekleidet wären! *Zisch! – Bis auf die Knochen!*
Also bedenket immer, bevor das Wort *Hörner* erklingt: Teufel verfügen über ein sehr gutes und ausgezeichnetes

Gehör. Leider Gottes. Wer würde Luzifer nicht gerne die spitzen, behaarten Ohren abschneiden, sein abstruses Gehirn aus dem Schädel herausreißen, um es an die nächste Wand zu schmettern?
   Wie unappetitlich gedacht und doch so gut vorgestellt! – *Perverser Gedanke!*

Ich wusste, Gottes Worte verinnerlicht, nun engelshaargenau, was auf diesem Spiel stand. Erzengelwerdung, eine neue, wie spannende Angelegenheit für einen Himmelsboten! Diese von Gott eingefädelte Mission, die erste wahre Gelegenheit für mich, zu beweisen, dass der Weg zum Erzengel nicht so unmöglich war, wie oft erzählt wurde, tanzte mir nun buchstäblich greifbar vor den Augen herum. Mir war darüber hinaus bewusst, dass dieser nicht alltägliche Schritt sehr steinig und äußerst hart würde. Aber als Engel half mir schließlich die verliehene Jugend weiter, und so fasste ich meine gütige Beharrlichkeit am Schopfe und nahm all meinen Mut zusammen; das Ganze bepackt mit Courage, und dazu sogar noch geschwinde!
   Ja, der jugendliche Engel. Ein bestechendes Mysterium an geballter Kraft und immenser Ausdauer, ein monumentaler Fels in jeder noch so starken Brandung, aber auch ein Dorn in mancher Individuen Auge, in vielen anonymen Augen.

Die beschlossene Reise zurück auf Mutter Erde ...

Mein lieber Schwan! – Oh, welch wohliger Gedanke verweilte, welch grandiose Aufgabe stand bevor. Der herbeigesehnte Erfolg, war er schon bald greifbar? Die Erwartung, würde sie schnell erfüllt? Das Ziel, wäre es bald erreicht? Fragen!

Eine erstklassige Vorstellung. Nur nicht versagen und immer hübsch die sprichwörtlich himmlische Ruhe bewahren. Dann – *hau ruck* mit Elan und Pep.

Die kraftvollen Finger gebogen zur gestählten Faust geformt und voran und hindurch, Engel, was nun immer kommt oder geschehen mag! Ansonsten mit dem ganzen Herzen. Mit dem Löwenherzen. Mit viel Kraft. Mit *aller* Kraft.

„Jawohl, Gott Vater, das schaffe ich!", rief ich mit stolzer Brust, und meine Worte hallten ihm nach, während ich in der Ferne die blanken Schuhe gänzlich verschwinden sah. In mir erstarkte nochmals eine geballte Faust, der ich mit innerer Willenskraft einen Ruck versetzte und sie für einen Moment wie einen stählernen Kolben in einem glatt geschliffenen Hubraum arbeiten ließ: *Ich halte die ganze Welt in meiner Hand! – In meiner Rechten. – Fest. – Ganz fest.* Meine Hand spannte, ich spürte diese Kraft. Um ein Haar hätten meine Fingernägel blutende Wunden in der Handinnenfläche geschaffen.

Gottes Art und Weise sich zu geben, gestaltete sich oft als sehr schwierig, speziell was das Verhalten der Untergebenen ihm gegenüber anbelangte. Ich bekam das mehr als einmal zu spüren. Mindestens dreimal. Ich, Midron der Engel, bald ein Erzengel? Ja, das wäre sehr schön. So auf Anhieb, gleich beim ersten Mal. Wahnsinn! Ungeheuerlich! Famos und grandios! Dieser Gedanke verursachte Herzklopfen!

Der helle Lichtpunkt, der dem Himmel entglitt, symbolisierte den Beginn meiner entfernungsgemäß langen, allerdings zeitlich gesehen, eher geschwinden Reise. Beinahe wie ein Seraph, ein Lichtengel, kam ich mir vor. Diese spannende Reise zur Erde, voller Sehnsucht, ließ mich vorantreiben. Mich, Midron, den unrasierten Engel, ein berufenes Kind von Gottes Gnaden, dessen erste Aufgabe darin bestand, als Schauspieler in einem Theater aufzutreten. In jenem Theater war der Veranstalter schon gut vorbereitet auf diese geplante Aufführung; vom Arrangement über die Organisation bis zum kleinsten Detail war längst alles bedacht.

Also, gut vorbereitet? – Das blieb zu hoffen! – *Extrem gut vorbereitet?*

Sicher, nun konnte die Sache ja *über die Bühne* gehen! – *Bene succedere!* – Gutes Gelingen! – *Nomen est omen!*

Die bunten Plakate und illustrierten Bekanntgaben hingen seit Wochen in der gediegen liegenden Stadt aus. Jeder konnte sicherlich nur erahnen, was in den Köpfen der Bewohner dieser Stadt vorgegangen sein musste bezüglich dieser himmlischen Ankündigung. Da wohnte jedermann unbeschwert vor sich hin, natürlich musisch angehaucht, und plötzlich klebten irgendwelche, wenn auch befugte Pappplakat anklebende Menschen diese Plakate und Transparente an Wände, Säulen, Häuser und Türen. (*Interessanter Berufszweig mit zungenbrecherischer Anhaftung.*) Diese kleine Welt in der unauffälligen Stadt auf der großen Erde schickte sich nun an, auf einmal eine andere zu werden! – In einem kleinen Kreise. In diesem ausgewählten Kreise.

Da verfügte diese ausgesuchte Stadt auf einmal über Eintrittskarten, die für diese Engel-Vorstellung gekauft werden mussten. Wie sonst üblich. Die Sache erschien im Grunde völlig normal, aber nur an und für sich, denn sie war ein wenig unnormal deswegen, weil es sich bei dem Protagonisten um einen Engel handelte.

Eintrittskarten für einen Engel? – Da rieselt gleich ein französisches Olala hernieder!

Der Hauptdarsteller spielte nicht nur einen Engel, er war einer. – *Ich.*
Unglaublich, vielleicht sogar unfassbar? – Ja, eben einfach fantastisch!

An einem regnerischen Abend im Hochsommer, es geschah im späten Heumond, beinahe schon August, füllte sich das gewaltig große Theater der Stadt *Irgendwo* im Land *Nirgendwo* mit vielen neugierigen Menschen. Der Himmel weinte seine lauwarmen Tränen hinab, und die aufgespannten Regenschirme tanzten in luftiger Höhe. Jeder zweite Wissbegierige trug einen klammen Schirm über dem Kopf oder unter einem Arm, wobei die jeweilige Achsel auf die Dauer gesehen, durchfeuchtete. Es regnete mal mehr und mal weniger. Einfach scheußlich. Überall schimmerte sichtbares Nass zum wiederholten Male in diesem Sommer. Ein Sommer wie so viele andere, feucht, wässerig, glitschig bodennass, teils gesäßnass und teils schuhdurchweicht.
Lästig, obwohl der Sommerregen wärmer herniederfiel als der Winterregen.
Ein Sauwettersommer. – Ist eigentlich eher ungünstig für eine solch besondere Vorstellung.
Aber Engel sind ja nicht *aus Zucker!*

Über 100.000 Menschen bevölkerten diese schön gelegene Metropole an der Quelle eines aalförmigen Flusses, dessen ungebrochener Wille es war, in das große rauschende Meer zu fließen, das seiner Tide nie müde wurde. Einige dieser Bewohner waren kulturell sehr angehaucht und versäumten kaum eine Vorstellung in dem hiesigen Theater. Sie alle drängten an besagtem Abend durch die gläsernen, übermannshohen Eingangstüren, die für die Theatervorstellung weit geöffnet worden waren. Ein kleiner Teil der modisch gekleideten Besucher reiste von mondänen Ortschaften und verträumten Städtchen her an. Diese auffälligen Herrschaften trugen, etwas steif erscheinend, sündhaft teure Designeranzüge und die eleganten Damen teilweise sogar Modellkleider, ein wahrer Augenschmaus. Selbst aus urbanen Gegenden etwa und aus dem allerletzten Kaff zwischen Gebirge und Tal gelegen, groß geworden zwischen Bergziegen und Almkühen, stolperten die Menschen herbei. Mitten darunter erschienen vollbusige Frauen in volkstümlichen Trachtenjacken. Das eine oder andere Dirndl mit Rüschenbluse wurde ebenfalls an diesem Abend ausgeführt. Die Männer, mit Gamsbarthüten und schneidiger Garderobe versehen, hielten ihre Begleiterinnen untergehakt. Da sich diese gespannten Kulturkenner die nicht gerade günstigen Eintrittskarten für die bevorstehende Darbietung schon besorgt hatten, konnte dieser spannende Abend seinen kuriosen wie amüsanten Verlauf nehmen. Etwaige Kultur- oder Kunstbanausen suchte ich gottlob vergebens, so dass dieser Umstand eine gute Voraussetzung für das Gelingen des Abends war.

Ein erwartungsgeladener Abend mit einer der wohl Ungewöhnlichsten aller Vorstellungen lag vor den aufmerksamen und neugierigen Gästen.
Engel, lass es krachen, das hat die Welt noch nicht gesehen!
Etwas günstiger an der Vor- oder Tageskasse, später teurer an der Abendkasse und Tags zuvor noch relativ günstig im Postamt zu erstehen, ergatterten die wissensdurstigen Zuschauer diese begehrten Billetts. Dabei handelte es sich um spielkartengroße Papierstücke, rechteckig in Dunkelblau gehalten und mit weißer Schrift versehen. Mäander säumten den Rand dieser Billetts. Verschnörkelte Schmuckelemente

rundeten das Bild ab; zusätzlich war noch eine sehr klein gehaltene Engelsgestalt in der Mitte dieser Eintrittskarten zu erkennen. Mein Name wurde in leuchtenden Buchstaben gedruckt. – MIDRON – Goldrot glänzend. Imposant, aber nur eine kleine, possierliche Spielerei. Aber warum erstanden die Menschen diese Tickets sogar auf dem Postamt? Nun, in dieser Stadt war das eben so üblich, und auch sonst schien dort einiges möglich zu sein; das war von anderen Städten eher weniger bekannt. Aber die verfügten ja nicht über ein so herrliches Theater wie dieses.

In diesem kuriosen Postbüro der Stadt *Irgendwo* jedenfalls erhielten die Leute begehrte Eintrittskarten nicht nur für absonderliche Veranstaltungen, sondern dort gaben die ansässigen Menschen auch andere, verpackte und zugeschnürte, beschriebene und verklebte Dinge auf. *(Manchmal sogar Rätsel.)* Von der farbigen Postkarte über den Liebesbrief bis zum geheimnisvollen Päckchen oder gar schwerem Paket, von der hurtigen Depesche bis zum blitzschnellen Eilbrief, der hastigen Luftpost und weiterer zügiger Verschickbarkeiten. Ein wahrhaft reges und buntes Treiben beherrschte die Szenerie auf diesem eher doch bürgerlichen Postamt. Die interessantesten Leute trafen sich dort, nicht nur um ihre Erledigungen zu tätigen, sondern zu plaudern, zu schwätzen, zu tuscheln, oder einfach um sich zu unterhalten über *Gott und die Welt*, über neidische Nachbarn, über echte und falsche Freunde, über mobbende Kollegen, über Rentner mit ihren Wehwehchen oder sogar über nicht aus den Augen zu verlierende Feinde. Filigrane Intrigen und Wortnetze wurden gesponnen, um feindselige oder wissenswerte Erkenntnisse anderer zu erhaschen.

Da erwarb der Verbraucher mitunter nicht selten die außergewöhnlichsten Briefmarken aller Couleur. Kleine, große, dreieckige, quadratische oder rechteckige, bunte, gezackte oder ungezackte Postwertzeichen kauften die Bewohner gegen Cash oder Kreditkarte. Der von allen geschätzte Service der Post kam bei den Bewohnern dieser Stadt besonders gut an. Erstens, weil es dort eben so urgemütlich war, und zweitens, weil obendrein noch ein heißer Kaffee gereicht wurde. *Un Cafe au lait, uno piccolo Espresso, uno Cappuccino, – black or white, stark oder dünn –,* wie und was wer wünschte.

Natürlich nur für den, der wollte! ... und sogar günstig, nahezu umsonst.

Dort gab es sie halt einfach, diese begehrenswerten Eintrittskarten für die himmlische Vorstellung mit dem gesandten Engel Midron; eben auf diesem ungewöhnlichen Postamt.

So einfach war das. Fertig und Schluss.

Es wäre ein überflüssiger Gedanke, weiter darüber nachzudenken.

Punkt, Ende und Aus.

Der gischtversprühende Regen ließ beinahe schlagartig nach. Als wäre jeder einzelne Tropfen von einem Bungeeseil hochgezogen worden, verebbte das Nass.

Die feuchten Läufe der Waffe Schlechtwetter waren getrocknet und die wasserschwere Munition der tief hängenden Wolken ausgegangen. Die häufig in Schwarz gefertigten, aber zum Teil farbigen Schirme wurden eingeklappt. Zuvor daran haftende Regentropfen sausten in alle Richtungen davon; zum Boden hinab zu den feuchten Stellen und hier und da bis an die Kragen oder die Wangen umher- und nebenstehender Personen.

Viele Lichtquellen, vor, neben, über und im Foyer des Theaters strahlten.

Von schummrig bedeckt bis leuchtend hell ergoss sich das angenehme Licht, wohin es wollte. So in Wohligkeit gewogen stürmten, gemach bis treibend, an die 2.000 brennend interessierte Zuschauer an den ersehnten Ort ihrer Erfüllung. Ein paar neugierige Gaffer werden ebenfalls dabei gewesen sein.

Da könnte ich doch wunderbar eine Massenpanik heraufbeschwören, dachte der aufmerksame Satan und rührte weiter in seinem alltäglich zubereiteten Spuck-, Geifer- und Elends-Süppchen, das so schnell keinen verwertbaren Geschmack annehmen wollte. *Kommt, ihr jämmerlichen Seelen, kommt zu mir ...!*

Der Teufel verdrehte lüstern seine Augen. – *Gott bewahre, diese Brühe kosten zu müssen!* (Hatte Satan vermutet, dass während der Vorstellung bei einigen Menschen das Herz versagte und er sich ihrer Seelen an Ort und Stelle bemächtigen könnte?)

Die knisternde Erwartung lag, hypothetisch betrachtet, wie ein ausgerollter roter Prominenten-Teppich vor den *Zungezwischen-die-Lippe-schiebenden* Besuchern, die nun in das Schauspielhaus Einzug gehalten hatten. Glühende Spannung durchzog den gemütlichen Theatersaal wie eine undurchdringliche, dichte Nebelwand, in der nun anscheinend alles Sichtbare unsichtbar wurde.

Alle angebotenen Sitzplätze waren im Nu bevölkert und die anzunehmend feuchten, vor Erwartung leicht schwitzenden Rücken der Menschen in die Lehnen gedrückt. Wie eine riesige Portion Ahornsirup flossen die Ankömmlinge in die

Sitzreihen. Einige meiner Meinung nach völlig überflüssige Gedanken umgaben verschiedene Leute, die ihr Gesäß in der Bestuhlung formten und so popogerecht platzierten:

Wo ist denn bloß mein Autoschlüssel; doch wohl nicht etwa im Mantel an der Garderobe?

Hoffentlich stiehlt niemand meinen Regenschirm, oder ich vergesse ihn am Ende noch!

Habe ich mein neues Opernglas mitgenommen? – Au weh, wo ist meine Brille?

Wenn ich nach dem Niesen ein Taschentuch brauche. – Ich glaube, ich habe gar keins dabei!

Ein wahrhafter Engel tritt auf, meine Güte, was mache ich hier eigentlich?

Wann geht es denn nun endlich los? – Herrje, bin ich nervös!

Kann ich genug sehen? – Der Mann vor mir ist aber verdammt groß!

Habe ich meine Herztropfen eingesteckt?

Wieso sitze ich so weit hinten und dann auch noch außen, ich sehe ja alles nur von der Seite?

So etwa in der Art beschäftigten sich die Besucher gedanklich vor der Aufführung.

Diese mitunter ziemlich kuriose Liste ließe sich *unendlich* fortsetzen.

Das vibrierende Raunen der unterschiedlichen Leute verstummte allmählich, als sich hinter dem ungeheuren Vorhang seltsame Geräusche breit machten, die von innen an das riesige Tuch drängten, ja es beinah berührten. Ich nestelte an meinem durchaus perfekt sitzenden Gewand herum – und am schweren Vorhang. An einigen Stellen versuchte ich, eine kleine unscheinbare Lücke oder einen winzigen

Spalt zu finden, um auf die Menge sehen zu können. Gut, dass ich mich noch in der Garderobe gründlich rasiert hatte, mein Kinn glänzte nun glatt wie ein Babypopo. Ich wusste nicht warum, vielleicht wegen des *gründlichen Rasierens*, wieder dachte ich an den Teufel:

Das macht Eindruck, nicht wahr, Onkel Mephistopheles Satan zu Beelzebub?

Immer schön das Gesicht rasieren, dann siehst du nicht so bescheiden aus ..., ... du jämmerlicher Smutje in deiner unappetitlichen Höllenküche!

Der Duft eines feinen Aftershaves haftete in meinem Gesicht und verlieh mir eine anregende Frische. Vorlaut ironisch durchtrieb mich der etwas verwerfliche Gedanke, dass Aftershave selbstredend für das Gesicht benutzt wird! – *Scherz-Engel!*

Allein die Vorankündigung dieser geheimnisvollen Vorstellung, die in gekonnt künstlerischer Form auf den vielen ausgehängten Plakaten skizziert war, schien für die unbeirrbaren Besucher schon zuvor Stadtgespräch *Nummer eins* gewesen zu sein. Viele Leute wurden das Gefühl einfach nicht los, als drehe sich alles nur noch um diesen einen himmlischen Abend.

Den Abend mit mir, Midron, dem *Premiere-Engel*. Die interessant anmutenden Plakate zogen die aufmerksamen Betrachter magisch an, denn sanfte Farben und eine perfekt ausgefeilte Gestaltung erfreuten das ein oder andere Auge.

Eine scheinbar unmissverständliche Zeichnung zierte mich malerisch auf den Aushängen. Wie schon geschildert. In der Mitte, wohlgemerkt.

Mich, den Engel Midron, bald Herr Erzengel Midron? *Nicht so ungeduldig!*

Der Stolz ließ mich noch ein fersenhebendes Stückchen wachsen, obwohl das Gardemaß von zwei Meter ungefähr längst erreicht war. Mein augenscheinlich wahres Aussehen hielt ich noch verborgen.

Der Engel Midron spricht.

Dieser kurze Hinweis stellte die Kopfzeile dieser grafisch durchaus gut gestalteten Anschläge dar. Kein weiterer Anhaltspunkt oder eine nähere Erklärung waren zu lesen, geschweige zu erkennen. War es eine geheimnisumwogene Informationsveranstaltung, ein nicht ganz ernst gemeinter Theaterauftritt oder etwa der absolute, ausgefeilte Wahnsinn?

Da hatten die verantwortlichen Designer und Macher dieser Plakate aber ganz schön hinter dem Berg gehalten. Das führte logischerweise bei vielen Besuchern unweigerlich zu spannenden und heftigen Diskussionen. Geräuschvoll diskutiert wurde nebenbei die Frage, ob es sich bei einem Engel im Allgemeinen primär um ein männliches oder ein weibliches Wesen handelte. Namentlich gesehen müsste ein Engel schon männlich sein. Andererseits, warum musste die Menge überhaupt mutmaßen, welches Geschlecht einem Engel anhaftete? Somit auch mir.

Engel Midron, klingt doch nicht feminin nach Frau oder Weib?

Was nun in dem Namen Midron sinnigerweise verborgen lag, nun, da müssten die Neugierigen schon abwarten und den sprichwörtlichen Tee trinken und würden es sogar unter Umständen trotzdem nicht erfahren. Ärgerlich – in der Tat!

Schluss und endlich jedoch konnte mein diskutiertes Geschlecht den Zuschauern irgendwie gleichgültig sein.

Egal letztendlich auch, ob sich eine Frau oder ein Mann die schweren Flügel umbinden würde. Aber wenn es wirklich so ausschauen würde, dass weibliche graziöse Engel gemeint wären, dann hießen sie mit an Sicherheit grenzender Wahrscheinlichkeit: Gabriela, Michaela, Raphaela oder Uriela und dergleichen ... oder einfach nur Engelein, Engelchen, Engelinchen oder Engelitschka, wer weiß? – Aber nicht Midron!

Gänsehautproduzierend, dennoch in Zeitlupe, demnach ganz langsam, hob sich der brokatrote gigantische Vorhang nach oben. Vorsichtig wurde er an den güldenen Kordeln hochgezogen. Zwei versteckt installierte Motoren summten leise vor sich hin. Ein handwerkliches Meisterwerk der Flechtkunst, diese goldenen Schnüre, die daumendick rechts und links des Vorhanges angebracht waren. Die meisten der anwesenden Betrachter sahen zuerst so gut wie gar nichts. Dann, nur Augenblicke später, fokussierten diese Menschen im Saal schemenhaft, hinterher ganz deutlich, meine parallel zueinander stehenden Schuhe. Sie sahen diese glitzernden, silbernen, im Himmel produzierten Schuhe, in denen meine allerdings normal gewachsenen Füße steckten, mit nur einem kleinen schmalen, hellen Gurt gehalten.

Entzückend!

Diese schmalen Füße mit den dazugehörigen Schuhen zeigten nicht nur den existenten Ausgangspunkt, also das untere Fundament meines Körpers, sondern auch den ersten Hauch meiner Erscheinung in dieser beinahe unglaublichen Geschichte.

Der ultimative Beginn, der unmissverständliche Auftakt des Stückes schwappte wie geschüttet in den Raum. Die knisternde Spannung im Publikum wuchs allmählich und wucherte buchstäblich wie wildes Efeu an einer steilen Häuser-

wand empor. Sie steigerte sich zunehmend beinahe ins Unermessliche. Da der Theaterraum klimatisiert war, kam in mir doch leichte Verwunderung auf, als ich auf die Stirne dieser zirka 2.000 Menschen sah. Mir fielen mehrere Adjektive ein:
    Geschwitzt! Feucht! Erwartungsnass! Tropfsteinhöhlenklamm. Die Stirn. – Aufgeregt waren sie! Die Menschen. – *Alle Achtung!*
    Auf dieser Bühne stehend, schäumte ich über vor positiver Ungeduld. Ich kratzte mit meinen *Engelshufen* auf dem Bühnenboden herum wie der aus der Tiefe der Hölle hochgeschnellte Dämon und sprudelte sprichwörtlich über. Dabei spielte ich mit meiner Zungenspitze so gekonnt herum, dass ich partielle Speichelwellen im Mund nach Belieben dirigieren konnte. Ein wenig Spucke hatte sich auf meiner wohl geformten Unterlippe versammelt. Sie hielt sich mannhaft und tropfte nicht herunter. Ich wirkte nun vor dem wuchtigen Bühnenhintergrund ein wenig verloren und fühlte mich noch wie ein blutiger Anfänger, dennoch begann ich unweigerlich damit, meinen vorbereiteten Auftritt zu präsentieren. Die mir rücklings zugewandte Dekoration auf der Bühne stellte eine von Menschengeist zusammengesponnene Szenerie dar, über die ich mich nicht weiter auslassen mochte; nur so viel sei gesagt, dichte weiße Wolken und schwebende Engel sah ich und eine resolut wirkende Figur, ich glaube, Gott erkannt zu haben. Die Menschen, die in den ersten Reihen Platz genommen hatten, wischten sich ihren schon leicht perlenden Schweiß von der Stirn. Ihre lechzenden Erwartungen schwangen in der Luft des hohen Theatersaals. Es wurde stärker als gewöhnlich ausgeatmet.

Der Vorhang, der nur noch wenige Zentimeter an der oberen Aufhängung sichtbar war, wurde durch einen kurzen Ruck gänzlich eingesaugt. Dieser stattfindende Zeitpunkt war keine Roulettetischveranstaltung für Pokergesichter. Das erstmalige Begegnen der Auren zwischen den Zuschauern und mir war doch etwas ganz Besonderes. Demzufolge herrschte so etwas wie lähmende Ruhe, und das dezente roulettetischgeschwängerte *Rien ne va plus* wurde zur Pflicht. Ich konnte nicht mehr zurückweichen und musste beginnend alles geben. Das, was Gott mir an guten Ratschlägen mit auf den Weg gegeben hatte, würde ich hier beweisen müssen.
Das totale Alles!
... und Gott hat mir die Brotdose gefüllt!

Die zahlreichen Zuschauer waren nun unmittelbar in den Beginn meiner Vorstellung involviert. Ich schlug zart, aber ungeduldig mit meinen weißen Flügeln, vorsichtig hinter dem Rücken gehalten. Nur ich konnte die Flügel sehen. Schön ist es, wenn Engel wissen, dass sie diese Flügel nach Belieben sichtbar machen können. Entgegen anderer Behauptungen können wir Engel das.
Versprochen! – Ehrlich! – Nicht geflunkert!
Es wird einfach zu viel geredet, zu viel vermutet und doch einiges nur herbeiphilosophiert, was die *Person* Engel betrifft. Bisweilen viel zu viel!
Würde ich jeden einzelnen Menschen wie bei einer Beichte empfangen, könnte ich zumindest eine kleine Wahrheit ihres Denkens über himmlische Kreaturen und Vorgängen aus dem entsprechenden Mund kitzeln. Was hätte ich davon? Umfangreiche Erkenntnisse und den Kopf voller Ballast! Erstrebenswert? Ich denke, nein!

Mein Noch-Vorgesetzter, der Engel Gabriel, einer der bekanntesten der angeblich vier ernannten und verdienten Erzengel, schaute etwas verunsichert auf mich und die Szenerie herab. Wie hoch die wirkliche Zahl der Erzengel ist, hatte mich nie wirklich interessiert. Ich glaube, Gott selbst weiß nicht einmal die genaue Zahl.
Wer alles schon berufen war, – enorm!
Viele von ihnen residieren in ganz anderen Sphären. Weit, weit entfernt, aber doch an ihrer befohlenen Stelle. Gabriel erschien in diesem Augenblick für die Betrachter, Gott sei Dank, unsichtbar, wenngleich er sich ein wenig räusperte. Er hielt dazu seine rechte Hand vor den Mund und aus seinen großen blauen Augen quoll die Neugierde hervor. Ich sah ja, wo er saß. Gabriel hockte fast wie angeklammert in einer Nische des Vorhangs. *O Gott, wie peinlich!*, dachte ich, *hoffentlich lässt ihn sein Ungeschick nicht abstürzen.* Der würde mir die Schau stehlen und unter Umständen die Vorstellung schmeißen. Definitiv. *(Wie sollte ich dann seine Unsichtbarkeit dem Publikum erklären?)*

So durchfuhr es meine wirbelnden Gedanken, in jenem Augenblick.

Wohl und recht schien es ihm nicht gewesen zu sein, dass ein Untergebener seines Schlages eine Vorstellung der ganz besonderen Güte geben würde. Aber das war so mit Gott abgesprochen und unabänderlich gefestigt. Welcher der Erdlinge hat nicht schon einmal Stimmen oder Geräusche wahrgenommen? Haben die Menschen nicht vielleicht einen Glauben an diese akustischen Zeichen? Es bleibt im Raume stehen! So musste sich Gabriel nicht nur auf mich, sondern auch noch auf sich selbst und seine ihm übergeordnete Gottheit verlassen. Konnte er, denn wäre es anders, bliebe ihm nur ein abgedroschener Satz als Trost:

Lieber von Gott verlassen als vom Teufel heimgesucht. – Oh, heikler Ausspruch!
Das wäre ein Trost? Gabriel verschränkte seine starken Arme, indem er die Hände auf seine beiden Bizeps bettete. So präpariert erwartete er das dramatische Schauspiel mit augenkreisender Besonnenheit und zungebaumelndem Interesse.
Wenn das mal gut geht, dachte er kunstvoll aus seinem Engelskopf herausplätschernd, *wenn das mal gut geht!* – Ach ja, die Spezies Erzengel! Sie scheinen sich des Öfteren ein wenig besorgt in ihrer Art und Weise zu verhalten, doch es ist nie irgendwie schlimm. Letztlich tragen sie gekonnt anderer Schicksal in ihren Händen; und das hat Gewicht!

Der gigantische rote Schleier versperrte folglich nicht mehr die Sicht auf die tief und breit ausgestattete Bühne. Dieser Sichtschutz verflüchtigte sich nach ganz oben wie eine Zunge, die nicht mehr sprechen wollte. Verkrochen an einen Platz, von dem aus Bühnenarbeiter und kompetente Theatermitglieder ein waches Auge auf die Szenerie werfen konnten. Ein hölzerner Steg mit schützendem Geländer, dass niemand abstürzen konnte, führte längst des eingezogenen Vorhanges, der die Bretter verdeckte, welche für viele *die Welt bedeuteten.*
Aufwändige Konstruktion. Notwendig! Alles Theater! – *Alles im Theater!*
Ich wanderte mutigen Schrittes nach vorne auf das Publikum zu und verharrte.
Die vielen Besucher, wie auch ich, schienen etwas nervös zu sein. Alle bemühten sich aber, gefasst zu wirken. Als ich beide Arme zum Theaterhimmel emporhob, verstummte nun selbst der letzte Zuschauer zu einer regungslos sitzenden

Statue. Es war nun mucksmäuschenstill. Da spürte ich eine feuchte Stelle zwischen Nase und Haaransatz. – Die Stirn war's!
Faites votre jeu! – Das Spiel beginnt!

Mein Mund öffnete sich einen Spalt, und beinahe zögerlich sprach ich erstmals zu den für mich scheinbar namenlosen Zuschauern:
„Sehr verehrte Herrschaften, seid gegrüßt. – Wohl an, eine Premiere für uns alle! Wenn ich mich zuerst vorstellen darf? Ich bin ein Gesandter Gottes, ein Engel, mein Name ist Midron. Wie ich weiß, ist es üblich, seinen Namen zu buchstabieren, in meinem Falle nur den Vornamen, also:
M – wie männlich,
I – wie intelligent,
D – wie duldsam,
R – wie rechtschaffend,
O – wie offenherzig, und ...
N – wie neugierig, nun eben einfach Midron.
Ein Zuname wäre nur Schall und Rauch!"

Sanftmütiges Gelächter durchzog den Saal wie auch ein leises Hüsteln in der Mitte einer Reihe. *Öchött, öchött!* – Eine ältere Frau rückte ihren Damenhut zurecht, was Not tat, da er mit einer Straußenfeder geschmückt war. Einige steifkragige Herren schabten mit den Nägeln der Zeigefinger hinter ihren Ohren. Ich drückte den Besuchern eine Aussage aufs Ohr, zu der sie sich selbst gedanklich nicht negativ äußern konnten:
„Eure Augen haben sich nicht getäuscht, als ihr mich mit der Figur auf den Plakaten verglichen habt. Ich bin von euch, liebes Publikum, schon jetzt begeistert und, wie gerade

erwähnt, ein gesandter Engel, der sich hier auf der Erde bewähren muss, der zum Erzengel aufsteigen will und viel Gutes auf Erden vollbringen möchte."
Zu viel Gerede? – Nein, sicher nicht.
Ich ließ die komische Ader in mir ans *Tageslicht*.
Mit gezielten Bombardements von Wortwitz und Satzspielereien erreichte ich, dass sich das Publikum in seinem Wohlbefinden selbst aufschaukeln konnte. Um die vorherrschende Laune möglichst lange zu erhalten, warf ich noch ein kleines Schmankerl hinterdrein:
„Ich habe erst noch heute Nachmittag in einer Musikalienhandlung nach einem neuen Flügel gefragt, und die postwendende Antwort war, dass ein passender Flügel in meiner Größe nicht vorhanden wäre und wohl zu teuer ausfallen würde!"
Wie hunderte kleiner Glühlämpchen als Spot eingesetzt empfingen mich die lachenden Augen, in die ich schaute. Viele entstandene Lachfalten ließen diese Augen fast verschwinden, denn die Lider wollten nicht an ihrem Platz unter den Brauen verweilen. Mehr als nett, schon komisch erblühte die Szene. Ich fügte hinzu:
„ ... und das günstigste Klavier, das mir angeboten wurde, war einfach zu *engelisch!*" Wieder ein unkontrollierter, wenn auch bejahender Aufschrei. Das Gelächter des Publikums schlug um in ein oszillierendes Lachen, und die tosenden Wogen des Applauses verunstalteten, akustisch gesehen, im positiven Sinne des Wortes die Theaterluft. Doch so komisch wollte ich mich dann doch nicht weiter geben. Schließlich bestand der tiefere Sinn meiner Aufführung darin, wie angedeutet, Botschaften zu vermitteln. Obwohl ein kleines bisschen Freude war mir doch sicherlich vergönnt, denn es machte einen Heidenspaß!

Hör gut zu, Beelzebub, ich rede mit dir. – Freude, habe ich gesagt, – F r e u d e .
Ich konnte es nicht sein lassen. Immer wieder sprach ich zu diesem Höllenluder von Teufel. Ich begegnete ihm regelmäßig wieder mit der Kraft meiner Gedanken.
Es machte mir stets unsäglichen Spaß, offen gestanden. Vergnügt und dennoch sachlich fuhr ich mit meinem Entree fort:
„Ich werde euch vortragen von erstaunlichen Geschehnissen und berichten von außergewöhnlichen Dingen, erzählen von himmlischen Begebenheiten und sprechen über ziehende Gedankenkarawanen, ausführen von manch realen Wahrheiten und den damit zusammenhängenden Erfüllungen. Apropos, das klingt etwas verwirrend, ist es aber nicht."
Die eingangs fließenden Worte waren sozusagen ein gewaltiger Schub von Vorhaben, die ich nun umzusetzen hatte. Diese Worte tropften heraus aus meinem Gedankenwasserhahn und schlugen, mit innerer Unruhe versehen, klatschend im Waschbecken der Gefühle auf. Lampenfieber heißt dieser Zustand, glaube ich.
Erst ein vorsichtig einsetzender Beifall, danach ein fortpflanzend stärkerer Applaus, beruhigte mich. Ich verspürte schon einen zaghaften Anflug von Stolz, prächtigem, unmissverständlichen Stolz! – Ein engelstolzartiger Stolz! – Wie stolz dürfen Engel eigentlich sein?
Waren diese Ovationen nun schon eine erste Bestätigung meines Könnens? Ein, zwei kleine Witzeleien? – Nein, das konnte nicht sein, allein ein paar Worte, an denen mein blankes Erscheinen hing? Nein! So schnell würde das sicher nicht funktionieren. Vielleicht aber ließen sich die Theaterbesucher doch zu schnell in die Irre führen, wenn ich sie nur richtig anfasste? Verfügte ich unwissend über zauberhafte

Engelsmagie? Aus den Augen strömende Mirakel, die ich über die Menschen schüttete?
Welche Fragen – was für Fragen?
Die berührten und erheiterten Gäste dieses Theaters blickten sich gegenseitig an. Die jeweils rechts und links nebeneinander sitzenden Personen zuckten mit den Achseln. Sie murmelten gebrochen Unverständliches, sie sprachen demzufolge Fraktur. Mir schien, sie wirkten ein wenig irritiert und überlegten sicherlich, was sie noch und überhaupt so alles erwarten würde.

In diesem Theaterraum beherrschte mein Redefluss die Szenerie. Wie von einem Blatt Papier abgelesen, strömten die Sätze, die sich zuvor in den Hirnwindungen entwickelt hatten, aus meinem Mund und prallten von den Lippen ab. Worte, die über eine kaum sichtbare Speichelbank driften, sind mitunter weich und fließend!

Felsbrandartig und mauerfest, tiefenausgelotet und sonarpeilend aufgespürt, bemerkte ich dem folgend die geistigen Strömungen der Zuschauer und versuchte, mir ein reales Bild zu formen, das ich mit meinen Gedankenströmungen abgleichen konnte.

Meine ersten aufklärenden Sätze und belustigenden Worte hallten sauerstoffgetragen durch die aufgelockerte Atmosphäre dieses Theaterraumes.

Ich hob erneut beide Arme seitlich nach oben – nicht ganz nach oben, aber fast nach oben – und befahl meinem Blick, von vorne nach hinten, von hinten nach vorne, von rechts nach links und wieder zurückzuschauen; schwierig, das Aufspüren, das Wahrnehmen von Impulsen! Es zuckte in meinem Körper. Ich schaute mit meinen momentaufsaugenden Augen verwundert starr, danach wieder kreisend umher.

Ein leichter Schauer durchflutete das Schauspielhaus. Meine verbalen Ausführungen trafen ins Schwarze. Das Publikum hielt die Münder offen und die *Ohren nach vorne gebogen*. Sie schienen getroffen von den Strömungen, die meinen Aussagen entwichen.
Gut. – Schön. – Notwendig.

Nur so kann Erfolg geschehen.
Mein Blut wollte kochen, durfte es aber nicht, nur pulsieren. Und wie es pulsierte!
Das begeisterte Publikum applaudierte noch und wieder, allerdings gehalten mit sanften Schlägen der Hände, wobei dieses unweigerlich rhythmische Klatschen entstand. Wieder gelangte sonnige Freude in mein Blut, und das Herz pumpte sie durch alle Adern und Venen, ins Gehirn, durch alle Innenorgane, ja, ich glaubte, bis in die Fußnägel.
Meine Augen strahlten nun selbst so klar wie blau schimmernd in die erwartungsgeladene Menge. Diese Zuschauer vernahmen ja bis dahin erst nur eine winzige Spur dessen, was ich als sicherer Hauptdarsteller auf der Bühne vortragen und darstellen würde.
Ich horchte ununterbrochen in mich und gleichzeitig wieder in die Köpfe meiner Zuschauer. Wie kamen mein Ansinnen, meine Ausführungen, mein schickliches Wort, ja mein ganzer Habitus, herüber? War das nötige Verständnis schon vorhanden?
Hatte sich meine Aura mit denen der Zuschauer im Saal schon vereinigt? Wie schnell konnte ich diese Zuhörer allein mit meinen Worten erreichen? Wie schnell?
Und überhaupt.

Was bedeutet eigentlich Geschwindigkeit, wenn es um das Aufeinandertreffen dieser persönlichen Wirkungen geht? – Nicht viel!

Nicht ganz einfach, alle auflaufenden Gedanken unter einen Hut zu bringen, auszusortieren, zu katalogisieren und abzuspeichern.

Das im Kopf – alles im Kopf, das alles eingeklebt als Fragment oder Mosaik in eine Art Briefmarkenalbum! Sinnierend, schließlich aber unbeirrt sprach ich gedankenumwogen weiter:

„Ich sehe euch zwar ein wenig beschwingt, aber leider noch von einer gewissen Steifigkeit."

Verwunderung jedoch auf beiden Seiten. Ich selbst war ein wenig erschreckt über diesen, wenn auch kurzen Gedankenausflug.

Was sagte ich da, Steifigkeit und ... ein wenig beschwingt? – Das Publikum raunte:

Was sagt der da, Steifigkeit und ... ein wenig beschwingt? Seltsam, sehr merkwürdig, wie meint er das?

„Erschreckt euch meine physische Gestalt oder dass ich so weit reiste? Gewiss, ich bin groß und war einst einer von euch. Sicher ist es schwer, zu begreifen, dass jemand wie ich hier steht und große Reden schwingt, denn schließlich sind solche Veranstaltungen nicht an der Tagesordnung. Wie ihr euch denken könnt, bin ich gewollt auf diese, ich betrachte sie oft als *meine*, Erde gekommen, um euch erstens hier zu erheitern und aufzuklären und zweitens zu dienen. Ja, ihr hört richtig: zu dienen. Ich sehne mich nach dem Titel des Erzengels. Mit euer aller Hilfe wird das hoffentlich ein Augenwischen für mich sein."

In mir gefestigt, beschleunigte ich verbal und glänzte weiter in gewandtem Worte. So versteckt zufrieden, führte ich meine Aufführungen fort. Augenverfolgende Aufmerksamkeit erstand aus dieser Situation vom Publikum aus.

Mein Anblick wirkte für die Betrachter in der Tat sicher etwas bizarr, so zunehmend leicht beängstigend der Strahl, der aus meinen Augenhöhlen durch den Raum schoss. Ich glaubte zu spüren, was in den vielen Köpfen wirklich vorging. Die vorliegende und sich somit abspielende Situation war nun verständlich nachzuvollziehen, denn ich stellte mir vor, ich selbst würde mich in einer solchen Lage befinden. Mein beflügelter Geist verrichtete seine Arbeit. Präzise wie ein Uhrwerk rollten die Worte zwischen meinen Zähnen hindurch in den Raum.

Mein gestandener Körper war verhüllt von einem schneeweißen Gewand aus glatt gewebtem Leinen, das seidenartig glänzte. Die bis auf die Hände reichenden Ärmel waren an den Handgelenken weit gehalten. Meine Finger wirkten lang und knochig, aber stets anmutig. Sie erschienen relativ weiß und noch kein Ring steckte darauf. Vor meinem geistigen Auge erschien unlängst oben im Himmel ein Ring an meinem Finger. Ein goldener Ring mit einem Brillanten oder Symbol darauf, vielleicht sogar ein Erzengelring?
Hohoho!

Ein kurzer Gedanke durchzuckte mein Gehirn. Ich sah einen Engel im Spiegel, sonnengebräunt in einer modernen Badehose, mit einem goldenen Schmuckstück am rechten Ringfinger und einer Halskette mit der Aufschrift: *Erzengel Midron*. – Jetzt musste ich aufpassen, dass die Pferde nicht mit mir durchgingen.

Ich schüttelte mein Haupt, um an dem vorangegangenen Gedanken wieder anzuknüpfen. Fehler im System – *Mann, Mann!* – besser, *Engel, Engel!*

Im Himmel droben scheint jede Sonne an mir vorbei. Ihre Kraft muss sich an anderer Stelle beweisen. Vornehme Blässe. Gut für die Haut.

Damit schloss ich diese abstruse, wie geistige Entgleisung.

Meine imposante Gestalt fügte sich erwartungsgemäß zwischen anderen Körpergrößen ein. Hoch gewachsene Menschen waren ihrer Größe wegen schließlich nichts Besonderes mehr in der heutigen Zeit. Ich war einfach *normal* bis etwas übergroß geraten, musste mich nicht wie eingeschrumpft bewegen, noch mich recken wie ein zwergwüchsiger Möchtegroß. So um die zwei Meter maß ich, so gewachsen, wie es die Vorsehung bestimmte. Gardemaß. – Herrlich.

Das reizende Publikum spielte mein Spiel mit, indem es mir seine volle Aufmerksamkeit schenkte. Darüber war ich ausgesprochen glücklich und zufrieden. So verfolgte es uneingeschränkt meine Ausführungen, und ich konnte weiter fortfahren:

„Ich habe euch nicht einfach nur weltumfassende Erkenntnisse oder gar himmlische *Gebrauchsanleitungen* mitgebracht, nein, sondern auch noch Zeit; Zeit, die ihr vielleicht verbummeln oder verschwenden würdet. Sicher ist die vorherrschende Situation schwerlich zu verstehen, aber es ist vielleicht genau diese Zeit, die ihr euch unter Umständen genommen habt, nur um hier im Theater zu sein."

Durchaus schwer verdauliche Kost hatte ich aufgetafelt für diese von jener Muse berührten Menschen. Das alles schien unbeschreiblich kurios; die Menschen mussten sich dieses Geschehnis nur vor Augen halten. Mehrmals versuchte ich, mich in die Rolle verschiedener Besucher zu versetzen. Immer wieder gab ich mir einen Kick. Was würde der eine oder andere wirklich denken? Wie viele von ihnen würden gar nur

eine gute Miene zum unverstandenen Spiel machen? Da saßen an die 2.000 Menschen vor mir, ich stand auf einer Bühne und erzählte von himmlischen Dingen und dass ich ein Engel bin. *Mit totaler Nüchternheit betrachtet,* dachte ich, *geht das?*
Vom Himmel hoch, da komm ich her ... – Fantastisch, nicht wahr?

Wieder verging eine gewisse Weile, bis ich neue Gedanken aussprechen konnte, denn so perfekt vorgefasst war schließlich mein inneres Manuskript nicht.
Meine Zunge schien sich in aufgewärmten Zustand dennoch reger zu bewegen.
So redete ich weiter und weiter und weiter. Die Zuschauer waren noch immer gespannt und aufmerksam. Einige hingen an meinen Lippen, während andere begeistert mein helles, weißes Gewand betrachteten.
Wieder schweifte mein Blick voran. Eine gewisse Befremdung und selbst vorgespieltes Erschrecken begleiteten mich bei der Erforschung meiner Umgebung. Es erschien mir nicht etwa unangenehm, aber die vielen interessanten Gesichter und die verschiedenen Charaktere, die geballt auf engstem Raum saßen, waren schon beeindruckend. Große und kleine, dicke und dünne, junge und alte Menschen waren bekleidet mit den verschiedenartigsten *Gewändern,* wenn ich die Hosen, Jacken, Kostüme, Kleider, Blusen und Hemden so bezeichnen dürfte. Zwischen zwei prägnanten Sätzen äußerte ich mein Wohlempfinden und sprach gleichzeitig einen vorweg genommenen Dank aus:
„Ihr seid neugierigen Blickes angereist, um mich zu hören und zu sehen. Nun, das ist wahrlich bemerkenswert und ein nachvollziehbarer Gedanke. Es bereitet mir mittlerweile ein

noch größeres Vergnügen, hier zu sein, und dafür danke ich euch von ganzem Herzen."

Die Tatsache, diesen Schritt getan zu haben, erwies sich als gut gewählt, und so hatte Gott wieder einmal einen richtigen *Riecher* bewiesen.

Zudem äußerst kurios ist die Tatsache, was die gute Nase betrifft, dass Gott auf den Tag genau erschnüffeln kann, wie lange der Teufel seine Socken trägt; besonders den über dem stinkigen Pferdefuß.

Sehr unappetitlich, dieser Gedanke!

Ich hatte Gott noch im Himmel versprochen, dass ich mich so gut wie möglich benehmen würde. Zweifel daran erschienen mir fremd. Es passte alles prima zusammen.

Glückseligkeit erhellte den Raum.

Doch abrupt …:

„Hallo! Engel Midron, mir brennt eine Frage unter den Nägeln, die mich nicht loslässt – … wenn es nicht stört …!" Eine männliche Stimme aus der zweiten Reihe traf mich völlig unvorbereitet. Ich war irritiert, konnte aber reagieren. – Nun, nicht stören – es war schließlich ungewöhnlich, dass jemand in eine Vorstellung ruft.

„Natürlich stört es ein wenig, aber fragen Sie nur, vielleicht interessiert ihre Frage auch das restliche Publikum?", rief ich zurück und starrte den Mann etwas strafend an.

„Also, ganz vorsichtig gefragt: Wie viel Geld verdienen Sie mit dieser Vorstellung eigentlich?"

Im Nu war ich perplex, also total verwundert und wie vor den Kopf gestoßen. Entweder handelte es sich bei dem Mann um einen hyperneugierigen Menschen, oder er war so dumm, dass er es nicht merkte! Es sprudelte nur zögerlich aus mir heraus:

„Das ... äh, das fragen Sie mich allen Ernstes – jetzt, äh – hier, wo ich auf der Bühne stehe, ... vor dem gesamten Publikum? – Ich bin schockiert, ... mein Herr ..., das gehört doch nicht hierher ...!"

„Ach bitte, verraten Sie es mir doch!", glasäugelte der Mann.

„Sind Sie angetrunken?", fragte ich besorgt.

„Etwas, wieso, ist das wichtig?", sprach er fragend und strich sich mit dem rechten Handrücken über den Mund.

„Nun, ich denke ..., ... aber wenn es sie beruhigt ... – Also, eine angemessene Gage oder besser das Honorar erhalte ich vom Veranstalter. Über die genaue Höhe muss ich ihnen ja wohl keine Rechenschaft ablegen!"

Ein verdientes Salär zu bekommen, beziehungsweise ein wenig Bargeld, war schließlich ein normaler irdischer Vorgang, also nichts Ungewöhnliches!

Die Tatsache, *dass* ich bezahlt wurde, war mit dem Veranstalter lange vorher geklärt. *Von weither gereist und bezahlt worden wie ein Engel! – Demnach etwas unter Preis.*

So konnte ich mir wenigstens von dem Verdienst neue *irdische* Schuhe kaufen, wenn auch die himmlischen noch nicht verschlissen waren. Selbst diverse andere Dinge des Lebens konnte ich, wann und wo ich wollte, erstehen: Nahrung. – Kleidung. – Einen goldenen Ring vielleicht? – Eine edle Armbanduhr? – Eine Sonnenbrille? – Lederhandschuhe? Ich driftete gedanklich völlig ab ... obwohl ...

Der kluge Engel sorgt vor!

Der Veranstalter lebte zudem recht gut von den Einnahmen. Die Tickets für diese Veranstaltung waren übrigens nicht ganz billig gewesen. Sein mitunter recht üppiges Einkommen aus dem Billettverkauf benötigte er für wieder andere Arrangements von Veranstaltungen. Die üblichen Auslagen und sonstigen Unkosten, die entstanden, mussten schließlich verdient sein.

Jeder Besucher im Theatersaal versuchte, so schnell wie möglich diesen peinlichen Zwischenfall zu verdrängen; bis auf das angetrunkene *Fragezeichen!* Dieser Mensch wusste wohl zu gut, was er falsch gemacht hatte, und musste nun mit seinen frevelhaften Äußerungen allein zurechtkommen. Darüber hinaus erntete er einige der ungezählten bösen Blicke seiner Mitbesucher.

Ein *alter* himmlischer Aphorismus sagt: *So betrunken kann ein Mensch nicht sein, dass er wissentlich einen Engel so unverfroren schräg von der Seite anspricht!*

Ein sanftes Meeresrauschen bei Flaute war vergleichbar mit dem unverständlichen Gemurmel, das im Zuschauerraum herrschte und sogar die Bühne wie einen Strand überflutete. Das ablaufende Wasser ließ den Sand trocknen und symbolisierte so die menschlichen Kehlen im Ebbezustand.

Ich hatte mich von den Worten des Mannes irritieren lassen, was im Grunde gar nichts bedeutete. – Von *Worten!* – Allerdings entnahm ich Widersprüchliches aus all dem Gemurmel und versuchte nun, durch meine Ohren diese Geräusche zu deuten. Da ich in meiner Korona seltsame Vibrationen verspürte, war es mir glücklicherweise sehr schnell möglich, zu erkennen, wer im Saal sprach. Ich benutzte diese Korona wie eine Art Peilsender. Die Flügel, die ich oft unsichtbar trug, gehorchten zudem ebenfalls meinen Gedanken.

Schlagartig wurde es ruhig im Zuschauerraum, als schlüge ein riesiger Hammer hernieder, um alles Leben unter sich zu begraben. Einige Besucher wirkten wie versteinert. – *Nanu?*

Hatte etwas Ungeahntes sie erreicht, überflügelt oder gar erzürnt? Sie alle blickten ungläubig um sich. Spannungen, von wem auch immer ausgehend, durchfluteten diesen Theatersaal. Trafen sich da gedanklich gesehen zwei Massivholzkomplexe, die wie höllische Feuer nebeneinander loderten?

Stutzend sann ich nach: *Ist es doch wieder nur ein Teufelswerk? – Um Gottes Willen, bloß nicht! – Gibt es Ratlosigkeit unter Engeln? – Eigentlich nicht! –* ... und höllische Feuer, die loderten, daran wollte ich nicht denken.

Ich verharrte einen Augenblick in Schweigen gehüllt, allerdings veränderten sich meine Gesichtszüge, ohne nur ansatzweise Falten erkennen zu lassen. Ein verhältnismäßig junger Engel braucht sich um etwaige Falten noch nicht sorgen.

Können Himmelsgeschöpfe überhaupt Falten bekommen? *– Oh, wenn ich an meinen obersten Chef denke! Der darf das! Der darf Altersfalten tragen, sie passen schließlich gut zu ihm; so rein äußerlich betrachtet.*

Es musste schlicht und ergreifend an meiner Gestalt liegen oder an der Tatsache, dass ich Engel bin. Immer noch ging eine ungeheure Faszination von mir aus. Die Zuschauer ließen einfach nicht ab von mir. *(Anders wäre sicher schlimm gewesen!)*

In der letzten Reihe saß ein Teenager. Dieser Junge hieß Christoph, war dreizehn Jahre alt, etwa ein Meter fünfundsechzig groß und trug blondes Haar zum Mittelscheitel gekämmt. Er stand, mir im Moment nicht nachvollziehbar, gemächlich auf und verließ den mittlerweile wohl temperierten Theatersaal, ohne sich umzudrehen. Wortlos schritt er Richtung Ausgang und wimmerte nahezu unhörbar leise vor sich hin. Deutete er so mein göttliches und damit verbundenes, himmlisches Vorhaben, dass es ihn dermaßen verwirrte? War ihm vielleicht von *ganz oben* herab ein gewisses Verständnis einsuggeriert worden, von dem ich nichts ahnte und dass ihn zudem noch irritierte? Fühlte er sich deshalb vielleicht gedemütigt? Fragen über Fragen. Ich hasste so viele Fragen wie die *Pest!* Doch es schien mir irgendwie, als wäre das alles nur ein großer Zufall gewesen? Dieser Junge beschritt bewusst seinen Weg, selbst wenn er ein im Augenblick nicht reversibles Schicksal mit sich herumtrug, das ja wohl eigentlich eher das eines *anderen* Leidtragenden war. – Symbolisierte ich einen Ausdruck von Amateurhaftigkeit, oder weshalb schien mir das Publikum so wankend?

„Übt euch in Geduld, verehrtes Publikum ... – ... ein wenig. Ich glaube, mich umgibt noch immer ein Hauch der Verwirrung!", blies ich über die verschieden auf- und abhüpfenden Köpfe der Zuschauer hinweg und verschränkte meine Arme zu einer unterarmmuskelbetonten Brezel. *Dieser Kerl aber auch!*

Ich atmete die von Menschenodem erwärmte Luft im Theater tief ein, um sie dann durch meine Lippen in einem Stoß herausblasen zu können. Dabei traf ein kleiner Strahl der ausströmenden Luft meine Nasenflügel. Was nun geschah, war vorauszusehen. Diese nervtötenden Nasenhaare tanzten wild durcheinander, und ein Niesreiz, der mich seltsame Grimassen schneiden ließ, bewirkte das Schließen meiner Augen. Die Folge schien eigentlich nun absehbar, und so nieste ich laut und feucht in den Raum hinein. Die fliehende Gischt spürte ich im ganzen Gesicht.

Hatschi! – Einmal. – *Hatschi! – Hatschi! – Hatschi!* – Noch dreimal.

Irgendwie klang dieses Geräusch bei Menschen und Engeln immer gleich, obwohl sich je nach Ausdruck, Kraft und Geschlecht die Tonlage veränderte, ebenso die Lautstärke.
Volle Kanne und Nase. – So konnte ich selbst lethargisch wirkende Menschen gezielt wachrütteln! Ältere, müde gewordene Zuschauer auch.
Hatschi! und *Wuscha!*
Ein unweigerliches Schmunzeln erwuchs lebenden Blickes aus den Zuschauerreihen. Von rechts außen rief jemand freundlich:
„Gesundheit, Engel Midron!"
Eine gewisse Art der Fröhlichkeit erwachte in jenem Augenblick, und ein komödiantisches Gefühl kreiste durch den Saal. *Sieht das eigentlich so lustig aus, wenn ein Engel niest?,* dachte ich. Das anfänglich dünne Eis, auf dem ich mich bewegte, verdickte sich. Die begeisterten Besucher in diesem herrlichen Theater schienen ihr Wohlfühl-Level erreicht zu haben. Es herrschte Vertrautheit vor. Von diesem Zeitpunkt an konnte ich noch überzeugender artikulieren:
„Verehrtes Publikum, ich spüre ein erhebendes uns Näherkommen und bin davon überzeugt, dass die *Konstruktion* meiner Ausführungen einem genialen Plan entsprang. Packt eure Gedanken in einen Koffer, schnallt ihn zu und steigt in die Eisenbahn, die euch ewig fahren wird. Das zu erwartende Panorama, das euch durch die Zugfenster entgegenspringen wird, lässt auf eine gesunde Zukunft hoffen."
Nebenbei bemerkt: Auch die gesündesten Engel können sich erkälten und menschlich bekannte Töne und Geräusche von sich geben. Weiteres medizinisch auszuschmücken, würde in andere Kategorien abdriften.
Völlig überzeugt von den Ausführungen sah ich des Weiteren keinerlei Grund darin, etwas zu verändern. Ich fuhr

damit offensichtlich eine mächtig lohnende Ernte ein. Das Publikum war endlos begeistert und glückselig, und so dachte ich: *Das hat hingehauen!*

Selbst wenn mich meine Gedanken ab und zu noch hin- und herrissen, machte ich unmerkliche Pausen zwischen meinen verbalen Ausführungen. Mir kam es fast vor wie ein Stocken, ein kurzes unhörbares Japsen nach Luft.

Eine Engelsmarotte. – Gedankenlöcher. – Himmlisches Ablenkungsmanöver. – Ein Jux, mehr nicht!

Das Publikum genoss, ließ mich unbeschadet agieren, und die Horrorgeschichten über fliegende Tomaten, faule Eier und dergleichen waren eher nicht gefallener Schnee von vorgestern! *(Denkpause!)* Das gibt es nur in unmöglichen Vorstellungen und in schlechten Filmen – ... und auf Bühnen. –

Aber nicht auf dieser Bühne!

Da stand schließlich ich, Midron der Engel, bald ein Erzengel?

„Seltsam, was meint der Engel bloß mit diesen Worten wie Eisenbahn, Koffer und Zugfenster?", wollte eine weibliche wie neugierige Stimme von ihrem neben ihr sitzenden Mann wissen. Dieser Mann drehte den Kopf zur Seite und flüsterte in das wohl geformte Ohr seiner Gattin:

„Das weiß ich auch nicht. – Ich glaube, wir müssen erst einmal abwarten, wie diese Geschichte ausgeht. Vielleicht erwarten uns noch ein paar neue Überraschungen?" Die Dame reagierte nicht weiter auf die Worte ihres Mannes, sondern räkelte sich, als wolle sie einen Pelzmantel überstreifen.

Überraschungen? – So ein Unsinn, wirres Geschwafel, dachte die Frau und zuckte mit den Achseln, verharrte alsdann und schwieg stille.

Gewissermaßen im gleichen Augenblick machte ich eine Kehrtwende auf meinen Füßen, die mich trugen wie eine imposante und lebende Skulptur. Wie eine fleischgewordene Marmorstatue. Ich rutschte mit den Sohlen über die Holzplanken der Bühne. Gefestigt stehend wie einst ein vollständiges Monument am Fuße der Akropolis. Ich stand alsdann mit dem Rücken zum Publikum und ließ meine weißen Flügel sichtbar werden. Ein gewissenloser Schalk musste mich erfasst haben. Die berühmten Pferde schienen mit mir durchgegangen zu sein. Nun ja, das geschah schon mal. Ein gewaltiges *Hallo* durchdrang den atmosphärischen Saal. Da staunten die Theaterbesucher nicht schlecht, dass es mir spontan möglich war, mein gesamtes Äußeres zu bieten.

Ahhh – Ohhh – Uhhh! – Drei Vokale waren vertreten: A-O-U. – Ein Schmetterling war entstanden. – Ein stattlicher Tagfalter. – Eine Verwandlung war vollzogen. – Flügge und reif schwang er seine Flügel, der Schmetterling. – *Der himmlische Engeling.*

Meine Flügel schienen sich wie Antennen in die Weite des Theaterraumes zu bohren. Ich breitete wieder meine Arme aus. Dieser Anblick war den Besuchern nicht ganz unbekannt. Sie sahen staturgemäß ein fast weißes Kreuz oder ein „T" mit Kopf, ganz wie sie wollten.

Erneut fuhr ich, der Engel Midron, herum und begann damit, meine Ausführungen weiter voranzutreiben. Es handelte sich, wie nicht anders zu erwarten, um jene einhellige Darbietung, die ihresgleichen suchte. Jedwede Bestätigung erfuhr ich durch ein Applaudieren, durch huldvolle Ovationen und sanfte Beifallsstürme. Die Gewandtheit und der Einsatz meiner Worte, eben der gesamte Sprachausdruck, kamen überwältigend herüber. Ich vermochte meine kreideweiche Stimme zu variieren. Das ließ keinen Zweifel mehr

aufkommen: Es war ein ambrosisches Instrument göttlichen Kalibers, Marke Himmelssynthesizer.
The instrument is a part of an musician angel!
Topp und allez Hopp und Topp und allez Hopp!
Formidabel – bon!
Trotz engelhafter Stärke und eisernem Willen erwies sich dieser Vortrag als sehr anstrengend für mich. Fast lähmende Müdigkeit überfiel mein Gesicht. Es musste aber weitergehen und es ging weiter.

Mit Energie in der Stimme und mit kunstvollen Ausschmückungen der Worte ließ ich die Zuschauer weiter in die Welt des Unfassbaren eintauchen. Es dauerte nicht allzu lange, da bewegte sich die Menge im Saal nicht mehr. Hölzerne Marionetten, denen die Fäden abgeschnitten wurden, konnten nicht ruhiger auf dem Boden liegen. *Der Tod eines Mariechen in einem tragischen Puppenspiel wäre ein Beispiel.* Die Münder der Zuschauer konnten sich nicht gänzlich schließen und so verharrten sie in leicht geöffneter Stellung. Weiß schäumende Spucke rann über ihre Zungen und hielt zum Glück an, noch bevor der Speichelfluss über ihre Lippen rinnen konnte. Bei fast allen gebannten Zuschauern im Theatersaal trieb es diesen *Geifer* bis an die Innenseiten ihrer Lippen. Einige Anwesende rollten schweißige Klebekugeln zwischen Daumen und Zeigefinger hin und her, die durch rudimentären Schmutz oder Staub entstanden waren. Gott pflegte bei solch einer Konstellation stets zu sagen: *Es ist nicht immer ein Popel, der sich aus dem Staub macht!* ... und die sich angesprochenen Engel wussten haargenau, was er damit meinte.

(Denkaufgabe)

Die feuchten Hände der ungeduldigen Zuschauer schlossen sich zu der bekannten Gebetsform zusammen. Sie rollten, noch während die Finger in sich geschlungen waren. Kein Knistern mit Papier oder Knacken der Bestuhlung störte die friedliche Idylle auf der schönen Bühne, deren Fußboden mit sündhaft teurem Parkett ausgelegt war; nur das Popelrollen nervte etwas, obwohl es lautlos vonstatten ging.

Ich verausgabte mich wie nie. Schließlich hing viel ab vom Erfolg dieser Aufführung. – Das Rollen war mir egal!

Alles in allem verbarg meine Anwesenheit doch etwas Unheimliches.

Allein ... *der Anblick.* – *Der Ausdruck* – Nun ... einfach alles, wozu selbst die hervorragende Stimme zählte. Kein noch so kleiner Fehler in der Wiedergabe meiner Worte geschah hörbar. Ich funktionierte wie ein Tonträger-Abspielgerät und glich einem Perfektionisten, der *die* Kugel, die *er* rollte, wohl geformt hatte. Wie flammendes Feuer brennend, schlugen mir die Blicke der Betrachter entgegen. Ich streckte mehrmals meine Hände zum Publikum und rief begeistert:

„Ihr seid einfach wunderbar!" *Ahhh!* – Ein Seufzer verließ meinen Rachenraum.

Ich, Engel Midron, schien ihre Blicke unsichtbar mit den Innenseiten meiner Hände aufnehmen zu können. Zudem weiteten sich die Gehörgänge der Zuhörer enorm. – Sensationelle Riesenohrmuscheln entstanden. – *Unbewusst.*

Rums! – Ein jäher Donnerschlag unterbrach meine fantastische Vorstellung.

Heiliger Vater, mein Gott im Himmel. – Was war denn das?

Ein dumpfer Stoß, ein breit gefächerter lauter Knall, ein vehementer Bums, ein Krachen oder Ähnliches. Der schwere Vorhang schoss hernieder, der Erdanziehungskraft folgend dem Bühnenboden entgegen, und verharrte abgebremst auf der Hälfte seiner Sturzbahn. Schützend bewegte ich meinen Körper nach unten und fiel auf die Knie, obwohl ich meinen Blick abrupt nach oben richtete. Meine Flügel berührten sich gewissermaßen wie bei einer ums Licht fliegenden Motte, die vor Begeisterung außer sich geriet. Ich spürte diesen Flügelschlag, und das aufgeregte Publikum sah gespannt zu. Ich kam mir beinahe vor wie jener federleichte Schmetterling, der mit seinen Antennen voran in den Düften der Luft nach Blüten sucht. Irgendetwas hatte den Vorhang abrutschen lassen, aber was? *Geschehen wie passiert.* Keine Ansage von irgendwo her. Aus der Not heraus und dem Erschrockensein der Zuschauer geboren, verkündete ich noch kniend:

„Bitte bewahrt Ruhe, verehrtes Publikum. Ich weiß nicht, was das zu bedeuten hat oder wie dies geschehen konnte. Wir müssen die Sachlage erst klären."

Diese Störung. – Dieses Geräusch. – Ich fuhr fort:

„Aber es wird sicher bald weitergehen. Nutzen wir gemeinsam die Zeit einer kleinen Verschnaufpause. Erfrischt euch an Getränken, geht frische Luft schnappen. Lasst eure Gedanken draußen fliegen. Erholt eure Augen. – In ungefähr 20 Minuten werde ich mit meinem Vortrag fortfahren, also dann ... – bis später."

Allgemeine Verwunderung durchspülte den Theatersaal.

Endlich etwas los, dachte ich bei mir. Meine fieberhaft wie vom Himmel gefallenen Worte schienen alle Zuschauer beeindruckt zu haben. Dieser unvorhersehbare Zwischenfall war einkalkuliert. Scheinbar wollte der Veranstalter witzig sein und uns nur erschrecken. Gut, das war ihm gelungen.

Solche oder ähnliche Inszenierungen waren eigentlich nur aus anderem Genre bekannt und dann aber filigran bis ins Kleinste geplant. Das wurde im Programm kursiv und in einer separaten Zeile stehend, ausgewiesen und abgedruckt, wenn der Vorhang fiel.

Ich ging davon aus, dass nur jemand zur falschen Zeit mit dem falschen Finger auf den falschen Knopf gedrückt hatte. Umgekehrt ist es ja beim Klavierspielen, da muss im richtigen Augenblick mit dem richtigen Finger die richtige Taste niedergedrückt werden. – Ha! – *Sachverstand-Klavierspiel-Engel!*

Unter Szenenapplaus verließ ich die Bühne. Der Vorhang senkte sich nun gänzlich, indem er einen letzten Ruck tat. Nicht der Anflug einer Falte zierte diesen gigantischen Brokatvorhang. Zentnerschwer hing er ab. Um die Menschen zu erheitern, die im Saal geblieben waren, ertönte klassische Musik aus den vier großen Lautsprechern, die links und rechts neben der Bühne angebracht waren. *Mozart*. Nicht etwa Johann Sebastian Bach oder Ludwig van Beethoven, Franz Joseph Haydn oder Joseph Maurice Ravel oder gar einer aus der Riege der Walzerkönige, der Johann Strauß etwa.
– *Ich könnte nahezu endlos fortfahren.*

Nein, nein. Nur Mozart. Kein Wunder, denn wer im blühenden Alter von sechs Jahren schon Klavierkonzerte gegeben hat, während andere Burschen in seinem Alter noch rockzipfelig an ihrer Mutter hingen, der musste einfach gespielt werden. Wolfgang Amadeus Mozart. – *Das Wolferl.* Der Johannes Chrysostomus Wolfgangus Theophilus Mozart, unter dem Namen er bürgerlich geboren wurde.

Nun. – *Eine kleine Nachtmusik*, um es lautmalerisch darzustellen:
Di-Da-Di-Da-Di-Da-Di-Di-Diiih ...
Geschickt und clever ausbaldowert. Das geht immer.

... *Nachtmusik*, natürlich, was sonst ertönte um diese Zeit in einem Theater, in dem der Vorrang heruntergerasselt war?

Ich zog mich in meine kleine, aber feine Garderobe zurück und stärkte mich mit dem himmels- und weltberühmten Manna, auch als *Wundernahrung* bekannt, das ich wohlweislich mitgenommen hatte, da das irdische Brot bei weitem nicht geschmacklich an das im Himmel gebackene heranreichte.

(Was auf Erden aus Brotteig so alles hergestellt werden kann, das schlägt manchem Engel die Zunge nach hinten. Oft auch nur eine „Wundernahrung". Obwohl die gesamte Vielfalt der Brotbackkunst nicht zu verachten ist. – Wenn es denn ein guter Bäcker fabriziert.

Einst sah ich mit neugierigen Augen lange dem Verlauf einer Brotbackstraße hinterher, wobei ich mich wieder nur mit den Fingernägeln auf dem Kopf kratzen musste.)

Zu meinem Manna trank ich ein Glas Wasser, einfaches natürliches Mineralwasser. Das diente zum Löschen meines Durstes und natürlich, um die Kehle geschmeidig zu halten. Zudem räkelte ich mich ein wenig auf einem dunkelbraunen ledernen Sofa ohne Rückenlehne, also eher doch ein Diwan, und verschnaufte mit tiefen, ausgedehnten Atemzügen. Die vielen Zuschauer sahen mich zum großen Glück nicht in dieser eher doch flegeligen Haltung.

Warum sollten sie auch?

Bis dahin hatte ich es also weiß Gott prächtig verstanden, mein von mir geliebtes Publikum zu fesseln. Eine schmälernde Beschreibung dieser künstlerischen Atmosphäre wäre sicherlich unpassend gewesen. Das war also *mein geliebtes Pu-*

blikum, das ich nach kurzer Zeit schon ins Herz geschlossen hatte.

Gehenden Fußes befand ich mich nach der kurzen Verschnaufpause wieder auf dem Weg zurück zur prächtigen Bühne. Sollte ich noch eine kleine Schüppe drauflegen und das Publikum mit Haut und Haaren in den Wahnsinn treiben? *Natürlich nur positiv gesehen!* Nein, es war genug. Sollte gut sein. Für den Anfang sollte das reichen. Ausreichen.

Die Vielzahl der Theaterbesucher verließ kurzfristig den Saal, um wie angeraten im weitläufigen Foyer frische und unter Umständen kühle Luft zu tanken. Die Qualität der Luft im Theatersaal ließ verständlicherweise im Verlaufe des Abends zu wünschen übrig. Wenn überhaupt noch von *Luft* die Rede sein konnte.

Die Düfte von Rasierwässer, Parfums, Deodorants, Haar- und Fußsprays sowie verschiedenartiger Aftershaves vermischten sich, und eine riesige, unsichtbare Wolke wurde so gebildet. Die Ventilationen, die im Saal installiert waren, verrichteten unermüdlich ihre Arbeit und schafften eine angenehme kühle Luft aus den weiten Tiefen der Außenanlagen herbei.

Die Besucher sahen zahlreiche, aus entspiegeltem Glas gefertigte Vitrinen in der großen Eingangshalle stehen. Sie enthielten kleine, interessante Souvenirs, die ich mitgebracht hatte. Himmlische Ausstellungsstücke und Accessoires als auch diverse Kleinigkeiten, die zwar unverfänglich waren, aber irgendwie andeuteten, worum es sich bei mir handelte. Engel von oben. Das sah doch jeder? Einige Zuschauer nutzten sogar die gebotene Gelegenheit, um sich vor dem schönen Theater die fast eingeschlafenen Beine zu vertreten, indem sie wie rosa Flamingos auf und ab stolzierten. Zu hören war ein kräftiges Stampfen, Zigarettenetui auf- und zuschnappendes Klappern, rätselhaftes Raunen, undefinierbares Scheppern, bellendes Husten, lärmtosendes Schniefen und ächzendes Stöhnen. Ein kleiner Teil der versammelten Menge frönte dem teuflischen Laster des Rauchens. Beißende Qualmwolken wurden in die Tiefen der teerausgekleideten Lungen gezogen. Hastige, mitunter hirnvernebelnde Züge wurden so getan. Kleine, gar weißblaue Wölkchen schwebten selbst über den Köpfen der nicht rauchenden Menschen.

Die Zuschauer machten sich im wahrsten Sinne des Wortes Luft, indem sie wie gelöst all das nachholten, was sie die ganze Zeit nicht tun konnten oder es ihnen der Anstand verbot.

Das befreite wohl ungemein.

Niemand blickte erzürnt oder stieß sich etwa verbal daran. Es gab sogar Menschen, die einer Theatervorstellung nicht beiwohnen konnten, weil sie nicht in der Lage waren, etwa zwei oder drei Stunden auf das Rauchen zu verzichten.

Aber es gibt doch Pausen?!

Das war sehr bedenklich. Sündhaftes Verhalten. Dazu das süchtige Verlangen nach nervenberuhigendem Gift. Äußerst bedenklich. Nikotingeschwängerte Gesellschaft mit Drang zum Selbstmord in Raten. Seid ihr schon so krank? Schon jetzt? Aber die Zeit arbeitet gnadenlos im vorgegebenen Takt und vergeht immer gleich schnell.

Tempus fugit.

Wie der alte Lateiner zu sagen pflegt.

Die großen Zeiger der Uhren an den Handgelenken der Zuschauer bewegten sich gen zwölf. Nun begann die letzte Stufe meiner Vorführung. Ausklingend sollte es sein. Ruhig auslaufend. Die konvex gewölbten Stuhlreihen im Theater waren nun wieder voll besetzt. Jeder hatte auf dem Sessel, auf dem er zuvor schon saß, Platz genommen. Lauernder Erwartung war jedermann gespannt, wie die Engelsgeschichte auf der Bühne enden würde. Die brodelnde Menge wartete angespannt. Unzählige der angeschwitzten Finger rieben aneinander. Ungeduldige Handflächen schmirgelpapierten in kreisenden Bewegungen und erzeugten einen Klang, wie er abenteuerlicher nicht sein konnte.

Ich spürte wider Erwarten noch ein leichtes Kribbeln am ganzen Körper. Als trippelten hunderte, was sage ich, tausende von Ameisen unter der gesamten Leibhaut umher und pieselten in jede innen liegende Hautfalte. Aber ein nur ganz leichtes Pieseln. So ein Gefühl war das. Die teils mit teurem Tuch bekleideten Körper der Zuschauer begannen, sich rhythmisch zu bewegen, dabei hatte ich nicht einmal ein Schunkellied angestimmt. Ihre Köpfe rotierten langsam, und die Hälse dehnten sich, um so die Steife der Muskulatur bekämpfen zu können. Es ist eine Sitte auf Erden, dass Menschen zu gewissen Anlässen, in bestimmten Regionen, ihre Körper in schunkelnde Bewegungen versetzen und damit das Ganze schwingt und klingt, wird es mit viel *Tätärätätä* und *Schinderassabum* ausgeschmückt.

Ein großes Glück, dass es möglich war, diesen Vorhang so schnell zu reparieren. Eine Kleinigkeit war es, wie der Veranstalter mir sagte, ein Defekt in der Halterung, nun ... egal. Den Sauerstoff tief eingeatmet, erreichte ich die Bühne erneut und stand hinter dem roten Vorhang, der sich aber nun schneller hob als eingangs. Mir kam es jedenfalls so vor. Ich schaute skeptisch auf den Vorhang – unbegründet. Doch –

ich wusste ja nie! Der Anblick für die Zuschauer war wieder der gleiche.

Selbst für mich. Ich erschien also selbstredend in gleichem Gewande, dazu in den schönen Schuhen steckend. Auch diese glänzten weiß und silberig wie gewohnt.

Tiefe Zufriedenheit strahlte ich aus, dass es mir selbst ganz heimelig wurde; eine Zufriedenheit, die sich auf das ganze Theater ausbreitete. Ich senkte die gut durchblutete Unterlippe, hob die Oberlippe davon ab und sprach:

„Ich hoffe, dass wir nicht mehr von solchen Zwischenfällen belästigt werden und ich meine Vorstellung nun in aller Ruhe beenden kann. Das infernalische Funkeln in euren Augen ist eine sehr große Freude für mich."

Die sicher für die Zuschauer unglaublich klingende Darstellung in perfekt mimischer Hingabe bedurfte eigentlich keiner weiteren Erklärung. Doch wie so oft war es ja möglich, dass die gottlästernden Zweifler unter den Zuschauern einfach einiges durcheinander geworfen hatten. Leider treffe ich in Vorstellungen verschiedenster Art immer Menschen, die zweifelnd einen Ablauf verfolgen, trotzdem nichts verstehen und auf die Frage antworten, ob sie das *Stück* begriffen haben, sagen: *Jawohl, ich habe das alles verstanden.* Diese geflunkerte Tatsache bleibt oft als eine unaufgelöste Tablette im Raum liegen. Aber selbige Menschen werden irgendwann den gleichen Weg gehen müssen, den auch ich gegangen bin. Dieser Weg besteht aus der notwendigen Einsicht, dem richtigen Verständnis, und erst dann stünde es ihnen zu, die absolute Wahrheit zu äußern.

Gewaltig hart würde der Weg für diese Menschen sein. Wenn er denn so in der richtigen Spur und Reihenfolge verliefe. Doch das steht in den Sternen geschrieben und letztlich muss gesagt werden: Das weiß nur Gott! – Ja, der Le-

bensweg. Es ist der Weg vom Anfang bis zum bitteren Ende, den jedes Geschöpf gehen muss und dieser ist zweifelsohne hart. – Sehr hart. – Äußerst hart.
Beschwerlich. – Sehr beschwerlich. – Extrem beschwerlich.
... und steinig. – Sehr steinig. – Schmerzhaft steinig.
... und natürlich langwierig. – Sehr langwierig. – Grausam langwierig.

Ob es ein Mensch wahrhaben will oder nicht, das Leben ist und bleibt eine gewaltige Prüfung. Für den einen fällt sie leicht aus, für den anderen wird sie zur Qual. Jedem das Seine. Das Meiste ist sowieso vorbestimmt. Den größten Fehler, den ein Mensch begehen kann, ist das *Abschauen vom Nebenmann*. Diese Unart sollte als Tabu angesehen werden. Wie sich jeder Mensch auf diese Prüfung vorbereitet, bleibt dem Einzelnen überlassen.
Da zitiere ich schnell das Sprichwort: *Jeder ist seines Glückes Schmied. – (Das endet, bei jeder noch so großen Lebensanstrengung, für die Bösen in der Hölle! – Wetten wir?)*

„Mich verbindet doch eigentlich nichts mit diesem Engel?"
Christoph, der Junge, der das Theater verlassen hatte, runzelte die Stirn, sprach mit sich selbst und stellte diese Frage. Er sprach leise weiter:
„... oder gibt es doch eine Art geistige Verbindung zu diesem ungewöhnlichen Engel? Egal, welche Verbindung es auch ist: Es kann nicht sein, dass ich mich von einem Engel so beeinflussen lasse und dadurch meine Gedanken verrückt spielen.
Obwohl – Engel sind wohl doch etwas ganz Besonderes."

Der Junge schaute still vor sich hin, auf den Theatervorplatz vor dem Schauspielhaus in der Stadt *Irgendwo* in *Nirgendwo*. Die ausgesprochenen Gedanken von Christoph, dem *Theaterflüchtling*, erreichten mich in geradezu telepathischer Art und Weise. Ich war wie von einem inneren hochvoltigen Blitz getroffen. In jenem Moment spürte ich ein kontinuierliches Pochen in meinem gewaltigen Herzen und ein gleichmäßiges Vibrieren unter meiner Engelshaut.

Ich hielt ein.

Die Bewegung meines Körpers kam abrupt zum Stillstand, und dieses Verhalten irritierte dummerweise das Publikum erneut. Verständlich. Es schaute verwundert auf die große Bühne, auf der ich einsam stand. Wie eine Statue steif, nur nicht so uni oder mit einer Grünspanpatina überzogen, die schon eine zweite Haut zeigte.

Wie eine jäh gebremste Dampflok äugelten die Zuschauer aus den beiden Augenhöhlen ihrer jeweiligen Häupter, als wären ihnen die Gleise ausgegangen. Ich selbst war verständlicherweise ebenso beirrt, stand schweigend da. Verunsichert über mich selbst. Plötzlich packte es mich innerlich wie von Gottes Hand an der Schulter geschüttelt. Begann schon hier die erste Stufe der Erzengelwerdung?

Mein Geist befahl meiner Zunge, etwas hektisch zu sprechen:

„Entschuldigt mich bitte, liebe Zuschauer dieser Aufführung. Ich weiß, dass das jetzt sehr seltsam anmutet, aber ich muss die Vorstellung leider nun selbst kurz noch einmal verlassen, bin aber in wenigen Minuten zurück, garantiert. – Bitte entschuldigt nochmals."

Ich wollte mir natürlich nichts anmerken lassen, was diese Episode mit dem Jungen Christoph anbelangte, und selbst das anwesende Publikum gab sich augenscheinlich sehr verständnisvoll. Glaubte ich. Meinte ich. Sollte eigentlich so sein.

Doch *Errare humanum est.* – Irren ist menschlich.

Es applaudierte sogar, dennoch eine sonore, männliche Stimme tat Unmut kund, und es schallte aus der verunsicherten Menge heraus:

„Keine Sorge, Herr Engel Midron, *wir* können warten!"

Herr Engel Midron, wie der das schon sagte! Dieser Mensch dort in der Reihe.

So abwertend, beinahe beleidigend. Klang ja fast wie ein Schimpfwort! Notgedrungen, wie an einem Gummiband gezogen, huschte ich wie ein reflektierender Lichtschein einer Taschenlampe rechts an den Stuhlreihen vorbei. Mein engelhafter Gang war mehr federnd. Ich ging dem Anschein nach relativ langsam und bewegte mich zudem dazu nicht sehr schnell. Und doch vergingen nur wenige Sekunden, und ich verschwand durch eine lebensrettende Nottür, die hinter einem kleineren roten Vorhang versteckt lag. Eine gesittet lebhafte Diskussion, die nun im Theaterraum entbrannte, konnte als solche kaum noch bezeichnet werden. Wie ungestüm doch Menschen in opportune Haltung verfallen können. Wie blitzartig ihre Gedanken umschlagen, wie pfeilschnell sich gut in schlecht, vergnüglich in abwertend, himmelhochjauchzend in zu Tode betrübt verwandeln kann. Die Wahl ihrer Worte ließ ein neues Wörterbuch entstehen. Eine wenn auch kleine Blitz-Enzyklopädie erkeimte aus den unglaublich vielen Gedanken der Leute und entartete fast zu einer Giftblume, die ihre Widerwärtigkeiten in alle Himmelsrichtungen versprühen konnte. Ein wenig fühlte ich mich wie eine unglücklich des Weges schwebende Fliege, die von einer Fleisch fressenden Pflanze, wie etwa dem Sonnentau oder der Venusfliegenfalle, gefangen und verspeist wurde.

„Sie müssen ja verdammt viel Zeit mitgebracht haben, Herr Engel Midron! Sind Sie eigentlich wahnsinnig geworden? Was heißt hier, wir können warten? Haben wir denn nicht schon lange genug gewartet? Immer diese unnötigen Unterbrechungen. Ich will endlich wissen, wie und wann es nun weitergeht! Eine seltsame Vorstellung ist das hier und heute! Ist denn hier allen alles egal? Wir haben doch teuer dafür bezahlt!" – *Nachtigall, ich hör dich trapsen!*

Völlig cholerisch löste sich diese soprane, weibliche Stimme aus der vorderen Reihe des Theaters. Wahrscheinlich hatte sie den süffisanten Unterton in der Stimme des scheinbar ungeduldigen Mannes nicht herausgehört. *(Verbale Hilfe eilte herbei!)* Und noch eine weitere Frage wurde diagonal durch den Raum von links hinten nach rechts vorne katapultiert:

„Herrgott, diese Ungeduld. Sind Sie das erste Mal hier bei einer Aufführung? Das ist doch wohl etwas ganz anderes – das mit dem Engel hier, oder etwa nicht? Banausen, alles Banausen, erbärmliche Dummköpfe, Spießer, ... und dann dieses eklatante Kleinbürgergehabe –

Alte Schnepfe! –

Nicht auszuhalten!"

(Nun, diese Stimme hallte solidarisch zu mir herüber!)

So ergab ein Wort das andere. Die gnadenlosen Aussagen waren geformt zu einigen unverfrorenen, frechen, fast ekelhaften Sätzen. Mit einer nicht zu beschreibenden Lautstärke, zum Glück noch im zweistelligen Dezibel-Bereich, verwandelte sich der vorher noch in gedämpften Tone daliegende Theatersaal mit samt seines *humanitären* Inhalts in einen Hexenkessel in dazugehöriger Hexenküche oder besser in einen nicht mal urigen Komödienstadel mit verbal biblischen Redewendungen. Solche Sprüche stehen in keiner Bibel; diese gezielten Hässlichkeiten befinden sich eher in einem primitiv ausstaffierten Meckerbuch.

Während der schandwörtlichen Gefühlsausbrüche des Publikums versuchte ich, die jeweiligen Worte, für Engel abschwächend, zu interpretieren. Ich vernahm die übelsten Schimpfworte:
Herrgott noch mal! – Der Betreffende wünschte seinen Schöpfer erneut herbei. *Himmel, Arsch und Zwirn!* – Ambrosischer Gesäßfaden, dessen Existenz mir doch sehr zweifelhaft erschien. *Um Gottes Willen!* – So ein Beharren wünschte der Herr sicher nicht. *Weiß der Teufel!* – Auch hierbei hatte der Herr seine Zweifel. *Teufel auch!* – Lieber nicht. *Fahr zur Hölle!* – Das konnte der Rufer nicht wirklich seinem Widersacher wünschen. *Ich habe ja eine Engelsgeduld!* – Echo: *Ja, Gabriel!* Das gebar sich schon eines Besseren. *Dann geh doch endlich nach Hause, du alter Satansbraten!* – Das würde derjenige sicher nicht machen. *Quatsch mich nicht so von der Seite an, du dummes Huhn!* – Verbale Entgleisung eines IQ-schwachen Geschöpfes. *Leck mich am Arsch!* – Unanständige Aufforderung. *Scheiße. Idiot, Wichser, Dumpfbacke, Mistbock.* – Primitiv sortiertes Vokabular der Ausrufer. *Pest und Cholera!* – Lieber nicht.
Es erklangen zudem noch weitere Verbalattacken ähnlichen Kalibers. – Es handelte sich um Sekundenschübe von Widerwärtigkeiten sowie minutenlanges Gekeife und Geschrei. – Schrecklich, es war einfach brutal, dies alles mit anhören zu müssen!
Wie sich doch gutsituierte Menschen von einem Moment auf den anderen umformen können. Wie es im Roman von Robert Louis Balfour Stevenson beschrieben steht, mutiert Dr. Jekyll unter Drogeneinfluss zu Mr. Hyde, oder in einem

anderen Fall verwandelt sich ein vom *Canis lupus* gebissener Mensch nachts bei Vollmond in einen Werwolf*.

(*Im Volksglauben gibt es noch eine andere Definition: Der Werwolf ist ein Mann, der sich zumeist nachts bei Vollmond in einen Wolf verwandelt und so mordend durch die Straßen zieht. Grundlegend war die nordgermanische Vorstellung, dass die Seele während des Schlafes den menschlichen Körper verlässt und in Gestalt eines wilden Tieres herumzieht.)

Anfängliches Wohlwollen schlägt um in Verachtung und Ungeduld. Peinlich wie wahr. Ich schämte mich unbewusst dieser Menschen. Aber so waren sie nun mal. Emotional geladen, den Munitionsschacht der Waffe bis zum Stehkragen geladen und die Reservemunition im Herzen versteckt an der eigentlich gütigen Seele festgebunden.

Währenddessen und dieser Geräuschkulisse kopfschüttelnd begegnend, erreichte ich den Vorplatz des großen Theaters. Ich sah den Jungen unter einem alten, knorrigen, dickstämmigen Baum stehen und sprach ihn unvermittelt an:
„Sei gegrüßt, lieber Christoph."
„Du kennst meinen Namen?", fragte der Junge erstaunt.
„Was ist geschehen? Warum bist du gegangen?", wollte ich wissen, ich, Midron, der geflügelte, weit gereiste Himmelsbote.
„Du kanntest meinen Namen vorher, weil du ein Engel bist, nicht wahr? Egal. Ich weiß nicht, was mit mir geschehen ist. Ich bin einfach erschrocken, zusammengefahren. Innerlich, verstehst du? Ich habe keine Ahnung, warum ich gegangen bin. Vielleicht hat es mich einfach nur hinausgezogen. Vielleicht verstehe ich hier irgendetwas nicht ganz

richtig", antwortete Christoph, der Junge, der vor einiger Zeit noch im Theater gesessen hatte.

Ich nickte zustimmend, und meine Worte und Fragen trafen den Jungen Christoph nun direkter:

„Beruhige dich, es ist alles in Ordnung. Ich spüre, dass dich eine große Last drückt. Wir werden reden. Ich werde dir zuhören. Du kannst dich aussprechen. Nur vielleicht nicht jetzt und hier. Ich muss auf der Bühne mit meiner Vorstellung erst zum Ende kommen. Das bin ich den Leuten schuldig, verstehst du? Wenn du willst, treffen wir uns in meiner Garderobe. Sagen wir, in einer Stunde, du kommst?"

„Okay, in einer Stunde. – Ich bin da!", entgegnete mir der Junge, und es klang nach einem lang ersehnten Treffen unter Freunden.

Merkwürdig, wie meine Gedanken tänzelten, wie sie geradezu pirouettierten, wie der Elfentanz einer zehentrippelnden Primaballerina.

Doch, Respekt, ja doch durchaus, meine Hochachtung.

Der Junge zeigte weder hasenfüßige Furcht noch eventuelle Berührungsängste.

Das allein imponierte mir schon gewaltig. Engelhaft gewandt drehte ich meinen Körper herum, nachdem Christoph noch mit seinem augenaufschlagenden Blick signalisiert hatte, dass das beidseitig gewünschte Treffen in der kleinen gemütlichen Garderobe stattfinden würde.

Durch die Tür, durch die ich noch zuvor entschwunden war, tauchte ich flugs wieder auf und fand meinen Weg zurück auf die nun schon gewohnte Bühne. Wider Erwarten und nun doch recht ominös anmutend, unter großem Applaus, stand ich vor der wartenden Menge und fuhr fort bis

zum nahen Ende. Das war nun endlich so gut wie erreicht. –
Ein gewisses Déjà-vu für die Zuschauer und für mich.
Jetzt bloß nicht noch eine Unterbrechung, ging es mir durch den Kopf.
Das Raunen im Saal hatte sich zum Glück gelegt. Was heißt Raunen? Das infernale wie verbale Teufelswerk schien sich ausgesprochen beruhigt zu haben. Kein böses Wort war mehr zu hören. Die geröteten Gesichter *glänzten* wieder in altem normalblassem Scheine. Doch eine Bestätigung des Erwachsenseins? Die Zuschauer verhielten sich gezwungenermaßen pennälerhaft ruhig, weil die Ratio wohl wissend gesiegt hatte, so zu erkennen, wann sie schweigen mussten und wann nicht.

Die letzten, himmelerklärenden Worte, die meinem Mund entrannen, waren in den Tiefen des Raumes verklungen. Versiegt wie eine von der Sonne eingetrocknete Quelle. Abgeebbt wie das Meerwasser am Strand der urgewaltigen See, die ihre Weite zu nutzen wusste, die ihre Schönheit präsentieren konnte und die nach irgendwelchen Gründen nie fragen würde.

Noch ein kurzer Augenblick, und die Menschen begannen, die rechten Hände gegen die linken zu schleudern. Es wurde bannig laut. Gehörgängiges Ohrenpreschen. Akustischer Prasselregen. Brutales Dampfhammergetöse. Starke Druckwellenbeschleunigung im bestehenden Überraum.

Das entfesselte Publikum raste nun schier vor endloser Begeisterung. Nichts hielt sie auf. Nicht eine Hand blieb still und unbewegt ruhig. Die vielen Sohlen der Schuhe trommelten auf den Bodenbelag. Mein erstes Werk ergoss die edlen Früchte auf den Bühnenboden. Stehende Ovationen. Unermüdliches Klatschen. Ein minutenlanger, tosender Applaus belohnte meine leider durch Unterbrechungen gezeichnete Vorstellung, die keinesfalls gekünstelt war, aber nun mal im Theater stattfand. Die von den Menschen erzeugte Geräuschkulisse war so enorm. Stakkatopeitschende Hände. Furios fliegende Finger, die ihre Spitzen peinigten. Die seitlich innen an den Wänden des Theaters angebrachten schweren Stoffe schwangen sogar unter dem Druck dieses Applauses. Infernalischer Applaus. Herzzerreißende Beifallsstürme.

Gut so, ja, so ist es prächtig! – Weiter, gebt alles!, dachte ich ereifernd.

Die Menschen wirkten mehr als zufrieden. Mein mächtiger Brustkorb schwoll an und pumpte sich auf wie ein Heißluftballon. Jeder Maikäfer, Blatthornkäfer aus der Familie der *Scarabaeidae*, wäre katapultartig vom Boden abgehoben. Dann ließ ich wieder das bekannte Zischen der Luft durch meine Lippen ertönen. Der immense Druck des Atems ließ meine wohl geformten Lippen beinahe zu glitzernden Eiswällen erblühen.

Wie interpretierte sich die Tatsache, dass die Menschen im Saal so begeistert waren? Wie ließ sich diese erneut eintretende Stille, die dem Beifall folgte, erklären? Ein immenses Gebilde des Nachdenkens hatte sich folglich ergeben.

Und Fragen. Banale Fragen.

Tiefgründige Fragen.

Zielgerichtete Fragen.

Endlose Fragen. – Wieder Fragen.

Besteht das ganze Leben denn nur aus Fragen? Out of Questions? En Demande?

Ja sicher! Aus Milliarden Fragen. Aus unzähligen Fragen, ... und es folgten derer nicht nur *wenige*. Antworten darauf, wo waren denn diese? Noch nicht greifbar oder abrufbereit aus der großen Denkzentrale des menschlichen Geistesvermögens? *Die vielen Speicher sind längst voll, irgendwann könnte eine Überkapazität ihr Volumen sprengen, wenn sie nicht durch Antworten erleichtert werden.*

Das großartige Theater leerte sich zusehends. Einer Polonaise gleich, allerdings ohne sich mit den Händen auf den Schultern auszuruhen, drängte es das Publikum in Richtung *Freiheit*. Die Menschen trippelten im Gänsemarsch vorwärts und strömten in alle Richtungen hinaus. Hinaus aus einem mächtigen Gebäude.

Alles Theater! – Die einen spazierten schlendernden Fußes nach Hause, die anderen benutzten ihre Fahrräder oder Motorräder und teils nostalgisch chromblitzenden Autos, den Ort meiner himmlischen Aufführung verlassend, um so ihr wohliges Heim zu erreichen. *Heim kommt sicher von Heimat*, sinnierte ich mit nachdenklicher Miene.

Eine brillante Vorstellung war zu Ende gegangen, eine ganz und gar überwältigende und grandiose Vorstellung, die unbedingt wiederholt werden musste. Wie und wann dieses geschehen sollte, wollte ich in den Sternen stehen lassen, denn dieser *erste Auftritt* wissentlich vor den Menschen war ja nur ein Beginn, der Auftakt zur erneuten Integration in das Menschengeschehen. – *Gelungen?*

Die erste hellgelbe Firnis auf der Leinwand des zu erwartend viel versprechenden Bildes war aufgetragen. Des Weiteren hatte ich die ersten farbigen Mosaike für mein *Kirchenfenster* gesammelt und zusammengesetzt, um so den Anfang und Willen zu meinen guten Taten zu zeigen; wenn es auch erst nur in geistiger Vorstellungskraft verankert lag. Ich glaubte, mich dieser gewissen Einführung zurück ins Irdische wohl verdient gemacht zu haben, und konnte nur stark hoffen, dass diese Freudentat mich zum Erzengel befördern würde. Oder war das noch keine gewaltige Herausforderung? – *Plutôt petit?* – Eher klein? Nicht ein wenig, wenn auch zögerlich, anwachsend? Also? *Ich hoffe doch, Vater. – Hast du denn gut hingehört und hingesehen, mein lieber Gott, mein verständnisvoller Vater, mein ewig währender Beschützer, mein spendabler Mäzen, mein selbstloser Gönner und Himmelszelt-Führer?*

Doch nun genug des Anbiederns.

Christophs Erzählung

Es pochte an der leichtgängigen Tür mit der unmissverständlichen Aufschrift: *Garderobe*. Diese Garderobe war das Verwandlungsdomizil der Protagonisten für die jeweiligen Theatervorstellungen. *Also für jene Künstler und solche, die sich dafür hielten.* Warum sollten ein *blutiger Anfänger*, ein laienhafter Amateur oder Nichtkünstler ein solches Umkleidezimmer bewohnen, einmal ganz davon abgesehen, dass ihm der Zutritt ohnehin verwehrt würde? – Anders bei mir.

An der hölzern klingenden, dunkelgrün lackierten Tür, die einen kleinen Spalt aufstand, hing noch zusätzlich ein schräg baumelndes Blechschild an einer staubigen, beigefarbenen Kordel: *Bitte anklopfen*. – Schließlich konnte niemand von außen durch die geschlossene Tür sehen, inwieweit der Betreffende bekleidet oder entkleidet war.

Ich, der neugierige Engel Midron, horchte erwartungsvoll auf, richtete meinen Kopf samt zum O geformten Mund zur Tür und sprach:

„Ah! Christoph, komm doch bitte herein, ich habe dich schon erwartet." Ich war mir hundertprozentig sicher, dass er kommen würde. Der Junge Christoph. – ... und er kam in aufrechtem Gange herein, schloss bedächtig die Tür hinter sich und begrüßte mich mit einem zaghaften:

„Hallo! – Wie geht's. Hat alles geklappt?"

„Sehr gut, ja, danke der Nachfrage!", entgegnete ich ihm postwendend und spürte beim Sprechen ein unbehagliches Kratzen im Hals. *Grrrh ...!* Ich drückte in einem Stoß einen Atemschwall aus der Lunge über den Rachen bis in den Mund. Dabei hüpfte mein Kopf wenige Zentimeter hoch. Die Lippen bäumten sich nach außen, und der warme Odem verteilte sich im Raum. Das auffallend tieftonige Timbre in meiner Stimme ließ erkennen, dass diese Vorstellung im Theater doch wohl etwas anstrengender gewesen sein musste, als ich zuvor angenommen hatte. Allem Anschein zum Trotze waren meine Laute dennoch wohl klingend und durchaus wiederzuerkennen. Sie hallten Christoph väterlich entgegen:

„Setz dich doch bitte, hier, nimm Platz auf diesem Stuhl. Lass uns reden. Wir können nun die Zeit nutzen und uns über Verschiedenes unterhalten. Sprich dich einfach aus. Lass dir Zeit dabei, überlege gut, erzähle gelassen, und ruhig mit großen Umschweifen, wenn du willst auch haarklein, was dir auf der Seele brennt!" Ich deutete mit der ausgestreckten Hand auf einen Schemel. Ein kurzes, mehrmaliges Kopfnikken seinerseits symbolisierte ein Danke. Brennende Seele! Nun, ich kenne diesen Zustand nur zu gut. Doch nicht nur ich. – Weitere Gedanken sollten mich aber nicht zu diesem Zeitpunkt irritieren oder gar ablenken.

„Gut, das mache ich!", sagte Christoph und begrub seine Oberarme mit den Handflächen. Diese *Vater-Sohn-Aussprache* würde eine nicht unerhebliche Seelenreinigung bewirken, und sein angeknackstes Selbstbewusstsein wäre zügig wieder hergestellt, von der Engelszunge übermittelt. Das freute mich natürlich besonders. Christoph stünde wieder lebensbejahend da, und so versuchte ich, meine eigenen Gedanken etwas an die Seite zu drängen, um den Kopf frei zu haben für Christophs Ausführungen. Ich erhoffte mir im Vorfeld schon einen zufriedenen Gesprächsabschluss. Bei meiner Physiognomie ein Klacks! *Blasiert-Engel.* Es gehört schon eine gehörige Portion Selbstherrlichkeit dazu, manche Dinge so zu betrachten und auszusprechen. Der sprachliche Eindruck, den ich zuweilen erweckte, haftete mir an, weil ich mich in einige soziale Umfelder im irdischen Leben integrieren musste. Ein Gesellschaftsdelikt, den viele Menschen begehen und dem dazu nicht mehr ausweichen können.

Christoph nahm Platz auf einem dreibeinigen Drehschemel, der auf der runden Sitzfläche mit einem beigefarbenen Naturfell bezogen war. Es handelte sich um ein helles Schaffell, das leichten Geruches behaftet und partiell platt gesessen war, insbesondere dort, wo die Rundungen der Gesäßbacken das Gewicht des Körpers erdanziehungsgemäß *in die Polster* drückten.

„Fühlst du dich hier wohl, gefällt dir die Garderobe?", fragte ich den Jungen und schüttelte mich dabei zufrieden, indem ich mich selbst umarmte.

„Ja doch, ist ganz gemütlich hier", entgegnete Christoph. Er sah mir in die Augen. Bei ihm nickten quasi nur seine Augenlider, und er fragte mich daraufhin:

„Ist deine Vorstellung gut zu Ende gegangen, und vor allem, haben die Zuschauer deine Botschaften aufnehmen können?"

„Oh ja, ich denke schon. Obwohl ..., – was heißt, ich denke schon? Sicher war es eine außergewöhnliche Darbietung meiner selbst, eine aufschlussreiche Aufführung für gerade dieses Publikum. Daran werden sie definitiv noch lange denken. Aber einen gewissen Teil davon hast du doch auch mitbekommen oder etwa nicht?"

„Ein wenig ja, aber ehrlich gesagt habe ich nicht gerade das Meiste davon verstanden. Darüber hinaus ist es sicher schwer, mich auf wesentliche Dinge zu konzentrieren, ich denke eben immer wieder an meinen Vater", fügte Christoph noch hinzu, wobei er versuchte, mit den Augen im Raum einen sicheren Halt zu finden. Seine Pupillen wanderten in der Garderobe wie zwei kleine Taschenlampenscheine umher, die von einer zittrigen Hand gesteuert wurden.

Natürlich würde es ihn eine gewisse Überwindung kosten, sich mir zu offenbaren und sein Herz auszuschütten, seine Seele aufzublättern, um den geistigen Inhalt blank zu legen und berichten, was in seiner Familie nun geschehen war.

Denn darum ging es wohl oder übel, es war zu offensichtlich. Das sah ich seiner blassen Nasenspitze förmlich an, und der Schein sollte mich nicht trügen. Speziell, wenn schon jemand ein Familienmitglied anspricht, liegt es nahe, dass etwas im Argen liegt. Christoph schwärmte mir, trotz schwerer Gedanken, ein paar sanfte und sogar persönliche Worte vor:

„Es liegt zeitlich gesehen nun schon etwas zurück. Doch ich werde dir diese Geschichte erzählen, denn wem sonst könnte ich mein Vertrauen schenken als einem Engel? Du bist außergewöhnlich, lieber Engel Midron. Ich mag dich sehr. Du hast so etwas Undefinierbares an dir, dass ich nicht beschreiben kann. Ich glaube aber trotzdem, dass ich dir meine vielen Gedanken, die ich noch nicht ganz verarbeitet habe, deutlich machen kann. Es ist ja sehr spät am Abend, aber ..., schau hier, sieh bitte auf meine Uhr!"

Christoph wollte mir zeigen, wie schnell doch Zeit vergehen kann. Genau diese Tatsache sprach ich bereits in der Vorstellung an.

Der Junge zeigte mir also seine alte Armbanduhr, bestehend aus einem silbrigen Metallgehäuse mit inwendig batteriebetriebenem Uhrwerk. Das Glas war ziemlich verkratzt, das Lederarmband verschlissen, bekleckert und speckig. Nun, die Bezeichnung *alte Zwiebel* traf da schon zu. Ein uralter Wecker also, den er da um sein Handgelenk trug.

Die ersten Gedanken, die mir sofort durch den Kopf schossen, waren: *Die Familie könnte finanziell gesehen sehr arm und minderbegütert sein, oder der Junge bekommt vielleicht wenig oder gar kein Taschengeld, oder die Uhr ist vielleicht ein „Erbstück", oder das Tragen einer solchen Uhr ist einfach nur sentimentalen Ursprungs.* Nun, eine intime Frage diesbezüglich wollte ich eingangs erst einmal ausklammern. Nach Abwägung aller Tatsachen kam ich zu dem Entschluss, dass es sich wohl nicht um ein wertvolles Erbstück handelte. Die Uhr stammte eher aus vergangenen Kindertagen und hatte so die Brutalitäten und damit verbundenen Reibereien des kindlichen Alltags überstanden! Ein Geschenk der gern gesehenen Patentante zur Kommunion wäre denkbar gewesen, schien demnach nicht ausgeschlossen. Patentanten lieben es geradezu, zur Kommunion oder Konfirmation eine Uhr zu verschenken, getreu dem lapidarem Motto: *Da hast du etwas für länger!* Hielt eine solche Uhr denn auch länger?

„Interessante Uhr, ziemlich alt, wie ich sehe!", bemerkte ich schmunzelnd, aber nicht kecken Blickes.

„Ja, ein ziemlich altes Ding!" Christoph zog mit einem Ruck seinen Arm weg und steckte die Hand mit der Uhr am Gelenk in die Hosentasche. Zuerst blieb die Uhr am Taschenrand hängen. Er zog den Arm hoch und versenkte die Hand samt Zwiebel im zweiten Anlauf. Seine Fingerspitzen trafen auf den Grund der tiefen Tasche. Brösel und Bonbonpapiere federten das Eintauchen ab. Ich löste meinen Blick von seinem Arm und schaute ihm beinahe hypnotisierend in die Augen:

„Für diese Geschichte wird bestimmt noch genügend Zeit sein, selbst wenn es ein wenig spät wird. Ich begleite dich anschließend nach Hause, wenn du das möchtest?"

„Nein, nein, das wird nicht nötig sein. Ich denke, dass ich alt genug bin. Wie spät es heute Abend auch wird, es ist schließlich nicht weit zu gehen." Christophs Worte klangen vernünftig und logisch obendrein. Was sollte ich also dagegen sagen?

„Ist denn bei euch zu Hause sonst alles in Ordnung?", wollte ich begierig wissen.

„Das werde ich dir jetzt erzählen. So ganz in Ordnung ist eben nichts bei uns, Engel Midron!"

Christoph tat einen Seufzer und sank in sich zusammen, ohne allerdings die Haltung zu verlieren.

„Das *Engel* kannst du ruhig weglassen. Ich weiß schließlich wie kein anderer, dass ich ein Engel bin!", hauchte ich ihm leicht ironisch zu und vollzog mit dem rechten Zeigefinger eine kreisende Bewegung im Uhrzeigersinn über meinem Haupt. Es sah aus, als würde ein Zuckerbäcker eine Schale mit süßem Teig ausschaben. Diese Geste jedoch symbolisierte lediglich meinen Heiligenschein.

Christoph holte die versteckte Hand wieder hervor und wedelte nun etwas unkontrolliert mit seinem dünnen Ärmchen in der Luft herum. Rudimentäre Brösel hafteten an den tastenden Fingerspitzen, ja sogar unter den Fingernägeln, wobei ich die Krümel ohnehin schon als Relikte bezeichnen würde. Das Bonbonpapier hatte den Auftrieb leider oder Gott sei Dank nicht geschafft! Christoph sprach die im anfänglichen Stimmbruch befindlichen Worte mit einigen Fingerzeigen und gedämpfter Stimme:

„Also, lieber Midron, es geht in erster Linie um meinen Vater. Er ist zur Zeit nicht bei uns. Nicht bei mir und somit nicht zu Hause. Ich liebe ihn sehr. Er war lange sehr schwer krank und befindet sich augenblicklich zur Genesung in einer Rehabilitationsklinik. Sie liegt ein Stück von hier entfernt. Richtung Süden, weißt du, fast an den großen, schneebedeckten Bergen. Vorher hat er einige Wochen hier in der Stadt im Krankenhaus verbracht. Es stand außerordentlich schlecht um ihn; er lag *auf der Kippe*. Ich habe viel geweint, meist heimlich und hemmungslos, ebenfalls um meine Mutter. Weil auch sie litt. Sie selbst hat viele Tränen um meinen Vater vergossen. Meistens des Nachts, und ich konnte dabei nicht schlafen. Keine Nacht habe richtig geschlafen. Ich habe gedöst, wach gelegen und immer wieder geweint. Irgendwann kamen keine Tränen mehr, jedenfalls nicht mehr so richtig. Doch wir kommen bald alle wieder zusammen, da bin ich ganz sicher, ich glaube fest daran. Mein Vater wird wieder völlig gesund. Ganz bestimmt. Er kommt schließlich in ein paar Tagen nach Hause, das wird dann wieder wie früher sein", berichtete Christoph in stockendem Wortlaut. Seine kindhaften Augen wurden leicht glasig. Er verdrückte mannhaft je eine Träne, die er sicher nur ungern aus seinen Augenwinkeln abgeschossen hätte. Die schwarzen langen Wimpern wirkten leicht verklebt. Sie waren nass. Er kaute zwischen den Sätzen an seinen Fingernägeln, wobei er den jeweiligen Finger gekonnt in langsame Schwingungen versetzte. Ein paar Brösel hingen an der Unterlippe. Sie rieselten bald hernieder.

Die Reste der beinahe vollständig abgeknabberten Fingernägel am Ende seiner Hände waren zudem etwas schmutzig und ungepflegt. Welche Rudimente sich darunter noch verfangen hatten, wollte ich nicht unbedingt erforschen und auch nicht rekonstruieren. So erhob ich langsam mein Haupt und zudem noch meine Stimme, allerdings mit nachdenklicher und starrer Miene. Mein sich öffnender Mund sprach verständnisvoll wie mitleidig. Meine Lippen versprachen Gefühl und Kontinuität:

„Ich habe mir schon so etwas gedacht. Oft sind es die Familienangehörigen, von denen man so berührt ist und von ihnen erzählt. Ich kenne solche Begebenheiten nur zu genau.

Deine Geschichte bewegt mich sehr, und ich habe großes Interesse daran, alles zu erfahren. Es sollte eigentlich kein Leid mehr geben auf dieser Welt, aber es ist unmöglich, dieses zu bewerkstelligen. Leid und Ungerechtigkeit erfahren wir tausendfach jeden Tag, rund um diesen Globus, in jedem Land dieser Erde. Ich weiß, dass es immer so war, und ich denke, es wird allezeit so sein! Diese bedauerliche Tatsache missfällt auch dem großen Schöpfer: Gott. Sogar sehr. Eine existierende heile Welt wäre zweifelsohne fantastisch – mitunter ein Wunschdenken von Gott, den Menschen und mir. Die Menschen wollen zwar, dass der ewige Friede allgegenwärtig ist und währt, aber das wird nicht geschehen. Sie sind einfach zu verschieden geartet, zu unterschiedlich eben. Die Religion spricht hier eine deutliche Sprache. Feindselig, rücksichtslos und stellenweise unberechenbar. So verdammt einfach ist das! – Entschuldige den Ausdruck. Aber dann kommen wir, wir Engel, um zu helfen und da zu sein, wo immer es erforderlich ist. Das funktioniert schließlich. Du siehst, ich bin da, einer von ihnen. Erzähle mir die Geschichte deines Vaters, ich sagte ja, sie interessiert mich sehr. Ich hoffe, ich verlange damit nicht zu viel von dir? Konntest du dich mit deinen Gefühlen und bewegenden Fragen fremden Menschen anvertrauen und hast du von anderer Seite schon Antworten darauf erhalten?", fragte ich mit einem eher ungutem Gefühl, war aber trotzdem wie immer neugierig.

... und schon wieder eine intime Frage und diese engelhafte, eklatante Neugierde.

Neugierde ist außerdem eine himmlische Krankheit, die ihren Ursprung auf der Erde fand, in den Himmel getragen wurde und in diesem Fall nun wieder zu mir zurückkommt. *Faszinierend wie mitunter erschreckend.*

„Nein. Ich habe mit keinem Fremden je darüber gesprochen, nur mit meiner Mutter. Sie hat mich getröstet, gedrückt und in den Arm genommen. Sie hat mir erklärt, dass es im Leben nicht immer nur vorwärts geht. Ich habe das erst nicht verstehen wollen. Doch sie hat mit dieser Behauptung *verteufelt* Recht. Aber traurig bin ich noch immer. Die Anwesenheit meines Vaters fehlt mir, wenngleich er bald zurückkommt. Sein Fortsein dauert schon so lange", fuhr Christoph fort und erzählte mir ausführlich die ganze Leidensgeschichte seines Vaters während der letzten Wochen. In mir erwuchs unweigerlich das Gefühl, dabei gewesen zu sein. Alles stellte sich sehr plastisch, authentisch, mitfühlend und sehr ergreifend dar.

Ich lauschte gespannt und schaute abwechselnd auf Christophs Lippen und in seine Augen. Das Spiel seiner Finger und Hände verfolgte ich aus einem Augenwinkel heraus.

„Das mit dem Teufel, – das lass besser weg!", warf ich kurz ein, indem ich meine Augen drei- bis viermal rotieren ließ. Ich mochte zuweilen keine Aussagen, indem das Wort *Teufel* vorkam. Es ist wahrlich schlimm genug, dass dieses Wort mit der dazugehörigen Gestalt immer wieder auftaucht, sich breit macht in Gedanken und Begebenheiten, Ängste schürt und hervorruft und Ekel erkeimen lässt.

Christoph registrierte meinen Satz am Rande und murmelte das Wort *Teufel* vor sich hin. Dann berichtete er tonschwankend, aber akribisch weiter. Wie ein farbiger Dokumentarfilm, gar wie eine aneinander gereihte Unzahl von ergreifenden Fotografien, tanzte die Geschichte vor meinem geistigen Auge. Ich versuchte gedanklich, diese Geschichte mit Tönen, Lauten und Geräuschen zu untermalen.

Der Junge Christoph holte mächtig tief Luft und fuhr fast fabulierend fort:

„Also, die ganze Sache geschah wie folgt: Es war ein ziemlich normaler Tag, jetzt erst vor einigen Wochen im Sommer. Ein ganz gewöhnlicher Tag. Doch der Zufall wollte, dass ich diesen Zahnarzttermin wahrnehmen musste. Geregnet hat es in Strömen. Meine Schule ist in der Stadt. Sehr praktisch für mich.

Die Praxis meines Zahnarztes auch. Das ist eher unpraktisch für mich. Ich sollte nach der Schule zu diesem Dentisten gehen, um mir eine neue Füllung implantieren zu lassen, rechts oben in den Backenzahn hinein. Die alte Füllung war ziemlich aufgebraucht und bröselig, Heißes und Kaltes schmerzten bereits. Ich bin gezwungenermaßen hingegangen und war etwas ungehalten darüber, aber alles war nur halb so schlimm. Ein wenig gezwickt hat es. Früh gegen Abend kam ich nach Hause, und die ersten Worte meiner Mutter sprudelten direkt auf mich zu: *Ich muss noch einmal fort. Dein Vater liegt im Krankenhaus. Auf der Intensivstation. Das sieht ganz schlimm aus mit ihm. Willst du gleich mitfahren?*

Ich war schlichtweg verdutzt, zögerte ein wenig und verneinte die Frage, denn meine Verunsicherung war extrem groß. Ich wollte erst noch zu Hause bleiben. Wenn ich damals erkannt hätte, wie sehr mir mein Vater doch nahe steht und ich ihn abgöttisch verehre und liebe, wäre ich natürlich auf der Stelle ins Auto eingestiegen, um mitzufahren. Heute bin ich schlauer, Midron, glaube es mir. Meine Mutter verhielt sich zudem viel zu hektisch, wie durchgedreht, alles andere als apathisch starr. Ich dachte: *Nachher fährt sie noch in den Graben oder vor ein anderes Auto.*

In meinem Kopf ging nichts mehr und ich fragte meine Mutter: *„Was ist denn nur passiert, in drei Teufels Namen?"*

Ich sprang mit einem knappen Satz kurz dazwischen:
„Du sollst doch den Teufel herauslassen!"
„Oh, sicher, das habe ich total vergessen!"

Christoph zuckte erschreckt zusammen und sprach weiter:
„Also, meine Mutter erzählte mir in weinerlichem Tonfall, dass der Bauch meines Vaters total verhärtet sei, irgendwie seltsam entzündet. Er wusste nichts Genaueres zu sagen, nur dass er furchtbare Schmerzen hätte. Zudem jammerte er nur herum. Aber sie haben ihm etwas dagegen gegeben. Das ist eigentlich gar nicht seine Art, so herumzustöhnen. Musste wohl wirklich sehr schlimm gewesen sein. Und er war erst noch mittags beim Arzt. Der hatte seinen Bauch abgetastet. Mein Vater meinte wohl, der Arzt hätte noch Ultraschall gemacht und zu ihm gesagt: ‚Ich kann nichts erkennen. Da ist wohl etwas Großes kaputt gegangen. Vielleicht die Bauchspeicheldrüse oder die Leber. Eventuell auch ein Magendurchbruch. Sie müssen sofort ins Krankenhaus! Also? Wohin, in welches?'
Er entschied sich wohl für das bessere.
Es hieß ja: Allerhöchste Eisenbahn. – Der Qualm schoss schon gewaltig hoch hinauf.

Der Arzt hat dann im Krankenhaus angerufen und alles arrangiert, was so nötig war. Unglücklicherweise war mein Vater selbst mit dem Auto zum Arzt gefahren, trotz Schmerzen. Meine Mutter hatte ihn noch gewarnt, dass das ja wohl sehr gefährlich sein könnte, so mit dem Auto ganz allein. ‚Aber du weißt ja, wie er ist', hat sie gesagt, ‚dickköpfig und stur wie ein alter Esel.'
Gegen zwölf Uhr hat er dann vom Auto aus angerufen, meine Mutter solle eine Tasche mit den nötigsten Sachen packen, Zahnbürste und so etwas.

Vater hat es noch gerade geschafft, sein Auto bis vor die Garage zu bugsieren. Meine Mutter musste ihn förmlich aus dem Auto herausziehen, so schwach war er schon. Sie brachte ihn natürlich sofort gleich mit dem Auto in das besagte Krankenhaus, weil er es vor Schmerzen wohl nicht mehr aushielt. Dann sind sie zum Krankenhaus gerast wie verrückt. Ziemlich verkehrsgefährdend, würde ich sagen, wie meine Mutter gerast ist. Das habe ich aber erst später erfahren.

Jedenfalls hat meine Mutter in diesem Krankenhaus bis vor einigen Jahren als Krankenschwester gearbeitet. Mein Vater meinte, da könnte sie besser parken als bei dem anderen Hospital, das nahe des Stadtparks liegt. Zum Glück kannte sich meine Mutter da noch ganz gut aus. Sie kam fast um vor Angst, und er dachte nur an diesen verdammten Parkplatz für unseren Wagen. Das sind Probleme, weiß Gott, Probleme! Meine Mutter sagte, ich hätte ihn sehen müssen, morgens zu Hause. Oder besser nicht? Schmerzverzerrte Miene, gänzlich durchgeschwitzt und kreidebleich im Gesicht wäre er gewesen. Er hätte dauernd vor sich hin lamentiert: *Ah verflucht, tut das weh. Was soll ich denn bloß machen? Das sind ja Höllenschmerzen, verdammt.* Er sagte: *Mach mir doch bitte einen Tee, diesen Fencheltee, dann geht das schon wieder.* Der Tee hat wohl sonst gut gewirkt und geschmeckt. *Verdammt, verdammt,* das waren seine abbröckelnden Worte. Und das für den Rest des Vormittags. Etwas anderes wäre nicht mehr über seine Lippen gekommen. Bis halb zwölf. Bis dahin hat er gewartet, dieser Querkopf, geschwitzt und sich den Bauch gehalten. Dann erst rief er beim Arzt an und fragte, ob er schnell noch kommen könnte. Er hätte das Gefühl, etwas Schlimmes sei mit ihm geschehen. Vielleicht der Magen oder so ähnlich. Um vier Uhr des Nachts hatte das ganze Drama ja angefangen. Er war verhalten schreiend hochgeschossen im Bett, mit der Decke vor dem Mund. Er wollte sicher niemanden wecken, hatte sich aber gekrümmt vor Schmerzen wie ein Flitzebogen. Meine Mutter war dann so um sieben Uhr aufgestanden. Vater meinte, es wäre alles nur halb so schlimm und es würde sich wieder *legen*. Das hätte er schon öfter gehabt. Aber dem war weiß Gott nicht so.

Als Vater vom Arzt zurückgekehrt war, sind sie dann schleunigst losgefahren, mit einer Reisetasche voller Kleidung, wie z. B. einen Bademantel, einen Schlafanzug, Wäsche, eine Tube Zahnpasta und eine Haarbürste, einen Kamm, was er halt so brauchte.

Seine notwendigen Papiere haben sie auch noch in eine Tasche gestopft, und mit quietschenden Reifen ist es dann wohl losgegangen. Das Einweisungsformular vom Arzt hatte er sich in seine geschwitzten Händen geklemmt. Genau wie die unerlässliche Versicherungskarte. Mein Vater hätte zudem kaum noch auf seine Umwelt reagiert. Bäume und Verkehrsschilder waren an ihnen vorbeigehuscht. Fußgänger, Autos, Häuser und Busse waren für ihn unsichtbar geworden.

Immer und immer wieder hätte er sich unter Schmerzen den hart gespannten Bauch gehalten. Es schien von Minute zu Minute schlimmer zu werden.

Fahr schneller, fahr doch einfach schneller, waren seine eindringlich klingenden Worte. Verkrampft in sich war dann Schweigen eingetreten. Meine Mutter sagte, die Haare auf seinem Kopf wären schweißnass gewesen. Dieser Schweiß war ihm die Schläfen herunter, auf die Brust, auf die Schultern und in den Nacken gelaufen. Sein Hemd war wohl durchtränkt wie aus dem Wasser gezogen.

Nach ungefähr 15 Minuten waren sie auf dem Krankenhausparkplatz angelangt. Mein Vater ging schmerzgebeugt vor zur Anmeldung. Meine Mutter hatte den Wagen noch schnell eingeparkt. Am Fahrstuhl hatte meine Mutter ihn eingeholt. Sie mussten in den ersten Stock zur Notaufnahme und wurden das Gefühl nicht los, dass das die wohl längste Fahrt ihres Lebens war, in diesem Fahrstuhl. Vater war total nervös und angespannt. Mutter hatte Angst. Ihr war wohl schlecht dazu. *Wenn das mal gut geht*, hat meine Mutter gedacht. Es dauerte nur wenige Minuten, bis sie in der scheinbar überfüllten Notaufnahme angekommen waren, und die Vorkommnisse dort waren recht übel. Schwestern, die wie wild von einer Seite des Raumes zur anderen huschten. Hektik, überall nur diese Hektik. Und Geschrei, ein Rufen und Grölen, fast wie auf einem Fußballplatz."

Das war mehr oder weniger der Anfang der Geschichte von Christophs Vaters. Christoph, der nette Junge, der noch vor kurzer Zeit im Theater saß, holte erst mal Luft und verschnaufte kurz. Einige Schweißperlen versammelten sich auf seiner Stirn, hervorgerufen durch die lebhafte Erzählweise und die Erwärmung der Luft des Garderobenraumes. Körper strahlen Wärme ab, aber auch Glückseligkeit und Hoffnung, Schutz und Geborgenheit. Gute Körper. Leben ist in ihnen und dringt wohlwollend heraus.

„Das klingt nach einer sehr aufregenden, wenn auch traurigen Geschichte. Wie geht sie weiter?", fragte ich mit gespanntem Gesicht, hob meine Hände vertikal und agierte mit den Fingern, als würde ich ein Flugzeug auf einem Rollfeld heranwinken. Mitleidig blickte ich wieder auf den schmallippigen Mund von Christoph, der auf dem alten Schemel saß. Sein noch jugendlicher Brustkorb drückte die Haut ans Unterhemd, um anschließend wieder zusammenzufallen. Ein steter Wechsel der gesteuerten Muskulatur. Lebenswichtige Atmung.

Ich saß ihm ja vis-a-vis.

„Nun, das war so", erzählte Christoph mit eher sanftem Blick und nahm einen neuen verbalen Anlauf.

„Ja, ich höre, sprich Christoph, ja erzähle mir!" Ich rieb meine Hände vor Ungeduld. Die Handballen raspelten aneinander und verursachten ein schabendes Geräusch, die Finger sangen leisen Tones dazu.

„Also, direkt nach dem Krankenhausaufenthalt hat mir mein Vater diese beklemmende Geschichte ganz genau erzählt, praktisch haarklein."

Christoph fuhr in seiner Erzählung über die Leidenswochen seines Vaters fort. Während der wenigen Besuche von Christoph hätte sein Vater so gut wie nichts von seiner schicksalhaften Odyssee erzählt.

Eine nachdenkliche Geschichte, die eine andere Seite eines unbeirrten Lebens widerspiegelt.

Und Christoph erzählte lebhaft weiter:

„Es war also keineswegs ganz einfach für meinen Vater, längst nicht für meine Mutter. Eigentlich für uns alle nicht. Meine Mutter und mein Vater befanden sich also in der berühmt-berüchtigten Notaufnahme. Sie legten die notwendigen *Papiere* auf den Tresen und schilderten der diensthabenden Krankenschwester die ernste Lage. Hektik verbreitete sich, gepaart mit Getuschel, Telefonklingeln und sonstigen Störungen seitens anderer wartender Patienten.

‚Wenn Sie hier noch einen Augenblick Platz nehmen würden, es geht gleich weiter.' Das waren die Worte dieser Krankenschwester mit dem ungeduldigen Blick. In reinem Weiß gekleidet, außer den drei farbigen Kugelschreibern, die im Revers des Kittels steckten, walzte sie durch den lichtüberfluteten Raum. Es wimmelte vor Liegen mit frisch bespannten Tüchern. Überall brannten Lampen. Es roch nach Krankenhaus. Die *karbolgeschwängerte* Luft war mit vibrierender Spannung übersät.

‚*Einen Augenblick Platz nehmen?*‚ stammelte Vater fast schon geistesabwesend.

‚*Ich s t e r b e gerade!*‘

So lauteten die Worte meines Vaters, die er noch herausbrachte, bevor er langsam auf einem Stuhl zusammensank, der sich neben einer dieser Liegen befand. Den Ernst der Lage nun wohl wissend erkannt, war die Krankenschwester zur Salzsäule erstarrt. Stotternden Mundes hatte sie eine zweite Schwester herbeigerufen. Gemeinsam halfen sie ihm auf eine der Liegen. Die Krankenliegen konnten alle rollen. Wie praktisch das doch war. Plötzlich und unerwartet schoss noch eine weitere Schwester aus dem Nichts hinzu:

‚*Bleiben Sie ganz ruhig, der zuständige Arzt ist schon unterwegs. Sie werden geröntgt und gründlich untersucht, zudem wird eine Blutabnahme durchgeführt.*‘

Vater dachte: *Ach ja, sieh an, funktioniert doch.* Wenn eine Situation ernst wird, geht komischerweise auf einmal alles sehr schnell und wie von selbst. Nach etwa zwei Minuten befand sich Vater in einem Raum, der außer Hängeschränken, Spuckschalen, Schläuchen und antiseptischen Tüchern weiter nichts aufwies.

Nur das Gesicht des Arztes turnte über ihm herum. Nachdem er sich ihm vorgestellt hatte, stach der Arzt meinem Vater zudem unzählige Nadeln in die Armbeuge. *Literweise* Blut strömte in die Einwegspritzen. Er benutzte erst kleine, dann große Spritzennadeln. Erst die dünnen Nadeln. Danach die fingerdicken *Einschlagnägel*. Es klingt ein wenig tollkühn

und garantiert etwas überspitzt, aber es kam ihm wohl so vor in diesem Moment.
Warum sind Sie hier?, wollte der Arzt von ihm wissen. Nun, es war sein unwiderrufliches Tagesgeschäft. Vater antwortete alsdann, dass er Schmerzen im Bauch habe und das Gefühl, es ginge dem Ende zu. Der Sensenmann schien schon bereit, ihn zu holen. Der Arzt sollte helfen. Musste helfen. Von wegen hippokratischer Eid und akute Hilfeleistung. Ärzte müssen das.
So schnell, wie Sie meinen, stirbt es sich nicht. Der Arzt konnte meinen Vater erst einmal beruhigen. Er fragte ihn Verschiedenes. Ob er sich seinen Zustand erklären könne? Ob er so etwas schon öfter gehabt oder er etwas Falsches zu sich genommen hätte? Nach einem Nein musste mein Vater ihm mehr oder weniger beichten, dass er wohl reichlich gesündigt und zudem noch seinen Beruf an den Nagel gehängt hatte. In den letzten Monaten, besser noch Jahren hatte er wohl zu viel alkoholische Getränke in sich hineingeschüttet, und dass es dadurch mit seinen Nerven nicht besonders gut bestellt war, verstand sich von allein. Das hatte er dem Arzt genau so erzählt. Er war aber diesbezüglich *leider* kein Einzelfall.
Ja, das habe ich verstanden, dann wundert es mich nicht sonderlich.
Der Arzt hätte wohl auf einmal so abwertend geklungen und Vater das Gefühl gegeben, plötzlich nur noch eine kleine Nummer zu sein. *Nummer, jetzt geht es dir aber dreckig und so was von an den Kragen.*
Zwei Schwestern hatten den Raum betreten und ihn mitsamt der Liegestatt, die sich als Krankenbett entpuppte, über den Flur zur Röntgenabteilung geschoben. Dort haben sie ihn vom Bett gehoben und vor eine kalte Platte gestellt. Auf-

recht. Ohne Hemd. Ihm war verdammt kalt und schmerzhaft war es obendrein. Irgendwie sollte er die Arme noch verbiegen und drehen, damit sie die Lunge besser durchleuchten konnten. Dabei befahlen sie ihm, tief Luft zu holen und diese anzuhalten.

Der Spuk war schnell vorbei. Er durfte sein Oberhemd aber noch nicht anziehen, denn sie hatten sich noch ein letztes *Leckerli* für diesen Moment einfallen lassen. *Ab in die Röhre*, hieß es. Gerollt über den langen PVC-Boden, oder war es ein Linoleumbelag auf dem Gang, ging es in den Raum, in dem der Computertomograf zu Hause war, im Fachjargon nur *CT* genannt.

Welch erschreckender Anblick! – *Science-Fiction im Krankenhaus.*

Viele blinkende Lichter, rot, gelb und grün, einige blaue und blass weiße dazu, mehrstellige Digitalzahlen, so weit das Auge reichte. – ... und ein Summen. – ... und keine losen Gegenstände, die gefährlich werden könnten. Nicht einmal mein Vater blieb ungefesselt ..."

Sicherheitsvorschriften befehlen Sicherheitsvorkehrungen, die getroffen werden müssen. Paragrafen und Gesetze, Bestimmungen und Verfügungen, Präambeln, Verbote und dienliche Hinweise. Totaler Bürokratismus in einer bürokratischen Welt, die sich scheinbar nur dreht, weil der große Wind in ihre Segel bläst. Der Wind heißt Macht und Kraft. Segel sind formbar. Bedingt.

„ ... die beiden Assistenzschwestern, oder wie immer sie sich nennen im CT-Raum, rollten ihn vom Bett über eine harte Schiene auf einen Schlitten. Dieser elektrisch angetriebene und elektronisch gesteuerte Schlitten beförderte den jeweiligen Patienten in den Computertomografen. Vom häufigen Anheben und Herüberschieben war er an verschiedenen Teilen seines Körpers mit blauen Flecken übersät, die er allerdings erst nach zwei bis drei Tagen sehen konnte. Selbst in den Armbeugen erblühten bei ihm gelb-grün-blaue Flekken. Harmlos dagegen erschienen die dunkelblau sichtbaren Hautpartien, in denen diverse Nadeln ihren Weg gesucht und gefunden hatten.

Die gesamte Prozedur dauerte ungefähr fünf Minuten. Sie verfrachteten ihn erneut ins Bett. Zuvor durfte er sein Hemd überziehen. Alle Vor- und Hauptuntersuchungen waren abgeschlossen. *Gott sei Dank*, dachte er. Schlimmer konnte es ja nun nicht mehr kommen. Doch er irrte sich gewaltig. Der Überhammer kam erst noch. Er war absolut davon überzeugt, dass sie ihn in ein Krankenzimmer auf irgendeine Station des Hauses legen würden. Diese Station war natürlich vorhanden. Nur, es war nicht irgendeine Station wie vermutet, sondern auf der Tür stand mit großen, schwarzen, fetten und dicken Druckbuchstaben das Wort geschrieben:
INTENSIVSTATION – *Bitte klingeln*
und *Eintreten nur nach Aufforderung* ... –
oder so ähnlich.

Ein grässliches Schaudern überflutete erst seinen Rücken und dann den gesamten Körper. Sie schoben ihn sozusagen ungebremst in den Bereich des Heiligen vom Krankenhaus, von der Kapelle im Erdgeschoss einmal abgesehen. Eines der oberen Geschosse hatten sie ihm angetan. *Intensiv*. – *Intensivstation*, schauderhaft.

Der helle Wahnsinn. Er konnte leider nicht einmal außer sich sein. Es ging ihm zu dreckig. Um genau zu sein: saudreckig. Er hatte das Gefühl, frisch vom Grill zu kommen, so glühte er. Seine Gedanken konnte er nicht mehr richtig in Worte fassen. Alles verschleierte sich vor ihm.

Er fühlte sich wie zweimal durch die Brust geschossen oder besser gesagt durch den Bauch. Der schmerzte immer noch wie verrückt. Doch jemand war immer zur Stelle. Und ein Doktor, natürlich mit weißem Kittel bekleidet, war spontan in der Lage, für Abhilfe zu sorgen. Dieser schnauzbärtige Arzt kam auf meinen Vater zu, nachdem sie das Bett, glücklicherweise nahe am Fenster, platziert hatten. Schön, da konnte er wenigstens, wenn auch unter Schmerzen, herausschauen. Fantastischer Ausblick, wie sich später herausstellte. Er hatte freie Sicht auf den Hubschrauberlandeplatz und auf die Rampe, auf der die Krankenwagen zum Stehen kommen. Von dort werden eintreffende Unfallopfer oder anderweitig verletzte Menschen in die Notaufnahme und anschließend in die Röntgenabteilung gebracht. Sie werden folglich vorsichtig geschoben, horizontal auf den Krankenwagentragen liegend. Sie wirken hilflos, sind aber schon notdürftig versorgt. Oft eilends verklebt, verbunden, erstversorgt oder narkotisiert. Ohne Begleitung Angehöriger nehmen sie zuerst allein den Weg des Gerechten.

Diese benutzten Krankenwagentragen werden gereinigt und beim nächsten Einsatz wieder verwendet. Was er doch so alles mitkriegte, als er den Kopf so weit hoch bekam, dass er aus dem Fenster gucken konnte.

Letztere Aktionen konnte er allerdings erst nach fünf Tagen genau in Augenschein nehmen. Da befand er sich dann auf einer normalen Station im ersten Stock des Hauses. Doch die fünf Tage auf der Intensivstation waren wirklich der Rede wert, zumal er in seinem bisherigen Leben so etwas noch nicht mitgemacht hatte.

Und das wollte etwas heißen!

Der Arzt mit dem Schnauzbart hatte sich diverse Utensilien besorgt.

Diese präsentierte er auf einem Tablett, das er vor den Augen meines Vaters auf der Bettdecke abstellte. Eine der anwesenden Krankenschwestern auf dieser Station eilte schnellen Fußes mit einem fahrbaren Tropf, besser Infusionsständer, herbei, an dem sie später mehrere interessant aussehende Infusionsflaschen anhängte. Mit viel Geschick drückte der Arzt ihm eine Anzahl von Saugnäpfen auf die Brust. Die von dort abgehenden Kabel liefen in einen über dem Kopfende angebrachten Kontrollmonitor. Dieser zeigte neben dem Blutdruck ebenfalls die Herzfrequenz an. Um die Daten des Blutdrucks sichtbar zu machen, banden sie ihm zusätzlich noch eine Manschette um den linken Oberarm. Zuerst vergeblich versuchte der Arzt, ihm einen venösen Zugang in den Arm zu legen. Nach zwei gescheiterten Versuchen und nachdem seine Arme schon kleine Einstiche aufwiesen, gelang es dem Arzt, ihm einen zentralen Zugang in den Hals auf der rechten Seite zu legen.

Er steckte eine etwas dickere Nadel in die gut sichtbar verlaufende Ader.

Weiß der *Teufel*, was sich so alles an Kanälen im Körper befindet, durch das Blut fließen kann. Das ganze Kunststoff-Metall-Kunstwerk am Hals wurde mit ein paar Stichen an der Halshaut festgenäht. Das besorgte eine ältere Krankenhausbedienstete. *Eine Ärztin.*"

„Christoph! – ... das Wort!"

„Vater glaubte, es handelte sich sogar um die Narkoseärztin. Geschickt, wie sie arbeitete und schnell dazu, war diese markante Stelle flott mit Pflastern abgeklebt, damit die gelegte Einstichnadel nicht herausrutschen konnte. Die Mischbatterie, gleich ein paar Zentimeter unterhalb des Halses gelegen, war Bestandteil dieses Zugangs. An dieser Apparatur waren Drehschalter aus Kunststoff angebracht, die diese Zufuhr des Inhalts der verschiedenen Infusionsflaschen steuerten. Im Krankenhausjargon wird dieser Mechanismus freundlich verniedlicht als *Indianerkettenschmuck* bezeichnet. Jeder kann sich lebhaft vorstellen, welchen Anblick mein Vater bot. In der Anfangsphase wurde er oft nach seinen Schmerzen gefragt. Um einen erträglichen Zustand zu erreichen, spritzten sie ihm mehrmals ein entsprechend wirkendes Schmerzmittel. Morphin oder ein ähnliches Mittel. Mit freiem Oberkörper, Einstichstelle mit venösem Zugang am Hals, automatischer Blutdruckmanschette und Saugnäpfen auf der Brust lag er im Dämmerzustand vor sich hin, schön Seite an Seite mit der viel zu wenig fassenden Urinflasche.

Das, was aus den Infusionsbehältern durch die Schläuche in seinen Körper gelangte, war schließlich für die ersten drei Tage seine *Nahrung*. Jeder dieser Behälter enthielt *drei bis vier Schnitzel,* wie eine Krankenschwester immer zu sagen pflegte. Später dienten die Infusionen weiterhin der zusätzlichen Versorgung. Schmerzmittel, Kochsalzlösung, angereichert mit Flüssignahrung und Beruhigungstropfen, flossen so in ihn hinein. Tropfen für Tropfen. Tagein, tagaus. Selbst nächtens. Doch eben alles nur flüssig. Aber egal. Unangenehm zu tragen war dieses Gebilde schon, aus dem diverse Schläuche schauten. Aber was hatte er für eine Wahl?

So an die drei bis vier verschiedene Infusionen sollten es wohl gewesen sein, die nach einiger Zeit an der Halterung des Tropfständers befestigt waren. Erst nach Tagen hatte er nachgerechnet, wie viel Flüssigkeit durch seinen Körper geflossen sein musste. An die 20 Liter etwa. Die Behältnisse mit den Flüssigkeiten waren teils mit Schmerzmitteln versehen. Glasflaschen mit K.-o.-Tropfen sozusagen. Der Löwenanteil allerdings bestand aus Kochsalzlösung. Die Urinflasche neben seinem Bett musste alle fünf bis sechs Stunden geleert

werden. Die aufgenommene Flüssigkeit musste schließlich den Körper wieder verlassen.
Da ging was durch.
So wurde er ab und zu in seinem Krankenbett mechanisch abgesenkt.
Tieferlegen.
Das bezeichnet der Autonarr als Manta-Effekt!"
Christoph, du hast noch zu viel Flausen im Kopf, deine früh pubertierenden Sprüche sind nicht angebracht, dachte ich zwischenzeitlich in der Hoffnung, meine Gedanken würden bei ihm in die Vernunftschale hüpfen.

„Auf diese Weise wurde gemessen, wie es sich mit dem Flüssigkeitshaushalt verhielt, ob alles ausgeschieden wurde, was eingeleitet worden war. Kontrolle! Wichtig! Ebenso wurden bei ihm morgens und abends Temperatur und Blutdruck gemessen. 7-9, 8-4, 8-9 bis 0-5 oder so ähnlich erklang es aus dem Mund der Schwestern, die diese Temperatur maßen. Diese Zahlenkombinationen bedeuteten 37,9, 38,4, 38,9 oder sogar 40,5 ° Celsius Körpertemperatur. Nicht gerade die gesündesten Werte. Dummerweise zog sich die Aktivität des Fiebers über einige Tage hin. Zu allem Übel hatte er sich noch eine *saftige* Lungenentzündung eingefangen, von zusätzlichen Wassereinlagerungen in Lunge und Bauchraum einmal ganz zu schweigen. 80 zu 110, 70 zu 135, 90 zu 140. Jeder Tag, einmal morgens, einmal abends, war ein Blutdruckmesstag, und der hörbare Wert variierte, denn die Schwestern benutzten noch immer ein Stethoskop zum Abhören des Blutdrucks. Die obligatorischen Thrombose-Spritzen kamen wie selbstverständlich einmal am Tag zum Einsatz; sie spritzten mal in den Schenkel und mal in den Bauch. Dabei wurde eine Hautfalte gebildet, in die dann unbarmherzig gestochen wurde. Das austretende Blut war nicht der Rede wert. Auf die Dauer gesehen, entstand so ein blaugelbes Tattoo.

Seine Augen tasteten den Raum ab. Die Schmerzen wurden erträglicher, als eine kleine Delegation von weiß bekittelten Personen neben ihm stand.

‚*Wir machen bei Ihnen jetzt noch eine Magenspiegelung*‘, hatte eine der Damen gesagt.

Es war die Ärztin, die ihn dazu über den Rest der Zeit im Krankenhaus begleitete. Einen Schlauch durch den Mund in den Magen, das hielt er nicht mehr aus. Er winselte zaghaft, aber die Frau kannte keine Gnade, kein Pardon.

‚*Sie bekommen eine Betäubungsspritze, damit Sie für die Dauer dieser Behandlung schlafen.*‘ Während sie das sagte, steckten sie ihm einen Kunststoffring zwischen die Zähne.

‚*Damit Sie mir nicht in die Finger beißen*‘, setzte sie noch lächelnd hinzu. Kopfschüttelnd schwieg er stille und sah noch so gerade, wie die Nadel der Spritze in seinem Arm verschwand. Da wurde es ihm schon schwummerig vor den Augen. Er wollte nicht geistig wegtreten. Das hatte er sich fest vorgenommen. Aber keine Chance war ihm vorbehalten!

Das Betäubungsmittel wirkte scheinbar selbst bei den dicksten Elefanten. Nach einer halben Stunde etwa wurde er wieder wach. Die Ärztin beugte sich über ihn, da seine Augen noch in Parkstellung verharrten. Er hob die Augenlider und starrte geradeaus, und *sie* zuckte hoch und sprach: *So weit ist alles in Ordnung bei Ihnen. – Bis auf eine Magenschleimhautentzündung, Wassereinlagerungen an den Lungenspitzen, vergrößerte Leber, schwer entzündete Bauchspeicheldrüse und schlechtem Allgemeinzustand geht es Ihnen recht gut.*

Ihr Sarkasmus in allen Ehren, aber das klang beileibe nicht berauschend. Und er bekam die volle Dröhnung. Das ganze Programm. Von vorne bis hinten.

Na danke.
Fünf Tage Intensivstation.
Drei Tage davon nichts zu trinken und zu essen, das waren die Vorgaben.
Das waren die Fakten. Es hat ihn fast in den Wahnsinn getrieben.
(Aber ein Mensch hält ja bekanntlich mehr aus, als sich jedermann vorstellen kann.)
Allein der Gedanke, nichts trinken zu können, war wohl ganz schlimm. Auf ein Bitten und Betteln hin gaben sie ihm eine Sprühflasche, randgefüllt mit künstlichem Speichel. – *Kunstspeichel, ha – lächerlich!*
So konnte er seine Lippen befeuchten. Der Schalk im Nacken erwachte aus seinem Dornröschenschlaf. Allmählich witzelte er und verlangte immer wieder nach einem großen, dicken Windbeutel mit unendlich viel Sahne gefüllt.
Und inwendig mit Erdbeer- oder Himbeermarmelade.
Am vierten Tag auf der Station blickte er auf einen Teller sowie auf eine Tasse. Platziert auf einem Tablett. Ein Zwieback und eine halbe Tasse Tee, das war die Ration für diesen Tag. Mein Vater jubelte verhalten. Einen Tag später jubilierte er noch mehr. Zwei Zwiebäcke und eine volle Tasse Tee. Die berühmten Freudentränen konnte er gerade noch zurückhalten, sonst wäre es mit ihm durchgegangen. Einen Dank aussprechen muss er auch immer wieder.
Die Besuche von meiner Mutter und mir und von seinen Eltern taten ihm wirklich gut. Wenngleich er von allem nicht das Meiste mitbekommen hatte. Jedenfalls auf der Intensivstation war er jenseits von Gut und Böse. Das war ein Ding. Das widerfährt einem ja nicht alle Tage. Das wünschte er sonst keinem. Aber so etwas geschieht nun mal leider häufiger.

Die Menschen werden zwar fast zu 100 Prozent gesund geboren, aber der unstete Lebenswandel, den sie oft an den Tag legen, verlangt seine Opfer.

Viele Sätze wurden gewechselt, einige Standpauken musste er über sich ergehen lassen. Unzählige Spritzen drangen in seine Arme ein, und etliche bunte Medikamente musste er dreimal am Tage einnehmen. Reihenfolge unwichtig! Immer wieder wurde er geröntgt.

Zweimal riefen sie ihn in den Sonografieraum zum Ultraschall. Er lag auf einer Liege. Sie schmierten ihm kalte Gleitpaste auf den Bauchbereich, und mit einem einer Computermaus ähnlichen Abtaster konnte die behandelnde Ärztin sehen, wie es um die inneren Organe bestellt war.

Mineralwasser zum Trinken gab es zuhauf und sogar kostenlos.

Schlimmer war allerdings das Essen, speziell mittags. Salzlos, lieblos auf dem Teller drapiert und zum Teil nicht unbedingt essbar. Er war da ja bekanntermaßen etwas pingelig, was das Essen als solches anbelangte. Leider war es für ihn notwendig, über die Tage und Wochen diese Diät einzunehmen. Wenn er gefragt wurde, ob es schmeckte, hatte er doch schon mal die Nase gerümpft.

Die Retourkutsche ließ nicht lange auf sich warten:

Sie sind hier nicht im Hotel! Diesen Satz würde er so schnell nicht vergessen.

Er kam von einer der Schwestern, die des Mittags das Essen ins Zimmer brachten. Obgleich sich die Küche im Haus befand und jeder annehmen sollte, dass das Essen frisch und warm wäre, war dem nicht so. Das beste Beispiel war das Frühstücksei am Sonntagmorgen: Zu weiß. Zu kalt. Zu klein. Das Dotter zu hell. Mit Kohl und ähnlich riechenden Speisen verhielt es sich nicht besser.

Mon dieu! – Rien avec Novelle Cuisine.

Frei übersetzt: *Nix mit lecker Essen!*
Wenn da jemand allergisch drauf reagiert. Auf den Anblick oder gar den Geruch. Dann kann nur noch der Volksmund erneut zitiert werden: *Prost Mahlzeit!*

Genervt war mein Vater allerdings in den ersten Tagen auf der normalen Station durch die Tatsache, dass ihn noch Schläuche und der in den Hals gelegte Zugang mit dem Tropf verbanden. Immer, wenn er die Toilette aufsuchen musste, hatte er den Tropf im Arm. Zum Glück waren Rollen am Gestell angebracht. Leider bewegten sich selbige gern auf beliebigem Kurs. Nur nicht in die Richtung, in die er wollte.

Die Zeit verflog letztlich relativ schnell. Das angeschlossene Telefon war die einzige Verbindung zur sehnsüchtig erwarteten Außenwelt. Er benutzte es seinerseits so gut wie nie. Allerdings die täglichen Anrufe meiner Mutter nahm er entgegen. Sie besuchte ihn als Einzige regelmäßig Tag für Tag und brachte ihm zudem die Tageszeitung mit. So erfuhr er das Notwendigste, von dem er wissen wollte.

Ich besuchte ihn seltener. Leider. Im Nachhinein eine unschickliche Missetat. Leider so geschehen!

Der Tagesablauf war irgendwie immer gleich. Morgens um zirka sechs Uhr hieß es: Wecken, aufstehen, waschen, erholen vom Waschen, anziehen, warten auf die Schwestern mit dem Frühstück. Dann lief der ultimative Horror-Film ab:

Die nur leicht piekende Thrombosespritze. – Blutdruck ermitteln mit Manschette und Blasebalg sowie Temperatur messen mit dem digitalen Thermometer begleitet vom schrillen Piepton. Mal mit dem Thermometer unter der Zunge, mal im Gesäß. Unangenehm das! Je nach Schwester. *(Hoffentlich nicht dasselbe Thermometer!)* Aber nie unter dem Arm. Zu unsicher. Es musste schließlich alles seine Ordnung haben in einem Krankenhaus. Später erst kamen Ohrenthermometer zum Einsatz, die jene Temperatur in drei Sekunden ermitteln konnten. Die Tablettenration für den beginnenden Tag wurde in einer Plastikschachtel mit Schiebedeckel und Einteilung gereicht, genau wie nachmittags das heiße Wasser. Mit Teebeutel. Mein Vater bevorzugte die Geschmacksrichtung Hibiskus-Hagebutte. Das morgendliche Frühstück war eigentlich recht ordentlich. Es blieb sogar noch ein Keks übrig, den er nachmittags zum Tee verspeisen konnte. Im Übrigen gab es Joghurt, Quark und Pudding bis zum Abwinken.

Wenn die Quarkrationen knapp wurden, verfiel er dennoch nicht in Panik, er hatte ja einen Joker. Meine Mutter. Sie brachte ihm zudem noch den einen oder anderen Joghurt oder Pudding mit, ein willkommener Ersatz für ein als ungenießbar eingestuftes Mittagessen. Zum Zwischenlagern benutzte er die kühlende Fensterbank aus Kunstmarmor. Das Fenster ließ er nachts etwas offenstehen. Eben der Kühlung wegen.

Ein netter Leidensgenosse, er erschien ihm etwa 20 Jahre älter zu sein, leistete ihm in dem Zweibettzimmer Gesellschaft. Es lag nach Norden heraus. Günstig für die beiden, denn im Trakt gegenüber, Südseite, schien die Sonne brutal herein. Trotz Jalousien herrschten dort in den Zimmern Temperaturen von an die 35 Grad. Im Schatten wohlgemerkt.

Sein *Mithäftling* war ein eigenartiger Kauz, der sich beileibe nicht die Butter vom Brot nehmen ließ. Er stellte eine voluminöse Erscheinung dar, besonders vom Profil her gesehen. Seine Schlappen konnte er nur im Sitzen überstülpen.

Mit einigen Schwestern und sogar der Stationsärztin hatte er es sich bei Zeiten schon verscherzt. Listig dumm verstand er es, mit wenigen Worten eine gewisse Aggressivität den

betreffenden Personen entgegenzuschleudern. Sonst war er nicht sehr gesprächig. Und die meiste Zeit sogar hat er geschlafen und gefurzt. Hin und wieder musste mein Vater ihn aufwecken, wenn das Essen nahte:
Steh auf, es gibt was zu futtern! Zu den Mahlzeiten kam er dann aus seinem Bett gekrochen. Dieser Bewegungsablauf ähnelte dem einer Wasserschildkröte, die aus dem Meer an Land krabbelt, um ihre Eier abzulegen. Er verschmähte hinsichtlich der Qualität des Essens allerdings das gar nicht so schlechte Angebot auf dem Tablett. Hin und wieder nahm mein Vater sich etwas von seinem Gegenüber vom Essenteller, denn sein Appetit wurde von Tag zu Tag immer größer. Nur mit seinem Schlafanzug und diesen Schlappen bekleidet trampelte der Zimmergenosse durch die kleine Weltgeschichte des Krankenhauses. Das heißt, er frönte zwei Hobbys: zur Toilette stampfen und wieder zurück. Die war nah gelegen auf dem Flur. Er schnarchte oft nachts und machte zudem noch andere *diverse* Geräusche. Pupsgeräusche, um genau zu sein. Mein Vater wahrscheinlich auch. Sicher sogar, denn es schien eine der Nebenwirkungen der Medikamente zu sein.

Von Langeweile geplagt, starrten die beiden oft aus dem Fenster und schauten zu, wenn die Krankenwagen neue Patienten anlieferten. Ziemlich übel sah es manchmal aus, wenn die Unfallopfer oder die Schwerverletzten eingeliefert wurden. Bandagiert wie eine Mumie schoben sie diese über die kühl anmutenden Gänge. Sie verschwanden alsdann in den Tiefen des Krankenhauses.

Wer je in einem Krankenhaus gelegen hat, der weiß wie kein anderer, wie trostlos und öde so ein Tag sein kann. Wenn die Zeit zwischen dem Nachtschlaf nicht vergehen will, oder der zu selten anwesende Besuch nur kurz war. Da

die meisten Besucher nur ihre Etikette bewahren wollten, fiel das bisweilen gespielte Mitleid nicht unbedingt so ins Gewicht. Und immer frei nach dem Chefarztplural:
Na, wie geht es uns denn heute? Und haben wir denn unsere Tabletten und Pillen auch schön eingenommen?
In den vergehenden Tagen des unermüdlichen Nachdenkens und der lethargischen Tristesse hatte sich mein Vater zu einem wahren Kreuzworträtselspezialisten entwickelt. Glücklicherweise verbrauchte er nicht die gesamte Tinte aus dem Kugelschreiber. Die benötigte er noch für etwas ganz anderes. Nämlich zum Unterschreiben seiner Entlassungspapiere.
Welch himmlisches Schreiben. – Welch glückseliger Augenblick.
Entlassungstag.
Zehn Uhr morgens. – Die Sonne schien draußen.
Es war warm, so um die 20 Grad. Per Telefon hatte er meine Mutter angerufen. Keine halbe Stunde später gingen sie schon Arm in Arm zum Ausgang. Auf dem Flur der Station, auf der er lag, stießen sie auf eine im Gespräch vertiefte Gruppe von weiß gekleideten Schwestern und Ärzten. Sie waren völlig konzentriert redend und blickten vor sich. Als mein Vater sie ansprach, zuckten sie auf.
Auf Wiedersehen und danke für alles. Mit diesen Worten verabschiedete er sich. Obwohl, auf Wiedersehen? – Lieber nicht so schnell. Besser noch. Gar nicht.
Die angefallenen Telefongebühren waren just bezahlt und seine Wunden fast verheilt. Selbst sein Gesicht strahlte wohl tiefste Zufriedenheit aus. Seine Augen glänzten. So hatten sie es ihm bestätigt.
Dann schnell mit dem Auto nach Hause. Ja. Geschafft. Endlich.

Nie wieder Krankenhaus, hatte er sich geschworen, zumindest nicht so bald.
Das kann warten. Das eilt nicht. Endlich wieder bekanntere Gesichter, so wie das seines Nachbarn. Den begrüßte er wild winkend als Ersten, allerdings nur aus dem fahrenden Auto heraus. – So weit die Geschichte meines Vaters."
Puh ...!
„Beeindruckend, trotz allem. Das hätte ich in der Form gar nicht für möglich gehalten!" So entwich es meinem Mund. Meine engelhafte Stimme flachte ein wenig ab. Wie eingerostet klang sie, heiser, in Erschrockensein erstickt.
„Fast wie ein Abenteuer, nicht wahr? Aber ich glaube, mein Vater hat seinen Humor nicht verloren", sagte Christoph und hielt etwas erschöpft inne.
Ich war tief bestürzt und blies meine Lunge unter zartem Pfeifen auf:
„Eine wirklich lange Geschichte, aber auch eine sehr nachdenkliche. Und ich glaube fest daran, dass du, lieber Christoph, bald schon wieder glücklich sein wirst. Wenn dein Vater wieder bei euch ist, wird er schon die Sorge tragen, dass sich alles wieder einrenkt und ins Lot kommt. Ich bin mir da sehr sicher."
Noch viele dieser ermutigenden Worte und einige schützende Blicke konnte ich dem Jungen mit auf den Weg geben.
„Danke für das geduldige Zuhören und danke für die tröstenden Worte", *sanftäugelte* Christoph mit müder Zunge. Nun auch Aufatmen bei dem kleinen Erzähler, der es jetzt doch wohl ziemlich eilig hatte.
Der Junge Christoph verabschiedete sich bei mir in höflicher Form. Er verließ das Theater und ging eilenden Fußes zu seiner wartenden Mutter. Es war dunkel. Diesmal trieben ihn keine unmutigen Gedanken mehr. Dieses Mal konnte er

wahrlich frei aufatmen. Ich warf ihm noch ein paar Worte hinterher:
„Ich hoffe, dass ich bis an das Ende deines Lebens über dich wachen kann.
... und egal, wie es kommt, wir werden wieder miteinander reden, irgendwann."
Behaftet, speziell mit diesen zwei Sätzen und einem absolut guten Gefühl, schlenderte Christoph heimwärts. Er schaute froh vor sich hin und kickte einen Stein mit dem rechten Fuß über die Straße. Er sah sehr glücklich aus. Was hatte ich nur bewirkt? Eigentlich nicht viel, denn ich hatte ja bloß zugehört. Was trug ich in mir? Im Grunde eigentlich doch eine ganze Menge. Was strahlte ich aus? Scheinbar viel. Fragen, die ich mir letztlich gar nicht beantworten brauchte. Der Junge hatte sich seinen aufgestauten Kummer einfach von der Seele reden können.
So einfach geht das also, das ist gut so. Sehr, sehr gut sogar, dachte ich.
Ich senkte mein Haupt, setzte mein wohl geformtes Kinn auf Daumen und Zeigefinger ab und sprach tief in mich hinein: *Bis hierher, so weit, so gut, Herr meines Himmels, war alles so richtig, Gott?*
Ruft schon die Ernennung zum Erzengel?
Keine noch so leise Antwort erklang von ganz oben. Ruhe, absolute Stille im Himmelsgewölbe. Nur eine kleine Aussage schwebte in den Tiefen eines Gedankenzentrums umher und klang beinah lapidar: *Was denn? Eine Aufführung und eine kopfnickende Zuhörstunde mit dir Engel seienden Ratschlägen? Ich denke darüber nach. Ist nicht der erste und einzige Gedanke im Augenblick. – Wisst ihr eigentlich, was es heißt, Gott zu sein, ihr ahnungslosen Himmelshüpfer?* Ein lichter Moment arbeitete in Gottes Geist. Schlafen, wachen, entscheiden, ruhen, spe-

kulieren, schimpfen, wieder einschlafen, erneutes Aufwachen, essen, trinken, anziehen, die Strümpfe kontrollieren und die Schuhe putzen lassen. Da sage doch keiner, Gott wäre *kein* geschäftiger Herrscher im Himmel. Diese Aufgaben würden so manchen Seraph überfordern, von den hierarchisch weiter unten angesiedelten Engeln einmal ganz zu schweigen. Was vollbringen viele von ihnen? Außer dienen und ein wenig arbeiten. Anstrengend ist es bei weitem nicht im Himmel. Dort oben wissen sich die Meisten zu drücken, wo es möglich ist. *Ich weiß das!*

Mein Blick fiel zu Boden. Ich glitt mit dem Nagel meines rechten Zeigefingers über die Schneidezähne, als würde ein Zahn über ein Ritzel fahren, um bei jeder Zacke in den Zwischenraum zu springen. *Wie, schon Nachtruhe?*

Die tief hängenden Regenwolken hatten sich verzogen und die Sicht in den unendlichen Himmel freigegeben. Nicht einmal ein leichter Wind schien vorhanden zu sein. Das nun wolkenlose Firmament erwehrte sich nicht etwaiger Blicke. Bis auf ein leises Grummeln in der Ferne, lag Ruhe in der Nähe. Millionen von entfernten Sternen funkelten im Dunkel der Nacht. Jeder einzelne von ihnen wollte eine frohe Botschaft senden.

Der satte, weißscheckige Mond schien wie gewohnt, drohte, fast zu leuchten, gar zu glänzen. Der einladende Theatervorplatz wurde angestrahlt von ihm, zeigte sich aber leer. Die vielen Besucher waren gegangen und somit gänzlich verschwunden. Christoph war bei seiner Mutter angekommen. Das konnte ich innerlich wahrnehmen.

Ich ging neue Wege, fast unsichtbar und nahm die fliehende Gestalt eines pfeilschnellen Lichtstrahls an, der durch die zahlreichen Häuserschluchten entschwand. Weit draußen, hinter der Stadt entbündelte sich der Lichtstrahl zu einer irdischen Gestalt. Meine blitzartige Verwandlungsfähigkeit verwirrte jedes irdische Leben.

(Alle Gläubigen erscheinen als Zeugen ihrer Zeit, egal, in welchem Stadium sie sich befinden.)

So wird es noch eintreffen.

Die frisch erworbenen Gedanken an den Jungen Christoph in mir tragend, begegnete ich, Midron, der segensreiche Engel, einem taufrischen Tag, der erwartungsvoller nicht sein konnte. Eindrücke und Ereignisse waren nicht nur Bestandteil des Lebens für eine Unzahl von Menschen. Selbst ein Engel geht schon einmal mit zu erwartender Spannung frohen Schrittes voran, ... und setzt einen Fuß vorsichtig vor den anderen. Die Erwartung des *Lebens* treibt ihn voran.

Aber: *Leise – ganz, ganz leise.*

Der Stadtbummel

Die im Osten aufgehende Sonne schien so früh noch jungfräulich. Sie bestrahlte schwingende, teils mit Vogelnestern ausgekleidete Baumwipfel, unzählige rote und schwarze Häuserdächer, beackerte und zum Teil schon abgeerntete Felder sowie grüne Auen. Dieser blühende Tag blinzelte noch zaghaft in die weite Landschaft. Leichte Nebelschleier verweilten wie auseinander gerupfte Wattebäusche über den saftigen Wiesen am Rande dieser Stadt.

Die ungeduldigen Frühaufsteher rieben sich den Schlaf aus den noch schlitzigen Augen. Die in etlichen Farben schimmernden Vögel schienen nicht nur vollends erwacht zu sein, sie gaben zudem schon eine herzerweichende Vorstellung, ein einzigartiges Frühkonzert. Nicht jedem gefiel das. Mir schon. Eine wohlklingende Matinee hatte somit begonnen. Der durchdringende Gesang erschallte leider unsichtbar, erfreute aber dennoch meine Ohren auf das Wunderbarste.

Ich verbrachte die laue Nacht im nahen stadtangrenzenden Wald. Lediglich sommergrüne, weit gefächerte Wiesen trennten den dunkel wirkenden Wald von der bald tobenden Stadt. Der süße Tau, der nächtens auf den Grashalmen ruhte, rutschte zum Fuße der Pflanzen hinab, und so lechzten die Wurzeln nach dem wenig vorhandenen Wasser; die Sonne würde das meiste Nass verdunsten.

Ich, Midron, der gestandene Engel, würde erneut in mein irdisches Kostüm schlüpfen. Schick, wichtig, zeitnah und menschenfreundlich sei es. Es war das zweite, durchaus, aber bestimmt nicht das letzte Mal.

Wie übernachtete eigentlich ein Engel wie ich in den unheimlichen Tiefen eines finsteren Waldes – und das so fern der *Heimat*?

Etwa geschützt liegend unter dem bunten Laub als Zudecke?
Vielleicht aufrecht sitzend wie manches im Halbschlaf verweilende Tier?
Oder gar splitterfasernackt wie ein Mensch, der so von Gott geschaffen wurde?
Möglicherweise wie ein aufgeplusterter Vogel oder ein scheues Kaninchen, das in seinem Bau schützend bei seinem Wurf verweilt?
Egal, wie auch immer, Tatsache ist, alle Vögel besitzen schützende Federn, und alle Kaninchen umgibt ein wärmendes Fell. Und mich wärmte eben mein himmlisches Gewand. Ein schönes Gewand, und mit den Flügeln konnte ich mich abstützen, an welchem Baum ich auch immer saß. Die Korona strahlte abschirmend über mir.
Das musste demnach gänzlich ausreichen. Tat es auch!
Die ehrwürdig anmutende Korona, dieser göttliche Strahlenkranz; noch glänzte er silbriggolden in der frühen Morgensonne. Die einfallenden Strahlen wurden reflektiert und bei jeder Bewegung meines Kopfes in eine andere Richtung geworfen. Ich blinzelte mit den Augen durch meine verkniffenen Lider. Grelle Lichtstrahlen erreichten mein schließlich sich zum Tag entfaltendes Antlitz. Wie ein *Eindringlinge beobachtender Indianer* hielt ich meine rechte Hand vor die falten- und nicht immer sorgenfreie Stirn, um mich vor den blendenden Sonnenstrahlen halbwegs zu schützen. Wie stark die Einstrahlung doch schon war. Wie perfekt das Wärmesystem funktionierte. Undenkbar ein Tag, an dem die Sonne nicht mehr aufgehen würde. Wie groß doch jedes Mal die Freude ist, wenn nach einem erquickenden Regenguss diese herrlichen Strahlen aus der scheinbaren Unendlichkeit herniederfallen auf die Erde. *Paradiesisch gut.*

Nachdem ich kleidungsbetont erschien wie ein normaler Bürger in einer normal funktionierenden Welt und ich mich an die irdischen Gepflogenheiten so gut es ging gewöhnt hatte, ließ mich nichts mehr im Wald verbleiben. Selbst dem waldgehörigen Vogelgesang musste ich mich entziehen, da er schlecht als Begleiter dienen konnte. *Tja!* – So war das.

Ich durchdachte mein irdisches Ansinnen und begab mich schlendernden Fußes in diese nah gelegene Stadt. Warum sollte ich hetzen, jagen oder gar eilen? Zeit hatte ich genug in meinem *Engelranzen*. Mehr als genug.

Mit großer Neugierde beobachtete ich die unmittelbare Umgebung, die sich mir bot und die sich vor mir auftat. Bewusst vernahm ich die Anwesenheit verschiedenartig tierischer Lebewesen, die sich auf dem Boden oder gar in der Luft bewegten. Aus meinen Augenwinkeln heraus sah ich schleichende Katzen in unterschiedlichster Farbgebung; sie waren getigert, rotweiß gescheckt oder schlicht schwarz. Ich verfolgte panisch bis hektisch im Nu verschwindende Mäuse, eher die kleinen Haus- und Spitzmäuse als die großen verruchten Ratten. Weiter registrierte ich auffällig streunende, unkontrolliert durch die Umgebung bellende und kläffende Hunde. Ich beobachtete ein bis zwei scheue Eichhörnchen ohne und mit erbeuteter Nuss und erfasste mitunter schwirrende, summende und tanzende Insekten aller Couleur sowie ungezähltes Krabbelgetier; von abertausenden von Ameisen angefangen bis hin zu den haustragenden Schnecken oder weiteren schleimspurhinterlassenden Weichtieren. Sogar schwarze, braune und grüne Käfer als auch glitschige Würmer aller Länge gaben sich ein Stelldichein, scheinbar über die ganze Stadt verteilt. Ich würde das als eine Art städtischen Tierpark bezeichnen, indem diese Lebewesen stets fessellosen Ausgang oder ihren freien Ausflug genießen konnten. Auch wenn es so anmutete, es war dennoch kein zoologischer Olymp, kein Paradiesgarten, wenngleich es sich doch um Gottes Geschöpfe handelte. Diese ungleichen Kreaturen lebten zwar nebeneinander, dienten aber auch zur gegenseitigen Einverleibung und waren zum Teil Bestandteil des tierischen Speisenplanes.

Hier in dieser Stadt, in der ich nun fußte, gab es keine großen, saftigen, feuchten und grünen Wiesen mit ihren anmutig gedeihenden Gräsern und Pflanzen, Blumen und Büschen. Weiter, Richtung Stadtzentrum gesehen, entflohen jedwede botanische Schönheiten, die zweifelsohne der Stadt ein farbigeres Aussehen verliehen hätten. Anthrazitfarbener Asphalt und verschmutzt graue Bürgersteigplatten passierte ich mit meinen Schuhen. Einfarbiges, allerdings auch teils buntes Mauerwerk fokussierten meine neugierigen Augen, während ich unbeirrt, aber stets aufmerksam meinen Weg fortsetzte. Gebäude wie welldachbedeckte Hallen gab es, alte Fabriken, auch neu errichtete Garten- und Heimwerkerzentren, karge Wohnhäuser der unterschiedlichsten Größen und Ausdehnungen, massige Wohnblocks mit zum Teil verwaisten, langweiligen Kinderspielplätzen, akkurate Eigenheimsiedlungen mit eigenem Supermarkt und Frisör, shopähnliche Tankstellen mit nahezu allen erdenklichen Artikeln rund um Verzehr und Automobil, diverse Einkaufsmärkte oder einfach nur die Straßen mit ihren flankierenden Laternen, ihren, den Asphalt ausbessernden Teerflicken, verstopften Gullydeckeln und eilenden Menschen mit ihren Einkaufstaschen in Händen.

All das stach mir in die Augen. Ein nicht unerheblicher Wust an Eindrücken überflutete meine rasenden Pupillen. Hier hörte ich so gut wie keinen gefiederten Freund singen.

Nicht ein waldbekannter Pieps. Wenn doch, dann war es der in Australien beheimatete Wellensittich oder ein einer Atlantikinsel entrissener Kanarienvogel im drahtig metallenen Bauer auf irgendeiner federübersäten Fensterbank, unter der im Winter eine bullernde Heizung ihre wichtige Aufgabe erfüllte.
Hier herrschte der banale Alltag, wie er im Buche stand.
... und hier vernahm ich die unmissverständlichen Klänge der tosenden Maschinerien in den fließbandausgestatteten Produktionsbetrieben, das total rege Treiben des endlos erscheinenden Verkehrs, das drängende Hasten der angepassten Menschen oder gar das unaufhörliche Dröhnen eben dieser ganzen großen Stadt.

Die unüberhörbaren Geräusche der donnernden Flugzeuge wie Urlauberjets und Militärmaschinen sowie das luftzerschneidende Rattern und Tuckern der Hubschrauber waren ebenso präsent wie die besagt laut rufenden, triebgesteuerten und hetzenden Menschen, teils zu finden in ihren lackglänzenden Autos, die wie wild hupten und sausten, um von Punkt A nach Punkt B zu gelangen.

Kein Mensch, ob Mann oder Frau, ob Kind oder Greis, groß oder klein, jung oder alt, dick oder dünn, schlau oder dumm, kümmerte sich um mich. Wenn sie mich registrierten in ihrem Alltagstrott, dann nur mit dem Huschen der Augen im rechten oder linken Augenwinkel verschwindend. Da schoss ein Gedanke durch meinen Kopf, der zur rechten Schläfe Einlass befahl und zur anderen Seite nicht wieder hinaus wollte:
Du wirst nur als ein Teil dieser sich drehenden Welt angesehen, mehr nicht. – Du spielst keine Rolle auf dem breiten großen Fluss, auf dem sich der Baumstamm dreht, auf dem du dich gerade be-

findest. – Auch du kannst nass werden und ertrinken, du bist nichts!
Ich zitterte und erschrak zugleich. *Ich bin nichts?* Die Menschen sahen in mir nur einen daherziehenden Wanderer? Eine Neugestalt der sich bewegenden Unwichtigkeit? Sie erkannten nur eine angenommene unbedeutende Gestalt, die sich des Weges schlich?
Brrr! – Na so was!

Ich konnte mich demnach frei bewegen und genoss natürlich dieses Privileg der Freiheit. Selbstredend, wenn auch gespickt mit vielen Zweifeln. Aber ich war nicht allein mit dieser bedrückenden Realität. Ich stellte mir vor, dass sich dutzende, hunderte, ja vielleicht tausende von Schutzengeln unter der großen Menschenschar verborgen dort umhertummelten.

Eine riesige, fast nicht nachzurechnende Anzahl von Gottes Helfern und fürsorglichen Himmelsboten verweilen unter den Bewohnern dieser Erde. Gesandt, um diesen Menschen auf die Finger zu sehen und, wenn nötig, auch draufzuhauen.

In den heutigen bitteren Zeiten, in denen Gewalt und Verbrechen wie Mord und Totschlag vorherrschen, wo sich Raub und Diebstahl an der Tagesordnung befinden und wo Betrug und Verrat regieren, kann es durchaus vorkommen, dass gar mancher Schutzengel sich angewidert fühlt und beschweren muss. Aber das nutzt ihm nichts. Kein Lamento wird erhört, kein Wehgeschrei wahrgenommen und kein unzufriedener Blick gutgeheißen. Auch der seelisch angegriffenste Engel muss es billigen, seine tadellosen, weißen Zähne zusammenbeißen und gute Miene zum bösen Spiel machen. Wer von den *Weich-Engeln* sich nun völlig überfordert und entkräftet fühlte, für den bestand die himmlische Möglichkeit, sich in Gottes weiten Fluren einer Erholungskur zu unterziehen. Jemand anderes übernehme somit in der Zwischenzeit seine irdischen Aufgaben.

Was müssen wir Engel stellenweise auch mit ansehen und ertragen?

Dieses Erdulden ist kaum vorstellbar, bei den vielen Verbrechen, die begangen werden unter den Menschen, die oft unter schlechtem Einfluss ihr Leben fristen. Das bewusste Betrachten der Millionen von Gräueltaten, die es schon gegeben hatte und noch geben wird, schlug uns Engeln doch wie Peitschenhiebe mitten in das duldende Gesicht.

Eine nicht uninteressante Frage warf sich hier und da schon einmal auf. Erkannten wir gesandten Engel uns eigentlich untereinander? – Ja, denn die mitreisende Himmelsaura war allgegenwärtig. Konnten wir der Kleidung ansehen, welchen Dienstgrad ein Engel eingenommen hatte? *Nein, nur der direkte Blickkontakt war es, der uns Engel einander zu erkennen gab.* War ich nun ehrlich gewesen? – Hm.

Bewusste Schlitzohrigkeit sagt man uns Engeln zwar nicht unbedingt nach, aber ich bemerkte schon recht früh, dass bei mir die Farben leicht verlaufen waren auf der Palette des Lebens. – *In meinem Zimmer brennt zwar immer Licht, doch manchmal bin ich eben nicht zu Hause.* Denk einer an! – Wie auch immer.

So schlenderte ich weiter durch die endlos erscheinenden Straßen, die nahezu ausnahmslos auf beiden Seiten mit Gehwegen ausstaffiert waren. Die zahllosen Gedanken des Lebens in jeder Hinsicht durchfluteten immer und immer wieder meine Gehirnwindungen. Wie in einem Kaleidoskop, das gedreht wurde, rasselten meine flüchtigen, mitunter auch gefestigten Gedanken durcheinander. Ab und an hielt ich inne, blieb stehen und beobachtete die Menschen, die mich umgaben. Ich schaute auf ihr unaufhaltsames Tun, auf ihre kuriose Gestik und auf sonstige doch recht seltsam erscheinenden Gebärden. Manchmal stand ich ganz salopp mit der Schulter an eine Straßenlaterne gelehnt und ließ meinen Engelsblick weiträumig umherschweifen.

Was fängt ein Engel wie ich mit dieser Geste an, wenn sich jemand mit dem rechten oder linken Zeigefinger an die seitliche Stirne tippt, dort, wo die Schläfe ihren Sitz hat? Was denkt ein Engel als solcher, wenn ein Mensch von Gottes Gnaden den Mittelfinger in die Höhe reißt und unanständige Worte durch die Gegend schreit? Was geht in uns Engeln vor, wenn wir sehen, wie jemand mit den Händen und Armen Halbkreise in die Luft malt und dazu auch noch eine mit dem Bogen gepeitschte Luftgeige spielt? Sicher schauen wir Engel eselig oder schmunzeln sogar. Wir vermerken es vielleicht sogar in unserem ledereingefassten Notizbuch, bei erstmaliger Erscheinung fragen wir nach oder versuchen, uns zu erinnern.

Kopfschüttelnd, mit leichtem Erschaudern und rückwärtiger Gänsehaut trottete ich weiter. Es hat sich nichts geändert auf dieser Welt. Rein gar nichts.

Ein drei Sekunden währender Seufzer entfuhr meinem Munde.

Puuuh! – Nur leiser Klagesang eines kurzen Ausstoßes.

Mein Begleiter namens Heiligenschein saß tadellos fest, wenn auch für andere nicht sichtbar. Die irdisch angepassten Schuhe trugen sich mehr als bequem. Kinderleicht, einfach formidabel. Die helle Kleidung brachte mich in keiner Weise zum Schwitzen, es sei denn, ein großer Schreck durchzuckte meinen Körper. Das kam nicht all zu häufig vor. Meine Garderobe war angenehm weit gehalten und trug sich *creationstypisch* unbeschwert. Ein Lob dem *himmlischen Schneider*, auch wenn dieser ab und an etwas unartig war. Ich kannte ihn gut, den kleinen Trunkenbold. Er war ein Flaschenkind seiner Zeit, das ändert sich wohl nie wieder! ... und worauf besteht der Volksmund noch heute? – Genau: *Dienst ist Dienst und Schnaps ist Schnaps!* – Na, gut oder auch nicht, das lasse ich besser weg.

Ach, was geht es mir doch gut!, flüsterte ich vor mich hin. Ich streckte meinen Körper aus, indem ich die Lunge aufblies, den Kopf so weit wie möglich nach oben reckte und die Arme im rechten Winkel gehalten seitlich von mir abspreizte. Es erweckte zwangsläufig den Anschein, als nähme ich Anlauf zum Fliegen. Dazu ruderte ich mit meinen oberen Extremitäten mühelos durch die Luft. Lustiger Anblick. Aber wer schaute da schon hin?

Wie es wohl Christoph ergeht und seinem gebeutelten Vater? Ob er schon zu Hause weilt?

Ich redete leise mit mir selbst, indem ich mir diese Fragen stellte.

Zudem und darüber hinaus hemmte es mich doch ein wenig, die unterschiedlichen Menschen auf der Straße anzusprechen. Als Fremder in einer Stadt, die von Hektik und Alltagsleben geprägt war, schien es schon recht schwer, mal soeben einen Kontakt aufzunehmen und herzustellen. Schließlich wollte ich nicht gleich mit der Tür ins Haus fallen. Obwohl, das musste ich mir schon eingestehen, im Theater hatte diese Form der Kommunikation doch wunderbar geklappt. –

Lassen wir die Zeit laufen, schließlich laufen wir alle mit.

Nach der Leidensgeschichte, die Christoph mir erzählte, war ich jedoch in mich gegangen und erinnerte mich schnell wieder daran, dass das irdische Leben ja von vielen, ungeahnten Hartherzigkeiten und Grobheiten gezeichnet war. Einige Dutzend Kurven musste man vorsichtig durchfahren und etliche Hürden bedacht überspringen, hunderte von Hügeln mühselig erklimmen und tausende von Menschen versuchen, zu begreifen, bis man wusste, was das *wahre Leben* wirklich bedeutete. (Menschen, die sich dagegen sperren, die es ignorieren und verwerfen, werden mitnichten erfahren, wie der Film *Leben* seinen *Showdown* erfährt.)

Aber diese Form der Ignoranz hatte ich *Gott sei Dank* hinter mir lassen können. Da war ich schlauer, wenngleich auch fortan ein Engel.

Ich hatte meinen, von Gott verliehenen Heiligenschein und mein geschneidertes, gut sitzendes Gewand sowie meine bequemen Schuhe. Bruchsicher und trittfest. Darüber hinaus die irdische Kleidung. Das war doch mehr als genug. Von diesem Gott war ich auserwählt und berufen worden. Zudem trug ich ja eine *imaginäre* reine Weste, die ich unter der Kleidung *versteckte*. Diese Weste brauchte niemand sehen, wie und warum auch?

Ein eiliger, möglicherweise unpünktlicher Fahrradfahrer nähert sich mir von hinten mit äußerst bedenklicher Geschwindigkeit. Dieser fuhr verbotenerweise auf dem nicht all zu breiten Bürgersteig, auf dem ich, Engel Midron, des Weges ging.

Dienstgrad Schutzengel. – *So viel Zeit muss sein.*

Der respektlose Irrfahrer riss an seinem Schellenknopf wie verrückt und klingelte somit wie wild, aber leider viel zu spät. Der vorwärts strömende Hauch des Rades mitsamt *Reiter* erreichte mich blind. Ich machte einen geschickten Satz zur Seite, ohne in diesem Augenblick selber zu wissen, ob nach rechts oder links. Eine unabwendbare Kollision zwischen uns beiden bestand aber so nicht. Das war auch besser so. Gar nicht auszudenken, wenn mich das Vorderrad in des Gesäßes Mitte erwischt hätte und ich mit meinem Allerwertesten auf der Lampe zu sitzen gekommen wäre.

Der sausende Radfahrer bremste auf der Stelle ab, indem er mit einem Fuß das rechte Pedal mit seinem gesamten Körpergewicht belastete und auf diese Weise anhielt. Eine schwarze Reifenbremsspur zierte nun den Gehweg hinter dem Rad. Das Quietschen des Reifens huschte akustisch einwandfrei durch diese Straße. Der Wahnsinnsfahrer stand verdutzt anschließend mit beiden Füßen auf dem Boden, das Fahrrad mit den Händen haltend, die Stange zwischen den Oberschenkeln eingeklemmt. Ich schaute in einem 45°-Winkel nach oben und dachte: *Was für ein Idiot!*

Meine diabolisch strafenden Blicke trafen ihn. (Auch ein Engel kann teuflisch dreinschauen. Doch eher selten und nur, wenn niemand von Gottes Gnaden zuschaut.) Für einen Augenblick wirkte der Fahrradfahrer wie versteinert, völlig konsterniert. Die zurückgeworfenen Blicke des Radlers jedoch fing ich postwendend ein. Ich reflektierte diese Blicke mit meinen Augen und sendete einen gerechten Tadel ab, allerdings ohne zu viel Zorn oder Wut in die berühmte Waagschale zu legen. Es gestaltete sich ohnehin als schwierig, etwas in die Waagschale zu werfen, nicht nur bei Gericht, oft fällt die Entscheidung außerordentlich schwer zu sagen, ob rechts oder links.

Mein Wohlwollen sichtlich erkennend, entfuhr dem radelnden Raser ein flüchtiges: „Verzeihung, ich glaube, ich habe geschlafen, Entschuldigung, der Herr!"

Ein schamhaftes Rosarot schoss in sein gehetztes Gesicht. *Armer Wicht!*, dachte ich leise vor mich hin.

„Ja, ja, ist schon in Ordnung, das passiert jedem einmal, dem Dümmsten zuerst!", warf ich ihm zurück. Er kletterte auf seinen Drahteselsattel und enteilte, diesmal die Straße benutzend, im fahrenden Sauseschritt von dannen. Da hatte ich doch tatsächlich als Schutzengel auch einen Schutzengel gehabt. – *Wer aber war das?* – Ich spielte in Gedanken die Sache mit dem *Siebten Sinn* durch, verwarf sie aber schnell wieder.

„*So geht das also, ein guter Anfang, prima Engel!*", lobte ich mich murmelnd und war sogar ein wenig Stolz auf mich. So wurden also die irdischen Lektionen verteilt. Spontan, treffend, belehrend.

Gewachsen aus diesem Vorfall überlegte ich kurz, ob der erfolgreiche Theaterauftritt wohl doch von oben gesteuert und somit begleitet wurde.

Einer meiner lieben Vorgesetzten, der Erzengel Gabriel, hatte da sicher seine Finger im Spiel gehabt. Nur beweisen würde ich das nicht können.

Vielleicht war es auch besser so.

Wie aus dem Nichts heraus ließ mich eine weitere Überlegung erschrecken:

Wie verhält sich das jetzt eigentlich mit der Hierarchie? Ich bin doch ein Schutzengel und auf der Leiter etwas höher geklettert oder nicht?

Zweifel keimten in mir auf.

Aber ich habe keine himmlische Schwingung gespürt. Bin ich denn nun zum Erzengel aufgestiegen oder nicht? – Abwarten war demnach von mir selbst angeordnet. Eine Antwort auf meine Frage sollte mich schon bald erreichen.

Gott hatte wohl oder übel geschlafen, zum Glück nicht allzu lange. Seine unauslöschbare Kraft schoss aus den himmlischen Sphären zu mir herunter.

Rasch vollzog sich die vergessene Beförderung, und das spürte ich unmittelbar und vehement. *Also doch!* Was habe ich mit mir gehadert, überlegt und sinniert. Von wegen der Tatsache, mit Aufführung und *Kinderberuhigung*, salopp ausgedrückt. Imaginäre Lobesreden und Auszeichnungen empfing ich unter gutmütigem Donnergrollen. Eine unsichtbare, großgliedrige Hand lag halbschwer auf meiner rechten Schulter. Diese breite Hand wirkte beruhigend warm und ließ die beinahe vergessene Botschaft in meinen zuweilen ungeduldigen Engelskörper einfließen: *Du bist nun ein Erzengel, ich gratuliere dir dazu. Du hast deine erste Prüfung bestanden. Sie verlief besser als erwartet. Ich habe doch gewusst, dass ich mich auf dich verlassen kann. So will ich dir das Versäumnis des Haareschneidens nachsehen. Klemm dir die Haare doch einfach hinter die Ohren. Da ist nun wieder Platz, nachdem das Grün verschwunden ist. Hahaha!* – Sehr lustig, diese Ausführung. So mitfühlend, so bezeichnend für Gott.

Trotz des ironischen Untertons, schmunzelte ich so unverschämt grinsend, dass die Mundwinkel fast bis zu den Ohren reichten, und genoss einfach nur den Augenblick. Mein Mund verbreitete sich noch eine Spur und stoppte als stummes Lachen. Es bedurfte auch keiner weiteren Fragen meinerseits. Der Sachverhalt war klar und alles so weit erledigt. Vergessen, aber dann doch noch vollzogen. Glück gehabt. Das hätte auch ganz anders ausgehen können!

Nun endlich bewegte ich mich auf gleicher Ebene wie der Erzengel Gabriel, mein früher Höhergestellter, und anderen seiner Gleichgesinnten. Dieser verständnisvolle Vorgesetzte nahm diesen Zustand als gegeben hin und hatte auch keinerlei Probleme mit dieser dienstlichen Vorgabe. Das wird ihm Gott der Himmelsherrscher wohl in eindringlicher Art und Weise beigebracht haben.

Ich war nun einer von den weisungsberechtigten Erzengeln, die wiederum ihrerseits etwas mehr Gewalt in ihren Ausführungen besaßen. Ein famoser wie pfauenverhaltender Gedanke. Wie von glühenden Kohlen erhitzt, hüpfte ich mit den Füßen in meinen Schuhen erst seitlich versetzt, danach vor und zurück. Ich rieb die Hände, dass jeder meinen könnte, ich entzünde ein Feuer aus der hohlen Hand. Ein beschwingtes Juchzen, wie man es vielleicht nur aus einem Tollhaus kennt, entfuhr meinen noch leicht zittrigen Lippen. Das mit dem Zittern legte sich schnell, denn mit geschwellter Brust lässt es sich sehr wohl leben. Außerdem, die innere Ruhe war wichtig für mich. Ohne hypnotisch oder meditativ aktiv zu werden, sammelte ich meine Kraft und war in freudiger Erwartung jener Dinge, die da kommen sollten.

Gott musste diese hierarchisch neu geordnete Angelegenheit in seiner großen, von ihm wie ein Augapfel gehüteten Liste nachtragen. Diese mystische Liste war eine Art himmlisches Klassenbuch, in dem Gott auch zwischen den Zeilen lesen konnte, wer, was, wie, wo und wann errungen hatte. Kleine, nahezu unsichtbare Vermerke als Randbemerkung oder Fußzeile waren platziert in dieser tabellarischen Aufstellung. Eine nicht zu unterschätzende Spezialität Gottes war das Versehen einiger Worte mit aus drei Strichen bestehenden Sternchen, deren Übersetzung er gesondert in diesem Listenbuch oder jener Buchliste notierte. Eine Bemerkung über eine Bemerkung, also eine Erklärung einer bemerkenden Erklärung. Klingt verworren, ist aber für unseren Himmelsherrscher nichts Ungewöhnliches.

Als lang geplante Mission durchgeführt, vergisst Gott meine Beförderung, ich kann das kaum fassen. Nun, Schwamm drüber, Engel, es ist ja noch einmal gut gegangen! Wieder murmelte ich vor mich hin. Das war schon ein wenig peinlich, denn im Normalfall ist Gott unfehlbar und sehr zuverlässig. Aber auch Götter auf ihrem höchsten Thron machen kleine Fehler. Das war schließlich mehr als *menschlich*. Und genau das wusste auch mein Gott.

Wusste mein Gott aber auch, dass ich mächtigen Hunger und unstillbar scheinenden Durst verspürte? Spazierengehen und nebenbei erfahren, dass ich zum Erzengel aufgestiegen war, bedurfte mit Sicherheit einer kräftigen Labung.

Auf Erden stand es an, nur in Maßen zu sündigen, was die tägliche Nahrungsaufnahme in fester und flüssiger Form anbelangte.

Aber nicht nur die Ernährung! – Hm. – *Schweigen!*
Es musste sich nicht gleich um überzogen teure und kulinarische Leckereien handeln. Normale Speisen und dazu preisgerechte Getränke reichten durchaus und taten dem stillbaren Drang Genüge. So hieß es für mich, nicht lange nachdenken, sondern gezielt ein naheliegendes Lokal aufzusuchen, um selbiges anzusteuern. Das vielfach verfluchte, aber doch notwendige irdische Zahlungsmittel trug ich wie selbstverständlich bei mir.

Üblicherweise besaß eine Kutte keine latenten Geheimtaschen, lediglich zwei weit ausladende, aufgenähte *Handwärmer*. Darin gestopft befanden sich Stofftaschentücher, wenn die himmlische Nase einmal triefen sollte, Zündhölzer für kalte Nächte, um jederzeit und überall mit etwas Reisig und trockenen Ästen ein kleines Feuerchen zu entfachen sowie noch diverse andere kleine nützliche Helferchen. Erdengänger hingegen wurden allerdings mitunter pompös ausgestattet. So auch ich. Mein Gewand respektive meine Kleidung besaßen ein geheimnisvolles Innenleben, deren Inhalt ich stets bei mir trug. Wie ein irdischer Geheimagent mit uneingeschränkten Befugnissen kam ich mir vor. So unglaublich wichtig. So überaus notwendig. Eine eingenähte kleine Tasche mit winzigem Reißverschluss versehen, zierte so die linke Innenseite meines *Gewandes*. Der Inhalt beschränkte sich allerdings nur auf die Notwendigkeiten, um jede Mission auf der Erde perfekt abhandeln zu können. Auf der anderen Seite, also rechts, befand sich eine Art Energiewerk, das nach Betätigung durch die Kraft meiner Gedanken aktiviert werden konnte. Eine Kraftzentrale, die sich noch als erforderlich und nützlich erweisen sollte.

In einer weiteren eingenähten *Gewandtasche* befanden sich etwa ein Dutzend Geldscheine sowie eine Hand voll Münzen. Ich hatte doch tatsächlich die richtige Währung erwischt, denn bei verschiedenen anderen Missionen, von denen ich hörte, war diesbezüglich einiges schief gelaufen.

Geld – Immer nur dieses Geld.
Wenn es nach mir geht, könnte es auch abgeschafft werden, zumindest würde eine Währung weltweit reichen, wie es schon in meinem Traum erkeimte! –
Euer Geldabschaff-Engel!

Oft tobte in mir dieser Traum, indem die gesamte Welt grenzenlos in ihren unterschiedlichen Ländern mit nur einer Währung auskäme. Grenzen bleiben mitunter wichtig. Sie trennen Menschen verschiedener Religion und Mentalität voneinander. Das verhindert nicht selten Kriege, obwohl des einen oder anderen betrachtet dieses Hemmnis als überwindbar angesehen wird, ... und selbst bei anderen Gelegenheiten ist es häufig sinnvoll, dass eine gewisse Barriere vorherrscht. So verhält es sich eben immer noch bei den jeweiligen Landeswährungen. Möglich wäre so eine *Ein-Währungs-Situation* nur, wenn es einen Weltherrscher gäbe, der diesen Plan auch verwirklichen könnte. Aber leider oder *Gott sei Dank* gibt es ihn noch nicht. *Ansichtssache. – ... und da sei Gott vor.*

Zirka 25, vielleicht 30 Meter hinter einer mit Ampeln ausgestatteten und viel befahrenen Kreuzung erblickte ich ein breites Schild mit einer einladenden Aufschrift, das auf ein Speiselokal hinwies. *Stadtschänke* stand mit geschwungener roter Schrift auf goldenem Grund geschrieben.

Stadtschänke? – Wie altbacken und einfallslos. Etwas ungewöhnlich für die heutige Zeit, auch die Farbgebung, olala ..., dachte ich so ins Blaue hinein, und in meinem Kopf kreisten schon Ideen, wie ich diese Gastwirtschaft anders benennen könnte: *Engelsklause* oder *Himmelspforte* oder ... – da war es wieder geschehen. Meine ambrosischen Gedanken stießen erneut in Richtung Himmel. – Wie so oft! Allmählich ärgerte es mich, dass in mir stets derlei seltsame Gedanken aufkamen. *In mir, Midron, dem Sich-Ärger-Engel!* – Nun, Schicksal, denn Gedanken geschehen und lassen sich nicht in einer *Kopfschublade* einsperren!

Die Schrift war also rot und die Buchstaben schwarz konturiert, demnach gut lesbar. Der Untergrund schimmerte golden. Hübsch. Trotzdem besaß das Ganze einen etwas kitschigen Anstrich.

Völlig unscheinbar gestaltete sich das große Fenster neben der mit einer Speisenkarte von innen vor dem Glas verzierten Eingangstür. Eine spärliche Dekoration, wie etwa ein gefüllter, leicht angestaubter Obstkorb mit verschiedenen Sorten von Früchten und nebenstehend bunte Weinflaschen auf mit umhäkelten Decken überspannten Styroporquadern, so glaubte ich, erspähten meine Augen. Von außen erkannte

ich zudem wenig dessen, was mich innen erwarten sollte. Ein mit drei, vier Schritten ausgeführter Rechtsgang, ließ mich den Türgriff in der Hand halten. Recht ungewöhnlich war die Tatsache, dass sich eine Fußmatte vor der Tür befand. Kokosmatte mit Drahtgeflecht. Ordentlich, wie ich nun einmal war, wischte ich mir die Schuhsohlen an dieser Matte ab. Ich zog die Eingangstür auf und trat voller Erwartung ein. Beinahe schon abfällig wurde ich von einem anwesenden Kellner von oben bis unten gemustert. Da bei der Tischwahl keine außergewöhnlichen Alternativen zur Verfügung standen, setzte ich mich an einen der vielen freien Tische, der sich mir inmitten des Raumes offenbarte. Mein erster, wenn auch überflüssig egoistischer Gedanke war:
Da setze ich mich nun hin und fertig. – Schon ein wenig irritierend der Gedanke, denn ich war alleiniger Gast in diesem Lokal!
Hinter dem Tresen läutete ein Telefon: *Reng-reng-reng-reng-reng!* – Zwei Sekunden Pause und wieder: *Reng-reng-reng-reng-reng!* – Es handelte sich um einen denkbar alten Fernsprecher, schwarz mit weißer Wählscheibe, eine immens schwere Ausführung. Der von Zigarren- und Zigarettendunst verschmutzte Hörer war mit dem eigentlichen Apparat durch ein kleinfingerdickes Kabel verbunden. *Wie vorsintflutlich*, durchzuckte es mich. Permanentes missklingendes Gebimmel. Immer noch das unaufhörliche *Reng-reng-reng-reng-reng!* – Es schallte wellenförmig bis an meine Ohren. *Ja, will dieser Tropf von Kellner nicht endlich abnehmen?*, durchfuhr mich mittlerweile schon der zweite Gedanke. Und ich konnte erheblich viele Gedanken erblühen lassen, wenn mir danach gelüstete!
Der pinguinartige Kellner trug schwarze Hosen mit Bügelfalte, an den Knien jedoch leicht eingebeult, die vor zwei

ebenso schwarzen Schuhen endeten. Vom rückwärtigen Abwienern der Schuhspitzen an der Hose glänzten die Schuhe dort übertrieben stark. Zudem steckte sein eher hängender Oberkörper in einem weißen Hemd, das von einer grauen Weste überdeckt wurde. Das gestärkt wirkende Oberhemd, von dem niemand wissen konnte, wie dessen Färbung zwischen Hals und Kragen anmutete, wahrscheinlich ein schmuddeliges Grau, wurde am steifen Kragen mit einer bordeauxroten Fliege zusammengehalten. Die jeweiligen Enden dieses Binders wiesen fettige Fingerabdrücke auf. Kam sicher vom vielen Zurechtrücken und Geradeziehen. Hätte er eine Chorleiterjacke getragen, hätte man ihn sicherlich vor jedes x-beliebige Salonorchester stellen können. Als Dirigent verkleidet, mit wirrem Haar und einem Taktstock in der rechten Hand, wäre er dem Augenschein nach hundertprozentig fähig gewesen, dieses Orchester in den musikalischen Wahnsinn zu treiben.

Der nicht sehr geräumige Esstisch war umgeben von vier Holzstühlen, die mit einem dunkelblauen Stoff auf der Sitzfläche bespannt waren. Ebenso wie der Sitz waren auch die Rückenlehnen ausgepolstert und mit diesem angestaubten blauen Stoff versehen. Neben dem Eingang, der gleichzeitig als Ausgang diente, eigentlich logisch, stand ein zu jenem Zeitpunkt etwas veralteter Zigarettenautomat mit farbigem Gehäuse. Eine staubige, einmillimeterstarke Patina bedeckte ihn, und das funzelige Licht, das in ihm brannte, erinnerte stark an die ausgehende Innenraumbeleuchtung eines Autos. Eine der zwei Glühlampen schien entzwei zu sein. Dieser Zustand tangierte mich allerdings in keiner Weise. Gleich daneben zu finden war ein hölzerner Garderobenständer, der auf nur drei Beinen stand.

An einem Zeitungsaufhänger befand sich eine metallene Öse, die an einer doppelten Holzleiste befestigt war. In dieser Leiste gefangen, baumelte die *aktuelle* Tageszeitung von gestern. Eine eher unspektakuläre Tageszeitung, die aus etlichen Falten und Kniffen bestand und schon aussah, als hätten an die 100 Leute sie gelesen, zu Tode gefaltet und vorher manuell missbraucht.

Ein gewiss feines Lokal hatte ich mir da wohl nicht ausgesucht, denn sogar die Speisenkarte lag direkt vor mir auf dem quadratischen Tisch wie ein vergessenes schwarzes Einwegfeuerzeug. In den meisten Fällen wird die Karte erst gereicht, nachdem man es sich gemütlich gemacht hat. Doch dieser Umstand verwies eher auf die Tatsache frei nach dem Motto: *Such dir schon mal was aus, dann geht das hier schneller. Und fixer bist du wieder draußen. Aber erst das Trinkgeld, mein Freund!*

Das hier jedenfalls roch nicht nach einem guten und teuren Restaurant.

Mitnichten, also auf keinen Fall! Doch es war leider schon zu spät. Ich saß bereits wie festgenagelt, und der quälende Hunger hielt mich gefangen auf diesem Stuhl wie eine Maus unter dem Schnappbügel einer Falle. Obwohl, ich hielt die besseren Karten in Händen. Mich musste man bedienen. *Die arme Maus erreicht den Käse nicht mehr.*

In der Tischmitte thronte ein schlecht poliertes Metallgestell mit oben liegendem Griff. Darin befanden sich ein Pfeffer- und Salzstreuer, der Pfeffer war schwarz, das Salz wie erwartet weiß, *Yin und Yang-Gewürze* sowie ein Essigfläschchen und eine gläserne Ölkaraffe. Der hellgelbe Essig nahm höchstens noch einen Zentimeter in diesem kleinen Behälter ein, vom Boden an, wohlgemerkt. Das Öl glänzte zu 90 Prozent in gelblichbraunem Ton. Wahrscheinlich ranzig, zumindest überlagert. Ungeeignet für die *Letzte Ölung*, wo immer sie auch stattfinden mochte. *Pfui Deibel!* – Wie ekelhaft! Inmitten dieses Behältnisses erspähte ich, der hungrige, jüngst erst *Fahrradraser zurechtweisende* Erzengel, eine kleine zierliche Dose aus Porzellan, aus der hölzerne Zahnstocher ragten. Das kannte ich noch aus den guten alten Zeiten. Jeder dieser spitzen Stocher war eingeschweißt in eine winzig kleine Papiertüte. Das mutete sehr hygienisch an. Wenigstens ein Highlight zu jener Stunde. Darauf hatte der Kellner hier in diesem Lokal wohl mehr Wert gelegt als auf eine zu erwartende Tischmusik. Doch was musste ich hören? Lautlose Stille, demnach nichts. Folglich richtig. Schlichtweg gar nichts.

Die beinahe beängstigende Stille war unüberhörbar.

Ohne zu übertreiben, muss ich erwähnen, dass es jeweils auf den Tischen in dieser Gaststätte sogar noch kleine Serviertellerchen gab. Sie maßen vielleicht acht oder neun Zentimeter im Durchmesser und waren mit quadratischen Zuckerstückchen belegt; eingeschweißte Erfrischungstücher in Zitronensaft getränkt, steckten teilweise unter den Zuckerklümpchen, lieblos dazwischengeworfen.

Diese Fettkillertüchlein wurden allerdings meist nur dann verwendet, wenn ein Gast ein halbes Hähnchen mit den Fingern verspeist hatte, denn das zwischen knuspriger Haut und zartem Fleisch angesiedelte, austretende Fett an der eigenen Kleidung abzuwischen, war nicht gerade salonfähig. Nicht tischfein. Gesellschaftsfähig wohlgemerkt scheint die Tatsache, dass Hähnchen durchaus mit den Fingern gegessen werden.

In feineren Lokalitäten mit schicklich dazugehörigem Ambiente werden bis dato noch diese Antifetttücher gereicht. Allerdings edler verpackt und fürs Auge wohlwollend auf dem Tisch drapiert. Zuweilen findet man auch Porzellanschälchen mit angewärmten Wasser vor, die nützliche sowie ausreichend große Servietten verlangen, um sich die angefetteten Finger abzutrocknen. Die Schattenseite der Medaille ist allerdings, dass sich Überbleibsel des Vertilgten unter den langen Fingernägeln einfinden und verklemmen; natürlich nur bei dem, der diese länglichen Nägel auch trägt.

Noch bevor mich der an einen ältlichen Pinguin erinnernde Kellner ansprach, fiel mein ungetrübter Blick auf ein uraltes Wandgemälde mit unglaublichen Ausdehnungen in Höhe und Breite. Gewaltig groß! Es nahm fast eine halbe Wand ein.

Na fast!

Das konnte nur ein passionierter und zudem unbedeutender Heidemaler *verbrochen* haben. So wie Heidedichter Hermann Löns die Heide in seinen Gedichten beschrieb, so schien dieses Gemälde nur ein visueller Abklatsch seiner dichtenden Worte zu sein. Nahezu flächendeckend rosaviolett blühende Erika, in die Landschaft gestellte äußerst stakelige Büsche mit spärlichen Blättern behaftet, unterschiedliche Laubbäume in farbigen Kleidern, ein unbefestigter Weg zu einer alten Scheune und ein alter Tümpel waren zu sehen inmitten dieser weiten Gegend, die eine hinter Wolken halb versteckte Sonne zierte. Der Rahmen, der dieses Gemälde einfasste, war leider an Kitsch nicht mehr zu überbieten. Weitere gedanklich gesehene Ausführungen ersparte ich mir, in alle Ewigkeit. Amen.

Nun ja, es ist halt reine Geschmacksache. *Dem einen schmeckt ein Handkäse, der andere ärgert sich über Fußpilzbefall.* Augenpause. Zwei Meter weiter an der Wand erspähte ich ein weiteres Gemälde, na eher Bild, Abbild oder Portrait, das eine junge Frau mit hübschen Gesicht zierte. Wallendes Haar mit rosa Wangchen und einem fast schon anmaßendem Mona-Lisa-Lächeln. Das wäre eine willkommene Abwechslung, wenn es diese Gestalt gäbe, sie aus dem Bild herausträte und sich zu mir gesellte.

„Guten Tag, mein Herr, was kann ich für Sie tun, was darf ich Ihnen bringen? Etwas zu trinken vorab, ein kleines Bier, einen Schoppen Wein oder erst einen kleinen Aperitif?", fragte der Kellner gleich nach einem alkoholischen Getränk und fuchtelte schon mit einem angekauten Bleistift über seinem Schreibblock herum. Das Deckblatt dieses Blocks war nach hinten geschlagen. Den Block hielt er zwischen Daumen und Zeigefinger eingeklemmt wie eine Tafel Schokolade. Ich erinnerte mich schwach, dass jeder noch so unterbelichtete Kellner sich mindestens ein Getränk merken konnte. Sei es drum. Mein Geist ging die mir bekannten Getränkelisten durch. Ich verharrte bei Mineralwasser, dachte ein paar Zentimeter weiter und blieb vor der Cola hängen.

„Ein Mineralwasser bitte, halt nein, ein Glas Cola vielleicht!", antwortete ich stimmhebend. Ich, der Durstengel Midron, hier in dem *normalen* Lokal in der großen Stadt.

„Ja, was denn nun, Cola oder Mineralwasser oder doch ein Bier?", wollte der nach vorne gebeugte Kellner wissen, der seine schwarze, lederne Geldbörse wie einen Revolver in der Hose trug, gleich rechts neben der metallenen Gürtelschnalle.

Die Geldbörsen der Kellner in den anständigen Restaurants waren zumeist gut sortiert. Hart- als auch Papiergeld fanden dort ihren Platz an der geeigneten Stelle. (Das permanente Rascheln im Kleingeld, während man gewillt ist, zu zahlen, scheint eine Marotte einiger Kellner zu sein. Natürlich nur in schlechten Lokalen!)

Die Börse dieses Kellners jedoch in diesem Lokal schien eher verwaist zu sein.

Wann sich diese dann öffnen würde, sei erst noch dahingestellt. Spätestens jedoch, wenn ich bezahlen müsste. Aber das konnte noch dauern, jedenfalls, wenn ich mir die Geschwindigkeit betrachtete, mit der sich dieser Kellner bewegte.

Wie in anderen Situationen auch musste ich lernen, gewisse Geduld zu ertragen. Selbst hier spielte die Zeit mit mir; die Zeit, die ich mir genommen habe.

Ein übler, knurriger Zeitgenosse verrichtete also in diesem Lokal seine Arbeit. Wie ungeduldig dieser Mensch doch war. Und das bei seinem Schneckentempo. Aber so waren sie nun mal, die scheinbar zweitklassigen Kellner mit ihrer forschen Stimme und dem vorne aus der Hose über dem Gürtel hängendem Portemonnaie. So leger, so schnoddrig, so nonchalant und cool.

Dieser *mein Kellner,* was ich so Kellner nannte, wirkte äußerlich etwa so um die 50 Jahre alt, trug dunkelbraunes, welliges Haar und einen strengen Mittelscheitel, der die helle Kopfhaut durchscheinen ließ.

Ha!, durchfuhr es mich, der hat ja auch Schuppen! ... und so viele. Sanftes Unbehagen beutelte meinen Geist. *Wenn der jetzt beim Bierzapfen mit dem Kopf wackelt und ...?*

Weiche, böser Gedanke, von mir, weiche.

Auf der lang gestreckten Nase ruhte eine fettverschmierte Lesebrille, die lediglich aus zwei Hälften mit blankem Bügel bestand. Dem Anschein nach hätte ich eher vermutet, dass er damit sein Trinkgeld besser zählen konnte, wenn er denn welches bekäme. Bei seinem kodderigen Auftreten schien das eher unwahrscheinlich. Seine ovalen Nasenlöcher, mächtig groß geraten, benutzte er zum Atmen, da die Lippen außer auf kurze austretende Wortschwalle geschlossen blieben. Zig stakelige und zudem dunkle Nasenhaare hingen wie lange nicht gewaschene Gardinen aus diesem Riechorgan. Das hätte sich doch im Nu mit einer spitzen Schere oder einem Nasenhaartrimmer schnell beheben lassen können. Der Kellner musste es aber auch *sehen* und beheben *wollen*. – *Ich sah also von der Nase ab!*

„Ich hätte gern ein Glas Cola mit einem Eiswürfel, wenn es geht. Das erfrischt besser." Das mit dem erfrischenden Eis hätte ich mir auch sparen können, denn genau einen Würfel zu treffen, schien mir bei dieser Art von Ober schon mehr als fragwürdig.

Die ungeduldige und mürrische Bedienung mit den glatt polierten Schuhspitzen verschwand hinter seinem wassertropfenüberspülten Tresen und nestelte an einem Fach mit Trinkgläsern herum. Er bediente einen schwarzgriffigen Zapfhahn, auf dessen Griff in weißem Schriftzug auf rotem Grund das Wort *Cola* stand. Unüberhörbar vernahm ich ein schäumendes Zischen. Die nassfüßigen Gläser unter dem Zapfhahn schienen ein Eigenleben zu besitzen. Sie klimperten leise aneinander. Der knorrige Fußboden hinter dem Tresen übertrug die Schwingungen auf den Thekentisch, als der Kellner vor selbigem auf- und abging. Gehenden Fußes sah ich den Ober, besser Kellner, auf keinen Fall Oberkellner, oder wie auch immer ich diesen Herren bezeichnen sollte, in einem Hinterraum verschwinden. Ein kurzes, unverständliches Stimmengewirr hallte aus diesem Raum zurück. Hat er mit jemandem gesprochen? Selbstgespräch mitunter? Das erschien sehr rätselhaft. Wie von Geisterhand eingeschaltet, erklang jäh rhythmische Musik aus irgendwelchen alten Musikboxen, die hinter dem Tresen angebracht waren.

Ging ja doch, das mit der Musik.
Nur die Auswahl der Titel schrie zum Himmel. *Verzeihung, Herr!* Zwei Boxen hingen zudem so an den Wänden, dass sie bis an den *Lokalhimmel* reichten. Diese tonabsondernden *Deckenstützen* mussten einmal weiß gewesen sein, so wie es anmutete. Nun überzog sie eine dunkle Patina, verursacht von den unzähligen Zigaretten und Zigarren, deren Qualm sich im Laufe der Jahre gesetzt hatte. Vielleicht trugen auch ein paar Pfeifen dazu bei, diese Wände von ihrer Ursprungsfärbung abzubringen. Nach ungefähr fünf Minuten stand der im Vorbeugegang wandelnde Kellner mit dem Glas Cola in der Hand neben meinem Tisch, an dem ich Platz genommen hatte.

„Hier bitte schön, Ihre Cola, mir ist aber ein Eiswürfel zu viel mit hineingerutscht", bemerkte er entschuldigend und fast flüsternd. – *Ich habe es geahnt!*

„Danke", sagte ich verhalten, „das macht rein weg gar nichts", und bewunderte das vor mir stehende Glas des flüssigen Labsals auf einem Bierdeckel. Es war schlank gehalten und mit der weißen Aufschrift des Getränkeherstellers siebbedruckt. Ich hob es mit Daumen und Zeigefinger an, setzte es an meinen Mund und nippte genüsslich am oberen Rand des Glases. Dabei trafen die durchsichtigen quadratischen Eiswürfel auf meine Oberlippe und rutschen unkontrolliert von einer Seite zur anderen. Einige Kohlensäurebläschen zerplatzten und kribbelten mir in der Nase. *Ich wusste, dass das schief geht mit dem Eiswürfel,* huschte mir als kurzer Gedanke noch durch den Kopf.

Als zwangsläufige Folge des weiteren Geschehens erwartete ich schon beinahe ein wenig ungeduldig seine nächste Frage. *Mund auf, da war sie schon.*

„Möchten Sie etwas essen? Von der Speisenkarte vielleicht, mein Herr? – Oder Moment, wir haben auch ein empfehlenswertes Tagesgericht. Ungarisches Gulasch mit Salzkartoffeln und gemischtem Salat", fügte der schreibblockhaltende Kellner hinzu und wollte das Ganze sogleich notieren.

Wer das wohl kocht und zubereitet?, schoss es mir blitzartig in mein Engelshaupt, *eine angestellte Köchin? Vielleicht die Frau des Kellners. Eine Hausköchin, ein Koch.* Aber eine zweite Person, das erklärte auch das Stimmengewirr im Hintergrund.

„Gut, ja, warum nicht, das nehme ich, danke", entgegnete ich, Erzengel Midron, der eine erzählte, lange Leidensgeschichte in sich aufgesaugt hatte und als Theaterdarsteller-Debütant in das irdische Leben beeindruckend eintauchte. Natürlich erschien der so eingeschlagene Weg schon etwas ungewöhnlich, aber durch diese Art und Weise des Auftretens schien mir vieles machbar zu sein.

Es musste nicht immer die klassische, leichte Form der Wiedereingewöhnung auf der Erde sein. Ich konnte auch mit der Tür ins Haus fallen. Sollte ich nicht tun. Aber wenn es die Situation erforderte ...? – Nun ...!

Etwas unfein, zumindest ein wenig.

Der Aufenthalt in diesem Lokal schien sich allerdings eher als Komödie zu entpuppen. Der im Trott dahinschleichende Kellner servierte mir das gewünschte Essen, das er auf seinen Händen und Armen balancierte, und ich ließ mir diese irdische Mahlzeit gut schmecken. Das Gulasch ungarischer Art mundete mir wider Erwarten vorzüglich wie auch der lieblos in einer Glasschüssel angerichtete Salat. Er erwies sich als knackig und frisch, alle Achtung dafür. Die gelblich-beigefarbenen Kartoffeln strahlten eine enorme Hitze aus. Sie dampften wie eine mit Kohlen betriebene Lokomotive aus dem Beginn des 20. Jahrhunderts.

Ich schaute zufrieden drein. Mein Gesichtsausdruck wirkte fast melancholisch. Wie gebannt starrte ich vor mich hin und badete meine Augen in den verbliebenen Relikten, die ebenfalls nach kurzer Zeit in meinem Magen verschwunden waren. Ohne mich künstlich vorwärts treiben zu wollen, in aller Gemächlichkeit vertilgte ich alles, was auf den Tellern angerichtet war. Ich trank das Glas mit der Cola aus, bezahlte mit einem größeren Geldschein und verabschiedete mich, wie es sich für einen Gast gebührte. Ich nestelte in der Geldbörse umher auf der Suche nach ein paar Münzen. Dieses obligate Trinkgeld fiel sehr dürftig aus, denn es gab wohl keinen plausiblen Grund, übermäßig zu entlöhnen. – *Alter Geizengel!*

Die zwei zurückgebliebenen, vereinsamten Eiswürfel hatten, schnell an Gewicht abgenommen, noch eine Weile überlebt. Sie turnten ein wenig auf dem Boden des Glases umher, bevor sie, zur absoluten Regungslosigkeit verdammt, vollends schmolzen.

„Auf Wiedersehen", warf ich dem meiner Meinung nach eher durchschnittlichen Kellner zu.

Ein *Leben Sie wohl* wäre sicher treffender gewesen.

„Danke für Ihren Besuch, mein Herr, beehren Sie uns bald wieder."

Der Kellner sprach höflicherweise diesen einen allerdings ziemlich abgedroschenen Satz. *Wieder nur so ein mickriges Trinkgeld, wahrscheinlich so ein armseliger Bauer vom Lande,* sinnierte der Kellner, während er seine Geldbörse zurücksteckte und zwischen Hemd und Gürtel einklemmte. Wie einen Sechspatronen-Revolver oder eine automatische Pistole. – *Kriminalfilmausstaffierter Gedanke!*

Hatte so diese kleine kulinarische Episode jäh ihr Ende gefunden? – Ja!

Mir stieß ein kurzes Gedicht, eine vielleicht treffende Xenie oder gar ein *Ironikum*, mitten ins Gedächtnis. Ich durfte zwar zum Teil unschickliche Gedanken hegen, sie aber in keiner Form schriftlich zum Ausdruck bringen. So hielt ich, wie beinah gezwungen, sämtliche dichtende Reime und Verse in meiner Gedankenschatulle verschlossen. Zwischen himmlischer Andacht und gottbefohlenem Schlafe kreisten einst diese Zeilen über meiner Zudecke, die mich bis ans Kinn wärmte:

Zwiebeln, Knoblauch aus der Küche,
schnell verbreitet man Gerüche.
Wenn im Magen Nahrung ruht,
der Gärprozess sein Bestes tut.
Die Gasentwicklung ist in Sicht,
ohne Nachwehen bleibt das nicht.
Denn, was unumstößlich stinkt,
ist das, was aus dem Körper dringt.

Unmerklich zogen vor der Tür über dem Lokal Wolken in beschleunigtem Tempo vorbei, ohne dass ich eine Veränderung ahnte oder wahrnahm. Gott schien sich eine Erkältung zugezogen zu haben! Der Druck seines böigen, als auch trockenen Auswurfes traf die Formation dieser atmosphärischen Gebilde, die mitunter Heerscharen von flüssiger Nahrung beherbergten.

Midron, ich bin nicht verkühlt, erkenne deine Gedanken, die unflätigen Ausmaßes durch deinen Kopf streifen, nicht schicklich für einen Engel, auch wenn du es bist. Midron, mache mir ein schönes Gedicht, du weist, mein nächster Ehrentag geschieht mir bestimmt.

Nun war es doch geschehen. Er hat sein *Gedankenlesenkönnen* perfektioniert. Partielle Schrecken krabbelten mir ins engelhafte Gewand hinunter den scheinbar erkalteten Rücken bis in die feuchten Kniekehlen. Ich federte kurz durch, erstarkte aber auf dem Fuße und dachte Finger gen Daumen drückend: *Am Ende konnte er es schon vorher ...?* Wieder kreisten meine Augen, von leichtem Scham ergriffen und durch die Augenhöhlen gerollt.

Nach dem Aufstehen vom Tisch und noch einmal um mich blickend, verließ ich dieses Lokal der wohl eher unteren Kategorie. Die Tür öffnete sich nach außen, wie es sich für eine Lokal- oder besser Kneipentür gehörte.

Fuuuh-huuu ...! Vor dem Lokal wehte ein ganz anderer Wind.

Fuuuh-huuu ...! Sofort spürte ich den Unterschied zwischen verbrauchter, verqualmter und nach Essen riechender Raumluft und der frischen Brise, die mir vor dieser Tür sanft entgegenwehte. *Fuuuh-huuu ...!* Wie sich Wind und Brise definierten, blieb nun einmal dahingestellt. Faktum war der stürmische Wind in jenem Augenblick.

Ich sah nur kurz nach oben.

Dachte ich an Wind und Brise, so dachte ich auch an die weniger appetitlichen Düfte. Die weit verbreiteten Schadstoffemissionen der wenn auch hohen Schornsteine beziehungsweise die Abgase der Flugzeuge und anderer Fluggeräte gaben schon zu Bedenken Anlass. Die Ausstöße der bodenbefindlichen Kraftfahrzeuge aller Art verfügten allerdings mittlerweile über eine recht ordentliche Luftqualität. Verglichen mit früheren Emissionen, die durch bläulich-weiße Wolken entstanden, die aus den Auspuffen drängten, war diese Luft fast zu atmen. Nun ja! Aber Katalysatoren und Filter ohne Ende waren auch nicht der Weisheit letzter Schluss.

Trotz allem zufrieden, gesättigt und froher Dinge setzte ich meinen Weg fort. Einen Weg, der mich überall hinbringen konnte. An jeden Ort der Welt, wenn ich gewollt hätte. Den höchsten Berg hätte ich hinaufsteigen, das tiefste Tal durchwandern, das weiteste Meer überqueren und die sandigste Wüste durchlaufen können. Wohlgemerkt: *Wenn ich gewollt hätte!*

Der Möglichkeiten gab es reichlich.

Sehr anstrengend, steinig, kalt und gnadenlos könnten die Wege sein, die ich mir vornehmen würde, zu beschreiten; doch nicht so kurios wie der letzte, der mich eigentlich mehr erheitert hatte. Allerdings die Menschen, die mich nun umgaben, muteten oftmals recht merkwürdig an.

Doch sollte mich das wundern?

Nun, so seltsam und eigensinnig, brutal mitunter und eigensüchtig waren sie, die Menschen – viele wie dieser außergewöhnliche Kellner.

C'est le garçon. – C'est le homme.

Einen Augenblick jedoch noch musste ich an diesen langweiligen Ober denken. Jeder für sich und Gott für uns alle. *Das habe ich nicht vergessen,* sinnierte ich. Es hat auch Zeiten gegeben, da hieß es noch: *Einer für alle und alle für einen!* Aber es waren eben alte Zeiten. Wer sich derer erinnert, wird schnell feststellen, dass hypertechnischer Fortschritt, gepaart mit kommerzieller Hetze, nicht der Weisheit letzter Schluss sein kann. Während zu früherer Zeit ein Stein des Weges gerollt wurde, müssen heute viele Steine gleich steile Böschungen hinabrollen. Die einstige Mühsal und deren Schwerfälligkeit hat sich zum angeblich Besseren geändert, der Stein ist nach wie vor der gleiche geblieben? Noch immer ein harter Brocken.

Ich glaube, alle Engel sind in ihrer Denkweise Philosophen, die zwar den Zahn der Zeit nicht nachwachsen lassen können, dennoch Verständnis für viele Dinge aufbringen. Wie für den Faktor Zeit, den der Mensch erst richtig erfährt, wenn er im Guten abgedankt hat, um sich der ambrosischen Umpolung zu unterziehen. Alle Zeit der Welt zu haben, ist das schönste Empfinden, das ich mir vorstellen kann. Wer will dem widersprechen? Die unwiederbringlichen irdischen Zeiten vergehen für die Menschheit rasend schnell, sie sehen sie als vorbeihuschend und vergessen viel des Gewesenen? Nach der göttlichen Übernahme, wenn sie denn verdient wurde, geschieht das immense Umdenken. Ich will nichts vorwegnehmen. Ich nicht!

Midron, du schweifst aus! Ist dir das Essen nicht bekommen? Waren die Cola zu kalt und der Kellner zu unhöflich zu dir? – Hm! – Ja, ja, ja. Das ist nicht wie bei mir hier oben! Gott grinste sich an die 20 zusätzlichen Falten ins Gesicht, trat mit einem Fuß auf den Boden und malte mit den Händen Freude in die Luft. Dabei wehten die durchhängenden Ärmel wie zu Röhren gebogene Blätter, die jene Sonne falten konnte.

Wie ich so ging und dem pustenden Wind lauschte, der mir um die Nase pfiff, vernahm ich währenddessen wieder die vielen Geräusche des Lebens. Diese Geräusche des Alltags konnten sich nicht verflüchtigen. Sie waren stets allgegenwärtig und präsent. Lediglich nachts kehrte ein wenig mehr Ruhe ein. Dann schlief das oft sündige, fleischliche Menschengefüge.

Die meisten der fleißigen Maschinen ruhten, ihre Stahlgelenke waren vom Schweröl befreit. Ihre oft schweren Kettenglieder konnten seelenruhig über Nacht entspannen. Pleuelstangen stockten in ihrer Bewegung. Wuchtige Pressen und Stanzen besaßen die Kraft nicht mehr, zu zerdrücken und zu lochen.

Die verschieden großen wie auch die kleinen Vögel versteckten ihre drehbaren Köpfe weit unter ihrem flauschigen Gefieder, und die abgestellten Autos schliefen tief und fest in ihren Garagen, Carports oder einfach an den Straßenrändern unter den *kopfgesenkten* Laternen. Die bewusst vergessenen Haustürbeleuchtungen und die Vielzahl der notwendigen Straßenlaternen spendeten das Abend- und Nachtlicht für Spätheimkehrer und Schichtarbeiter, für manch Angetrunkenen oder sogar Fremdgänger. Ein freundschaftliches *Guten Morgen* gab es nur, wenn diese Menschen den Zeitungsboten oder den Bäckern, die zur Arbeit eilten, begegneten. Wie selig scheint doch diese nächtliche Ruhe, wenn die Erde schläft, die Meere vor sich hin plätschern, der Wind nur rege, beinahe unhörbar weht, die Bäume erstarrt sind und das unzählige Getier eingenickt ist. – *Auch in dieser Form ist Schweigen Gold.*

Gefangen auf dem Friedhof

Jeder noch so kleine Winkel einer Gasse, jeder noch so enge Weg und jede noch so lange Straße werden im Leben von den unterschiedlichsten Geschöpfen beschritten, wie sich ebenfalls ein gestandener Engel anschickt. Ich wies mich selbst an, weiterzusuchen, um zu helfen, weiterzuforschen, um noch talentierter zu wirken, aufgeweckter zu werden und weiter das neue irdische Leben so zu verstehen, wie es sich nun aus meiner neuen Sicht darstellte; aus jener Sichtweite des gerufenen und wieder entsandten Engels von Gottes Gnaden, dem ernannten Erzengel Midron, meiner bescheidenen Wenigkeit. – Ambrosisches Understatement.

Zweifelsohne lag ein anonymer Pfad vor mir, den ich bereit war, zu begehen. Ein drei Sekunden währendes Augenschließen leitete den Beginn dieses Weges rasch ein. In diesen wenigen Sekunden löste sich eine Gedankenflut aus den Tiefen meiner Erinnerung, die eine irdische Begebenheit aus alten Zeiten beschrieb. Wie ein Sterbender, der im Moment seines Todes das Leben Revue passieren lassen kann, empfing ich die einst geträumte Geschichte, deren Ursprung sich reflektorisch irgendwann ins Gehirn eingebrannt hatte:

Betagte Ziegel fliegen, vom brausenden Sturm getragen, Richtung Ferne, und teils noch lebende Blätter wirbeln durch manch enge Gassen. Die verbleibenden zerbrechlichen Äste wagen es nicht einmal, hängen zu bleiben, denn der Wind dieser Urgewalt lässt nichts, aber auch gar nichts liegen. Der Sturm bahnt sich seinen Weg durch morsches Geäst und mürbes Gestein, unwohltönend pfeift der Hauch dieser Gewalt. Und es erstarkt eine Übermacht, weit in die Nacht getrieben, und es ist so unsichtbar kalt. Scheinbar kopflose Gedankenbrocken schwirren umher wie in einer Geisterbahn, wirr und unsinnig verteilt, wellenförmig zer-

fließend. Und laut vernehmende Schritte im Dunkel der Nacht stampfen schwer dahin. Die Sohlen sämtlicher Menschenschuhe, vom Laube verfangen, schreiten alsdann durch den kalten Morast der Endloszeit. Zwei Raben fliegen mit dem Winde und begleiten mit ihren Augen die Vernichtung durch die nicht greifbar sterbende Zeit. Baumwipfel und anderes Geäst schwingen von Westen nach Osten, und noch traben der Menschen stumpfe, schwere Beine.
    Die Menschen frieren bitterlich.
    Unfreundlich gesonnen zeigt sich blasses Licht, und die Menschen gehen weiter fort und weinen bitterlich. Ihr Herzschlag pulsiert wie ein Uhrwerk, stetig und imposant. Ihre dünn gespannten Nerven flattern eher ungeschickt wie eine ziemlich angerissene Fahne, und das Blut durchströmt stotternd ihre Seelen wie eine Hand voll Sand, die durch eine fast verstopfte Röhre rieselt. Die Fährten des Weges auf den endlosen Straßen werden immer enger und steiniger. Es liegen noch viele nicht greifbare Trümmerteile auf ihrem Weg, und die imaginären Dolche, diese Werkzeuge der totalen Zerfleischung, stechen den Menschen in die schon geschundenen Füße. Trotz allen Schmerzes schleppen sie sich langsam, dennoch halbwegs gewandt, zu einem schlüpfrigen Ufer an einen einsam, verträumt liegenden See. Sie sehen einen hölzernen Steg, der ein wenig glatt scheint und etwas angenässt ist. Sie blikken auf das scheinbar modrige, graugrün schimmernde Wasser. Sie sehen sanftes, in Wellen geschlagenes Nass. Das ungreifbare Grauen schwebt auf die Menschen zu.
    Sie sind urgewaltig gefangen. Die Menschen kämpfen mit der Kälte.
    Die in alle Richtungen herausgepressten Gedanken überschlagen sich und sie beginnen wieder, sich fortzubewegen, und stolpern noch während des Gehens. Sie treffen abrupt auf eine bis dahin unbekannte, eisern anmutende Wand. Die Menschen füh-

len sich wie von einem Gummiband gezogen, verspüren einen bombastischen Aufprall.

Ist der tobende Sturm hier an dieser Stelle zu Ende? Hat er aufgegeben? Sie zweifeln, mit wässrigen Augen schutzlos umherstehend, doch nun stark an sich selbst. Der erhitzte Schweiß rinnt ihnen über ihre Schenkel und tropft von ihren Schläfen. Aber warum noch immer sind manche von ihnen froher Dinge und guter Hoffnung? Bei genauer Betrachtung erkennt man, dass es nur wenige der Menschen sind, die halbwegs glücklich umherschauen. Sie haben scheinbar den Ernst der Lage noch nicht erkannt. Und es ist leider auch ihnen nicht wirklich bewusst, dass ihr ungewolltes Ziel nun erreicht scheint. Breite, unschuldige und verängstigte Gesichter versperren ihren geistigen Horizont wie einen riesigen Block aus Beton und Stahl. Sie ballen ihre gebrechlichen Fäuste zu erstarkter und erhoffter Kraft. Doch ihre fast atemlosen Körper prallen gegen einen unüberwindbaren Gegner.

Die Kälte frisst sich in alle Poren.

Die noch übrig gebliebene, aber geheuchelte Heiterkeit hat das Ziel erreicht und wird zerstört. Die verbitterten Augen der entkräfteten Menschen blicken nach unten auf einen sehr großen, länglichen, nicht identifizierbaren Gegenstand aus sichtlich massivem Eisen. Er scheint nur ganz leicht angerostet zu sein, partiell ein wenig verdreckt und beschmutzt. Die verzweifelt blickenden Menschen sind verständlicherweise schlagartig sprach- und mutlos geworden, etwas zu unternehmen. Dazu die Eiseskälte, die die Gesichtszüge obendrein noch versteinert. Aber allem Schmerze zum Trotz nehmen zwei dieser trostlosen Gestalten aus der Menschenschar zugleich diesen Gegenstand in ihre feucht gewordenen Hände. Die beiden Raben fliegen, mit den schwarzen Flügeln schlagend, bald in weiter Ferne vorbei. Zuvor starren sie noch gebannt auf das Szenario.

Welch seltsames Spiel. – Welch zufälliger Anblick.

Da urplötzlich passiert etwas Wunderbares und Entsetzliches zugleich. Dieser massige Metallkörper birst auseinander und entpuppt sich als todbringende Bombe, von welcher Macht auch immer konstruiert.

„Durchatmen, Engel – es war nur ein Traum!", schwebte eine gehauchte Botschaft hernieder, wie von Hermes getragen. Hatte Gott einmal mehr in Midrons Gedanken geblättert? – *The answer is blowing in the wind!*

Diese kleine Episode regte mich wiederum stark zum Nachdenken an, denn ich konnte sie beileibe noch nicht richtig einsortieren. Wie magnetisch gelockt wurde ich angezogen. Die Füße in meinen eleganten Schuhe schritten vorwärts, und so konnte ich das sicher interessante Ziel eigentlich nicht aus den Augen verlieren. In freudiger Erwartung ging es voran. Mein Blick war starr nach vorne gerichtet. Meine feinen Ohren fingen jedes noch so leise Geräusch auf.

Dieser nun real sichtbar und überschaubare Weg, den ich anging, bestand aus brauner Erde, unterschiedlich großen Wasserpfützen, vereinzelnd liegendem Schotter und partiellen Grasfurchen mit Wildkräuterhalmen und Spitzwegerich. Der holprige Weg mündete in eine asphaltierte Straße, die an beiden Seiten von hohen und alten Bäumen gesäumt wurde. Diese träumerische Allee verjüngte sich am Horizont zu einem kleinen Quadrat, das in seinem Zentrum etwas Helles ausstrahlte. Beklemmende Reflektionen drangen an mein Auge. Ich ging zügigen Schrittes voran, jedoch ohne zu rennen. Meine langen Beine trugen mich energisch durch diese *Gasse*. Herzklopfen begleitete mich auf diesem neuen Weg, auf der weitläufigen Straße, auf der romantischen Allee. Die beidseitig verlaufenden Baumreihen bestanden aus sehr hohen Kastanienbäumen mit ihren tiefbraunen Früchten. Diese waren hart und fest und in ein rundliches, stachliges Grün gebettet. Eine von großer Höhe herniederfallende Kastanie in ihrem Kokon konnte bei gezieltem Eintreffen auf das Haupt eines Menschen oder Engels mittelstarke Schmerzen verursachen und kleine Wunden auf der Kopfhaut hervorrufen. Den Umkehreffekt erfährt ein kluger Igel, der es sich bei heftigem Wind unter einem Apfelbaum gemütlich macht und auf das Eintreffen eines Apfels auf seine zahlreichen Stacheln wartet.

Dieses von mir fokussierte helle Quadrat wurde von Minute zu Minute imposanter und größer. Meine fieberande Erwartung als auch meine strotzende Neugierde wirkte pubertierend jugendlich, beinahe schon etwas naiv. Ich begann, in zügigem Gange zu hüpfen, und rutschte so mit den Schuhsohlen über den Untergrund. Knisternde Geräusche stoben hervor. Dabei wurde ich von einem motorisierten Fahrzeug überholt und wich kurz ein wenig zur Seite. Sogleich erschien mein Gang wieder normalisiert. Eine dunkelblaue Limousine tuckerte behäbig an mir vorbei. Ein voluminöser Zwölfzylinder-Reihenmotor schien es zu sein, der unter der gewaltigen Motorhaube seine Dienste verrichtete. Zwölf gestählte Kolben sausten in unvorstellbarer Geschwindigkeit in den geschliffenen Zylindern auf und nieder; eine logische Folge des Verbrennungsvorgang in dieser Kraftquelle.

Rechts neben der Baumreihe verlief ein Fußweg, den ich vorsichtshalber wohlwollend in Anspruch nahm. Nur konnte ich unter keinen Umständen die gesamten Breite dieses Fußweges beanspruchen und damit ein Recht behaupten. Ein bestehendes Gebot verriet mir: Ich muss mir diesen Pfad notgedrungen mit den Fahrradfahrern teilen. Jene ließen auch nicht lange auf sich warten. Ein leises Klingeln aus weiter Ferne konnte ich schnell vernehmen. Ungebremst erreichte es meine gespitzten Ohren.

Ding-Dong – Ding-Dong – Ding-Dong – Ding-Dong.
Etwa so tönte diese Schelle. Viermal? – Nun gut, warum nicht. Die am Fahrradlenker angebrachte Riesenklingel erschreckte mich. Eine ältere Frau auf einem in die Jahre gekommenen grün-blauen Hollandrad, mit einen metallenen, leicht angerosteten Drahtkorb auf ihrem Gepäckträger befestigt, überholte mich. Darin befanden sich eine kleine grüne Gießkanne mit Tülle, auch Ausguss oder Schlucke genannt, eine dreizackige Harke mit rotem Plastikgriff sowie ein paar gelbe Gummihandschuhe, an denen noch eingetrocknete Mutterbodenreste hafteten. Was in Gottes Namen wollte diese ältere Dame mit den Gartenutensilien anstellen? Befand sie sich vielleicht auf dem Weg zu einem Schrebergarten? Ich hatte diese beiden Fragen noch nicht ganz zu Ende gedacht, da kam mir allmählich die Erleuchtung. Die Frau fuhr zu einem nahegelegenen Friedhof. Natürlich, das war es! Sie wollte ein Grab pflegen. Das Grab ihres Mannes würde es sein, letzte Ruhestätte eines geliebten Menschen.

Die zeitvergangene Witterung hatte schon einige Spuren an der kühlen Grabstätte hinterlassen. Auch trug die Frau als seiende Witwe keine schwarze Kleidung. Schon lange nicht mehr, denn etliche Jahre waren zwischenzeitlich ins Land geflossen. Es sollte immer schön ordentlich aussehen, das Grab ihres verblichenen Lebensgefährten. Ihr verstorbener Mann war ein fabelhafter und guter Mensch gewesen, ein liebevoller und fürsorglicher Vater und Großvater für seine acht Enkel. Drei Mädchen und fünf Buben. Jeden Tag fuhr sie die vier Kilometer von ihrem anständig gepflegten Haus zu diesem entlegenen Friedhof. Bei brausendem Wind und übelstem Schmuddelwetter, ob heftiger Sturm oder donnernder Hagel, ob gleißende Sonne oder unerträgliches Schneegestöber im eisigen Winter. Jeden Tag fand man sie an diesem Ort der friedfertigen Ruhe. Sie war die Kontinuität in Person; ein menschlicher Mechanismus, der vergleichbar mit der Präzision einer Schweizer Uhr arbeitete.

Wenn auch dieser Friedhof als Ziel nicht unbedingt *das* Ziel war, das ich anlaufen wollte, ließ ich mich wenigstens von den weiteren Geschehnissen und Abläufen überraschen. Es vergingen höchstens zehn Minuten, bis ich an diesem Ziel angekommen war. Durch ein großes Eisentor beschritt ich den Gottesacker und befand mich sofort auf einem der vielen Friedhofswege.

Die betagte, stets zuverlässige ältere Dame mit dem Hollandrad schien sich auf dem großen Friedhof verloren zu haben. Zumindest bestätigten mir es meine Augen. Ich sah sie jedenfalls nicht mehr.

Bei den unzähligen seitlich bewachsenen Furten verzweigten Gängen und mitunter langen Wegen konnte man sich schon einmal verlaufen. Die Frau war weg. Verschwunden, wie vom Erdboden verschluckt. Sonderbar das Ganze, wo ich doch so gut wie alles erspähen konnte. Ich spurtete ein wenig, ging nach rechts, lief nach links, vor und zurück, Wendemarke Rhododendron und wieder retour. Wie in einem Labyrinth des Grauens umherirrend, erschien mir diese Szenerie. So allein kam ich mir vor. Trotz mancher Köpfe und Gestalten, die ich kaum wahrnahm, fühlte ich mich so herzzerreißend einsam. Merkwürdig war das sicherlich.

Ich drehte mich pirouettenhaft herum und versuchte nun irgendwie, einen Hauch von der alten Frau zu erhaschen. Doch stattdessen sah ich nur dicke Bäume, mannshohe Sträucher und die vielen unzählig erscheinenden und unterschiedlichen Gräber. Während ich halsreckend noch immer nach der Frau Ausschau hielt und ein paar Schritte voranging, fand ich mich plötzlich und unerwartet vor dem eisernen Eingangstor wieder, das mit etlichen Spitzen versehen war, damit sich niemand des Nachts einschleichen konnte. Das Tor verbreitete ein Gefühl des Eingesperrtseins. Unheimlich.

Die vertikal verlaufenden Gitterstäbe waren einst schwarz angestrichen und die tannenbaumgeschwungenen Spitzen mit Goldbronze versehen worden. Diese altverhärtete Farbe blätterte langsam ab. Kleine bis mittelgroße Roststellen lugten hervor. Jeweils in der Mitte der zwei wuchtigen Torflügel befand sich ein geschmiedeter Kreis mit einer geflammten Figur darin. Fachmännisch erkannte ich die symbolisierten Gestalten von Maria und Josef. *Oho.* Das schien sicher kein Zufall zu sein. Oder doch?

Was würde Gott denken: *Wie kommen die Eltern meines Sohnes als Zierfiguren an ein Friedhofstor? – Maria als Mutter und Josef als Ziehvater?* – Leichte Verwirrungen!

Wie viele, in edle Tücher gehüllte Tote würden hier auf dem Friedhof ruhen? Wie viele Verblichene trügen ihren besten Anzug, ihr schönstes Kostüm? Wie viele Seelen konnten nicht aufsteigen, weil Gott es ihnen versagte? Die Seelen, die er gedanklich dem Teufel schon vermacht hatte, warteten vielleicht noch immer darauf, von diesem Beelzebub abgeholt und zum Fegefeuer, dem Vorhof der Hölle, gebracht zu werden.

Verwegene wie abscheuliche Gedanken an vergangene, massenhafte Grabschändungen lagen mir sowieso noch wie überdimensionierte Mühlsteine quer im Magen. Was derweil in kalten Nächten auf Friedhöfen getrieben wird, ist wahrlich an Scheußlichkeiten und Gemeinheiten nicht mehr zu überbieten. Da werden Grabsteine umgestürzt, mit Farbe besprüht, liebevoll angelegte Beetanlagen zertrampelt und angepflanztes Grün und zierendes Gesträuch herausgerissen.

Die Missetaten reichen bis zu den Särgen, die man mit eisernen Stemmeisen brutal aufbricht und darüber hinaus metallene Spaten oder anderes Werkzeug verwendet. Das alles ist sozusagen ein unbewusster Angriff auf meine eigene wie auf Gottes *Person*. – *Engelsgedanken!* Darunter leide ich nun einmal extrem. – *Engelsmitleid.*

Ich schritt den Weg auf diesem Friedhof entlang. *Es ist einer von vielen Wegen im Leben, wenn man den zu begehenden meint und nicht den zu gehenden Weg.*

Unter meinen dünnsohligen Schuhen knirschten kleine Kieselsteinchen, die beim gemächlichen Weitergehen von den Sohlen absprangen. Mein stets aufmerksamer Blick huschte von links nach rechts und wieder zurück. Monumental erschienen mir zweifelsfrei die eher selten errichteten Mausoleen, diese gewaltig teuren Tempelanlagen, die wie ein majestätisches Bollwerk zwischen all den anderen Ruhestätten errichtet waren. Überall am Kopf eines Grabes oder einer Familiengruft erblickte ich die unterschiedlichsten Kreuze in jeder Ausdehnung und Größe, teils als kolossales Holzkreuz errichtet oder sogar aus Metall gefertigt. Meist aber waren es die wuchtigen Grabsteine aus mitunter feinstem und teuerstem, schneeweißem, dunkelbraunem, tiefem weinrot oder ebenholzschwarzem Marmor mit den eingemeißelten Inschriften und Symbolen wie Namen, Gebetssprüchen oder stilisierten Bildern, die mir wohlwollend ins Auge sprangen. Dürers betende Hände erreichten mein Antlitz ebenso wie symbolisierte Engel, schimmernde Koronen, flackernde Kerzen und andere Schönheiten der Meißelkunst. Liebevoll gestaltete Bepflanzungen, die eine hingebungsvolle und aufmerksame Pflege erkennen ließen, wirkten auf mich ein. Diese gesamte Monstrosität beeindruckte mich, weil sie gewaltig gut und exorbitant, erstaunlich und imposant und so prächtig herzerweichend war. Auf manchen Gräbern fußten kleine schwarze Laternen mit Wachslichten darin, die hauptsächlich im Herbst an den trüben Feiertagen angezündet wurden. An Buß- und Bettag, Volkstrauertag und Totensonntag konnte eh niemand umhin, der seine Lieben auf einem Friedhof ruhen hatte, einen immer wiederkehrenden Gruß, ein Gebet oder ein stilles Gedenken loszuwerden.

Wann auch sonst? Nun, es gibt schon Menschen, die sich nur auf diese Termine fixieren. Manche Menschen glauben, dass es ihnen genüge, wenn sie an diesen Gedenktagen ein Licht leuchten lassen. Doch der Mehrzahl der Leute fehlt einfach die Zeit, außer der Reihe seinen Hinterbliebenen einen Besuch abzustatten, um mit gefalteten Händen zu beten. Nachzudenken erst über die Toten und danach über sich selbst. Ein verschämtes *Hallo* erreichte manch verborgen liegenden Leichnam vielleicht nur sonntags am Rande eines Nachmittagsspazierganges. Wenn überhaupt.

Das Gros der Bepflanzungen bestand leider häufig nur aus zu schnell wuchernden Bodendeckern und niedrig gewachsenen Sträuchern. Ein Fall oft für die unentbehrliche wie obligatorische Hecken- oder Rosenschere. *Schnipp-schnapp.* Wenn man auch eine Vielzahl der Gräber ins Licht rücken konnte, so blieb doch leider auch genügend Schatten. Denn einige Grabstätten glichen einem verwaisten Ort. Einer Stätte des Vergessens. Geisterstadtähnliche Zustände inmitten einer mustergültigen Zivilisation? Und das nennt sich *kümmern?*

Die lieblosen dem Anschein nach geistig verarmten Menschen, die nicht einmal einen Friedhofsgärtner engagieren wollten, weil jener zu teuer wäre, würde man an diesem Ort keineswegs finden. Aber wenn sie schon keine Zeit und kein Geld aufbringen wollten, sich persönlich um das Gießen der hungernden Pflanzen und durstigen Blumen zu kümmern, hätten sie vielleicht den Mut aufbringen können, jemanden zu beauftragen, der kostenfrei und uneigennützig wässern würde? *Hm.*

Wenn zu Lebzeiten eines Menschen, der sich stets als spendabel erwies, die vielen bettelnden Hände aufgehalten und gefüllt würden, war das für die Begünstigten natürlich so in Ordnung gegangen. Verstarb aber jemand, möglichst noch plötzlich und unverhofft, dann wäre sicher *Holland in Not*, und diese einträgliche Quelle würde auf Grund dessen versiegen.

Kopfschüttelnd, ich wusste, warum ich das machte, schlenderte ich auf den Friedhofspfaden ehrerweisend vor den Gräber hin und her. Ich saugte alle gegebenen Impressionen tief in mich auf, denn zur ersten irdischen Lebzeit meiner selbst hatte ich auf solche pietätvollen, eigentlich aber wichtigen Dinge nie geachtet. Nicht einmal als es mir selbst persönlich so schlecht ging, so übel und schlimm wie dem Vater von Christoph etwa, umgaben mich diese Gedanken, und dieser Mann musste weiß Gott eine Menge Schmerz erleiden. Viel zu oft tat man Sachen ab, die überaus wichtig waren.

In irdischen wie auch himmlischen Gedanken versunken hielt ich abrupt inne, als ich vor einer gewaltigen und voluminösen, chamoisfarbenen Kerze zu stehen kam, die sinnigerweise überdacht war. Wie unter einem Carport, der ein Automobil vor etwaigem Regen schützte, leuchtete mir dieses Wachslicht entgegen. Diese Kerze brannte Furcht einflößend mächtig, und die Flamme züngelte glanzvoll, hell und hoch, wärmend und groß. Das gelbliche Rot wie Blau und Braun in der lodernden Flamme ließen mir Gänsehaut erwachsen. Der kräftige Docht stand senkrecht stabil und ließ die relativ schlanke Feuersmacht um sich spielen. Ich schaute gebeugt auf den angeschrägt liegenden Grabstein aus chamoisfarbenen Marmor, an dem moosiges Grün sich an den Rändern Platz eroberte und las den Namen des Verstorbenen. Dem Anschein nach handelte es sich nicht um eine Allerweltsgestalt, sondern eher um einen Menschen des öffentlichen Lebens. Bekannt, beliebt, beneidet vielleicht, gehasst etwa? Ein stadtbekannter Gentleman. Der Mann war mit Macht erdrückend gewesen. So sagte man. Zu Lebzeiten. Er war fast 95 Jahre alt geworden. Ein Industrieller, betucht, angesehen und äußerst einflussreich. Das geraffte Geld schien verantwortlich dafür zu sein, dass er zwar so alt wurde, aber letztendlich sterben musste. Ich kannte ihn. Sein Name wurde irgendwann, irgendwo bei irgendeiner Gelegenheit erwähnt. *Oben. Bei uns.* Ein Fürst, glaube ich, oder eine Herrschaft ließ diesen Namen verlauten. Allerdings, ganz sicher war ich mir nicht. Aber seine Seele hatte den Himmel nie erreicht.

Graf Rossfuß von Diabolo zackte ihn mit seinem Spieß. Ach ja, dieser Mann war ein Abtrünniger. Ich nickte nach vorn und ließ ein inneres Wohlwollen dessen in mir geschehen.

Geld kann man nicht essen und Liebe nicht kaufen. Wie wahr, wie wahr!

Welche Gedanken durchfluten ein sterbendes Haupt, in dessen Innerem sich die Frage nach etwaiger Gerechtigkeit auftut? Wägt der Dahinbleichende ab, denkt er noch einmal zurück an seine Taten, seine Flüche, Intrigen und sonstigen Schändlichkeiten? Wenn er konform geht mit den Gedanken, sie von einer Seite der Waagschale versucht, in die andere zu befördern, lässt er den Weg geschehen, der ihn erwartet? Der Verstorbene wird konsequenterweise seine Seele in des Teufels Hand geben müssen, wohl oder übel, da übel, und sich schnell von den Gedanken verabschieden, dass Gott noch Gnädigkeit walten lässt, den Hebel herumdreht, um ihn mitzunehmen in sein Reich, nach oben. Mit sicherlich auch traurigen Gedanken wird Gott diese jämmerliche Seele ziehen lassen. Doch seine Gerechtigkeit steht über dieser Tatsache, dass ein Ding immer zwei Seiten hat. König Beelzebub wird sich selbstredend die ungewaschenen Kohlenschürpfoten reiben, dass es das Pech abtropfen lässt und die Asche es in alle Richtungen verteilt. Sei hämisches *Hähähä* wird durch die gesamte Hölle dröhnen, durch diesen schaurigen Ort der ermatteten Finsternis und elenden Verdammnis, dort unten wird sich niemand dieser armen, wenn auch frevelbeladenen Seele annehmen. Keiner! – Schön abgekocht hängt sie später umher, auf der Zündschnur des ewigen Todes, die bei stetigem Abbrennen die Seele nochmals brandmarken wird. Ein extrem abscheuliches, obgleich gerechtes Ritual. Ob sich der Ausspruch, dass Gutheit nur Dummheit ist, bewahrheitet, sei dahingestellt, denn ich glaube fest daran, dass letztendlich die Seele von Gott getragen keinesfalls als dumm anzusehen ist. *Wahrheit-Glauben-Engel*. Dazu stehe ich wie ein Fels in der Brandung!

Gesenkten Hauptes, leichtverschmitzt im Gesicht und dennoch mit nachdenklicher Miene führte mich der Pfad weiter. Meine ärmelbedeckten oberen Extremitäten ruhten verschränkt in sich verschlungen. Einige fortgeworfene Zigarrenstummel und Zigarettenkippen zierten diesen meinen Weg. Wer anders als unachtsame Bürger dieser Stadt verursachte solche Schandflecken, noch wissentlich herbeigeführt? Nun, ein übles Laster mit seinen Umwelt betreffenden Folgen. Nicht ganz so schlimm verhielt es sich mit dem nach Stinkfuß riechendem Plastikturnschuh, von den zwei halb vergammelten Bananenschalen, die zum Ausrutschen einluden, ganz zu schweigen.

Ebenso musste man einfach Stillschweigen bewahren über die achtlos fortgeworfenen Pfandflaschen aus Glas oder Plastik, über die metallenen und zerknüllten Getränkedosen, über die vollgeschnäuzten Einmal-Taschentücher und *last but not least*, unglaublich sogar zu finden, über die angenagten Hähnchenknochen und das beschmierte Einpackpapier für Fastfood aus den unzähligen Imbissbuden, die sich in allen Städten mittlerweile befanden.

Manche Knochen, sei es von einem Kotelett oder diversem Geflügel, waren vor dem Fortwerfen nicht einmal in irgendein Papier eingewickelt worden. Nein. Sie lagen demonstrativ daneben auf dem Gehweg oder am Rande der Gebüsche und boten ein doch reichhaltiges Nahrungsangebot für Ameisen, Käfer und andere Insekten! Schnell sah und erkannte ich, mit welch geistigen Kindern ich es doch zu tun hatte. Ein wenig lobenswert erschien dennoch die Tatsache, dass einige der zahlreichen Menschen dieser Stadt bereitgestellte Abfallkörbe benutzten. Es handelte sich um die *Mitwelt-Denker* unter den Menschen; anerkennenswert wie löblich, wenn auch diese Spezies leider nicht allzu weit verbreitet war.

Diese erwähnten Müllbehälter wurden von Zeit zu Zeit von den fleißigen Friedhofsgärtnern entleert. Sie zeigten sich ebenfalls verantwortlich für das Entfernen der oftmals eingefallenen Gräber, die nach 25 Jahren verschwanden, soweit keine andere Vereinbarung mit der Friedhofsverwaltung vorlag. Dieses notwendige Entfernen und Bereinigen der Grabstätte war für viele gläubige Hinterbliebene ein Moment der Irritation, selbst nach so langer Zeit.

Was geschah mit den noch verbliebenden Überesten wie dem skelettierten Gebein, dem die Zeit überdauernden Schmuck und den vergilbten, rudimentären Zähnen, etwaiges Hab und Gut, das beigelegt wurde und nicht verrottet war? *Wo verbleibt es denn nur?* – Auf einer speziellen Mülldeponie etwa? Wurden solche anfallende Überreste in irgendwelchen Kellern eingelagert? Wurde ein brauchbarer Teil versteigert und gar auf dem Flohmarkt preisgeboten, insofern keine Angehörigen mehr zu erreichen waren? Bekamen die Hinterbliebenen ein Päckchen von der Friedhofsverwaltung? Oder wurde vielleicht alles so lange verbrannt, bis auch das Verbrannte verbrannt war? *(Lassen wir die Sache lieber auf sich beruhen, es wäre für alle Betroffenen pietätvoller und einfach besser auszuhalten.)*

Ein ausgesuchter Friedhofsgärtner oder gelegentlich ein vom Friedhofsamt bestellter Hausmeister schloss im Sommer gegen 21 Uhr das Friedhofstor zu. Im Winter geschah selbiges bei Einbruch der Dunkelheit, frühestens aber um 16 Uhr. Und dieses Ritual fand an allen sieben Tagen der Woche statt.
Gnadenlos pünktlich wie ein Zug, der gar nicht erst abfährt?!
Scherzengel.

Die in Bronze gegossene Glocke der Friedhofskapelle ertönte zweimal gemächlich hintereinander. Es war infolgedessen zwei Uhr mittags. Das erschien nicht nur mir als ein folgerichtiger Vorgang, sondern auch für einige Besucher dieses Ortes der Stille kamen die Glockenschläge gerade recht, um ihre Armbanduhren nachzustellen. Ein wenig an der Krone gedreht, im Uhrzeigersinn oder dagegen, und schon stimmte die Zeitanzeige wieder.

Gegen Nachmittag füllte sich der abgelegene Friedhof mit *lebensfähigen* Besuchern. – *Ein Friedhof lebt eigentlich von seinen Toten!* – Mütter und Väter mit ihren Kleinen, aufmerksame Kinder und Jugendliche, die noch wussten, was sich gehörte, sowie in gedeckter Kleidung erscheinende Witwer und Witwen trafen sich so auf diesem Platz der Besinnlichkeit in einstiger oder immer noch währender Trauer. Einzelne Personen wie kleinere Gruppen waren zugegen, natürlich Paare aller Couleur fanden sich ein aus unterschiedlichen Kulturen und Sprachen, Hautfarben und Gesinnungen, gelegentlich gebrechliche Personen, gestützt von Anverwandten, Nachbarn oder Freunden. Selten hatten die Fremden mehr als nur Augenkontakt untereinander, und in den wenigsten Fällen entwickelten sich fruchtbare Gespräche. Man war halt unter sich abgeschieden und wollte auch allein sein. Ab und an gab es einen Smalltalk, man wünschte sich einen schönen und guten Tag oder man nickte sich nur *Hauptwippend* zu. Mehr oft nicht.

Hunde durften nicht auf den Friedhof. – *Streng verboten.* Darauf wiesen schon diverse Schilder vor den Eingangstoren hin. Auf Grund der Erdbuddeleien und hauptsächlich wegen ihrer kleinen und großen, schmutzigen Geschäfte blieb den Kläffern der Zutritt versagt.

Das wollte man nicht erdulden, verständlicherweise. Wenn auch die eine oder andere Katze sich auf den Friedhof verirrte ... *Aber keine Hunde!* Und diesen Zustand machten sich somit viele Wildkaninchen zu Nutze. Sie nagten und fraßen an den Bepflanzungen, mitunter baute sich so mancher hasenzahnige Vierbeiner seine private und eigene Wohnhöhle. Ganz zu schweigen von den unterirdischen An-

und Zufluchtwegen, die an manch fester Baum- oder Strauchwurzel vorbeiführten.

Dass die Zeit so rasend schnell verging, war ja nun nichts Neues mehr. Mir erschien diese Erkenntnis höchstens als irdische Feststellung. Im Himmel war es schließlich Wurscht *(Wurst)*, wo gerade welcher Zeiger einer Uhr stand. Da währte mehr das Gefühl für die Zeit, und nahezu hundertprozentig konnte man sich darauf verlassen.

Der plätschernde Nachmittag verging; der erwartende Abend schlich sich an. Die einfallende Dunkelheit ergriff die Stadt genauso wie den Friedhof mit seinen nostalgischen Peitschenlaternen, die ein Lichtsensor einschaltete. Diese schickten sich an, über Nacht zu leuchten. Die gasgefüllten Glaskörper dieser Lampen versprühten ihr Licht, so weit sie konnten. Durch ihre Nähe zueinander warf ein Lichtkegel seine Helle in den anderen.

Im Halbdunkel unter einem Laubengang gelegen befand sich eine farbverwitterte Holzhütte, die eher mehr einem Schuppen glich. In diesem geheimnisvoll anmutenden Verschlag bewahrten die Friedhofsgärtner ihre Gerätschaften auf. Schüppen, Hacken, Sägen, Schubkarren, Federharken, Schaufeln, Zangen, Drähte und Schnüre, Pfähle, Stangen und Wasserwaagen, Arbeitshandschuhe und diverses andere Kleinzeug vom Nagel bis zur Eisenkrampe. Ich erspähte mit fliehendem Blick, dass die Tür dieser Hütte nicht richtig verschlossen war und demnach einen kleinen Spalt, für den genauen Beobachter gut sichtbar, offen stand. Sie war somit für jedermann zugänglich, was ich für nachlässig erachtete. Neugierig schaute ich mich um, sah aber niemanden sich in meiner Nähe aufhalten und erkannte sehr schnell mit meinen Argusaugen, dass das Schloss aufgebrochen wurde.

Überall findet man nur diebisches Lumpenpack, verbrecherisches Gesindel und stibitzende Langfinger, dachte ich. Nicht einmal vor einem ehrwürdigen Ort wie diesem Friedhof machten etwaige Räuber halt. Ein solch konstruiertes Vorhängeschloss zu knacken, stellte selbst für mich kein Problem dar; wenn ich es denn gewollt hätte, in diese Hütte einzubrechen. Ich griff nach dem Metallbügel. Das ebenso metallene Vorhängeschloss lag auf dem Boden, kein Schlüssel war erkennbar oder irgendwo in der Nähe liegend. Ich öffnete ganz vorsichtig die Holztür mit einer Hand und warf einen Blick in diesen Verschlag. Lediglich unheimlich anmutende Dunkelheit verschloss die Hütte, und extrem ungelüftet roch es da ebenfalls. Der muffige Dunst trat hervor, überströmte meinen Körper und verflüchtigte sich auf dem Friedhofsgelände rund um diesen Platz. Kein Fenster zierte diese Hütte. Doch auch vor diesem Holzverschlag dämmerte es, und der Tag verschwand Richtung Abend. Es wurde demzufolge dunkler. *– Ja, Engel!*

Mein Körper drängte nach vorne. Ungestüm eilends. Zwei, drei Schritte meinerseits. *Tapp-tapp-tapp.* Danach ein seltsames Geräusch. Es mutete an wie ein Fuß, der in einen Löschkalkbottich trat. *Quampf* oder *flupf*, oder so ähnlich definierte sich das. Noch stand ich erst inmitten der Hütte, fiel dann unvermittelt um und lag so perplex danieder. Kein Bottich! – Schmieröl oder Flüssigteer – etwa so in der Ecke. Ich ruderte mit den Armen und versuchte, im Halbdunkel Halt zu finden, um mich an irgendetwas hochziehen zu können. Die Tür hinter mir tat einen Ruck. Es knarrte dezent. Dann ein Scheppern und Klingeln, ein Rascheln und Flüstern. Wieder Schritte, die gedämpft wurden, aber nicht meine. Es war nun zappenduster in dieser Hütte. Ich schaute verwundert herum im Dunkel meiner Zelle. Man hatte mich wohl nicht gesehen, übersehen oder gar ignoriert. – *Typisch Menschen!*

Doch aus einer Behausung wie dieser herauszukommen, war für mich ein leichtes Unterfangen. Spontan stellten sich mir zwei Möglichkeiten zur Verfügung. Die eine Chance war, als Lichtpunkt unter der Tür hindurch zu entfleuchen, der andere Trumpf schien mir gegeben, durch einen Riss im Holzbrett an der Rückwand dieser Stätte der Finsternis zu entkommen.

Ein wünschenswertes Schlüsselloch ward leider bei der Fabrikation dieser Tür nicht vorgesehen. Keines da. – Nicht vorhanden. – Null – Nothing – Rien – Niente – Nada. – Fehlanzeige. – *Globaler Polyglott-Engel.* Kompliment!

Die Kunst der Verwandlung in unsichtbare Materie beherrschte ich genauso wie den Wechsel hin zu einem Lichtstrahl. Etwaige Intensität und Farbgebung war dabei einerlei.

Sagen Engel immer die Wahrheit? – Das muss man geflissentlich abwarten!

Ich könnte mit einer diesen beiden Optionen, beseelt durch die Kraft meiner Gedanken, entfliehen. Eine kurze Konzentration meinerseits, und meine körperliche Gestalt löste sich auf, um den Ort zu wechseln. Wenn es Not tat, konnte ich blitzschnell durch die noch so kleinste Öffnung entfliehen. Der erste Versuch schlug wider Erwarten fehl. Totale Verwunderung, blankes Entsetzen und unvorstellbare Wut auf mich selbst vereinigten sich zu einem Schrei, der durch die spröden Bretter der Holzhütte drang. Ich war außer mir und schlug mit beiden Fäusten innen gegen die Tür. *Jähzorniger Engel.* Zudem trat ich mit meinen schönen Engelschuhen gegen alles, was mir vor die Füße kam, und die angerosteten Nägel, die dieses ganze Bauwerk aus Holzlatten und Planken zusammenhielten, erzitterten unter den Zornesausbrüchen und meiner infantilen Brachialgewalt. Der verzweiflungsgeladene Schrei hallte nicht nur über den Friedhof, auf dem sich Sträucher und Bäume zu biegen schienen, sondern er drang, und das war gar nicht vorgesehen, nach oben in die himmlischen Sphären. Es durchzuckte mich wie ein Kreidestück, das an einer Schiefertafel unglücklich geführt wurde. Ich dachte nur an eins: *Hoffentlich schläft Gott im Moment*. Ich stellte mir weiter vor, dass die stellvertretenden Seraphim sich mit den Zeigefingern die Ohren verstopften. Naiver, wenn auch verzückter Gedanke. Niemand hatte etwas gehört! ... und wenn doch?

Anders wäre es gar nicht auszudenken.

Niemand? Nichts gehört? Dermaßen mit mir beschäftigt, ich war gar nicht in der Lage, auf etwaige Stimmen zu hören, entgingen mir die schleimigen Ausbrüche der unterirdischen Wahnsinnskreatur, dieser mephistophelischen Ausgeburt der Geifer um sich schleudernden Art. Vielleicht ein Glück sogar, es hätte mich mitunter noch mehr erzürnt, als mir ohnehin der misslungene Ausbruchversuch schon zusetzte.
Engel, Engel, spiel mit mir, sonst steige ich auf und spiele mit dir. Midron ist dein grauseliger Name, du Güte, du bestialisches Wunderwerk an Liebe und Hilfsbereitschaft. Pfui, ich spucke. Siehst du meinen schleimigen Auswurf, du Bester aller! Hahaha! Ich werde dir bei gegebener Zeit meinen Zack in den Leib bohren und dich deiner Eingeweide berauben, hahaha!

Dieser erbärmliche Wortschwall ging wie ein überdimensionaler Silberkelch an mir vorüber, Gottlob und hab und sei Dank. Nicht nur, dass ich ihn nicht wahrgenommen hatte, nein, auch sollte ich später erfahren, über welche mundartlichen Geschicke er darüber hinaus verfügt. Seine Artikulation an sich stellte schon diese seine Erbärmlichkeit in den

Vordergrund. Aber wenn er das R rollte, wurde die Sache noch viel schlimmer. Noch mehr Gänsehaut konnte seine Stimme hervorrufen, wenn er gut zurecht schien, indem er schlecht drauf war. Hätte ich es je erahnt in meinem früheren Leben, dass die Widerwärtigkeiten einer höllischen Kreatur eintreffen und stattfinden, wenn man im übertragenen Sinne die Seiten getauscht hat? Wer macht sich Gedanken über das Böse, das allgegenwärtig auftritt und jedem Geschöpf unwissentlich sehr nahe kommt? Zu Lebzeiten wohl die Wenigsten.

Ein Fehler. Ein großer, großer Fehler ist das!

Ich wollte kein Lied davon singen, hätte ich aber können.

Dieser entsetzliche Schrei drang tief vor in das Dunkel der Nacht. Ein unglaublich lautes Räuspern prallte hernieder aus dem Himmelsgewölbe. Ein deutliches Räuspern? Ein brachiales Grollen, ein wolkenschepperndes Donnern, gar ein sphärisches Dröhnen. Ich wirkte urplötzlich kleinlaut und verstummte wie ein Kieselstein, der nach einem Überwasserflug in der Flut versank. Ich ließ mein Haupt gebeugt, die Hände gefaltet und mich auf die Knie sinken:

„Zebaoth des Himmels, verzeih mir. Es soll nicht wieder vorkommen, bitte."

Fast unhörbar demütig und ziemlich kleinlaut klangen meine unseligen Worte diesem Donnerhall entgegen.

Gott sprach leicht erzürnt die Worte: *Gibst du sofort auf, wenn etwas auf Anhieb nicht funktioniert? Du bist doch kein Tor, Engel Midron. Sei verwarnt und gerügt. Ich dulde weder Flüche noch Fehltritte. Konzentriere dich intensiv. Es gibt Irritationen beim Verwandeln, durchaus. Die sind aber eher selten. Habe Mut, höre auf meine Ausführungen und schweige Stille.*

Diese sonore, weit schallende Stimme, die offensichtlich nur mich erreicht hatte, verstummte so schnell, wie sie entstanden war.

Einen Tag zuvor hatte es doch mit der Verwandlung noch geklappt!

Sapperlot und Sakrament! – Ja waren denn jetzt schon meine Batterien leer?

Ich, der Engel Midron, war noch immer bass verwundert. *Das mir? Ich muss mich besser vorbereiten,* dachte ich. Wenn das die anderen Engel in meiner Nähe erfahren würden oder Wind davon bekämen. – Eine Katastrophe. Erneut fragte ich mich: *Warum funktioniert die Verwandlung bei mir auf Anhieb im Freien und nicht in einem verschlossenen, absolut dunklen Raum?*

Achselzuckend stand ich wie ein begossener Pudel genau in der Mitte der Holzhütte auf dem Friedhof am Rande der Stadt in einem Land auf einem Kontinent dieser Welt. – Diese Welt heißt Erde. – Und ich trat auf der Stelle.

Heiliges All und Universum, geliebte Galaxie und Milchstraße noch einmal!

Geduld ist erlernbar, Herr Engel Midron, – Herr Erzengel Midron!

Die nun volle Konzentration trat in die nächste Phase. Ich drückte die Fingerkuppen beider Hände stark gegen meine Schläfen, schloss die Augen und flüsterte in leisem Ton: *Nun geschehe es. – J e t z t !*

Ein schier kaum wahrnehmbares, abflachend leises Zischen ertönte.

Ein betrunkener Flaschengeist wäre beim Entweichen seiner Flasche garantiert lauter gewesen.

Das Volumen meines Körpers reduzierte ich auf ein Nichts. Der blitzartige Lichtstrahl, den ich beliebte, geflissentlich zu benutzen, wich unter der Tür hindurch. Für einen unmerklichen Augenblick erhellte sich die Unterseite dieser Tür. Zuvor erstrahlte noch kurz das Innere der Hütte. Anschließend ergab sich eine geschwinde Leuchtspur über die Friedhofswege bis zum geschlossenen Eisentor. Wie ein Hochgeschwindigkeitszug in seinen Gleisen, wich ich keinen Zentimeter ab von der wie vorgezeichneten Spur.

Blind vor Schreck und purem Entsetzen riss es einen schlafenden Uhu vom Ast. *Der Baum, auf dem er saß, schmunzelte innerlich.*

Dieser gefiederte Nachtschwärmer, der eigentlich eher an Mäuse denkt, drehte pirouettengleich eine Runde unter dem Baum, auf dem er sonst zu sitzen pflegte. Mit seinem eigenen Laut begleitet nahm er Fahrt auf und flugsicher, wie er war, traf er den Ast, um sich erneut zu setzen und das Geschehnis begreifen zu können. Er verdrehte seinen kolossal großen Kopf sehr hektisch und schnell. Seine riesigen Augen klimperten im Takt der Füße, die er abwechselnd auf den bekannten Ast platzierte.

Heil aus der Hütte herausgekommen, erreichte ich den Ort des Aus- bzw. Eingangs zu diesem Friedhof. Ich verweilte einen Moment vor dem großen Tor am Ausgang und dachte: *Das bezwinge ich, das überquere ich in irdischer Statur.* Verstehe einer uns Engel! Und ich schaffte es sogar, das Tor zu überklettern, ohne mich zu verletzen oder mir das Gewand zu beschädigen. Das Passieren dieses Hindernisses in solcher Lausbubenmanier wäre nicht notwendig gewesen. Aber ich *Trotz-Engel* hatte es ja unbedingt so gewollt.

Ein ereignisreicher Tag neigte sich stolz dem Ende. Ich verneigte mich gen Nacht und schaute verträumt in den Himmel. Tatsächlich blinzelten die ersten Sterne am Firmament, diese vielen Sonnen und von ihnen angestrahlten Planeten. Dieser Tag verschloss die müden Augen. Wenn schon ein normaler Tag so viel Neues und Unerwartetes brachte, was erst birgt ein ganzes Leben in sich? Im Normalfall erlebte ein Mensch, der den Status Engel nicht erreichen konnte, auch das ein oder andere. Unerwartete und spannende Geschichten geschahen ja nun häufig an der Zahl, jeden Tag, jede Nacht, jede Woche, jeden Monat und Jahr für Jahr. Immer und immer wieder. Unaufhaltsam – unaufhörlich. Nur aus der Sicht eines Engels war es immer ein ganz anderes Abenteuer.

Ich hatte mich zur verdienten Ruhe begeben. Meine innere Taschenlampe war längst ausgeknipst und die Glühbirne erkaltet, wie erst jüngst nach der zügigen Erdenreise.

Ein Wiederholungstäter, dieser Engel. – Ja, gemeint war ich. Ich, der Engel Midron. Doch meine Wiederholungen geschahen ausschließlich in anständigem Sinne und mit Gutdünken.

So schlief ich erneut im nahen Wald. Nicht genau an der gleichen Stelle, aber auch nicht weit davon entfernt. *Ruhe sanft für heute, auf Erden weilender Engel*, geisterte mir noch durch den Kopf, der vielleicht irgendwann einmal einen Cherub- oder Seraphkörper zieren sollte. Gewagt ins Kalkül gezogen und gleichwohl unsicher in die Weltgeschichte gedacht! Dennoch schlief ich glücklich und zufrieden ein. Ein Tag der gemäßigten Herausforderung hatte sich dem Ende geneigt. Der verschreckte Uhu hingegen ging auf seine allnächtliche Jagd und schlief erst am Morgen nach Ende des Streifzuges wohl sanftmütig ein.

Er schafft es doch immer wieder, dieser Engel, dieser Midron, ah! Ich erzürne. Ich werde meinen Zack anheizen und auffahren, wenn der Tag gekommen ist. Dann werde ich ihn vernichten mit

all seiner Kraft und Herrlichkeit, die er zu Markte trägt, dieser aufgeblasenen Erz-Herz-und-kein-Schmerz-Engel!
Ahhh! Ahhh! Ach, du Teufelchen, du jämmerliches!

Gott war verreist und Weihnachten stand vor der Tür

Das mundaufsperrende Entspannungstraining tat mir an diesem friedlichen Morgen sehr gut. Ich sah in mir weiterhin den zufriedenen Erzengel Midron. Weil ich mich völlig unbeobachtet fühlte, gähnte ich ausgiebig und schnitt dabei eine außergewöhnliche Grimasse. Ein langatmiger Seufzer entglitt meinem Rachen. Warum sollte ich mir beim Gähnen die Hand vor den Mund halten, weder die linke noch die rechte? Sicher kam es einmal vor, dass das nächtliche Kopfkissen nicht so behaglich ausfiel, doch die himmlische Müdigkeit kannte ja kein Gebot, und so nahm ich gerne Vorlieb mit dem, was sich mir als Unterlage bot.

Dieser beginnende Tag, der den Morgentau von den Grashalmen hatte gleiten lassen, sollte mich nicht gleich wieder mit Schrecken erfüllen.

Im weiteren Verlaufe dieses dahinplätschernden Tages wollte ich zuerst versuchen, das nachzuholen, was mir in der irdischen Zeit versagt geblieben war. Etwas Verrücktes sollte es sein, etwas, was man nicht alle Tage machte und selbst als Engel vielleicht nicht unbedingt tun sollte. Aber es musste ja nicht gleich nach *oben* dringen. Ein kühner Entschluss, der da in meinen Gedanken kreiste. Es sollten endlich Taten folgen, Geschehnisse, die mich auch befriedigten und die mir ein gewisses Wohlgefühl vermitteln konnten. Selbst ein Engel muss hin und wieder ein wenig über die Strenge schlagen.

Mein früheres Leben verbrachte ich *leider Gottes* nur als mittelmäßig normaler Mensch mit seinen alltäglichen Wünschen und Sorgen. Nichts Großes war geschehen. Ich sah mich auch nicht als jemand an, der so völlig von sich überzeugt schien. Selten verfügte ich über die notwendige innere

Stärke, einmal *nein* zu sagen. Da entsprach ein *vielleicht* schon eher den Tatsachen. Ein abgewogenes Zahlenverhältnis sagt: *Fifty-fifty*. Als ausgesprochenen Jasager bezeichnete ich mich allerdings auch nicht. Des Öfteren wurde gemeckert und herumgezetert, ja sogar übelst geschimpft und mitunter grässlich geflucht. Zuwider war mir allerdings die Tatsache, mich bewusst in den Vordergrund zu spielen. Das taten andere für mich! Aufgeführt auf keiner Liste und auf keinem wichtigen Dokument klebte ich, auf keinem Plakat etwaiger Litfaßsäulen oder Anschlägen an Bretterzäunen. Ich verhielt mich nicht einmal so stolzbrüstig wie ein Prominenter, der gerne in der nach ihm lechzenden Menge badete. Ich war so normal wie die unzähligen anderen Menschen auch, die einem im Verlaufe des Lebens begegnen. Kein überaus erfolgreicher Schauspieler drängte sich aus mir heraus. *(Vielleicht ein wenig, man denke da an meinen Auftritt im Theater.)* Kein berühmter Schlager- oder Opernsänger, kein allseits sympathischer Politiker oder einflussreicher Manager, kein gewiefter Firmenlenker oder berechnender Großgrundbesitzer, kein Nabob oder Großmogul war ich. *Da drängt sich mir gleich ein abwägender Gedanke auf: Tja – besser so oder lieber doch anders!* Vorzuweisen hatte ich zudem keine riesengroße Villa, keinen adretten Bungalow irgendwo am Strand, kein protzendes Rennboot mit 1.000 Pferdestärken oder gar kiloweise funkelndes Geschmeide aus Gold und mit Diamanten besetzte Halsketten und Diademe im Schmuckschrank. Nein. Rubin- und saphirgefasstes Schmuckwerk, wertvollste Edelsteine sowie sündhaft teure goldene Chronografen, die ich eventuellen Damen hätte umlegen können, das alles stand nicht auf meiner Lebens- und Einkaufliste. Punkt. Ende. – Nein, ich war nicht so jemand, der das alles sein Eigen nennen wollte. Nein!

Mein damaliger Lebensweg war eher normal verlaufen, ziemlich einfach gestrickt, wie es vielen anderen Menschen in meiner Umgebung auch erging. So wurde ich eher bezeichnet als jemand, der für das Fortbestehen der Menschheit und der Welt als solcher eher unbedeutend und unwichtig war. Eine solche Bezeichnung klingt zwar sehr sarkastisch, dem war aber so.

Obwohl: *Ein normaler Mensch zu sein, ist äußerst schwer; ein Unnormaler merkt es entweder sofort oder gar nicht!*

Ich wurde oft ungerechterweise angeprangert, geistig auf die *Einer-wie-alle-Schiene* geschoben, manchmal gestoßen und gar verunglimpft. Die engstirnigen Mitmenschen behandelten mich zuweilen wie eine heiße Kartoffel; sie gaben sich gekünstelt, vertraten unehrliche Meinungen und begegneten mir nicht selten nur mit gesenktem Blick und schulterzuckend. – Doch im Nachhinein betrachtet war mir das alles völlig unwichtig geworden. Nun, als Engel wollte ich mir einen Teil des Spaßes zurückholen. Herausstellte sich: Ein fataler Fehler. – *Absolutely Error.*

Zweifelsohne hatte ich im vorigen Leben Rechte und Pflichten wahrgenommen wie jeder andere Mensch auch, und selbst die Geschichte mit der Schauspielerei, die mir immer wieder durch den Kopf schoss, musste von irgendwoher abgefärbt haben. Verwandtschaftliche, Gengesteuerte Tatsächlichkeiten wären vorstellbar von Seiten der Eltern oder generationsübergreifend von den Großeltern oder gar noch weiter zurückliegend? Genau über diese Tatsache brütete ich kopfhautkratzend nach, was allerdings leider zu keinem brauchbaren Resultat führte außer umherfliegenden Schuppen! – *Künstlerpech!*

Da ruhte ich nun, auf meinen kräftigen Beinen stehend, im hellen Gewand und sann krampfhaft darüber nach, was

ich in meinem früheren Leben noch nicht gemacht hatte. Ich dachte an etwas abstrus Eseliges, gar an etwas Verbotenes, eine scheußliche Freveltat oder sonst eine absonderliche Geschichte. Oh, welch schauderliches Grausen könnte das bewirken!
Da sei der Himmel vor!

Etwaige machbare und fast legale Schandtaten kamen mir in den Sinn. Ich könnte sie nach meinem Gedankenfluss umsetzen und selbstverständlich ausführen. Andere Menschen einmal zu erschrecken, da käme Freude auf; das wäre eine wünschenswerte Herausforderung. Und hoch droben? Mein Gott, der durfte natürlich nichts davon erfahren. Eins hatte ich nicht bedacht: ein solcher Schuss könnte unter Umständen auch nach hinten losgehen. Am Ende würde ich sogar die Hölle wachrütteln und dadurch erneut den Teufel wecken, diesen Süppchenrührer, den Elendigen. Den, der seine Fegefeuerharfe stets mit jämmerlichen Seelen bespannt, um darauf seine widerwärtige, disharmonische Musik zu zupfen.

Na, was man so Musik nennen konnte! – *Das würde übel enden!*

Was war das bloß für ein Gedankengang? Augensenkend empörte ich mich ein ganz klein wenig über mich selbst. Konnte es denn angehen, dass ich zu Lebzeiten so viel verpasst hatte, das ich nun unbedingt nachholen musste? Hatte ich alle positiven Vorkommnisse verdrängt und freute mich auf Missetaten? Oh, wie wurde mir kalt bei dieser geistigen Betrachtung.

Der berühmt-berüchtigte innere Schweinehund, der in jedem menschlichen Lebewesen schlummert, schien nun bei mir plötzlich und unerwartet ausbrechen zu wollen. Ausgerechnet bei mir, der ich sonst nur das Gute im Schilde trug und feste Werte bewahrte.

Padautz, das hatte die Welt noch nicht gesehen! Das schien wirklich einmalig.

Das warf jedwede Philosophie vom *guten Engel* über den Haufen. Da hatten sich bei mir schlagartig irdische Unzulänglichkeiten festgesetzt, einem Skandal gleich, verächtlich empörend. Gott würde sich seinen weißen Rauschebart ausreißen. Er würde mit den Füßen auf den himmlischen Steinboden stampfen und außer sich vor Zorn brüllen ... und, und, und ...

O Gott, mir wurde heiß und kalt zugleich. Ein Erzengel auf solchen psychischen und emotional geladenen Abwegen? *Vater im Himmel, verzeih mir ...!*

Meine verächtlichen und abschreckenden Gedanken erreichten dennoch beinahe gleichzeitig den Himmel und die unsägliche Hölle. Ich musste laut gedacht haben!

Prima, dachte ich, *die volle Punktzahl ...!* – Das war abgründig. – Unfassbar tief in die Klärgrube gepackt! Ich schlug beide Hände vor mein Gesicht und blies den Atem durch die Finger, ausschließlich behaftet mit den Gedanken: *Wie konnte ich nur so entgleisen? – Unverzeihlich!*

Sonderbare, ja gar außerordentliche Stille herrschte für einen kurzen Augenblick. Alsdann ein sekundenbruchteiliger Knall, ein Donnern oder Scheppern, wie auch immer, und ein brachiales, bombastisches, raubtierartiges Gekeife verstopften sogleich sämtliche irdische Gehörgänge für einen Moment, bevor die imaginären Korken aus den eher ruheliebenden Ohren schnellten. Eine Art von akuter Weltuntergangsstimmung durchflutete die saubere Welt, ihre weiten Sphären und ihre leider aber auch trügerische Unendlichkeit.

Weiter als es der reine Himmel erlaubte, kamen unter nachhaltigem Donnergrollen gleißende Blitze und satanisches Gelächter zum Vorschein. Gott Vater und der ungeliebte Teufel schienen gleichzeitig außer Rand und Band geraten zu sein.

Völlig unmöglich? – Von wegen, da kann ich von Begebenheiten erzählen ...

So unmöglich und verwunderlich war das gar nicht. Zwar tanzte gewohnheitsgemäß jeder der beiden Kontrahenten auf seiner eigenen Hochzeit, nie auf der des anderen, aber die altgewohnten, unausweichlichen Reibereien standen immer wieder an.

Mein allzeit geliebter Gott und Himmelslenker, der sich auf einem verdienten Erholungsurlaub befand, ließ zuerst vermuten, dass er womöglich eingenickt war. Egal, wo immer Gott sich aufhielt, stets wurde von ihm verlangt, geistig präsent zu sein. Es erschien vielen seiner Untertanen so, vom einfachen Engel bis hin zum stellvertretenden Seraphen, als würde er nur hin und wieder blinzeln und lediglich mit einem halben Ohr hinhören, doch dem war nicht so. Gewiss unverzeihlich wäre so etwas, denn während des Schlafens waren schon die schlimmsten Dinge geschehen und vollzogen worden. Schmutzige Langfingereien wie Diebstahl etwa, bestialischer Mord und feiger Totschlag, dreiste Überfälle auf weiß der Himmel was für Einrichtungen, menschenverachtende Straftaten allen Ausmaßes, wie beispielsweise Brandschatzungen, Feuerteufeleien und allerlei anderes an Schändlichkeiten.

Da war der Antichrist titeltragende Herr Diabolus, Mister Satan, Monsieur Beelzebub, Senior Luzifer, Grandsignore Teufel oder wie auch immer genannt, stets anders auf Draht mit seinem spitzen Dreizack. Wenn dieser Höllenfürst erst einmal loslegte mit seinen Untaten, dann blieb kein Auge trocken. Keines, das er nicht ausstechen würde! Der hatte all seine mit Lava gefüllten Thomasbirnen in den unterirdischen Stahlwerken ausgegossen, um mit seinem stinkenden Pferdefuß darin herumzutanzen. Die Hölle spuckte darüber hinaus noch glühendes Gestein an die doch so idyllisch anmutende Erdoberfläche. Unsägliche Rinnsale, siedendheiße Bäche, ja tausende von Grad messende Ströme aus flüssiger Magma bahnten sich ihre unaufhaltsamen Wege aus dem Mittelpunkt der Erde und ergossen sich infernalisch in tiefe, saftige Täler und blühende Auen, die danach einige Zeit nicht mehr saftig oder blühend das Auge des Betrachters erfreuen konnten.

Eine unvorstellbar riesige Schüssel voll Regenwasser ergoss sich über die Welt, und gar Trilliarden von kirschengroßen Tropfen prasselten hernieder, als würden ganze Ozeane ausgeschüttet. Es hatte den Anschein, als wolle dieses stakkatoartiges Maschinengewehrfeuer der Tropfen alles vernichten. Man hatte das unweigerliche Schlechtgefühl, die ganze Erde wäre ein gewaltiger Magen, der sein Inneres nach außen stülpte.

So geschah es, als ich diese unrechten Gedanken hegte.

Das passierte eben, wenn Gott verreist war und nur noch am äußersten Rande das zeitliche Geschehen auf Erden verfolgen konnte. Schlimm war diese Tatsache schon mit anzusehen.

Als ich jedoch gedanklich retournierte und mein Engelgehabe der guten Art wieder zum Vorschein trat, beruhigte sich die Welt wieder. Gott konnte beruhigt auf-, die Seraphim durch- und der Teufel weiter seinen Pesthauch der Hölle einatmen. Dieses Wechselbad der Gefühle war charakteristisch für mich. So sagte man immer. Gott vertrat diese Meinung und ein Großteil der Seraphim dazu. Da hieß es, auf der Hut sein und besser die bösen Gedanken im nicht sichtbaren Gedankentresor lassen.

Gott war in der Tat schon länger aushäusig und stand mit seinen Füßen in einer Himmelsferne geparkt, und weil er es in weiter Ferne tosen und rumpeln hörte, dachte er an seine Pflichten, die er aber vor der Abreise auf seine Vertreter längst übertragen hatte. Die *Vizehimmels-Chefs*, die Seraphim waren ihm, hierarchisch festgelegt, eng verpflichtet und mussten alles ermöglichen, was in ihrer Macht stand.

Auf ihren Schultern ruhte nun die ganze himmlische als auch irdische Verantwortung. Gott war verreist. Hinfort. Nicht wirklich erreichbar. Um es mit einer ausländischen Telefonstimme auszudrücken:

The person you're calling, is not available, please try it later again. – Wie es geläufig in englischer Sprache ertönt. – Wieder und wieder.

Meine abstrusen Gedanken konnte ich glücklicherweise zurücksortieren. In meinem Kopf stellte sich eine gewisse Normalität ein, und vier, fünf Schritte später verlief alles wieder in geordneten und geregelten Bahnen.

Ich befand mich auf dem Weg zurück in die Stadt. Trottenden Fußes schlenderte ich über einen mit grauen Steinplatten belegten Bürgersteig und verharrte, leicht gedankenversunken vor einer Reihe beigefarbener Autos, die an der Hauptstraße parkten. So an die zehn Wagen mussten es gewesen sein. Gewaschene, blank polierte, aber auch verschmutzte und mit einigen Beulen im Blech versehene Autos mit gelbschwarzen Leuchtschildern auf ihrem Dach standen wie im Gänsemarsch so hintereinander gereiht. Es handelte sich um die guten alten Taxen, deren Anblick sich wohl nie ändern würde.

Langsam, fast zögerlich öffnete ich vom Bürgersteig aus die hintere Tür des ersten Wagens. Gedämpft diagonal sprechend, verließ eine Frage meinen Mund:

„Guten Morgen, würden Sie mich bitte aus der Stadt herausfahren?"

Im Geheimen wollte ich schon etwas erleben. Aber legal sollte es sein. Doch auch mit Spannung begleitet. So salopp gesagt, mit Kick, mit Rambazamba und dergleichen.

„Steigen Sie ein, wohin soll es denn gehen?", wollte der Taxifahrer wissen.

„Fahren Sie erst einmal los, geradeaus, in diese Richtung."

Ich zog die Autotür hinter mir zu. *Buck!* – Ihr Schlag klang wie eine schwergängige Tresortür.

Mit der rechten Hand deutete ich nach Westen in der Hoffnung, dass der Fahrer sich auskannte.

„Ich erkläre Ihnen gleich genau, wohin ich gefahren werden möchte."

„Okay", sagte der Fahrer, warf die Stirn in Falten und nahm verhalten Fahrt auf, indem er seinen rechten Fuß gefühlvoll auf das Pedal drückte.

Das Taxi rollte an und fuhr gemächlich davon. Schon nach ein paar Kilometern waren das Taxi und ich aus der Stadt mit all ihrem Glanz entschwunden.

„Es gibt einen Treff von interessanten Leuten in der Gaststätte, ungefähr einen Kilometer von hier", überzeugte ich den Taxifahrer, der anfing, komische Fragen zu stellen. Woher ich denn käme, ob ich fremd wäre in dieser Stadt und woher ich so genau wüsste, was wo liegt. Das es diesen Ort gab, hatte ich einem geklebten Transparent an einer Litfaßsäule entnommen. Zufällig. Wie fast alles im Leben, rein zufällig.

„Ach, Sie meinen das *Lonesome Star*. – Ja, da trifft sich so mancherlei Gesindel, mitunter Pöbel und Abschaum, Sie verstehen, was ich meine?", flüsterte der Taxifahrer, hielt den rechten Zeigefinger vor seinen Mund und drückte dabei ein Auge zu. Natürlich wusste er, dass es sich dabei unter anderem um konspirative Treffen krimineller Subjekte handelte.

„Genau deshalb möchte ich dahin, verstehen Sie?", erklärte ich, der nur scheinbar gefallene Erzengel Midron in forschem Ton. Die Tatsache, das ich wusste, wo sich illustre und eigenwillige Menschen aufhielten, ließ zwangsläufig erkennen, dass ich es ernst damit meinte, bestimmte Bande zu knüpfen. Etwas niederträchtig schien mir die Sache ja zu sein, wenn man die Fähigkeit einsetzte, das göttlich erlangte Wissen auszunutzen. Aber ich hatte mir vorgenommen, einmal, wenn auch rechtschaffen betrachtend, leicht über die Strenge zu schlagen, um in ein unbekanntes Milieu hineinzuriechen. Meiner Meinung nach, und da vertraute ich mir sicher gewiss, sollte es lediglich ein kleiner Studiengang sein.

Schlecht nur, dass dieses Vorhaben weit nach oben gedrungen war und weit nach unten in die Hölle, wie auch immer. Das war schon übel, wenn dieser Querulant von Beelzebub Wind von solcher Geschichte bekam. Er war schließlich ein geschickter Meister im Aufbauschen. Er versteht wie kein Zweiter, aus der berühmten Mücke einen Elefanten zu machen.

Das Taxi fuhr bedächtig vor.

Diese Gaststätte, eine bessere Spelunke, schien gut besucht zu sein. Dutzende von aufgetunten Motorrädern, hauptsächlich zweizylindrige Chopper mit langer Gabel und hohem Lenker wie auch vier-, gar sechszylindrige Maschinen mit Stummellenker und hinterem Breitreifen parkten vor diesem in dämmerigem Licht gehaltenen Sündenpfuhl, der von außen betrachtet wie Tag erschien und innen nahezu Nacht vorgaukelte. Einige schwere Geländewagen, Fun-Cars und rassige Sportwagen in rotem, gelben und schwarzen Lack, teils als Cabriolet, teils als Spider oder Speedster, rundeten das farbige Bild der rockigen Idylle ab.

Mit der unumstößlichen Absicht, das Gebäude zu betreten, knisterte ich mit einigen, gefalteten Geldscheinen herum und bezahlte mit den lapidaren Worten:

„Hier bitte, wie viel macht das?"

„Auf den Kopf sechs kleine Scheine, wenn Ihr Trinkgeld mit dabei ist."

„Gut, einverstanden." Das passte schon so, die Brüder müssen ja auch von etwas leben, denn das normale Entgelt für diesen Job ist nicht gerade das üppigste.

Der schlägermützentragende Taxifahrer hielt gierig seine rechte Hand auf, indem er den Daumen zwar ruhig abspreizte, aber mit den anderen vier Fingern grabschende Bewegungen vollzog. Ein glückliches Gesicht strahlte mich an, als ich ihm die Geldscheine darreichte.

„Danke, man sieht sich." Der Taximann pauschalisierte und kniff nochmals ein Auge zu. Das rechte.

„Sischer dat." Ich konterte messerscharf, denn diese mundartliche Floskel hatte ich schon einmal irgendwo gehört.

Relativ kurze Fahrt.
Verhältnismäßig kurzer Dialog.

Ich war nun da. – Das Taxi samt Chauffeur wieder fortgefahren.

Abgedudelte Countrymusic drang nach außen durch die geschlossene Tür. Die Gaststätte ähnelte tatsächlich mehr einer alten Kaschemme. Aber: *Oh yeah, ausgerechnet Hillbillymusic.* Hinterwäldlerisches Gedudel. Nun ja, das konnte ich noch gerade so ertragen. Ich trat ein.

Wow! – Das nenne ich Kneipenluft!, schoss mir unvermittelt durch den Kopf. Der erste Blick fiel auf Ledernacken und nietenbeschlagene Gürtel, Jeanshosen und ein paar Cowboyhüte, Staubtücher und Lederstiefel, speckige Westen und Sonnenbrillen ... Mir spulte sich eine Szene vor Augen ab. *Wo habe ich das schon einmal gesehen?*

An einem quadratischen Tisch, fast in der Mitte des Raumes, waren zwei biertrinkende *Cowboys* damit beschäftigt, diverse Miniaturstatuen auf einem Brett zu sortieren. Es handelte sich um 16 weiße und 16 schwarze Marmorfiguren. Schach. Das königliche Spiel sollte beginnen. Sie hatten die 32 Figuren schnell angeordnet, und einer der beiden Spieler hielt bereits Daumen und Zeigefinger über seiner beginnenden Spielfigur. Es war der berühmte weiße Bauer, der in vielen klassischen Eröffnungen als Erster gezogen wird.

Wie nun auf dem marmornen Schachbrett fachgemäß inszeniert, konnte ich ein folglich ablaufendes Szenario studieren. Abfolgetechnisch stellte ich mir vor, auf einer hohen Tribüne zu sitzen, weit oben, und würde über viele Köpfe schauen. Die geballte Kommentation könnte aus einem gewaltigen Stadionlautsprecher gedrungen sein:

... der weiße Bauer beginnt. – Er setzt einen Fuß vor den anderen. – Seine Augen sind starr auf den Gegner gerichtet. – Nun zieht er zwei Felder vor. – Vom anfänglichen weißen Feld arbeitet er sich vor, über das schwarze bis zum nächsten weißen. – Voran im Tatendrang, bevorstehende Verluste nimmt er in Kauf. – Will er ein Gambit erzwingen? – Viel-

leicht. – E2 – E4. – Klassischer Beginn. – E7 – E5. – Konter.
– Auch ein klassischer Gegenschlag in der Begegnung. –
Beim Boxen ist es ebenso. – Der schwarze Bauer setzt sich in
Bewegung. – Er stürmt frontal auf den weißen Bauern zu. –
Er weiß genau, wie ihm geschieht. – Der weiße Läufer auf F1,
schon unruhig. – Er startet diagonal in die linke Richtung. –
Die Könige sitzen geschützt auf ihrem Thron. – Zu Beginn
des Spiels stehen sie jeweils unerreichbar neben ihren Damen. – Die Damen halten sich klugerweise völlig heraus aus
dieser Angelegenheit. – Können sie getrost tun. – Die flankierenden Türme stehen wie fest gemauert und verankert ...

Die zierlichen Pferdchen hatten nun gewaltigen Durst ... –
und löschten ihn in Gedanken.

Ein Kellner brachte auf einem Tablett jonglierend bunte
Getränke. Seine Lederabsätze schlugen beim Gehen rhythmisch auf den Holzboden. Dicke Plastikstrohhalme ragten
aus den schlanken Gläsern in inniger Erwartung der daran
saugenden Lippen. Im Mundwinkel des Obers brannte eine
kastrierte Zigarette, deren Asche in der Länge sicherlich
drei Zentimeter maß. Sie hielt.

Von der Eingangstür her kommend, schlich ich über das
zerschundene Parkett zu einem nahen Tisch. Ich hoffte zudem, aus allem irdisch Schlechten gelernt zu haben. Gott leider.

Pst. – Da hört niemand hin!
So wusste ich also genau, wie ich einen etwaigen Dialog
einzufädeln hatte und den Plan durchführen musste. Wie an
einer fiktiven Schnur gezogen, als liefe ein exakt ausgeklügeltes Programm in meinem Kopf ab, stellte ich eine zögerliche Frage:

„Wer von euch heißt Alex?" Mit dieser einfachen und unmissverständlichen Frage setzte sich ein ultimativer und verbaler Mechanismus in Bewegung.

Ein schier unglaubliches Gespräch entwickelte sich. Der Dialog, der zwischen jenem Alex und mir entstand, war an Unsinnigkeit kaum zu überbieten. Teils verhaltenes Gemurmel und unverständliches Gebrabbel hingen im Saal. Die teillederbezogenen Gäste schauten sich an. Sie stutzten achselzuckend. Viele Zigaretten erzeugten Rauchschwaden, die um die langbehaarten Köpfe zogen. Der Anblick ihrer Häupter ähnelte meinem sehr. Nun ja ... – *Häupter?* – Dieser weißliche Qualm biss in meinen Augen. Die Schlagzahl der Lider erhöhte sich. Auf der Hornhaut vermehrte sich die Augenflüssigkeit. Hirngesteuerte Prophylaxe. Einige Zigarettenstummel waren auf dem Fußboden mit den Sohlen der Lederstiefel zertreten worden. Die *fetzige* Musik ertönte weiter. Die alte Musicbox lebte, alle spürten ihre Bässe darin dröhnen. Ihre flackernde Beleuchtung erzeugte in mir Unbehagen.

Das schier blanke Entsetzen machte sich breit, als einer der Delegierten der Seraphim Wind von dieser Sache bekam. Es brodelte in mir, allein zu wissen, dass ich erwischt worden war. Da ich, der frisch ernannte Erzengel Midron, wissentlich auf Abwegen schritt, schrillten verständlicherweise im Himmel die Alarmglocken. *Und Gott war verreist.* Diese Glocken gerieten in Ekstase und waren verteufelt laut. *Oh, Verzeihung!* – Die himmlischen *Trommeln* arbeiten nahezu perfekt und genauso schnell und zuverlässig wie die irdischen.

Dieser Delegierte, der Draht und das Bindeglied gleichermaßen zwischen ungewöhnlichen Geschehnissen und dem Ohr des Seraphen, tat seiner Pflicht Genüge und zwitscherte seinem Vorgesetzten diese meine Arie in den empfindlichen Gehörgang.

Ei, was muss das gesäuselt haben!

Der zuständige Seraph, der Erste von Gott berufene Generalvertreter, raufte sich sein wallendes Haupthaar, besonders seitlich *und* sogar beidseitig. Der übergroße Heiligenschein wäre fast zu Boden gefallen, so wild hatte er an seinen Haaren herumgezurrt. Obwohl die Korona über seinem Haupt schwebte, saß sie wie einbetoniert, unverrückbar und wie mit Stahlstützen verstärkt. Gewaltige Kräfte in seinen Armen jedoch brachten alles Himmlische ins Wanken. Die sechs Flügel erzitterten an seinem kräftigen Körper, der sich verhielt wie ein alter Rock 'n' Roller auf einer Tanzveranstaltung aus den fünfziger Jahren des 20. Jahrhunderts. Der Seraph wirkte innerlich wie äußerlich extrem unruhig. Urgewaltige Zornesröte schoss in sein *Oberengelgesicht*.

Die Gesichtszüge entglitten!

Blutfarbengleich wurde jede Zelle seines Gesichtes mit der Lebensflüssigkeit versorgt. Er garte nicht. – Er dampfte nicht. – Nein! – Er kochte:

„Das ist wohl nicht wahr, was um alles auf der Welt geht da unten wieder vor? Midron. Mir leuchten seine Buchstaben förmlich vor den Augen! Dieser Midron, der macht mich noch verrückt. Dieser Hans Dampf in allen Gassen, wo immer er auftaucht, doch Gott musste ihn ja hinunterschicken, diesen Liebling. Seinen Liebling, *Herrschaften* noch mal. Immer wenn der Chef nicht anwesend ist, habe ich die Arschkarte. Bin ich ein Referee? Ich würde eigentlich schnellstens gern Gottes Wort hören. Seine Präsenz erfahren, ihn hier wissen. Augenblicklich! Sein Mund würde übel reden, da bin ich sicher. Das kann ich unmöglich in der Form durchgehen lassen! Ach, was rede ich? Soll das der Rat entscheiden, zum

Teufel noch mal." Schien der Seraph etwa überfordert, nicht Herr seiner Lage zu sein, unfähig, verantwortlich zu agieren und zu entscheiden? *Weh, oh weh!*

Aber Vorsicht mit der Äußerung Teufel, dachte er noch, während der Hauch des letzten Wortes vor seinem Gesicht entschwand. Der Seraph wirkte verbal wie tätlich völlig hilflos und überfordert, und das bei seinem ersten Einsatz wieder seit acht Wochen, dabei war ihm doch die Problematik bekannt. Eine Vertretung ist halt nur eine Vertretung. Gleichwertiges Wirken und Entscheiden kann niemand von ihm verlangen. Keiner.

Im Himmel war nun der Teufel los.

Wenn die Katze nicht zu Hause ist, so tanzten die Mäuse auf den Tischen. Lapidar Sprichwörtliches, gar nicht einmal so dumm gesagt? Nur dass die Mäuse nicht Gottes Vertreter waren, sondern seine höchsten Engel, und die tanzten schon gar nicht auf irgendwelchen Tischen. Kein Verlass auf diese Brüder? Doch, doch.

Der Erste Seraph war gedanklich nun gänzlich involviert, arg betroffen, extrem angewidert und wie rundweg außer sich.

Er dachte: *Wenn ich jetzt noch mehr fluchen könnte, ich würde es garantiert machen.*

Er ballte seine Fäuste in den vorderen Taschen seines Gewandes, so dass es niemand sah. Geschickt war er. Clever, ... sehr schlau. Außergewöhnlich, dieser Engel mit den sechs Flügeln, ... und so kompetent!

... und Gott war verreist. – Ziemlich weit fort. – Was würde er mitbekommen von alldem? Könnte er so weit des Seraph Gedanken erfassen und ihm helfen?

Ein unerklärliches Brennen wütete zur gleichen Zeit in meinem Kopf. Im Erzengelkopf. Fragen durcheilten meinen

Kopf: *Drückt die Korona? Gibt es jetzt bei jeder kleiderorientierten Verwandlung Probleme?* Die ersten Bedenken traten auf. Gewissensbisse peinigten meine Hülle. Dann: Mein weißes Gewand erzitterte. Nun: Mein Heiligenschein schickte sich an, aus seiner Platzierung zu geraten. Doch: Ströme von gezielten Gedanken unterbanden mein unrechtes Handeln. Was geschah mit mir in jenem Moment?

Ich stand vor dem mit halb vollen Gläsern übersäten Kneipentisch und sah mein Gegenüber aus dem Winkel leicht von oben herab. Das Schachbrett trennte ihn von dem zweiten Mann. Dieses Gesicht gehörte Alex, dem Mann, den ich eigentlich sprechen wollte. Mit fester Absicht stand ich auf dem Boden der Tatsachen. Was erblickte ich? Einen schnauzbärtigen Mittdreißiger. Einen mit unrasierten Stoppeln im Gesicht. Dieser schaute aus zwei tiefblauen Augen heraus, die von einigen Falten und bläulichen Tränensäcken untermalt waren. Ich schaute zudem auf sein langes, schwarzes Haar. Der Mann, der offensichtlich auf den Namen Alex hörte, sah langsam hoch und bluffte mich abstoßend an, indem er fragte:

„Was ist los? Wer will das wissen? – Du etwa, du blasses Nachtgespenst, wer bist du überhaupt?" Der düstere Mann mit dem Namen Alex blickte zu seinem Gegenüber. Auch er erweckte nicht den Anschein, eine außergewöhnliche Lichtgestalt zu sein. Der Mann, der Alex hieß, schaute seinen Mitspieler an und fragte erneut gelangweilt:

„Wer ist das da, der seinen Mund nicht halten kann?"

Mein Gesicht wurde schneeweiß. Meine Hände zitterten zwar nicht, doch sie vibrierten im Takt zu meinen klappernden Zähnen. Ich schwieg. *Engelsangst?*

Ich hörte keine Stimmen mehr. Um mich herum verschwand offensichtlich jegliches irdisch Greifbare. Hatte ich mich aus Versehen auf verbotenes Terrain begeben? Ein solches Gespräch, überhaupt schon die Frechheit zu besitzen, eine Frage zu stellen, war nicht Bestandteil meiner irdischen Aufgaben. Diese Sorte von Menschen anzusprechen, um etwas über sie zu erfahren, ein Spielchen mit ihnen zu spielen oder gar Schlimmeres, war verkehrt. So durfte ich mich nicht durchs *Leben* bewegen. Auch wenn ich es mir fest vorgenommen hatte, einen Hauch gottloser Dummheit zu begehen, die Sache blieb an sich unschicklich.

Gott hatte mich, fern ab von mir, fest im Griff, eine unumstößliche Tatsache.

Der Erste Seraph war schon damit beschäftigt, eine gezielte Standleitung zu mir aufzubauen. Seine telepathische Fähigkeit, wie ich annehmen musste, setzte er zuerst in die Tat um, und diese wurde augenblicklich angewandt. Wie elektrisiert schweißte es mich in dieser Gaststätte an jenem Ort außerhalb der Stadt auf dem Holzboden fest. Ich war unfähig zu gehen. Meine Stimme versagte. Meine Gestalt verblasste. Mit tonnenschwerer Last behangen, kleinlaut, ins Schweigen getrieben und mit unsichtbaren Fäden gefesselt, stand ich als Häufchen Elend in dieser so irdischen Welt. Verloren wirkte ich und war so beschämt. Mein engelhafter Körper war für einen Moment wie gelähmt. Mein Agieren schien zu versagen und mein Vorhaben sich aufzulösen.

Dieser Seraph ließ mich zu einem Lichtstrahl erblühen. Totales Unverständnis, fast blankes Entsetzen machte sich in dem Lokal breit, als ich augenscheinlich verschwand.

„Was zum Teufel geschieht hier, Alter?" Der Mann namens Alex nahm einen tiefen Schluck aus einem Whiskyglas, schüttelte sich und verstummte wieder. Augenblickliche Verständnislosigkeit paarte sich um ihn. Sein Mitspieler verharrte in fossilem Gesichtsausdruck. Der Atem der weiteren

Schar von anwesenden *Hillbillys* stockte, sie standen konsterniert im Raum.

„Frag nicht, Alex, lass uns weiterspielen, das ist alles Geisterkram. Wir sollten nicht so viel trinken, ... von dem Zeug!"

„Habt ihr das gesehen?"

„Wahnsinn, ich hau ab, Teufelswerk elendes!"

„Will uns hier einer verarschen?"

„Was ist denn das für ein Trick?"

Unzählige Gespräche entbrannten. Fragen schossen durch die Kneipe. Kopfschütteln, Achselzucken und weit aufgerissene Mäuler säumte die Szenerie in dieser Kaschemme. Jemand griff zum Telefon. Drei Gäste rannten auf den Vorhof. Eine Frau lief auf die Toilette. Ein Gast hätte sich fast verschluckt an einem Bier, ein anderer hustete stark und kratzte sich am Kopf.

Was dann dort geschah, sollte ich nicht mehr erfahren ...

Ein massiver Stahlkoloss, *made in heaven*, hob sich aus der erstarkten Naturgewalt dieses Himmels. Der kompromisslose Seraph stand unverrückbar wie ein römischer Gladiator auf einem gigantischen Block. Mit dem heiligen Flammenschwert in der rechten Hand ging er zu Gericht.

Er rief, nein, er schrie in die Unendlichkeit des himmlischen Seins. Er streckte das Schwert aus und grölte sich die Seele aus dem Leib. Diese markdurchdringenden Worte ertönten zwar laut genug, aber Gott konnte oder wollte sie dem Anschein nach nicht empfangen. Welche göttliche Kraft aber ließ diesen Koloss so fix hinabschnellen, dass dieser selbst für alle schauspielverfolgenden Engel wie Phönix aus der Asche erstand? Wer verlieh dem Ersten Seraph diese exorbitante Energie?

Etwa doch Gott? So heimlich, so von hinten herum? Gott konnte verreisen und war trotz allem gegenwärtig. Das war doch bekannt. Ich Naivling dachte allerdings immer noch, Gott wäre dann unerreichbar, doch wie dieses Geschehnis bewies, war Gott geistig anwesend, auraumhangen und immer zur Stelle.

Der Seraph hatte doch laut genug geschrien.

Zauberhände erschienen. Ich sah nichts mehr.

Leibhaftig fand ich mich wieder auf einer grünenden Wiese. Mein Gewand war zerknittert und angeschmutzt, der Heiligenschein beinahe verrutscht, und gedanklich in der Art abgebrochen kniete ich nieder auf dem feuchten Grün.

Meine Knie waren nass, mein Blick getrübt.

Aus dem Lichtstrahl Midron war wieder der Erzengel Midron geworden.

Ich erfaßte das alles gar nicht so schnell.

Der Erste Seraph hatte nun ebenso das irdische Territorium betreten. Als menschliche Gestalt wie ich, in Gewand und Schuhen eingesperrt, weilte er mir gegenüber.

Er erhob seinen rechten Arm im 90°-Winkel und streckte die daran befindliche Hand mit dem Zeigefinger voran in meine Richtung. Der lange Nagel seines Fingers wirkte wie ein stählerner Dorn, der bedingungslos zustechen wollte. Des Seraphen Mund öffnete sich einen Spalt und er sprach mich an:

„Ich bin Kurim, der Erste Seraph. Gottes Vertreter, wie du weißt. Wir werden reden, aber nicht hier unten auf der Erde. Ich erwarte dich oben bei mir. Jetzt gleich, am besten, sofort." Des Seraph Kurims Worte erklangen kurz und prägnant. Er spielte mit seiner Kraft und seinem Können. Seine scheinbar kinderleicht auszuführende Verwandlung geschah auf dem Fuße. Zwei winzige Lichtpunkte, die sich anschließend ergaben, entwichen und befanden sich nacheinander auf dem direkten Weg nach oben. Dieser fulminante Blitzstart zweier Engel, wie sie unterschiedlicher nicht sein konnten, erschien nicht in den himmlischen Annalen oder gar in einem von Gottes *Klassenbüchern*, und nur das ganz kurze Aufflackern verriet den Menschen auf der Erde den fast unsichtbaren Vorgang. Wer weiß, ob es nicht doch manch Sternschnuppe ist, die einige Menschen sehen und gewisse Wünsche auf die Reise schicken?

Der Seraph Kurim sprach weise die schicksalhaften Worte: „Du weißt sicher, dass es nicht rechtens war, auf diese Art und Weise in das menschliche Gebiet einzudringen, behaftet mit dunklen Gedanken. Erkenne augenblicklich deine Freveltat. Bestimme selbst deine Strafe, wenn dir von Gott keine auferlegt werden sollte. Tue Buße und arbeite an einem Neuanfang. Vergiss die Schändlichkeiten und das Böse. Du bist ein Erzengel und kein pubertierender Teenager. Ich kann dich dieser Tat wegen nicht anklagen, verurteilen oder gar bestrafen. Gott Vater kommt schon bald zurück. Vielleicht hast du Glück. Er redet gut über dich. Er vertraut dir verhältnismäßig stark und traut dir somit viel zu. Ich meinerseits will mit einem himmlischen Handstreich meine Gnade über dich ausschütten. Pass besser auf."

Eine lange Ausführung. Den Inhalt hatte ich sehr wohl verstanden. Es war in der Tat etwas unbedacht von mir. Ja, die Engel, die sind nicht alle unfehlbar.

Wieder kopfvorgebeugt stand ich da und musste eine Strafpredigt über mich ergehen lassen. Diese Predigt klang gar nicht so schlimm wie befürchtet. Der Seraph Kurim schien sich wieder beruhigt zu haben. Was hatte er sich aufgeregt. Alle Wetter noch mal, da kam ein lauter Schwall geflogen, sehr imponierend. *Welch ein Organ!*

Doch nun klang seine Stimme wie gewohnt von zarter Kreide verwöhnt und äußerst samtig. Aber Gottes Ungnade konnte dennoch böse ausfallen. Vielleicht musste ich versuchen, ihm erst einmal aus dem Weg zu gehen, wenn er einschweben würde?

Ich wog mich schon in Sicherheit, da holte mein Gegenüber noch einmal aus, und dieser Erste Seraph Kurim fuhr fort mit seinen Ausführungen:

„Ist dir eigentlich schon in den Sinn gekommen, dass das irdische Fest bevorsteht, die Menschen sagen dazu Weihnachten? Es gibt sehr viel zu tun. Wir benötigen alle Hände, die uns zur Verfügung stehen. Auch deine Hände werden sicherlich dabei sein. Sie werden dieses Jahr besonders fleißig sein, nicht wahr? So könnte ich bei Gottes Rückkehr die Sache etwas abschwächen und für dich eventuell mehr als nur ein gutes Wort einlegen."

Schleimerei war das doch, aber was wollte ich machen? Hatte ich irgendeine Wahl? Also in die Hände gespuckt und ab ging das. Ich nickte etwas schuldbewusst und verhalten und schloss meine Augen im Zeitlupentempo:

„Ich habe das sehr wohl verstanden!", entgegnete ich. Meine wenigen Worte klangen eher wie die eines wimmernden Weibes. Auch Kurim nickte verständnisvoll, in dem er die Arme beidseitig verschränkte und wohlwollend griemelte.

Ein leises, entfernt wahrnehmbares Geflüster durchzog das himmlische Gewölbe.

God was back. – Gott war zurück.

Weltumgreifend globaler Freudenausbruch, wunderschöne Gesänge schallten durch den Himmel. Aufgeregt tanzende Engel, frohlockende Himmelsgeschöpfe, selbst Helfer noch ohne Flügel, herbeigeeilte Berater ohne Heiligenschein und ein paar Vertreter Gottes mit ihren vielen Flügeln verliehen ihrer Freude Ausdruck. Ein unbeirrt musikalisch angehauchter Engel hockte in einer Ecke und quälte mit aller Gewalt vor Glück die Stahlseiten seiner wertvollen Harfe.

Pro Griff zwei Fehler. *Anfängerpech.*

So überfluteten Disharmonien den feiernden Himmel. Auf eine gewisse Weise war das egal, da sowieso niemand in solchen Augenblicken genau hinhörte.

Als Gott seinen geräumigen Reisekoffer entleert hatte, eilte er durch einige Flure und kam vor mir zu stehen. Mit einem erfrischenden Ruck hob er die rechte Hand und streckte seinen Zeigefinger in die Höhe. Eine Unsitte im Himmel. Jeder, der hier oben etwas zu sagen hatte, musste seinen Zeigefinger erheben, einem Ritual gleich. So sprach Gott Vater zu mir mit knirschenden Zähnen und sprudelnden Lippen:

„Das war kein Heldenstück, Erzengel Midron. In jeder Weise du hast dir damit beinah alle himmlischen Chancen verbaut. Du wirst in den kommenden Tagen bei den Vorbereitungen helfen, die zu Weihnachten anstehen. Kurim hat mich schon diesbezüglich informiert. Ich kann dein Verhalten eigentlich nicht ungestraft lassen. Du musst eine kleine, und wie du dir sicher vorstellen kannst, verdiente Strafe sühnen. Sie wird lediglich etwas milder ausfallen, weil ich dich mag und weil ich dich, da bin ich ehrlich, für kurze Zeit aus den Augen gelassen habe. Du wirst den anderen also helfen und ihre Anordnungen befolgen. Außerdem, eines ist ganz besonders wichtig, das sozusagen Wichtigste überhaupt: Dir wird eine solche Entgleisung nicht noch einmal widerfahren, hast du das verstanden? Beim nächsten Mal, sollte es das geben, wird dich mein strafender Arm aus den Schuhen hauen, da kannst du sicher sein!"

Wie ich *das* wieder verstanden hatte! Eine ganze *Tüte voller Schuldgefühle* hielt ich in Händen. Ich nahm die Tüte in die linke Hand, blies sie auf und schlug mit der rechten Handfläche kräftig dagegen. Peng! Die Tüte zerplatzte und mit ihr auch die Schuldgefühle. Das war ein gutes Mittel, um sich anschließend wieder gedankenrein zu fühlen. Dieses kleine Wunder ließ mich aufatmen. Ich holte mächtig tief Luft, riss die Augenbrauen hoch und ließ meine Augen funkeln, denn dieser entschuldigende Blick konnte die höchsten Eisberge zum Schmelzen bringen.

Wer körperliche Arbeit, um sie im Himmel abzuleisten, nicht gewohnt war, würde sich wundern, dass er überraschend wieder über Muskeln verfügt, von denen er glaubte, sie nie besessen zu haben. So auch ich, Midron, der *Lass-Tüten-platz-Engel*, nun *Arbeitserzengel* als schuftende Leihgabe. *Dann spuck in die Hände*, sinnierte ich.

Der sechste Dezember. Morgens. 18 Tage noch bis Heilig Abend, der Tag vor den zwei geheiligten Weihnachtstagen.

Das hieß: Überstunden im Himmel stehen an. Die unzählige Weihnachtspäckchen schnüren, stapeln und katalogisieren. Die vielen eingestaubten Rentierschlitten reinigen, putzen, wienern, polieren und alles in allem generalüberholen.

Die weidenden Rentiere zusammentreiben, striegeln, kämmen und füttern, anschließend anspannen für den Probelauf mit den jeweiligen passenden Schlitten. Die Lagerbestände in den entsprechenden Hallen überprüfen. Millionen Kartons, zig Tüten, Schachteln und Kisten, Paketbänder, Schnüre, Kordeln, Gummibänder und Einpackpapier mit Weihnachtsmotiven besorgen.

Ganz außerordentlich wichtig war es, die *Gute-Laune-Weihnachts-Musik* einzupacken, mit Liedern wie: *White*

Christmas, Jingle-Bells, Kling, Glöckchen ..., Alle Jahre wieder, Es ist ein Ros entsprungen, Oh, du fröhliche, Kommet, ihr Hirten, Stille Nacht, heilige Nacht, Vom Himmel hoch, da komm ich her oder ... Ihr Englein kommt, Süßer die Glocken nie klingen, Tochter Zion, freue dich, Ihr Kinderlein, kommet, Lasst uns froh und munter sein und *Am Weihnachtsbaum, die Lichter brennen,* und so weiter, nur um die bekanntesten zu nennen.

All das und noch mehr musste so in den nächsten Tagen organisiert und zügig erledigt werden. Die paar Tage und wenigen Wochen eines Monats verflogen ja so schnell. Selbst die verbleibenden Adventssonntage sausten nur so vorbei. Und dieser Heilige Abend mit seinen beiden folgenden Weihnachtsfeiertagen stellte nun einmal eine große Herausforderung für alle Engel dar. Wohlgemerkt: für *alle*.

Auch wenn es auf Erden immer so schön und heimelig anmutete und manche Engel sogar als Weihnachtsmänner verkleidet niederfuhren, weil so wenig ausgesuchtes Personal zur Verfügung stand, so waren und blieben diese Tage doch sehr, sehr mühsam für alle, die zupacken mussten. Über mangelnde oder gar nicht vorhandene Arbeit konnte sich nun wirklich kein Engel beklagen.

In ihrer Arbeitsweise amüsant zu betrachten, aber dringend notwendig waren die himmlischen Helfer aus den neun Engelschören, wie da waren die Throne, Mächte, Herrschaften, Gewalten und Fürsten mit ihren obligatorischen viel blättrigen Schreibblocks. Sie wurden von den Seraphim unterstellten Cherubim zur Arbeit eingeteilt.

In der Hierarchie folgten, ganz oben angesiedelt wie auch sonst für den gehobenen Dienst eingesetzt, die Vertreter Gottes und höchsten der neun Engelschöre, die Seraphim. Sie koordinierten den gesamten schwierigen Ablauf in dieser vorweihnachtlichen Zeit. Nicht selten unter einem leicht wahrnehmbaren Knurren.

Gott überhörte beflissentlich dieses Gebrumme und nickte nur ab.

Er musste sich in jedem Fall auf all seine Helfer und Helfershelfer verlassen können. Sollte er einmal etwas nicht genehmigen und darüber einnicken, müssten die unzähligen Engel Schlange stehen.

Das alljährlich stattfindende rituelle Bimmeln und Läuten in allen himmlischen Gewölben zur gleichen Zeit rief diese Maschinerie ins Leben. Jeder wusste, wenn er auf seinen Kalender schaute, im Grunde genau, was er zu tun und zu lassen hatte. *Eher zu tun als zu lassen!* Da es ständig Neuzugänge bei der Engelschar gab und ältere Engel zu einfacheren Aufgaben berufen wurden, war die Zahl der aufgeworfenen Fragen enorm groß. Immer wieder mussten die neuen Engel angelernt und an diese verantwortungsvolle Arbeit herangeführt werden. Es durfte schließlich nichts Unvorhersehbares geschehen und etwaige auftretende Fehler mussten auf jeden Fall vermieden werden.

Jedes Jahr erkeimte die stets zuletzt sterbende Hoffnung aufs Neue, dass alles glatt ablaufen würde, denn die unmissverständlichen Vorgaben prangten nach wie vor in den großen, weiten Himmel geschrieben. In güldenen Buchstaben gemalt, schnörkelnd umrandet ausstaffiert, dick unterstrichen und selbst für einen fast blinden Engel unübersehbar war zu lesen:

- *Wir müssen jederzeit konzentriert arbeiten.*
- *Wir haben nur äußerst wenig Zeit.*
- *Zerbrechliche Waren bitte bruchsicher ein- und verpacken.*
- *Verderbliche Geschenke auf Eis legen.*
- *Die Ruten für unartige Kinder nur aus stabil wachsenden Sträuchern herstellen.*

So mancher neu berufene Engel, der vor diesen Sätzen auf dem Weg zu seiner Arbeit anhielt, stutzte nicht schlecht, wenn er dieses las.
Harte Sitten sind das hier oben.
Im Weitergehen verloren sich schon die staunenden Gedanken, ohne den Inhalt dieser Worte vergessen zu haben.
Die organisierten Abläufe, die da waren: die kontrollierten Arbeiten, die Überwachungen, die notwendigen Zählungen und die personellen Einweisungen, diese Logistik eben und vieles mehr klappten vorzüglich.
So wie immer. – So wie jedes Jahr. – So wie es Gott gefiel.
Gott ruhte. Er schnarchte leise bis unüberhörbar und zuckte zeitweilig hoch, drehte den Kopf zur Seite, grunzte mitunter ferkelhaft, wischte sich unkontrolliert den Mund, strich durch seinen Rauschebart und schlief weiter, ohne etwas bemerkt zu haben. Er schlief, weil er wusste, dass er sich auf seine Abteilung hundertprozentig verlassen konnte.
Gott war nicht mehr verreist. So schnell würde er nicht wieder seinen Stuhl verlassen. Zumindest nicht mehr in diesem Jahr. Denn danach fingen ja bekanntlich wieder 1.000 Jahre an.
Wie überall auf der Erde, selbst im allumfassenden Himmel, muss erst einmal Gras über eine Sache wachsen, und Engel schicken sich an, zu beweisen, dass sie in der Lage sind, gehorsam zu sein.
Um den versprochenen guten Eindruck zu hinterlassen, arbeitete ich bis Weihnachten wie besessen. Ich, Midron der Erzengel, nun *Arbeitsengel.* Ich schuftete annähernd rund um die Uhr. *Uff!* – Bis auf ein paar Stunden seligen Schlafes in der Nacht beherrschte meine Arbeit das Tagesgeschehen.
Die angearbeiteten Muskeln, die meine Haut hochdrückten, quollen aus den gestärkten Oberarmen. Es handelte sich da-

bei um ansehnliche Bizeps, die ich da vorzuweisen hatte. Meine malträtierten Fingerkuppen zierte schon leichte Hornhaut, die Handinnenflächen verrieten inzwischen, dass eben ein Engel richtig zulangen konnte. Dabei lag es mir fern, zu sagen, dass ich noch *sooo* jung wäre. Leider ganz im Gegenteil. Die oft gezählten, teils bitteren Jahre des Lebens hatte ich bereits hinter mir gelassen.

Unverdrossen und fleißig verrichtete ich mein auferlegtes Pensum. Es gab allerdings eine Bestimmung, die besagte, dass einen Tag vor Heiligabend der gesamte Ablauf eingestellt würde. So geschehen auch in diesem Jahr. Es fielen erneut allen Beteiligten die illusorischen Griffel aus den Händen. Erledigt. Geschafft. Alles fertig. *Puh!* Ein hartes Stück Arbeit.

Die angedeutete Maschinerie kam zum Erliegen. Nach dem Auf- und Wegräumen präsentierten sich stolz die Erfolge, und das konnte sich wie immer sehen lassen.

Alles hatte reibungslos geklappt wie am Schnürchen.

Die unzähligen großen und kleinen Pakete, Schachteln und Kisten waren verladen. Sämtliche Abgesandte für die Erde, sprich Weihnachtsmänner und die Schar der Christkindchen, standen *Gewehr bei Fuß* und zum Entsenden nach unten bereit.

Die auf Hochglanz polierten Schlitten warteten einsatzbereit in den Hangars neben den großen Produktions- und Lagerhallen, in der die anfallenden Arbeiten verrichtet worden waren. Die gut gesättigten Rentiere, die nun eingespannt werden konnten, brauchten für die nächsten drei Tage kein Futter. Die geringfügigen Mengen an Wasser, die sie bräuchten, ließen sich auch aus dem Schnee zaubern, sofern er vorhanden wäre. Ansonsten fänden sie sicherlich diverse Wasserstellen, falls diese nicht gerade eingefroren waren.

Die wärmenden Decken lagen gut platziert auf den Sitzbänken der Schlitten, teils zwei- oder dreilagig übereinander geschachtelt. Dicke Schabracken zierten die Rücken der wartenden Rentiere. Erkältete Tiere würden während der Reise unter Umständen niesen und husten. Das wäre einem reibungslosen Verlauf nicht gerade zuträglich. Schließlich sollten diese Vierfüßer nicht frieren, denn die Reise hinab zu den erwartungsgeladenen Menschen dauerte eine ganze Weile. Abwartend ruhig und letzte Futterreste kauend, standen die vielen gehörnten Böcke, die *Schlittenzieher*, nebeneinander, schauten sich an und grinsten leicht verschmitzt in freudiger Erwartung. *Bald geht es los, endlich wieder ein langer Ausritt zu altbekannten Stätten.* Einige geistige Luftblasen schwebten über den Köpfen der Rentiere. Ihre Geweihe glänzten imponierend, und die Hufe waren geputzt von etwaigen Unreinheiten befreit. Die überwiegend rotweißen Kostüme waren gereinigt und ausgebürstet, etwaige Risse oder Beschädigungen ausgemerzt und behoben worden. Besonders beim akrobatischen Durchklettern der offenen, teils verrußten Kamine in den vielen Villen und Bungalows der reichen Menschen blieb schon einmal der ein oder andere Weihnachtsmann hängen, und sein Mantel wurde dabei beschädigt. Die somit fälligen Reparaturen, die nach Weihnachten in der himmlischen Werkstatt ausgeführt werden mussten, besorgten die dafür abgestellten *Schneider-Engel*. Einige von ihnen hatten sich im Laufe der Zeit zu wahren *Profi-Reparatur-Engeln* von Weihnachtsmannmänteln und Roben entwickelt.

Der entsandte Nikolaustrupp, der zweieinhalb Wochen vor Weihnachten auf die Erde gereist war, hatte nicht unbedingt mehr Freude an dem oft umständlichen Eindringen in Häuser und Wohnungen. Lediglich die direkt bestellt und bezahlten Nikoläuse konnten sich durch die Eingangstüren Zutritt verschaffen. Eine Zweiklassengesellschaft wird es wohl in 100.000 Jahren immer noch geben! Um den Knecht Ruprecht als Begleiter brauchten sich die verantwortlichen Engel im Himmel überhaupt nicht kümmern. Das besorgte jeder Nikolaus selbst, indem er sich jeweils einen geeigneten Verbündeten auf der Erde aussuchte.

Ein Einfaches für ihn stellte das süße Beschicken und Bepacken der bereitgestellten Schuhe und Stiefel dar. Einzig und allein ermüdend für die beiden vorweihnachtlichen Darsteller dieses Tages war die Tatsache, dass sie ihren Weg per pedes zu bewältigen hatten. Früher reisten die Nikoläuse im Bischofsmantel auf weißen Schimmeln zur Erde. In ihren Geschenksäcken ruhten neben den vielen Gaben auch ihre Goldenen Bücher.

Bei einem aktuellen Fall fehlte jedoch mal wieder ein Schlitten.

Ja, der 6. Dezember hatte es für wahr in sich. Für die erwünschte Reise in den bereitstehenden Schlitten stellten die verantwortlichen Engel nach wie vor nur wenige bis annähernd ausreichende Fahrzeuge bereit. Da hieß es getreu dem Motto: *Wer zuerst kommt, fährt zuerst.* Aber eben nicht alle.

Ein wenig verflucht wurde zuweilen der frühzeitig herniederfallende Neuschnee. So kam es vor, dass manch ungestümer Weihnachtsmann einfach vom Hausdach rutschte oder es ihn aus einer scharfen Kurve trug. Bei frisch ausgeruhten Rentieren war es keine Seltenheit, wenn diese begeistert durch die vielen Ecken und Kurven rasten. Sollten bei solchen fehlgeschlagenen Exkursionen irreparable Schäden an den Schlitten entstehen, bittet der jeweilige Weihnachtsmann um himmlische Pannenhilfe. Dann kommen eben nicht die *Gelben Engel* zur Hilfe, da muss sich jeder seinen eigenen Schlitten zurechtbiegen, notdürftig reparieren und handwerklich wieder zusammenschustern. Das war vielleicht jedes Mal peinlich und hatte schon so einigen Weihnachtsmännern die Schamesröte ins Gesicht getrieben. Es fiel zum Glück weniger auf, bei dem roten Mantel mit dem weißen Pelz als Kragen, der großen ebenfalls roten Mütze und dem überdimensionalen weißen Rauschebart. Zu dem Anblick würde sich höchstens noch eine anständige Schnapsnase gesellen. Schlimm ausgehen konnte eine Schlittenreise vom Himmel, wenn es so kalt war, dass die Bremsen einfrören und versagten.

Heidewitzka, flugs ging es oftmals ab mit dem Schlitten.

Wenn ein Schlitten auch noch unvermindert in eine Vorspur, also eine Art Loipe, rutscht, hallo, hallo, dann gab es kein Halten mehr. Im anderen Fall, bei zu viel Schnee und ohne Spur, steckte der rasende Weihnachtsmann samt Gespann schon mal im hohen Schnee fest. Um himmlische Schadenfreude zu erfahren, die sich die Menschen gerne anhören, brauchten sie nur die Ohren zur Weihnachtszeit aus der Tür in den Wind halten. Oft erklang von oben herab tosendes Gelächter, schadenfreudiges Gekicher und händereibendes Gegröle. Engel im Ausnahmezustand, ein Spektakel sondergleichen. Wenn Engel sich freuen, singen sie lauthals, was die Kehlen hergeben. Dann sind sie kaum mehr von Betrunkenen zu unterscheiden.

Die Begebenheiten der lauten und freudigen Art übertragen sich in die Kirchturmspitzen aller Gotteshäuser der Erde. Diese Menschen erfahren dadurch, dass eben diese Kirchenglocken läuten. Wenn die vielen, mächtig schweren Klöppel an die Innenwände der in Bronze gegossenen Glokken schlagen, möglichst noch zur gleichen Zeit am Heiligen Abend, dann beginnen die christlichen Weihnachten.

Ein mit Schneetreiben begleiteter Kirchgang, ein unentwegtes Glockengeläut, Rückweg nach Hause, ein gemütliches Abendessen in den Familien mit den Verwandten oder Freunden und die anschließenden Bescherungen in den vielen Häusern und Wohnungen lassen diesen Zeitpunkt zum schönsten des Jahres werden. Es ruhen alle Geschenke eingepackt und zugeschnürt unter den unzähligen Weihnachtsbäumen aller Größe und Form, ob Edel- oder Blautanne, Fichte oder Plastikbaum, sie alle strotzen vor elektrischen Lichterketten und manchmal silbernem Lametta. Die geschmückten Bäume sind mit farbigen Kugeln jedweder Größe behangen, die kleinen Instrumente aus buntem Glas, weiße Wattebäuschen als Schneeflocken symbolisiert, und die goldenen oder silbernen Girlanden gehören einfach dazu. Manch mutige Erdenbürger stecken echte Wachskerzen in dafür vorgesehene Halterungen an den Baum. Die wohlige Wärme und ihr *Kinderaugen-feucht-werden-lassender* Glanz strahlt das totale emotionsgeladene Weihnachtsgefühl aus.

Herrlich, ach, wie warm es allen ums Herz wird ...! – ... in der Adventszeit und dann erst an den Weihnachtstagen und überhaupt später noch für die Kinder, die in ihren vielfältigen Geschenken wühlen können!

Gern kokeln kleine als auch große Kinder unbedacht mit herausgezupften Tannennadeln herum. Das duftet dann noch viel schöner als zuvor, riecht aber seltsam, fast stickig bis unangenehm. Auf der oft bis zur Zimmerdecke ragenden Spitze fast eines jeden Weihnachtsbaums steckt noch ein selbstgebastelter Strohstern oder eine gläserne Christbaumspitze, gesprenkelt mit weißer Farbe, die wiederum etwas gefallenen Schnee darstellen soll. Wie gerne werden die übel riechenden Wunderkerzen abgefackelt, von der schnell entstehenden und sich verbreitenden Qualmwolke in der gemütlichen Wohnstube einmal ganz zu schweigen. Bisweilen geschieht dieses Abbrennen von Wunderkerzen so oft, dass die Bewohner des entsprechenden Hauses oder der Wohnung die Fenster aufreißen müssen, um nicht zu ersticken. Das erinnerte ein wenig an die altbekannten Dampflokomotiven aus längst vergangenen Zeiten. Die abspringenden Funken dieser Stinkedinger verteilen sich gerne auch auf der Hand. Der heiße, blendende Lichtpunkt stirbt nach unten hin ab, wo der kupferfarbige dünne Stiel erscheint. Selbst der ein oder andere Weihnachtsbaum kann damit angeben, dass es ihm sehr heiß wird, wenn er danach mit angesengten Nadeln oberschlau dasteht. Was sagt unser Gott doch immer bei der göttlichen Weihnachtsfeier, wenn es so warm wird im Himmel:

Liebe Engel, vergesst nicht, die Wassereimer zu holen, und macht sie anständig voll. Nicht pro Baum nur einen Eimer hinstellen!
Das reicht nicht! – Bei weitem nicht!

Die teils vereisten Schlitten mit ihren müden Gespannen lauerten bereits. Am späten Abend, als beinahe die Nacht schon hereingebrochen war, hieß es für die fleißigen Weihnachtsmänner schnell aufsitzen und zurück ins heimische Gefilde, zurück in das gewohnte Himmelsgewölbe – ohne Ausnahme. Jeder. – Die göttliche Devise an alle lautete knapp und prägnant: Bitte zügig retour, dawai, presto, avanti, go-go-go and please, quickly return!

Schnell, alles muss schnell vonstatten gehen. Die Kurzlebigkeit der Zeit erreicht allerdings nur die rational denkenden Geschöpfe und erwischt sie oft kalt. Die tierischen Wesen verlangen nach keiner Schnelligkeit. Entweder sie verfügen darüber oder nicht. Pauschalisierungsgesetz.

Auch der Himmel ist sprachlich multinational, da wundern sich zuweilen die betroffenen Legastheniker, die oftmals an ihrer Misere als unschuldig gelten!

Nun war alles überstanden und die Mission *Weihnachten auf der Erde* erfüllt.

Es hieß: bis zum nächsten Jahr. Start, Anfang Dezember. Gleiche Uhrzeit. Gleiche Weltzeit. Gleiche Stelle. Gleiche Arbeit. Gleiche Engel. Gar neue Engel. Gleiche Reise. Gleiche Mühen.

Das war Planung vom Allerfeinsten!

Eine schöne amüsante Begebenheit, ja ein göttlicher Brauch, fand den Ausklang für die vielen, emsigen Erdenbesucher, die Schutzengel im Weihnachtsmannkostüm, die ihr Bestes gaben. Gott verteilte den Rückkehrern schimmernde, teils güldene Anstecker und plakative Auszeichnungen wie Orden an brokatbestickten Bändern oder Urkunden für die Neulinge unter den Engeln. Dieses *Lamettaumhängen* musste man nicht ganz so ernst interpretieren. Die göttlichen Ehrenerweisungen hatten ja mit den Dienstgraden der Engel in keiner Weise etwas Gemeinsames, doch eine Art von Zufriedenheit war dennoch gegeben. Das freute sicherlich jeden.

„Ich habe das von euch nicht anders erwartet und freue mich wie jedes Jahr, dass die *Operation Weihnachten* wieder so gut verlaufen ist." Gott grummelte sich seine unmissverständlichen Worte in den langen, grauweißen Bart, verschränkte seine schützenden Arme, nahm Platz auf seinem bequemen *Thron* und schaute glücklich, ja fast selig, auf seine neuen Schuhe, so weit vorgebeugt hatte er sich. Freude-

strahlend und mit einem Finger am Kinn kratzend, hauchte er:
Ah! – Schöne Schuhe. – Oh! – Bequeme Schuhe. – Uh! – Neue Schuhe.
Gott war nicht leer ausgegangen, wie wir sehen und hören konnten, und er lächelte in sich hinein: *Die habe ich mir schon immer gewünscht.* Gott ging nie leer aus.
Am vorderen Teil des rechten Schuhs erkannte man einen nahezu unsichtbaren Kratzer an der Spitze. Gott sah ihn zum Glück nicht. Ja, die Altersfehlsichtigkeit! Glück auch für den Engel, der selbige Schuhe fabriziert hatte. Nichtsdestotrotz war es bei Zeiten angebracht, einen weiteren geeigneten Engel zum Optiker auszubilden, der außerdem auch in der Lage sein musste, Brillen für diejenigen zu entwickeln, die sie dringend benötigten. Nur ein Brillenspezialist für einen ganzen Himmel, das war zu wenig! Ein Gott mit einem, wenn auch leichten Sehfehler, konnte nicht so ohne weiteres halb blindlings residieren. Der musste über ein hundertprozentiges Augenlicht mit perfekter Sehkraft verfügen. Zumindest konnte Gott wenigstens heilsam sehen. Die Augen waren allerdings für dieses Geschick noch immer gut genug.
In diesem hochlobenden Sinne sah Gott in Hoffnung einen jungen Engel auf einer senkrechten Marmorsäule sitzen, der völlig frei und ungehemmt in die Welt hinausrief: *Glückselige Weihnachten und ein erwartungsfrohes Neues Jahr.*
Halleluja, meine Brüder ..., Halleluja!

Das verspätete Frühlingserwachen

Schneeschmelze.
Die Abermillionen Kilometer von der Erde entfernt stehende Sonne scheint auf diesen blauen, nahezu unverwüstlichen Planeten. So irgendwann zwischen anfänglicher Vergangenheit und Urknall entstanden, vollbringt der gelbe Gasball dieses täglich, wöchentlich, monatlich, Jahr um Jahr. Bis er eines guten Tages erlöschen wird. Erkalten, sich auflösen, in sich zusammenfallen, explodieren oder gar vergehen, wie auch immer.

Doch, Gott bewahre: Besser, die Sonne würde immer strahlen und ihre Wärme wie durch ein Abonnement bestellt entsenden. Dieser majestätische Gasball, an dessen gewaltigen Eruptionen sich durchweg alle neuen und alten Engel erfreuen, stellt noch immer den wärmenden Mittelpunkt dieser unendlichen Galaxie dar. Der Himmel, das unverrückbare Zentrum unseres Gottes mit seinen berufenen Engeln, ist die schönste Herberge, die heut existiert und jemals geschaffen wurde. So einfach erklärt sich dieser Umstand, wenn wir nicht alles Sein wissenschaftlich präzise auseinander pflücken. Nicht in einem Irrglauben verfangen, sondern eine kreisende Tatsache stellen auch die benachbarten Planeten dar, die teils mit ihren anmutigen Monden umgeben sind. Sie ziehen unbeirrt ihre sphärischen Bahnen im sonnenbestrahlten Raum des Universums. Genau wie die ebenmäßig kreisende Erde. Das soll immer so bleiben.

Für mich bilden diese Erscheinungen ein gewaltiges Kugelspiel, wenn die Planeten, zum Teil mit ihren Monden, und die Sterne, sowie andere Himmelslichter durch die unendlichen Galaxien tänzeln. Große und kleine Murmeln, die rundlich bis oval geformt sind, begeistern meine Augen. Von uni über grau, gelb bis hin zu orange und rot leuchtend treffe ich sie ..., ... nahezu ein himmlisch farbiges Kugelspiel, fast *Boccia in heaven*.

Nur dass *die* sich *nicht* berührten. Manche Sternschnuppe, die vorbeisauste und einen menschlichen Wunsch aufkommen ließ, konnte ich gespannt mit meinen Augen verfolgen. *– Ach ja, da wurden alte Wunden aufgerissen und an unerfüllte Wünsche gedacht!*

Was raunt die Sonne, wenn sie gefragt wird: *Seht, was ich vollbringe. Eis schmilzt. Wasser verdunstet. Luft erwärmt sich. Geschöpfe schwitzen. Schatten werden kleiner. Licht ist fast überall. Das Wohlergehen steigert sich. Engel lachen ... und vieles mehr, viel mehr!*

Diese zur Erde gehörige Sonne wird nun zweifelsohne als Mittelpunkt aller angesehen. Was das ausgesandte Licht, behaftet mit der sengenden Hitze, alles vollbringt, kann tabellarisch und akribisch dargestellt werden. Aber etwaige wissenschaftlichen Abhandlungen interessieren da einen Engel eigentlich nur peripher. Wichtig, aber nicht nur für Engel ist und bleibt die Tatsache, dass sie scheint und das Menschenherz mit aller Kraft wärmt und erfreut. Eine ausgesuchte Seele, die der Sonne näher kommt, erwärmt sich relativ. Kalte Seelen bleiben kalt, tote Seelen tot und umherengelnde Seelen erfreuen sich sowieso meist an anderen Dingen. Doch ...! Ich sehe Satan, wie er mit der Sonne kegeln will. Ich sehe den Teufel, wie er sich seine infernalischen Asbesthandschuhe überstülpt und versucht, mit diesem großen Gasball Unfug zu treiben. *Ha! – Lächerlich! Lieber Beelzebub, Luzifer, Satan und Höllenfürst, jeden Namen kann ich dir geben, jeden. Ich wünsche, dass du Ruhe gibst und deine Schandtaten dort begehst, wo du niemanden stören kannst. Greife doch die Sonne, verbrenne dir deine Seelenmörderhände und werde glück-*

lich damit. *Aber, ich kann dich beruhigen, diese Sonne wirst nicht einmal du fassen können!* Das musste ich mir erst von der Seele beten. Ich würde irgendwann noch in psychiatrische Behandlung gelangen, wenn nicht eine hohe Macht mir hilft, diese quälenden, immersteten Gedanken auszugraben und aus meinem Kopf fliegen zu lassen. *Midron, das gibt sich!* Ein unerklärbares Grummeln turnte über meinem Haupt. – *Wer hat das gesagt?* Postwendend schoss mir diese Frage durch eine Gehirnhälfte. Rechts. *Ah! – Richtig, er war es!*

Nach den winterlichen Anstrengungen und schweißtreibenden Quälereien in den himmlischen Produktionsstätten herrschte wieder sanft gebettete Ruhe im großen Himmelsgewölbe. Alles, was für das restliche Jahr nicht mehr benötigt wurde, war längst eingemottet. Die empfindlichen Apparaturen und teuren Gerätschaften schlummerten gut verpackt in himmlisches Öl getaucht, damit sie nicht korrodieren und somit *verrosten* konnten.

Etwaig auftretenden Rost mochte Gott nun überhaupt nicht leiden. Rost, allein die braune Farbe war ihm schon zuwider und die aufgeplatzten Lackstellen an verschiedenen lackierten Metallteilen erst recht. Ein großes Ersatzteil für einen Rentierschlitten glaubten ein paar gewiefte Engel gut versteckt zu haben. Dachten sie aber nur. Denn dieser fatale Glaubensirrtum ihrerseits drang irgendwie ans Tageslicht und demzufolge bis in Gottes Augen. Von da an war jegliches Lachen erstickt. Mit puterroten Ohren schrie Gott in die Lagerhalle hinein:

„Das unförmige Ersatzteil für den Schlitten dort ... – ist a n g e r o s t e t. Es ist nicht eingepackt und liegt dort hinten in der Ecke herum! Wer hat das zu verantworten? Ja, bitte, wer?"

Gott hatte bei einem seiner letzten Inspizierungsgänge durch diverse Lager diesen Makel entdeckt. Wie konnte Gott toben? Zornig brüllte er, ungehalten und in seiner Wortwahl ziemlich bösartig.
Und das Ganze wegen etwas Rost! – Solche Kleinigkeiten kann man doch bereinigen.
Aber so ist er nun einmal, unser aller Gott, penibel genau, schon übergenau bis ins Detail, oberpingelig wie ein erbsenzählender Kleinigkeitskrämer, Dünnbrettbohrer oder Korinthenkacker. Würde denn auch alles Himmlische funktionieren, wenn er nicht so akkurat wäre? Nein, garantiert nicht, und daran glaubte so recht auch niemand. Kein *Pflege-Engel*, kein Himmels-Ingenieur, kein göttlicher Lagerist würde diesbezüglich etwas Nachteiliges von Gott erwarten. Hätte er sich in diesem Punkt nachlässig verhalten, wäre garantiert mindestens ein Engel glücklich *durchgerutscht*, der diesen Missstand zu verantworten hatte. Doch wie es sich nun leider ergab, fiel das Pech einem daherziehenden Engel über die Schultern, der sich zu allem Überdruss für dieses Dilemma auch noch verantwortlich zeichnen musste.

Dieser des Weges wandelnde Engel rammte im Vorbeigehen den rechten Fuß Gottes, der linke stand noch fest:

„Oh, Entschuldigung Gott Vater, ich habe geschlafen!"

„Das glaube ich auch, herrje!", schnaubte Gott, blickte unfassbar irritiert vor sich auf den Boden, schleuderte sein Haupt mehrmals von links nach rechts und sortierte sich wieder ein.

„Kommt nicht wieder vor!", antwortete der Engel mit zitternder Stimme.

„Na, wer das glaubt! – Name? – Ach, sag mal, mein Engel, wer ist denn hier für die Wartung und Instandhaltung der Schlitten und des Zubehörs zuständig?" Zwei Augenpaare fokussierten sich auf beinah gleicher Höhe. Gottes Blick richtete sich in einem Winkel nach unten, der des Engels nach oben. Ein gewaltiges Donnerwetter bahnte sich an.

„Ich, äh, ich glaube, ich! – Äh – das ist meine Aufgabe – Äh. Oh. Hm. Oh, ich heiße Borgius, Vater!", faselte der schuldbewusst schauende Engel und verfügte gar nicht einmal über so viel Finger, die seinen Kopf kratzen wollten.

„Was ist denn das für eine Antwort, Engel Borgius? Du bist also dafür verantwortlich, für die Schlitten und das ganze Drumherum, aha. Hab ich doch gleich den Richtigen erwischt. – Ich habe aber auch ein Glück!" Gott schlug mit der rechten Faust in die linke, dass es klatschte, als schlüge eine mächtige Axt einen Holzscheit in zwei Teile.

„Ich bringe das wieder in Ordnung!", flüsterte der Engel Borgius und machte schon hektische Handbewegungen, als könne er von der Stelle aus den Rost entfernen. Das mutete witzig an, diese Verlegenheitsgeste. *Luftrostentfern-Engel.*

„Alles in Ruhe, mein Engel, das nächste Mal wird ein langes Mal – und zwar in der Küche, mehr brauche ich ja wohl nicht zu sagen!" Gott ging grummelnd weiter und rieb sich den getroffenen rechten Fuß an der linken Wade. Es pukkerte ihm leicht schmerzend im Mittelfuß, als ginge eine elektrische Spannung hindurch. Wenn es im Inneren von Gottes Füßen zu Irritationen des Gelenkapparates und der damit zusammenhängenden Muskulatur mit samt der Nerven und Sehnen kam, schabte und kratzte er wie wild an dem betreffenden Fuß herum. Ob mit dem zweiten Zehenträger oder gar nur mit den Fingern seiner Hände, er rieb wie besessen auf den Socken bis auf die Haut und übersah zuweilen, dass er sich die Oberhaut blutig gekratzt hatte. Wer musste das ausbaden? Sanitäts-Engel und meist des Weges eilende Medizinalrats-Engel, die entweder zu einem Seminar unterwegs waren oder an irgendanderer Stelle Hilfe leisten mussten.

Ziemlich überflüssig, der trägt doch Schuhe!, dachte der von dannen gleitende Engel und konnte von Glück reden, dass Gott nicht in diesen Gedanken hineingeraten war. *Wie auch, bei dem Gekratze!*

Ein paar Tage nach Weihnachten. – Das Jahr frisst sich am Baumstamm der Zeit hoch.

Jedes kommende neue Jahr lächelt froh in die weite Welt hinein wie auch jeweils das vergangene Jahr es getan hat. Gott Vater musste ein kleines Versprechen einlösen. Er hatte einigen verdienten Engeln eine Reise ihrer Wahl versprochen. Die Auswahl traf natürlich ausgerechnet drei mir nahezu unbekannte Engel und mich.

Mich kannte ich ja! – *Ach, wirklich?*

„Wohin soll die Reise führen? Womit kann ich euch eine Freude auf der Erde bereiten?", fragte er friedvoll, indem er mit beiden Händen durch seinen Bart fuhr, daran zupfte und so eine komische Figur abgab.

Es wurde alles Notwendige in einem kleinen Rahmen diskutiert, besprochen und besiegelt.

So stand uns vier auserkorenen Engeln eine schöne Erholungsreise zur Erde bevor. Die Himmelsboten, die besonders rast- und ruhelos waren, hatten im Vorfeld ihren Reisewunsch hemmungslos vor Gott äußern dürfen. Im Laufe der Jahre etablierte sich ein gewisses Mitspracherecht für Engel. Früher bestimmte Gott, wohin die Reise gehen sollte, wenn es sich um eine solche handelte und eben keine befohlene Mission anstand.

Erfreulicherweise befand ich mich unter diesen Auserkorenen. Ich, der rehabilitierte und unermüdlich schaffende Erzengel Midron. Wir vier Engel sollten nun gemeinsam auf der Erde einen unbeschwerten dreiwöchigen Urlaub genießen, geleitet und gutgeheißen von Gottes Wohlwollen. Die vier Namen der Glücklichen waren schnell aufgezählt:

Da war als Erster zu erwähnen, Brusian, ein Fürst. Ihm widerfuhr das wohl größte Glück, denn er wurde wegen seiner Körpergröße beflissentlich übersehen. Doch es handelte sich bei ihm um ein *fleißiges Kerlchen*. – *So klein ist er doch gar nicht*, dachte ich und nahm mit der Hand höhetarierend Maß. Er gehörte also ebenso dazu wie zwei sich leider ewig streitende und somit fast zerstrittene Erzengel namens Martinus Scheffer und Genius Quengler, deren Zwieträchtigkeit Gott zum Glück in diesem Falle noch einmal schlichten konnte.

Gott hat einen untrüglichen Trick heraus, wie auch immer, er schafft es allemal, seine Schäfchen zu scheren! – *Diese Begabung ist Bestandteil seines Geistes, der unantastbar in seinem Denkerhaupt verborgen ruht.* – *Der bekommt alles wieder ins Lot.* – *Man muss ihn nur gewähren lassen und bloß nicht dazwischenreden. Denn das macht ihn fuchsteufelswild.*

Oh, wieder so ein schlimmes Wort!

Der Fürst trug den edlen wie blaublütigen Namen Brusian, da er zu Lebzeiten auf Erden einem Adelsgeschlecht angehörte. Alexander Johann Brusian von Eschenburg. Wie so oft war ich beeindruckt, denn Namen sind zwar Schall und Rauch, doch mich faszinierten sie einfach. Mein dagegen jämmerlich erscheinender Name war zu Lebzeiten schlichtweg und simpel Midron Sandkamp, eben nichtssagend, nicht nennenswert. Ein Name halt wie Himmel oder Erde. So allein als Nachname angehängt, ist mir das allerdings noch nicht zu Ohren gekommen.

Was doch darüber hinaus für Namensgebungen so stattfinden! – Der Eltern Namenauswahl kennt keine Grenzen, und manchmal schrecken sie auch vor den ungewöhnlichsten Namen nicht zurück. – *Nein, es werden keine Beispiele genannt!*

Da wir vier Engel uns *notgedrungen* recht sympathisch sein mussten, gab es in dieser Hierarchie keine größeren Probleme. Fast nicht, bis eben auf die zwei Streithähne, aber sie gaben ihr Bestes, um nicht weiter aufzufallen. Nun ja. Wir vier waren so eine verschmolzene Reisegruppe, die gutgelaunt dahin ziehen konnte.

Drei Erzengel und der Fürst gehörten somit diesem *Erholungskorso* an.

Der Fürst wurde von uns gemeinsam zum Gruppenführer ernannt und trug damit eine gewisse Entscheidungsgewalt. Seine Befugnisse waren als akzeptabel anzusehen.

Vorschriftsmäßig abgemeldet konnte die Reise beginnen, und unter Einhaltung des himmlischen Schwurs durften wir in keine irdischen Unzulänglichkeiten verfallen.

Das Zeremoniell war stets das gleiche wie vor allen Abstechern zur Erde.

Man hob die rechte Hand zum Engelsgruß. Dabei blieben die Finger nebeneinander liegend geschlossen und ragten ab, ohne dass eine Faust entstand. Der Daumen war zum Haupt gerichtet, und die Daumenspitze zeigte auf den Heiligenschein. Die Augen sahen jeweils rechts und links an der Hand vorbei. Die Bündelung zum Lichtpunkt geschah zwar gleichzeitig, aber die Reise auf die Erde erwies sich dennoch als etwas zögerlich, weil wir Engel uns nicht recht entscheiden konnten, wer als Erster starten würde. Also starteten wir nacheinander in alphabetischer Reihenfolge. Angesichts der Geschwindigkeit, bei der sich dieses vollzog, spielte das keine große Rolle. Der Landepunkt war für uns alle gleich berechnet und vorgegeben, so dass wir uns wie die Orgelpfeifen nebeneinander wieder einfanden. Das Ziel war erreicht.

Mit bloßem Auge konnte ich die Entfernungen zwischen den eintreffenden Lichtstrahlen nicht einmal wahrnehmen. Es erschien darüber hinaus nicht allzu wichtig zu sein. Wir vier Engel standen aneinander, beieinander und zueinander. Selten und schön zugleich.

Wenn uns nun auch verdiente Ferien vergönnt waren, sollten wir trotz allem ein prüfendes Auge auf die Menschen werfen. (Gottes Empfehlung) Zumindest auf die, die wir antreffen würden. Wenn eventuelle Hilfe erforderlich wäre, kämen wir eilenden Fußes oder sogar schneller! Da durften wir schon wohlwollend aus der tiefen Trickkiste zaubern. Jegliche Hilfsbereitschaft war schließlich im himmlischen Eid verankert und so beschlossen mit Gottes Gnaden. Abgesegnet, im wahrsten Sinne des Wortes, so richtig mit der göttlichen Hand an der kühlen Engelsstirn.

„Wer von euch ist eigentlich zu Lebzeiten als Mensch schon einmal mit einem Flugzeug geflogen?", wollte Brusian, der Ex-Adels-Fürst wissen.

Puh. – Psychische Denkprozesse starteten alsdann. Zuerst ungläubige Mienen und zweifelnde Gesichter, dann beruhigendes Kopfnicken und -schütteln. Wir drei kinnstreichelnden Erzengel schauten uns der Reihe nach an. Frei dem Gesetz *Rechts vor Links* folgend, erhob einer von uns die Stimme:

„Ich, äh ..., ich nicht, Fürst Brusian! Ich bin noch nie geflogen, nicht einmal ein kleines Stückchen!", begann Martinus Scheffer stockend, und es schien, als wäre ihm diese

Sache eher peinlich. Ganz verlegen schabte er mit seinen Fingernägeln an den Ärmeln seines Gewandes. Erzengel Martinus war ein ehemaliger Raketenwissenschaftler, der sich mit allem beschäftigt hatte, was fliegen konnte. Angefangen bei den Geheimnissen der Segelflugkunst über den Zeppelinbau gehend, vom Gas- und Heißluftballon-Wesen bis zum Flugzeugbau, der sich von ultraleichten Drohnen bis hin zu Passagiermaschinen, den Jägern und taktischen Bombern zog. *Nicht dazugehörig waren allerdings Insekten, Vögel und ähnliches Geschwirr.* Am *grünen Tisch* und *auf dem Papier* bewies er sich als ein Meister seines Faches, ein kleines Genie und ein unverkennbarer Besserwisser, ja mitunter schon ein rechthaberischer Klugscheißer. Leider durch seine unglaubliche Flugangst bedingt war es ihm auf Erden nicht vergönnt, ein adäquates Fortbewegungsmittel zu besteigen, das sich in der Luft aufhalten und sogar fliegen konnte.

Da war meine Wenigkeit, der Midron, mit ganz anderen Wassern gewaschen worden.

„Ich bin einige Male in Hubschraubern mitgeflogen. Verschieden große, schnelle und komfortabel ausgestattete Helikopter. Hochspannend! Die Flüge verliefen manchmal sogar über meiner damaligen Heimatstadt und darüber hinaus bis in die Umgegend sowie in andere große Städte und auf bekannte Flughäfen und -plätze. Das war ganz interessant. Ach ja – außerdem bin ich einmal mit einem Passagierflugzeug in den Urlaub gejettet. Auch sehr spannend, ja ..., das war schon alles! – Halt, halt, apropos geflogen – von der Schule natürlich auch einmal!", fügte ich in der Runde hinzu und bemerkte, dass mich außer einem kurzen Lacher sogar ein paar neidvolle Blicke trafen. Ein sarkastischer Spruch schien sich nicht in einem verschlossenen Mund halten zu können und schoss wie ein verbaler Kurarepfeil direkt auf uns nebenstehende Engel zu:

„Fliegen ..., und das möglichst noch in einem Flugzeug! – Habt ihr noch nicht genug vom Fliegen, ihr müsst doch schon ganz lahme Fittiche haben vom vielen Herumkurven?", ertönte es barsch aus der Gruppe heraus. Die vielfach frechen Lippen von Genius Quengler, der Nachname sagte ja nun schon alles aus, ließen ein spöttisches Statement durch ein imaginäres Pusterohr ins Freie gelangen.

Der spricht wohl aus Erfahrung, dass er gegen das Fliegen so eine bodenlose Abneigung empfindet, dachte ich ärgerlich und begrub mein Gesicht mit beiden Händen.

„Der eine so, der andere so, was denn nun? Wollt ihr oder wollt ihr nicht? Soll ich es entscheiden? Irgendwas müssen wir schließlich unternehmen, also. Wie wäre es denn mit einem Flug auf eine weit entfernte Insel. Klassisch mit Palmen, weißem Sand und türkisfarbenem Meer? Martinus, du musst dich eben einmal überwinden, Midron, du scheinst keine Probleme zu haben, und, Genius, erlaube mal, was sind denn das für Sprüche?", fragte Fürst Brusian leicht geschockt, in der Hoffnung, dass wir alle ja sagen würden.

„Wenn das mit dem Flug nun unbedingt sein muss ... – dann in *Drei Teufels Namen*", bemerkte Genius einlenkend und symbolisierte mit der rechten Hand ein abstürzendes Flugzeug.

„Nun, nun ... – also bitte, Genius, erwähne nicht den Teufel ... – und schon gar nicht drei seiner vielen Namen, t u   e s   n i c h t !", spuckte ich zu ihm herüber.

„Ruhig, liebe Engel ..., – ganz ruhig bleiben, wir haben doch Ferien, nicht wahr?", besänftigte uns Fürst Brusian und bedeckte aus kurzer Distanz unsere Häupter mit seinen Handflächen.

„Ist vielleicht doch eine ganz gute Idee ..., so zu Beginn des Urlaubs ..., eine Flugreise mit Komfort ... – Ja, das stelle ich mir aufregend vor", warf ich noch beruhigend ein, ohne zu erkennen, dass Martinus neben mir die Gesichtsfarbe mehrfach wechselte.

„Nein ..., – ohne mich! – Vergesst das mit der Fliegerei! Ich habe Flugangst, das habe ich euch doch gerade erst erzählt oder etwa nicht?" Martinus schäumte leicht vor dem Mund, als hätte ihn die Tollwut heimgesucht, und seine Gesichtsfarbe war nicht als normaler Teint einzuordnen.

So schmetterten wir bedauerlicherweise noch an Ort und Stelle diesen Gedanken an die Flugreise ab und diskutierten erneut. Nach kurzem Hin und Her und nachdem wir eine Handpyramide gebaut hatten, waren wir uns endlich einig.

Per pedes hieß die Devise, also zu Fuß, und das klang ziemlich nach *Gehen*.

Wir vier Engel marschierten notgedrungen los.

Es sah schon ein wenig lustig aus, als jeder von uns eine Reisetasche über dem rechten Flügel baumeln ließ. Bis auf Genius, der trug sie über seinem linken Flügel. Linksträger. Linkshänder. Linksschreiber. Linksdenker wahrscheinlich auch noch! *Links-über-dem-Flügel-Taschenträger.* – ... *wie im Himmel, so auf Erden.*

Die tanzen sowieso ständig aus der Reihe, ... diese *Linksorientierten*! Das ist schon bei Lebzeiten auf Erden so und setzt sich bei Engeln im Himmel unweigerlich fort ... – es sind schon ganz besondere Geschöpfe, diese *Linksgerichteten*. Bei der Funktion der Gehirnhälften sollen ja auch diverse *Abnormitäten* eine gewisse Rolle spielen. – *Es leben die Vorurteile!*

Weiterhin sei hier zu alledem die Frage erlaubt, wie wir vier Engel denn wohl die breitschirmigen Baseballmützen auf dem Kopf tragen würden. Über den Heiligenschein gestülpt wie einen gestürzten Gugelhupf? ... das würde aussehen, einfach unmöglich. Eine erschwerende Tatsache käme sicherlich hinzu, wenn jemand sich das Szenario an einem Strand vorstellte. Mit schwebenden Heiligenscheinen, flatterigen Flügeln, womöglich noch mit bunten Badehosen bekleidet ... und das Ganze mal vier. – Ausgesprochen lächerlich! Das zu zeichnen, würde sich nicht einmal der renommierteste Karikaturist erlauben, selbst wenn er über eine pietätlose Ader verfügen würde.

In unserem irdischen Freudentaumel gefangen würden wir *Reise-Engel* womöglich noch vergessen, uns in normale Gestalten zu verwandeln, den Menschen vielleicht sogar noch die Möglichkeit geben, uns so zu sehen, wie wir wirklich aussehen.

Ein eklatanter Skandal wäre damit perfekt. – ... die unzähligen Gazetten wären vollgeschrieben mit abstrusem Geschmier in etliche Kolumnen verpackt, und aufgebauschte, fettgedruckte, möglichst noch unterstrichene Headlines in riesigen Lettern würden die Titelseiten zieren. Grauselig! ... vielleicht sogar noch mit gefälschten Fotos wäre dieser Stein des Anstoßes garantiert in trockenen Tüchern. Jeder gezielt schlecht jonglierende Schmock würde sich schreibender Weise das Maul zerreißen, wie etwa: *Satan muss gerufen haben!*

Oder: *Sie sind endlich da! – Engel.*
Oder: *Fata Morgana! – Macht der Himmel einen Betriebsausflug?*
Oder: *Macht Gott Inventur?*
Oder: *Die Schönheitschirurgie hat gesiegt.*
Oder: *Das Wort Engelmacher gewinnt neue Bedeutung!*
Oder: *Wir sind nicht allein! – Alien-Alarm auf der Erde!*

Oder: *Sensation! – Vier Engel am Strand.* Wohlmöglich noch der Untertitel: *Die Badehosen sind der letzte Schrei. – Und erst die Schulterblätter!* Riesige, geistig irrationale Anomalien würden den Menschen durch die überlasteten Gehirne plätschern, denn wer glaubte ernsthaft an die tatsächliche Existenz von Engeln am Strand oder gar im Wasser? Badend auch noch. – ... und dazu vielleicht auf einer Insel irgendwo im Südmeer. *Ha!*

Niemand hat bisher seinen Schutzengel persönlich getroffen, ja ihn vielleicht sogar angesprochen. Wie spräche denn jemand zu seinem Beschützer, etwa?: *Hey, Engel, du hast mir das Leben gerettet, ich tu dir einen aus, lass uns zusammen etwas trinken gehen!* Scharlatanerie würde durch die Yellow Press verbreitet. Unsäglicher Atheismus würde die Runde machen. Ausgeschlossen! Dieses Geschehen durfte nicht nur in geringster Weise an die Öffentlichkeit dringen.

Darüber würde sich der Teufel, dieses Grinsegeschöpf, ins Fäustchen lachen, mit dem niedermetzelnden Dreizack in der Hand unter Wasser lossprinten und den heilbringenden Engeln von unten gehörig in den Allerwertesten stechen. Wahrscheinlich noch in jede der zwei Pobacken mehrmals. Durch die Badehose natürlich. – Durch den Stoff in das Fleisch! – Der würde jubeln. – Der würde mit seinen haarigen Bocksbeinen auf dem stark besiedelten Meeresboden herumstampfen und wie wild mit seiner spitzen Waffe herumfuchteln. Doch diese Geschichte hätte einen gewaltigen *Pferdefuß*. Der Teufel konnte schließlich unter Wasser die Luft nicht lange anhalten. Da er sich stets dermaßen hektisch aufführt, könnte er kaum ein paar Sekunden verharren.

Also war diese Vorstellung überflüssig, weil eben unmöglich. Eins zu null für uns Engel. Trotz allen Nachdenkens und Überlegens geschah wider Erwarten das, was nicht hätte geschehen dürfen.

Das Vorhaben, mit einem Flugzeug fliegen zu wollen, hatten wir so oder so recht schnell begraben. Es sollte eine ausgedehnte Erholungsreise sein, mehr doch eigentlich nicht. Diese Reise war ja zu Recht und als eine Art Belohnung genehmigt worden. Doch weder Gott noch wir vier Engel konnten zu diesem Zeitpunkt erahnen, dass etwas Unvorstellbares geschehen würde. Es schien alles gedanklich so weit entfernt zu sein. Zudem klang es auch unglaublich und durchaus weit hergeholt, so dass wir alle erst einmal, Brusian, Martinus, Genius und meine Wenigkeit, ins Grübeln gerieten. Gott gab mit leicht zitternder, fast ängstlicher, allerdings sehr lauter Stimme kund, dass es fast durch das gesamte Universum hallte:

„Meine untertänigsten Diener, meine lieben Engel und Abgesandte, Freunde und lieb gewonnenen Chöre, wo immer ihr jetzt seid, ihr sollt als Erste wissen, dass ich übermächtig bedrängt werde. Hiermit muss ich den Ausnahmezustand für den Himmel verkünden. Weitere Erklärungen – später!"

Was um alles in der Welt war denn nur Schreckliches geschehen?

Das hörte sich, *bei Gott,* extrem übel an. Schnellstens, in unsagbarer Eile hatte Gott zuerst seinen Ersten Seraph und Cherub sowie danach den verbleibenden Rest der Engelschöre eingeweiht. Vertraut gemacht mit dieser Tatsache des unvorstellbaren Angriffs auf seine präsente Mächtigkeit. Die Situation stellte sich für ihn so dar, dass er gar nicht anders reagieren konnte, als erst einmal diese berechtigte Meldung zu verbreiten.

Das konstant funktionierende Himmelsgetriebe schien noch nie so schnell gearbeitet und sich ineinander verschlungen zu haben. Aber nicht nur die erst unlängst entsandten Engel mussten sich sorgen. Auch die schon sehr lange auf Erden verweilenden Himmelsboten mussten auf der Hut sein. Die gesamte Engelschar auf Erden war urplötzlich bedroht. Gott verbreitete eine Angst, die allen das Blut in den Adern gefrieren ließ. Und so griffen alle Zahnräder ineinander. Wir Engel waren alarmiert, *Gewehr bei Fuß* stehend und gewarnt auf dem Quivive.

Im Handumdrehen, also schleunigst, wurden auch wir vier Engel auf diese Art und Weise zusammengerufen und an einen bestimmten Platz auf der Erde befohlen. Es handelte sich um den Abflugpunkt. Von dort würde unsere augenblickliche Rückkehr in den Himmel eingeleitet und durchgeführt. Eilig griff ein Zahnrad in das andere. Einer nach dem anderen wurde nun als Lichtstrahl heim in das Himmelsgewölbe geholt – eigentlich schon mehr blitzkatapultiert.

Brusian entschwand als Erster. Ein *Fiff* erklang! – Gefolgt von Genius und Martinus, sauste auch ich wie ein *geölter Blitz* gen Himmel. *Fiff – fiff – fiff.* – Dort bündelte sich unsere kleine Schar, und so konnten wir von dort aus zusammen mit den anderen Engeln gegen jegliche äußere Gewalt ankämpfen. Nicht zu vergessen, gemeinsam mit Gott. Ein unüberwindbarer Grenzwall gegen die einfallende Macht aus einer anderen Irr-Sphäre, oder wie auch immer man das bezeichnen wollte, musste, so schnell es eben ging, aufgebaut werden.

Ist denn so etwas möglich, dass eine fremdartige, geballte Macht oder Kraft in unser göttliches System eindringen kann?

Das fragte ich mich allen Ernstes als Erstes und weiter innerlich sehr beunruhigt: *Das hat es doch noch nie gegeben, dass Gott so ratlos dasteht und laut um Hilfe ruft!*

In kurzen Abständen, nahezu in Bruchteilen von Sekunden trafen die unzähligen Engel von *unten* im Himmel ein. *Fiff – fiff – fiff – fiff – fiff – fiff.* – Ein jeweils millisekundenlang andauerndes *Fiff* durchzischte das sich nun füllende Gewölbe. Etliche Schutzengel, teils aus ihrer Beschützerrolle jäh herausgerissen, eine große Anzahl von Fürsten, die noch beratend in der einen oder anderen Rolle tätig waren, sehr viele Gewalten, ebenfalls beschäftigt, einige Hilfestellung gebende Mächte, unglaublich viele Herrschaften und etwa sechs oder sieben Throne kamen auf diese Weise zusammen. Nicht unbedingt jeweils in der Reihenfolge, dennoch ähnlich.

Was geschieht wohl auf der Erde, wenn urplötzlich unzählige Schutzengel nicht mehr die schützenden Hände über ihre Schäfchen halten können?

Wie ein unkontrollierter Regenfall träufelten die Himmelsboten auf den Boden des himmlischen Gewölbes. Die Seraphim und Cherubim waren im Himmel verblieben. Ihnen stehen *oben* andere Aufgaben zu. Gottlob waren zu diesem Zeitpunkt alle Vertreter Gottes in den himmlischen Gemächern zugegen. Für etwaige einzurichtende Hierarchien oder Neuordnungen stand im Moment keinerlei Zeit zur Verfügung. Es durfte schon ein wenig drunter- und drübergehen, denn der Ausnahmezustand herrschte bereits.

Kreiselnde Wirren. Konfuses Irren. Schweißtreibendes Chaos. Bunte Planlosigkeit. Nervöses Durcheinandergerenne. Flüchtige Wortfetzen. Haareraufende und koronenverbiegende *Hilflos-Engel*. Desaster in Gottes Reich. Alarmschreiende Hektik und nervenaufreibendes Kompetenzgerangel. Der absolute Wahnsinn machte die Runde. Ein Zustand, gerade nach des Teufels Geschmack.

Oh Hölle! – Da mag niemand so recht dran denken. *Bei der Situation!*

Alle Eigenverantwortung ruhte fortan auf den Schultern der Schutzbedürftigen. Die Hilfe spendenden und beschützenden Gottesboten waren abgezogen und ließen die Menschen für eine Weile allein zurück. Jeder, der sich unbewusst auf seinen Schutzengel verließ, musste den weiteren Lebensschritt neu durchdenken, ohne zu wissen, woran er war. Das schien für viele nicht ganz einfach zu sein. *Ein Klacks!*, würden andere sagen. Aber einer solchen Situation war längst nicht jeder gewachsen. Viele Menschen besitzen ja die seltene Gabe, in jedes noch so kleine Fettnäpfchen zu treten und so dem zugeteilten Engel das Leben zu erschweren. Nun hieß es aber, aufgepasst und jeden Schritt genauestens überlegen. *Auch ein Klacks?* Die Mehrzahl der Menschen würde recht schnell bemerken, dass die Lage sich anders verhält als noch zuvor. Die anderen *Leidgenossen* stünden auf dem berühmten Schlauch, dem die Luft entfahren war. Gottes Gedanken hingen selbstverständlich auch an dieser Misere, die er hoffte, schon bald bereinigen zu können. Er legte seine ganze Kraft in die Hände und segnete seine Schäfchen in aller Welt. Diese weltumgreifende Kraft, die sich auftat, presste den Erdball zusammen wie eine Orange, die man gedanklich fest in der Faust quetschte. –

Es half! – Sogar sehr!

Der himmlische Rat trat eilig zusammen.

In Gottes Allerheiligstem, seiner Wohnstube, genossen nur Engel Zutritt. Die Engel, die von ihm selbst geweiht und benannt waren, durften jederzeit eintreten, vorausgesetzt, sie baten zuvor um Einlass. Kein Geschöpf, welcher Natur auch immer, würde nur einen Fuß über die geheiligte Schwelle in Gottes Refugium setzen können. Nicht einmal der Teufel käme so weit!

(Wäre auch allerhand!– Obwohl, der Gedanke daran ... – nein!)

Die göttliche Abordnung traf als Delegation jede wichtige Entscheidung, die im Notfall getroffen werden musste. Folglich zählten zu dieser vielschichtigen Abordnung einschließlich Gott: drei Seraphim, zwei Cherubim, ein Thron sowie jeweils eine Macht, eine Herrschaft, eine Gewalt, ein Fürst und ein Erzengel, in diesem Fall wieder einmal der allzeit verdiente Erzengel Gabriel.

Der Gabriel, der Gabriel! – Berufen war nun einmal berufen.

So auserkoren, saßen nun die zwölf Himmelsgeschöpfe an einem Tisch. Gut so. Eine viel sagende Zahl. Man denke nur an die zwölf Monate, die ein Jahr ergeben, an die zwölf römischen oder arabischen Ziffern einer Uhr, an die zwölf Tierkreiszeichen oder die zwölf Geschöpfe aus dem chinesischen Jahreshoroskop oder lapidar nur an ein Dutzend, das ebenfalls zwölf umfasst.

Mit Gott zusammen thronten diese zwölf berechtigten Teilnehmer an der mächtigen Tafel. Zehn Engel saßen gemütlich platziert an den Längsseiten, fünf an jeder Flanke. An dem einen Kopfende thronte Gott. Am Fußende verweilte Kurim, der Erste Seraph. Die anderen beiden Seraphim saßen jeweils links und rechts an Gottes Seite.

Der vielbebeinte Tisch, gearbeitet aus schwarzem Ebenholz, stand wie ein tonnenschwerer Felsbrocken unverrückbar fest da. Die gewandüberspannten Ellenbogen einiger Delegierter stützten sich auf diesem Tisch ab. Bei den zwei Cherubim vernahm man ein Murmeln. Kopfschüttelnd zeig-

ten sich der eine Thron und der Erzengel Gabriel. Der schüttelte ja bei jeder Gelegenheit sein Engelshaupt.
Der Gabriel, der Gabriel!
Man würde ihm, wenn es nicht so geschmacklos wäre, die Parkinsonsche Krankheit andichten. Aber wer seinen Kopf schüttelt, braucht schließlich nicht zu nicken! Er war von Hause aus ein sehr nachdenklicher, stets skeptischer Erzengel, *der Gabriel.*

Mit ernsten Mienen blickten sich der Himmelslenker und sein auserwähltes Gefolge an. Das tischumlaufende Rumoren und das abflachende Brabbeln verliefen sich allmählich. Als endlich die ersehnte Ruhe einkehrte, begann Gott mit seinen stechenden wie logisch anmutenden Ausführungen:

„Die Situation, in der wir uns alle hier befinden, könnte sehr heikel, wenn nicht außerordentlich bitter für uns werden. Wir müssen gut überlegt, aber schnell handeln und gezielt gegen diese Gewalt vorgehen, wo immer diese unvorstellbare Macht auch herkommt. Ich bitte nun um eure Vorschläge, Engel! – Schnell, zügig, ihr wisst, es eilt."

Der Erste Seraph Kurim öffnete seine vor Aufregung eingetrockneten Lippen, indem er sie mit seiner vor Missfallen belegten Zunge aufschob. Dadurch wurden sie befeuchtet, und der Redefluss konnte beginnen. Er atmete tief und hauchte verhalten, aber gut und weit hörbar die eingängigen Worte über die gesamte Länge des Tisches:

„Die knifflige Situation, in der wir uns in der Tat jetzt befinden, verehrte Delegierte, ist prekär, und die damit verbundene, ernste Lage uns sicher allen bewusst. Es erscheint mir notwendig zu sein, den momentanen Ort, der sicher unser Zuhause ist und langfristig gesehen auch bleibt, für eine gewisse Zeit zu verlassen, um in anderer Umgebung einen neuen Plan zu schmieden und uns somit aus dieser Zwangslage zu befreien. Wir müssen schleunigst einen Entschluss fassen und ihn umsetzen, gegen diese drohende Gewalt."

„Recht so, genau, was haben wir für eine andere Wahl?", warf ein Thron dazwischen und hackte seine oberen Schneidezähne in die Unterlippe.

Gott hustete sturmböengleich seine rechte Hand hinfort, die er vor dem Mund hielt, und antwortete, ohne auf die Frage des Throns einzugehen:

„Wohin denn gehen, Kurim, mein Seraph, sag mir, wohin? Ich wüsste keinen Ort im Moment, an dem wir wirklich sicher wären. Außerdem habe ich keinen *Reservehimmel* oder einen statthaften Ort, der sich für uns alle eignet. Es ist wahrlich zum Haareraufen." Seinen wahren Herkunftshimmel musste Gott verschweigen. *Obergottgelübde.* Das hätte ein nicht auszudenkendes Gedränge gegeben.

Panik pur im Himmel!

Kapitulation, jetzt schon, ohne Kampf? Aber Kampf? Das hatte man doch längst hinter sich. – Kampf! Kriege! Schlachten! Mord und Totschlag! Kein Sodom und Gomorrha mehr! – Nie wieder. Nicht im Himmel. Nein, nicht hier oben!

Da sollte doch kommen, was da wollte!

Ein hoch gewachsener Cherub, der selbst dann noch der Größte war, wenn er saß, meldete sich zu Wort. Er schnippte mit den Fingern beider Hände vor seinem Gesicht herum, als würde er prüfen, ob eine Sehfähigkeit noch besteht:

„So abwartend, mein Gott, so blauäugig passiv dürfen wir jetzt nicht reagieren. Wir müssen sofort zuschlagen mit aller Kraft, die wir zur Verfügung haben. Jeder Engel muss kämpfen. Mit den himmlischen Waffen, mit den Schwertern der Vernunft und Zuversicht, mit den Kanonen der Güte und mit den Gewehren, aus denen das Verzeihen schießt, wird es nicht gehen. Es kann nur dieses eine Kräftemessen geben.

Ich halte zwar nichts von Kriegen und von himmlischen Kraftproben und dergleichen. Aber jetzt, jetzt müssen wir handeln. Auf Gedeih und Verderb. Schnell. Sofort."

Gott schwieg einen Moment und dachte über diese Worte nach: *Ja, dieser Cherub, ich weiß wohl, wie seine Gesinnung ist. Zuschlagen, das hat mir noch gefehlt. Nein, nein, es muss eine andere Lösung geben. Dieser Cherub ist ein bestimmender Verfechter von Gewalt auch ohne einen eventuell bevorstehenden Krieg.*

Das mit der Gewaltbereitschaft wussten so ziemlich alle oben im Himmel.

Er ist ein ganz rabiater Kerl, zuweilen kompromisslos, dachte Gott und trommelte leicht gebremst mit dem quergehaltenen rechten Zeigefinger vor seine Unterlippe, die er dabei nach unten schwappen ließ. *Das klingt mir alles viel zu simpel. Einfach fest zupacken. Wie er sich das vorstellt?*

Gottes Gedanken sprachen Bände.

Augenscheinlich malte Gott eine Pirouette auf sein Haupt, indem er mit allen Fingern der nun linken Hand versuchte, ein Vogelnest aus seinen Haaren zu formen. *Wenn man den Gegner irgendwie zu fassen bekommt, ja dann vielleicht. Dann wäre es eine Überlegung wert, zuzupacken. Aber, ohne Gewalt? Das geht nicht!* Obwohl man eigentlich und insbesondere im Normalfall gegen jegliche Gewalt im Himmel gefeit war, schienen nun doch die Karten anders verteilt worden zu sein.

Doch wer hatte sie so spielschadend verteilt?

Der große Rat der Zwölf wirkte ratlos. Murmelnd überlegte die Schar der Weisen und klugen Köpfe. Jeder schaute zu seinem Nebenmann. Getuschel von links, Gebrabbel nach rechts. Seraph Kurim stierte wie geistesabwesend über den langen stabilen Tisch. Gott gaffte unverfroren zurück, als ihn Kurims scheinbar leere Blicke trafen. Die übrigen Engel

dachten weiter nach, ohne sich in ihren grummelnden Äußerungen stören zu lassen. Gott grübelte tief und rief:
„Himmel – nicht so laut, meine Lieben, ich kann bei diesem Lärm überhaupt nicht richtig denken!"
Er warf seine erhitzte Stirn in wenigstens 20 Falten und fuhr sich mit der knöchrigen Hand über sein zugewachsenes Kinn:
„Das kann nur im Bösen enden, das wird die gesamte Geschichte der Menschheit ad absurdum führen."
Erste oder letzte Worte der Verzweiflung?
Na, ratlos Gott?
Keinen Plan?
Gedankenleere?

Achselzuckende Ratlosigkeit, so weit Gottes Auge sah. Blankes Entsetzen in den Gesichtern der anwesenden Engel sowieso. Die Delegierten schüttelten ihre Köpfe. Auch dieser Anblick hätte manchen Unbeteiligten zwangsläufig zum Schmunzeln gebracht. Die vielen Heiligenscheine leuchteten und strahlten, konnten aber nur präsent sein und in keiner Weise helfen.
So viel Gutes lag in den Engeln verborgen. Ihre Kompaktheit, ihr geschlossenes Denken. Ihr totales Verständnis. Ihre zart fühlenden Adern. Und nun doch diese fremde, drohende Gewalt. Ein betrübliches Verwirrspiel der 1.000 Gefühle entstand. Innere Blockaden erwuchsen. Herzen wurden zu Stein geformt. Nein, kein Engelherz würde zu Stein! Alle Kraft gegen die Gewalt wurde gebündelt.

Die neue Lage wurde immer ernster und schwebte wie ein Damoklesschwert über den Köpfen des Zwölferrates. Gott als auch Engel bemerkten eine schlechte Aura, die im Moment nicht einzuordnen war. Der sonst so anheimelnde Himmel befand sich im elementaren Alarmzustand.

Neugierig und wie immer auf glühenden Kohlen sitzend, schaute der Teufel nach oben. Mit seinem stechenden Blick spülte er irdische Flüssigkeiten und trübe Luft vor sich her, um einen freien Ausblick in den Himmel genießen zu können. Diabolische Schadenfreude und eine satanische Spannung schossen förmlich aus seinen bösen, Traumata verursachenden Augen, und die niederträchtige Erwartungshaltung, gepaart mit mephistophelischem Händereiben, und dieses ekelhafte Grinsen spürten alle, die von seinen unguten Wellen erfasst wurden.

Aber war das alles nur heiße Luft! Wer würde denn Zerstörtes wieder aufbauen, wenn ein Unglück geschähe, wenn es die gesamte Welt zerstörte? Wer löste die stark verzurrten Knoten, die fremde Mächte knüpften? Wer setzte anschließend das Gesamtbild der Welt wieder zusammen?

Im Eifer der stattfindenden Gespräche und der hastigen Überlegungen erreichte Gott eine überraschende Botschaft. Der Himmelslenker war zutiefst berührt, ja geradezu erschüttert, als es auf ihn herniederprasselte.

Unfassbar, ein Skandal unglaublichen Ausmaßes!

Gott erhob sich von seinem Stuhl, ohne aufzustehen. Er schien noch größer zu werden, als er ohnehin schon war. Ein gänsehautverursachendes Gefühl breitete sich im Raum aus. Alle Engelaugen waren auf ihn gerichtet. Erstickendes Summen durchschwebte den Saal. Jeder fokussierte nur seinen Gott, suchte nach einer Antwort in seinem Gesicht.

Gott verhielt sich peinlich irritiert, suchte Halt zu finden mit seinen eigenen Augen, angelte sich von Fixpunkt zu Fixpunkt. Ein Licht erschien ihm im Geiste. Seine Gesichtszüge nahmen erst skurrile, dann weiche Formen an.

Erst einmal begann er, zu lächeln. Das Lächeln verwandelte sich momentan in ein übertriebenes Grinsen, sodann in ein stummes Lachen und alsdann in ein erst leises, anschließend lautes Gelächter.
Schallendes Gelächter. – Unmögliches Gelächter.
Ha-ha-ha-ha! – *Hi-hi-hi-hi!* – *Ho-ho-ho-ho!* – Zwei wie durch Geburtswehen erzeugte Tränen schossen aus seinen Augenwinkeln, federten auf den Wangen ab und sprangen zu Boden. Er versuchte, diesen nachfolgenden Tränenfluss zu stoppen, indem er sich die Handballen in die Augenwinkel drückte.
Was war bloß geschehen?

Gott dirigierte nun seine Greiforgane fort vom Gesicht und holte aus. Mit beiden Händen schlug er sich auf die Oberschenkel. Die knorrigen Finger tanzten wildes Stakkato auf dem Gewand, das seine Oberschenkel überspannte.
Ha-ha-ha! – Er schien sich gar nicht wieder einkriegen zu wollen. Ein gewaltiger Klaps hallte durch seine große Wohnstube.
Die Delegierten begannen, sich verwundert anzusehen. Als würden sich sämtliche Pupillen untereinander verknüpfen wollen, blickte jeder auf jeden. Über dem Tisch tanzten 22 Augäpfel, von 22 Lidern zum klaren Blick vereint. Mit einem gewaltigen Ruck erhob sich Gott von seinem massiven Stuhl. Er war aufgesprungen und brüllte los wie ein Besessener:
„So ein himmelzerreißender Irrsinn! Verzeiht, es muss raus aus mir, ich muss jetzt schreien! – *Ahhh!* – *Ahhh!*, und noch mal *Ahhh!*"
„Ich glaube, jetzt ist es so weit, nun ist er gänzlich durchgedreht!", flüsterte die eine Herrschaft, die ihre Augen auf-

gerissen und den Mund zu einem Megaphon geformt hatte. Seraph Kurim signalisierte mit seinen Augen, dass er dieser Aussage durchaus zustimmen konnte. Er bekam aber einen kleinen Tritt gegen sein Schienbein.

„Kurim, bitte, das ist dein Chef!", flüsterte der schräg neben ihm sitzende Engel, der wohl völlig vergessen hatte, *wer* da neben ihm saß.

„Ja, ja, ich weiß, aber tritt mich nicht noch einmal so dumm von unten, sonst wird es dir schlecht ergehen!"

„Entschuldige Kurim, ich vergaß!", stotterte der erschrokkene Engel und versuchte, seinen jäh glühenden Kopf unter die rechte Achsel zu schieben.

„Ist schon gut, wir sind alle etwas durcheinander, es ist ja auch zum Verrücktwerden!", lenkte Kurim ein und strich sich mit den Fingern demonstrativ über seine *angeschlagene Stelle* am Bein. Gott Vater stocherte erneut mit seinen Armen über dem Tisch herum und öffnete seine Lippen.

„Ich habe dieses Geschehnis gar nicht realisiert. – Irgendwo in meinem Kalender muss es doch stehen. Dieser intergalaktische *Anschlag* auf unsere Schaltzentrale des Universums. Der unerklärliche Aufprall. Es steht g e s c h r i e b e n ! Meine lieben Freunde, Engel, meine Güte, Engel, versteht ihr denn nicht? Es steht g e s c h r i e b e n ! Definitiv, schwarz auf weiß. Dieses Attentat auf uns, dieser angebliche Anschlag, die ultimative Meuchel- oder Freveltat, wie immer man dies auch nennen soll, geschieht ungefähr alle 500 Jahre. Reine Routineangelegenheit und *mir* ist das entfallen; *ich* habe nicht daran gedacht. Ich habe es tatsächlich vergessen. Ich werde alt, *oje* ..., – das mir. – Meine Diener, meine Freunde. – Haltet mich fest, bevor ich dem Wahnsinn verfalle!", himmelhoch jauchzte Gott und sprach noch ein paar Worte mit einem schon eher beruhigenden Tonfall:

„Aber ich bin unsagbar froh, dass ich eine Entwarnung ausrufen kann. Das ist alles nur mein Verschulden. Verzeiht mir! Wir sind gerettet! Erhebt euch alle und freut euch mit mir. – Halleluja, halleluja, tausend Ave Maria werde ich euch vorbeten!"

„Bloß nicht!", murmelte Kurim, der Erste Seraph. *Tu uns das nicht an,* dachte er weiter.

Das wäre besser so, denn wenn Gott erst beginnt, kann das dauern!

„Die ganze Geschichte verhält sich also wie folgt: Zirka alle 500 Jahre beherrscht ein gewaltiger, magnetischer Strom unsere Sphäre. Er dringt in unsere Himmelssphäre ein, in unser Universum, schnellt in unsagbar hohem Tempo durch diese Sphäre und reißt verschiedene Körper, die lose im Raum schweben, mit sich. Diesmal alte überflüssige Satelliten, wertlose Raketenteile, ausrangierte Raumstationen, die nicht verglühen können, Weltraummüll allerfeinster Sorte, die verantwortungslose Menschen ins All schossen und weiterhin schießen werden. Ob und wie die Menschheit in den nächsten 500 Jahre herumaasen wird, weiß nur der Teufel", begannen Gottes ausladende Worte.

Ach, der schon wieder!

Er führte weiter aus:

„Es gibt kaum ein Ereignis oder etwa nur eine Redewendung, in dem dieser Höllenfürst nicht aufs Trapez kommt. Stets Asche auf sein Haupt, schaden kann das nicht, im Gegenteil. Wie ein infernalischer Wirbelsturm, der alles vernichten will, saust diese unerklärliche Kraft, dieser dem Anschein nach von selbst mir überlegener Macht geführte Magnetismus durch uns hindurch, an uns vorbei und bringt Lärm und Unruhe in unser himmlisches Leben. Dann herrscht wieder Totenstille, die altgewohnte Geräuschlosigkeit für 500 Jahre. Romantisch still. *Göttlich* ruhig. Einfach himmlisches Stillschweigen!"

Nachdem des Schöpfers versammelte Untertanen alle aufgesprungen waren, ließen sie sich auf ihre Stühle zurückfallen. Sie stießen ihre eigenen Jubelschreie aus und taten lauthals kund, wie befreiend sie Gottes Worte empfunden hatten. Ihre feucht gewordenen Rücken schlugen an die harten Stuhllehnen. Mancher verliehene Flügel wurde auf diese Weise beschädigt, angeknickt, umgebogen, gestoßen oder zusammengepresst, gestaucht und gar eingerissen. So lugten diese prächtigen Engelsfittiche hinter den vom vielen Sitzen entstandenen Buckeln hervor. Aber schallendes Gelächter und die himmlische Freude über Gottes Irrglauben überdeckten diese leichten *Tantalusqualen*. Unglaubliche Jubelgesänge erklangen. Dieser Wust an Halleluja schreienden Engelsgestalten stampfte wie besessen mit den Beinen auf. Einige fielen sich sogar um den Hals, und andere reichten einander die Hände oder klopften sich stumm nickend einfach nur auf die Schulter. Genau dieses Geräusch war das allerschönste, das der Himmel seit langem vernommen hatte. Selbst die glückliche Rückkehr von der weiten Reise, auf die sich Gott begeben hatte, wurde nicht so frenetisch gefeiert wie dieses Ereignis, das eigentlich keins war. Ja wie konnte denn ein Versäumnis von Seiten Gottes so einen Freudenausbruch verursachen? Ja wie war denn so etwas möglich?

Ja, es war eben so.

Wie erklärte sich nun wissenschaftlich gesehen das, was Gott leider übersehen, vergessen und nicht hatte registrieren können? Eine recht einfache Erklärung trieb den Schlüssel ins Schloss, trug den Krug zum nahen Brunnen und ließ den verdorrten Ast abbrechen.

Ein selten auftretendes Phänomen, das man sich so vorstellen musste: Durch die immens riesigen Ausmaße von vorhandenen Galaxien, und es gibt wahrlich ungezählte, entsteht periodisch eine Art von Reibung zweier unmittelbar involvierter *Galaxien,* die irgendwelche unerklärlichen kosmischen Wellen in Bewegung setzen. Dieses Reiben erzeugt unweigerlich eine entsprechende Wirbelwelle, um es so zu sagen, die Gott, den Tieren gleich in ihrer Ahnung, durch *Erspüren,* empfangen haben musste. Und er war nicht in der Lage gewesen, diese dementsprechend einzuordnen, die Vergesslichkeit sei ihm verziehen.

Dabei stand das alles haarklein ausgeführt in seinem dicken, großformatigen und ansehnlichen Buch.

Gott beließ es bei seiner Entschuldigung, und es stand fortwährend außer Frage, noch irgendwelche Gedanken daran zu verschwenden. Warum auch? Es war alles erklärt und gesagt. Punkt. Ende und Aus!

Trotz allen Vergessens und niemand schickte sich auch nur ansatzweise an, noch etwas über diesen Vorfall an Worten zu verlieren, *so leise Töne umgaben noch nie ein himmlisches Führungswesen.* – Aber letztendlich, was war denn schon passiert? Ein Nichts war geschehen. Eigentlich, ein Garnichts. – *O Gott, der du bist im Himmel* ... Das hätte schlimm enden können. Verdammt übel und böse.

Dieser göttliche Ausrutscher war zwar bereinigt, dennoch, die Umstände und die damit verbundenen Aufregungen dieses ganzen Brimboriums durfte man, nachträglich betrachtet, nicht außer Acht lassen. Es wurde die Hoffnung gehegt, dass bloß kein Engel einen seelischen Schaden davongetragen hatte, denn sie standen dicht gedrängt im Himmel zusammen. Es hatten weiß Gott alle mitbekommen, was geschah.

Nach einer kurzen Weile entspannten sich die Engel wieder, wurden lockerer, atmeten durch und gingen wieder zurück an ihre Arbeit. Manche taten einfach nur das, wozu sie berufen waren. Einige warteten noch dickfellig und hofften auf mehr Erklärungen, doch die sollte es fortan nicht mehr geben.

Wie ging es nun weiter? Na, ganz normal. Der Vorfall wurde *unter den Teppich gekehrt*, Gott zuliebe, und alle beteiligten Engel parierten endlich *Heiligenschein bei Haupt*. Hätte man so eine nervenaufreibende Episode auf Erden finanztechnisch abhandeln müssen, wäre wahrscheinlich ein globaler Kollaps die Folge gewesen. Aber im Himmel? Da verwischt man so etwas, *zack* und hinfort mit den bösen Gedanken. So einfach ist das, so leicht stellt sich solches dar.

Die gesamte Aufregung der letzten Stunden steckte noch eine Weile in aller Engelsknochen. Da die Geschehnisse noch allgegenwärtig nachwirkten, reichten Gott meist auch wie in diesem Fall die zwei Worte: *Ruhe bewahren*.

Er trug immer noch die besten Vorschläge in seiner *Schnupftabaksdose*. Auflegen, mit der Nase einsaugen, niesen und vergessen.

Hatschi! – Gesundheit! – Und ab dafür!

Für einige Engel dauerte es drei Tage, bis sich die seelischen Anstrengungen gelegt hatten und die geistigen *Aufräumungsarbeiten* beendet waren.

Fällige Sitzungen wurden anberaumt, die herbeigerufenen Engelscharen eingeteilt und erneut entsandt und der vorherige Zustand sofort wieder hergestellt.

Den himmlischen Ausnahmezustand, den Gott bedauerlicherweise ausgerufen hatte, gab es nicht mehr. – Welch Glückes Geschick!

Schließlich und gottlob war nichts Dramatisches geschehen. Keine wirklich direkte Gefahr hatte gedroht, kein Unglück, was eine anschließende Trauer zur Folge gehabt hätte, war eingetreten.

Es kreiste schon eine geraume Weile in den Köpfen der stellvertretenden Engel der innere Wunsch nach einer Erholung für Gottes begnadeten Körper, und allen Unkenrufen zum Trotze benötigte er dringend eine heilende Frischzellenkur. Sie sollte ohne jegliche Umschweife durchgeführt werden. Diese Kur sollte er bald bekommen, allerdings mit einer kleinen, doch eher privaten Unterbrechung!

Alexander Johann Brusian von Eschenburg, Martinus Scheffer, Genius Quengler und meine Wenigkeit Midron Sandkamp*, leider titellos, wollten nun nicht mehr verreisen. (* *Namen sind doch nur Schall und Rauch.*) Der erste von uns vier Engeln schien gedanklich an einer Eingebung zu basteln, denn wie aus dem Nichts heraus öffnete Genius seinen Mund, saugte Luft an und blies ein paar Worte vor sich hin:

„Mir ist die Lust an jeglicher Aktivität restlos vergangen. Ich werde in mich gehen und *Auf Wiedersehen* sagen!" *Ja, das mache bitte, du siehst auch ziemlich schlecht aus um die Nase,* fuhr es mir durch den Kopf. Gott nickte zustimmend, klopfte Genius sanft auf die rechte Schulter und sprach:

„Mein *Sohn*, tue, was du nicht lassen kannst, gehe in Frieden und finde zu dir selbst. Es hilft über vieles hinweg. Es beruhigt deine *Seele*, Engel!"

Erzengel Genius stand federnd vor Gottes Füßen, drückte mit seinen beiden Händen Gottes Hand und verbeugte sich höflichst dienerartig.

Ein vornehmer Engel, ich zwinkere ja meist nur mit dem rechten Auge, durchfuhr mich ein salopper Gedanke.

„Nun ja, eine ungestüme Wandlung, wie dem auch sei. Ich hebe dir deinen verdienten Urlaub für ein anderes Mal auf, nach deiner Selbstfindung." Gott hob beide Hände in die Höhe. Es schien, als wolle er sich frische Luft zufächern. Mit seinen mächtigen Pranken wirbelte er vor sich herum und schubste Genius liebevoll hinfort, ohne ihn auch nur ansatzweise zu berühren.

Trotz kurzer Erklärung der Tatsache waren wir *Restengel* mit Gott darüber leicht verwundert. Genius war erst einmal abgemeldet, verschwunden in seinem Gemach, in die isolierende Einsamkeit entschwunden. Selbstfindung, ein Nachdenken der besonderen Art und Weise. Eine Ansichtssache wird es immer sein und bleiben, und der Quengler, der Genius Quengler, der Erzengel würde schon wissen, was er wollte und ihn erwartete.

Diese geistige innere Umkehr kann einem Engel schon einmal widerfahren. Auch andere Himmelsboten können recht wankelmütig sein. Je nach Tagesform oder Stimmung schlägt schon mal ein herzhaftes Lachen in abruptes Weinen oder spontane Freude in grenzenlose Trauer um.

Die Gebrüder Fähnchendreh und Wankelmut. – Diese Bezeichnung passt gut!

Ja, diese Engel, ein zuweilen seltsames Völkchen! Sensibel, manchmal furchtlos, mitunter risikobereit und natürlich äußerst jovial. Fast ausschließlich gut gelaunt und *artig?!* Ein interessantes Volk eben, eine himmlische Gemeinschaft der Beschützer und Behüter.

Brusian, Martinus und ich hingegen, wollten mit unserem *angestressten* Gott zusammen erst einmal ein irdisches Spiel riskieren. Und das setzten wir, ohne lange zu philosophieren, sofort in die Tat um. Die Teilnehmerzahl passte auf den Kopf genau. Vier, nicht mehr und nicht weniger. Gott stimmte der Entscheidung zu, *hurra*, und verschob, entgegen seiner sonstigen Verfahrensweise, seine Frischzellenkur um kurze Zeit, nahm sich selbige und willigte frohen Mutes ein:

„Ist das eine Neuauflage eines mir bekannten Spiels, oder muss ich erst noch stundenlang in Gebrauchsanleitungen blättern?"

„Nein, nein – ganz einfach und altbekannt!", sagte Martinus, machte Augen wie ein eingeschultes Kind mit Tüte und wackelte mit seinen Ohren, ganz aufgeregt.

„Oh, das höre ich gerne!", so Gott. Er rieb sich die Hände in freudiger Erwartung. Eine nebensächlich gewordene Frage driftete aus seinem Mund noch hinzu:

„ ... und was wird denn eigentlich aus eurer Erholungsreise zur Erde hinab? – Das Thema ist vorerst gestorben, ich sehe es euren Gesichtern an." Beinahe auf Befehl schoss es wie aus einem Munde und wir Engel gestanden:

„Ja!"

„Die Sache ist abgehakt, wir verspüren momentan keine Lust an einer Reise", sprach ich allein weiter. Doch noch während ich sprach, rumpelte, wie konnte es auch anders sein, ein Fürst dazwischen. Dieser Fürst hieß – genau, Brusian. Es war schließlich der einzig Adlige unter uns. Das verleiht allerdings noch keine Sonderrechte! Dieser Adlige also meldete sich zu Wort, indem er mehr oder weniger in meinen Redefluss fiel:

„Wir können die Reise immer noch irgendwann nachholen, aber nach diesem ganzen Hin und Her ... Nebenbei bemerkt, Gott Vater, das Spiel dürfte dir eigentlich mehr als bekannt sein. Allein schon des Namens wegen. *Mensch ärgere dich nicht* heißt es doch. – Übrigens: Mehr Ruhe für ein Spielchen dürften wir doch wohl hier oben haben, und so wichtig, wie wir gedachten, ist uns nun das Südmeer auch nicht mehr. Genius scheidet sowieso aus, also, was soll's, weiter darüber zu debattieren? Was ich noch im Namen meiner Engelsfreunde sagen wollte: Farbige Badehosen mögen wir nicht und ... wir hassen auch diese elenden Badekappen."

Blablabla, dieses endlose Gesülze, wenn der erst anfängt ..., dachte ich und verdrehte zum *ich weiß nicht mehr wievielten Male* die Augen. Obwohl: Das mit den Badekappen und Badehosen ... –
Da hatte er wohl Recht.

Verhaltenes Gelächter erschallte in fröhlicher Runde, in einem ganz besonderen Zimmer, in einer ziemlich außergewöhnlichen Galaxie mit einem beachtenswerten und liebenswürdigen Gott und drei dazu froh gelaunten Erzengeln.

Ein wenig erschwerend kam dennoch hinzu: Mit einem leider auch etwas vergesslichen Gott.

Nach etlichen Runden, die Würfel waren schon leicht angegrabbelt wie geschwitzt, schlich sich ein unangenehmes Gefühl ein, dass die Spielrunde eventuell bald ein Ende haben würde. Denn schon eine kurze Unendlichkeit dauerte dieses Spiel.

So viele weiße, graue, schwere, leichte, durchsichtige und mit Regen gefüllte Wolken zogen vorbei, massenhaft Gewitter und Regengüsse, Mond- und Sonnenaufgänge ereigneten sich unter dem Himmel, der so manche Prüfung schon erduldet hatte. Es mussten Tage vergangen sein und demzufolge ebenso viele Nächte. Die Stärkungen zwischendurch, der fehlende Schlaf, die zu erledigenden Aufgaben, alles schien vergessen worden zu sein. Arbeitsengel stören Gott nicht, wenn er so beschäftigt ist, wie er es mit uns war. Der sich andeutende berühmt-berüchtigte Knall konnte also nicht lange auf sich warten lassen.

Tat er auch nicht.

Peng!

Alle schauten wir uns an. Gott uns drei, wir Gott und uns untereinander. Letztlich blieben alle Augen auf Brusian hängen. Und da war es geschehen. – *Rums!*

Brusian, der Fürst von Gottes Gnaden, warf seinen weißen marmornen, stark angeschwitzten Würfel mit den saphirblauen Augen in die Ecke des Raumes:

„Verlieren kann ich auch woanders!" Brusian stand auf und verließ diese Spielrunde. Mit einem Wink seiner Hand verabschiedete er sich von uns und entschwand Unverständliches brabbelnd.

„Nanu!" Gottes ganzer Kommentar, obgleich er mit Daumen und Zeigefinger versuchte, eine Falte auf der Stirn zu erzeugen. Das sah zu lustig aus. Die Querfalten auf seiner weisen wie greisen Stirn wollten sich nicht verformen lassen. Immer wieder rutschte ihm die Haut aus den Fingern. Mit einem kurzen *Äh* und *Uh* stellte er den Versuch ein, eine Längsfalte zu erzeugen. Das einzig Sichtbare waren zwei helle, runde Stellen, die diese Fingerkuppen dorthin gezaubert hatten.

Spielverderber, dachte ich, *verlieren zu können, das muss man auch lernen*. Nun ja, eben wohl nicht sein Spiel. Auch nicht mehr sein Tag. Jedes Spiel lief sich irgendwann einmal tot. Nun denn. Selbst Martinus und ich erfreuten sich nicht mehr an diesem speziellen Spielchen. Das befriedigte auf Dauer ja nun wirklich nicht. Plötzlich einsetzende Langeweile überflutete unseren Geist. – Abrupter Spielabbruch,

weiterzumachen wäre unsinnig gewesen. Martinus sprach zu mir die durchaus nachvollziehbaren Worte:
„Ich gehe zu Engel Genius. Das kann nicht schaden. Auch in *Klausur*, wie er es so treffend formulierte. Wir sehen uns danach hoffentlich später wieder. Aber jetzt mache ich erst einmal etwas anderes. Das tut mir alles so schrecklich Leid, aber irgendetwas hat auch meinen Geist verwirrt." Ich nickte stumm und überlegte:
Wenn das so ist, dann weiß ich auch, was ich machen werde. Die nach gewisser Zeit einsetzende Ungeduld, eine natürlich schlechte Tugend, ist eigentlich engeltypisch. Zuweilen. Nicht immer. Manchmal. Hin und Wieder. Des Öfteren. – *Na ja!*

„Ihr seid schon so ein paar seltene Vögel, keine Geduld, ihr Engel – kein Durchhaltevermögen – nein, nein, nein, nein, nein – ... und nochmals nein."
Gott sah sich in irgendeiner Weise überrannt und war eigentlich gedanklich schon auf dem Weg zu seiner bedeutenden Frischzellenkur. Mit Spritzen, richtig in die Oberarme, mehrmals am Tage und mehrere Tage lang.
Die würde er trotz allem sicher genießen – ... und wie!
Erwähnenswert ...! Es war an einem der Tage, als Gottes Gemachtür offen stand, ich des Weges schlenderte und ein neugieriges Ohr in den schmalen Türspalt hielt. Gott hing in einem Sessel, ja, er hing wie hingegossen und sprach mit sich und der Welt. Mehr mit sich. Laut, nun, lautleise, dennoch gut hörbar. Für mich.
„Wenn ich nicht solche Angst vor diesen Spritzen hätte! Ei, ei, ei ... – vielleicht kann ich diese Verjüngungsmittel als Pillen einnehmen?" Das war deutlich. Gott Vater, ein kleiner, wenn auch bedeutender Angsthase? Oh, wenn das die

Runde macht! Aber ..., ich kann ja schweigen. Bei Gelegenheit würde ich ihn allerdings darauf ansprechen ...
Was andere machen ...
Ich hingegen wollte wieder helfen. Irgendwo jemandem zur Hand gehen, egal, wo es war, und erneut auf der Erde Gutes und Dankbares verrichten. Ja, das wollte ich definitiv tun. Der lähmende Schock, der den Himmel für eine Weile durcheinander gewirbelt hatte, war schließlich überwunden. Die Wogen waren geglättet. Ich wollte folglich durchstarten und konnte eigentlich frohen Mutes sein. Es verlief einfacher, als ich dachte. Praktisch wie mit einem Fingerschnippen verwandelte sich dieser Wunsch in die Tat.

Gott gab mir grünes Licht und einen handhebenden Gruß mit auf die Reise – ... und weg war er ... – *Fiff* ... ein altbekanntes Geräusch! Mit dem Quäntchen Angst im Gepäck, da war ich mir sicher. Ein gezielter oder gar versehentlicher Sprung auf den Fuß schmerzt mehr. Auch dabei war ich mir ganz, ganz sicher!

Das Verständnis von uns Engeln, Brusian, Martinus und Genius und mir, gegenüber Gott war schließlich nicht von der Hand zu weisen. Gott lud sich keinerlei Bürden auf seine Schultern, was in diesem Falle die Reaktion seiner Engel anbelangte. Er vollendete stets seine eigenen Pläne und die Engel ließ er gewähren. Gott überlegte: *Sollen sie doch Buße tun oder nachdenken oder neue erquickende Kräfte schöpfen, sollen sie machen, was ihnen gut tut. Sie sollen es selbst entscheiden. Nur zum Teufel gehen, das sollen sie nicht!*

Ah! – Teufel! – Da war das böse Wort nochmals aufgetaucht!

Gott hatte ganz beruhigt und auf seine Weise diese Partie *Mensch ärgere dich nicht* zu Ende gedacht, sich abgewandt

und in Behandlung gegeben. Die Erneuerungskur käme ihm sicherlich sehr zugute. Sein gesamter Körper würde aufblühen wie die Königin der Nacht, wer sie verpasst, muss lange auf ihre Neuprachtentfaltung warten, sein Geist würde wie erneuert funktionieren und eben der ganze Habitus wie verwandelt sein. Er könnte fortan kräftig in die *Vollen kegeln*, wenn er wollte, *Acht ums Vorderholz*, den *König aus dem vollen Bild* oder sogar *Alle Neune* – ... und das würde sicherlich unsäglich rumpeln im Himmelsgewölbe.
Der Beim-Kegeln-sich-Auskenn-Engel.

Da würde sich so mancher Himmelsbote mit dem Finger verbotenerweise an die Schläfe tippen ..., aber wenn keiner hinsieht ... – ... und tief ins Erdinnere würde der Lärm dringen bis zu Monsieur Diabolo ... – ... und der würde neugierig wie immer seinen dreckigen Hals recken ...: *Ah – Hm. – Ange impertinent. – Alors Dieu?*

Belanglose Wochen zogen so vorbei. Für das himmlische Engels-Personal ebenso wie für die bösen Höllenkinder bei Papa Teufel an der Hand. Was unternahm eigentlich dieses Schreckgespenst von Satan? Lange hatte er sein treibendes Unwesen hinter irgendwelchen Bergen halten können. Doch – was tat er, der Schlingel? Er trabte zwischen seinem Fegefeuer und der Hölle hin und her und nahm irdische Paraden ab. Mit dem Dreizack über der Schulter, mit dem Pferdefuß aufstampfend ... Diese Vorstellung allein ließ Gänsehaut erblühen und manch kalte Schauer die Rücken herunterlaufen. Fürchterlich, dieser Gedanke!

Wir ungezählten fleißigen Engel, darunter waren Brusian, Martinus, Genius und auch ich, Midron, der *Wieder-helfen-*

wollende-Engel, wir alle durchlebten das Jahr wie einen Hauch von nichts. Jeder sicherlich auf seine Weise.

Die Zeit ist ein Handstreich, den niemand so recht wahrnimmt. Sie geschieht einfach. Eine Sekunde ist schließlich ein Nichts. 60 Sekunden sind eine Minute. Auch nicht gerade das Meiste. Eine Minute birgt 60-mal Nichts. Eine Stunde umfasst 60 Minuten. Nicht überwältigend viel. Obwohl: Diese eine Stunde kann lang werden, wenn man auf etwas Bestimmtes wartet. Eine Stunde ist 3.600-mal Nichts. Das kann man nun rechnerisch endlos fortsetzen, bis man so weit kommt, dass man sagt, ein Leben währt nichts. –

Na, na, na! – So ganz stimmt das aber nicht.

Was das Leben an Vielfältigkeiten bringt oder gar verbirgt, weiß nur jeder für sich zu erzählen. Manche Menschen verfügen wahrhaftig über die Gabe, wie ein Wasserfall zu reden, des Erzählens durch Geistes Kraft. So viel tausend Liter pro Sekunde es von den gewaltigen Katarakten der Rhetorik hinabspült, so groß ist nicht einmal das gewisse Buch von Gott, um das alles zu erfassen und niederzuschreiben.

Mit unsäglichem Fanatismus behaftet, versuchte Gott, einst das Allerlei der 365 Tage aufzuschreiben. Als er an des Jahres Ultimo, dem Silvestertag, angelangt war, erkannte er eine Art von Sinnlosigkeit in dem Ganzen. Wozu das alles auflisten oder niederschreiben? Die Geschichte festhalten? Das machten schon andere für ihn zur Genüge!

Gott tippte sich daraufhin an die Stirne und griemelte: *Wie gut, dass ich ein solch großes Gedächtnis habe. Welch Wort nicht geschrieben steht, kann auch niemals gestohlen werden.*

Das Wichtigste behielt er deshalb im Kopf, in dessen Innerem zwei riesige Gehirnhälften ihre Arbeit verrichteten. Für etwaige außergewöhnliche Dinge, die es wert wären, niedergeschrieben zu werden, hielt er einen großen *Reserve-Oskar*

parat. Ein schweres Buch mit dunkelblauem Brokat ummantelt, mit Goldschnitt, falschen Bünden und extra starken Pappdeckeln. Es war ein Meisterwerk der himmlischen Bindekunst. Der Titel auf dem Rücken und der Vorderseite war in goldenen Schriftzeichen eingeprägt. Kurz und prägnant:
Mein Almanach.
Dieses aufwändig gestaltete Werk nannte er sein Eigen. Es war das *göttliche Notizbuch* mit tausenden von Seiten, und ... für gewisse Auskünfte der delikateren Art standen ihm die geheiligten Vertreter, ohnehin reichlich an der Zahl, zur Seite. Dieses Buch umgab viele Geheimnisse, und ein Ring der Tugend umschloss es. Aber niemand im himmlischen Gewölbe hätte je gewagt, dieses Buch zu entwenden, es anzufassen oder gar dort hineinzuschauen.

Die Residenz

Der irdische Weg, den ich nun zu gehen gedachte, schwebte mir schon halbwegs vor Augen. Bruder Zufall sollte dabei auf jeden Fall eine gewisse Rolle spielen. Den Grundgedanken trug ich dabei wohl sortiert in meinem Kopf, und alles Weitere würde sich von selbst ergeben. Ich war ehrlich gesagt des vielen Reisens zur Erde müde, doch diese Form von Hilfe besaß Priorität.

Festentschlossen wie ich trotzdem war, ließ ich mich in der Mitte des hellen Tages von einem des Weges schlendernden Cherub zur Erde befördern. Die Zeremonie ist allerwegs die gleiche. Die Cherubim als auch die Seraphim sind stets befugt, unterstellte Engel via Lichtstrahl zu ihren Bestimmungsorten zu entsenden. Dieser Cherub kam mir demnach gerade recht des Weges. Ich kannte ihn nicht wirklich. Wir hatten uns lediglich auf einer Veranstaltung miteinander am Rande kurz unterhalten. Ein paar Worte hier und da, nichts Außergewöhnliches, eher ein Satzfetzenaustausch. Seinen Namen konnte ich mir gut einprägen, da er recht ausgefallen klang. Er lautete Brosajus.

Ich sprach ihn direkt an:

„Verzeih, Brosajus! Wenn du kurz so nett wärst, mich zu schicken, lieber Cherub?"

„Natürlich, mein Erzengel, kein Problem, wofür sind wir Engel schließlich da? – Genau, um uns gegenseitig zu helfen. Ja, ich schicke dich, Midron!", sagte er, seltsamerweise wissend, wer ich war, und zirkelte mit den Händen vor seinem Körper herum. *Oho!*, dachte ich, *sieh an, gutes Gedächtnis. Wie ich!* Speziell die Unheimlichkeit meines Zahlen- und Ortsgedächtnisses gefiel mir außerordentlich, denn, ob ich es wahr haben wollte oder nicht, mit dieser Begabung war ich den anderen Engeln immer einen kleinen Schritt voraus. *Hausnummermerk-Engel.*

Was mich nun betraf, benötigte Brosajus also keine extra Einwilligung, denn derlei Befugnisse waren von Gott ja im Vorhinein abgesegnet. Dieser Punkt war grundsätzlich geklärt, und die kurze Reise vollzog sich wie gehabt blitzartig. Grundsätzlich und stets einen Wimpernschlag später stand ich irgendwo, meist dort, wo ich noch nie war. Aber ich stand wenigstens. Im Vergleich zur Landung anderer Engel, die sich bei der Ankunft zum Teil auf dem Boden kugelten, war ich der bessere *Niederkömmling.*
Der geschicktere Engel.

Das ungeschickte Anstellen der Engel, eines bestimmten dazu, bei Erdlandungen schilderte mir jüngst ein Seraph auf einer Geburtstagsfeier, natürlich unter lautem Juchzen und Schlagen der Handflächen auf seine Oberschenkel:

„Eine angetrunkene Möwe landet sicherer, Midron, hahaha ... – kennst du den Sartorius, den Eiligen aus der Zweiten Staffel, den *Austausch-, Spring- und Hilfs-Engel,* den mit der krummen Nase, wahrscheinlich von den unzähligen Landefehlversuchen, hahaha?" Die Hautstelle auf seinem rechten Oberschenkel wechselte die Farbe. *Blassweißgelb in rosarotrandausfransend.*

„Ach, den ... – ich glaube, darüber lacht hier oben wohl jeder ...!", spottete ich Brosajus entgegen und glitt mit einer Hand ungeschickt durch die Luft, als würde eine Krähe tot vom Himmel fallen. – Der Cherub verrichtete seine Arbeit.

Ich stand bei der Ankunft aufrecht und ebenso fest mit meinen Füßen auf dem Grund verankert wie bei der Entsendung. – *Ein himmlisches Faxgerät.* Man schiebt etwas irgendwo hinein, und an einer anderen Stelle kommt etwas Gesendetes heraus. Die Qualität leidet mitunter etwas. Das Ganze verhält sich dennoch wie Zauberei, nur eben ohne *doppelten Boden.*

Da war ich nun angekommen. Meine geheimen Gedanken sagten mir: *Bleib hier unten auf der Erde,* doch andererseits betrachtet ging es mir im Himmel recht gut. Ich verfügte über fast alle Annehmlichkeiten, die einem Engel zuteil werden konnten, aber dieses Reisen, dieses ewige Reisen ..., nun gut ..., was sein muss, musste eben sein ... und fertig!

(Jammern und Selbstmitleid erscheinen nicht gerade als Tugenden, die hier aber unbedingt aufgeführt werden müssen!)

Die Arme entspannt ausgestreckt, atmete ich die irdisch frische Luft tief ein und fand mich stehend neben einem glatten Brett wieder, auf das ich mich sofort setzte. Insgesamt ruhten drei dieser Bretter nebeneinander verschraubt. Ich bevorzugte das vordere, weil es für meinen Allerwertesten ausreichte. Schließlich war ich kein *Breitgesäßengel!* Ein hartes Holz, massiv geartet, es schien fast unverwüstlich zu sein. Dieses besagte Brett gehörte zu einem festen Gestell aus Metall, auf dem es ruhte. Ganz vorne. Die Sitzbank, auf die das Brett geschraubt war, stand geschützt und fest montiert unter einem Dach aus Plastik, das abgeschrägt nach hinten abfiel. Seitlich wurde es getragen von zwei Stützen, desgleichen je mit einer Plastikscheibe versehen. An der rechten Innenseite sah ich einen Schaukasten, der ebenfalls angeschraubt war. Außerhalb dieser Sitzmöglichkeit, die ein Nasswerden nahezu unmöglich machte, befand sich hängend ein halb gefüllter Abfallkorb. Unter dem Korb lagen die Relikte, die den Eingang zu diesem Behältnis wohl verfehlt hatten. Über die von mir erspähten Zigarettenkippen und Zigarrenstummel konnte ich mich leider nur ärgern. Der Anblick erzürnte mich ein wenig, denn irgendwie mochte ich diese qualmenden *Lungenzerstörer* nicht. Die Vorstellung, an einer Rauchware genüsslich zu saugen, reichte allein schon aus, dass der Qualm diesen pelzigen Geschmack auf der Zunge bei mir verursachte.

Wohin ich tagein, tagaus auf der Erde auch sah, dichte Rauchschwaden, gräulicher Qualm, weißer Dunst und quellender Dampf, allerlei nasalfeindliche Abgase und ziehende Nebelwolken verbreiteten sich über den vielen menschenbesiedelten Städten sowie auf dem trostlosen Lande, sogar teilweise über den verschieden großen Seen, den idyllischen Teichen, den sich schlängelnden Flüssen und manchen gewaltigen Meeren.

Ich liebte eher die saubere und klare Luft. Kein Wunder, ich war verwöhnt und das arge Rauchen bei mir verpönt. *Immer und überall ergibt sich eine kleine Reimbildung im Leben!* – *Schön ist das!*, dachte ich, während ich tief ein- und ausatmete. Die zufällig entstehenden Zweizeiler, die mir immer wieder aus dem Kopf träufelten, habe ich in einem eigenen Büchlein mit schwingender Feder und himmlisch blauer Tinte niedergeschrieben. Das sollte jedoch niemand wissen!

Zwei Meter neben dem Mülleimer hatte man eine Eisenstange in den Boden eingelassen, an der weiter oben ein Blechschild angebracht war. Kurzum erkannte ich, dass es sich dabei um ein Schild handelte, das auf eine Bushaltestelle hinwies. Ich saß nicht gerade engelbequem auf dem harten Brett, aber doch wenigstens trocken. Mit dem Regen verhält es sich schließlich wie im richtigen Leben:

Das Meiste geht vorbei!

Eine Bushaltestelle ohne Bus, aber mit Engel. Das gab es nicht so oft und würde als gezeichnete Karikatur oder als gemalter Witz sicher amüsant zu betrachten sein.

Zwischen der Sitzbank und dem Haltestellenschild lag eine altbekannte, unförmig braune Hinterlassenschaft. Der Größe nach zu urteilen, handelte es sich hierbei wohl um einen Hundehaufen, kein Häufchen. Es regnete unangenehmer Weise leicht bis spritzig. Erst ein paar Minuten zuvor hatte es begonnen zu tröpfeln. Von oben nach unten ergoss sich das nasse Medium – ganz und gar vertikal, denn etwaiger Wind war nicht vorhanden. Das anfängliche Tröpfeln erwuchs zu einem dichten Regenvorhang. Nun schüttete es unangenehm.

Wasser ohne Ende fiel aus den Wolken.

Ein stetes Prasseln, ähnlich dem Rascheln von buntem Bonbonpapier, drang an meine Ohren. Dieses Geräusch passierte die Muscheln, setzte das Trommelfell in Schwingungen und etablierte sich im Mittelohr, wo Amboss, Hammer und Steigbügel als winzige Knöchelchen ihre Arbeit verrichten. Weiter innen verteilte sich das Geraschel und wurde vom Hörnerv empfangen und verarbeitet.

Mittlerweile dicke Tropfen schlugen auf die dachdeckende Plastikscheibe. Ein beängstigendes Knistern und brutales Plätschern auf dem Bushaltestellenhäuschen war die Folge und somit unüberhörbar. Einige große Tropfen trafen den unsäglichen Hundehaufen, der nur von einem extrem großen Hund abstammen konnte. Ein Neufundländer, ein Bernhardiner, eine Dogge, eventuell auch ein Bobtail oder ein Schäferhund wären in die engere Wahl zu ziehen. Der dreidimensionale Riesenhaufen lag so tot und verlassen danieder, dampfte auch nicht mehr ganz so stark. Der penetrante Regen hatte den zarten Dampf niedergekämpft. Der stinkende Klops war vielleicht eine halbe Stunde alt, knapp, mindestens eine viertel, 20 bis 25 Minuten allemal. Unter der Wasserflut formte sich die feste in eine breiige Masse um. Trotz intensiven Blickes konnte ich keinen Vierbeiner in der näheren Umgebung ausmachen.

Im Gegensatz zu Hunden verbuddeln Katzen ihre Hinterlassenschaften, das macht sie mir so sympathisch. Ich liebe Katzen! Wenn ich zu diesem Zeitpunkt gewusst hätte, dass ich mich an anderer Stelle neu orientieren müsste, wäre ich mit dieser Aussage vorsichtiger umgegangen.

Es war noch immer windstill, die sonst nicht feige Sonne hatte sich hinter den vielen Regenwolken versteckt, und es war nicht unbedingt warm. Damals, an diesem Tag, lagen die Temperaturen im niedrigen zweistelligen Bereich. 13,5 Grad. – So etwa in der Richtung. Wenn es hochkam: 14, allerhöchstens 15 Grad.

Pingeliger Engel.

Der Sommer verabschiedete sich allmählich, langsam, piano, peu á peu. Er war allerdings durchweg angenehm und dieses Jahr eher ungewöhnlich lang.

Ich, Midron, der Erzengel mit der eigentlich zu Unrecht eingeredeten Reiseunlust schaute geradeaus. Ganz gemächlich ließ ich meinen Blick schweifen, erst nach links, dann nach rechts. Stilleherrschende Weite genoss ich, die augenberuhigende Aussicht liebte ich, die schier beklemmende Einsamkeit konnte ich nicht ändern, doch, es war viel Farbe im Spiel und eine Menge Sehnsucht in den Gedanken verankert. Das war jedenfalls mein herzberührender Eindruck.

Ach ja ..., stöhnte ich sanft und wollte gar nicht glauben, dass sich eine seltsame Form von Melancholie um meine *Seele* schlang.

Der schwelende Weltschmerz, der sich in einer gewissen Traurigkeit badet, befällt in den allermeisten Fällen nur Engel, vielleicht ein paar wenige Menschen, die ihren Gedanken schon weit im Voraus sind.

Eine asphaltierte Straße erwuchs hinter einem nahezu trockenen Wassergraben, begleitet von einem abgeernteten Feld. Das Getreide war mir erst unbekannt und nach genauerem Hinsehen ... Herbstmais schien es gewesen zu sein oder doch Zuckerrüben oder Weizen, gar Gerste, Hafer oder Roggen? Nur ein kleiner, blasser Schimmer umnebelte mich. Ich verstand kaum etwas vom Feld- und Ackerbau. Etwas über null. Sozusagen ein Hauch von wenig. Diese Tatsache erschien nicht *so* wichtig für mich zu sein, denn bisher war *mein Brot* immer fertig gebacken.

Das leichte Missfallen an diesen Reisetätigkeiten hatte sich bei mir erst vor kurzem eingestellt. Irgendwie reichte mir dieses ewige Auf und Ab, das Hin und Her, das Rauf und Runter. Das musste ein baldiges Ende haben. Lieber wäre es mir gewesen, endgültig unten auf der Erde zu verbleiben, um jeden Tag meine guten Taten vollbringen zu können, obwohl ich dem Himmel alles entnehmen konnte. Doch was wäre die Folge? Man würde mir Widerborstigkeit, Undankbarkeit oder gar Trotz vorwerfen, mich, Midron, bezeichnen als den Engel, der ständig aus der Rolle fällt, als den Querulant und Quertreiber, als solchen schlechthin, nein, nein, ich tat doch gut daran, alles so zu belassen, wie es von *oben her* bestimmt war.

Mein ausgeruhter Körper erhob sich von der Bank und versuchte dank eines kleinen Steges, diese geteerte Straße zu erreichen. Ein harlekinbewegendes Strecken verlieh mir die notwendige Beweglichkeit. Auf dem schmalen Brett, das etwa 20 Zentimeter in der Breite maß, tänzelte ich über den Wassergraben. Dieses Brett federte leicht durch und wurde durch mein Körpergewicht in ungewohnte Schwingungen versetzt. Während des Überquerens balancierte ich meinen Engelskörper aus. Mit beiden nach außen gestreckten Armen zitterte ich wie ein *enge-Hosen-tragender* Zirkusartist auf seinem stramm gespannten Drahtseil. Mehrmals entwichen mir die Wortfetzen: *Uaaah! – Uaaah!* Nun fehlte nur noch ein eleganter *Flickflack* oder der ebenso saloppe Salto aus dem Stand in den wässerigen Matsch des Grabens. Nach einem eventuellen Sprung wäre es dann das Chlorophyll der Gräser, das mein Gewand grün schimmern ließe. Ein gekonnter Balancekünstler, wie es an und für sich jeder Engel ist, schafft ein solches Hindernis mit links.

Auch bei Regen. – Selbst bei starkem Regen.

Da ich mich leider nicht im Besitz eines geeigneten Regenschirmes befand, wurde ich zwangsläufig nass. Pitschenass. Pudelnass. Bis auf die Haut. Die unaufhörlich größer gewordenen Regentropfen beendeten ihren Weg zuerst auf meinem Heiligenschein. Alsdann erreichten sie mein schon arg gebeuteltes Haar, das dieses Nass, nach mehr schreiend, wohlwollend aufnahm. Da ich keine allzu große Freundschaft zu meiner Haartracht hegte, musste ich wohl oder übel diesen Vorgang als gegeben hinnehmen. Das gezielte Herniederkommen mehrerer Tropfen in meinen Nacken empfand ich nicht gerade als sehr schmeichelnd.

Himmel noch mal!

Wie nach einem Sturzbach geschehen, spürte ich die Zielgenauigkeit des Wassers an meinem Körper herunterlaufen.

Ahhh!

Auf der kaum befahrenen Straße befand sich eine zirka ein Quadratmeter große Wasserlache. Eine eher ovale Pfütze stach mir in die Augen. ... und genau in dieses feuchte Kleinod trat ich. Midron, der Engel mit den anschließend durchfeuchteten Schuhen, war leicht erregt. Ich warf die Hände von mir. Einige Regentropfen stoben hinfort, und ich grummelte angesäuert in mich hinein:
Verflucht und zugenäht! – Ich hasse diesen Regen! – Doch was sollte ich daran wohl ändern? Dieser innere Ausspruch erinnerte schon sehr stark an das irdisches Geplänkel nörgelnder Menschen, und obwohl ich wusste, dass ich keine Schimpfwörter benutzen durfte, entglitten mir immer wieder solcherlei Ausdrücke.

Trotz allem gilt das Naturgesetz, das ich mir passend zurechtgerückt hatte:

Ohne Wasser kein Leben, und ohne Leben ist es der Erde egal, ob es regnet! Tiefenpsychologische Erkenntnis in aphoristischer Eintracht. *Des Engels Wortschatz ist unergründlich groß, da sein Lehrmeister das Wort kreierte, das er den Seinen geistig implantierte.* – Fast ein phonetischer Zweizeiler!

Als hätte Gott ein *Nachsehen* mit mir, drehte eine Himmelsmacht den Wasserhahn zu. Die Wolken eilten sich, zu fliehen. Der Regen ließ nach. Wann würde die Sonne scheinen?

Beinah wieder so ein philosophischer Ausdruck, dachte ich über den reimenden Spruch nach, aber Engeln legt Gott dieses eben in die *Wiege.*

Nach Regen kommt bekanntlich ja wieder Sonnenschein. Das wusste ich definitiv aus einer älteren Erfahrung heraus. Denn wer sonst konnte das Wetter besser beobachten als ich? ... oben ... eingekuschelt in eine Wolke, rechts einen

Becher mit Wasser und links das himmlisch knackig gebakkene Manna vom *Super-Lecker-Spezial-Bäcker*.
Unser Bäcker aus der göttlichen Backstube hieß Manfred. Er vertrat die Behauptung, dass das Wort *Manna* von seinem Vornamen abstamme. Mit dieser These hat er schon den halben Himmel zum Lachen gebracht. Die andere Hälfte bedauerte ihn nur mit abfälliger Miene und kopfschüttelnd. Mehlschleudernder Manfred, dir haben wir all die feinen Brote zu verdanken. Ich gehöre zur Fraktion der Gutheißer. Mach weiter, *Manni Manna!*

Manni Manna, ich glaube, jetzt geht es los!, murmelte Gott einst, als ihm diese Worte zu Ohren kamen.

So stelle man sich eine gekonnte Federzeichnung von mir vor, der *Nass-Engel* im durchtränkten Gewand, mit feuchter Korona und durchnässten Flügeln.

Das Bild vom guten alten Engel? Aber bitte nicht nass! – Vom hilfegebenden Erzengel Midron? Ja sicher, der darf schon mal in Ausübung seiner Pflichten so aussehen!

Ich setzte meinen Weg am Rande dieses erspähten herbstlichen Ackers fort. Es handelte sich doch um Mais. *Aha!* – Gut getippt. An verschiedenen Stellen des Feldes lagen noch einige gekappte Kolben dieses gelben Getreides. Manche von ihnen waren vom Abernten stark beschädigt. Wenn eine Erntemaschine *zur Sache geht*, bleiben kein Stängel, kein Halm und keine Pflanze ungeschoren. Im Zeitalter der hochmodernisierten Apparaturen und Gerätschaften, des *Hightech* und der Zukunftsutopien, die manchmal schon gegenwartsnah einsetzen, bleibt es nun einmal nicht aus, dass gewisse Schäden, die einfach mit einkalkuliert sind, so angerichtet werden.

In Folge dessen verteilten sich die kleinen, gelblichen, dennoch harten Maiskörner über dem gesamten Feld. Kleine gelbe Pünktchen auf grünbraunem Boden, wenn man so von oben schaute. Die aufräumende Natur befand sich in einer glücklichen Situation, denn oftmals kamen scheue Tiere wie Rehe, Hasen, Mäuse, Eichhörnchen und andere animalische Geschöpfe, auch dicke schwarze hungrige Vögel wie die diebischen Elstern, die hüpfenden Kolkraben, die anmutigen Nebelkrähen und die zutraulichen Dohlen und vertilgten freudig diese übrig gebliebenen Körner. – *Die guten ins Kröpfchen ...*

Hinter dem Acker begann der angrenzende Wald. Dichtes Gehölz bedeutete: Baum an Baum. Scheinbar undurchdringliches Gebüsch hieß: Strauchwerk, Brennnesseln, niedrige Gewächse, Farne, Moose, Pilze und Flechten. Sie waren es, die signifikant für einen geordneten Wald standen. Substanziell gesunde Pflanzen und Bäume wurden immer mehr in den Hintergrund gedrängt. Die kranken Nutzhölzer hingegen überschatteten manche Idylle eines Nadel- oder Blätterwaldes. Unschuldige Bäume, die sich gegen die mannigfaltigen Schadstoffe, die durch die Atmosphäre wirbelten, nicht wehren konnten, starben eines unnatürlichen Todes; ausgelöst von Menschenhirn zusammengesponnen und von deren Hand ausgeführter Freveltaten. Der Wald hieße nicht Wald, bestünde er nicht aus ungezählten Bäumen, die in abgeschiedener Eintracht mit ihren Mitbewohnern harmonierten. Diese sauerstoffproduzierenden Blatt- und Nadelträger kannte ich noch zur Genüge. Aus den alten, fast vergessenen Zeiten heraus trauerte ich ein wenig mit ihnen, konnte nicht helfen und hoffte inständig, dass der Tag bald kommen mag, an dem die Menschen einsichtig werden.

Ich liebte breite, tiefe Wälder mit schmalen Lichtungen, zudem dichte Wälder mit ihrem Unterholz und undurchdringlichem Gestrüpp, weniger – verständlicherweise die halb toten Wälder mit ihren zum Teil abgestorbenen Bäumen. Nie traf ich auf lautlose Wälder ohne Vögel und ohne Nester. Irgendein Getriller oder nur einen Piepton konnte ich immer vernehmen und war es nur der kleinste Laut von Vogeljungen, die gerade gefüttert werden wollten.

Klagenden Auges erkenne ich noch immer abgebrannte Wälder, teils vorsätzlich oder sogar bewusst angezündet und somit zerstört. Meine innere Filmklappe riet mir: *Cut! – Neue Szene. Neue Einstellung!*

Mit einem geistigen Gedankenwisch schlug ich das sinniert Böse aus mir heraus und drang vorsichtigen Fußes in diesen vor mir liegenden Wald ein. Der Pfad, den meine Füße beschritten, war ein wenig glitschig und somit beschwerlich, aber dennoch begehbar. Ich gelangte durch den Wald hindurch und wieder heraus. Ein schmaler Hag empfing mich am Ende. Mit dem rechten Fuß schoss ich einen Tannenzapfen über zehn Meter weit durch die Luft. Dem Gesetz der Ballistik folgend trieb ihn die Flugbahn auf einen Farn zu, der durchfederte und dem Zapfen eine neue Richtung verlieh. Anschließend fiel der Tannenzapfen weich auf den Waldboden. Ein pittoreskes Bild, eben wie gemalt.

Ich fand riesigen Gefallen an diesem früh pubertierenden Gehabe. Männliche Engel erscheinen mitunter wie unternehmungslustige Knaben, die zwar irgendwann älter und reifer werden, aber nicht unbedingt dadurch erwachsen erscheinen.

Nach dem lässigen Zapfentritt starrte ich erschrocken auf meine Schuhe. Was erblickte ich da unten am Fuße meines Körpers? Ah! – Meine schönen Schuhe mussten den Prozess der Verschmutzung durchlaufen haben. Berührungsbedingt durch die Nässe, den Regen, die Pfütze, den Ackerboden und diverser harziger Fundstücke auf dem Waldboden sahen diese Schuhe aus, als wären sie mit Absicht so verunstaltet worden. Dreckig waren sie halt. Wie hatte ich das geschafft? Jeweils auf einem Bein balancierend versuchte ich, den Schmutz von den Schuhen zu entfernen. Ich fuhr mit den Engelslatschen durch das hoch gewachsene Gras und konnte somit den augenscheinlichen Schaden fast beheben, zumindest mildern. Durch eine gekonnte Drehung des Kopfes und unter Zuhilfenahme meines Halses, der zwischen den Schultern ruht, brachte ich meinen Körper wieder in die formgerechte Position. Meine frischen Augen erspähten ein Geschwader von Fluggeräusch verursachenden Tauben, die rauschend über mich hinweggezogen waren. Sie flogen in nördlicher Richtung auf eine rote Backsteinvilla zu, die von immergrünem Efeu stark bewachsen war. Schon von weitem konnte ich erkennen, dass es sich bei dem Haus um ein großes gepflegtes Anwesen handelte.

Beim aufmerksamen Näherkommen erblickte ich einen wahrhaften Prunkbau, der von einer zwei Meter hohen Mauer umgeben war. Diese Mauer bestand aus quaderförmigen Steinen, die durch Menschenhand gemauert und zudem jeder einzelne Stein mit Mörtel verbunden war. Tempelförmig, mit Schmiedeeisen versehen, stand diese elegante Mauer wie ein unüberwindbares Bollweg um das Haus herum. Ein unvermeidlicher Wassergraben führte zum Glück nicht rund um dieses herrliche Bauwerk. Es handelte sich schließlich um keine Ritterburg, sondern um eine gewaltig große Villa, demnach kein Wassergraben und keine Zugbrücke. *Das hätte auch seinen Reiz gehabt, so eine Ritterburg ...*, dachte ich beim Herangehen und schweifte gedanklich ab in mittelalterliche

Gefilde. Ich sah mich als schwertkämpfenden Ritter auf einem schwarzen Rappen, mit Schild in der anderen Hand, reitend. Ja, sogar eine Lanze trug ich in der Verlängerung meines Armes. Mächtig trampelte der Gaul in die dreckschleudernden Furten der Duellpiste ... – *Midron, lass es!*

Allerdings ein mächtiges Eisentor, wie ich es von dem Friedhof her kannte, versperrte mir den Zugang zu diesem Haus.

Ich trat näher heran. Vor dem Tor, das mit vielen daumendicken Eisenstäben bestückt war, hielt ich inne. Neben dem rechten Mauerpfeiler prangte eine mittelgroße Messingtafel. Die zwei eingravierten Worte waren nicht zu übersehen.

Bitte läuten.

10 mal 40 Zentimeter etwa, maß diese kleine Tafel. Etwas Grünspan hatte sich darauf versammelt und auf den einst glatten Rändern niedergelassen. Über dem *Bitte-läuten*-Hinweisschild hing zudem noch eine Tafel mit akkurat eingearbeiteten Buchstaben. So konnte jedermann in großer Schrift lesen:

SENIORENHEIM – PRIVAT.

Ich blickte nach vorn und fühlte mich in einem glücklichen Gedankennetz eingesponnen: *Ach, schau an, hier wohnen sicherlich alte Leute, vielleicht betagte Senioren oder gar hilfsbedürftige Menschen. Nun, hier bin ich wohl genau richtig. Goldrichtig!*

Dem begrenzten Panorama folgend stand ich da, ich, Midron der Engel, gleichwohl ernannter Erzengel. Anscheinend auf der Walz, auf der Wanderschaft befindlich, fand ich zu einem idyllischen Ort zurück. – Zu einem Platz der kleinen Glückseligkeit. Ich streckte den rechten Daumen von meiner Hand und drückte mit dem Ballen dieses dicken Fingers auf den schwarzen Knopf einer emaillierten Klingel, deren Stromdraht sich um einen eisernen Gitterstab wand und letztlich in einem kleinen Röhrchen unterirdisch in Richtung dieser Backsteinvilla verschwand.

Ding-Dong – Ding-Dong-Dong-dong-dong-dong-dong, ertönte es laut. Nicht ganz in Ordnung, dieser zyklische Klang, schoss mir durch den Kopf. Ich reckte meinen Hals vor wie eine erschrockene Schildkröte bei der Eiablage und hinterließ, in dieser Pose verharrend, einen wahrlich bleibenden Eindruck, – hätte mich jemand so sehen können ... Leichtes Schuldbewusstsein überkam mich, und im gleichen Augenblick verließen ein paar klägliche Worte meine Lippen:

Um Himmels Willen, was ist denn das für eine Klingel? – Na, klingt sehr überholungsbedürftig!

Dieses Sturmläuten erschien mir im Nachhinein unangenehm. Aber schließlich konnte ich nichts dafür, dass diese Klingel zigmal *dong* machte. Wie von unsichtbaren Geistern befohlen, öffnete sich das schwere Eisentor nach innen hin. Ich schritt forsch hindurch. Zielgerichtet und frohen Mutes marschierte ich in Richtung dieses Gebäudes. Unter meinen Schuhen vernahm ich knirschende Geräusche, die auf eine kieselsteinartige Deckschicht hindeuteten.

Eine kleine Brise von herbeigeeiltem Wind durchflutete mein weißes Gewand. Die überdimensional wirkende Eingangstür der geräumigen Villa im Grünen nahe des pittoresken Waldes mit den harzigen Tannenzapfen öffnete sich. Zaghaftes, anmutendes Knierzen und Knarren begleiteten die langsame Schwingung des Türblattes. Eingelassen in dieses Türblatt erkannte ich sauber eingefasste Butzenscheiben, blitzblank gewienert und dadurch spiegelnd wie silberne kleine Bleche.

Ein ordentliches Haus, durchfuhr es mich, als ich näher herankam. Ich verharrte drei oder vier Schritte von der Tür entfernt. Während mein neugieriger Blick noch auf diesen Scheiben haftete, vernahm ich eine beherzte Stimme:

„Einen schönen guten Tag wünsche ich Ihnen, was kann ich für Sie tun, womit kann ich Ihnen weiterhelfen, mein Herr?"

Ich zuckte etwas verstohlen zusammen und schaute auf diese dem Anschein nach seriös gekleidete und freundlich fragende Person, die mir gegenüberstand. Bei diesem angenehm wirkenden Mann handelte es sich um einen älteren Herren, vielleicht so um die 60 Jahre alt, in einem klassischen Butlergewand, das, wie alle Welt es halt so kannte, äußerst dezent wirkte, aus schwarzem Tuch gefertigt, mit weißem akkurat gebügeltem Hemd, einer schwarzen Fliege und, weil es einfach perfekt dazu passte, einer dunkelgrauen Weste. Es war alles vorhanden. Die Schuhe waren penibel blitzblank poliert. Obendrein steckten schneeweiße Handschuhe auf seinen Fingern. Alles schien nur vom Feinsten zu sein. Mein spontaner Blitzgedanke öffnete eine Schublade im Kopf: *O Gott, wie vornehm, nobel, nobel! Das ist ja schick hier. Alle Achtung!*

Da musste ich mich aber vorsehen. Hier ging es anständig und edel vonstatten. Zum Glück trug der Hausdiener keinen steifen Herrenhut, wie es ein Zylinder oder gar eine Melone ist. Das stünde mehr den Theatergängern oder Opernbesuchern zu, ja fast sicher sogar jedem Zirkusdirektor mit seinem Chapeau claque auf dem Kopf. Dieser Herr der Manege würde dazu noch seinen Stock durch die Lüfte wirbeln.

Hier in diesem ehrenwerten Altersdomizil wohnten überwiegend ältere Menschen beiderlei Geschlechts. Es handelte sich um erfahrene und lebensgediente Senioren. Diese unumstößliche Tatsache hatte ich zu akzeptieren, denn was gibt es Verachtenswürdigeres, als das Alter in irgendeiner Weise ins Lächerliche zu ziehen. In den heutigen Zeiten ist jeder schnell geneigt, dem Alter mit abgewandter Schulter zu begegnen. Da schaute der Betreffende schon gerne auf die andere Straßenseite, wenn er jemandem begegnete, den er nicht einmal grüßen wollte. Diese Form der eingebürgerten Ignoranz erfuhr ich beizeiten am eigenen Leibe. Ich wusste, wie es war, wenn die Mitmenschen meinten, etwas Besseres zu sein, obwohl sie in vieler Augen nur lächerlich klein wirkten. Aber in dieser Residenz, vor deren Tür ich nun stand, erwartete mich Güte und Wohlwollen, da war ich mir ganz sicher.

Ich liebe jeden Menschen, ob jung oder alt. Jedem stehen meine Hilfsbereitschaft zu, mein Schutz und letztendlich meine bloße Gegenwart. Egal, ob reich oder arm, auf jedem Punkt der Erde würde ich sein, an jedem noch so abgelegenen Ort meine Hilfe und Kraft zur Verfügung stellen. Räuspernd rückte ich meine mittlerweile ausgeruhte, weiche Stimme zurecht und antwortete salopp:

„Ja, Sie können mir weiterhelfen, in der Tat, ich würde gerne den Besitzer dieses Hauses sprechen", entgegnete ich prompt und zupfte mit Daumen und Zeigefinger an meinem Adamsapfel herum. Da mir die Distanz zwischen dem Butler und mir relativ groß erschien, ging ich noch zwei, drei Schritte voran, bis ich direkt vor dem Butler zu wurzeln kam und unsere Gesichter nun von beiden Seiten größer erschienen, Auge in Auge blickend und beinahe Nase vor Nase austariert.

„Sehr wohl, Sie möchten den Besitzer sprechen. Darin sehe ich kein Problem, das lässt sich arrangieren", bemerkte der Butler höflich und hielt dabei seine Hände hinter dem

Rücken verborgen. Es sah aus, als endeten seine Arme an den Ellenbogen.

„Wenn ich noch erfahren dürfte, wen ich melden darf? ... und entschuldigen Sie die direkte Frage, das ist bei uns üblich: Können Sie sich ausweisen, haben Sie irgendeine Legitimation, die sie bei sich tragen? Sie wissen selbst, heutzutage muss man äußerst aufmerksam sein. Wer hier schon so alles angeläutet hat."

Das wollte ich zwar nicht unbedingt wissen, aber der Mann hatte immerhin Recht mit seiner Äußerung, man musste wirklich heute sehr, sehr vorsichtig sein. Die Welt als solche war nicht übel, eher schon die Menschen, die sich immer wieder aufs Neue erdreisteten und nichts unterließen, weiterhin diese Erde zu unterjochen, sie als Untertan hingestellt zu wissen. Ein schwieriges Unterfangen, doch kein böser Mensch gibt auf, solange es diesbezüglich nur einen Funken Hoffnung gibt. Da erweist er sich als stur und unbeirrbar. Wie stark letztendlich diese Welt sein würde ..., – warten wir es ab.

Wenn dann doch irgendetwas aus dem Ruder gelaufen war, hieß es: So helft uns doch, steht uns bei und lasst uns nicht allein ...! Ergo durften wir Engel notgedrungen Polizei und Feuerwehr spielen, als Detektiv und Ermittler auftreten, als Gottverehrer und Teufelhasser vermitteln und sogar den *Hans und Franz* geben, wenn es sein musste.

Ja, Engel sein, das ist eine Berufung!

Der Butler schien ein sehr gewissenhafter und vorsichtiger Mensch zu sein. Gut und recht so. Jetzt hieß es für mich, ordentlich aufpassen, die Ruhe bewahren und nur nichts Falsches sagen. Gott als guter Lehrmeister bevorzugte meist den einen oder anderen Statut aus seinem Repertoire der guten

Ratschläge. So auch den, dass man versuchen musste, auf der Erde Fehler möglichst zu vermeiden. Schließlich musste ich unter allen Umständen schon an dieser Eingangstür verhindern, als Himmelsbote erkannt zu werden und somit kläglich zu scheitern. Also, kein Wort diesbezüglich über himmlische Vorkommnisse, Machenschaften oder Ähnliches. Ich war ausschließlich zum Helfen hierher gekommen und wollte niemanden mit himmlischen Tatsachen erschrecken, schon recht nicht einen so netten Butler. Der hätte wohl möglich Tage gebraucht, um zu verstehen, was ich ihm beichten würde.

Mein irdisches Outfit, das sich diesem Butler präsentierte, passte perfekt. Ich hatte mich kleidungsgemäß zuvor verwandelt, um ein seriöses Erscheinungsbild abzugeben. Wie ein klinkenputzender Vertreter für Weine, Unterwäsche oder Staubsauger, mit einem fingerschnippend herbeigezauberten Koffer in der rechten Hand, stand ich da wie bestellt und nicht abgeholt. Das erschien nur so, denn es hätte immerhin für den Diener ein falscher Eindruck entstehen können, wäre ich als *Nachtgespenst* vor der Tür erschienen.

In diesem Koffer befanden sich Kleidungsstücke zum Wechseln. Sehr irdisch, aber logischerweise ein Muss. Denn wer sagte mir, dass nicht irgendjemand in meinen Sachen herumschnüffeln würde, wenn ich nicht zugegen war.

Mit einem göttlichen Augenzwinkern zauberte ich eine Visitenkarte aus der Innentasche meines Jacketts. Ein Griff mit zwei Fingern der linken Hand, und ganz leger und gewandt zog ich das mit Namen, Anschrift und Beruf bedruckte Kärtchen hervor.

„Hier bitte, nehmen Sie, meine Karte", bemerkte ich weltmännisch und reichte sie dem Butler, als ob ich es schon mein halbes Leben lang so gemacht hätte. Ja, gelernt war schließlich gelernt. *Bei dem Meister!* Wie gut, dass ich schon einmal auf dieser Erdkugel gearbeitet hatte, leider oder *Gott sei Dank* nicht als Handelsreisender. Bei der gedruckten Anschrift handelte es sich um ein Meisterwerk der Flunkerei. Nicht einmal mir war bekannt, wo ich auf der Erde genau wohnte. Wer sollte das auch überprüfen? Der Butler musterte die Karte und speicherte die Aufschrift in seinem Gedächtnis ab. – Mit Sicherheit!

„Ah, Herr Midron Sandkamp. Sie sind Handelsvertreter, wenn ich fragen darf, in Sachen ...? Was haben sie uns Schönes anzubieten?", wollte der Hausdiener wissen und übersah dabei, wie ich den Kopf senkte und die Augen nach oben rollen ließ.

„Nehmen Sie es mir bitte nicht übel, aber das würde ich gerne mit dem Herrn des Hauses persönlich besprechen, Sie verstehen?", konterte ich mit schwingender Hand, während ich mir mit der anderen den Kragen richtete. Der Koffer parkte auf dem Boden neben mir. Da stand er nun, das gute Stück.

„Selbstverständlich, Herr Sandkamp, ich werde Sie melden, einen Augenblick bitte. Aber kommen sie doch mit ins Foyer. Schauen Sie sich in der Halle um, ich beeile mich."

Der Butler machte eine geschickte Drehung mit dem rechten Fuß. Der Schuh quietschte leise, und so wandte er mir den Rücken zu. Ich folgte ihm. Er drehte sich um, um sich zu vergewissern, dass ich eintrat. Sehr misstrauisch. Nun, sein Beruf.

Er gewährte mir also den direkten Zugang in das Foyer dieses Hauses. Äußerst verblüfft war ich und kreiste mit meinen weit aufgerissenen Augen im Raum umher. Ein gewaltiger Anblick, der sich mir bot, und mir wurde auf der Stelle klar, dass ein mit an Sicherheit grenzender Wahrscheinlichkeit reicher Mensch hier investiert hatte! Eine betuchte, wenn nicht steinreiche Person sogar. Relativ gesehen lag eine enorme Anzahl von Orientteppichen darnieder, einige kostbare Vasen erblickte ich und erspähte feinste Edelhölzer an Wand und Decke. All das war Bestandteil der Vorhalle in dieser bestechend schönen Villa. Vielleicht war sie deshalb so überwältigend bildhübsch, weil sie sich selbst wie ein altes Schmuckstück präsentierte. Die treffende Auswahl des Ambiente, wie das massive Holz und die damit verbundene Qualität, sowie dieser überragende Farbschimmer allein der Bespannung der antiken Möbelstücke, ließen jedes Kennerherz höher schlagen.

Poch, nein lauter: *POCH! – POCH! – POCH!*

Mein Blick stieß auf sündhaft teure Gobelins, schimmernden Samt, aufwändige Schiffchen-Stickereien, mit Liebe Geklöppeltes, antike Schwerter, alte Gemälde, sogar Fresken, mäanderverzierte Ornamente an Bilderrahmen und ein riesiger, aus verschwenderisch viel Glas bestehender Lüster in der Mitte unter der Raumdecke. All das rundete dieses Ambiente ab. Allein nur der sicher schwere Kronleuchter war schon eine sensationelle Augenweide. ... und erst die hohen Wände.

Heiliger Vater!

Welch Pomp und Prunk zugleich! Vertäfelt von oben bis unten. Ich konnte gar nicht genug bekommen von dem Anblick. Auf Anhieb vernarrt war ich in dieses Erscheinungsbild des ansehnlichen Foyers. Wie bei einem verliebten Jüngling lief mir ein Schauer über den Rücken. Besonders angetan hatten es mir die zwei Gemälde, die neben dem

Treppenaufgang ihren Platz fanden. Sie waren in den goldfarbenen Rahmen eingefasst und vorsichtig mit kleinen Nägeln auf der Rückseite fixiert. Neugierig, wie ich war, hatte ich nachgeschaut. Eine nicht unerhebliche Anzahl von Adjektiven folgte meinen Gedanken:

Famos. Faszinierend. Farbenprächtig. Großartig. Intergalaktisch. Monströs. Umwerfend, ... und so weiter. Ich war hin- und hergerissen von so viel Pracht, Glanz und Grazie. Eine himmlische Hand in lauwarmem Salböl zu baden, konnte nicht schöner sein.

Die breite Treppe führte in den ersten Stock. Dort lagen die wohl möblierten Zimmer und adretten Appartements der älteren Herrschaften.

„Guten Tag. – Sie wollen zu mir?" Der wie aus dem Nichts auftauchende Hausherr richtete diese eingängige Frage an mich.

„Ja, genau so ist es, wenn Sie erlauben?", antwortete ich und glitt mir mit meiner rechten Hand durch das Haar. Diese Hand durchfuhr dabei auch die für den Herren des Hauses unsichtbare Korona, ohne sie zu berühren. Das war schon fantastisch anzufühlen und nur möglich, weil ich ein Engel bin. Erzengel, so viel Zeit muss sein.

Ich sage es mit Stolz.

„Sie sind also Handelsvertreter, wie ich den Worten meines Butlers entnehmen konnte?", fuhr der Mann fort, der mit beiden Handflächen flankierend seine grau melierten Haare am Kopf glatt strich. Das Berühren seiner Kopfhaare mutete an, als würde er mich in plagiatorischer Form nachäffen.

„Nun ja, eigentlich nein." Ich druckste etwas verhalten herum.

„Ich bin zu Ihnen gekommen, weil ich in Ihrem Hause helfen möchte. Besonders den älteren Menschen, die hier wohnen. Ich kann Ihrem Butler zur Seite stehen, Hausmeisterdienste verrichten, wenn Sie möchten. Die Höhe der Entlohnung ist nicht unbedingt primär, das wäre nun wirklich nicht vorrangig", beichtete ich ihm und hielt meine linke Hand etwas schüchtern vor die gesprochenen Worte. Dass ich gleich zu Beginn von der Bezahlung anfing, geschah nur, damit ich es nicht vergaß. Es passierte schon des Öfteren, dass ein Engel diesen ganz wesentlichen Faktor verdrängte und nicht mehr an ihn dachte. Das sollte mir nicht widerfahren.

„Hm", bemerkte der Hausherr kinnkratzend:

„Haben Sie denn etwaige finanzielle Sorgen, dass Sie sich unbedingt bei mir vorstellen müssen?, fragte er weiter und schien geneigt zu sein, Näheres zu erfahren. Er rieb dabei derart Daumen und Zeigefinger, dass ich diese bekannte Bewegung als unmissverständlich deuten musste.

„Woher wollen Sie wissen, dass ich in der Tat jemanden suche, der uns unter die Arme greifen kann? – Können Sie hellsehen, im Prinzip kommen Sie mir wie gerufen, so ein Glück, ich will sagen, so ein Zufall. Sie machen mir den Eindruck, als ob Sie auch fest zupacken können, wenn es einmal darauf ankommt", setzte der Herr des Hauses noch hinzu. Und wie Recht er hatte. Selbstverständlich konnte ich fest zupacken.

Breitkreuzengel.

„Sagen wir mal, ich habe es erstens erhofft, zweitens ein wenig innerlich gespürt und drittens irgendwie und irgendwas von jemandem gehört", flunkerte ich hemmungslos drauflos, ohne mich mimisch zu verraten.

„Letzteres glaube ich zwar weniger, aber trotzdem, gut. Wie dem auch sei, Sie können bei uns anfangen, ich muss

nur, wie Sie sich vielleicht vorstellen können, Ihre Referenzen prüfen." Der Mann musterte mich durch seine leicht getönte Brille, die zwei braune Augen verbarg, und zog ein Augenlid unter diesem Augenglas hindurch nach unten. *Holzauge, sei wachsam!*
Referenzen prüfen. – *Pah!* – Referenzen prüfen, auch so eine seltsame Floskel auf der Erde! Mit *Referenzen* meinte der Hausherr den Inhalt einer Mappe, die ich ihm überreicht hatte. Ja, ja, Referenzen, Zeugnisse, Empfehlungsschreiben. *Blablabla*. Ohne sie läuft gar nichts mehr. Ein wenig *Vitamin B* eventuell, darf es noch ein bisschen mehr sein? ... und sonst?

Ich nahm Platz auf einem gut verarbeiteten englischroten Ledersessel mit messingbeschlagenen Nägeln. Der Rücken war hochgezogen. Die Armlehnen wirkten wuchtig und kühl. Aber ich saß äußerst bequem. Wie in Abrahams Schoß.
Ja, der Abraham, der israelitische Stammvater des Alten Testamentes.

Der Hausherr, er wurde hier Heimleiter genannt, verschwand in einem angrenzenden Nebenraum und schloss hinter sich die Tür. Dieser Schließvorgang klang wie das Zuziehen eines schweren, wuchtigen Tresors. Wie alle anderen Türen auch, bestand diese aus massivem Holz. Schweres Holz. Altes Holz. Deutsche Eiche, massiv. Sehr schwer. Ich saß recht gemütlich in meinem Sessel und schob einen Arm unter meinen Kopf. Ich gähnte verhalten.

Ein gutes Gehör ist Gold wert. Ich vernahm einige Worte des Heimleiters durch die Tür hindurch. Ich hörte, wie sich dieser telefonisch nun erkundigte. Der Mann führte genau zwei Gespräche am Telefon. Die Antworten der Gesprächspartner erwiesen sich wohl als zufrieden stellend und gut.

Seine Zustimmung klang jedenfalls so. *Ja, in Ordnung, geht klar, – wunderbar!*

Wo um alles in der Welt hatte der Mann mit der getönten Brille auf der Nase angerufen? Im Himmel? – Wohl kaum! Ah! – Wahrscheinlich eine der angegebenen Nummern auf der Visitenkarte. Ich selbst sollte das bei Gelegenheit einmal überprüfen! Mich durchfuhr eine gewisse Ahnung, doch ich ließ die Vermutung wohlwollend von mir abgleiten. Letztlich war es egal, wo der Mann angerufen hatte. Wichtig war nur eins: Hier ging es ums Helfen und um nichts anderes!

Es bedurfte also meinerseits keines weiteren Kommentars.

Fast wäre ich eingenickt, als der Mann wieder aus dem Zimmer trat und mich schräg von der Seite ansprach:

„Darf ich Ihnen eine Kleinigkeit zu trinken anbieten, möchten Sie sich erfrischen. Ein Glas Mineralwasser vielleicht oder einen indischen Tee. Ich habe einen ganz hervorragenden Darjeeling von den Südhängen des Himalaya, wenn Sie sich für Tee interessieren ..., ich kenne dort einen Teebauern. ... oder wie wäre es mit einem belebenden Kaffee, ja oder vielleicht etwas Alkoholisches wie Wodka, Gin, Cognac oder einen Whisky ..., ich hätte ihn als Bourbon oder Scotch da, wie und was Sie möchten, ich bin gut sortiert, wie Sie dem reichhaltigen Angebot entnehmen können."

Die verlockende Auswahl schien tatsächlich sehr groß zu sein. Frei dem Motto, wenn man so wollte: *Hoch die Tassen,* auch für Trinker: *... bis der Arzt kommt ...!*

Diese entzückende Offerte geziemte sich wie selbstverständlich und war natürlich in einem solchen Hause zu erwarten. Wir Engel sind leider eher bescheidene Himmelsgeschöpfe. Man denke nur an Wasser und Brot. Diese einseitige Ernährung, wie sie in irdischen Haftanstalten der üblen Art zu finden ist, hat mit dem himmlischen Manna und Wasser nichts gemeinsam. Das in den erstickenden Gefängnissen Dargebotene schmeckt schlechter.

Ich entschied mich letztlich für einen Kaffee mit Milch und einem Stück Zucker. Fünf Minuten, nachdem der Butler angewiesen worden war, Kaffee zu bringen, trat er ins Foyer und kredenzte das befohlene Getränk. Der heiße Dampf stieg aus der Tasse auf und ergriff die Flucht zur Raumdecke. Dieser unverkennbare Duft verbreitete sich rasch in der Eingangshalle. Als der Butler wieder in aufrechter Haltung verharrte, fingerte er einen Schlüssel aus seiner Jackettasche und übergab ihn mir:

„Das ist jetzt Ihrer, die Zimmernummer steht drauf, zweite Etage. Bei dieser Gelegenheit wäre es sicher auch wünschenswert für Sie, dass ich Ihnen meinen Namen verrate: Karl. Nennen Sie mich Karl." Der Schlüssel war versehen mit einer relativ feinen Zahnung. *Aha!* – Zimmernummer: 248. Karl, soso.

„Ich danke Ihnen, Karl. Übrigens, wenn es mal schnell gehen muss, können Sie ruhig Midron zu mir sagen, ansonsten wäre es sicher ratsam, die Etikette zu wahren!" *Ist ja wie im Hotel und so förmlich, o Gott, hoffentlich geht das alles gut hier,* tangierte mich dieser Gedanke. Der Schlüssel rutschte in meine rechte Hand und hing an einem Holzkegel, der mit einem schwarzen Gummiring versehen war. An dem Schlüssel baumelte außerdem ein rundes Metallplättchen mit eingravierter Zimmernummer. Eben 248. Die Zimmer mit Zweihunderter Nummern standen nur den Bediensteten zur Verfügung, und die wohnten ausschließlich in der zweiten Etage dieser großen Villa.

Ein wahrlich schönes Zimmer bekam ich, oh ja, ein Dorado für die Augen und ein Ort der Entspannung für Körper und

Geist. Mit grandiosem *Südweitwegblick,* garantiert sehr warm im Sommer. Eine besondere, mitgegebene Veranlagung war mein außerordentlich gutes Sehvermögen. So passte alles wunderbar zusammen. Mit drei Worten beschrieben: Es war herrlich!

Was wohl Brusian der Fürst machte oder die beiden *Klausur-Engel,* Martinus und Genius? Wie ging es wohl meinem geliebten Gott und seinen anderen Dienstboten, den gesamten Engelchören eigentlich? Interessiert hätte es mich schon zu diesem Zeitpunkt, doch wichtiger erschien mir das Verweilen und Agieren in dieser Residenz, wenn sie auch weit abgelegen war. Trotz aller imposanter Eindrücke vergaß ich nie die himmlische Existenz mit ihrer wahrhaft imponierenden Schönheit. So beeindruckt ich davon war, hätte ein geistiges Abschweifen zwar leicht geschehen können, doch da war ich ein loyaler Zeitgenosse von einem gnadenlos devotem Erzengel. *Na, na, na, Midron!*

Etwas träumend lag ich auf dem bequemen Bett und starrte an die liebevoll gearbeitete Zimmerdecke. Ein schöner Tag war es. Ich erblickte eine Kassettenverkleidung mit Intarsien, auch Eiche, unter der Decke. Edel, edel, wie eben alles hier in dieser Villa. Und erst dieses komfortable Bett! Ich verfügte in dem Zimmer über einen passenden großen Tisch mit zwei Stühlen und einem großen Schrank. Eiche massiv. Was sonst? Ein dunkler, orientalischer Vorleger lag vor dem Bett auf einem weiteren Teppich, der den Boden fast gänzlich bedeckte. Dieser große Teppich leuchtete schon farbenfroher. Die Vorhänge waren farblich abgestimmt auf den Teppich sowie auf den Bezug der Zimmerlampe. Die Raumhöhe maß an die drei Meter wie überall im gesamten Gebäude, außer natürlich der Eingangshalle. Die war noch

höher. Glaubte ich, nein, wusste ich. Ein prächtiges Prunkstück und äußerst geschmackvoll eingerichtet.
Ich schwärmte bereits!
Das war ein feudaler Raum für sich, der es im wahrsten Sinne des Wortes in sich hatte.

Am nächsten Morgen saß ich in irdischem Gewand zusammen mit einem Bediensteten aus der Hausverwaltung, in einem sehr gemütlichen Zimmer im Erdgeschoss. Wir besiegelten den Arbeitsvertrag mit unseren Unterschriften. Meine Signatur kann jeder nur schwer entziffern. *Engelsklaue.* Krikkelkrakel sozusagen. Dieser Vertrag regelte nun die Stellung als Betreuer dieser Senioren so wie einen ergänzenden Hausmeisterjob für gehobene Dienste und dazu noch, wenn Not am Mann war, Mädchen für alles. Ein Allroundjob also. Gut so. Ich durfte somit die Dinge abwickeln, die der *erste Butler* nicht unbedingt verrichten musste. Den Grund dafür sollte ich nie erfahren. *Erahnen?* Vielleicht hatte ich mich zu sehr engagiert und somit erkennen lassen, dass mir nichts zu schade war. Etwas merkwürdig, das Ganze. Aber ich wollte nicht zu viele Fragen stellen. *Schweige und arbeite,* so lautet die Devise. Es hatte eben so jeder seine eigene Vorstellung davon, was die Einstellung seines Personals betraf.

Eine Stunde später erschien der wie immer gut gekleidete Hausherr im ersten Stock auf der Treppe. Das geschwungene Geländer, das diese Treppe zierte, wirkte sehr massiv, und die Längsstreben trugen den wuchtigen Handlauf. Eiche massiv, was sonst? Wenn ich mir die Gegenstände aus Eiche und derer Funktion betrachtete, wäre es ein Leichtes für mich gewesen, eine entsprechende Abhandlung zu dem Thema *Holz* zu schreiben.

Ich saß im Foyer zwar auf einem alten, aber dennoch lange nicht verschlissenen Ledersofa in der Ecke neben einem Kamin. Einige Holzscheite waren darin aneinander gelehnt und warteten auf ihre Entzündung. Dennoch war es warm genug und richtig dunkel wurde es auch erst sehr spät. Auf dem breiten Kaminsims ruhte ein glänzender Topf aus Messing mit einem außergewöhnlich schönen Gewächs darin. Der Sims bestand aus italienischem Marmor. Aus Carrara. Er war dick und wirkte kühl, als ich darauf schaute. Wenn mich der Anblick nicht täuschte, handelte es sich bei der rotweißgrünfarbenen Blume um einen Frauenschuh oder so ähnlich. Ob diese hübsche Pflanze selbst im Winter dort stehen würde? Wahrscheinlich eher nicht.

Diese Blume entsprang meiner Meinung nach der Familie der Orchideen, doch leider war ich nicht der thematische Kenner aus dem Bereich der Botanik. Die grünen, schmalen Blätter dieser Pflanze hingen nach vorn herab und wuchsen in Richtung Öffnung des Kamins. Ein schweres Gitter war notwendig und verhinderte, dass Holzscheite beim Brennen umkippten und womöglich auf den Fußboden fallen konnten, obwohl dort feuerfeste Bodenfliesen verlegt waren. Ohne entsprechendes Gitter besteht immer die Gefahr, dass zu Verfeuerndes aus dem Kamin fällt. Der Kamin war außen nicht mit Holz vertäfelt.

Aus Sicherheitsgründen, sagte ich mir.

Die wunderschönen Blüten stachen deutlich vom Hintergrund ab, von der in weißer Farbe getünchten Wand. Das herrliche Zusammenspiel dieser Farben erfreute trotz gewissem Unwissen mein Engelsauge. Mir fehlte eben der totale Blick für diese Sparte der Flora. Aber nicht nur dieser Anblick erweckte in meinem Herzen Freude und Wärme. Das ganze Ambiente erfüllte mich offensichtlich mit tiefster Zufriedenheit. Ein schöner Ort zum Arbeiten und Helfen. Anders als im Himmel. Nicht so kühl und weitläufig. Hier unten wurde man nicht angestachelt und getrieben, höchstens von sich selbst.

Ich, Midron, der Schutzengel mit der angenehmen Stoffhose und einem glatt gebügelten Hemd, hielt das Haupt noch über meine Papiere gebeugt und sortierte die persönlichen Unterlagen, als ich hinter meinen Ohren Geräusche wahrnahm. Ein seltener Anblick im Himmel, wenn Engel in bürotechnischer Arbeit verzettelt sind, aber auf der Erde stellt ein solcher Aspekt nichts Ungewöhnliches dar. *Engel über Papier.*
Sehr lustig.

„Guten Morgen, Herr Sandkamp", ertönte es frisch und jungfräulich von rechts.

„Wann beginnen Sie ihren Dienst? Ist alles geklärt und so weit in Ordnung?" Der *Regent* des Hauses verbreitete eine frohe Laune, war guter Dinge und schwebte vor Glückseligkeit, von dieser Treppe über die Orientteppiche bis zur Eingangstür reichend, hinunter.

„Im Grunde bin ich schon tätig, doch morgen Früh fange ich dann vorschriftsmäßig an. Ich werde mir bis dahin alle Räumlichkeiten ansehen und Kontakt aufnehmen mit den Bewohnern Ihres schönen Hauses", frohlockte ich, schöne Worte singend.

„Gut, machen Sie das", so der Hausherr. Mit diesen saloppen Worten entfloh der offensichtlich belustigte Mann, flüchtete in einem rechten Winkel um das Haus herum und erreichte eine neben diesem Gebäude angebaute Garage, in dem sein ausgewähltes Fahrzeug stand. Getroffen, genau ins Schwarze. Er benutzte den *Dicken.*

Mit tieftonigem Blubbern verließ eine schwere, silberfarbene Limousine das Terrain durch dieses eiserne Eingangstor, das sich wieder wie von Geisterhand öffnete und, nachdem das Fahrzeug passiert hatte, geräuschlos schloss. Ich wandte mich wieder vom Fenster ab. Die breit gehaltene Garage beherbergte noch zwei weitere Fahrzeuge. Einen schmutzigen Jeep, ich glaubte einen amerikanischen Geländewagen zu sehen, und einen sauberen Kleinwagen der Kategorie *Einsteigen geht noch, aber wieder herauskommen?* Weshalb auch immer diese Konstellation eines Fuhrparks, doch es passte auf den Punkt zu dem Habitus des Hausherren.

Meine Entscheidung, in dieser Residenz zu arbeiten, war die richtige. Denn Hilfe benötigte schließlich irgendwann jeder Mensch. In dieser Wohnstätte traf ich auf einige Hilfsbedürftige und der Wunsch, helfen zu können, ließ nicht lange auf sich warten.

Vom außen beziegelten Dachboden bis hinunter in den düsteren Keller schaute ich in jedes Zimmer, in jeden Raum, musterte Abstellkammern und interessierte mich sogar für die Heizungsanlage. Speziell diese Anlage hätte mit Sicherheit noch jemand anderen angelockt. Nur wen? Nichts war einfacher zu erklären als das! Es würde sich natürlich um den bocksbeinigen Dreizackträger handeln. Doch der Derwisch des Fegefeuers und der Hölle schien momentan anderes auf seiner schwarzen *Pfanne* zu haben.

In einem Zimmer jedoch musste ich mich besinnen. Nachdenklich verharrte ich dort. Ich, Midron der *Neugierengel*, schloss die Tür hinter mir mit einem zarten Druck des Pos nebst gleichzeitigem Wisch beider Schulterblätter.

Klack. – Knarr. – Klack.

Die Tür fiel nicht ins Schloss. Seltsam. Doch dann, unter Zuhilfenahme der rechten Hacke meines Schuhs, berührte ich die Tür vorsichtig und schob sie mit einem dumpfen

Klacken zu. Na, ging doch. Der Schlüssel, der im Schlüsselloch steckte, erzitterte für einen Augenblick.

Etliche Regale stachen mir ins Auge, raumhoch installiert und aufgestellt. An allen vier Seiten dieses Zimmers hatte man Regale angebracht. Holzregale, Eiche massiv, was sonst? In diesem Haus schien fast alles Hölzerne Eiche massiv zu sein. Da war allem Anschein nach ein Faible für diese Holzsorte vorhanden.

Die zuhauf vorhandenen Zwischenböden trugen hunderte von Büchern, in Prosa gefasst, wie Romane, Kriminalgeschichten, Erzählungen aller Couleur und Biografien der verschiedensten Art. Lexika, Bildbände, Naturreportagen und Erlebnisberichte waren ebenso zugegen wie astrologische Abhandlungen.

Ein zweiflügeliges Fenster an der Westseite unterbrach in Taillenhöhe das Regal. Durch dieses Fenster, das von einer einfarbig hellgelben Gardine verhangen war, sah ich in den Wald, den ich durchschritten hatte. Ich drehte meinen Körper um 180 Grad und blickte zur Tür. Auf dem Regal über der Tür stand eine Reihe von Büchern mit geheimnisvoll anmutenden Rückenbeschriftungen. Auf Anhieb erkannte ich leider nicht, in welcher Sprache die Worte eingeprägt waren. Eine ganze Weile musste ich überlegen.

Mit drei Fingern meiner rechten Hand kratzte ich mir vorsichtig auf dem Kopf herum. Der unsichtbare Heiligenschein war nicht verschwunden, schon gar nicht der Schorf auf meiner Kopfhaut. Mist. – Nein, eine bei Pflege abwendbare Plage.

Die *weiße Pest* auf der Haut verlöre sich im Lauf der Zeit. Abwarten. Ich war und blieb der *Neugier-, Erz- und Schutzengel*, früher *Normalengel*. Ein paar Schuppen versprühte ich fingerschnippsenderweise in meine unmittelbare Umgebung.

Ich blickte gezielt erst einmal nur auf das eine Buch und las das in Kauderwelsch verfasste Wort. Aber was bedeutete dieses unverständliche Wort? Das Geschriebene der Rückenprägung ließ nicht auf Anhieb Rückschlüsse auf die Sprache zu. Ich sann länger. *Ha!* – Es begann mit *God*, das bedeutete vielleicht, dass der Inhalt auf etwas Ambrosisches hinwies.

Godspeaksmanylanguages. Seltsam! In einem Wort, mehrere Wörter hintereinander gereiht ohne Wortzwischenräume, das mutete recht merkwürdig an!

Neugierig reckte ich mich über den rechten Fuß und streckte mich in Richtung Zimmerdecke. Das seltsame Wort gab ein Rätsel auf. Für einen Buchtitel schon etwas bizarr. Dieses ominöse Buch also, das ich mir greifen wollte, steckte beharrlich fest. Es ruhte eingekeilt zwischen seinen *Brüdern* so weit oben auf dem massiven Regalboden, als sollte niemand es herausnehmen. Ich schaffte es doch. Bei dieser Befreiungsaktion rutschte mir allerdings das Oberhemd aus der Hose. Für einen Engel wie mich eher unschicklich. *Wer sich reckt, wird bloßgedeckt!* – Ein wenig Pedanterie, Anstand und allgemeines Handhaben von gewissen Dingen lernte ein Himmelsbote schließlich in der Engelschule.

Kein Beinbruch, so ein rutschendes Hemd.

Nach etwas Ruckeln und einem kurzen Moment, hielt ich das begehrte Buch in meinen Händen. Auf der Oberseite war es ziemlich verschmutzt; Fett und Staubpartikel wies es auf. Wer weiß, wo es früher einmal gestanden hat? In der Küche über einem Schwaden erzeugenden Herd? Vielleicht? Das erklärte die oberflächige Patina auf dem vorhandenen Goldschnitt. Ich fuhr mit dem rechten Handballen über die oberen Kanten des Buches und blies mit aller Kraft den Staub vom Buchblock herunter, der sich zudem auf den fettigen

Belag gesetzt hatte. Eine gräulichweiße Wolke verteilte sich im Raum. Staub. Feiner, widerlicher, ordinärer Staub. Ich musste deshalb entsetzlich niesen. *Hatschi!* – *Hatschi!* – Zweimal.

Dreimal war auch ein *Wuscha!* dabei. Viermal *Hatschi!* – Feinste Gischtwölkchen sprühte ich vor mir her. Feuchte Umgebung für eine kurze Dauer.

Fließende Tränen, kullernd und viel, befeuchteten die Hornhaut meiner Augen. Einige Tropfen hingen zwischen den Nasenlöchern. Der erste Tropfen platschte hernieder auf den Teppich. In meiner Hosentasche fehlte natürlich das obligatorische Taschentuch aus Stoff. Nun auch noch *Vergess-Engel!* Alter liegen gebliebener Staub. *Bah.* Relikte vergangener Zeiten. *Pfui!*

Nochmals versuchte ich, das Wort zu entziffern. Bei genauerem Hinsehen erkannte ich meinen eingangs gedanklichen Fehler. Das Wort war unterbrochen, nur die Wortzwischenräume der einzelnen Wörter waren zu eng ausgefallen. Schriftsetzerfehler? Möglich! *Die nun wieder,* dachte ich. Ein ausgestorbener Beruf. Leider. Ich wiederholte im Geiste langsam das, was ich herausbuchstabieren konnte: *God speaks many languages.*

Ach ja. – Da ergab das Wort einen Sinn. Zufall, gerade so ein Buch über meinen Herren im Himmel. Hoffentlich nichts Linguistisches? Nun, egal, ich wäre offen für jeglichen Inhalt eines Buches, ob nun etwas Sprachwissenschaftliches oder eine andere Kategorie Betreffendes. Nicht die Gestaltung des Einbands ist entscheidend.

Ich schlug folglich dieses Buch auf und ließ meinen Blick darin diagonal schweifen. Im Impressum wies eine Zeile darauf hin, dass das Buch sehr, sehr alt sein musste. Laut Druckdatum und damit angegebener Jahreszahl war es 99 Jahre alt. Das Leder des Einbandes wirkte an verschiedenen Stellen leicht brüchig, und das Inhaltspapier war nicht mehr ganz weiß. Den in Sütterlin verfassten Text konnte ich nur sehr schlecht enträtseln. Die Buchstaben schienen darüber hinaus leicht verwittert zu sein. Bei einem zugeschlagenen, abgestellten Buch fast unmöglich. Zusätzlich war es noch eingekeilt zwischen anderen Büchern. Sehr merkwürdig. Vielleicht war das Papier beim Drucken nur unzureichend mit Farbe bedruckt worden? Unwahrscheinlich! Eine Art Fehldruck? Nein, nein, so viele Zufälligkeiten, daran wollte ich nicht glauben. Ich klappte das dubiose Buch zu und stellte es mit Mühe an seinen Platz zurück. Dieses reizvolle Machwerk mit dem göttlichen Inhalt würde ich zu einem späteren Zeitpunkt nochmals zur Hand nehmen. – Oder auch nicht. Keine Ahnung. Mit den Fingerspitzen schob ich mein Hemd wieder an den rechten Ort, zurück zwischen Haut und Hose. Das Hemd immer *in* die Hose.

Der allzeit höfliche Butler Karl schlenderte den Gang herauf und schien das Niesen klanglich aufgenommen zu haben.

„Hallo, ist jemand im Zimmer?", drang eine Stimme durch die schwere, geschlossene Tür.

„Was, wie bitte? – *Hatschi!*" Ich war noch immer damit beschäftigt, mit dem Handrücken, diesmal der linken Hand, die feuchten Tropfen von der Nase zu wischen. Wieder nieste ich feucht. *Wuscha!* – Diesmal in die Hände. Feuchtes Stirnhöhlensekret klebte zwischen meinen Fingern. Unangenehm. Ich wischte es am Hemd ab. Noch unangenehmer! – Schaut ja keiner.

„Gesundheit, der Herr!" Im gleichen Augenblick sauste der Türgriff beidseitig hernieder, und die Worte huschten in den Raum. Die anmutig verzierten Türgriffe des Hauses be-

standen allesamt aus Altmessing. Gebürstet oder ähnlich bearbeitet. Auch dort konnte ich mich nicht als Fachmann outen. Ich war schließlich kein Handwerker in klassischem Sinne. Das Schimmern der Zweifarbigkeit und ihre geschwungenen Formen gaben den Türen ein noch schöneres Aussehen. Der Butler wünschte Gesundheit. Nun, einen kranken Eindruck machte ich ja nicht gerade. Aber die Höflichkeit verlangte stets Worte des Beistandes. Immer die Etikette bewahren. Ein *Petri Heil* wäre allerdings kein höflicher Garant, wenngleich meine Handinnenflächen noch vor rudimentären, nasalen Auswürfen glänzten.
Igitt.

Der Butler und ich standen uns vis-a-vis gegenüber.
„Gefällt Ihnen unsere kleine Bibliothek, Herr Sandkamp? Wenn Sie in Ihrer freien Zeit gerne lesen möchten? Mir geht es jedenfalls manchmal so, ich setze mich hier in den Ohrensessel und lese einen spannenden Roman", bekräftigte Butler Karl.
Eine heimliche Leseratte!, ging mir durchs Engelshaupt. Aber wenn es ihm doch Spaß macht!
Bei seiner Frage war es unausweichlich, dass durch die Tatsache des nahen Zusammenstehens sein schlechter Atem meine Nase erreichte und sogar traf.
„Oh, pardon! – Die Zwiebeln! Ich habe ein Brot gegessen mit Leberwurst und Zwiebelringen darauf. Sehr schmackhaft übrigens. Kann ich nur empfehlen."
Der Butler entschuldigte sich notgedrungen, drehte sich auf dem Absatz um, verließ den Raum und schlenderte weiter den Gang entlang, den er zuvor beschritten hatte. Ein kurzes, aber intensives „Ja", entwich mir zwischen den Worten des Butlers.

Leberwurst mit Zwiebelringen, dachte ich, *das fängt ja gut an.*
Aber wen interessierte das schon? Schließlich konnte jeder essen, was er wollte. Nur bei Knoblauch scheiden sich die Geister. Da bedarf es schon einer gewissen Schweigsamkeit anderen gegenüber.

„Ich komme höchstwahrscheinlich darauf zurück." So sprach ich leise vor mich hin. Diese Worte jedoch erreichten den Butler nicht mehr. Er befand sich schon wieder im Erdgeschoss, wie praktisch, denn es hatte geläutet. Erneut ertönte das

Ding-Dong – Ding-Dong-Dong-dong-dong-dong-dong.

Das wird wohl so bleiben, schmunzelte ich und drückte im Geiste mit meinem Daumen die Luftklingel.

Der Hausdiener öffnete die Eingangstür. Ich sah einen Neuzugang ins Foyer schreiten, während ich die große, breite Treppe hinunterging. Leichtfüßig schreitend, erblickte ich einen älteren Herren mit weißem Schnauzer unter der Nase und einer schwarzen Brille mit extrem dicken Gläsern. Dadurch vergrößerten sich seine Augen derart, dass ich, bedingt durch den komischen Anblick, erneut ins Schmunzeln geriet. Unter dem Arm klemmte eine Zeitung. Aus der Brusttasche seines Jacketts ragte eine dunkelbraune Meerschaumpfeife. Zwischen Mundstück und Pfeifenkopf wird ein *Rotzkocher* halbiert, um ihn mit einem Filter zu bestücken. Wie ein eingesteckter Colt im Halfter ragte dieses unsägliche Raucherutensil dort heraus.

Aha. – Raucher mit Waffe. – *Nicht gut.*

Obgleich, zu meiner Schande muss ich gestehen, dass der Rauch einer guten Tabakspfeife selbst mir mitunter nasales Vergnügen bereitet, wenn ich diesen Pfeifenrauch passiv inhalieren kann.

Das bunte Personenkarussell drehte sich weiter und weiter. Am Morgen erst hatte sich ein sehr betagtes Pärchen von dem Hausherren mit unmissverständlichen, aber dankenden Worten, verabschiedet.

„Vielen, vielen Dank für Ihre Geduld und fürsorgliche Hilfe in den letzten Jahren. Wir haben uns außerordentlich wohl hier gefühlt. Aber nun können wir nicht mehr bleiben. Schade!", sagte der ältliche Mann mit einer gebrechlichen Stimme. Die zwei Senioren, die einst als rüstige Rentner einzogen, waren einfach in dieser Villa zu alt geworden, um länger in ihrer Rüstigkeit verweilen zu können. Die alteingesessenen Herrschaften wurden gestützt von dem Pflegepersonal, das sie mit einem Krankentransportfahrzeug abholte. Ihr Weg führte sie in ein spezielles Pflegeheim, dessen Pflegekräfte sich ausschließlich um die Belange der alten, ausgelaugten Menschen kümmerten, sie sozusagen auf ihrem letzten Weg begleiteten. Definitiv der unmissverständliche Weg in den Tod.

„Das haben wir doch gerne für Sie getan!" Der Hausherr verbeugte sich dezent in Dienermanier, reichten den beiden nacheinander die Hände und entließ sie in die Obhut der Pfleger.

Der alte Mann ging am Stock, dessen Knauf schon etwas abgewetzt war. Die Frau humpelte unübersehbar stark und hatte Mühe, ein Bein vor das andere zu setzen.

So endet das später einmal. Ewige Jugend behält der Mensch nur an einem weit entfernten Ort. Oben. Ganz oben. Noch weiter oben! – Genau da! Vorausgesetzt, er ist immer auf dem Pfad der Tugend geblieben!

Der desolate Gesundheitszustand der beiden älteren Menschen gab es nicht mehr her, zu bleiben. Ein ordentlich ausgestattetes Pflegeheim in der Nähe der Residenz, Richtung

Stadt, vielleicht fünf oder sechs Kilometer entfernt, übernahm, allerdings kostenintensiver, sämtliche Aufgaben des Hauses, in dem die beiden Senioren, nun leider kränklich, fast 15 Jahre ihres Lebens verbracht hatten.

In der Residenz, in der ich nun arbeitete.

Die viel diskutierten und teils undurchsichtigen Klauseln im Mietvertrag besagen, dass Personen, die extrem pflegebedürftig werden, nicht weiter unter diesem Dach leben und somit übernachten dürfen. Das erlaubte zudem selbst das supergepflegte *Image* des Hauses nicht. Die Sache mit dem Image stand allerdings nicht im Vertrag. Das war mehr ethisch zu sehen. Aber was bedeutet das in dieser Welt schon? Ethik. Moral. Gewissen. Das sind doch überholte Tugenden aus längst vergessenen Zeiten. Heute herrscht das absurde Denken vom *Höher – Schneller – Weiter*.

So ungefähr wäre das zu sehen.

Diese Tatsache verhält sich doch wie folgt: Gast auf Erden! – Schön und gut! Geboren werden. Leben. Sterben steht an. Der normale Weg. Dann aber: Alt? – Überflüssig! Krank? – Unangenehm! – Alt, krank und seelisch zerstört, weil längst abgeschrieben? Übel! – Von eigenen Gedanken daran zerbrochen und zerfallen? – Weg damit. Fertig gelebt, du überflüssiges Fleisch. Deine kurze Rolle ist zu Ende gespielt! – Grube ausheben. Hinein in das samtene Verließ. Deckel drauf. Sarg ablassen. Zuschütten. Große Kränze mit Schleifen und Blumen, vielleicht weiße Lilien dazu, drauflegen und … Traurig sein. Fortgehen. Grabinschrift überlegen. Grabstein aufstellen. *Technische Daten* einmeißeln lassen und letztendlich … *vergessen!*

Gut. – *Nicht gut!* – Von der einen Seite gesehen konnte jeder die Vorgehensweise des *Ausquartierens* der Altersschwachen nachvollziehen. Schließlich standen keine ausgebildeten Krankenschwestern und Pfleger zur Verfügung. Von anderer Seite aus wäre es sicher humaner, den Profit in den Hintergrund zu drängen, um im *All-inclusive-Verfahren* diese *alten Bäume* nicht verpflanzen zu müssen. Es würde sich somit praktisch um ein Rundum-Paket handeln, das selbst Bettlägerigkeit und begleitendes Sterben enthielt. Ein Kümmern wäre es, bis Gevatter Tod an die Tür klopfte und sich dieser Gedanke als Selbstverständlichkeit darstellte.

Der Betreiber glänzte in der geschmackvollen Villa lieber gerne mit rüstigen Senioren. Die Darstellung der Rüstigkeit stäche schließlich in den Zeitungsanzeigen viel besser ins Auge, wenn man auf Grund leerstehender Zimmer für neue Bewohner werben wollte.

So warten viele Bewohner dieser Residenz geduldig und fast so lange, bis der Sensenmann erscheint und Satan sich schon diabolisch die Hände reibt, wenn er denn zum Zuge käme.

Die Oberflächen seiner teuflischen Innenhände müssten eigentlich längst abgerieben sein.

Die für sie notwendigen tröstenden und heilenden Worte suchen sie vergeblich an diesem Ort. Im fortgeschrittenen Altersstadium steht die Frage nach dem Befinden auch nicht mehr an. Programmierter Abgang.

Engel, sei wachsam. Hier kannst du noch etwas lernen!

Welche Prozedur nach dem Tode und der letzten Ölung eventuell vollzogen wird, möchte keiner wirklich wissen. Da braucht man im Vorfeld niemanden zu fragen. So heißt es stets abwarten, bis dieser Fall eintritt. Alles Weitere steht mit großen weißen Buchstaben in den Himmel geschrieben. Das kann sicherlich jeder lesen, ohne Brille oder Kontaktlinsen. Wenn nicht, nur keine Angst, denn spezielle Lesebroschüren

verteilt jeder Engel. Überall? Ja, aber später. Auch wenn Broschüren für Menschen verteilt werden, weil sie die Worte im Himmel nicht entziffern können, sollte jeder Mensch darüber hinaus Dankbarkeit zeigen und seinen Vorgesetzten im Himmel zur Hand gehen, wann immer es von Nöten sein wird.
Denn: *Nach oben kommt bekanntlich nicht jeder!*
Die folgsamen, eines natürlichen Todes gestorbenen Menschen brauchen sich in aller Regel nicht um etwaige satanische Angelegenheiten kümmern. Anders verhält es sich bei den unbelehrbaren Übeltätern während des irdischen Daseins. Sie müssen! Statt frisch gebackenes Manna zu genießen, dürfen sie zur Strafe beim Teufel leiden. Er ist kein Wohltäter und schon recht kein gnädiger Patron. Er steht mit seinen aufgespießten toten Seelen am Topf, taucht sie in seiner eigenen Suppe ein und rührt sie gegen den Uhrzeigersinn, bis sie schwindlig werden. Dann heißt es aufpassen. Wer etwas bekommt, entscheidet immer noch dieser schlechthäutige Dämon, ... und das ist leider so gut wie n i c h t s ! – Dieses Nichts besteht aus dem Untertauchen und einem kleinen Schluck davon kosten. Mehr nicht!

Eine verdammte Seele benötigt schlussendlich dieses Höllenwasser von Suppe nur zur Benetzung der verbrannten *Hautoberfläche* ...

Gibt es überhaupt ein halbwegs *menschliches* Überleben in dieser Hölle? Wie geht denn so etwas eigentlich vonstatten? Wenn eine arme, wenn auch böse Seele überleben will, muss sie doch annähernd etwas *Essbares* erwerben. Aber, da ist nichts zu machen, denn eventuell Essbares wird vom Teufel höchstpersönlich verzehrt. Wenn ihm eine arme Seele nach dem Mund redet und in seinen Schändlichkeiten zu Willen ist, verkauft er ihr allerhöchstens nutzlose Gegenstände wie

Grill, Bratrost, Mikrowelle, Elektroherd, Gasherd oder sein Lieblingsspielzeug: einen *Flammenwerfer*. Diese Utensilien wären gegen *Bezahlung* zu erlangen. Bezahlung? Papiergeld in der Hölle? ... und womöglich mit detailgetreuen Beschreibungen und Gebrauchsanweisungen. Wer würde das erwerben wollen? Schon wieder Papier!

Welcher involvierte und sachkundige Engel kennt sich denn dort so genau aus?

Den schaurigsten Anblick nach dem Ableben eines Menschen stellt nicht etwa die regungslose Gestalt des Verblichenen dar, sondern der überaus lüsterne Blick des Teufels. Mir wird noch heute ganz übel, wenn ich nur daran denke, wie sich das Weiß in seinen Augen rot verfärbte und die Pupillen sich so weit verkleinerten, dass nicht einmal das gleißendste Licht ihm etwas anhaben konnte. Glücklicherweise bleibt es beim Ableben eines zum Engel berufenen Menschen nur bei dem Anblick des Satans. Trotz allem: Gnade der bösen Seelen der Verblichenen, die ihre Schandtaten begangen, nicht bereuten und vom Teufel einkassiert wurden!

Egal, welchen Weg der Mensch zu Lebzeiten beschreitet, wohin er blickt, worüber er sinniert und was er durchdenkt, hinter jeder Hauswand, hinter jedem Baum lauert dieser Beelzebub, das Grauen in *Person*. Überall. Der Mensch kann auf seltsame Weise nie von diesem schauerlichen Gedanken ablassen. Ein letzter Erfahrungswert!

Das ältliche Paar durfte in einem speziellen Krankentransporter fahren. Sie waren sicher in ihrem neuen Heim längst angekommen. Für sie begann fortan ein neuer Lebensabschnitt. In jedem Fall der letzte.

Bei dem Neuzugang am Morgen handelte es sich um einen Mann, der schon an die 70 Lenze erlebt hatte. Er machte alles in allem einen seriösen Eindruck, aber das taten schließlich fast alle, die den Weg in diese herrliche Residenz fanden. Das obligatorische Anmelden vollzog sich wie in jedem Mehrsterne-Hotel; immer das gleiche Prozedere: Der Betreffende wird begrüßt, seine Personalien erfasst und mit dem schriftlichen Aufnahmeformular abgeglichen. Man überreicht ihm den Haus- und Zimmerschlüssel für seinen künftigen Aufenthaltsort. Das Gepäck, das aus vielen Koffern und zum Teil aus handlichen Umzugskartons besteht, wird vom zuständigen Personal auf sein Zimmer geleitet. Der Tenor war immer der gleiche. Selten vernahm man nur den geringsten Anflug einer Klage. Die neuen Senioren zeigten sich durch die Bank von Anfang an begeistert. Von fabelhaft bis umwerfend schön reichten die adjektivischen Würdigungen der *neuen* Heimat.

„Da hat man mir nicht zu viel versprochen", strahlte der Mann, der sich noch ein wenig im Foyer umsah. Zufälligerweise stolperte ich dem Neuzugang über den Weg und sprach ihn an:

„Einen wunderschönen guten Morgen, der Herr! Darf ich Sie begrüßen? Ich heiße Midron, schlicht Midron und bin für Sie da, wann immer Sie meine Dienste in Anspruch nehmen möchten. Sollte irgendetwas nicht funktionieren ... – ein Anruf, ein Wort genügt, und alles wird zu Ihrer Zufriedenheit erledigt. Also kurzum, egal, welches Problem auftaucht, fragen Sie nach Midron." Ich beugte mich vor und wunderte mich indes über meinen Redefluss in der Früh. Gleichzeitig hielt ich Augenkontakt zu diesem Herren. Er begegnete mir mit den Worten:

„Ich komme bestimmt darauf zurück, vielen Dank, Herr Midron. Midron! – ist doch richtig, nicht wahr?"

„Ja sicher, Midron, das ist mein Name! Perfekt ausgesprochen!", entgegnete ich zustimmend.

Nun ja, jedes Problem würde ich sicher nicht lösen können? – Das wäre übertrieben. Aber das Notwendigste, ich will es so nennen, schon. Kein Problem, eher eine Bitte, ließ nicht lange auf sich warten. Der adrette Herr äußerste einen ersten Wunsch:

„Wo bitte kann ich hier Pfeifentabak erwerben?" Der Neuankömmling ließ nach dieser Frage gewandt seine Lippen aufeinander prallen. Bedingt durch das Halten und Tragen der Pfeife im Mund, scheinen die Lippen- und Zungenmuskeln besonders trainiert zu sein. Das Endstück übernehmen bekanntlich die Zähne, die von der Kiefermuskulatur gesteuert werden.

Na also, Treffer ins Schwarze, da hatte sich sein Hobby gleich herauskristallisiert. Der Mann war einer dieser *Dömkerfritzen*, auch Dunstkiepenträger genannt.

„Das ist ganz einfach zu erklären: In der Nähe des Waldes, von hier aus gesehen hinter der Villa, folgen Sie einfach dem Verlauf der Straße, und der Weg wird Sie direkt zum Ziel führen. Dort finden Sie das so genannte *Tingeltangel-Geschäft*, in dem Sie unter anderem auch Rauchwaren erwerben können. Ich kann Ihnen aber morgen den Tabak mitbringen, wenn Sie so lange darauf warten können", bemerkte ich, der Engel Midron, der sogar Pfeifentabak kaufen konnte, wenn auch nicht unbedingt wollte.

„Ja, das wäre außerordentlich nett von Ihnen. Bis morgen, ja ... – so lange reicht mein Vorrat noch aus." Der Mann mit der Meerschaumpfeife verschwand über die breite Foyertreppe in sein zugewiesenes Zimmer im oberen Stockwerk, nachdem er mir die genaue Markenbezeichnung seines Tabaks mitgeteilt hatte.

Die verdiente Ruhepause nach der Arbeitszeit nutzte ich, um etwas zu essen, und wollte eigentlich danach ein kurzes Nickerchen machen, ein paar Minuten hinlegen, einmal die Augen schließen und gedanklich für einen Moment absacken. Nur kurz. Schlendernden Fußes ging ich auf mein Zimmer und stellte mir prophylaktisch den Wecker für den nächsten Morgen. Er tickte auf dem Nachtschränkchen neben mir. Das verriet die Altertümlichkeit dieses Zeitmessers. Nicht digital, altbacken, aber voll funktionstüchtig. Seine Zeiger drehten kontinuierlich ihre Runden. Ein Verschlafen würde dem folgenden Tag einen eher bitteren Beigeschmack verleihen. Ich aß einen Apfel, den ich der Obstschale entnahm. Sauer, egal! Wie es sich mit Vorsätzen im Allgemeinen verhält: Aus dem kurzen Schlummern wurde ein ausgedehnter Schlaf! – *Das tut zuweilen richtig gut!* – *Noch habe ich ja frei!*

Am folgenden Tag trat ich, wie besprochen, meinen Dienst ausgeschlafen und vorschriftsmäßig an. Ich trug dem Zweck dienlich einen praktischen Anzug, dunkelblau, weit gehalten und somit besonders bequem. In ihm konnte ich mich ausgesprochen gut bewegen. Er war nicht von edlem Zwirn oder gar feinem Garn, normal eben, Stangenstoff, zweifelsohne günstig wie unverfänglich. Zwei bequeme Schuhe zierten meine Füße. Diese weit gereisten Zehenträger steckten in dünnen Socken. Die Schuhe waren schwarz und die Socken blau wie der Anzug. Unter der Jacke versteckte ich ein baumwollenes Hemd mit grünblauem Streifenmuster. Es passte tadellos zum Anzug und wirkte zudem recht dezent.

Nach meiner Rückkehr vom *Kolonialwarengeschäft*, das selbst diesen besagten Tabak anbot, führte mich der Weg zum neuen Gast, dem Pfeifenraucher. Ich übergab ihm seinen heiß ersehnten Tabaksbeutel. Vollgestopft mit dieser bröseligen Munition konnte sein Meerschaumpfeifenkopf dampfen, bis das Zimmer voller Rauch und Qualm war. Er bedankte sich überschwänglich und äußerte mir gegenüber höflich und deutlich, dass er mit der ersten Übernachtung sehr zufrieden war:

„Ich danke Ihnen für den Tabak, danke, danke! Übrigens habe ich außerordentlich gut geschlafen. Hervorragend. Es überrascht mich keineswegs, und ich glaube, diese Ruhe hier lässt Lebende wie Tote schlafen."

Was glaubte der Mann wohl, wie Tote schlafen? – Die Regenbogenhaut meiner Augen verflüchtigte sich erst nach oben, dann nach hinten, und mir schien, als blickte ich mir selbst ins Schädelinnere.

Etwas später im Foyer begegnete ich Butler Karl und unterhielt mich mit ihm über den neuen rauchenden Gast. Er fragte mich wissbegierig, worüber der *Neue* gesprochen hat.

„Es war ein Smalltalk, Karl, weiter nichts. Ich brachte ihm den gewünschten Pfeifentabak, und er erzählte mir freudig, dass er die erste Nacht recht tief und fest geschlafen habe. Er meinte, eine absolute Ruhe wie hier fände er sonst eher selten."

„Da hat er wahrlich Recht, der gute Mann", begegnete mir der Butler und nestelte in seiner Hosentasche herum. Zum Vorschein kam ein zerknittertes weißes Stofftaschentuch, das er ausgrub. Hervorgekramt aus dem vielfältigen Angebot. In *der* Hose, kein Wunder. Ein wahres Utensilienarsenal. Eine Art *Asservatenkammer für Butler* tat sich da auf. Ein Kugelschreiber und ein silberglänzendes Feuerzeug steckten ebenso in der Hosentasche wie ein Schlüsselbund und eine nichtssagende kleine Schachtel. *Individual-Box, what ever inside.* Er putzte sich anschließend seine Nase und entfloh durch eine

Seitentür, die sich neben der großen Treppe befand. Für ein längeres Gespräch reichte ihm seine Zeit wohl nicht aus.

Der erste Arbeitstag verbarg keine Außergewöhnlichkeiten. Im Trott des Alltags verlief alles wie erwartet. Tag für Tag. Nacht für Nacht. Der Butler verrichtete seine verantwortungsvollen Arbeiten. Das Türöffnen und Türschließen beherrschte er aus dem *Effeff* wie ein jahrelang gedienter Justizbeamter in einem der unzähligen Gefängnisse dieser Welt.

In den ansehnlichen Außenanlagen flanierten diverse Senioren. Ich sah sie darüber hinaus auf Bänken sitzen, und einige von ihnen dösten am Teich vor sich hin. Nichts Ungewöhnliches eben. Es handelte sich nur um einen kleinen Fischteich mit ein paar Goldfischen darin. Zwei prächtige Kois, nahezu einen halben Meter lang, waren des Hausherren ganzer Stolz. Diese majestätisch dahingleitenden Fische zierten den Teich und wurden vom Butler höchstpersönlich gefüttert. Das verlangte der Mann mit den drei Automobilen in der großen Garage. Auto- und tierlieb und vielleicht doch eine Spur geldgierig, wie passte das zusammen? Egal, es ging mich nichts an, aber immerhin schlug er genügend Kapital aus der Altenbetreuung. Er wusste wie kein Zweiter, so etwas zu bewerkstelligen. Nun, ein Geschäftsmann *par excellence!* Ich ließ es schweigend geschehen und bezeichnete mich fortan als *Auge-Zudrück-Engel*.

Das oft üppige Mittagessen wie schon das Frühstücks-Büfett, das Kaffeetrinken gegen drei Uhr nachmittags und das Abendbrot um 18 Uhr wurden im Speisesaal eingenommen. Diesen Essplatz, hinter dem Foyer neben der Treppe liegend, erreichten die Bewohner durch jene daneben befindliche Tür. Die Tische standen in Vierergruppen angeordnet, jeweils diagonal im Saal platziert. Das mutete sehr locker an. Ich denke da nur an den langweiligen Anblick des Speiseraumes einer Jugendherberge oder an den einer urzeitlich veralteten Mensa! Bequeme Stühle mit gepolsterten Sitzen und Rückenlehnen sowie ein auffällig teures Service versüßten den netten Senioren die jeweiligen Speisen. Ein Silberbesteck mit hauseigener Gravur lag ordentlich zugeordnet links und rechts neben den jeweiligen Tellern. Zwei Trinkgläser rundeten das Tischambiente ab.

Hier kocht der Chef persönlich oder *Nach Art des Hauses*, schoss es mir durch den Kopf. Sanft klingende Musik berieselte den Raum. Klassisch angehauchte Instrumentalmusik durchflutete den Speisesaal.

Das morgendliche Büffet zeigte sich stets von seiner besten Seite. Vom Glas frisch gepressten Orangensafts, Kaffee und verschiedenen Teesorten über Quarkspeisen, Wurst- und Käsescheiben, lachsartiger Fischröllchen bis hin zum heißen Frühstücksei, begleitet von Brot, Semmeln und Croissants, stand und lag alles parat für die Heimgäste. Die begehrtesten Plätze befanden sich nach wie vor an der Fensterfront. Von dort aus genossen die Senioren einen herrlichen Ausblick ins Grüne.
Ein allmorgendlicher *Aha-Effekt*.

Der tägliche Mittagstisch präsentierte sich ebenfalls edel: Beginnend mit dem obligatorischen Vorsüppchen folgte der warme Hauptgang, zu dem meist Fleisch, Reis, Nudeln oder Kartoffeln gehörten, nebst köstlichem Nachtisch in jeglicher Form. Am beliebtesten war wohl das hausgemachte Speiseeis. Wie *vertellt* ein Seebär: Da bewies der *Smutje vom Schoner*, der *Herr der Kombüse* und *Master of positiv Desaster* ein goldenes Händchen. *Nach italienischem Rezept hergestellt,* hatte ich läuten hören, obwohl andererseits ein italienischer *Maestro di Gelato* nie sein Eisrezept preisgeben würde.

An jenem Tag tafelten die Senioren wie gehabt gegen 18 Uhr im Speisesaal. Nur der jüngst angekommene Einzelgast mit der Meerschaumpfeife saß nicht an einem der vorderen Tische, die etwas ungünstig standen. Wer den Speiseraum betrat, musste aufpassen, dass er nicht mit den Oberschenkeln diese Tische touchierte. Der neue Gast bevorzugte einen anderen Platz, den er zu seinem Stammplatz ausgerufen hatte. Aber, eben welch Wunder, er saß nicht an diesem gemütlichen Plätzchen. Er fehlte. Nicht anwesend. Möglich, dass er auf seinem Zimmer eingenickt war, denn schon zum Kaffeetrinken wurde er vermisst. Ich zählte fotografisch mit meinen Augen die Gäste des Hauses, denn ich hatte mir zur Angewohnheit gemacht, wie auch der Butler, prüfenden Blickes durch den Speisesaal zu gehen, um stets nach dem Rechten schauen zu können. Nicht selten äußerten die wohnhaften Senioren oder mitunter Gäste des Hauses noch den einen oder anderen Wunsch.

„Die Kerze hier am Tisch ist erloschen, Herr Midron, vielleicht ein Windstoß, könnten Sie so freundlich sein …", erhob ein Gast seine Stimme.

„Keine Ursache", schallte es von mir zurück.

„Aber Midron reicht, danke." Während ich schon mit dem brennenden Feuerzeug zum entsprechenden Tisch eilte, blickten mich die erwartungsvollen Augen der fragenden Person an.

Das Klappern des Besteckes auf den Tellern, das Murmeln der Senioren, das hinter der Hand ertönende leise Kichern als auch der unentbehrliche Witz am Rande rundeten den

Gesamtklang ab, der die Gemütlichkeit noch weiter unterstrich.

Doch wo war der Mann mit der Meerschaumpfeife? Schmeckt der zu inhalierende Tabakrauch daraus eigentlich besser als aus einer normalen Pfeife? Ich wusste es nicht. Meerschaum besteht aus einem Mineral, so viel war noch in meinem Denkerstübchen hängen geblieben, nicht mehr. Also, keine halbherzigen Vermutungen über Meerschaumpfeifen, deren Herkunft und möglicher Bestandteile.

„Ich werde der Ordnung halber nach unserem Vermissten sehen, auf sein Zimmer gehen, schauen, was der Pfeifenraucher macht", warf ich Butler Karl zu, der wie ich im Saal auf alles ein Auge hatte. Dabei bewegte ich meine rechte Hand wie eine Luftpfeife vor dem Mund und tat, als saugte ich daran, und blies den imaginären Rauch vor mir her.

„Ja gut, Herr Sandkamp, bitte machen Sie das, ich wundere mich selbst schon etwas über die Tatsache, dass der Herr nicht anwesend ist", antwortete der korrekt gekleidete Diener des Hauses namens Karl, dieser gutsituierte Butler der herrlichen Villa mit dem großen Garten und dem Eisentor und dem Weitblick auf Wald und Wiese.

Eilig setzte ich einen Fuß vor den anderen, um über die Treppe möglichst schnell das obere Geschoss zu erreichen. Ich ging flott über den Gang auf das Zimmer des Herren zu. Zweimal, ganz unerschrocken, klopfte ich an. *Pock-pock.* Intensiv. Bestimmend. Hart. *Pock-pock.* Die Fingerknöchel meiner rechten Hand trafen auf das solide Holz der Tür. Um sicher zu sein, gehört zu werden, setzte ich ein Stakkato ein, dass aus mindestens zehn *Pocks* bestand.

Pock-pock-pock-pock-pock-pock-pock-pock-pock-pock.

„Ja was ist denn? Herein. Treten Sie ein!", erklang eine Männerstimme doch recht barsch. „Wer stört mich denn da?", fügte er noch ärgerlich hinzu. Ich schob die Tür zügig auf, wissentlich, den Mann gestört zu haben.

„Ist Ihnen nicht wohl, mein Herr?", fragte ich besorgt und kratzte mir etwas schuldbewusst mit dem linken Zeigefinger hinter dem rechten Ohr.

„In der Tat, Sie haben Recht, mein Magen will keine Ruhe geben. Ja, und stechende Kopfschmerzen habe ich dazu auch noch." Der eigentlich nette Herr, der etwas klapprig auf seinem Sessel ruhte, hielt sich seine linke Hand vor die Stirn.

„Ah!", entfuhr seinem Mund.

„Soll ich Ihnen ein Schmerzmittel bringen?" Ich sah dem Mann direkt in die Augen und empfand einen Anflug des Mitleids. Kopfschmerzen können böse sein. Ich erinnere mich nur ungern an brachiale Migräneschübe, die mir in jungen Jahren nicht selten widerfuhren und nur durch starke Schmerztabletten eingedämmt werden konnten.

„Nein, vielen Dank. Ich habe schon etwas eingenommen, nochmals, danke der Nachfrage. Ich werde heute früh schlafen gehen. Gute Nacht." Der Senior rechtfertigte sein Fernbleiben vom Esstisch und wünschte mir sprechenden Wortes so früh schon eine angenehme Nacht.

„Dann können wir morgen Früh sicher wieder mit Ihnen rechnen?", bohrte ich nach, bevor ich sein Zimmer verließ.

„Ich denke, ja." Der Mann reckte sich unter horizontaler Faltenbildung seiner Stirn.

„Gute Nacht, angenehme Ruhe, bis morgen Früh", ließ ich noch erklingen, während meine rechte Hand die Türe verschloss.

Da ich nichts weiter bewerkstelligen konnte, entschwand ich in Richtung Eingangshalle, ergriff ein farbiges Magazin von einem gläsernen Beistelltisch und blieb damit vor einem Fenster stehen.

Die in rötliche Creme getauchte Abendsonne schien noch warm und anmutend schön in ihrer Pracht. Jeden Abend tauchte sie genau dort ein, wo es für sie gar vorgeschrieben stand, der Nacht zugewandt. Der untere Bereich dieses großen rotgelben Gasballes wurde von sanft zappelnden Blättern und zum Teil *spatzenbeindicken* Zweigen einiger Baumkronen abgedeckt. Die Zeit an diesem Tag verrann Richtung Dunkelheit.

Einige Senioren erfreuten sich im Fernsehsaal an einer beliebten Sendung, der mir Engel eher abgewandten Art. Eine Liebesschnulze – Ah! – Mit Küsschen hier und Busserl da und viel Liebe, Triebe, Herz und Schmerz und dergleichen, das war nicht mein Metier. Das würde mir nie einfallen zu schauen, niemals.

Never say never again, angel!

Andere, häufig bebrillte Gäste lasen in spannenden Büchern oder schmökerten in billigen Groschenromanen, einige füllten Kreuzworträtsel aus oder lauschten mit einem Ohr am Radio. Welle: *Tanzkaffee und Walzer drehen*. Fußvertretende Abendbummler mit den salopp übergeworfenen Strickjacken, streiften noch einmal durch den anmutigen Garten, schauten in die untergehende Sonne und dachten an verschiedenen Gedanken hängend, vielleicht schon über den nächsten Tag nach. Doch diese Menschen waren nicht die Einzigen, die über eine Sache grübelten. In meinem Gedankenpalais rotierte noch immer eins: *Warum erscheint die Schrift in dem Buch aus der Bibliothek so gräulich verwaschen, so untypisch für ein Druckwerk? Was für ein Geheimnis liegt dahinter verborgen, eine Botschaft, eine Nachricht? Ist es vielleicht nur ein dummer Zufall, der mich fehlleitet oder auf eine falsche Fährte führen will?*

Ich überlegte noch einen Augenblick, ob ich zurück in diese Bibliothek im Obergeschoss gehen sollte, um mir gründliche Gewissheit zu verschaffen. Aber war ich denn eine Romanfigur wie *Sherlock Holmes*, einer dieser englischen, stets neugierigen Pfeifenträger? Nein. Ich verwarf meinen Gedanken um dieses geheimnisumwogene Buch. Nachher stieß ich noch auf etwas, das mich nichts anginge oder mir Schaden zufügen könnte. *Der Hasenfuß- und Vorsichts-Engel hat Bedenken.* Wie löblich!

Als ich bedächtig in den Raum hineinsinnierte, fiel mein müder Blick auf eine verzierte Wanduhr, die mit goldfarbenen Zeigern versehen war. Die einsetzende Müdigkeit entwickelte meinen Mund zu einer Fratze, die es verlangte, eine Hand davor zu halten. Ich gähnte so fest und kräftig, dass ich die Augen dabei ziemlich stark zukneifen musste. Tropfenförmige Tränen kullerten links und rechts aus meinen Augenwinkeln. Sie entwichen partiell über die Wangen und verharrten auf der Spitze meines Unterkiefers. Die Fläche meines rechten Daumens, die einen Fingerabdruck verursachen kann, wischte diese wässrigen Halbkugeln vom Kinn. Der Entschluss, endlich schlafen zu gehen, war schnell gefasst. Vergessen das Buch, vergessen die schöne Uhr. Ich war müde. Engelmüde. Aus und fertig.

Meine Arbeitszeit hatte ich ohnehin leicht überschritten. Damit nahm ich es nicht so ganz genau und in wenigen Sätzen, trotz wimperntäger Müdigkeit, erreichte ich mein Zimmer im zweiten Stock. Ich schloss die Zimmertür hinter mir, schlug die kuschelige Bettdecke zurück, fabrizierte aus dem Kopfkissen eine Art von Turm und schlenderte in das angrenzende Badezimmer. Auf dem Weg dahin warf ich das Jackett über einen Stuhl und begann, mein Hemd aufzuknöpfen. Selbst die Anzughose traf noch den quadratischen Stuhlsitz. Meine leicht *eingeschweißten* Schuhe platzierte ich

zuvor auf einer neben der Tür befindlichen Fußmatte. Die angenässten Socken ließen dunkle Schwitzränder erkennen. Barfuss und auf Zehenspitzen trippelnd schlich ich weiter. Die allabendliche Prozedur des Zähneputzens sowie die der Toilette geschah oft wie in Trance. Die Selbstverständlichkeit des Wiederkehrens solcher Tätigkeiten ließ nicht nur mich wie einen Roboter erscheinen. Wie eine an Fäden funktionierende Marionette. Ein Spielzeug des Vertrauten, der Langeweile produzierenden Einfältigkeit. Meine Zähne, vor denen die Creme schäumte, wurden im Mund mit einer biegsamen Zahnbürste behandelt. Selten vermischte sich diese Creme mit Eigenblut, ein untrügliches Zeichen, mit dem energischen Putzen aufzuhören! Diese weißschaumige Masse quoll aus den Mundwinkeln heraus. Ich spuckte sie ins Waschbecken. Im gleichen Augenblick schrak ich zusammen und schoss vor dem Waschbecken hoch. Mit aufgerissenen Augen starrte ich in den Spiegel und vernahm einen längeren, rhythmisch hohen Ton, der rasend schnell klang.
Ding-ding-ding-ding-ding-ding-ding-ding-ding-ding-ding ...

Elfmal hintereinander ertönte dieser Laut aus einer Uhr, die auf der Anrichte stand. Wieder Eiche massiv. Die Anrichte, nicht die Uhr. Was sonst. Der Anblick dieser Tischuhr erfreute mich deshalb, weil mir Uhren an sich sowieso gut gefallen. In jeder Form und Größe. Diese war besonders hübsch, gerade wegen ihres Schlagwerkes. Ein umhäkeltes, vielfarbiges Brokatdeckchen zierte diese wuchtige Anrichte, auf der die Uhr ihren Platz gefunden hatte.
Vom Theaterauftritt, der mir eine kleine Gage bescherte, behielt ich genügend Geld übrig, um mir eine neue Armbanduhr kaufen zu können. *Wie gut und schön.* Diese neuerlich erworbene Armbanduhr bettete ich zur Nacht, indem

ich sie auf meinem Nachtschränkchen ablegte. Sie trug ein Edelstahlarmband, war wasserdicht bis 50 Meter Tiefe, besaß eine verschraubte Krone, und unter dem Glas kreisten schwarze Stahlzeiger. Das Mineralglas mit Datums- und Mondphasenanzeige war kratzfest. Sehr klobig und schwer umschloss sie mein Handgelenk. Schöne Uhr. – Teure Uhr. – Meine Uhr.
Uhrenfetischisten-Engel.

Nach dem Überstreifen des Schlafanzuges, während mein Kopf schon auf dem Kissen ruhte, sich der Restkörper unter der Bettdecke kuschelte, rutschte mir die Nachtlektüre aus den Händen. Dabei handelte es sich um jenes bunte Magazin vom Glastisch aus dem Foyer. Eine nicht unbedingt spektakuläre Zeitschrift. Es handelte sich inhaltlich mehr oder weniger um übliches Gazettengeschmiere über Adel, Prominenz und solche, die sich dazu zählen wollten.

Eigentlich nur: *Yellow Press für Anfänger.* Banal. Simpel. Nichtsaussagend. Unwichtig.

Der Erzengel las im Bett. Der Bett-Erzengel. Solche Gazetten glänzten höchstens mit Kreuzworträtseln und selbst diese waren recht einfach gestrickt.

Der Sandmann ruderte bereits wie wild mit seinen Armen und hielt das Sandsäckchen in Händen. Der schwere Sack schwebte aufgeknotet vor meinem geistigen Auge. Ein Leinensack mit himmlischem fein gesiebten, staubigen Sand war allnächtlich sein Begleiter. Bedauernswerter Sandmann!

Atemlose Ruhe kehrte ein. Unsagbare Stille erfüllte den gemütlichen Raum, in dem ich lag. Ich schlummerte selig, war eingeduselt. Fest und tief schlafend saugte ich in der REM-Phase die süßen Träume ein, die in unzähligen Fantasien entstanden waren. Wirre Träume, schlimme oder garstige Träume durchwandelten meinen Engelsgeist. Es erwuchsen schreckliche Träume vom Teufel, aber auch liebevolle Träume von Gott und seinem Geschwader, teils vom währenden Zuhause. Selbst Anrüchiges träumte ich derweilen. Oh, das durfte ich nicht. Wo blieb der Gedanke an mein tugendhaftes Verhalten, der doch bitte solche Fantasien von mir fernhalten sollte? Hatte der Teufel wieder seine ungewaschenen Finger im Spiel und mir mit seiner telepathischen Kraft mein Unterbewusstsein verseucht?

So schön Kerzen anzusehen waren, so gefährlich konnten sie sein. Einer von vielen Feuermeldern, die der Hausherr im gesamten Hause hatte anbringen lassen, schrie sich die Seele aus dem Leib. In allen Etagen des Seniorenheimes lugten diese *Brandwarngeräte* von der Decke. – *Hui-hui-hui-hui-hui-hui-hui.*

Ein eindringlicher und gnadenlos brüllender Heulton erreichte selbst den letzten Winkel dieser überwachten Villa. Ich schoss wie von der berühmten *handtellergroßen* Tarantel gestochen aus meinem Bett heraus. Nicht nur ich, sondern zudem ziemlich jede Person in diesem Haus wurde auf diese Weise brutal aus dem Schlaf gerissen. Ein Szenario hochschreckender Köpfe und schüttelnder Körper wurde dadurch entkeimt. – *Hui-hui-hui-hui-hui-hui-hui.*

Dieser ohrenbetäubende Lärm ließ sämtliche Trommelfelle oszillieren. Barfuss, mit wirrem Haar und fast halb herunterhängender Schlafanzughose sprintete ich auf den Gang. Das eingelassene Gummi der Hose schien mürbe zu sein. Hätte ich im letzten Moment nicht meine Zimmertür geöffnet, wäre ich glatt durch das Holz des Blattes geschlagen. Eiche massiv. Was sonst? Ein solcher Aufprall konnte abrupt zum Knockout führen. Da bräuchte kein Boxtrainer ein Handtuch mehr werfen! Ich schoss über die Treppe vom zweiten in den ersten Stock. Brandgeruch umkreiste meine Nase. *Was für ein Chaos!*

„Was ist denn hier los, ... brennt es etwa, ... kann jemand dieses Geheule ausstellen?" Ich rief fragend in jede Richtung des Flures im ersten Stock. Die meisten Bewohner standen auf den Fluren. In diesem Augenblick stand auch Butler Karl wie hingezaubert neben mir. Ein leichter Geruch von Qualm umgab ihn. Blitzschnell, wie von Gott gerufen und von Engeln getragen, schossen vibrierende Worte der Angst aus seinem nachtverschlafenen Mund.

„Hilfe, schnell! – Hilfe! – Feuer! ... da im Zimmer brennt es! Feuer! – Schnell! Es brennt." Butler Karl deutete aufgeregt zu einer Tür. Er vermochte seiner Worte nicht Herr zu werden oder sie gar zu kontrollieren. Ein gezieltes Artikulieren schien nicht möglich zu sein. Allerdings war es mehr als beeindruckend, dass er es geschafft hatte, einen Bademantel überzuwerfen, obwohl, kalt war es ja nicht gerade. Trotz großer Aufregung des Feuers wegen galt es, Ruhe zu bewahren und dafür zu sorgen, dass niemand zu Schaden kam. Karl huschte den Gang entlang, hin und her, zählte Bewohner und vergewisserte sich, dass alle aus ihren Zimmern herausgekommen waren.

Auf dem Gang in Kopfhöhe war ein quadratischer, roter Kasten mit Glasscheibe angeschraubt. Auf der dünnen Scheibe waren warnende Worte aufgedruckt: *Bei Feuer. Für Notfälle. Bitte einschlagen und Knopf drücken!* – Beim Zerschlagen der knopfüberdeckenden Glasscheibe wurde automatisch das Feuerleitsystem der Feuerwache gestartet. Die Feuerwehr erhielt ein akustisches wie optisches Signal auf einer Schaltafel in ihrer Wache. In einem aggressiven Rot blinkte eine Lampe, und der Dauerton erschallte durchdrin-

gend, dass jeder seine Ohren spitzte. Diese Tatsache als auch das andere relevant technisch Wissenswerte entnahm ich den Statuten des Hauses, die ich mir in den ersten Tagen in dieser Residenz zu Gemüte geführt hatte. Ohne lange nachzudenken, schlug ich die dünne Scheibe ein. *Klirr.* Das Glas zersplitterte, und die Scherben spritzten in allen Richtungen davon. Ich drückte den schwarzen Knopf etwa fünf Sekunden lang. Zur Empfangsbestätigung ertönte erneut ein schriller Heulton, diesmal aus einem kleinen Lautsprecher unterhalb der Feuermeldeeinrichtung. –
Uiiih-uiiih-uiiih-uiiih-uiiih-uiiih-uiiih-uiiih-uiiih.

Diese innovative Rückmeldung war mir völlig neu. Ich lerne noch immer tagtäglich dazu. Mein bisheriges Wissen erweitert sich ständig, wie es das der Menschen im Allgemeinen auch tut.
So ist das Leben! – *That's life!* – *C'est la vie!*

Der Hausherr, der unverständlicher Weise mit Ohrenstöpseln nächtigte, hatte es tatsächlich fertig gebracht, aufzuwachen. Dem Brandgeruch folgend kam er eilends angesprintet, um zu helfen. Was sonst in einer derartigen Situation?

„Haben Sie schon die Feuerwehr alarmiert?", sprudelte es aus seinem Mund.

„Ja, habe ich, die sind unterwegs, aber wir müssen erst in dieses Zimmer hinein!", schrie ich wie von Sinnen. Nervös und äußerst hektisch reagierend ließ ich den Herren des Hauses erst einmal an der Seite stehen. Der Hausherr stand deplatziert und somit ein wenig im Wege.

„Karl, kommen Sie rasch hierher!", rief ich zum Butler herüber.

Butler Karl sputete sich.

„Unangenehme Geschichte ...!", hustete er mir entgegen.

„Ja, schöner Mist!", antwortete ich eilig und zog ihn am Arm heran.

„Was soll ich tun, wie kann ich helfen?", fragte nun der Hausherr aufgeregt.

Gar nicht!, wollte ich schon rufen, doch es zählte jede helfende Hand.

„Laufen Sie der Feuerwehr entgegen, öffnen Sie das Tor, schnell, die Jungs brauchen nicht lange, das ist eine schnelle Truppe, wie ich vermute." Den Mann war ich erst einmal losgeworden, wenn auch nur für kurze Zeit. Verantwortung tragen ist ja bekanntlich eins, unerschrockenen Einsatz zeigen sicher das andere. Mir kam der Herr des Hauses ohne Zweifel wie ein hilfloses Geschöpf vor, das in Gefahren- und Notsituationen auf die kleinste Kleinigkeit hingewiesen werden musste.

Gezielten Auges, dennoch sehr heftig erschrocken, blickte ich gebannt auf die Zimmernummer des Raumes, in dem sich der Pfeifenraucher befand.

Ausgerechnet der Raucher, dachte ich und versuchte, einen spontan ersonnenen Plan in die Tat umzusetzen. Dichter Rauch drang durch die Fugen der Tür zum Gang hin. Links und rechts sowie oben und unterhalb der Tür strömte uns dieser todbringende, infernalische Qualm entgegen. Beißender Geruch machte sich schlagartig breit. *Ersticken kommt vor Verbrennen*, dachte ich, *nun aber hurtig!*

Das Mark und Bein durchdringende Martinshorn eines nahenden Feuerwehrwagens vernahm ich *erfreut* aus weiter Ferne. Nach und nach ertönten immer mehr dieser warnenden Hörner an den Feuerwehrfahrzeugen. Die rotierenden Blaulichter der Einsatzwagen erhellten das direkte Umfeld dieser signalroten Fahrzeuge. Als Erstes traf ein Leiterwagen ein, gefolgt von einem Wassertankträger. Danach folgte die

Queue der Flotte mit diversen Hilfsfahrzeuge. Wann immer ich das *Tatütata* einer Sirene vernahm, überzog eine Gänsehaut speziell meine Arme.

Anlehnend an den Heulton der Sirenen fauchten einige Notarztwagen dazwischen. *Tatütata – Tatütata – Tatütata.*

Beängstigend, aber notwendig wie nie!

„Hallo, können Sie mich hören, hallo?" Ich schlug mit beiden Fäusten wie wild gegen die Tür des Rauchers, gegen die des Meerschaumpfeifenrauchers.

„Autsch!", entfuhr es mir. Doch welch Ironie des Schicksals. Eine während des Einschlafens im Bett gerauchte Zigarette war geistig noch nachzuvollziehen, aber eine Pfeife, eine stinknormale Meerschaumpfeife? Sicher würde sie ausgehen und die Glut des Tabaks in ihrem Kopf somit erkalten! Vielleicht und doch klang es irgendwie sicherer, solch eine Pfeife zu rauchen. Selbst bei einer dicken Zigarre konnte es vorkommen, dass sie ausginge, noch bevor etwas schlimmeres passieren konnte.

Ja, die Raucherei!

Kein Kommentar jenseits der Tür. Kein Wort. Nicht ein Ton, kein Laut. Nichts. Der Mann schwieg Stille. Verbale Ruhe beherrschte das Zimmer bis auf das Knistern und Fauchen des unsäglich grausamen Feuers.

Überhastet sprang ich zurück und rannte in mein Zimmer, gottlob nur ein Stockwerk höher gelegen. Die Eingangstür zu meinem Zimmer stand offen, das Türblatt fand ich im 45°-Winkel vor. Es katapultierte mich in meine Schuhe, die parat auf der Matte geduldig auf mich warteten.

Wie ein geölter Blitz war ich rasend fix die Treppe hinab bis vor die Tür geeilt. Der Qualm wurde stärker. Ich hustete, wedelte erneut mit den Händen vor meinem Mund und der Nase herum. Ich musste noch mehr husten.

Der Mann im Zimmer antwortete noch immer nicht. Mit gebeugtem Kopf, die Gedanken liefen bereits Amok, überlegte ich kurz und erinnerte mich, dass man eine Tür, hinter der es brannte, nicht so ohne Weiteres aufbrechen durfte. Ich hielt mir den rechten Ärmel meiner Schlafanzugjacke vor das vor Aufregung und Hitze geschwitzte Gesicht. Die Nase ruhte im Ellenbogengelenk. Meine Augen waren geschützt in den Stoff gepresst. Meine Stirn zeigte nach vorn. Sie fühlte sich wie mit Russ bedeckt und sehr warm an. Ich trat mit der Ferse des rechten Schuhs gegen die Tür. Sie bewegte sich kaum einen Millimeter. Immer noch beißender Qualm. Der Pfeifenmann hatte offensichtlich seine Zimmertür zugeschlossen und somit stand unumstößlich fest: Ein schnelles Aufbrechen dieser Eichentür war nicht möglich.

Schietkram, Mist, verdammt!, fluchte ich in mich.

Immer noch Holz. Noch immer Eiche massiv.

Was sonst!

Ich bekam eine spontane Holzwut. Der *Holzwut-Engel* Midron war sauer, sehr sauer sogar.

Mit gewaltigen Schritten näherkommend, keuchend mit pulsierender Atmung, erblickte ich ein paar eilige Feuerwehrleute. Sie stürzten mir übermächtig auf dem langen Gang entgegen.

„Schnell, brecht die Tür auf, ich schaffe das nicht allein, der Mann hat sie abgeschlossen!" Panische bis gellende Worte enteilten nun meinem aufgerissenen Mund, der mehr einer Fratze glich, die zwei Zahnreihen hervorspringen ließ.

Diese Worte waren laut und deutlich. Aber wie!

Für die Feuerwehr stellt eine verschlossene Tür kein Hindernis da. Nicht die Spur eines Problems sehen sie dabei. Da gibt es stets ein Durchkommen! Zwei Wehrleute stießen mit einer schweren Ramme mehrmals gegen diese verschlossene Tür. Dreimal vielleicht. Ein gewaltiges Krachen begleitete das letzte Rammen. Mit schwerem Gerät bewaffnet, drang ein weiterer Feuerwehrmann in Windeseile ins Zimmer ein. Mit der lebenswichtigen Atemschutzmaske, der feuerfesten Asbest-Kleidung und selbst mit beträchtlicher Kraft ausgestattet, sprang er wild ins Zimmer. Eine Brechstange in Händen haltend erkannte er sofort, wo der Hebel zuerst angesetzt werden musste.

Störe niemals einen Feuerwehrmann bei der Ausübung seiner Tätigkeiten!

Vom Gang aus sah ich weiter nichts als Qualm, der wie angesaugt aus dem Zimmer drang. Diverse Silhouetten von Menschen konnte ich durch die Nebelwand erkennen. Eine spürbare Hitze verbreitete sich rasend schnell. In dieser einst gemütlichen Stube brannte alles lichterloh: das Gestühl, das Bett, die Vorhänge, die Deckenlampe, die Kommode, die Teppiche, einfach alles. Leider auch der arme Pfeifenraucher! Die Scheiben der Fenster waren zerborsten. Laute Entsetzensschreie beschallten den Flur.

O Gott, wie schrecklich!

Der Hausherr behinderte augenscheinlich wieder den stattfindenden Einsatz. Er stand nur im Weg herum. Dieser Umstand ließ einen nachrückenden Feuerwehrmann etwas aus der Fassung geraten, indem er wild gestikulierend die durchdringenden Worte verspritzte:

„Geh aus dem Weg! Platz da, du Figur! Wir müssen hinein, Feuer löschen, steh nicht so dumm herum!" Als Abschluss dieser Worte schoss ein immens kräftiger Wasser-

strahl aus seiner Spritze hervor, die mit einer gezielt arbeitenden Düse versehen war. Hunderte von Litern Wasser wurden freigesetzt und in die lodernden Flammen gespritzt.
Die unvermeidlichen Löscharbeiten hatten begonnen. Hektisch. Zerreißende Spannung hing in der Luft des gesamten Gebäudes. Wildes Durcheinanderrennen. Brüllen. Schreien, Befehle. Anordnungen. Zig übereinander liegende Löschschläuche versteckten sich unter den vermummten Wehrleuten. Wasser. Alles wurde nass wie durchtränkt. Überall Wasser. Es lief von der Decke über die Wände auf den Fußboden, dann weiter auf den Gang und noch weiter, immer weiter bis zur Treppe, von da hinab ins Erdgeschoss. Geschrei. Rauch. Qualm. Feuer. Noch immer, Feuer. – Immer wieder in der Reihenfolge.

Butler Karl und ich, sowie die Wenigkeit des Hausherren, waren stirngeschwitzt und damit beschäftigt, die neugierigen Mitbewohner zu beruhigen. Aufgeschreckt vom Lärm der Sirene waren sie in Heerscharen aus ihren Zimmern geflüchtet und standen wirr durcheinander gewürfelt auf den Gängen herum. Ihr eingefrorener Gesichtsausdruck glich dem todgeweihter Weihnachtsgänse. Stumme Mienen. Erstarrtes Antlitz. Stechende Augen. Beißender Qualm. Wieder Getuschel, Gemurmel und Geschrei. Das existente Szenario nährte sich selbst. Schauderhafte Sekunden entarteten zu qualvollen Minuten, diese peinigenden Minuten scheinbar zu unsäglichen Stunden. Es erwuchs zu einem entsetzlichen Warten. Das teuflische Feuer musste sterben, es einzudämmen hatte oberste Priorität. Eine Präambel eines göttlichen Gebots beschreibt es als vorhandenes Sofortgesetz mit augenblicklichem Hilfeeinsatz.

Nun war eine Sekunde kein Nichts mehr!

Etwa eine halbe Stunde später wurde das Ausmaß der Katastrophe in diesem Seniorenheim erst richtig sichtbar. Zentimeterhoch lief das Löschwasser kaskadengleich über die breiten Treppen. Sichtbarer Rauch noch überall. Die im gesamten Gebäude aufgerissenen Fenster verabschiedeten die rudimentären Nebelschwaden. Baumblätter würden den Rauch aufnehmen und ihn zurückverwandeln in zu atmende Luft. *Finger weg von der Natur!*

Das Feuer im Zimmer des Pfeifenrauchers war gelöscht. Unter Zuhilfenahme von Löschschaum wurde selbst das letzte Fünkchen Feuer im Keim erstickt.

Das Wort Meerschaumpfeife bekam plötzlich eine äußerst makabere Bedeutung.

Beklagenswert: Es wurde der Verlust eines Menschenlebens registriert, gar bedauert der Tod eines menschlichen Geschöpfes. Ja, so war das. Kommen, bleiben, gehen, verschwinden. Verständlich, weil nachvollziehbar und damit absolut.

Zwei schwitzende Feuerwehrleute trugen den verbrannten männlichen Körper, vielmehr das, was davon übrig war, in einem schwarzen Plastiksack aus dem verwüsteten Zimmer heraus. Ein langer Reißverschluss, der gänzlich geschlossen war, verriet die Endlichkeit vom Vergehen des Lebens. Bei einigen stummen Augenzeugen setzte sich halb verdauter Speisebrei in Bewegung. Er kroch *bergauf* Richtung Mund durch den Ösophagus. Der beschwerliche Weg der unförmigen Nahrung durch die Speiseröhren führte in den jeweiligen Mundraum über die Zunge bis vor die Zähne und die noch geschlossenen Lippen. – *Bon appétit.*

Der verbrannte Leichnam wurde samt Leichensack in ein extra dafür vorgesehenes Transportfahrzeug verladen. Der gesetzliche Weg führte zwecks Untersuchung zu einer pathologischen Station. Erster Stopp: Kühlkammer. Mit einem Namensschild am Zeh des Fußes schob ein Angestellter dieser Station die sterblichen Überreste in einen Aufbewahrungsschacht, der mit einem glänzenden Eisenriegel verschlossen wurde. Endstation Leiden. Nur ein schnelles Bewusstloswerden bei einem üblen Brand durch den Qualm verhindert, dass der Betroffene selbst bei seiner Eigenverbrennung geistig anwesend ist.

Es nimmt ihm die Luft zum Atmen, die Luft, die so wichtig ist, um existieren zu können. Existieren in einer Welt, die es allemal wert ist, darin zu leben. Das hat Gott, als auch die Natur, perfekt eingefädelt.

Dicke Tränen des Mitleids und des Nichtverstehenkönnens kugelten über manche Wangen. Gerade ältere Personen empfinden den Tod eines anderen Mitmenschen viel tiefer als vielleicht die bedenkenlos durchs Leben ziehenden *Jungvölker*. Mit der oft großen Lebenserfahrung der Erstgenannten ist das sicherlich kein Wunder.

Wie gut es doch ist, dass die Seelen gerade verstorbener Menschen nicht verbrennen können. Ob es ein guter oder schlechter Mensch war, erscheint dabei gleichgültig. Die Seelen steigen blitzartig und unsichtbar auf, nachdem sie den toten Körper verlassen haben. Nur dass diese guten Seelen der Allmächtige greift, während Satan sich mit den bösen Herzstücken zufrieden geben muss.

Diese Tatsache wird wohl ein Grundsatz sein, wobei nicht sicher ist und gewährleistet werden kann, wie es sich mit der Verteilung verhält. Sind es mehr *gute* oder eher mehr *schlechte* Seelen, die sich auf den Weg machen, um von ihren Empfängern aufgenommen zu werden? Mir, dem Erzengel Midron, hat das niemand verraten und offen gesagt:

Es ist mir gleichgültig, weil ich es nicht beeinflussen oder ändern kann!

Wo mein Weg endet, habe ich schließlich gesehen.

Der Schaden, den das Feuer angerichtet hatte, war nicht unerheblich. Doch wie so vieles im Leben, ließ sich alles bereinigen und wiederherstellen. – Bis auf ein Leben! Leider wurde wieder einmal sichtbar, dass es Unbekümmertheit und Leichtsinn ist, die solche Unglücke geschehen lässt.

Ich war äußerst traurig darüber, gerade bei diesem Menschen so jämmerlich versagt zu haben. Nur so kurz war sein Aufenthalt, und so wenige *schmackhafte* Pfeifen hatte er rauchen können. So stimmte trotz Missbilligung dieses Rauchens die Chemie zwischen uns.

Ich war in meinen Grundfesten erschüttert und wollte nicht, dass sich solches wiederholte. Meine postwendende Kündigung war die Folge. Etwas vorschnell, aber nötig. Ich kündigte somit ohne wenn und aber. *Flucht?*

Mea culpa. Mea maxima culpa. – Meine größte Schuld, nicht geholfen zu haben? Aber wie hätte ich der Sache vorgreifen sollen? Ich kann den Ablauf der Zeit, des Lebens und damit der Geschichte nicht ändern. Die Hilfe nach dem Unglück war auch eine Hilfe, sicher, aber so wollte ich gewiss nicht helfen. Nicht auf diese Art und Weise.

Unverständliches, wider erwartetes Kopfschütteln in dieser Residenz, die nun einen nicht unerheblichen *Schlag vor den Bug* bekommen hatte.

Der Hausherr ließ jedoch im Nachhinein erkennen, dass er mich für sehr sympathisch angesehen hatte. Nur wegen dieses Vorfalls hätte ich nicht gehen brauchen. Aber wie sollte er wissen! Ein letzter Versuch entwich seinem Munde:

„Bleiben Sie vielleicht doch?"

„Nein."

„Es war ein Unglück!"

„Ich weiß, aber das ist mir gleich, mein Entschluss steht fest, felsenfest!"

„Wollen Sie es sich nicht überlegen, doch zu bleiben?"

„Nein, definitiv nein!"

„Bis zum Monatsletzten ..., ... bis ich jemand anderen gefunden habe?"

„Es tut mir Leid, nein. – Nein, nein, nein!"

Ist der verbissen! Hat er einen Narren an mir gefressen? Ich gehe, hundertprozentig!, sinnierte ich, während ich in seine flehenden Augen sah. Engel entscheiden schnell und sofort. Erzengel blitzartig. Jedenfalls ist das bei mir der Fall.

Der tief empfundene Schmerz war der Grund für mein Verhalten und die daraus resultierende Tatsache, zu gehen. Ich war zu sensibel gestrickt und wusste, dass ich das ändern musste. Bald schon. So konnte es nicht weitergehen. Ich musste stark werden, um eventuelle, andere Prüfungen besser durchstehen zu können. Ich wollte in der Residenz nur helfen und war sogar dazu berufen, ja geradezu fixiert auf eine mir zusprechende Person.

Und dann diese Katastrophe!

Nach so kurzer Zeit. Innerliche Stärke scheine ich noch nicht wirklich zu besitzen. Machte ich mir unter Umständen nur etwas vor? Ich musste doch stark sein, ich war ein Engel, von Gott berufen, ausgebildet und gestärkt, mit allen Wassern gewaschen. Mit der Kraft meiner Gedanken versuchte ich, mich innerlich so zu stärken, dass jedwede neue Situation mir nichts mehr anhaben würde. Klappte es mit ein wenig Gottes Hilfe? Ich schaute gen Himmel und wurde das Gefühl nicht los, dass er mir zublinzelte.

Mir, dem *Zwinkerempfang-Engel*.

Butler Karl hatte sicherlich genügend Lebenserfahrung gesammelt, um weiterhin geradeaus schauen zu können. Auch ohne mich. Er schien mir ohnehin härter im Nehmen zu sein. Doch selbst ihm ging diese Sache sehr nahe. Er sprach nur nicht darüber, wie einige der anderen Bewohner dieser schönen Residenz auch.

Alles in allem war diese Episode wohl dumm gelaufen!

Der Hausherr dachte, wie konnte es anders sein, in erster Linie natürlich an die Versicherungen, die schließlich zahlen mussten, und an die daraus resultierende Schadensbehebung, begleitet mit der Neueinrichtung des renovierungsbedürftigen Zimmers, eben an alles, was *drum herum* dazugehörte.

Die Gedankenzüge des kühl rechnenden Mannes waren eher als abgeklärt zu bezeichnen. Leider verhielt es sich bei dem Mann um einen Profitdenker, obwohl, nachdem was seine Geschäftsbücher aussagten, handelte es sich um einen fairen Geschäftsmann. Es war mir trotz meines Fortgehens wichtig, dahinein noch einen letzten prüfenden Blick zu werfen. Natürlich auf die Engelstour. Heimlich engelhaft. Wäre Gott ein *Inselbewohner*, hätte er sicher gesagt:

So what! – You angel, you!

Aufgestiegen aus einem Zimmer eines irdischen Gebäudes und erhoben in Gottes Obhut. Der Himmel bekam wieder einmal Zuwachs. Nichts Ungewöhnliches. Das geschieht im göttlichen Gewölbe im Sekundentakt. Auch der ansässige Friedhof erhielt einen Neuzugang. Allerdings lediglich die Hülle, wie man weiß.

Das geschieht ebenso fast alltäglich.

Nun war der gute Pfeifentabak des Verstorbenen leider perdu, doch diese gegenwärtige Tatsache war sicher mit Abstand die unwichtigste überhaupt.

Schließlich war fast alles dem Feuer zum Opfer gefallen, und ändern könnte ich eh nichts mehr. Ein verdammt kurzer Besuch des Rauchers in dieser schönen Villa, der sich seine Zukunft sicher anders vorgestellt hatte.
Nichtsdestotrotz konnte ich meiner Berufung weiterhin folgen, später an einem anderen Ort. Das Thema *Villa vom Feinsten, Butler Karl und Co.* musste ich erst einmal streichen. *Résidence adieu!* – *Villa au revoir!* – *Domicilium vale!*

Butler Karl würde später erneut die schöne Eingangstür mit den blanken Butzenscheiben aufmachen und den Auslöser betätigen, der wie gehabt das mächtig schwere Eisentor öffnete.
Der geschäftige Hausherr hatte in der Zwischenzeit den entstandenen Schaden beheben lassen und tröstende Worte für die Mitinsassen dieses Seniorenheimes gefunden. *Hatte er sie wirklich gespendet, dieser berechnende Geschäftsmann?*
Wie rasch doch eine Erneuerung vonstatten gehen konnte?
Ja, so schnell ist das Leben. – *Zack. Pfeilschnell.* Es wird Butter auf die Gleise des Lebens gepinselt ...,
... und mit einem Rutsch saust das Leben vorbei.
... und ebenso rasch kommt auf leisen Sohlen der schicksalhafte Tod.
Husch gleite, ... und finé.
So schnell kann aus einer einsamen, aus einem Leib aufgefahrenen Seele ein Engel werden. Der Mann, der *unverschuldet* um sein Leben kam, konnte später davon berichten. Einiges war sicher zur Sprache gekommen, doch der Grund, der Auslöser des Brandes, wurde im Himmelsgewölbe stillschweigend unter den Teppich gekehrt. Löbliche Angelegenheit, dieses *Darüberhinwegsehen!* Das alles aber nur unter

der Prämisse, dass er zu Lebzeiten ein guter Mensch gewesen war. In einem solchen Falle genießt Gott förmlich das Auffangen der Seele, um daraus seinen Engel zu formen, den er schicken wird, wie er mich geschickt hat.

Ewig währt die Aussage: *Die zerrinnende Zeit* fließt, an den großen Surrealisten Dalí erinnernd, dahin.

Die ansehnliche Residenz stand nach wie vor wie ein Fels in der Brandung verwachsen da, mit dickem Mauerwerk, wenn auch leicht lädiert. Sie protzte mit ihren massigen, roten Steinen, dem fußenden Keller, einem stabilen Dach mit ungezählten Tonpfannen und Ausbauten, großen soliden Fenstern und zwei imposanten Kaminen mit geschwungenen Abdeckblechen darauf. Der grüne Efeu rankte noch immer am Mauerwerk hoch und schickte sich an, das eine oder andere Fenster zu belagern. Der optisch sehr wohltuend gestaltete Garten umschloss noch immer dieses weiträumige Anwesen. Sein Tor versperrte den Eingang. Die beschriebene zwei Meter hohe Mauer begrenzte nach wie vor die Anpflanzungen hinter dem gepflegten Rasen.

Ein Idyll. Ein Prachtstück. Noch immer. Ein malerischer Anblick. Ein funkelndes Juwel in der riesig anmutenden Welt, aber auch nur ein winziges Sandkorn am unendlich erscheinenden Strand. Ähnlich vergleiche ich die Unzahl der lebenden Menschen auf dem Planeten Erde. Jeder von ihnen ist ein Sandkorn. Und jeder erwachende Tag fordert seine neuen Opfer. In Gedanken lasse ich den Sand durch meine Hände rinnen. Jedes Sandkorn ist ein Geschöpf Gottes. Wie wichtig jeder Einzelne von ihnen doch ist! Ich blicke nun gedanklich den langen, breiten Strand entlang. Jedes Sandkorn ist ein Menschenleben. Ein wichtiges. Ich vergleiche ein Sandkorn mit einem üblichen Lederfußball. Imponierend, nicht wahr? Ich vergleiche ein Sandkorn mit der Erdkugel. Gewaltig, oder? Es handelt sich immer noch um das gleiche mikroskopisch kleine Sandkorn. Ich denke also weiter und sehe auf das gewaltige Gestirn. Unvorstellbar weit, groß, unendlich. Eine Galaxie. Abermillionen Sterne. Ich schaue weiter. Ich blicke auf Milliarden von Galaxien, und das ist noch nicht alles. Noch nicht die Unendlichkeit. Dann, wenn ich die Vorstellungskraft spüre, sehe ich in meine rechte Hand. Ja, genau dorthin. In der Mitte der Handfläche, dort, wo ich das große „M" erkenne, befindet sich eine feuchte Stelle. Auf dieser Stelle klebt noch ein Sandkorn. – *Ein Mensch.* – Es klemmt in der kleinen Rille dieser meiner Handfläche. Die zarte Furche will es nicht loslassen. Das Sandkorn fühlt sich wohl und schmunzelt. Diesem unmerkbaren Sandkorn schaue ich mitten ins Gesicht, ... und ich sage:

Du bist ein Nichts im Vergleich zur Unendlichkeit. Warum machst du dich selbst so wichtig? So kannst du keine Bonuspunkte für den Himmel sammeln, mein Freund. Also, bleibe im Lande und auf dem berühmten Teppich!

Jedes Sandkorn verkörpert ein Menschenleben! Ein denkendes Wesen aus Fleisch und Blut. Denkst du wirklich daran? Du denkst doch daran, oder? Du denkst doch?

Warum war ich nicht doch, trotz des Vorfalles, in dieser Residenz verblieben? *Feiglings-Engel.* War ich feige? Nein, bestimmt nicht. Das blitzartige Erzengeldenken hat dieser Geschichte das Ende vorgesetzt. So war das. So und nicht anders!

So kurz war also dieses, mein dortiges Gastspiel.

Nachdenklich stand ich mutterseelenallein mit meinen Füßen auf dem Boden der Tatsache dieser Erde in dieser *meiner* Galaxie. Der Himmel lachte wie so oft. Sein Blau verzückte mich. Die Sonne schien leuchtend wie immer. Ihr Anblick ließ mich blinzeln und ihre Wärme tat mir gut. Nur den Regen, den wollte ich nicht sehen. Gott, seine Macht und Kraft, wollte ich bei mir wissen. Wirklich und immer. – *Zeitpünktlich. Ich sinnierte und dachte, und mir wurde kühl um die Seele.*

Das Glück und der Kampf

Die aufgehende Sonne schickte ihre warmen Strahlen zur Erde, wenngleich sie darüber hinaus verschwenderisch in die Weite des Universums hineinstrahlte.
Sie verzauberte das geschickte Spiel der prachtvollen Wolken, die am weiten Horizont herumgeisterten. Die ansehnlichsten Farben präsentierten sich weich auf der gedanklich gehaltenen Palette des beginnenden Morgens. Der Himmelstanz dieser Wolken ließ die Farben auf der Farbmischscheibe wirr verlaufen. Von Osten her drang dieser runde gelbe Himmelskörper, der Mittelpunkt des beheimateten Sonnensystems, unaufhörlich in den erwachten Tag hinein. Wie in den gestrigen, den morgigen und den übermorgigen Tag ...

Ich, der Engel Midron, der Schutz- und Erzengel, zuweilen auch *Nerv- und Feuerengel*, bedeckte mit meinem Gesäß wieder einmal nur wenige Quadratzentimeter der hölzernen Bretter einer Bank. Die harte Sitzgelegenheit außerhalb der Residenz befand sich auf einer ansehnlich gelegenen Lichtung, die das Panorama auf eine herrliche Gegend freigab. Keine Bushaltestelle mit eventuellen Hundehaufen weit und breit. Gut so.
Fauler Banksitz-Engel!

Allein nur mit den Augen zu sehen ist schon etwas Wunderbares.
Wie die Natur mit ihren Farben spielte, erfreute mein Gemüt, und ich war abgelenkt von dem Geschehnis jenes vergangenen Tages. Fliegendes dahinschwirrendes Getier aller Form und Größe, scheinbar schwebende Vögel mit ausge-

breiteten Flügeln und schnellem Schlag, durchbohrte die Umgebung mit ihrer wärmenden Anwesenheit.

Die feuchte Oberfläche dieser Bank glänzte von niedergesetzten Tautropfen, in denen sich die beachtlichsten Dinge spiegelten. Formschöne Blätter des darüber befindlichen Baumes etwa oder Äste, die sanft bis rege schwangen, oder einfach nur mein Gesicht, reflektierten diese halbkugelförmigen Wassertröpfchen. Einige Tropfen, die sich am Rand der Bretter versammelt hatten, stürzten ungehalten hinab. Ein Glück für diejenigen, die auf große Blätter trafen und infolgedessen weich fielen. Ich stützte mich mit einer Hand auf der Bank ab. Dabei war mein Oberkörper seitlich leicht verdreht. Das rechte Bein ruhte über das linke geschlagen. Der rechte Zeigefinger symbolisierte einen dicken Oberlippenbart. Mein Atem drang zwischen Zeige- und Mittelfinger hindurch. Wieder und wieder schaute ich mit meinen verträumten Augen in diese Tropfen, die wie kleine Kunstwerke vor mir lagen. Deren Oberfläche wirkte gespannt und fest. Eine unbeschwingte Lerche trällerte im Hintergrund ihre erste morgendliche Sinfonie. Sie saß auf einem Ast, der Kopf war in die Höhe gereckt, und ihr Schnabel öffnete sich im Takt zu ihrem Gesang. Von weitem vernahm ich ein raues Hundebellen. In unmittelbarer Nähe folgte ihm sein wie wild schreiendes Herrchen. *Bei Fuß, komm her, Fuß!*, tönte es aus dem Wald heraus. Die Sonne stieg, gefühlsmäßig betrachtet, nun schneller auf. Ich spürte angenehm die Zunahme ihrer Wärme. Wie auf einer kolossalen Hand getragen wurde sie emporgehoben und gemächlich zur rechten Seite geschoben. Das anfängliche Orange in ihr entwickelte sich zusehends in ein leuchtendes Gelb. Ginge nicht täglich dieses bunte Spiel ihrer Farben vonstatten, wäre die Freude in jedem Menschen nur halb so groß. Schlimm hingegen ist es, wenn am frühen

Morgen schon der Himmel weint und die gewaltigen grauen Wolken ihr Wasser nicht mehr halten können. Wenn der niederprasselnde Regen ohne Unterlass zur Erde fällt, freut es allenfalls den Landwirt, der vor seinen trockenen Feldern steht und wahrscheinlich die unerschrockenen Kinder, die mit ihren Gummistiefeln in den Pfützen herumhüpfen und springen, mitunter auch herumtrampeln. Das funktioniert barfuß selbstverständlich genauso gut.

Ich verharrte sinnlich etwa eine Stunde auf dieser relativ feuchten Bank. Dann verließ mich mein angewärmtes Sitzfleisch. Ich erhob mich gemächlich und ging einige Schritte voran. Noch mit irdischen Kleidern umhangen, stieg ich eine steil abfallende Senke im Gelände hinab, ein bis anderthalb Meter etwa, größer war der Höhenunterschied nicht. Etwas rutschig fühlte sich der Untergrund für mich an, dennoch war ich in der Lage, mich aufrecht gehend zu bewegen. Schritt für Schritt hangelte ich mich vorsichtig weiter, meine Hände ergriffen flankierendes Gebüsch, und ich erreichte einem schmalen Waldweg. Während ich darauf spazierte, grübelte ich nach, über dies und jenes, schaute nach links und rechts, nach oben in den Himmel, anschließend wieder vor mich auf den Boden des Weges. Meine Hände fuhren über die Oberarme, meine Augen sahen Hose und Schuhe, ich stutzte, *hm,* irgendwie gefiel mir die irdische Kleidung nicht mehr. Ich wollte mich ihrer entledigen und im Engelsgewand weiter fortschreiten. Ich meinte, es luftiger ertragen zu können, und überlegte nicht lange. Mit einem Fingerschnippen, eines schnellen Blickes gleich, erstrahlte nun mein Heiligenschein. Ich breitete die lange Zeit ruhig gestellten Flügel aus und schüttelte mich vor Wonne wie ein durchnässter Hund nach einem Regenspaziergang. Das weiße Gewand fiel über mich wie eine aufgepflanzte Frisierhaube. Die bequemen

Schuhe leuchteten wie frisch geputzt. Ich fühlte mich ausgesprochen wohl. Die bis dahin getragene Kluft entschwand wie atomisiert. Ein solcher Wechsel trägt gewisse Vorteile in sich. Wer würde dem widersprechen? Wie schön es doch ist, ein Engel zu sein. Wie verhielt es sich noch gleich mit der Engelwerdung? Fünf der wichtigen Weisheiten Gottes für die Anwärter der Engelskluft war und blieb:

- *Allzeit Geduld bewahren.*
- *Bei Unschlüssigkeiten immer erst auf das irdische Leben zurückbesinnen!*
- *Nur eine gute Seele kann ein Engelsgewand tragen.*
- *Tugend macht den beständigen Engel!*
- *Göttliche Bescheidenheit lässt sich nicht überbieten!*

Sämtliche philosophische Betrachtungen Gottes zusammengefasst ergeben eine endlose Buchreihe, an deren Ende sich die totale Glückseligkeit in der Zufriedenheit badet.

Ob Gott meine Begegnungen der vergangenen Wochen wohl mit seinen Argusaugen verfolgt hatte? Wie viele weitere Engelsanwärter unterliegen einer Prüfung und wie viele mögen neu hinzugekommen sein? War nicht nach so langer Zeit einmal ein weiblicher Engel berufen? *Ein Engel für einen Engel.*
Zum Gernhaben.
Ich verzehre mich grimassenschneidend nach diesem letzten süßen Gedanken. Wie schön eine Zweisamkeit wäre ..., ... allein die Vorstellung daran ließ mich innerlich wie zu neu erlangter Jugend erblühen. Gedankenlos, wie ein naives Kind, *juchheißate* ich luftspringend umher. Ein glückliches Engelspaar in den irdischen Fluren dicht beieinander und zusammen. Ah! – Welche Vorstellung. *Midron, was gab dir Gott*

mit auf den Weg! – Schon vergessen? Oh, nein, keineswegs. ... und doch! Vielleicht, nein oder ja, was spricht dagegen?, gelüstete mich eine Gedankenflut. *Wer hat mir diese Ideen ins Gehirn gesetzt? – Teuflische Rosinen? – Aber nett!*
Ein Traum von seliger Harmonie durchengelte das weite Gelände. Vierflügliges gemeinsames Aneinanderreiben. Ein klingendes Berühren der Heiligenscheine untereinander. Meine enorme Vorstellungskraft wucherte derart aus, dass ich doch tatsächlich Gefahr lief, in diesen süßen Gedanken zu ertrinken.
Aufpassen, Engel, das kann ins Gewand gehen!
Ich verhielt mich wider Willen unartig kindhaft und spann schließlich männlich chauvinistische, schon irdisch verteufelte Worte:
„Gott, spüre meine Gedanken, sende mir einen Engel weiblichen Geschlechts. Einen von meinesgleichen. Erlaube mir, ein neues Glück zu erfahren, nach der, meiner Berufung. Sei mir gnädig und nicht erzürnt von dieser meiner Bitte."
Ich nahm all meinen Mut zusammen, indem ich diese Bitte gen Himmel schmetterte. *Laserstrahlschnelle* Aura in pulsierendem Nichtssehen schoss durch das Firmament hinan in göttliche Richtung. Eigentlich war es verpönt und geradezu unschicklich, diesbezügliche Bitten an Gott zu senden; allein daran zu denken, war schon sträflich genug.
Jetzt kommt wieder das mit der Asche und dem Haupt!
Mit der göttlichen Berufung und der Absendung zur Erde waren unabdingbarer Verzicht und strengster Gehorsam, ebenso schmerzhafte Enthaltsamkeit und begleitende Selbstfindung verbunden. Fast ein Mönchsleben. *Zölibatöser Zustand.*
Ein weiterer Gedanke beschäftigte mich, den Erzengel Midron, mit den Wünschen nach femininen Erscheinungen.

Ich stellte mir zweifellos die Frage, ob ich durch meinen Hilfeeinsatz in der beinah abgebrannten Villa zu neuen, weiteren Ehren gelangt war. Noch ein Flügel vielleicht? Ein unsichtbarer Flügel als Auszeichnung, latent verborgen?

Der weitere Weg verlief erst einmal schnurstracks geradeaus.

Wenn es die rinnende Zeit hervorbringen würde, die unermüdlichen Taten ausreichten und genügend Hilfe geleistet wäre, könnte es bei einer Beförderung in der Hierarchie von den Fürsten über die Gewalten, den Herrschaften, Mächten und Throne über die Cherubim bis zum einzelnen Seraph langen. Sechs Flügel, das bedeutet schon etwas, da lacht das Herz, das ist Verantwortung *par excellence*, aber: *Die Macht kann Überfreude bewirken,* ... und das ist nicht immer gut!

Engel, bleib auf deinen Pfaden und werde nicht übermütig! Verharre in Buße und Demut. Lass keine Lüsternheiten aufkeimen in deinen Gedanken, und dein Geist wird rein bleiben.

Eine unsichtbare Stimme stürmte hernieder. Für einen Moment wurde ich vom Gefühl dermaßen umengelt, dass ich der Meinung war, jemand berühre meine Haarspitzen.

Ja, ja, rein bleiben. Ich habe auch Gefühle. Engelsgefühle, die kommen gleich nach meiner Engelsgeduld, durchtrieb mich ein wiederborstiger Gedanke.

Härrrh-ähemm! Ein unmutiges Räuspern entfuhr dem Himmel.

Olala, dachte ich weiter, *da versteht es aber jemand, mir gehörig ins Gewissen zu reden.*

Doch ich, der Engel Midron, nun auch *Hoffnungs-Engel*, musste ausharren und erst lungehebend durchatmen. Zeit verging. Meine Augen schlossen sich. Ich dachte nach. Elektrische Impulse tanzten durch meine Gehirnhälften, dass ich versucht war, nicht locker zu lassen und noch ein Stoßgebet zum Himmel zu schicken. Noch mehr Zeit verrann. Es wurde ruhig. Ganz still. Wie die Ruhe vor jedem Sturm, öffnete sich das Himmelsgewölbe mit einem Ruck, Donnern und Krachen.

Was geschah über mir? Welche energischen Botschaften würden mir zuteil? Meine gleichmäßig fließenden Gehirnströme wurden akut und abrupt gestört. Eine himmlische, wenn nicht sogar göttliche Nachricht stürzte hernieder und diese wurde geradezu bedrängend übermittelt. Ich wagte es nicht, diese *Mitteilung* akustisch anzuzweifeln und verstand gar nicht, warum es der Himmel mit mir auf einmal so gut meinte. Seltsam, äußerst seltsam. Traf mich wider Erwarten das Geschick, etwas ganz Besonderes zu sein, mich, Midron, den *Möchtegern-Zweisamkeit-Engel?*

Dem Anschein nach, sonst hätte nicht ein heller Hoffnungsstrahl mein Gewand in Form eines Lichtbündels beinahe durchschlagen. Gott spielte mit mir. Unglaublich! Er nahm sich die Zeit. Was kann er alles hören? Wie kann er so weit fühlen? Was trägt er für ein großes Herz in sich? Wie ist das möglich? Wie soll ich mir seine Allmächtigkeit vorstellen? Fragen über Fragen. Ich zuckte mit den Schultern und schaute ins Leere. Diese Leere reflektierte ein Nichts! *Hohlraumluftleergedankenverzauberung!* – Wer hat das gesagt?

In unmittelbarer Nähe meines Engelskörpers erstarkte eine Gestalt wie aus dem Boden gewachsen. Als wäre der Erdboden aufgebrochen, und ein längst vergessener Keim schnellte eilends empor. Der eisig empfundene Vorfall wurde mir gänsehauthervorschnellend ungeheuer. Mein Gewand lag wie eine Metallfolie auf meinem Körper. Ich erschauderte. Beben. Zittern.

Im Bruchteil einer Wenigkeit entstand vor meinen Augen das wunderbarste und hübscheste Gesicht, das jemals auf Erden gelächelt hatte. (Das geschieht nur in Märchen und darauf gezielt inszenierten Filmen!) Es handelte sich um das unverfälschte und reine Gesicht eines unbekannten, dennoch entzückenden Engels, das eines *weiblichen* Engels. Positives Entsetzen schoss mir in die Augen. Was war an dieser Stelle erschienen? *Wo steht die Antwort geschrieben, Gott?*, dachte ich, während ich krampfhaft bemüht war, meinen Geist zu sortieren. Keine Fata Morgana des gesamten Universums wäre imstande, ein solches charmant verschmitzt lächelndes Wesen in die Umgegend zu spiegeln. Ich war platt überwältigt, meine verduzten Augen kreiselten, und die weit aufblühenden Ohren *flatterten* im Wechsel, so dass sie abzubrechen drohten. Noch den ironischen Gedanken nachhängend, erfüllte sich mein ganz großer Traum:

Der Zweite-Hälfte-Engel. Das war ein Engel – ... und was für einer, ... und erst *eine*! –

Geheiligter Vater des Himmels! – Hab Dank! – Tausend göttlich vorgespiegelte Bilder reichen nicht aus, dieses Geschehnis zu beschreiben.

Wie oft ein solcher Überfall der angenehmen Art in der Vergangenheit stattgefunden hatte, war mir nicht bekannt. Die in den Himmel gestoßenen Worte und der damit in Erfüllung gegangene Traum hatten ihr Ziel nicht verfehlt, und Gott erwies sich einmal mehr als guter Himmelsvater. Für einen irdischen Menschen, für jemanden, der eine solche Erscheinung noch nie erlebt hat, würde der Anblick eines blitzartig erscheinenden, weiblichen Engels einfach umwerfend sein.

Ein glückseliges Engelspaar, wie aus einem märchenhaften Bilderbuch herausgeschnitten, weilte nun nebeneinander in der *Welt der Zweifel*. Was mein Aussehen anbelangte, nun, es war nicht von der Hand zu weisen, konnte ich mit anderen irdischen Schönheiten weitgehendst mithalten.

Diese eklatante Form der Selbstbeweihräucherung und des narzisstischen Denkens war eins der Lieblingsthemen Gottes. Er konnte schöpfen aus seinem reichhaltigen Ver- und Gebots-Repertoire, wenn es zuweilen anstand, richtig *Dampf abzulassen*, um den gedanklich gescheiterten Engeln zu sagen, dass sie gefälligst nicht überheblich sein sollen. *Ist ja gut!* – Es hatte sich mit der Zeit herauskristallisiert, dass ich unter den vielen Engeln eine Art Ausnahmeerscheinung darstellte. – *Hm!*

Es war ein gnadenloser, obgleich heiterer Tag, noch nicht allzu lang her, vielleicht zwei oder drei Monate, da ließ Gott Vater antreten. Feldmarschmäßig in geordnetem und sauberem Gewande. Eine Reihe der zappelig denkenden und wild gestikulierenden *Hampelengel* fußte an einer ideellen Linie. Der Himmelscampus war ausliniert. Wie auf einem Schulhof zusammengekehrt und in Form gebracht, standen diese unsäglichen Engel, teils mit geschwitzten Häuptern, teils mit rosaroten Schuldwangen, teils mit hinter dem Rücken versteckten Händen und teils mit lässig auftrommelnden Fuße. Gott hatte Spaß. Innerlich. Er grinste sogar, fast unverschämt und pochte mit den Händen, die seine Finger dirigierten, auf die Oberarme.

„Hört mir gut zu!", blies er über seine Lippen auf diese *Hosianna-was-haben-wir-falsch-gemacht-Truppe*.

„Mit großen Beispielen will ich euch nicht kommen. Ich denke, ihr wisst, warum ihr hier steht ... – was ich so sehe, das man stehen nennen kann!" Ein Murmeln und Grummeln machte die Runde. Einige Engel sahen sich platt ins Gesicht. Jeder zweite zuckte mit den Schultern, jeder dritte zupfte an irgendeinem spärlich bis stark gewucherten Bart, jeder vierte schien verlegen zu pfeifen, und jeder fünfte schloss die Augen im Wechsel zum Brauenerheben und rümpfte so geschickt seine Nase, dass deren Flügel sich zudem noch aufbliesen, um wieder zusammenzufallen.

„Ruhe, Sakrament, – Kreuzgewitter!" Gott spie kumulierende Speichelpartikel vor sich hin, so dass diese nebelhafte Gischt ungünstigerweise gleich den ersten Zappelengel traf.

„Ähhh!, wie nass, Gott Vater, welche feuchte Welle aus der Nase!"

„Ruhe, Gazebus, gleich der Erste hier im Glied und immer noch unflätig, Ruhe, zum Donnerwetter! – Hört genau hin, was meinem Munde nun entspringt!" Das schlagartig disziplinierte Himmelsgewölbe wankte leicht bis mittelmäßig, und die *zur Strecke gebrachten* Engel hatten Mühe, auf der Stelle ruhig zu stehen. Ein verirrter Blitz schoss der Reihe dieser frechen Engel vor die Füße. Verdutztes Schauen.

„Noch ein Ton, ein Laut, ein Räuspern, Kratzen oder Pfeifen, – ... und ihr werdet mich kennen lernen, wie ihr mich noch nie erlebt habt!" Das war deutlich genug. Was nach diesem Ausbruch geschah, war reine Willkür Gottes. Er trieze seine Engelsbande und verhängte jedem eine ungnädige Strafe, die sofort abzuleisten war. Gazebus schien am stärksten getroffen zu sein. Er soll angeblich eine Woche mit niemandem gesprochen haben. *Dann hat es ihn im Tiefen seines Inneren verletzt!*

Panische Unzufriedenheit, allerdings mucksmäuschenstille herrschte, als die Schar der Engel zu ihren Aufgaben zurückkehrte, wohl wissend der jeweilig frevelhaft begangenen Tat,

die es zu sühnen galt. Ein abstraktes Bild erblühte im Himmel zur Realität, als hätte ein Kunstmaler seine gezeichnete Figur zum Leben erweckt.
Wer Gott so sah, sah ihn halt so.
Eines weiteren Kommentars bedurfte es nicht.
Gott pfiff nun schiefen Tones tänzelnd und kratzte sich am Buckel, ließ unkontrollierte Gesänge in der Gegend aufleben und schlurfte anschließend hackenschiebend zurück in sein gemütliches Gemach.
„Diritt-titi ..., ich darf das ...! – Diritt-titi ..., wer sonst?"
Mit diesen unverständlich klingenden Worten entglitt die militärisch angehauchte Szene in gottlob unhörbare Gefilde.

„Ich bin entzückt! Nein, mehr als das! Ich schmelze dahin vor so viel Anmut und Schönheit", hauchte ich dem weiblichen Neuankömmling aus dem Himmel entgegen. *(Sie konnte ja nur von dort oben kommen.)* Bei so vielem Gutwettermachen war es nicht möglich, dass es in absehbarer Zeit regnen würde! Ein weiblicher Engel, wie schön. Die Flügel allerdings erschienen eher kümmerlich, und auch der Heiligenschein war etwas zu klein geraten. Nein, nein, nein, sollte das alte Klischee im Himmel noch immer Bestand haben? – Es sah jedenfalls so aus.

„Sage mir, kann es sein, dass deine Reise eine Spur zu lange gedauert hat?", wollte ich von meinem Gegenüber wissen. Der frisch erblühte Engel reckte sich und rang nach Worten ähnlich einem Schmetterling, der sich erst noch entfalten muss.

Seine Standfestigkeit wurde überprüft. – Von oben!

„Sei gegrüßt, Midron. Gott Vater hat mich geschickt, um dir Gesellschaft zu leisten und dir bei deinen Exkursionen und Vorhaben zur Seite zu stehen."

Das Engelweib sprach. Die erhoffte, zweite Hälfte redete zu mir.
Exkursionen?
Ich stirnrunzelte. Vorhaben, ja!

„Die Reise hierher ging meiner Meinung nach überraschend schnell. Es ist das erste Mal für mich, dass ich einen solchen Weg erlebe." Der *neue* Engel ließ weitere zarte Worte erklingen. Es handelte sich zwar nicht um überraschende Informationen, aber das Timbre ihrer ausgeglichenen, femininen Stimme berührte mich wie eine Federboa den Hals. Egal, welch einen Satz sie wählte, jeder Buchstabe eines Wortes aus ihrem Mund war ein göttliches Geschenk für mich.

„Das wundert mich nicht, ich habe auf ein Geschöpf wie dich gehofft. Ich könnte Gott auf Knien dafür danken. Diese ständige Einsamkeit tut mir nicht gut, sie bedrückt mich."

Ich trat ganz nah an den jungfräulich erscheinenden Engel heran.

Sakrament, Sakrament, heiliger Vater, was hast du mir da für einen Engel gesandt!

Wahrscheinlich hat Gott absichtlich einen solchen Engel geschickt, um mich darauf hingehend zu kontrollieren, ob ich standhaft bleiben werde.

Wie durch die Haut vom Blitz getroffen wurde mir warm ums Herz. Warm? – Heiß. Höllisch heiß. Adrenalinschübe quälten meinen Organismus – positiver Weise. Herzkammersausen ließ mein Inneres erzittern. Hyperventilation und Herzflimmern *warfen* meinen Körper von einer Seite auf die andere. Mein angenehm gebeutelter Körper verharrte selig in diesem Stadium. Ich schickte eine Tirade in mich: *Oh Engel, verweile, weile und bleibe, nimm mich bei der Hand, gehe mit mir alle irdischen und himmlischen Wege, die es sich zu gehen lohnt!*

Alsdann ebbte der Wortschwall ab, und ich schüttelte meinen Kopf.

„Wie ist dein Name, wie lautet er?", fragte ich zögernd, mehr neugierig.

„Muriela." Wie sie das sagte, wie sich ihr Engelsmund dabei bewegte und bei dem *a* fast aufgeblieben wäre. Schnell schob sie eine rhetorische Frage hinterdrein:

„Das ist ein klangvoller Name, nicht wahr, ich finde ihn ausgesprochen schön, du auch?" Wenn sie annehmen würde, dass ich darauf nicht antworte, irrte sie gewaltig. Ich war und bin ein unverbesserlicher Mengenredner, der sich seine Worte so zurechtlegte, wie er sie gebrauchen konnte:

„Nun ja, durchaus, der Name gefällt mir außerordentlich gut. Setzen wir meinen Vornamen dazu, ergibt sich die Kombination MM, das trägt etwas Sanftes in sich. Das könnte sich jeder gut einprägen."

Gegenseitige Wohlbekundungen und ein Entzücken schwebten über unserem herzausschmückenden Terrain. Wir erfuhren das Gefühl, als würde ein Morgen feinsten Himmels herabstürzen und auf uns fallen. Wir reichten uns die fiebernden Hände, indem wir jeweils beide Arme nach vorne gleiten ließen und die Finger im Reißverschlussverfahren ineinander schlangen. Dabei fiel mir unweigerlich auf, dass auf dem Mittelfinger der rechten Hand Murielas ein schmaler goldener Ring steckte.

Lange, sehr lange verweilten wir und schwiegen uns an. Mit unseren Augen versanken wir in Trance. Unsere Sinne schienen zu verschmelzen wie kleine Quecksilberkügelchen, die in eine Vertiefung eines Raumes rollten und sich somit vereinten. Die wallenden Haare unserer Häupter wurden fortgeblasen, geweht nach hinten, wo sie über die Glorienscheine reichten. Ein unsichtbarer Wind vollbrachte seine befohlenen Dienste. Unsere Gesichter orientierten sich nach oben, und so vereint starrten wir dem Himmel entgegen. Der Strahl unserer Augen preschte in die unfassbare Weite der Unendlichkeit. Alles, was sich uns an kosmischer Materie in den Weg stellte, wurde durchlöchert oder gedanklich fortgesprengt. Diese Kraft, die nur gediente Engel ausströmen lassen können, stählte unsere unbändigen Bedürfnisse. Mit der Macht dieser Gefühle und dem durchbohrenden Blick konnte jeder Engel dem Teufel gefährlich werden. War dieser Engel zudem noch verliebt in sich, wie so oft oder gar in einen anderen Engel, so gab es keinerlei Halten mehr. Dann drang dieser Engel wie eine tonnenschwere Lokomotive durch alles, was sich ihr auf den Gleisen in den Weg stellte.

Wir zwei Engel, Midron und Muriela, senkten unsere Köpfe und schauten uns noch eine ganze Weile in die Augen. Diese jedem Erdenbürger unerklärlich erscheinende Kraft barg eben den großen Vorteil in sich, Dinge zu vollbringen, die an besagte Wunder grenzten. Kein Engel brauchte den Mut der Verzweiflung. Geduld, eine der größten Tugenden reichte aus, um alles erreichen zu können.
Fast alles!
In perfekter Soldatenmanier, beinahe im militanten Stechschritt, gingen wir Arm in Arm zurück in den vorspringenden Wald. Wir traten vorsichtig auf das liegende Geäst, auf morsche Zweige, auf verwelkte Blätter und abgeknicktes Strauchwerk. Der Weg führte uns zu jenem abgeernteten Maisfeld. Unsere Beine trugen uns an eine kleine Lichtung, bis ich schließlich sagte:

„Halt, wir müssen uns zuerst *verwandeln*, du weißt, der irdischen Menschen wegen. Ihr Geist reicht noch nicht aus, um das Bildnis eines Engels zu begreifen, wenn es nicht angepasst ist an die gewohnten Gestalten der Erde!"

„Ja, richtig, das hätte ich beinahe vergessen. Hier auf der Erde ist ja alles etwas anders. Alles so kompliziert. Aber daran werde ich mich noch gewöhnen," entgegnete Muriela, der weibliche Engel, der mich, Midron den Erzengel, an ihrer Seite hatte.

„Ich habe mich daran gewöhnen müssen, und wenn man es mit Geschick angeht, wird es zum Automatismus. Es geschieht schließlich auch zur eigenen Sicherheit."

Das hatte ich wieder einmal gut gesagt.

Wir waren also ein *Paar*. So schnell? Ein Engelspaar auf der Erde. Mit ausschweifenden Fantasien, abstrusen Plänen und fiebernden Erwartungen. Traumhaft schön und spannend. Wenn es auch schien, als wäre der Perfektionismus ausgebrochen, durften wir nicht vergessen, dass eine gewisse Distanz bewahrt werden musste. Doch immerhin, in unseren Gesichtern leuchtete der Hinweis: *Doppelhelfer*. Die absolute Hilfe im Engels-Zweierpack. Das *Duo Globale,* wenn es so genannt werden durfte.

Wieder geschah dieses kleine Wunder in Bruchteilen einer Sekunde. Wieder erstrahlte ich in irdischer Kluft. Der Anzug, das Hemd, die Schuhe mit den Socken, die Wäsche, das obligatorische Taschentuch. Alles war wieder wie gehabt. Muriela, mein lieber Begleiter mit den kleineren Flügeln, schlüpfte viele Jahre nach ihrem Himmelsdasein nun als gesandter Engel in menschliche Kleidung. Was hatte der Himmel für sie vorgesehen? Die Frage war schnell beantwortet. Mit einem dunkelroten Rock, einer Kostümjacke, darunter einer bunten Bluse und grazil wirkenden Schuhen, dennoch fest am Fuß geschlossen, stand sie da wie gemalt. Wie in Bronze gegossen, wie aus einem Mahagonibaumstamm gehauen, wippte sie leicht verschämt vor mir hin und her, vor mir, dem Erzengel Midron, fortan der *Bessere-Hälfte-an-ihrer-Seite-Engel* genannt.

„Wunderschön, das gefällt mir ausgezeichnet," flüsterte ich, denn ich wollte ruhige Gesänge anklingen lassen. Nicht so laut und überheblich. Nein. Ruhige und ehrliche Töne sollten meinem Munde entfliehen.
„Oh ja, ein tolles Gefühl – und so leicht und bequem."
Dieses Irdengefühl verschwand unbemerkt im Laufe der Zeit. Der Wiederkennungseffekt war gewaltig groß. Muriela fasste ihr Glück kaum. Immer und immer wieder blickte sie an sich herunter.
„Toll. Das ist so toll! Was machen wir nun?", fragte sie voller Tatendrang. Dabei schaute sie mich wie verliebt an. Hingebungsvoll wirkte der Blick aus den schönen, wohl geformten runden Augen, der auf mein Angesicht traf.

„Lass uns zur Straße gehen und in die Stadt fahren", schlug ich vor und machte eine altertümliche Geste mit der Hand, als würde ich Muriela zum Tanze bitten. Unterwegs erzählte ich ihr von der schönen Villa, von den Leuten dort, dem unsäglichen schauderhaften Feuer und dass ich diesen Ort verlassen habe, weil ich es musste. Nach aufmerksamem Verfolgen meiner Ausführungen gestand sie mir, dass sie gleichermaßen gehandelt hätte. Der Weg zur Straße schwebte noch in meiner Erinnerung. So viel Zeit war schließlich nicht vergangen. Die Route führte aus dem Gehölz heraus am herbstlichen Maisfeld vorbei bis hin zur mir bekannten Bushaltestelle. Wir beide balancierten über das Brett, dass den Steg darstellte. Ein verständliches Déjà-vu durchflutete mich. *Ah, das Brett!*

Die einstigen Pfützen waren logischerweise ausgetrocknet und somit verschwunden. Feuchte Stellen erinnerten lediglich daran, dass es zwischendurch noch einige Male geregnet haben musste. Die Restfeuchte trat nun ebenfalls ihre Reise in die sich zu bildenden Wolken an und wanderte nunmehr mit ihnen in eine andere Region des Landes, um sich weiter zu vermehren.
Die Sonne schien warm. Ihr Anblick versüßte meine Laune. Der große Gasball strahlte am blauen Himmel. So stellt sich ein Traumwetter dar.
Mein Gefühl für Muriela verstärkte sich auf wundersame Weise. Liebe auf den ersten Blick? Zu abgegriffen? Zu klassisch? Ich zögerte. Könnte ich mir sicher sein, auf Anhieb ins Schwarze getroffen zu haben? Wie lange würde unser Zusammensein Bestand haben?
Es war von der Temperatur her angenehm warm und dauerte nicht allzu lange, bis wir uns auf der Bank in dem Bushaltestellenhäuschen niederlassen konnten.
Mit der irdischen Kleidung versehen, ohne sichtbare Koronen und Flügel, ruhten wir Schulter an Schulter auf den harten Brettern. Der Anblick würde eher auf ein lang liiertes Ehepaar deuten. Wie es sich eben auch geziemte für gesandte Engel auf Erden weilend. Altbewährt und sittsam. Respekt, Engel!

Können sich Engel ineinander verlieben, nach dem, was sie erfahren haben?, melancholisierte ich, ohne die Lippen zu bewegen. Ich, der nun augenscheinlich verliebte Engel.
Love is so beautiful! – Die Liebe ist so schön! – Belle Amour!

„Kannst du dir vorstellen, dass du dich in mich verliebst?",
fragte ich offen gestanden etwas plump.

„Warum fragst du mich das ausgerechnet jetzt und hier?"
Murielas Mundwinkel spannten sich, und ihr wohl geformter Mund wurde breiter. Die Lippen zogen alle kleinen Fältchen glatt, die ursprünglich dort zu finden waren. Ein sündenloses *Mona-Lisa*-Lächeln überflutete ihr jugendliches Gesicht. Leichte Engelsröte drang durch die Gesichtshaut, und rosa leuchtete ihr zarter Teint auf den Wangen. Ihr Antlitz strahlte ungeschminkt perfekt, keine Korrektur war nötig.

„Es war nur eine Frage, verzeih mir, wenn ich zu direkt war!", entgegnete ich und versperrte mit einem Zeigefinger meinen Mund, mit dem anderen ihren. Schweigend zeigten unsere Gesichter in die Weite. In meinem Kopf machten sich Zweifel breit. Hatte ich das falsche Wort gewählt? War ich zu schnell vorgegangen und hatte sie mit der Frage vielleicht verletzt? Oh, mir war so seltsam zumute. Ich ruckelte mit meinem Gesäß auf der Bank herum. Selbstzweifel hüpften von einer Pobacke zur anderen.

„Was hast du, Midron?"

„Ach, ich? Nichts! Wieso?"

„Es scheint mir, du bist etwas nervös, Midron, ich bin dir wegen deiner Frage nicht böse, wenn du meinst, dass du ...!"
Ich winkte ab. Erneutes Schweigen. Nach einigen Minuten falteten wir unsere Hände wie auf Zuruf. Nur kurz. Schnell lösten wir die Finger wieder und ließen sie in der Luft tanzen, damit sie sich strecken konnten. Als hätten wir gleichzeitig denselben Gedanken erwogen, geschah das zu Erwartende. Wir umklammerten uns innig. Unsere Arme umfassten die Körper gleichsam, und wie saugnapfbestückte Tentakeln eines Kraken umschlangen wir uns fiktiv als Beute betrachtend. Ein amüsantes Grollen entfuhr dem mächtigen Him-

mel. Kein Gewittergrollen etwa, mehr ein Räuspern oder dumpfes Krächzen, das vor Beginn eines auswerfenden Hustens stand.
Du kannst den Augen der Allmächtigkeit nie entrinnen. Sie sehen im Dunkel der Nacht wie in gleißender Sonne des Mittags, immer und alle Zeit.

Meine anfänglich philosophischen Gedanken realisierten sich. Der Schatten, den das Bushaltestellenhäuschen warf, verkleinerte sich für ein paar Sekunden. Aber nur kurz. Ein kleines Zeichen. Mehr nicht. Eine schwebende Zirruswolke zog unbekümmert vorbei. Ihre lang gezogene Form glich einer Feder, die aus einem Gänsekleid gerupft wurde. Die Sonne brannte angemessen verhalten und schickte ihre dennoch intensiven Strahlen brav hernieder.

Eine engelhafte Liebesgeschichte drohte, im positiven Sinne betrachtet, romangleich zu erwachsen. Eine zarte Brise verspürten die ungezählten Grashalme auf der Weide hinter unserem Sitzplatz. Eine gelbköpfige Butterblume senkte ihren ausgewachsenen Kopf. Mit meinem innigen Gefühl, das lichterloh brannte, signalisierte ich Muriela, dass ich sie für immer behüten wollte. In Liebe vereint für die Ewigkeit im Himmel und auf der Erde. Später vielleicht, nach den Exkursionen. Bestand die Möglichkeit und ging das? Können sich Engel vielleicht sogar fortpflanzen?

Midron, was hast du für Gedanken, mein Guter? Ich habe den Unterricht wohl oberflächlich abgehalten? Gott murmelte vor sich hin. Eine dümmliche Überlegung eines seiner Engel hatte ihn im Himmelsgewölbe etwas aus der Ruhe gebracht. *Der Midron, dieser Midron!* Gott bewegte nun seinen Kopf behäbig, aber bestimmend, hin und her. *Engel können keine Kinder bekommen!* Es wäre sicherlich ein wenig zu viel ver-

langt! „Midron, du solltest jetzt an etwas anderes denken, als an d a s !"
„An was?"
„Nun, eben an d a s !"
„Verstanden. Gut, ich will dich nicht kompromittieren und dich zu einer Antwort zwingen! Du hast Recht, ich höre besser auf damit!" Einsicht ist der erste Weg zur Besserung, und in diesem Falle war ich mir ganz sicher, richtig entschieden zu haben. Was für ein Unsinn, einen gesandten Engel nach kurzer Zeit so etwas zu fragen. Ich war böse mit mir. Kurz.

Ein blaugelber Autobus mit üblichem Reklameaufdruck näherte sich der Haltestelle, an der wir uns befanden. Wir fußten wie zwei Verliebte einen Schritt vor der Bank. Die hoch stehende Sonne blendete etwas, doch wen störte das? Der Busfahrer am Volant hatte den rechten Blinker betätigt, zog den Wagen an die Bordsteinkante und bremste sein Gefährt ab. Ein leichtes Quietschen der Bremsen sowie ein augenblickliches Zischen ertönten. Die hintere Tür des Busses öffnete sich und stob wie eine Ziehharmonika nach beiden Seiten auseinander. In der Mitte des Einstiegs befanden sich zwei Stufen, die durch einen Festhaltegriff unterteilt waren. Einige Fahrgäste ruhten verteilt im Wagen, ganz hinten im Bus saß ein Mann mittleren Alters. Er trug einen schwarzen langen Ledermantel und schwarze Schuhe mit ebenso schwarzen Schnürsenkeln gebunden. Um seinen Hals geschlungen erkannten wir ein weißes Tuch. Vielleicht war er erkältet oder machte einen auf *schick?*

„Typisch für den Herbst", murmelte Muriela leise vor sich hin. Frauen denken eben praktisch. *Das ist ein Kompliment!*

„Bestimmt hustet er gleich noch oder schnieft durch den ganzen Bus", flüsterte meine himmlische Begleiterin weiter. Bei manchen Menschen kann der häufige Temperaturwechsel zwischen warm und kalt schnell dazu führen, dass sie sich erkälten. *Mal eben fix den Kopf gewaschen, unbenutzten Fönes ins Freie gelaufen und zack, schon trieft die Nase!*

Ich mutmaßte weiter, ob es sich unter Umständen um einen Knutschfleck an seinem bedeckten Hals handeln könnte. Dafür wirkte er uns eigentlich ein wenig zu alt. Obwohl, man wusste ja nie so ganz genau! In einem alten Sprichwort heißt es doch: *Je oller, je doller*. Das findet im Himmel Anklang, ich denke da an verschiedene Gefährten!

Noch während wir uns in Gedanken wälzten über diesen Mann, wandelten wir durch den Bus, gingen nach vorne zum Busfahrer und lösten zwei Tickets für die Fahrt in die Stadt.

„Ich habe sie noch nie gesehen auf dieser Tour, sind sie fremd hier?" Der Fahrer versuchte beiläufig, uns ein Gespräch zu entlocken. Mit einem gezielt eingesetzten *Ja, ja* schlenderten wir von vorn durch den Bus annäherungsweise nach hinten. Nur fast, denn zu dem ominös dreinschauenden Mann in seiner schwarzen Kluft wollten wir uns nicht gesellen. Die hintere Bustür verschloss sich wie von Geisterhand, doch deutlich von hinten zu erblicken war die Tatsache, dass der Busfahrer einen Schalter dafür betätigt hatte. Mit seinem rechten Daumen stieß er dabei einen schwarzen Knopf, den eine Feder hielt, nach unten in eine Metallumhüllung. Wieder durchflutete ein leises Zischen und Quietschen den Bus. So ein Omnibus musste über ein gewaltiges Eigenleben verfügen. Allein die unzähligen Geräusche, die er während der Fahrt von sich gab, würden eine perfekte Klangpalette ergeben. Ein entsprechendes Orchester wäre sicherlich dankbar für solcherlei Geräuschuntermalungen.

Muriela hatte schon links an der Seite zur Straße hin Platz genommen. Sie starrte auf entgegenkommende Autos, Motorräder und Lastwagen. Mit der rechten Hand hielt sie sich an einem Kunststoffgriff fest, der sich an der Rückseite des Vordersitzes befand. Dieser wurde durch zwei Schrauben festgehalten. Darunter blitzte ein verchromtes Behältnis, das für kleinere Abfallutensilien vorgesehen war. Altbekannte Aschenbecher waren verpönt, das Rauchen strikt untersagt.

Aus der Bewegung der Achse heraus driftete der Omnibus auf die Fahrbahn zu, blinkte links und fuhr langsam los. Peu á peu, erster Gang, zweiter ... und immer weiter. Auf der Straße verschwanden die Mittelstreifen unter seinen breiten, schweren und wuchtig wirkenden Rädern.

Nun ging es also flugs in die Stadt. Ich setzte mich rechts neben Muriela. M Punkt neben M Punkt. Der seltsame Mann auf der hinteren Sitzbank räusperte sich. Dem Geräusch nach zu urteilen, schien er etwas verschleimt zu sein. Ein Ekel erregender Laut verließ seinen Rachen. Dem Klang nach zu urteilen, hörte es sich an, als preschte ein durchgekauter Froschkadaver innen an die Schneidezähne. Sehr unappetitlich. Auch ein Taschentuch stand auf seiner Angebotsliste. Er wirbelte es auseinander und hielt es sich erst vor die Nase, dann versteckte er sein Riechorgan vollends darin und schnäuzte hinein, um dabei hörbar laut vor sich hin zu grunzen. Dieses lang anhaltende Geräusch der widerlicheren Art ließ vermuten, dass sich ein nicht unerheblicher Teil seiner Stirnhöhle auf den Weg ins Taschentuch gemacht hatte. Eine extrem ferkelige Vorstellung.

Ein anthrazitfarbener Spazierstock mit Silberbeschlägen am Knauf ruhte neben ihm, ans linke Bein gelehnt. Dieser Stock sah jedenfalls nach einem Spazierstock aus. Weißer Schal, Stock, nanu? Variete-Künstler, so einer vom Schlage:

Ich brech die Herzen der stolzesten Frauen ...? Oder doch nur ein Gehbehinderter? Da die Sonne leider doch so brutal von schräg oben in den Bus schien, fiel es nicht weiter auf, dass der Mann zudem eine Sonnenbrille trug, die in keiner Weise nur einen Hauch der Augen erkennen ließ.

Anhand der außergewöhnlichen Geräusche, die dieser Mann von sich gab, drehte ich mich nach ihm um und versuchte, ihm dabei ins Gesicht zu schauen.

Ich wollte mit meinen Augen das dunkle Glas seiner Sonnenbrille durchdringen. Keine Chance, deren Schwärzung kannte ich nicht. Statt dessen spürte ich seltsame Vibrationen in meinem Körper. Es schien irgendwelche Reflexionen zu geben, die mir einige Tränen in die Augen trieben. Was war das? Ich wischte die ausgetretenen Zähren aus den Augenwinkeln, war verwundert und drehte meinen Oberkörper zurück:

„Mit dem Mann stimmt etwas nicht, Muriela, das habe ich im Urin. Dreh dich bitte nicht um zu ihm!" Meine Worte klangen spürbar ernst. Nur mit eigener Kraft konnte Muriela verhindern, dass sie ihren Kopf nach hinten drehte.

Der obskure Mann, in Schwarz gekleidet, pochte unvermittelt mit seinem Stock auf den mit genopptem Kunststoffbelag ausgeschlagenen, rutschfesten Boden dieses Omnibusses.

Pock-pock-pock, Pock-pock-pock. Pause. *Pock-pock-pock, Pock-pock-pock.* Pause.

Immer wieder und wieder. Dabei begann er zudem leise, aber bassbrummig vor sich hinzusummen. Seine blassen Lippen standen einen Spalt auf, bewegten sich aber nicht zu seiner jämmerlich klingenden Weise:

Hmhmhm – hmhmhmhmhm ...! So etwa. *Hmhmhm – hmhmhmhmhm ...!* – Schrecklich!

Unbrauchbares Summen drang an meine wohl geformten Ohren. Jeden Ton saugten diese Muscheln auf. Auch Muriela warf ihre Stirn in Falten und starrte etwas ungläubig drein. Mein Innenohr pulsierte. Mir wurde kalt. Ich verstand nicht, was geschah. Irgendetwas berührte mein Innerstes.

„Der Mann hat ein gewaltiges Problem, vielleicht ist er ja betrunken oder bekifft?", vermutete Muriela und verdrehte leicht ihren engelhaften Kopf.

„Möglich, durchaus, ja, möglich", bestätigte ich. Keiner verstand so recht, was der schwarz gekleidete Mann dort von sich gab. Der tosende Unterflurmotor des Busses sowie die entstandenen Fahrgeräusche waren einfach zu laut. Dazu kamen noch diverse Gesprächsbrocken der anderen Businsassen, die weiter vorne Platz genommen hatten. An der nächsten Haltestelle fuhr der Bus rechts in den Dunstkreis eines weiteren Wartehäuschens. Diesmal öffnete sich die vordere Tür, und eine ältere Frau stieg aus. Sie trug einen gut gefüllten Einkaufkorb und ein zweifarbiges Kopftuch über den Haaren. Ein paar weiße Strähnchen flatterten seitlich an ihrem Haupt unter dem Tuch hindurch.

„Bis morgen!" Der Busfahrer warf ihr einen Gruß nach und setzte seine Fahrt fort. Sie kannten sich wohl schon etwas länger!

Ich hegte innerlich den Wunsch, dass der schwarz gekleidete Mann vielleicht aussteigen und den Bus verlassen würde. Aber dem war nicht so, er saß wie festgenagelt in und auf seinem Ledermantel, der fast den Busboden berührte.

Der Stock stand neben ihm in militärischer Positur, als hieße es augenblicklich: *Gewehr bei Fuß*.

„Wir können ja beim nächsten Halt aussteigen und zu Fuß weiter in Richtung Stadt gehen", flüsterte Muriela, der sichtbar ängstliche *Furcht-Engel*. Wer wusste schon, was ihre innere Antenne spüren würde? Ich zog meine hübsche Begleiterin mit dem Arm zufassend an mich heran:

„Warum sollten wir das tun, ich habe keine Angst vor dem Mann, wenn du das andeuten willst!", flüsterte ich leise, aber forsch in ihr Ohr.

„Schon gut, eigentlich hast du Recht und du weißt schließlich wie kein Zweiter, wer über uns wacht", warf sie nun doch beruhigend zurück.

„Wenn Gott nicht gerade wieder eingeschlafen ist!" *Oh, gar nicht daran zu denken!*

Ich hegte da so meine Zweifel mittlerweile, denn wenn der liebe Gott erst einmal eingeschlafen war ...!

Der Bus erreichte unterdessen die Stadtgrenze. Wie eine kalte Stein- und Betoninsel wirkte die Stadt aus der Perspektive unseres Busses heraus. Schornsteine und Kirchturmspitzen ragten dämonisch sichtbar heraus. Es erweckte den Anschein, als würden sie den Himmel anstechen wollen. Von dort oben hatten die hier sesshaften Vögel einen fantastischen Ausblick auf die Stadt und auf die jeweiligen Busse, die ankamen, so auch auf unseren Bus, indem dieser komische Mann saß, auf uns Engel, auf den Busfahrer und auf einige weitere Leute. Doch wussten sie überhaupt, was sie dort erspähten?
Anzunehmender Weise.

Die Metropole kam näher und näher. Wie bei vielen Ballungszentren, hatte auch diese Stadt eins mit den anderen gemeinsam, erst kam das Einkaufszentrum, dann die Tankstelle oder eben umgekehrt.

Die abgespulte zirka 30-minütige Fahrt führte direkt zum Busbahnhof, der inmitten der Stadt gelegen war. Nach dem

Halt an drei weiteren Haltestellen kam der Bus erneut mit quietschenden Rädern zum Stehen. Der *schwarze Mann* mit dem langen Ledermantel blieb erst noch sitzen, während alle anderen Insassen das Fahrzeug verließen. Ein wohl klingendes Glockenspiel ertönte von irgendwo her. An die 20 Omnibusse versammelten sich dort auf diesem Busbahnhof. Neue Zieladressen wurden von verschiedenen Schalttafeln in den Bussen eingeblendet. Ein einziges Ein- und Aussteigen registrierten meine Augen, ein geschäftiges Treiben erwuchs aus den weiter fort liegenden Büros. Beim Weitergehen hafteten meine Augen immer noch an dem Bus, aus dem ich gestiegen war, mit Muriela, meinem mir höchstpersönlich zugesandten Engel zur Seite.

Ach, was für ein Engel!

Für einen kurzen Moment schloss ich meine Augen und war sofort schlaftrunken versunken in wundersüße Gedanken gebettet. Fast hätte ich noch eine Laterne touchiert. Auch ein Engel ging nicht nur nach vorn, während die Augen den hinteren Bereich abtasteten. Selbst ein Engel musste auf die irdischen Regeln achten und die hießen im Moment, vor sich schauen, erst recht beim Gehen.

„Pass auf!" Diesmal war es Muriela, die mich etwas unsanft nach links riss, damit ich nicht mit der nächsten Laterne kollidierte.

„Nun schlaf mir nicht ein, du hast dich doch im Bus ausgeruht!" Sie wurde energischer.

„Ja, ja, aber wo ist der Mann abgeblieben, der mit dem Stock und dem schwarzem Mantel, du weißt doch?", wollte ich auf der Stelle wissen. Noch während ich das fragte, hatte ich es tatsächlich geschafft, mit meinem Kopf eine metallene Laterne zu treffen. Einmal hart, direkt zielgenau, brutal.

Doing!

So etwa ließ sich das Geräusch definieren, das über den Busbahnhofsplatz tönte.

„Autsch! – Mist!" Ein irdisches Wort der schmerzhaften Empörung und des Dunges. Im wahrsten Sinne des Wortes betrachtet, traf der kleine Fluch zu, denn ich konnte nicht umhin, die meiner Meinung nach schlecht platzierte Hundekacke zu frequentieren, kürzer ausgedrückt, ich war in Hundekot gelatscht!

„Scheiße!"

Ein Räuspern ertönte aus weiter Ferne. Klang schadenfroh wie lächerlich.

Wer könnte das wohl wieder gewesen sein?

„Nun Midron, egal, passiert ist passiert!" Muriela schwächte das Missgeschick ab.

„Erzengel in Kacke, Mist!" – *Was für eine Wortschöpfung!*

Ich benutzte die unflätige Fäkalsprache und betrachtete die Angelegenheit als erledigt, indem ich den Absatz an der Bürgersteigkante abstreifte.

„Ekelhaft, das gibt es im Himmel oben nicht!", seufzte ich nun noch etwas entschuldigend in die Umgegend.

Im Himmel gab es da gottlob Unterteilungen. Der Hundehimmel befand sich nämlich an einer ganz anderen Stelle im göttlichen Gewölbe, ... und was der Hundegott zu diesen Vorfällen gesagt hätte, das interessierte mich, Midron, den Erzengel, nun *Scheiße-Engel,* im Moment herzlich wenig.

In ausreichendem Abstand zu uns Engeln schritt der *Man in black* hinterdrein. Ohne dass wir uns umdrehten, spürten meine Wenigkeit als auch meine Begleiterin Muriela, dass wir verfolgt wurden. Welche Haken wir schlugen, um welchen Häuserblock wir versuchten, zu entkommen, immer wieder wurden wir verfolgt von dieser unheimlichen Gestalt. Wir konnten diese merkwürdige Figur einfach nicht abschütteln. Der Abstand zu uns blieb in etwa gleich. Eine *satanische* Freude auf Seiten des Verfolgers wurde postwendend hörbar.

Satanisch, oh ja, denn normal war *das* nicht!

„Jaaaaah!" Der uns verfolgende Mann stieß einen teuflischen und bis in alle Winkel dringenden Schrei aus. Sämtliche ihm entgegenkommende Menschen auf der Straße schauten verwundert nach und auf ihn. Auf den Geh- und Radwegen sowie in den vielen engen Gassen der Stadt erschallte dieser widerlich anmutende Urschrei. Grässlich! Welch Irrer war das? Wie verrückt und geistesgestört muss jemand sein, der so ein angstschauererregendes Geschrei veranstaltet? Durch Mark und Bein klang dieser diabolische Laut. Laut? – Seelenzerstörender Höllenschrei! So klang es besser definiert.

„Na, das geht mir aber auf die Nerven. Irgendwie kann ich bei so einer Art von Schrei nicht mehr richtig ruhig bleiben", zeterte ich im folgenden Nu und boxte mit der geballten rechten Faust in meine linke Hand. Dabei klappten die Finger der linken Hand zusammen und trommelten auf den Handrücken der rechten Hand.

Klapp-klapp-klapp. Eine kurze Pause. *Klapp-klapp-klapp.* Eine noch kürzere Pause. *Klapp-klapp-klapp.*

Ich benutzte meine rechte Hand wie einen Greifarm und umklammerte damit den Oberarm von Muriela:

„Wir machen jetzt Folgendes: Wir bleiben abrupt stehen, drehen uns schlagartig um und gehen schleunigst auf den Mann zu. Wollen wir doch mal sehen, was passiert und was diese Gestalt dazu sagt", meinte ich und war mir ziemlich sicher, unserem Verfolger damit zu imponieren, denn dass er uns verfolgte, das stand außer Zweifel.

Es wurde von unserer Seite getan wie gesagt.

Der nervige Mann in seinem wehenden Ledermantel und dem weißen Halstuch blieb wie von einer Betonwand abgebremst stehen und kristallisierte auf der Stelle in seinen schwarzen Schuhen. Ein Schuh kam mir etwas größer vor. Im Bus hatte ich darauf überhaupt nicht geachtet. Vielleicht entstellte ein Klumpfuß diesen einen Schuh, indem er ihn aufblies. Geistige Irritationen und körperliche Verunstaltungen gab es schließlich zuhauf und genügend an der Zahl. Ich dachte da nur an die Leute, deren Hirnwindungen nicht wie bei normalen Menschen üblich verschlungen waren, sondern deren Krümmungen eher wie Leitplanken verliefen. Auf keinen Fall waren sie gebogen. *Verrückt – würde ich dazu sagen, verrückt, im wahrsten Sinne des Wortes.*

Zuerst wollte Muriela das von mir rasch geplante Vorhaben gar nicht gutheißen, doch sie entschied sich dafür, mit mir Seite an Seite diesem schwachköpfigen Vorfall ein Ende zu bereiten. Sie ergriff erstaunlicherweise als Erste das Wort.

„Was soll das, warum verfolgen Sie uns, sind Sie nicht ganz bei Trost?", wollte sie in jedem Fall sofort wissen. Resolut, mit geschwellter Brust, klang ihr Wort.

Der düstere Mund des meiner Meinung nach bedeutungslosen Mannes öffnete sich mit einem Schlag. Dieser Mund öffnete sich weiter als bei jedem anderen Menschen. Das waren keine Zähne, die ich da erblickte. Es handelte sich scheinbar um große, spitze und weiße Dorne. Er spielte mit einem immensen Fleischklumpen im Mund herum, den ich wohl oder übel als Zunge bezeichnen musste. Unmengen von glänzend aussehendem Speichel trieften nun aus diesem *Scheunentor* heraus. Ekel paarte sich um mich. Was sah ich da? Muriela zuckte erschrocken zusammen. Reflexartig kontrahierte sie sämtliche Muskeln ihres Bewegungsapparates.

„O Gott!", rief sie,

„Schau dir das an, Midron, mein Gott!"

„Ja, widerlich, was ist das in seinem Gesicht? *Bah*, unheimlich abstoßend!"
Das ultimative Grauen schien unmittelbar bevorzustehen. Es blitzte aus heiterem Himmel. Ein gleißender Pfeil schoss hernieder. Eine weiße Wolke hatte sich zu einem hässlichen Gesicht geformt. In ihm schienen die unzählig vorhandenen Zähne schwarz zu sein. Unförmige Ohren, die verkrüppelt abstanden, zinkenartige Nase, hexengleich, böse Augen, entstanden aus metallenem Regen. Zufall? – Nein! Reiner Zufall? – Ja!
Der Mann, dessen Aussehen immer mehr von der Normalität abwich, starrte mit seinen diabolischen Augen direkt nach vorne und riss sie gewaltig weit auf. Das üblich vorhandene Weiß dieser schrecklichen Augen erschien bei ihm dunkelrot, farblich schon fast bei einem bordeauxrot bis violettem Schimmer anzusiedeln. Inmitten dieses Rots wurden zwei mittelgroße schwarze Einlässe sichtbar: die Pupillen, oder was immer das sein sollte. Ein luftspeiender Pesthauch drang in unsere Richtung. Wir standen uns gegenüber, vielleicht noch zwei oder drei Meter entfernt. Das aufgetürmte Scheusal blies wulstige Worte heraus, die in gurrendem, dämonischtiefem Timbre erklangen.
„Ich habe mirrr die Zeit genommen, euch zu begegnen. Ihrrr wisst genau, warrrum ich euch verrrfolge. Ich ertrrrage euerrr Glück nicht. Euerrr herrrisches Glück. Ahhh! Euerrr elendiges, himmlisches Glück. Ohhh! Ihrrr werdet *sterrrben*, fürrr immer, fürrr alle Zeit. Ich nehme euch mit mirrr, ihrrr gottverrrdammten Engel!" Mit solch r-betonten Worten begegnete uns der schwarze Plagegeist in seinem mephistophelischen Satzschwall.

„Lass uns in Ruhe! Lass uns zu Frieden, Satan, ich irre nicht, du Dämon! Du bist es doch in Person, du Ungeheuer, du Scheusal! Warum gerade wir? Wir sind Gut-Engel, weiche von uns!", preschte ich ihm entgegen. Mir schoss kochende Zornesröte ins Gesicht. Ich vergaß völlig mein beherrschtes Engeldasein. Meine Zähne bissen geräuschvoll aufeinander. Der Zahnschmelz radierte sich ab, und darüber hinaus verfügten die Backenzähne über die Kraft eines Hyänengebisses. Die langen, trotz allem gepflegten Nägel meiner Finger stachen in die Handinnenflächen hinein. Um die eindringenden Nägel herum versammelten sich sofort einige Blutstropfen, die strahlenförmig in der Hand verliefen. Einige wenige dieser Tropfen regneten vor mich auf den Bürgersteig und auf meine schönen Schuhe. Das *Schwarze* sprach röchelnd tieftonig weiter:

„Ich werrrde euch in mein Rrreich entführrren, in meinen Höllenpalast. Ich werrrde euch fesseln, verrrbrrrühen, folterrrn und euch die Gedärrrme bei lebendigem Leibe herrrausrrreißen! Dem werrrdet ihrrr nicht entkommen! Einen weiterrren Gedankenaustausch können wirrr uns errrsparrren."

Heiliger Vater! Das war starker Tobak. Meine Gedanken liefen Amok im Kopf, die Sortierung ausgeschlossen, die Vernunft abgeschaltet. Ein versteckter Gedanke: *Hörst du das, mein Gott, hörst du das?* Ich bäumte mich auf. Nun spuckte auch ich einen kleinen Hauch von Speichelgischt aus mir heraus.

„Du wirst hier gar nichts verrichten, du widerliche Kreatur. Eher werde ich es sein, der dich vernichtet, du abartiges Geschöpf. Den *Fall Teufel* werde ich mit meinem Gott noch einmal diskutieren, wenn ich zurück bin im Himmel!", zischte ich zurück ungehalten und schäumend vor Wut.

Meine Augenlider verdeckten nun jeweils die obere Hälfte der Augäpfel, während sich die unteren Lider seitlich zusammenkrümmten.

„Ha-ha-ha-ha-ha-ha-ha-ha …!" Sein diabolisches Lachen schlug mir wie fliegende Fäuste ins Gesicht, die jegliche Knochen splittern ließen.

Der aufgetürmte Teufel mit seinen schwarzen Schuhen und der undurchdringlichen Sonnenbrille, die er leger in der einen Hand hielt, griff sich an seine Nase und senkte den Kopf, er schloss für einen Moment die widerwärtigen Augen und blies seinen Körper auf wie einen bersten wollenden Ballon. So getan erwuchs er zu einer monströsen Gestalt in Form eines sagenumwogenen Drachen mit speiendem Maul und messerlangen Krallen an den Fingerspitzen.

„Ich habe keine Lust auf solcherlei Spielchen!", schrie ich zu ihm herüber. Mein anfängliches Zischen verwandelte sich schlagartig in ein lautes Schreien. Ich wich vielleicht einen halben Schritt zurück.

„Da bin ich ganz seiner Meinung!", ließ Muriela noch dazu erklingen. Meine liebe Muriela. Sie schrie und stampfte mit den Füßen abwechselnd auf die Bürgersteigplatten, dass diese an ihren Rändern den dazwischenliegenden Dreck nach oben katapultierten. Ihre Tonlage musste sie nach oben hin korrigieren. Doch unsere geschrienen Worte erreichten den Satansbraten schon gar nicht mehr wirklich.

Als der Beelzebub in Schwarz seine teuflischen Augen wieder öffnete, wurden wir für einen kurzen Augenblick leicht nach hinten geworfen. Wir schreckten zurück. Ein infernalischer Strahl aus diesen Augen traf uns wie ein absoluter Schlag. Wir rissen unsere Arme synchron hoch und mussten die Augen mit den Handflächen vor diesen höllischen Strahlen schützen.

„Dieser Satan, dieses Scheusal!"

Muriela versuchte, durch Schulterdruck halb in mich zu gleiten.

„Du elendes Monster! – Dich mache ich fertig! – Ich werde dich vernichten!"

Während ich diese Worte herausschrie, ballte sich in mir eine ungeahnte Energie zusammen, die den Bürgersteig dermaßen erzittern ließ, dass die Gefahr bestand, die Hölle koche gleich über.

Auch Muriela konnte ihre schlummernden Kräfte bündeln, um dem Bösen entgegenzuwirken. Gemeinsam standen wir Schulter an Schulter. Eine teuflische, geballte Ladung Energie gegen eine ungeheure Kraft, Wut, Willensstärke und auch *Liebe* erstarrten vis-a-vis.

Eine anfängliche Augenschlacht ungeahnten Ausmaßes nahm ihren grausamen Lauf. Die schwarze Kluft fiel vom Teufel ab. Sein Ledermantel zerfiel zu Staub, seine Schuhe zerschmolzen wie die übrigen Kleidungsstücke an ihm. Darüber hinaus entstand eine larvenähnliche Grimasse, die sein wahres Gesicht noch besser zum Vorschein brachte, als es ohnehin schon widerwärtig anmutete.

Diese dämonische Fratze beherrschte fortan das ungeheure Szenario des eiskalten Grauens. Der schleimende Höllenherrscher erwuchs zu einer unvorstellbaren Körperhöhe, die sich irgendwo zwischen zwei Meter fünfzig und drei Metern bewegte. So etwas war noch nicht vor mein Augenspektrum gedrungen. Widerwärtigkeit umschloss das wie abgesteckt wirkende Gebiet um uns herum.

Ein wie aus dem Nichts hervorgeschnelltes Energiefeld saugte eine nicht unerhebliche Anzahl von Bürgersteigplatten an. Diese schienen sich vom Untergrund zu lösen, als bestünden sie aus Styropor. Federleicht tanzten die aus Beton gefertigten Quadrate in unserem Gesichtsfeld umher. Sämtliche Gehsteigplatten in unserer als auch in der Umgebung Luzifers vibrierten unter den Füßen, bevor sie gen Himmel stoben. Ein sicheres Stehen war nicht mehr möglich. Die apokalyptische Gestalt, die der Satan angenommen hatte, war in den kühnsten Träumen eines jeden Individuums kaum zu beschreiben. Es schüttelte mich wie nie zuvor. Ah! – *Asche in die Hölle, bis sie erstickt!*

Eine schmierig-klebrige, dunkle Pesthülle umschloss ihn. Sein ehemaliges Antlitz, das man allerdings nun kaum mehr so nennen konnte, wirkte so entstellt, dass niemand zu urteilen vermochte, um was für ein Geschöpf es sich hierbei eigentlich handelte. Es hätte fürwahr alles sein können. Jede noch so abwegige Form von Monster war denkbar, eine Gestalt von vielen, rückschließend auf urzeitliche Monstren augenscheinlich ebenso wie neuzeitlich genmanipulierte Gestalten aus irgendwelchen versteckten Chemielaboratorien.

Gott schreckte heftig zusammen, als er die impulsartigen Hilfeschreie im Himmel empfing.

Deus, o Deus, welch Sorge muss ich mir machen. Nicht einen Augenblick fern halten darf ich mich. Deus, o Deus, ich bin bereit, Midron, ich bin bei dir.

Gott ruderte mit seinen Armen ein imaginäres Boot, das einen schnellschraubigen Turboantrieb erfuhr. Neben den Armlehnen fauchten diverse Luftzüge, die den Sitz hätten beinah abheben lassen. – *Jei ..., jei ...! Ich muss hoch ...!* Eigenkräftig hob sich abrupt sein Gesäß ...

Fast vom Sessel gehauen hatte es ihn. Das beängstigende Aufflackern der Intensität jener spürbaren Strahlung ließ sein himmlisches Gewand wie ein zerknittertes Partyhemd erscheinen. Gott drehte urgewaltig einige pirouettenartige Kreise auf dem kühlen Marmorboden des Raumes, in dem er sich gerade befand. Zum Stillstand gelangt, blickte er zuerst voller Sorge zur Erde hernieder und musste danach augenblicklich reagieren, denn er sah, dass seine nacheinander gesandten Engel, Midron und Muriela, eventuell zu schwach sein würden, diese Herausforderung zu bewältigen. Er musste demnach sofort handeln.

Wie sich jedermann lebhaft vorstellen kann, tat er das auch. Ein verdammt heißes Eisen musste er, in Händen haltend, da schmieden.

Ein Kampf mit dem Teufel? Mit diesem verfluchten Tunichtgut? Wie sollte das aussehen und vonstatten gehen? Wie sollte das enden?

Ein unvermittelter Blitzstrahl traf meine schon leicht angeschwitzte Kleidung. Ich riss unter lautem Schreien und Toben nochmals meine Arme nach oben, aber diesmal nicht, um mir die Augen zu verschließen. Im Handumdrehen entledigte ich mich der irdischen Kluft. Meine starken Fittiche traten heraus, als würde ein Düsenjet seine Schwenkflügel ausfahren, die mich erhellende Korona erstrahlte in nie da gewesenem Glanze. Mein angespanntes Gesicht verwandelte sich in einen Ort, der ursprünglich nur Güte aussenden sollte, um den Teufel eventuell zu irritieren oder ihn gar zur Aufgabe seines Vorhabens zu animieren. Doch ich hätte sofort ahnen können, dass dieses Vorhaben wahrlich nur Wunschdenken war.

Gott startete wieder einmal den Versuch, eine Angelegenheit wie diese auf seine Weise anzugehen. Was immer er bewerkstelligte und anpackte, es schwebte wie ein Geheimnis

vor meinen Augen, das ich nie lüften sollte. An Gottes Gedanken war nicht heranzukommen, geschweige denn, darin einzutauchen. Wie hinter einer meterdicken Tresortür verborgen, arbeitet sein Gehirnapparat mit einem genialen Mechanismus, der nicht zulässt, dass auch nur der Hauch eines winzigen Gedankens aus diesem Safe huschen kann.
Der ambrosische Panzerschrank. (Klingt nach Filmtitel oder gutem Drehbuch!)

„Midron, die Sache wird ernst!"
Muriela versuchte weiterhin, sich an mir festzukrallen. Sie rüttelte mich, stieß mir mit der Faust in die rechte Flanke und zeterte wie von Sinnen, schrie immer wieder dem Teufel entgegen:
„Hau ab, du Scheusal, wir wollen dich hier nicht ertragen. Fahr zur Hölle, wohin du gehörst!"
Satan vernahm Murielas Worte nur zu gut, und wie auf Kommando spuckte er eine schleimige Masse auf die plötzlich wie ausgestorben wirkende Straße; darüber hinaus auch auf den Bürgersteig oder das, was von ihm übrig war. Schwerer Schotter, rosinengroße Kieselsteine, Sand und Schmutz, Zigarettenkippen, Papier, Hundekot und diverser anderer Unrat wirbelten wild umher.
Bei dem ausgespuckten, merkwürdigen Brei handelte es sich um eine seltsame wie dunkelrote Masse. Diese dampfte und quoll zu doppelter Größe auf. Ekelhaftigkeit schnürte mir die Kehle zu. Ich musste würgen, mich fast übergeben. Nachdem er selbst die klebrigen Reste mit seinen Pfoten oder Greiforganen aus seiner Fresse gewischt hatte, stierte er geifernd wie brüllend zu uns herüber und nahm mein Engelchen als Erste aufs Korn. Längst waren wir ein paar notwendige Schritte zurückgewichen.

Aus seiner höllischen Laune heraus, sendete er einen schmerzenden Blitz zu Muriela, die sich noch Sekunden zuvor ebenfalls der Verwandlung zum himmlischen Engel unterzogen hatte; da saßen kein Rock, keine Bluse und keine schönen Schuhe mehr an ihr. Sie zuckte arg getroffen zusammen, doch zu schwach war der Blitz, der sie am Hals traf, um sie außer Gefecht zu setzen. Glücklicherweise!

Die dort versammelte, äußerst präsente Menschenmenge starrte wie gebannt aus sicherer Entfernung auf den nicht alltäglichen Vorfall. Ungläubige Mienen verharrten wie eingemeißelt und angetrocknet mit aufgerissenen Mündern. Bei einem verängstigten Mann, fortgeschrittenes Alters, klebte eine brennende Zigarette auf der Unterlippe. Die verwelkte Lippenhaut und das gelbe Filterpapier bildeten bereits eine Einheit. Seine Oberlippe hingegen war weit nach oben gerichtet, so dass die Nase in 100 Falten erblühte.

Stockendes Raunen, erschütterndes Gemurmel, Getuschel, abgehackte Worte, totale offensichtliche Ungläubigkeit sowie viele betende Hände nahmen die Szenerie ein. Ein schockiert und verstört wirkender junger Mann hielt seine blondhaarige Frau in den Armen. Sie stieß ihren Angsthauch in sein Jackett.

Eine verzweifelte Frau hatte ihre Einkauftaschen fallen lassen. *Gott, steh uns bei*, stammelte sie. Eine ungeheure Milchschwemme breitete sich auf der Straße aus. 20 bis 30 leuchtende Apfelsinen kullerten umher, wie nach einem heftigen Anstoß mit einem Queue auf einem Billardtisch. Ein Beutel Gelierzucker war aufgerissen und hatte einigen fortrollenden Zitronen den Weg versperrt. Käppitragende jugendliche Fahrradfahrer auf ihren Geländerössern, die des Weges hetzten, waren vom Rad gesprungen und blickten fassungslos zu uns Streithähnen, die sich auf dem Bürgersteig brutal bestialisch *vergnügten*. Ihre obligatorischen Bubble Gums ruhten regungslos in den austrocknenden Mundhöhlen.

Der Jugendliche, der mit einem poppigen Sakko breitbeinig über seiner Radstange innehielt, hatte sich zudem noch auf die eingeschüchterte Zunge gebissen. Eine rinnsalähnliche Blutspur zeugte von diesem schlagartigen Biss. Rote Blutstropfen leckten auf seine schicke Jacke. Ärgerlich. Völlig konfuse Kinder schrien wie wild durcheinander. Sie kreischten, suchten Halt, verflüchtigten sich, blieben gebannt stehen oder griffen schutzsuchend nach allem, was sich bot: andere Passanten, Anpflanzungen wie Sträucher und Bäume, Häuserecken, schmale Hauseingänge, Fahrräder und weiteres. Das unvermeidbare Chaos brach unter den unfreiwilligen Zuschauern aus.

Ich hingegen versuchte derweil, die tödlich anmaßenden Blitze des Satans, die nun auch mich trafen, zu retournieren, um das größte Unheil abzuwenden. Der übermächtige Teufel kämpfte in seiner höllengeschneiderten Uniform, der *Ekelhaut*, wir Engel in unserem himmlischen Outfit. Mit Koronen und Flügeln und unheimlich viel Kraft im Scharfblick. Unsere Hände wurden zu Keulen, die Finger zu Messern, die Arme zu Schwertern, Gedanken zu giftigen Pfeilen und unser unbrechbarer Wille zu tödlicher Liebe. *Nichts hasst der Teufel mehr als Liebe, Güte und alles, was damit in Verbindung gebracht werden kann.* Engel vernichtet Teufel? Teufel zerstört Engel?
Gott muss richten!

Der gesamte Anblick wie das infernalische Szenario, das eine gewisse Weltuntergangsstimmung verursachte, schien für die Menschenmenge zu heftig zu werden. Selbst viel zu hitzig für die nahende Polizei, denn es dauerte nur kurze Zeit, bis sich die exekutive Maschinerie in Bewegung gesetzt hatte. Abwartend, wie ich das schon erlebte, verhielt sich dieser Gesetzesapparat eine geraume Zeit. Da mussten Entscheidungen von höchster Stelle getroffen und nicht ein noch so winziger Fehler gemacht werden.

„Da stehen zwei Engel, bin ich verrückt?" Ein Polizist stand mit abgesetzter Dienstmütze, gezogener und sofort entsicherter Waffe regungslos auf der Straße. Der Lauf seiner Dienstpistole zeigte nach unten. Er ließ die Mütze vor sich fallen und griff sein Schussgerät mit beiden Händen. Völlig unkontrollierte Zuckungen wurden ihm seinerseits zuteil. Ein augenblicklicher Tic, der ihn durchfuhr. Er vermochte nicht, seinen Bewegungsablauf zu steuern. Sein Kopf rotierte auf dem Hals, der sich verdrehte und unter der kiloschweren Last den Bewegungen Folge leistete.

„Ja, wahrscheinlich dreht hier irgendein Kasper einen Actionfilm, und wir wissen wieder von nichts!" Ein anderer Polizist zog gleich Erklärenderes ins Kalkül. Doch dem war leider nun mal nicht so.

„Wenn das sichtbar gewordene Engel sind, quittiere ich gleich morgen meinen Dienst!" Wieder ein anderer Gesetzeshüter, der offensichtlich gezielt nachgedacht hatte, schüttelte seinen Kopf derart, dass sich zwar das Gesicht seitlich bewegte, die Mütze aber stur nach vorn gerichtet blieb.

„Die Engel haben doch nicht die geringste Chance, etwas gegen dieses Monster auszurichten. Ist das ein extraterrestrischer Alien oder der Teufel in Person oder was sonst? Sind jetzt alle hier durchgeknallt, verrückt geworden, wie?" Ein fassungsloser Passant, dem das blanke Entsetzen im Gesicht geschrieben stand, driftete gedanklich total ab.

„Hab ich gerade Engel gesagt?", rief er in die Menge.

„Haaa ..., uhhh! – Nein, nein, nein ..., ähhh, hmmmah!" Wirr miteinander verbundene Worte wie Laute schüttete sein Mund aus.

Viele Spekulationen, eine Menge Irritationen, massive Selbstzweifel, Bedrücktsein und Bekümmertheiten umschwebten die Einsatzkräfte, die nun selbst wie aufgescheuchtes Federvieh umeinander liefen.

Doch sie waren damit nicht allein.

Gottes Erzfeind Diabolus zauberte aus seinem silbrigen Stock, den er wieder bei sich trug, seinen todbringenden Dreizack. Diese teuflische Waffe war ihm bisher immer zu Diensten, wenn es anstand, seine Gegner zu bekämpfen. Explosionsartige Szenen in farbiger Comic-Manier müssten intoniert werden, um nachvollziehen zu können, was sich auf dem Bürgersteig in der Stadt abspielte. Goldene Engelsfanfaren, glissandoträchtige Himmelsharfen und tausende von laut schreienden Posaunen müssten aufspielen. Diese zusammengebaute Geräuschkulisse wäre sicherlich einmalig und ließe nichts zu wünschen übrig.

Das nun allgegenwärtige Grauen, das blanke Entsetzen, die Widerwärtigkeit der schmutzigsten Art und Weise erschienen über der Geschehensfolge und verbreiteten das definitive Unbehagen. Speiübel war es den Zuschauern dieses Spektakels wohl geworden.

Gottes Kraft und Gedanken erreichten notwendigerweise äußerst schnell diesen Ort des Disputes der kranken Gattung und strömten so gezielt in uns. All seine Möglichkeiten der Hilfe ließ er stärkend in uns einfließen, um den widerwärtigen Teufel in seine Schranken zu weisen.

Was anschließend geschah, konnte mit irdischem Denken nicht mehr nachvollzogen werden. Muriela, der mannhaft gestärkte Engel an meiner Seite, wurde wie von einer magischen Hand gezogen in eine Häuserecke gedrängt. Ihre Flügel klebten wie verschweißt aneinander, und ihre Hände wirkten wie verknotet auf dem Rücken – überflüssig. Bis vor die gläserne Eingangstür eines hiesigen Kaufhauses führte ihr ungewollter Weg. Sie konnte sich nicht mehr erwehren und lag zusammengekauert wie ein abgestellter Kinderwagen in dem windgeschützten Eingangsbereich. Nicht etwa Satan, nein, Gott zog es vor, sie schützend aus dem Gefahrenbereich zu entfernen.

Der verwüstete Bürgersteig erwuchs zur beäugten Duellzone. Zu meinen Füßen schienen sich die Bürgersteigplatten nun nicht mehr zu bewegen. Welche Platten? Ich starrte nach oben und sah, wie sie in den Lüften tanzten, ja förmlich umherwirbelten.

„Ha-ha-ha-ha-ha-ha-ha!" Der Teufel lachte. Diese Fratze hatte es tatsächlich gewagt, noch mehr Schleim auszuspukken.

„Errrstickt darrran, ihrrr meinerrr Hölle geweihtes Engelsgesindel!"

Dieses verzerrte Maul konnte noch sprechen? Sprechen? Ha!

„Muriela, geht es dir gut?", grölte ich in diesen Kaufhauseingang.

„Ja, aber pass auf, dass er *dich* nicht trifft!" Muriela schrie aus vollem Hals, und es versagte ihr fast die Stimme.

Im Umkreis von 100 Metern war ein Kampfplatz entstanden, der von einem magischen Energiefeld umschlossen wurde. Pulsartige, blitzgeladene Blicke schossen aus des Satans Augen, die kaum mehr als solche zu erkennen waren. Sich rasant ausbreitender Nebel versperrte die neugierigen Blicke der entsetzten Passanten. *In einer Diskothek, in der man mit*

Trockeneis herumspielt, kann es nicht besser inszeniert sein. Wie mit einer unsichtbaren Glaskuppel abgedeckt, wurde der Platz nun überspannt. Das grausame Fauchen und entsetzliche Schreien, abgrundtiefes Getöse, Furcht einflößendes Grummeln und undefinierbare Geräusche verstummten allerdings außerhalb dieses halbkugelförmigen Gebildes. Der Verkehr rings um den Schauplatz kam logischerweise total zum Erliegen. Die Einsatzkräfte der Polizei schienen wie oft alles im Griff zu haben oder auch nicht. Fast, denn noch mehr Verkehr ging nicht. Was sich dort staute, was zusammenfuhr an hupender und lärmender mobiler Maschinerie, war schier beeindruckend. Etliche Auffahrunfälle, Stürze von Fahrradfahrern waren die Folge, und tumultartige Szenen unter den Passanten ließen diese errichtete Bühne zu einem hollywoodstreifenwürdigen Ereignis auferstehen.

Angel in Hollywood. – Das wäre für wahr ein schöner Filmtitel gewesen, den man hätte benennen können oder vielleicht noch etwas theatralischer formuliert:

The devil meets the angel. – Auch nicht schlecht zu buchstabieren.

Der ach so todbringende Dreizack vibrierte urplötzlich unter lautem Knacken und Krachen. Andere Bürgersteigplatten aus weiterer Umgebung wurden alsdann wie angesaugt in der Luft herumgewirbelt. Einer gewaltigen Windhose gleich, Bestandteil eines unberechenbaren Tornados, rebellierte sämtlich Greifbares in der Umgebung der beiden übrig gebliebenen Kontrahenten. Muriela war ja in Sicherheit gebracht worden, und jeder konnte sichergehen, dass Gott sein Auge nicht mehr davon lassen würde. Er hielt sie ganz, ganz fest. Trotz dieser Gewissheit und zudem aus dem Bauch heraus erstarkte in mir eine noch größere Kraft, die meine Muskulatur zu einem Stahlgelenkapparat werden ließ. Ich stürzte

auf den Satan zu und unter Zuhilfenahme meiner rechten Faust schlug ich auf diesen Höllenfürsten dermaßen ein, dass ihm beinah der Bauchraum aufgeplatzt und das gesamte Gedärm herausgequollen wäre.
Organisches Chaos im Gekröse!

Unfähig zu kontern, torkelte er getroffen und stach mit dem Dreizack auf mich ein, verfehlte mich aber um Haaresbreite, und so schlug dieser Totschläger auf dem Boden auf. Er beugte sich mit dem widerlichen Haupt herunter. So konnte ich ihm mit beiden Fäusten gleichzeitig, und Gottes Kraft war stark in mir wie nie, den Kopf einschlagen, fast zertrümmern. Dieser beidseitige Aufprall an seine Schläfen zwang ihn zur Untätigkeit, so dass ich ihm nochmals zusetzen konnte. Ein finaler Schlag auf seinen Ekel erregenden Schädel ließ ihn erkennen, *die Segel zu streichen.*

Der schleimspeiende Teufel drehte, so getroffen, nun eine Pirouette, die auf dem Eis hätte nicht besser gedreht werden können, und entschwand unter Brüllen und Keifen in der Tiefe des ehemals mit Platten belegten Bürgersteigs. Als hätte es ihm jeglichen Boden unter den Füßen fortgerissen, fuhr er ab. Die verwunderten Blicke der Passanten waren ihm als auch mir gewiss.

Der Nebel hatte sich verflüchtigt.

Satan bahnte sich offensichtlich den Weg zurück in seine teuflisch heiße Behausung; direkt durchs Fegefeuer in die Hölle, dort, wo er hingehörte. Es konnte und wollte ihm niemand folgen. Das hätte so schnell keiner gewagt. Nicht nach so einer brachialen Vorstellung – und überhaupt. Es hätte mich wahrlich gereizt, ich befand mich schließlich in einer hervorragenden Verfassung, ihm zu folgen, um ihm den Rest zu geben. Doch – Schwäche ließ mich nun schwanken.

Begleitet mit schmerzverzerrter Teufelsfratze und einem durch den Eintritt in den Boden abgequetschtes Bocksbein, schoss der Satan schnell wie ein Indianerpfeil ins Fegefeuer ein, um seine entstandenen Wunden zu lecken. Es gab viel zu lecken! Sein abgetrenntes Bein verschmorte in Ekel erregender Weise noch an seinem Platz auf dem Bürgersteig. Was für Kräfte müssen wirken, wenn Satan zu Werke geht? Nur eine Spur war von dem Bein übrig geblieben. So gut wie nichts. Vielleicht ein Hauch von satanischem Staub, den aber ein aufkommender Wirbelwind in alle Richtungen blitzartig verwehte.

Nach Norden, Osten, Süden, Westen – so war es am besten!

Ich lag nun doch ziemlich erschöpft, zum Glück nur leicht verletzt, halb auf der Straße. Die im Kampf erlittenen Blessuren wollten im Ruhezustand schmerzen. Nicht der Rede wert! Ich ignorierte sie. Mein Nacken ruhte unbequem und schmerzend auf der Bürgersteigkante. Ich übersah es! Am Rande einer Bewusstlosigkeit befindlich, kauerte ich einen Augenblick danieder. Etwas Speichel rann aus meinem Mund, mein Kopf drohte, zu platzen, und meine Faust spürte ich kaum. *Das überlebe ich!*, dachte ich. Sie war blutig geschlagen und ein Finger angebrochen. Eine solche Wunde verheilt zügig.

Engelstark, ich stecke den Schmerz weg.

Gott Vater hingegen schritt wieder einmal auf der Siegerstraße. Das durfte er auch, ohne ein schlechtes Gewissen zu haben, denn wie so oft stellte sich die Frage:

Was wäre wenn? Er lässt seine einmal Berufenen sicherlich nicht ein zweites Mal sterben. – *... und ein Engel ..., der stirbt nicht mehr.* – Hm.

„Nun werde doch mal richtig wach, es ist ja alles vorbei!" Muriela rüttelte an mir, Midron, dem Engel, nun auch der bejubelte *Schlag-den-Teufel-Erzengel*. Ich schüttelte mich ein wenig, um richtig wach schauen zu können. *Ha!* – Da hatte es mich aber erwischt! Nun, bei einem solchen Gegner, kein Wunder.

Mein Blick fiel auf Muriela, meine Augen erblickten ein lächelndes Engelsgesicht. Ich erlangte mein volles Sehvermögen relativ schnell zurück. Ein kaum erwähnenswerter Schleier verschwand vor meinem Gesicht.

„Er ist fort, nicht wahr, das Schwein von Teufel ist fort?" Ungläubig noch, wendete ich meinen Kopf, blickte neben mich und nach hinten.

„Ja, Gottes Wille und Kraft haben dir geholfen. Er ist eben immer da, wenn er gebraucht wird", bekräftigte Muriela ihre Aussage, nahm mich in den Arm und half mir beim Aufstehen.

„Oh ja, er ist ..., er ist da ..., wenn wir ihn brauchen. ... und wir haben ihn verdammt noch mal gebraucht. Wir müssen uns beeilen, bevor wir irgendwelche seltsamen Fragen beantworten müssen."

Diese Worte hatte ich noch nicht ganz zu Ende gesprochen, als sich vor mir mehrere Polizisten in ihren beeindruckenden Uniformen aufbauten.

„Was war das, können Sie uns eine Erklärung dafür geben, was hier passiert ist? Wie sehen Sie zwei eigentlich aus? Was sind das für Flügel? Was haben Sie auf dem Kopf? Was hat das alles zu bedeuten?" Ein Polizist mit ausreichend, eher zu viel Lametta an seiner wichtigen Montur versuchte hier, einige elementare Fragen loszuwerden. Seine Mütze trug er leicht schief in die Stirn gezogen. Die Antworten, auf die er wartete, konnten seine Polizeiohren nicht treffen. In selbigem Augenblick, wie auf Kommando und es war wie auf Kommando, bündelten sich nun zwei Gestalten zu je einem Lichtstrahl und entschwanden, um in sicherer Distanz wieder erblühen zu können.

Wieder in irdischer Zivilkleidung. Ohne sichtbare Flügel und Korona.

Zwei Engel. Muriela und ich, wie schön.

„Ich habe genug von diesem Mist!"

Der wortführende Polizist winkte mit seiner rechten Hand von rechts nach links durch die Luft. Das war das unverkennbare Zeichen ebenfalls für die anderen Gesetzeshüter, die berühmt-berüchtigten Segel zu streichen. Aufräumarbeiten, organisatorische Abläufe und diverses andere wurde anschließend *in diesem Film* gezeigt. Das interessierte aber niemanden!

„Was ist das für eine Welt? Muss ich das alles verstehen?"

Ich hatte von weitem gespürt, dass diese Fragen zwangsläufig aus irgendeinem Munde geplätschert waren.

Muriela und ich waren uns einig darüber, dass es ein Fehler gewesen war, die Kleiderordnung zu missachten, denn die anwesenden Menschen konnten bei Leibe nicht verstehen, was sie da zu Gesicht bekamen. Aber es ging nicht anders. Ich war mir relativ sicher, in diesem speziellen Notfall hätten wir so oder so keine andere Chance gehabt. Trotzdem fühlte ich mich in meinem vertrauten Gewand während des Kampfes wohler als in der ungewohnten Menschenkleidung.

Mindestens vier oder fünf Straßen entfernt, entstand ein nicht uninteressanter Dialog.

„Wir sollten etwas Leckeres essen gehen!", begann Muriela mit einer ihrem Mund lüstern verlassenden Anmerkung. Dabei hielt sie ihre rechte Hand vor die Magengegend und rieb im Uhrzeigersinn ihre bunte Bluse warm.

„Ein guter Einfall, ich glaube, es ist fast die beste Idee heute. Irgendwie müssen wir uns ja noch belohnen. Ich kenne da ein kleines Lokal in der Stadt meines ersten Auftritts. Da bedient ein sehr anziehender Kellner. Neben der Eingangstür, schräg herüber vom Zigarettenautomaten, hängt ein Bild. Darauf, meine ich, dein Gesicht gesehen zu haben. Verrückt, nicht wahr? ... und erst das Essen. Also, das ist vom Feinsten, und die Musik, die aus den tollen Boxen schallt, ist absolut überwältigend. Ach ja, die Einrichtung als solche fantastisch", so, ich schwärmerisch, fast verspielt. „Wirklich, in der Tat, das solltest du sehen. – ... und übrigens, Zahnstocher haben die da auch!"

„Du flunkerst ja ganz schön, aber das Bild, das will ich unbedingt sehen!", sagte Muriela verträumt, „... und was in drei Teufelsnamen sind noch mal Zahnstocher? Ach – Entschuldige die *drei Teufelsnamen*, wie waren die noch? Prof. Dr. Phil. Kill. Dämon Teufel Diabolus Beelzebub zu Mephistopheles? Mindestens so ähnlich, nicht wahr, Midron? – Aber Midron ... – ... es sind ja noch mehr Namen!"

„Ha-ha-ha."

Augenkugelnd nahm ich Murielas spitze Bemerkungen entgegen. Ich schnippte mit den Finger und flüsterte beinah lakonisch:

„Genau, noch mehr Namen!"

Sie spielte wieder mit ihren Augen, in denen der charmant erotische Blick zum Ausdruck kam. *Ach ja!* – Dieser Seufzer tat gut.

Der nasse Rebell

Ob wir das beschriebene Speiselokal jemals aufgesucht hatten, um zu speisen, und ob das Bildnis Muriela wirklich ähnlich sah, stand niedergeschrieben als Rätselfrage in Gottes großem Buch. Er nutzte es ab und an, um seine *Untertanen* zu prüfen, zu befragen oder einfach ihr Wissen auf die Probe zu stellen. Er genoss die hochinteressanten Fragen in diesem ausführlichen Schreibwerk, wenn er so gedankenversunken darin blätterte. Darüber hinaus empfand er einen Heidenspaß, wenn seine Engelein nicht gleich ins Schwarze trafen. *Hört, nun werde ich euch prüfen, ihr unerfahrenen Engelchen. Ich will doch mal schauen, wie weit euer Wissen gediehen ist.* Gott rieb sich dann seine Hände, als schmirgle er zwei raue Bretter ab. Würde ein Erfinder etwa eine brillante Entdeckung machen, wäre ihm diese Freude sicherlich genauso anzusehen. Wie bei diesem Berufsstand ebenfalls zu beobachten, drückte er das innere Jubilieren etwas süffisant, doch wohl schmunzelnd aus.

Oft kam es zwar nicht vor, dass Gott zur Rätselstunde lud, wenn aber eine Einladung diesbezüglich aushing, schien sicher, dass sich einige Engel wie Gott selbst fiebernd ihre Hände rieben. Sie rutschten aufgeregt und nervös mit ihren Gewändern auf den Stühlen herum, wenn es anstand, dass sie auf Herz und Nieren geprüft werden sollten.

Eine unumstößliche Lebensweisheit stand alldieweil außer Frage: *Wissen ist Macht.*
Eine Maxime Gottes.
... aber das macht nichts. Oft fügten speziell die jungen und frisch berufenen Engel gedanklich diesen Teilsatz an und amüsierten sich daraufhin köstlich. Sie machten sich lustig über ihre eigene Unzulänglichkeit.

Dass Wissen Macht bedeutete, war und ist nicht nur eine irdische Weisheit. Geistig präpariert und wissengeladen wie immer, thronte Gott hinter seinem massiven Pult, und in den gut besetzten Reihen hockten die ungeduldigen Engel als Kandidaten. Da waren einige zusammengetroffen, die sich auf die Probe stellen lassen wollten. Es erklang ein leises Murmeln im Gestühl, und zudem herrschte knisternde Hochspannung pur.

Eine Marotte konnte Gott sich wohl nicht mehr abgewöhnen: das saloppe Tragen eines Schreibstiftes hinter seinem rechten Ohr. Das lief in den meisten Fällen aus dem Ruder. Denn dieser vermaledeite Stift saß recht locker und konnte sein schwaches Eingeklemmtsein stets nutzen, um abwärts gen Boden zu gleiten. Gott war jedes Mal sehr erregt und schimpfte wie fuchsteufelswild, aber leise, kaum dass jemand etwas vernehmen konnte: *Kruzifix, dieser schreckliche Stift! Dieser teuflische Kritzelschreiber, ich hätte Satan das Ding um die ungewaschenen Ohren hauen sollen!*

Verständlich sein Unmut, denn schließlich war es genau dieser Stift, den einst der Teufel höchstpersönlich verlor, als Gott wieder einmal nicht umhinkam, dem Satan nach einer Freveltat notgedrungen fest in den Allerwertesten zu treten. Was für eine schlimme Missetat es auch immer war, Gott tat gut daran, diesem Höllenluder sofort in das Hinterteil zu trampeln, ... das Ganze natürlich ohne mit der Wimper zu zucken. Wo Gott hinlangt oder selbst nur hintritt, wächst kein Gras mehr. Nicht ein Halm! *Wen wundert das? – Na, bei den schicken und stabilen Schuhen!*

Allein sich diese Szene vor die Augen zu rufen, wenn Gott mit einem Bein Schwung nimmt und so dem Satan mit voller Wucht in den Hintern tritt, hatte schon etwas lustiges. *Das trägt etwas Komisches, ohne Zweifel!*

Ein wahres Glück also, dass er seinen elegant beschuhten Fuß nicht auf die Wiese gesetzt hatte, auf der die kleine Holzhütte stand. Darin war ich unbeabsichtigt eingenickt. Einige nasse Zehen hätte Gott Vater bestimmt bekommen, und das sicher an beiden Füßen.

Einige Zeit später, nach dem Wachwerden, versuchte ich, die im Traum entstandenen Gedanken im Selbstgespräch zu verarbeiten wie etwa: „Weshalb begebe ich mich eigentlich auf diverse Plätze dieser reizvollen Erde, an denen es ständig regnet? Warum besuche ich Orte, auf die es schneit, es hagelt oder mir der Sturmwind um die Ohren pfeift? Ist das Ziel vorherbestimmt, oder muss ich es als reinen Zufall betrachten? Hat vielleicht jemand anderes seine Finger im Spiel, das anschließend alles mit göttlicher Schadenfreude abgetan würde? *Kann Gott schadenfroh sein?*"

Kein verirrtes Gen etwa trägt Schuld an diesem Zustand, kein böser Wille und erst recht keine Absicht. Gott vollbringt das, was er tun muss. Warum tragen wir Engel eigentlich diese überaus barmherzige Ader in uns? Das hat seinen Sinn.

Ich weiß es ganz genau, aber ich verrate es nicht!

Wer diesen Umstand einmal am eigenen Leib erfährt, wird ebenfalls nichts verraten, da bin ich mir sicher, zu 100 Prozent.

Das romantisch gelegene Dorf, auf das Muriela und ich blickten, machte einen behaglichen Eindruck, zumindest nach außen hin. So dem Anschein erlegen verlangte es nicht nach außergewöhnlichen Werten, wie vielleicht goldfarbene Giebel, etliche Meter von kupfernen Dachrinnen oder stets blank geputzte Fensterscheiben, hinter denen die Sonne ihr Unwesen treiben konnte. Klarer Durchblick bei einem Fenster besteht nur dann, wenn die Scheibe herausgenommen wird. Ich habe in meinem Leben viel gesehen, aber noch kein perfekt *sauberes* Fensterglas! Einen totalen Perfektionismus, wie etwa in einem Museum anzutreffen, spiegelte dieses Dorf also nicht wider.

Die Ortschaft lag zwischen zwei eher flachen Hügeln versteckt, die Baum- und Strauchwerk trugen und demzufolge bühnenbildhaft glänzten. Das Panorama erweckte ein Lächeln in mir, dass es das Herz auftat und anheimelnd erfreute.

Die eher ruhigen und fleißigen Bewohner dort, waren mit Gott und der Welt zufrieden. Sie konnten getrost ihrer Arbeit nachgehen, die allerdings größtenteils außerhalb ihrer Behausungen zu finden war. Nicht schlimm für sie! Darüber hinaus nannten sie eine nicht unerhebliche Fülle tobender und gesunder Kinder ihr Eigen. Um die Glückseligkeit abzurunden, sei bemerkt, dass es ihnen außerdem an nichts Erwähnenswertem mangelte. Ihr tägliches Auskommen war beispiellos, es gab genug zu essen und zu trinken. Die oralen Notwendigkeiten erstanden sie in der nächst größer gelegenen Stadt hinter den Hügeln.

Idylle also, die uns empfing ..., ... und nichts als ergreifende Idylle.

Ich kauerte auf einem großen unförmig wie zerklüfteten Stein und knabberte an einen dunkelgrünen Grashalm, den ich zwischen meine bleckenden Zähne geklemmt hatte. Am oberen Ende des Halmes saß ein kleines Büschel um eine ebenso kleine Dolde versammelt. So äsend schob ich meinen Unterkiefer langsam vor und zurück. Dabei löste ich den Saft aus dem Halm. Er tropfte aus der unteren Öffnung heraus auf meine Zunge. Etwas milchig und bitter kam er mir vor, aber nicht etwa giftig.

Der tonnenschwere Stein fühlte sich kalt an und wirkte unzerstörbar wie ein Fels, der einem Geschöpf schon eher selten versehentlich auf den Fuß fiel. Vermutlich würde Gott diesen Stein heben können! *Nun.* Eventuell noch der Teufel? *Tja!* – Ich jedenfalls nicht. Auch wenn ich noch so fest mit dem Fuß dagegen trat, der Fels bewegte sich nicht den Hauch eines Millimeters.

Es tröpfelte peu à peu vom Himmel. Meine gute Laune ließ ich mir nicht verderben, nicht von ein paar Spritzern, die von oben herabfielen. Meine Haare wurden lediglich etwas feucht, mehr nicht.

So zufrieden schaute ich getrost in den Tag. Als der Regen stärker wurde, zog ich es dennoch vor, nicht nach oben zu sehen. Doch der Schalk, der in meinem Nacken wie so oft saß, veranlasste mich, mein Antlitz frontal in die Regentropfen zu drehen. *Uh, uh, uh ..., – ah, ah, ah!* – Herrlich, so erfrischend! Demzufolge bildeten sich rasch kleine Pfützen in den Augenhöhlen, die schwallartig und behände über die Wangen herunterflossen, als ich den Kopf wieder in die normale Lage brachte. Augenblicklich traf diese kleine Welle mein Gewand.

Mit Nass spielender Engel.

Eine äußerst hilfreiche Errungenschaft erwuchs aus der linken Hand Murielas, als sie ihre faustgeballte Hand öffnete. Es handelte sich dabei um einen purpurroten Regenschirm, der in voller Pracht in meine Augen stach. *Zu spät, mein Herz, jetzt bin ich nass,* dachte ich, war mir aber sehr sicher, dass die Sonne mein Gewand schnell trocknen würde, wenn sie wieder hervorkäme.

„Ah, ein schönes Utensil, farbig wie nützlich, hast du ihn ausgeliehen oder gekauft?" Der immer wiederkehrende Schalk steckte mir weiterhin im Nacken. Ich musste für gewöhnlich hier und da meine eseligen Bemerkungen und ironisch sarkastischen Anspielungen loswerden.

„Ja, was glaubst du denn wohl? Meinst du etwa, der Verkäufer aus dem *Tante-Emma-Laden* im Dorf hat ihn mir geschenkt? Es gibt so etwas wie eine Moral, ... schon mal davon gehört?"

Ich musste unweigerlich darüber lachen, denn wann fragte schon ein Engel einen anderen, ob ihm das Wort Moral etwas sagen würde. Von den Moralaposteln über die Märchenschreiber erfährt jeder genug über Ethik, der normale Engel trägt sie ohnehin tief in sich.

Sei sittsam und gütig, Engel!

„Hätte schließlich sein können, dass diese Kostbarkeit von deinen schönen Augen gefunden wurde." Ich witzelte *spitzkinnbartreibend* und warf ein entzückendes Kompliment um mich.

„Lass deine ironischen Späßchen. Du bist dreist. Ich finde keine Schirme. Diesen hier habe ich für Geld gekauft, als du in der Hütte geschlafen hast. Du siehst, er ist ganz ehrlich erstanden." Während Muriela noch sprach, reckte sie ihren Schirm zum Himmel und deutete anschließend auf das kleine Holzhaus, das auf der Wiese nahe des flachen Berghangs stand.

„Da, sieh hin, in d e r Hütte!", setzte sie noch energisch hinzu.

„Ja, ja, ja ..., das habe ich schon verstanden!", murmelte ich mit falscher Freude zeigendem Gesicht. Als sie mir von ihrem Spaziergang zu dem kleinen Kolonialwarengeschäft im Dorf erzählte, zog sie mich gleichzeitig mit unter den purpurroten Regenschirm. Fortan tropfte es nur noch auf meine linke Schulter; ein Fortschritt immerhin.

Halbnass-Engel im Schlepp!

In der Ferne verdichtete sich der Himmel zu einer schwarzen wie dunkelgrauen Bedrohung. Tief herunterhängend wie schmutzige Kohlensäcke präsentierten sich die Wolkenformationen.

„Sieh dort droben, wir werden einen größeren Schirm brauchen!"

Ich, der Engel Midron, wahrscheinlich gleich linksseitig pitschnasser Engel, zeigte nach oben in den Himmel und verfolgte das zügige Zusammenballen dieser schweren Regenwolken mit argwöhnischem Blick.

„Das gefällt mir überhaupt nicht!", wisperte Muriela in zaghaftem Ton. Ihre Augen tasteten den Himmel über uns ab. Fast reflektorisch und annähernd rhythmisch zog sie die Brauen hoch, ließ sie absinken und rollte mit den Augäpfeln in ihren Höhlen. Der Zeigefinger ihrer rechten Hand bohrte sich durch die Luft und zeigte auf die verschiedenen Wolkenstrukturen.

„Ganz schwarz, da ...! Pechschwarz ..., sieh, Midron, wie tief sie hängen!" Muriela verringerte den Abstand ihrer Schulterblätter zueinander, indem sie die Arme gegen den Körper presste.

„Ja, ich sehe es, schwarz, alles schwarz!"

Da war nichts mehr zu sehen von Schleierwolken, von Schäfchenwolken wie den Zirrostratus etwa oder den quellwolkigen Kumulus. Nur eine schwarze Front war in Sicht. Alles dicht. Wie Fett auf einer Suppe, dick und bedrohlich.

Gott, wie bedrohlich können Wolken sein!

Diese Aussage durchwanderte meinen Geist, und wenn auch leicht irritiert, so sah ich dem Ganzen doch recht tapfer entgegen. Der gesamte Himmel über uns gestaltete sich vollkommen dunkelgrauschwarz und absolut tieftrüb! Am meisten Sorge bereitete mir das bedrohliche Abhängen dieser überwältigenden Wolkenformation.

„Hoffentlich geht das gut, es könnte verflixt feucht werden. Lass uns rasch da vorn in die Hütte gehen, dort können wir in Ruhe abwarten, bis sich die Wolkenwand verzogen hat. Wie es in der Hütte aussieht, weißt du ja schon." Muriela reichte mir den linken Arm, der andeutete, dass ich mich doch besser unterhaken sollte. So gebrechlich fühlte ich mich zwar nicht, aber ich schlang meinen rechten Arm in den ihren. Wir hoppelten wie zwei eilende Wildkaninchen über die teils mit Maulwurfshaufen übersäte Wiese.
Mit Schirm, Charme und Heiligenschein!!!
„Ja, das Ambiente dieser Scheune ist mir bekannt", flötete ich auf ihre Stirn zu. Schnell verkettet sprinteten wir weiter, und meine schöne Begleiterin wurde noch kurz vor der Eingangstür von einsetzendem prasselnden Regen im Nacken getroffen.

„Iiih, nun aber schnell!"

„Hinein in die gute Stube!"

„Sieh, Midron, mein Nacken ist klitschnass!"

„Sehe ich, ich werde ihn dir gleich trockenreiben, in der Hütte liegt Stroh!"

„Das kratzt doch!"

„Ja und? Engel sind hart im Nehmen – Selbstredend weibliche. Du weißt doch, das starke Geschlecht ist überall vertreten, im Himmel als auch auf der Erde!"

„Ach, Midron, wann gewöhne ich mich endlich an deine komischen Späße?"

„Wie, das hast du noch nicht?"

„Schlingel!", hauchte sie und grinste mich dabei an, dass es eine Freude war, in ihr liebreizendes Gesicht zu schauen.

Wir verschwanden ungesehen hinter der quietschenden Holztür dieser romantisch gelegenen Hütte, die allerdings nur von außen einladend anmutete. Wer hätte uns sehen sollen, etwaige Dorfbewohner, die mit Feldstechern suchten, ob sich ungewöhnliche Gestalten in ihrer Gegend aufhielten? Sicher nicht. Sie waren beschäftigt damit, zu hoffen, dass es ihnen nicht auf den Kopf regnete.

Ein unausbleibliches Knarren ertönte, und die Holztür schloss sich hinter uns. Der Zahn der Zeit hatte Risse und kleinere Spalten im Holz entstehen lassen.

So lange es nicht quer regnete ...!

Was sich während der nächsten Stunden über uns zusammenbraute und hereinbrechen würde, sollten wir erst viel später erfahren. Pech für die Neugierde, wenn wache Geschöpfe übereilt einschlafen. Etwas merkwürdig sah es aus, als wir uns anschickten, unsere Körper zwecks eines kurzen Schläfchens niederzubetten. *Auch Schutzengel brauchen ihren Schönheitsschlaf und manche Himmelsboten ganz besonders. Anwesende wie immer ausgeschlossen!*

Noch den Gedanken nachhängend, der Vorfall mit dem Teufel war wenig prickelnd, duselten wir ein. Der unlängst mörderische Kampf und der sicher bald stark einsetzende Regen verschafften uns keinen wirklich tiefen Schlaf. Wir dösten zwar ein, doch eine nächtlich bekannte Tiefschlafphase ergab sich nicht; unruhiges Schlummern begleitete uns in den kommenden Stunden.

Für Betrachter dieser Szene würde ein karikierter Ausspruch gelten wie der Blick auf einen möglichen Eintrag eines Menüs auf einer Speisenkarte:

Zwei Engel im Schlafrock. – Ein Scherz ... es handelt sich jedenfalls dabei nicht um ein himmlisches Gericht oder gar ein irdisches namens *Würstchen im Schlafrock*.

Dutzende von Heu- und Strohballen fanden wir in dieser kleinen Hütte. Darüber hinaus erspähten wir eine angerostete Mistgabel, drei, vier alte Zinkeimer, Seile, einen verbeulten Pflug, einen Anhänger ohne Räderwerk und einen alten Traktor mit rissigen und platten Reifen. Der Traktor war grün lackiert und sein Metallsitz angerostet. Spinnweben verbanden die Schalthebel, und eine dicke Staubschicht haftete auf dem Armaturenbrett. Ebenso wurden die ehemals glänzenden wie verchromt wirkenden Scheinwerfer von den gesponnenen Fäden der Spinnen bedeckt. Was immer eine Spinne antreibt, ihre *Netze auszuwerfen*, immer bleibt ihr die Hoffnung auf etwaige Beute. Kein Mensch bringt eine derlei Geduld auf, so lange auf seine Nahrung zu warten, bis es auf dem Tisch zappelt und er nur noch mit einer Gabel in das Angerichtete stechen muss.

Die vorangegangene Zeit verwandelte diese Hütte in eine schauderhafte Stätte.

Ein Nachtgespenst hätte sein Übriges bewirkt! – Huuuhu!

Eine durchaus sinnige, elektrische Beleuchtung in der Hütte fehlte natürlich. Wer sollte auch auf einer Bergwiese, nahe eines abgeschiedenen Dorfes, ein zusätzliches Stromkabel verlegen oder gar spannen?

Das war mir bei meinem ersten Nickerchen nicht aufgefallen, denn erstens schien die Sonne durch das kleine Fenster und zweitens hielt mich die Müdigkeit gefangen. Zukünftiges Augenoffenhalten war nun Pflichtprogramm, nur träumend durch die Welt schlendern, das war verboten. Allein durch das profane Niederlegen konnte sich ein Engel trösten!

Ein altes Sprichwort besagt: *Wer schläft, der sündigt nicht.* – Hoffentlich! Denn: *Wer sündigt, sollte eigentlich nicht schlafen können!*

Abend, Nacht oder schwarze Wolken. Bei Dunkelheit ließ das schmale Fenster nur wenig Licht in die Hütte. Unter dem Dach, ganz im Winkel an einem Sparren, versteckte sich ein Vogelpaar. Ein Schwalbenpärchen hatte hier seine Behausung eingerichtet. Ein ganz normales Vogelnest, mit baldigem Glück ..., ... mit Gelege darin. Viele Gedanken verschwenden die Menschen an die Möglichkeit des Fliegenkönnens. Das hoch gesteckte Ziel ist zwar erreicht, indem es in hohem Tempo blitzschnell durch die Lüfte geht, aber es bleibt all derweil die Blech- oder Kunststoffhaut um den Mitflieger herum. Gott dachte sich eine Menge dabei, als er die Geschöpfe berief, die ihn umgeben sollen. Aber fliegen, fliegen behielt er hauptsächlich den Vögeln, Fledermäusen und Insekten vor.

Fliegende Menschen ... – wie sieht denn das aus? Gott breitete seine Arme aus und lachte ungehemmt.

In meinen Träumen kreiselten die unterschiedlichsten Vorfälle aus Vergangenheit und jüngster Gegenwart. Das auf Messers Schneide verlaufene Duell der Giganten nahm leider einen Großteil meiner Träume ein. Unverfroren war der Satan emporgeschossen, um sich auf irdischem Territorium mit mir anzulegen und seine Kräfte zu messen. Mit Muriela und mir. Dieser Einstieg auf der Erde verlief für sie alles andere als amüsant. Aber nun war ich bei ihr und würde sie beschützen, *so wahr mir Gott helfe.* Eid. Ja. Ich schwor es mir selbst! Ganz besonders wichtig schien doch die Tatsache, dass ich das Werkzeug Gottes war, das sich am Teufel bewähren musste. Der Himmelslenker vertraute einmal mehr seinem Erzengel Midron und wurde diesbezüglich nicht enttäuscht. In der Verlängerung seiner Kraft verrichtete ich in nahezu perfekter Art und Weise meine Aufgabe. Gott allein war es vergönnt, mich dermaßen auf die Probe zu stellen. Und auch

so: *Gott ist Helfer in der Not!* Gutgegangen, wenn auch knapp! Versuch gewagt und gelungen.
Chapeau! – Hut ab.
Eine bekannte *Korona* müsste sich vor Freude doch gedreht haben! Nur welche?
Obwohl bei aller Anstrengung, körperlich als auch geistig, blieb ich ermattet zurück. Gott atmete durch, pumpte wie ein Maikäfer vor dem Abheben, pustete mehrmals in alle Richtungen und stand wie eine Eins. Es war kaum anstrengend für ihn, um nicht zu sagen, es machte ihm nichts aus! Letztendlich verlief aber diese bitterliche Tortur gar nicht so tragisch für uns beide
... Für Gott und für mich.

Die *vergessene* Hütte, die einst so malerisch hingezimmert, so idyllisch gelegen auf der Wiese stand, trug auf ihren Dachsparren eine große Anzahl von Wellblechplatten. Der nervige Dauerregen prasselte unermüdlich hernieder, lief durch die breiten Rillen dieser Platten und mündete in je einer Dachrinne, die sich links und rechts des Daches befanden. Zwei Fallrohre aus Zink leiteten das durchströmende Wasser auf den Boden. Dort traf es jeweils auf ausgespülte Erdlöcher. Von dort überquellend lief es weiter über die Wiese, von ihr hinab auf eine schräg abfallende Straße, die ins Dorf führte. Nicht gerade wenig Wasser überflutete diesen asphaltierten Weg.
Das Herunterdonnern der erbsengroßen Tropfen vom Himmel auf das Dach wurde rhythmisch und glich akustisch bedrohlich einem Maschinengewehrfeuer. Wie eine dem Feind ausgelieferte Stadt im Kriegszustand unter Dauerbeschuss regnete es bedrohlich klingend. Zwischen dem fast eintönigen Prasseln trommelten kleine bis mittelgroße Ha-

gelkörner auf den blechernen Dachstuhl. Ein zusammengewürfeltes Unwetterorchester spielte die letzte Symphonie einer längst verloren geglaubten Partitur.

Hagelkörner, kirschen- bis pflaumengroß, ließen sich vom weinenden Himmel fallen und bedeckten das ganze Dach. Teils wie aufgeschraubt saßen diese Eiskügelchen auf dem leicht eingedellten Wellblech und warteten nur darauf, von der gewärmten Luft aufgetaut zu werden. Doch das würde seine Zeit dauern.

Im Inneren dieser Wiesenhütte, die mitunter auch dem Aufbewahren von Viehfutter diente, räkelten wir beide uns von links nach rechts. Dabei berührten sich unsere Koronen und Flügel im Wechsel. Selbst die Hände und Arme waren irgendwie im Wege. Ein unruhiges Schlafen präsentierte sich dem heimlichen Betrachter, wenn es denn einen gegeben hätte. Das einzig Positive in jenem Moment war die Tatsache, dass Muriela gänzlich trocken wurde. Strohrelikte ragten aus dem Kragen ihres Gewandes. Stroh hilft oft!

Die herabstürzenden Wassermassen ließen die Wiese beinah aufweichen. Von jeder noch so kleinen Anhöhe lief das Regenwasser herunter und füllte so die Gräben neben den Straßen. Die Kanalisation war nicht weit reichend ausgebaut wie etwa in einer großen Stadt. In dieser Region rund um das Dorf flossen die Regenmassen, im Winter das Nass des abtauenden Schnees in diverse Gräben, die in einen Bach mündeten, der wiederum in einem größeren Fluss endete, viel weiter entfernt und viel später.

Zu viel fallender Regen erweißt sich mitunter als Feind.

Die Regenwasserkanäle und Gräben waren schnell gefüllt und damit hoffnungslos überflutet. Ungeahnte Mengen an Wolkentränen ergossen sich in das flache Tal mit seinem kleinen Dorf. Ein Chaos schien sich anzubahnen, eine Katastrophe unvorstellbaren Ausmaßes kündigte sich an.

Wir schliefen weiterhin relativ gut und nahezu fest, wenngleich unruhig mehr in einem Dämmerzustand befindlich. Obwohl langsam etwas Flüssigkeit unter den Hüttenbrettern am Boden hindurchlief, bemerkten wir trödeligen Langschläfer noch nichts. Das abfließende Wasser vermischte sich mit der Erde von Maulwurfshaufen, glitschigen Blättern und losen Gewächsresten, die ein Wind dorthin getrieben hatte. Von Tieren abgeknickte Grashalme, abgestorbene Pflanzenreste und leichtes Geäst wurden von den Wasserfluten fortgespült. Das Strohbett, auf dem wir uns befanden, gab uns glücklicherweise genügend Abstand zum feuchten Boden. ... *immer wieder Stroh!*

Die Befürchtung, dass unkontrollierte Wassermassen in die Keller der Häuser laufen könnten, besteht gewissermaßen immer. Die Bewohner dieses Dorfes waren da schon einiges gewohnt. In der Vergangenheit kämpften sie beharrlich gegen die unterschiedlichsten Katastrophen; plötzlicher Sturm, begleitet mit abgedeckten Dächern, schwerer Hagelschlag mit entsprechender Zerstörung, starke Windböen, die alles Lose mitrissen, enorme Platzregen, die derlei Pfützen bildeten, dass sie Flure und Keller erreichten, all das war ihnen nicht fremd. Doch eine Überschwemmung, wie sie sich nach diesem Regen andeutete, ließ die Verantwortlichen das Dorf in Alarmbereitschaft versetzen. Leibhaftig stand jedermann bereit, um dem drohenden Unglück zu begegnen. Etliche Eimer und größere Behältnisse wie Wannen und Tröge warteten zu Füßen der verängstigten Dorfbewohner. Die Frauen und deren heranwachsende Kinder stellten sich darauf ein, ihren Männern, Vätern oder Freunden, so gut es ging, zur Seite zu stehen. Es waren wie so oft die starken Arme des angeblich starken Geschlechts, die schweres Gerät heranschafften und planten, koordinierten und sich auf das Schlimmste vorbereiteten. Diese vom Schicksal nicht unerreichten Menschen gaben sich tapfer, doch eine leichte Hasenfüßigkeit war auch bei ihnen nicht von der Hand zu weisen. Schließlich ist es kein Zuckerschlecken, wenn das Hab und Gut in Gefahr gerät und in einem Dorf wie diesem fremde Hilfe erst später herbeieilen kann. Auf Grund dieser Tatsache verhielten sie sich äußerst aufmerksam und waren somit gewaltig auf dem Quivive. Die dringend benötigten Wasserpumpen, die Schläuche und Gefäße lauerten in den Hausfluren der Anrainer. Immer wieder fielen einschüchternde Blicke aus den Fenstern zum Himmel empor. Manches Stoßgebet eilte durch die feuchte Luft gen Himmel. Nicht verwunderlich war, dass die Dorfbewohner wie im Einklang ihre Hände zum Gebet schlossen und in Gedanken harrend einige verzeihliche Worte aus ihren Herzen ließen: *Ihr bösen Wolken am Firmament, ihr wassertragenden Monster über uns, ihr unheilbringendes Nass, ihr quälend schwarzes Gebirge dort oben, habt Einsicht und verschont uns. Zieht weiter und regnet euch über den Wäldern ab, tränkt die grünende Natur an einer Stelle, an der es ihr nicht schadet, habt Mitleid. – Schweiget doch und ziehet!*

Die tiefschwarzen Wolken jedoch verstärkten ihr festes Bündnis. Sie griffen ineinander wie unlösbare Ketten, die der Teufel aus seinem Höllenstahl geschmiedet hat. Wie *Pech und Schwefel* klebten diese Wasserträger regelrecht aneinander fest. Millionen von Tonnen Regenwassers hingen parat, um herniederzustürzen, den gefestigten Willen in sich tragend, aufzubrechen, um sich zu entladen. Das Absetzen ihres nassen Gepäcks könnten sie nicht einmal verhindern, selbst wenn sie gewollt hätten.

Die Natur dirigiert, die Menschheit spielt die imaginären Instrumente dazu, und die grollende Symphonie wartet auf ihren erlösenden Paukenschlag. Wie eine Schicht fettiger Butter zwischen zwei Brotscheiben versteckt, warteten diese wohl genährten, gespenstigen Wolken darauf, ihre Hosen herunterlassen zu können, um demonstrativ ihr *flüssiges Geschäft* zu verrichten.

Der Sonne blieb selbst die minimalste Chance verwehrt, in die Wolken zu dringen, um den Dorfbewohnern zu helfen. Was geschähe, würde sie sich mit den Regenwolken anlegen? Wäre sie stärker als all das Wasser? Eis kann sie zum Schmelzen bringen, oh ja, und die Wasserpfützen verdunsten ..., aber wäre sie in der Lage, den Millionen Litern Wasser Herr werden? Zwei Elemente, in ähnlicher Form betrachtet, trügen einen Kampf aus, den keiner gewinnt. Die Geschichte vom *Feuer und Wasser* ist die Geschichte vom Gegensatz, wie er unterschiedlicher nicht sein kann. Es wirft sich zwangsläufig die Frage auf, wie sich das jeweilige Empfinden gestaltet, wenn ein Körper vom Feuer überrascht, wie der Herr in der Residenz oder jemand vom Wasser umschlungen wird. Schlecht, obwohl beinahe schon human ist die Tatsache, dass der Betreffende zuvor erstickt und ohnmächtig wird, wenn ihn ein Feuer erreicht; ein Ertrinkender, der das Wasser in seine Lungen inhalieren muss, wird auch die Besinnung verlieren. Was ist besser? Keines. Ich habe als Mensch nur das Ertrinken erlebt, vor Feuer konnte ich mich stets schützen. Verbrannte Finger? Ja. Wer nicht?

Im Großen und Ganzen schienen die dämonischen Wolken wenig beeindruckt zu sein von diesem hell strahlenden Himmelskörper mit dem lateinische Namen *Sol*. Dieser Gasball konnte zwar von oben her gesehen auf die Regenwolken blicken, sich aber nicht in ihnen einnisten, um sie zu zerstören. Diese Kraft fehlte ihr beileibe, da wäre jegliches Bemühen vergeblich.

Kleiner marginaler Merksatz: Auch die größte Sonne verzagt an riesigen Regenwolken.

Die massiven Regenwolken hingegen besitzen die Möglichkeit, nach oben zur Sonne aufzusehen und gleichzeitig nach unten auf die Landschaft zu schauen, die in den jeweiligen Fluten versinken könnte. Dieser Dualblick macht sie so einmalig.

... und in diesem Dorf drohte einiges zu versinken.

Ein mittelgroßes Areal in der Holzhütte, in der wir noch räkelnd ruhten, war überzogen von fließendem Nass. Einige untere Schichten des Strohs erreichte das Wasser zusehends. Dieses verteilt liegende Stroh saugte jedoch einen Teil des Wassers auf. Mein linkes Bein hing schluderig von einem Ballen herunter. Der dazugehörige Schuh auf *Backbord* tauchte in einen Teil des Regenwassers ein. Während dieser durchtränkt wurde, erwachte ich und aalte mich ausgiebig unter streckenden Bewegungen.

Wääääh ...! – Ahhh ...! – Uhahäääh!

So etwa klangen diese aus meinem Rachen gepressten Laute, die in der inneren Weite der Hütte erklangen. Ihr Hall drang bis an die Holzwände und wurde durch die kleinen Risse und Fugen verschluckt. Mein Engel Mund tat Laute kund – als öffnete sich eine altvergessene Gruft:

„Oh, wie nass! Wie ist das nass! Sooo nass!"

Genau!

„Muriela, wach auf, schau dir das an! Alles wird nass! Meine S c h u h e !

Die schönen Schuhe. Himmel und Hölle, hörst du *das* Prasseln?"

Prrrasseln, ah – welch Worrrt, wer verrrbirrrgt sich hinterrr diesem Sprrrachrrrohrrr? Flüsterndes Gemurmel drang für einen Augenblick an mein Ohr, doch ich ignorierte es wohl wissend, wer sich da wieder einmal zu Wort gemeldet hatte. Wie ein aufgescheuchter scharfer Hahn im hühnerüberfluteten Stall schoss ich empor. Nach wenigen Sekunden wurzelte ich mit beiden Füßen in den feuchten Abgründen der gemeinen Wolkenhinterlassenschaften. Es plitschte unter meinen Schuhsohlen. Tropfen, bang, zertreten zu werden, flüchteten zu allen Seiten meiner Schuhe. Einige von ihnen zappelten an den Flanken meiner *Treter*. Muriela zuckte ebenfalls auf und blickte schiffanlockend wie ein Leuchtfeuer ins Rund der eckigen Hütte.

Flumpff, schmack, flumpff, schmack, flumpff, schmack.

Ich besann mich dieser Geräusche und erinnerte mich, diese Laute aus dem Operationssaal zu kennen, in dem ein fingerfertiger Chirurg ein ramponiertes gegen ein intaktes Organe ersetzte. *Der Vergleich mit dem gekochten Ei, das in einen Pudding fällt und wieder herauslöffelt wird, würde hier etwas hinken, obwohl das Geräusch sicher ähnlich anmutet.*

„Verdammt, was für Unmengen von Wasser hier zusammenkommen. Hat denn der Regen so viel Macht, dass er uns fortspült, wenn wir Pech haben?", fragte ich mich leise in verängstigtem Tonfall.

Ich hasse und grüße ... das Wasser, und meine nassen Füße!, reimte ich in Gedanken.

„Midron, ich höre dich!"

„Ja, ich weiß, die ganze Geschichte ist mir ziemlich suspekt! Was erwartet uns?" Wir beide schauten uns besorgt an, während sich außerhalb der Hütte feuchtnasse Szenen abspielten. Muriela versuchte, ihren Blick zu schärfen. Sie musste richtig erwachen. Ich schüttelte meinen Kopf.

„Wach werden, Engelchen!"
„Was hast du denn, Midron? ... und was ist das für ein Gebrause?", wollte Muriela wissen, während sie noch immer schlaftrunken aus ihren hübschen Augen blinzelte. Ihr rechter Handballen versuchte, den Anflug Sandes aus dem Augenwinkel zu reiben.
„Ja, hör doch, der Regen, ob das draußen so schlimm ist, wie es sich anhört!"
Mit erhobenem Zeigefinger und abgedrehtem Ohr sah ich in Murielas Gesicht. Meine Fingerspitze tippte ans Ohrläppchen, drang kurz in den Gehörgang, vibrierte und anschließend zog ich sie wieder heraus. Glück gehabt, denn das Ohr schien sauber. Rudimentäre Ohrenschmalzrückstände umschlossen zwar diese meine Fingerkuppe, doch mit Daumen und dem entsprechenden Finger konnte ich sie abrubbeln.
„Wir sollten einfach nachschauen!", returnierte Muriela und flatterte mit ihren kleinen, süßen Flügeln. Wie ein erblühter Schmetterling nach dem Entpuppen räkelte auch sie sich nun lauthals mit den bekannten Ausdrücken:
Wääääh! – Haaahaaha! – Sie schien wieder *da* zu sein.
„Es muss unglaublich regnen, wie das prasselt auf dem Dach, das schüttet sicher wie verrückt", bekräftigte ich die Aussage meiner Begleiterin.
Ganz behutsam öffnete ich mit meiner rechten Hand die knarrende Hüttentür. Unaufhörlicher Regen schlug davor, und die Gischt peitschte in mein Gesicht.
„Oje, ich habe nicht übertrieben, da draußen ist ja der Teufel los!", schrie ich, und dieser vermaledeite Regen verschaffte sich darüber hinaus tatsächlich etwas Einlass. Noch während das Wort *Teufel* von meinen Lippen tropfte, erinnerte ich mich wieder an das schreckliche Geschehen. *Bestialisches und Grausames lassen sich nicht einfach so aus dem*

Gedächtnis streichen. Es war nun leider einmal nicht zu ändern, dass ich immer wieder dieses oder ein ähnliches Wort benutzte. *Engelspech!*
„Bitte, nimm nicht wieder dieses Wort ... *heeehee* ... in den Mund. Der soll bloß bleiben, wo er hingehört!", klangen Murielas resolute Worte. Sie meinte damit den niederträchtigen Beelzebub mit dem fehlenden Bocksbein. Der jedenfalls konnte so schnell keinen mehr in den Allerwertesten treten. Da würde er in seinem momentanen Zustand glatt umfallen. Ob ihm das fehlende Bein nachwachsen würde? –
Bloß nicht!
Es war zu befürchten, wenngleich es niemand wünschte. Es wäre schon äußerst übel, wenn sich diese Angelegenheit so verhielt wie bei einem Haifisch, der schließlich mit einem Revolvergebiss ausgestattet war und dessen mörderische Zähne selbstständig nachwachsen. Diese verbirgt er reihenweise, bevor er zubeißt. Aber in der Hölle ist ja bekanntlich alles möglich. Selbst die Regeneration eines abgeschlagenen Beines.
Der penetrante Regen ließ und ließ nicht nach. Der Himmel glänzte weiterhin mit Dunkelheit und immer wieder mit einer neuen Portion nassem Wolkeninhalts.
Die wenigen Straßen im Dorf waren längst überspült. Die tief gelegenen Keller standen bereits knöcheltief unter Wasser. Schon schallten die ersten Flüche und verzweifelten Worte aus den Häusern. Hunderte von Schöpfeimern begannen mit ihrer mühsamen Arbeit. Die notwendigen Pumpen standen glücklicherweise parat und waren einsatzbereit. Einige arbeiteten bereits extrem unter Hochdruck, und ihre Betriebstemperatur war längst erreicht. Ein leichter Druck auf die entsprechenden Knöpfe reichte allemal aus, um die bereitgestellten Pumpen einzuschalten. Diese Hilfsaggregate

saugten das auflaufende Wasser ein, um es schleunigst durch die dicken Schläuche aus den Kellerfenstern auf die Straßen zu spülen.

Dieser sintflutartige Regen, der sich inzwischen als brutaler Menschenfeind darstellte, ließ bei einigen Dorfbewohnern einen unwillkürlichen Hass aufkeimen. Nichts gegen Regen nach langer Trockenheit, nichts gegen das Nass für die nach Wasser lechzenden Blumen und Pflanzen und für das durstige Gehölz und Getier, aber bitte nicht als unbarmherziger Gegner, der Unheil verbreitet. Den Bewohnern dieses Ortes wurde schon einmal sehr bewusst, was es bedeutete, vor dem Aus zu stehen, als ein gewaltiger Jahrhundertregen fast ihr ganzes Dorf wegspülte.

Mit geballtem Mut und unumstößlichem Willen packten alle kräftigen und weniger starken Menschen beider Geschlechts zu und bauten das aus adretten Häusern und Stallungen bestehende Dorf mit teils bescheidenen Mitteln wieder auf. Ein mühsames, aber lohnendes Unterfangen, denn wer verliert schon gern seine Heimat, sein Zuhause? Mancher Zufall erscheint recht seltsam, für mich selbst eine himmlische Freude, denn wie oft blieb bei solchen Unglükken wie diesem nur die Kirche stehen. Das Gotteshaus. Allein. Etliche Häuser werden oft gnadenlos fortgespült, die Kirche aber steht fest an ihrem Ort. Felsenfest. Das göttliche Fundament hält eben. Das immense Eigengewicht eines Gotteshauses würde sicherlich ausschlaggebend dafür sein, dass die Unerschütterlichkeit des kirchlichen Bauwerkes gewährleistet war.

Gott lässt eben die Kirche im Dorf.

Seine irdischen Tempel wie all seine anderen klerikalen Häuser auch, bewachte er mit seinen gestochen scharfen Argusaugen.

Die Regenwassergräben und kleinen Kanäle entlang der Straßen waren verschwunden. Als hätte eine fremde Macht mit einem Riesenspachtel alles glatt gestrichen, entstand eine Seenplatte, und Millionen von Regentropfen fielen auf dieses Meer aus Wasser. Ein urgewaltiges Schauspiel ließ den Augen freie Sicht auf dieses Gesamtkunstwerk. Der wie Mäander fließende Dorfbach riss, durch seine unverschämt starke Strömung bedingt, alles mit, was er zu greifen bekam. Mit ohrenbetäubendem Rauschen und infernalischem Getöse nahm er den direkten Weg zum großen Fluss, der in der Nähe seine Wasser trug. Wie sanft und ruhig der Strom noch zuvor dahinzog. Aber dieser sonst unscheinbare Fluss, Aufenthaltsort vieler heimischer Fischarten, hatte sich längst zu einem erbarmungslosen Strom entwickelt, der ebenfalls nichts am Ufer liegen ließ. Der Vorgang dieses Unheils enthielt etwas Militärisches. Die mitgerissenen Gegenstände waren vergleichbar mit großkalibriger Munition, die durch ungeheure Geschütze abgefeuert wurde. Was an Gebrauchsgegenständen um unsere Engelsschuhe herumschwamm, lag symbolisch betrachtet eher im Bereich von kegelförmigen Luftgewehrkugeln, die nicht allzu viel Schaden anrichten konnten.

„Lass uns schnell zu den Menschen ins Dorf hinuntergehen. Sie brauchen dringend unsere Hilfe, jede helfende Hand von uns." Murielas Worte drangen an meine weit geöffneten Ohren. Wie Recht sie mit dieser Aussage hatte, ihr Gedanke war mein Gedanke und unsere Aufgabe des gemeinsamen Helfens ein Muss.

„Ja, aber vorsichtig und erst einmal weg mit den Flügeln!" Ich fuhr in gebührlichem Abstand mit den Fingern an unseren Körpern herauf und herunter, um zu signalisieren, dass wir uns erst *verkleiden* mussten. Das bedeutete auch, die Korona einfahren und die innere Kraft durch Willen stärken.

Es bedurfte schließlich nur eines Augenzwinkerns, denn in Windeseile und ähnlich der Jekyll- & Hyde-Praktik waren wir beide umgezogen und für den bevorstehenden Hilfseinsatz bestens gerüstet. Ein Mangel an Ausrüstung bestand nicht. Hohe, gelbe Gummistiefel zierten unsere Füße. Nützliche Regenkleidung und geeignete Mützen schützten unsere Körper vor der nassen Pracht aus dem Himmel und vor den leider zu erwartenden Überschwemmungen.

Gottes Kleiderfundus ist unermesslich.

Mit Elan und Kampfesgeist im Blut eilten wir schnellen Schrittes auf das nach Hilfe schreiende Dorf zu. Der Weg war kurz. Die Wiese herunter, die Straße hinab und das uns ins Auge stechende Ziel wirkte wie ein Magnet, der seine ganze Kraft ausspielte.

„Wenn der Regen nachlässt, kann es eigentlich nicht allzu schlimm werden!"

Ich warf während des Gehens einen hoffnungsgeladenen Satz zu Muriela herüber.

„Ich wünsche das doch sehr, Midron, Wasser ist nicht nur ein nasses Element, du siehst, was es bewirken kann!", entgegnete mir Muriela, und ihr zügiger Gang verwandelte sich zusehends in einen Stechschritt. Ich hielt mit. *Wo andere schon laufen, können Engel noch gehen!* Ja, wir können das! Menschen mit langen Beinen in Eile allerdings auch.

Die leicht abschüssige Wiese war rutschig, nichtsdestotrotz verlief der Weg für uns nur in diese eine Richtung. *Pfumpfwutsch – zeck-krach.* So bezeichnete ich das akute Geräusch, entgegnete ihm schicksalhaft wie amüsiert und war sogar recht lustig dabei, als Muriela mir aufhalf.

„Alter Knochen, mein Engel ..., wie?"

„Lass deine Witze, ich bin schmutzig und schwitze!" Wir lachten.

„Du warst bestimmt irgendwann einmal ein ganz großer Dichter!"
„Ach, Muriela, du weißt doch: Was sich reimt, muss nicht zwangsläufig dichten!" Nun lachten wir nochmals. Ein *Ha-ha-ha* und *Hi-hi-hi* mundwinkelte schmunzelnd den leichten Hügel hinab. Nicht nur, dass uns der massive Regen ins Gesicht peitschte, nein, leichter Wind vermochte gar, das Wasser zwischen Kragen und Hals den Körper hinunterfließen zu lassen. Zweimal machte ich, Midron, der *Regen-Engel*, unliebsame Bekanntschaft mit dem glitschigen Boden. Einmal platzierte ich mein Gesäß genau auf einem Maulwurfshaufen, der sich wie ein sterbender Berg verhielt. Nach einem kurzen Fluch, und als ich längst wieder auf den Beinen stand, erkannte ich von seiner einstigen Größe nichts mehr. Platt wie ein Reibekuchen. Der Dreckhaufen war jämmerlich geplättet und machte einen eher lächerlichen Eindruck; ein nunmehr flacher Erdfladen, den ich erspähte. Das zweite Mal schlingerte ich mit dem Hosenboden über matschiges Grün. Auch nicht besser.

„Mist, so ein Dreck!" Ich vermutete schon wieder Schlimmes.

„Sei beruhigt, Midron, es ist nur Erde, keine Hundescheiße", lachte mir Muriela entgegen. Ich wischte mit beiden Händen den Dreck von meinem Hinterteil; obwohl, das war gar nicht nötig, ... hätte der Regen ebenso besorgen können.

„Na, da bin ich aber beruhigt!" Für den Ernst der Lage lachten wir im Grunde ein wenig zu viel, doch das Lachen würde bald in kummervolle Blicke und Gespräche umschlagen. – *Galgenhumor?*

Wir *freuten* uns wie die Schneekönige, im Dorf endlich helfen zu können. Denn diese Form der Hilfe war so offensichtlich notwendig, dass wir nicht weiter darüber diskutieren brauchten, ob, wie, wann und wie lange wir benötigen würden.

Von weitem schon sahen wir handwinkende und wild gestikulierende Bewohner am Ortseingang.

„Schnell! Muriela, sieh nach oben, das wird immer dunkler!"

„Oh ja, das sieht schlimm aus, wir müssen uns beeilen!" Unsere Augen erblickten die verzweifelten Menschen in ihrem Dorf, das nun von den Wassermassen fast gänzlich umzingelt war. Der unbarmherzige Regenguss, der nicht nachlassen wollte, erstarkte zu einer vom Teufel gewünschten Plage, die es nun zu bekämpfen hieß. Der Himmel spuckte Wasser herab, dass es unfassbar war. Tropfen dick wie Erbsen schossen wie Maschinengewehrkugeln von oben herab auf die Häuserdächer.

Infernale di acqua! – Terribile acquata!

... als käme das Wasser geradewegs aus der Hölle. – ... doch dahin sollte es lieber abfließen!

„Hierher, helft uns hier!" Eine verzweifelnd klingende Stimme drang aus einem aufgerissenen Fenster im Erdgeschoss eines Hauses.

„Dieser R-r-r-egen macht mich ganz krank. So v-v-viel davon", stotterte Muriela vor sich hin und stampfte mit ihren Gummistiefeln im fast knietiefen Wasser. *Patsch, patsch ...* Das ganze Tal klang nur noch von diesem nass klingendem *Patsch, patsch ...* Schon versiegte der Quell des Lachens.

„Was, krank, jetzt schon? Das ist noch nicht das Ende, ich befürchte, das ist erst der Anfang. Wir sind mittendrin! – Los jetzt ...!", schmetterte ich über diese *Seenplatte* hinweg.

Eine völlig durchnässte Frau mit wirr vom Kopf hängenden Haaren schaufelte mit einem blauen Wischeimer das einlaufende Wasser aus ihrem Haus nach draußen. ... nur mit Eimern mehr eine Sisyphosarbeit. Ihre Haarspangen waren längst in den *Irrfluten* abhanden gekommen. Mit zusammengebissenen Zähnen und einem unbändigen Willen rackerte diese Frau unaufhörlich bis zur totalen Erschöpfung. Immer wieder musste sie einhalten, um auszuruhen, doch das nachlaufende Wasser ließ sie weiterschöpfen. Striemen in den Händen, Verzweiflung im Gesicht und durchtränkt frierend starrte sie mich an:

„Hilf mir, guter Mann, ach, hilf mir doch!"

Ich half ihr und schöpfte schneller, als es eine Maschine hätte je tun können. Wie eine rotierende Kelle fraß ich mich in das Wasser. Außen vor den Häusern werkelten Männer mit Sandsäcken, Decken und Dämmmaterial herum. Jede Ritze, jeden Spalt wollten sie verschließen. Auch das spiegelte ihren Willen wider. Kein beteiligter Dorfbewohner versank etwa in Lethargie. Das wohl bekannte *Egalgefühl* stand hier außer Frage. Was Menschen vollbringen können ..., – ich ließ meine Augen kreisen, sah durch ein Fenster auf mehrere Hausbesitzer, deren Mieter und Nachbarn, die sich gegenseitig halfen, als würde am folgenden Tag alles Leben auf der Erde erlöschen.

Gewaltig! Ich habe mich nicht geirrt, sieh an, Midron, was sie machen, und du hilfst ihnen. Sie werden dir danken, sie werden Muriela danken. Sie sind glücklich für jede helfende Hand. Bete zum Himmel, rufe deinen Gott und lass ihn den Wolken sagen, sie sollen einhalten. Wende ab all das Leid, das sie erfahren. Gib mir mehr Kraft. Schließe die Schranken der Ungerechtigkeit. Hier wirst du keinen Übeltäter finden, hier im Dorf. Ich verbürge mich für diese Menschen. Strafe die, die es verdienen. Gott, hörst du mich? Fälle ein gerechtes Urteil!

Ein kurzer Monolog mit Bitten durchtrieb meine Gedanken wie ein mit Schallgeschwindigkeit fliegender Pfeil, der Kunde und Botschaft transportieren kann.

Die Angst in jedem lässt Wunder wirken. Viele Menschen wachsen über sich hinaus, spüren die Stärke in sich und leisten Unmenschliches. Ich habe von einer Frau gehört, die ein Fahrzeug anhob, als ihr Kind darunter geraten war. Sie hat Tonnen von Metall, Glas und Gummi gestemmt und den Kampf gegen den Tod ihres Sohnes gewonnen. Das ist unbrechbarer Wille in Verbindung mit Wut und Kraft. Immer wieder erwächst ein Wunder, ein Mirakel, ein unvorstellbares Mysterium, wenn unfassbare Dinge geschehen.

Sicherlich wirkte das Motto *Augen zu und durch,* nur auf eine kleine besänftigende Art.

„Das hört gar nicht auf, das wird immer mehr!" Muriela klang sehr verzweifelt. Noch während ich meine Gedanken sortierte, wie ich nun am besten vorgehen würde, grölte eine heisere Stimme aus dem nächsten Haus heraus.

„Hallo ...! – ... kommt hierher, verdammt, hierher, wir saufen hier ab! Uns schwimmt alles weg!" Ein betagter Mann geriet außer sich vor Wut und Verzweiflung. *Verständlich!* Sicher. Er wirkte zudem äußerst kraftlos, war etwa an die 70, höchstens 75 Jahre alt.

„Ja, ich eile!", schrie ich zum Nebenhaus. Auch dort feuerte ich mich an wie ein Schleifer seinen Sklaven, der sich sein eigenes Grab schaufeln muss, bevor ihn die Sonne austrocknet. So ging es stundenlang. Muriela schaufelte hier, ich schöpfte dort. Wir spürten unsere innerkörperlichen Adrenalinschübe. Was in uns erwuchs, hätte dem Teufel schwer imponiert. Das hätte ihm nicht gefallen, diesem Taugenichts und Tunichtgut, denn die Schwerstarbeit und das unaufhörliche Helfen begleiteten uns. Wann immer wir Engel Gutes

verrichten und vollbringen, ist es, als stäche eine brennend heiße Nadel in den Körper des Satans, an welcher Stelle auch immer. Ein wundervoller Gedanke!
Fabelhaft.
Grandios und herzergreifend!
Alles Menschenmögliche geschah ... – auf beiden Seiten. Bei den Hilfesuchenden als auch bei den Hilfegebenden, die dieses Unwetter nicht so stark tangierte, da sie in oberen Stockwerken lebten oder gar auf der höher gelegenen Seite des Dorfes zu Hause waren. Unzählige Haushaltsgegenstände, mitunter vom Munde abgespartes, wertvolles Mobiliar, alte Erinnerungsstücke, angesammelte Vorräte, gar kellerraumaufbewahrte Notwendigkeiten und anderes fielen dem Wasser zum Opfer. Der Großteil blieb verloren, wurde unbrauchbar, zerstört und vernichtet von diesem feuchten Element.

Muriela und ich trennten uns. Je nach Anforderung und Aufwand versuchte jeder, in das Haus zu gelangen, aus dem die Hilferufe am lautesten drangen. Da wir nicht überall gleichzeitig sein konnten, versuchten wir, dort zu helfen, wo es bestmöglich war, und halt nacheinander. *Viele Hände sorgen für ein schnelles Ende.* Nicht umsonst bewahrheitet sich dieser alte Spruch immer aufs Neue. Wie gut, dass Zeit ein Faktor ist, den alle Menschen errechnen können. Es ist eine Spanne zwischen Hoffen und Bangen, sicher, ein Warten und Beten, aber auch ein wahres Wohlgefühl, dass ein Unglück nicht ewig anhalten kann. Diese Tatsache bestätigt leider nicht die Aussage, die da lautet:

Die Zeit gleicht der Unendlichkeit; es gibt keinen Anfang und kein Ende.

Unter Zuhilfenahme von Pumpen, Gefäßen wie Wassereimern und anderer Schöpfmittel waren die betroffenen

Menschen nach unendlichen Stunden der Schwerstarbeit endlich Herr der Situation geworden. Diese Situation eskalierte zwar nicht, doch irgendwie wollte der Himmel seine Wolken noch nicht zum Aufgeben zwingen. Obwohl es weiterhin regnete, flog uns von verschiedenen Seiten schon flüchtiger, ehrlicher Dank entgegen:
„Euch hat der Himmel geschickt!" – Wir zwinkerten uns zu ...
„Habt tausend Dank, ihr seid Engel!" – Wir lächelten uns an ...
„Gott wird euch alles danken!" – Wir schmunzelten vor uns hin ...
Wenn sie wüssten, wie Recht sie damit hatten.

Wir Helfer von Gottes Gnaden verspürten nicht einen Augenblick den Gedanken, dass wir an diesem Ort überflüssig gewesen wären. Wer Hilfe anbietet, der wird sie verteilen können, der wird mit Kusshand aufgenommen. Ein prüfender, wenngleich skeptischer Blick gen Himmel verriet uns leider weiterhin: *Das kann noch dauern, bis der Regen nachlässt!*
Wieder Lebensregeln: Solche gnadenlosen, wenn auch notwendigen Launen der Natur hat es und muss es geben; der benötigte Regen *muss* herniederfallen. Das geschehende Wetter und die dazugehörigen, klimatischen Begebenheiten werden schließlich nicht im Himmel vorgefertigt. Von dort oben stellt niemand die Weichen, die ihre Züge auf den Gleisen in alle Richtungen fahren lassen. Die brutale Zerstörung durch eben die Naturereignisse, wie zum Beispiel übermäßiger Regenerguss, sind nicht schuld an der Misere und den damit verbundenen Leiden, sondern der Mensch selbst, der es weiterhin darauf anlegt, sein Umfeld so zu präparieren und

zu gestalten, dass es ihm höchstpersönlich auf den Kopf haut und die Folgen um die Ohren schlägt.
Die Natur braucht den Menschen nicht. Das ist eher umgekehrt der Fall.

Eine Urgewalt, wie die Natur sie darstellt, regeneriert sich zum Neuen hin, egal, wie bestialisch der Mensch darauf einwirkt. Schließlich ist es der Mensch, der meint, sich als Herrscher und Besserwisser aufspielen zu müssen. Es wird mitunter Jahrtausende, gar Millionen Jahre dauern, der Mensch ist dann längst zum Relikt des Vergessens avanciert, bis sich die beleidigte Natur den Stuhl zurechtgerückt hat, um wieder mit ihrem großen Popo auf der Erde sitzen zu können. Denn in der Milliarden Jahre währenden Erdgeschichte hat die Natur es sehr wohl verstanden, sich immer wieder selbst zu helfen, von drohenden Gefahren zu befreien oder ihnen beängstigend stark entgegenzuwirken.

Einst unterhielt ich mich in einer stillen Stunde mit Gott. Ich sprach diese Themen wie Natur, Gewalt, Glück ..., – genau diese Palette, an. Ich stellte Gott Fragen. Ein Fragenkatalog par exellence tat sich für mich auf. Ich solle mir die Antworten selbst suchen! Das war *Gottes Antwort auf meine Fragen.*

Prima, dachte ich, *ausgezeichnet. Das versteht Gott unter Forscherdrang und Selbsterkenntnis!*

Wie definieren sich denn nun Katastrophen wie Erdbeben, Erdrutsche, Kontinentalverschiebungen, Lawinenabgänge, Seebeben, Tsunamis, Überschwemmungen, Vulkanausbrüche und Wirbelstürme wie Hurrikans, Taifuns, Tornados und Zyklone?

Als Naturwitze? – Als Menschenbelustigungsstreiche? – Als Narrenspiel und Schellentanz? Als *Teufelswerk*? – Wahrscheinlich!

Solche *Sensationen* finden statt, ob der Mensch als Gast auf Erden weilt oder nicht. Die Natur stellt sich stets unbeeindruckt dem gegenüber. Katastrophen geschahen gestern, vorgestern, sie geschehen morgen und übermorgen, manche im Augenblick. Seit sich der Mensch an der Natur versündigt hat, ist im wahrsten Sinne des Wortes der Teufel los. Satan würde noch ein paar Mal in Aktion treten, um menschenschädliche Ereignisse gutzuheißen. Darauf geifert er nur! Wenn er die verruchten Seelen der Menschen nicht am Schlafittchen packen kann, muss er ausharren und an anderer Stelle in irgendeine Suppe spucken. Pfui Deibel!

Der Name solch einer Tätigkeit lautet: *T e u f e l s w e r k !*

Die bedauernswerten Menschen im Dorf gingen in die unvermeidliche *zweite Runde* der Bekämpfung dieser Wassermassen. Ein Tag mit seinen Stunden vergeht eben sehr schnell.

... und die Nacht ruft sich schon selbst herbei.

Im Dunkeln verliefen die Hilfsarbeiten nur sehr schwerlich. Um sich wenigstens ein paar Stunden Pause zu gönnen, versuchten die Dorfbewohner abwechselnd, zumindest über Nacht in den höher gelegenen Zimmern etwas Ruhe zu finden.

Es war unschwer zu erahnen, welche kleinen Ungeschicklichkeiten und damit Traurigkeiten an sich vorkamen, wie viel Leid geschah, was alles furchtbar schief ging, wer was verloren, wer wie Schlimmes durchlebt und wer das Schicksal nun auf seine beste Art und Weise gemeistert hatte ...

... aber Menschenhände können auch kleine Wunder vollbringen. Das in dem Dorf geschehene Wunder würde sicher nicht in irgendwelche, erwähnenswerte Annalen einge-

hen, dennoch würde es für die Menschen in dem kleinen Ort unvergesslich bleiben. Dass Gott Vater am meisten mitgeholfen und angefasst hatte, das verschwiegen wir Engel ihnen genau wie die Tatsache, dass wir Engel waren.
Besser so!

Helfen, ohne gefragt zu werden, helfen, ohne etwaige Hilfe zu erfragen. Es ist ein göttlicher Charakterzug? – Sicher ..., – vielleicht sogar noch viel, viel mehr.
Einige Bewohner schöpften die Nacht durch, scheinbar ausgelaugte Bewohner, deren unermüdliche Kraft aber noch weiter reichte. Sie selbst waren zwar letztlich die Fleißigsten am Ort, aber auch die, deren Körper wir es ansahen, wie zerstörerisch der bloße Willen ausufern kann. So bereinigte sich diese prekäre Lage, die viele Menschen bis an den Rand des Wahnsinns katapultiert hatte.

Der folgende Morgen. Wir schauten verwundert in den Himmel. Mit weit aufgerissenen Augen erblickten wir nur noch kleine Wolken und sahen sogar einige Sonnenstrahlen auf das Dorf fallen. Sicher stand es an, viele Wunder aufzuzählen. Ein ganz großes Mysterium musste ich mir auf *meinen* Schreibblock notieren:
Dieser sintflutartige Regen auf das Dorf hat keine Toten hinterlassen! – Lediglich einige Verletzte und ein doch überschaubarer Schaden waren zu beklagen. Drei Mirakel, die nennenswerte Tatsächlichkeiten enthielten:
Miracòlo nùmero uno: Non pioggia ... – Es regnet nicht mehr.
Miracòlo nùmero due: Luce del sole ... – Die Sonne scheint durch die Wolken.

Miracòlo nùmero tre: Cuore di pòpolo rispèndere ... – Die Herzen der Menschen strahlen.

Da sind sie wieder, die italienischen Momente in mir, dachte ich und war mir absolut sicher, nie ein Römer gewesen zu sein! – *Engelsfantasien!*

Der Anblick: Ob alt oder jung, ob krank oder gesund, leuchtende Augen, die Herzen aufgetan und freudestrahlende Gesichter. Wir gutherzigen Engel wie Gott selbst hatten uns einen kleinen Schubs nach vorne gegeben. So richtig beweisen ließ sich das natürlich nicht, speziell was Gottes Einsatz anbelangte. Bedenken wir aber eins: Gottes Hände treffen wir überall ..., – ... an jeder Stelle, an der sie benötigt werden. – Wie seine unübertroffen guten Adler- oder Argusaugen.

Ein Unikum, unser Gott, nicht wahr? – Ja, ein *einziges Kunstwerk seiner Art* sogar.

Der nervende, alles überschwemmende Regen. Wo war auf einmal dieser abscheuliche Regen mit den dämonischen Wolken abgeblieben? Wo waren diese dicken, lästigen Wolken hingezogen? Was machte die Sonne dort oben mit einem Male? Allgemeines Erstaunen, nicht dass jemand die Wolken vermisst hätte.

Mein Gott, wie hast du das nur wieder geschafft?

Wenn man seine Finger natürlich überall im Spiel hat, erweisen sich diese Fragen als völlig überflüssig. Gottesfinger, himmlische Tentakel des Allmächtigen. –

Stufenweise sank der Wasserspiegel. Endlich! Gleichzeitig erkannten wir diese außerordentliche Freude in den Gesichtern der Bewohner dieses Dorfes. Im wahrsten Sinne des Wortes kam wieder *Land in Sicht.* Auch wenn großer Schaden entstanden war, die Dorfbewohner waren nicht mehr so arg verzweifelt. Sie schickten sich an und formten das Machbare aus ihrer Situation ..., – ... wie schon einmal. Vielleicht lag es ein wenig an der eigenbrötlerischen Art dieser Menschen, denn sie wollten dem Anschein nach selbst weiterschuften und ihre Häuser wieder herrichten und versuchen, sie in den Ausgangszustand zurückzuversetzen. Nicht, dass unsere Hilfe *nicht* dienlich war. Auf jeden Fall! Ich verstand diese Einstellung. Wahrlich. Es war *ihr Stolz. Ja, sicherlich ein Kapitel für sich.* Dieser wahre, schwellende Stolz in jeder Brust. Das kam gedanklich in mir an ... – Oh ja!

„Dann gehen wir jetzt wieder?", fragte mich Muriela, und ihre Augen verknüpften sich mit meinem wohlwollenden Nicken des Kopfes.

„Ja, wir gehen jetzt, es ist gut, glaube ich ...", hauchte ich zu ihr herüber, legte beide Hände auf ihre Schultern und küsste sie auf die Stirn.

„Oh, Midron!" Muriela zuckte verstohlen zusammen, und die Iris ihrer Augenpaare reflektierten dieses Zucken direkt in meine Pupillen.

„Was ist?" Ich senkte meinen Kopf ein wenig. Die Haut des Halses spannte. Trotzdem arretierte das Haupt nahezu Kinn auf Oberbrust liegend. *Da entsteht doch nicht etwa ein Doppelkinn?*, dachte ich erschreckt.

„Ach nichts, gehen wir also!" Engel Muriela schaute in die Ferne.

„Ja, sie kommen nun alleine klar, komm, wir haben unser Bestes getan. Die Menschen wollen nun allein weiterarbeiten und herrichten!" Ich philosophierte wissentlich auf meiner *Sein-Ebene* und stellte mir Fragen, ohne sie wirklich beantworten zu können. Das geschieht zuweilen in meinem Kopf. So ist das! Es ist das Stück Engel, das unerforscht bleibt ... – und das ist gut!

Nach einiger Zeit konnten wir Engel uns also ohne ein schlechtes Gewissen absetzen und weiter unseres Weges gehen. Mit viel Dank und Tränen in den Augen verabschiedeten sich die Bewohner dieses kleinen Dorfes von uns. Eine große Zahl hatte sich versammelt und blickte zu uns herüber, her auf ihre zupackenden Helfer. Feuchte Augen wogen schwer in dieser Szenerie. Ein wenig mit Sehnsucht gefüllt zuckten ihre Pupillen in den weißen Augäpfeln, deren Regenbogenhaut in den unterschiedlichsten Farben strahlte. Manche Leute schauten geradeaus ins Leere, andere auf ihre Füße, auf die durchnässtem Schuhe oder durch *Kampfspuren* gezeichnete Stiefel. Einige starrten nur auf ihre Häuser mit dem Wissen, dass sie wieder beruhigt nächtigen können. Die meisten Menschen in der Menge sahen jedoch auf uns. Dank schlug uns in unvorstellbarer Form entgegen. Dank. Viel Dank. Tränenbegleiteter Dank. – *Danke, danke vielmals, danke, tausend Dank,* rief ein leicht verletzter Mann aus einem arg zerstörten Haus heraus, dass in seinem Bauch nur elende Verwüstung trug. Ein anderer Mann, der halb blind war und humpelte, schlich mit seinem Stock des Weges.

„Habt Dank, euch wird das Leben weit tragen. Eure Güte und Hilfe war beispiellos. Das findet man heutzutage nur noch ganz, ganz selten!" Er konnte das unfassbare Geschehnis nur am Rande verfolgen und somit nicht wirklich helfen, also mehr oder weniger zusehen, was die Menschen um ihn herum so zusehen nannten, bei einer Halbblindheit ... In seinen Augen schließlich, die von Tränen überschwemmt waren, sahen wir etwas Wunderbares. Wir erkannten durch das Nass dieser Tropfen eine Güte, ein erfahrenes Leid, aber auch seine Lebenserfahrung, seine Gewinne und Verluste. Wir registrierten wohlwollend einfach dies alles, und es war eine gewisse Bestätigung für uns, die viele Menschen heute

nicht mehr erfahren. Fortlaufen bedeutet, dem Ärger aus dem Weg zu gehen. Was nun noch erschwerend hinzuzuzählen ist:
Ein aufgesetztes Lächeln kann einem ernstgemeinten Dank nur trotzen, niemals das Wasser reichen.

In den Gossen und Rinnsteinen der Straßen tanzte allerlei Kurioses umher. Scheinbar schwamm dort die *halbe aufgelöste Welt* herum. Verbogene, völlig zerstörte Gegenstände aller Couleur, diverse fragmentarische Handwerkszeuge und Gerätschaften, kleine Ausrüstungsgegenstände aller Art, die einst kilometerweit entfernt lagen, waren nun durch die Wassermassen herbeigespült worden. In den Stellen, an denen sich die Regenpfützen und Wasserlachen noch nicht verflüchtigen konnten, spiegelte sich die hervorgeschnellte Sonne. Gleißend stach sie ab von dem teilweise erkennbaren Azurblau des Himmels. Weiße Wolken, die mit Hilfe des blasenden Windes vorbeizogen, verschönerten den Anblick, der sich nun ergab. In allen Gesichtern herrschte tiefste Zufriedenheit und zukunftsblickende Glückseligkeit.

„Sieh an, sieh an, wir haben tatsächlich den Kampf gegen das Wasser gewonnen, aber viel länger hätte es tatsächlich nicht regnen dürfen", bemerkte ich, der ich fast schon ein wenig stolz auf meine Hilfe war.

Das gab wieder Punkte.

Ja, Erzengel Midron, ich habe das vernommen. Habe ich je etwas gegen Teamwork gesagt? Leises Gemurmel zog über die Baumkronen, als ich rein zufällig in diese Richtung blickte.

Enchanté, mon dieu, merci!

Da sind sie wieder, die französischen Momente in mir, dachte ich und war mir absolut sicher, nie ein Gallier gewesen zu sein! – *Engelsfantasien!*

„Was machen wir nun? Können wir denn wirklich getrost fortgehen und die Menschen in ihrem halb durchnässten Dorf zurücklassen?", fragte Muriela und warf ihre Schultern zu einem Hügel auf.

„Ja, das können wir, ich sagte es doch bereits. – ... Muriela, das müssen wir sogar. Sie wollen es nicht anders. Ihrem Los werden sich die Menschen allein innerlich fügen, glaube es mir. Menschen können das ... – ... schon vergessen?"

„Gut, Midron, wenn du das sagst ...!"

Es schien wahrlich in der Tat schwierig zu sein, gerade diese Menschen ihrem Schicksal zu überlassen. Aber weitere Hilfe aufzuzwängen, ... wäre mit Sicherheit der falsche Weg gewesen!

Der fast jungfräulich dreinschauende Himmel ließ sich außerdem eine weitere Stunde Zeit, bevor er in vollem Glanze sein stählernes Azurblau zeigte. Ein Hauch von Zirrokumuli tänzelte über den nun wieder ansehnlichen Horizont. Diese Schäfchenwolken stellen immer wieder die abstraktesten Figuren dar. Sie zeigten uns eine Vorstellung der außergewöhnlichen Art. Zwar sehr vage nur erkannten wir das eine oder andere Tier oder eine imaginäre Gestalt, die wir zu deuten glaubten, und mit viel Fantasie erschien auch noch der Teufel als Wölkchen. – ... und das sogar in Weiß. Oder war uns nur so und wir von einer Fata Morgana umjubelt? *Der Teufel in Weiß! O Gott, welch grausame Vorstellung!*

Wo trieb sich eigentlich dieser malträtierte Höllenfürst herum, dieses Luder, dieses Elendige?

Wir gewöhnten uns sehr schnell an diesen prachtvollen Anblick der verschiedenen Gestalten vom Teufel einmal abgesehen, und der kam ja zum Glück nur in unseren Gedanken zum Vorschein. Allein die pure Anwesenheit der wärmenden Sonne erhellte unser Gemüt. Wie hatte ich mir nach den Vorfällen der letzten Tage diesen Gasball herbeigesehnt? Dieser wohl geformt runde, gelbe Stern drang mit seiner Glut durch unsere irdische Kleidung, in der wir uns nun wie selbstverständlich wieder sehen lassen konnten.

Im Himmel versteckte sich gottbefohlen eine Vielzahl von Wolken vor unseren Augen. Doch auf der Erde genossen wir das Erstrahlen dieses Gasballes. Wenn dazu noch der Wind innehielte, glaubten wir uns stehend wiederzufinden im Paradies mit seinen hohen Palmen, den essbaren Früchten und unberührten Geschöpfen.

Adam und Eva sind sehr, sehr alt geworden. Gott räusperte sich: *Midron, bereite mir einen großen Gefallen, überspann den Bogen nicht ...!*

Diese ersten Neuerscheinungen haben schon bei Zeiten begriffen, was die Zukunft bringt und welche Gesetze sie einhalten müssen, um nicht *unterzugehen*. Dass ihre *Kinder* im irdischen Gefüge solche eklatanten Fehler begehen würden, stand nicht auf ihrer paradiesischen Liste.

Auf Gottes Spickzettel aber auch nicht.

Er musste stets mit ansehen, was sich in seinem Umfeld und auf den Ebenen, die seiner Kontrolle unterlagen, abspielte. ... und er sieht auch heute noch ganz genau hin, wenn sich irgendwo irgendwas Ungewöhnliches bewegt. In der Achtsamkeit der Menschen lagen die Fehler eigentlich nur ganz selten verborgen. Eher schon war es, dass ein göttliches wie irdisches Gesetz nicht eingehalten und, anders gesagt, missachtet wurde.

Das wichtige Gesetz über die intensive Pflege der Natur als solche wurde millionenfach missachtet. Diese von Menschen begangenen Freveltaten trieben Gott mitunter die vielen Falten in sein Gesicht. Nicht sein Lächeln war es, dass ihn oft so alt aussehen ließ, nein, es handelte sich dabei mehr um die erzürnte Grimasse, die diese Faltenbildung bewirkte. Das süffisante *L.-m.-a.-A.-Lächeln*, dass so gut wie niemand je zu Gesicht bekam, verschenkte er schon vor Urzeiten an den Teufel. Nicht einmal Gewinn wollte er daraus schlagen. Wie löblich. *(Es ist schon schlimm genug, wenn sich Satan zeigt, dieses geschenkte Gesicht aufsetzt und wie ein blöder Hammel mit seinem Dreizack in der Hand herumgafft, nie außer Acht lassend, irgendeine arme Seele in den Allerwertesten zu stechen oder gar in andere Körperstellen zu picken.)* ... wollt ihr wissen, wie oft der dämonische Beelzebub bei einer Person aus Fleisch und Blut unerkannt zustechen kann? Genau dreimal. Ich habe es nachgerechnet mit meinen Fingern, an einer Hand habe ich es abgezählt. Gleiches könnt ihr selbst einfach nachrechnen. Da bedarf es keiner Rechenscheibe, keines Rechenschiebers und erst recht nicht eines Taschenrechners. Für jede ungesühnte und ungebeichtete Schandtat eurerseits macht ihr ein Kreuz auf irgendeinen Zettel eurer Wahl. Im Mittelmaß, also im Durchschnitt, komme ich erfahrungsgemäß immer auf drei Kreuze. Angenommen, rechts steht der Schutzengel, dann sind die Einstiche vorne, hinten und an der linken Seite zu beklagen. Demnach drei. Steht der Schutzengel links, verhält es sich spiegelverkehrt. Wieder drei. Auch wiederholend vorne und hinten dabei. So kann ich es getrost weitertreiben, doch egal, wo der Schutzengel steht, der Höllenfürst wird immer die Möglichkeit haben, an drei Stellen zuzustechen. Also: Obacht! Eine bemerkenswerte Leistung, wie flink der Teufel doch sein kann. Ein exzellenter Zauberer seines Faches. ... und seid froh, wenn der Schutzengel im richtigen Moment nicht noch wegschaut oder wie es mir passierte: Ich schlief ein, – ... dummerweise! *Achtung!* – Jede Seite ist möglich ...! Gezeichnet:

Der Gott Eures Vertrauens

Bekannte Geschöpfe

Wenn zwei auf Erden wandelnde Schutzengel einen Tierpark besuchen, so geschehen damals am Rande einer gemütlichen Kleinstadt, ist das immer etwas Besonderes. Vier Dinge berührten uns diesbezüglich: Erstens wurde unsere eigene Glückseligkeit sanft gestreichelt, und zweitens konnte es doch nichts Schöneres geben, wenn dazu sogar noch die Sonne herzerweichend schien. Das passte uns durchaus perfekt ins Konzept. Etwaiger Regen war demzufolge nicht zu erwarten. Drittens spielte die mögliche Langeweile eine gewisse Rolle, die aber durch einen gezielten Besuch zur Kurzweil niedergekämpft wurde. Viertens war es einfach ein Muss, die versammelten Tiere in ihren Käfigen und Gehegen zu besuchen, sich mit ihnen zu *unterhalten* und ihren Gedanken beizuwohnen. All das schien unabdingbar zu sein. Jedenfalls waren wir beide dieser Auffassung, und im Handumdrehen wurde uns wieder einmal klar, dass nur wir Engel tatsächlich mit diesen Geschöpfen kommunizieren konnten.

In Anbetracht dieses erquickenden Umstandes schlenderten wir auf einem Schotterweg neben einer Straße entlang und unterhielten uns über eher belanglose Dinge. Wer der Konversation gelauscht hätte, wäre schnell auf die Tatsache gestoßen, dass es sich bei uns um ein ewig liiertes Ehepaar handeln musste.
Mal wieder.
Beeindruckend bis nahezu erschreckend, träufelten diverse Worte und Sätze aus unseren Mündern:
„So ein Zoobesuch ist doch etwas Herrliches, nicht wahr, Engelein?", fragte ich meine hübsche Begleiterin, die ihre Augen bereits weit geöffnet hielt, um keine Szene zu versäumen.

„Ja, Engelchen Midron ..., – sag nicht Engelein zu mir, das möchte ich nicht!", erwiderte Muriela und formte nun ihre Augen samt der darüber liegenden Brauen zu Sehschlitzen.

„Ach, du liebes Kind, du Traum meiner schweifenden Gedanken ..., – lass mich dich so nennen, ... das klingt außerdem nicht ganz so steif ...!", blies ich aus meiner Mundflöte zurück und rollte beschwingt die Füße über die Zehen ab.

„Midron, du bist albern! Lass das!" Sie stupste mich mit ihrer Faust an meinen Oberarm.

„Ah, nicht so kräftig ..., – das gibt doch blaue Flecken, Striemen, Streifen wenn nicht gar Abschürfungen, da entsteht ein prächtiges Hämatom in allen Farben, wenn du das nochmals machst ..., – wie ein Tattoo!"

Engeloberarmtätowierung!

„Du hast eine blühende Fantasie! Außerdem, stell dich nicht so an, Midron, ich bin kein kräftiger Schläger, das muss ein starker Engel wie du wegstecken!"

„Trotzdem, es juckt mir!"

„Blödsinn!" Muriela lachte über mein Lamento aus vollem Hals und zeigte mir ansatzweise einen Vogel. Sie tippte dabei mit dem rechten Zeigefinger an ihre Schläfe. Selbst das sah gut aus bei ihr! Allein der Gesichtsausdruck, den sie dabei machte. Entzückend, aber engelunschicklich!

Ein bebildertes Hinweisschild verriet uns, dass wir den richtigen Weg eingeschlagen hatten. *Zum STÄDTISCHEN ZOO – 500 Meter geradeaus.* Unter der kursivfetten Schrift erkannten wir angedeutete Tierköpfe in Piktogrammen. Der azurblaue Himmel war mit einer Anzahl schwirrender Insekten als auch diverser zwitschernder Vögel *bemalt*. Die aasgierigen Krähen und Elstern waren stets auf dem Quivive, immer auf der Suche nach Tierkadavern wie überfahrenen Igeln, unvorsichtig die Straßen überquerenden Katzen, auch ihresgleichen und weiteren unvorsichtigen Vögel. Hier und da lag zuweilen ein kleiner Hund, den nun sein Herrchen vermisste, und anderlei Getier, das auf dem Asphalt unglücklicherweise ums Leben gebracht worden war und so als Appetithappen diente.

Unter den Lebenden allerdings befanden sich zwei große, schwarzweiße, dem Horizont entgegenschwingende Flieger mit rotem Schnabel, die mit Aasvertilgung eher weniger am Hut hatten. Ebenso wäre es Zufall, wenn sie überfahren würden. Das Duo *Longleg-Adebar* glitt im Flug vorüber, majestätisch, erhaben und dominant blickend. *Ihr dort unten, ihr könnt nicht einmal fliegen!* Ich konnte regelrecht spüren, was sie dachten. *Ach, ihr Federträger, wenn ihr wüsstet, was wir alles können!* Gern zitiere ich betreffend dieses Themas einen Schriftsteller aus längst vergangenen Zeiten, der einmal sagte:
Das Schönste im Leben ist, ein Genie zu sein und es als Einziger zu wissen!
Da hatte er nun Recht!

Während ich wie gebannt nach oben in den Himmel schaute, lief Muriela unvermittelt über die Straße auf die gegenüberliegende Seite.

„Muriela, schau dort oben", rief ich zu ihr hinüber, die Hände zu einem Tunnel geformt.

„Oh ja, sieh an, Störche, immer ein gutes Zeichen!", schallte es zurück.

„Was machst du da drüben, gibt es etwas Besonderes zu sehen?", fragte ich neugierig.

„Nein, aber hier steht eine Bank, komm her, wir können uns einen Moment setzen!"

„Ein guter Gedanken, warum nicht", trompetete ich und meine Augen trafen alsdann diese Ruhebank. *Schon wieder eine Bank!*

Dieses von uns bemerkte Storchenpaar überflog einen nahen Acker mit behäbigem Flügelschlag und wurde bald am Horizont augenscheinlich kleiner. Muriela sah zu ihnen hinauf, ihnen nach und versuchte währenddessen, ihre Anwesenheit zu interpretieren. Doch was wollte sie aus einem dahinziehenden Storchenpaar groß deuten? Minuten später waren die Störche von der Ferne aufgesaugt worden.

Muriela stand auf dem Gehweg neben der Straße vis-a-vis dieser Bank, die sie als Erste erspäht hatte. Neben der Bank lag ein zerbrochener Spiegel. Die Kunststoffeinfassung zeigte sich nahezu unbeschädigt. Im Geiste sortierte sie die vielen gläsernen Teile nach ihrer Größe. Sie hob eine handtellergroße Scherbe auf und schaute neugierig hinein. Reflektorisch erschien ihr hübsches Engelsgesicht. Sie strich mit dem Zeigefinger der rechten Hand die Augenbrauen glatt. Zudem hafteten Staubreste in den Augenwinkeln, die sich dort gesammelt hatten. Diese entfernte sie geschickt mit der Kuppe des linken Zeigefingers. Kleine, winzige Bröckchen rieselten zum Boden herab. Nacheinander nahm sie verschiedene Scherben auf und blickte hinein. Egal, in welche Scherbe sie auch sah, die Größe des reflektierten Bildes blieb die gleiche. Es war kein Kuriosum, sondern eine logische und physikalische Tatsache. Muriela sinnierte und dachte: *Ich muss aufpassen, dass ich mich nicht daran verletze, mich schneide oder mir einen Splitter in den Finger stoße!*

Sie warf die beiden zuletzt aufgehobenen Scherben unter die Bank und schaute ihrem Wurf neugierig hinterher, indem sie zwischen den Holzbrettern der Bank durchlugte. Die Scherben zerfielen mit einem *Kling-kleng*. Genau zwischen diesen Planken entdeckte sie erneut ihre Haarmähne, in der einen von zwei Scherben. Die wallenden Haare fielen nach unten.

„Lustig!", rief sie und schnitt ein paar Grimassen, so dass jedermann dächte, der sie sah, sie wäre etwas überhitzt und vielleicht verwirrt. Mit einem Ruck warf sie ihren engelhaften Kopf zurück. Dabei flogen die Haare nach hinten und kamen in ungeordnetem Zustand zur Ruhe. Sofort strich sie mit allen Fingern die Haare nach hinten *mit dem Strich*. Herrlich fielen sie bis auf die Schulter und leuchteten wie von einem venezianischen Maler meisterhaft auf eine feine Leinwand gezaubert. Sie reckte sich, breitete die Arme zu mir aus und rief quer über die Straße wie eine holde Dame, die von der Schönheitsmuse geküsst worden war:

„Jetzt bin ich wieder schön!" So sind die Engel! ... die weiblichen jedenfalls, immer ein wenig prahlerisch angehaucht. Mir hingegen war ziemlich gleichgültig, wie mein prächtiges Haar gerade fiel. Bei deren Sitz am Kopf war ich nicht so wählerisch. Wieder erklang, aber nur ganz leise, ein maßregelnder Ausdruck der Unverständnis aus dem Himmelsgewölbe: *Ja, lieber Midron, ich weiß, da bist du nicht wählerisch ..., – und wir haben hier oben doch einen geschickten Barbier, einen Künstler seines Faches, Midron, der würde dir die schönste Frisur verpassen, zum Donnerwetter, das sieht aber auch aus – das da ... – auf deinem Kopf ...!* Ich zuckte kurz zusammen, nur kurz, einen Nu, einen minimierten Moment sozusagen und ließ diese Worte geschwind meinen Kopf passieren. In das eine Ohr sausten sie hinein und aus dem anderen wieder heraus ... – die Worte.

Ich blickte zum Himmel: *Pah! Der mit seinen klugen Sprüchen!*

Noch während Muriela ihre selbstbeweihräuchernden Worte in einem Redeschwall über den Asphalt gleiten ließ, sprang ich in wenigen Sätzen über die Straße und bremste kurz vor ihrem grazilen Körper ab. Muriela wich einige Zentimeter zurück: „Huch, – Midron ... du kommst gesprungen gleich einer männlichen Elfe, einer maskulinen Fee!"

„Elfe ... Fee ..., alles im Lot? Was hat dir der Spiegel erzählt? Wenn du dich schon in einem Märchen wiedersiehst!"

„Nein, – ... natürlich nichts ..., – ... aber es sah so aus!", hauchte sie und schaute mir direkt in die Augen. Sie hob ihre Arme, formte eine Spitze daraus und drehte sich zwei-, dreimal im Kreise.

„Ich sage es ja immer wieder, du bist das schönste Engelchen auf Erden, was muss ich doch für ein auserwählter Engel sein, dem dieses widerfahren durfte!", tuschelte ich in ihr rechtes Ohr. Muriela holte tief Luft und blies die Hälfte aus, bevor sie sagte:

„Ach, Midron, bilde dir nicht zu viel darauf ein!"

Als ich, der ich mich nun auch als *Glücks-Engel* bezeichnete, in aller Ruhe auf meine schöne Begleiterin starrte, wurde mir einmal mehr klar, dass ich das Glück fassen muss, wenn es gerade geschieht. Schließlich findet ein gesamtes Leben statt, während auf die Erfüllung der Träume gewartet wird.

Wirf nie das fort, dessen Verlust dir einmal Leid tun könnte, und sei vorsichtig bei deinen Gefühlen. Wir fielen uns beide in die Arme, drückten uns innig, dass jeder meinen könnte, unsere Körper verschmelzen geradezu. Wir küssten uns gegenseitig auf die Wangen.
Ein Bild für die Götter.

Zwei Engel waren verbunden im Gewand der Liebe. Nach der Umarmung griffen unsere Hände ineinander, und wir flanierten weiter des Weges in Richtung Zoo. Fest entschlossen öffnete ich meine Lippen und sprach meinen himmlischen Schatz an:

„Ich werde Gott vorsichtig fragen, ob wir den Rest unserer Zeit zusammen verbringen können. Auch später, nach unseren Missionen. Wenn die möglichen Irdengänge in die Hände von nachrückenden Engel fallen, dürfte die Möglichkeit ja wohl bestehen."

„Nur nichts überstürzen! Ich verstehe dich und bin ebenfalls deiner Meinung, doch ich glaube, wir sollten nicht zu voreilig sein", beschwichtigte Muriela meinen zu Worten auferstandenen Gedankengang.

„Voreilig, voreilig, wir haben doch nicht ewig ...!"

„Doch, Midron, haben wir, ... alle Zeit der Welt!" Muriela zerrte am Ärmel meines Hemdes, verschloss mit einem Finger meinen Mund und sprach weiter:

„Ich spüre, dass wir zusammenbleiben können, ganz fest! – *Wir werden niemals auseinander gehen!*"

Einige Augenblicke froren die Worte dieser Szene ein. Ich versuchte, mir einen lustigen Satz zurechtzubasteln, den ich quasi als Spaß anschließend in das Gespräch werfen könnte. Dieser Satz war schnell konstruiert und fertig gestellt, um die verbale Werft verlassen zu können.

„Diesen Satz habe ich vor vielen Jahren schon einmal gehört, als ihn ein schlanker Jüngling seiner Braut ins Ohr säuselte; und dieses besagte Paar wog Jahre später über drei Zentner ... – J e d e r E i n z e l n e von ihnen!"

Muriela begann, zu schmunzeln und zu murmeln. Ich konnte sie nicht verstehen. *Ha!* – So etwa. Vielleicht auch: *Hm!* Sie war sich nicht ganz sicher, ob ich diese Aussage wohl ernst meinte. Allmählich erst hatte sie begriffen, dass es sich dabei um einen kleinen Witz handelte. Aus ihrem Schmunzeln erwuchs ein Grienen, daraus ein Grinsen, und aus dem Grinsen erblühte ein exorbitantes Lachen. Was anschließend geschah, konnte ich nicht richtig nachvollziehen. Muriela, mein Engelein, schlug mit aller Kraft und Freude, unter Zuhilfenahme ihrer Handflächen, auf ihre *Gottlob noch nicht apfelsinenhäutigen* Oberschenkel.

(Dieser unflätige wie männlich chauvinistische Ausdruck durfte mir nie in ihrer Gegenwart herausrutschen, ... nicht einmal im Spaß!)

Hat das wohl weh getan? – Es sieht so aus. Ich konnte mir meine akute Frage sofort beantworten. Wer sich unkontrolliert und freudig gesonnen auf die Beine schlägt, darf sie sich nicht hinterher beklagen, wenn es fürchterlich schmerzt.

„Oh, ah – autsch!"

Ihr herzzerreißendes Lachen wurde jäh unterbrochen. Wie konnte sie nur so zuschlagen?

„Ja! ... das kommt davon, mein Liebling!" Ich grinste schadenfroh und ebenso glücklich vor mich hin, denn es gab für mich kaum etwas Schöneres als ihr herzliches Lachen.

„Ich wusste gar nicht, dass du so eine geballte Freude versprühen kannst!"

„Da kannst du mal sehen, Midron, was ich so alles kann!" Ich konnte zwar nicht durch ihre Kleidung sehen, aber ich hätte meinen Allerwertesten dafür verwettet, dass sie für einige Zeit rote Stellen auf der Oberschenkelhaut trug.

Kurze Zeit später schauten wir uns erneut in die Augen und lachten nochmals, wobei sich speziell bei mir einfach keine Zähne zeigen wollten. Mein Lachen spielte sich mehr im und rund um den Mund ab. Das dabei entstehende Geräusch ähnelt mehr dem eines Silvesterkrachers, der, in einen Tunnel geworfen, detoniert. Vergnügt spazierten wir fidel und wohlgelaunt weiter.

Zum STÄDTISCHEN ZOO – 100 Meter. Das Ziel nahte, ich grinste, und Muriela lamentierte:

„Uiii! – Das zieht ja gewaltig auf der Haut!"

„Da wird deine Epidermis wohl leicht gerötet sein!", flüsterte ich und war ganz stolz, einen medizinischen Ausdruck in meinem Satz verwendet zu haben. Inzwischen hatten wir unseren Zielpunkt, den Zoo, erreicht. Da prangte schon das große Schild: *STÄDTISCHER ZOO.*

„So, wir wären angelangt!", schwärmte ich in weltmännischem Plural vor mich hin, während der Zeigefinger meiner rechten Hand auf das Schild deutete.

Schon wieder Gitter, dachte ich, wie das Tor des Friedhofs oder der schönen Residenz, nur viel größer und wuchtiger.

Ein großer Parkplatz unter kaum Schatten spendenden Bäumen gelegen, es handelte sich um eine junge Anpflanzung, stach uns als Zweites in die Augen. Auf den dort parkenden Autos befanden sich zum Teil eklige Hinterlassenschaften von wilden Tauben und zufällig *vorbeikäckelnder* Singvögel. Sie befanden sich innerhalb und außerhalb des Zoos in Freiheit und konnten so ungebremst ihre weit reichenden Runden drehen. Oftmals saßen sie auf den unzähligen Ästen und ließen ihre verdauten Körner fallen, auf den falschen Ästen, wie mancher Autofahrer nach seiner Rückkehr feststellen konnte. Vor dem Zooeingang verfolgten etliche farbige Karossen mit ihren Scheinwerferaugen die Dung bombardierenden Vögel, ohne sich selbst zu bewegen; bunte Kleinwagen, einige Pick-ups und eine Hand voll Cabrios bis hin zu schweren, großen Limousinen warteten geduldig auf das Wiedererscheinen ihrer Besitzer. Sie standen schwitzenden Lackes im heißen Strahl der Sonne, während sich ihr Innenraum auf fast unerträgliche Temperaturen aufheizte. Eine Innentemperatur von 50 Grad war gerade noch angenehm zu

ertragen. Ernährungstechnisch gesehen musste ich mir sagen: Manna überlebt diese Temperaturen, eine Tafel Schokolade nicht!
Da geht ein kluger Himmelsbote doch besser per pedes.
(Wenn die Autofahrer erführen, dass ihre Schutzengel m i t im Automobil sitzen, würden sie nicht staunen, dass während der vielen Reisen und Fahrten mehr Unglück geschieht. Wie oft haben erst die Schutzengel verhindert, dass sich die Menschen durch Unfälle verletzen, ja gar zu Tode kommen? Da sage nur niemand etwas g e g e n Engel! – Das könnte sich bei nächster Gelegenheit schon rächen.)
Wir Engel reisen ja bekanntlich am liebsten zu Fuß. Selbst zuweilen barfuß. Aber doch lieber in Schuhen. Wie auch immer, bequem müssen sie sein. – ... oder wir lassen uns via Lichtstrahlen durch das Weltall katapultieren. Normalerweise jedoch vom Himmel aus auf die Erde oder von der Erde aus zurück nach *oben*. Allerdings *unten* auf dem schönen blauen Planeten war stets etwas mehr los; sarkastisch betrachtet, angefangen bei den *Naturkatastrophen* über Veranstaltungen aller Art bis hin zu zwischen gar übermenschlichen Aktivitäten. Da wurde das *geboten,* was im Himmel leider *verboten* war, und wenn niemand hinsah, funktionierte selbst der ein oder andere kriminelle Coup zum Leidwesen der oft unterbesetzten und somit überstrapazierten Exekutive wie Polizei und Gerichte, kurz und salopp betrachtet.

Das gewaltige Gitter, das diesen herrlich gelegenen Zoo umschloss, wirkte wie ein stählerner Gürtel mit einer eisernen Schnalle, die den Eingang symbolisierte. Es waren vom frühen Morgen an zwei Kassen geöffnet. Vor der ersten Kasse wartete eine nicht unerhebliche Menschenschlange. Lang wie ein außerirdischer Tausendfüßler trippelten diese Perso-

nen im Stand und harrten des Wunsches, dass es bald einen Schritt weitergeht. Wir drängten an die zweite Kasse.
„Entweder ist hier immer so ein Gedränge, oder wir sind spät dran!", peitschte es mir seitlich in den Nacken. Muriela sprang recht nervös und zappelig neben mir hin und her und zischte noch eindringlicher:
„Nun mach hin, kauf die Karten, mach schon!"
„Ja, nur Geduld, Liebste, du siehst doch, hier steht die halbe Stadt auf glühenden Kohlen, nur um hereinzukommen. Das muss ja ein toller Zoo sein, wenn der so stark frequentiert wird!"
Ein Blick auf die Preisliste verriet mir: *Aha!* Auch hier konnte sich der seines Geldes entledigen, der den Sack voller Neugierde, den er mitgebracht hatte, wieder loswerden wollte. Am günstigsten belief sich das Entree für Gruppen bzw. Schulklassen mit Voranmeldung unter der Woche früh morgens. *Klassischer Fall von Lockgeschäft.* Viele unrentable Zoos werden von der Finanzverwaltung der Stadt bezahlt, oder man sponsert sie mit Zuschüssen und gibt sich so salopp gönnerhaft, wenn die Einnahmen die Ausgaben nicht ganz decken. Anders als bei den umherziehenden Zirkussen, die mitunter um ihre Existenz kämpfen müssen. *Kasse, Cash und Elefantenfutter kaufen!* Aber in letzter Zeit besinnt sich mancher wieder darauf, mit seinen Kindern oder Enkeln zu diesen angebotenen Vorstellungen zu gehen. Für Spenden steht jeder Zirkusbetreiber gerne bereit. Wenn die Finanzen passen, stimmt auch das *Brot für die Tiere.* Denn:
Erst kommt das Tier, dann kommt der Mensch!

Nach der Zeremonie des Bezahlens und Zurechtrückens der verschobenen Kleidung durch die drängende Menschenmasse befanden wir uns im Inneren des Zoogeländes.

„Puh! – Das wär's erst mal. Geschafft! Ist ja gewaltig hier!", staunte ich.

„Ja, unglaublich schön und romantisch, sieh, die Farbenpracht!", pflichtete Muriela mir bei und riss ihre Augen erneut sperrangelweit auf.

„Schau, hier gibt es gleich die zweite Möglichkeit, um unser Geld zu dezimieren. – Ein Futterautomat für Flügelträger, – für unsere gefiederten Freunde", setzte ich hinzu, warf eine Münze in den Schlitz, kaufte somit eine große Tüte Futter, um es sinnvoll und gerecht in den kommenden Stunden zu verteilen.

Der Inhalt dieser aufgestellten Futterautomaten diente als Zubrot für die stets hungrigen Zweibeiner. Nur in den seltensten Fällen durften auch andere Tiere wie die Vierbeiner gefüttert werden. Nach Absprache mit den zuständigen Pflegern war es erlaubt, den einen oder anderen *Freund* mit Obst oder Brot zu füttern. Auch Erdnüsse und ähnliche Leckereien verteilten die Besucher gern unter den Tieren. Große Freude herrschte zuweilen in den Käfigen, wenn die entsprechenden Lebewesen das Dargereichte ergatterten. Die meisten von ihnen befanden sich hinter stabilen Gittern oder wurden durch Barrieren und Blockaden vom vielfachen Besucherstrom getrennt. Besonders bei Raubtieren und unkontrolliert agierenden Großtieren mussten die Zoobesucher auf der Hut sein und gezielt den Anweisungen des Pflegepersonals Folge leisten.

„Als *Mensch* war ich nie in einem Tierpark oder Zoo oder wo immer sich die Plätze befinden, in denen vielfältige Fauna verschiedener Gebiete versammelt ist", sinnierte Muriela und reckte dabei ihren Kopf schon in Richtung eines Eisbärengeheges.

„Da hast du etwas Entscheidendes im Leben verpasst. Es geht fast nirgendwo so *tierisch* zu wie in einem Zoo. Da kannst du unbedenklich Stunde um Stunde verbringen. Das wird nie langweilig. Du kannst Verhaltensweisen beobachten, von denen du später nicht mehr glaubst, sie gesehen zu haben." Ich konnte mich richtig ereifern, wenn es um Zoobewohner ging.

„Wusstest du eigentlich, dass Eisbären eine schwarze Haut haben?", fragte ich oberlehrerhaft meine interessiert schauende Begleitung.

„Das glaube ich dir nicht!" Muriela schaute etwas ungläubig.

„Das stimmt aber, denn schwarze Haut absorbiert die Sonne bekanntlich, und wenn so ein Eisbär aus seinem Bassin klettert und nass ist, dann hilft ihm diese Tatsache beim Erwärmen seiner Haut und dem Trocknen seines Fells." *Ich kenne mich gut aus!*

Muriela, der Engel im Zoo, erstmalig als Besucher vertreten, schaute mit großen Augen zu mir herüber, als stünde sie das erste Mal vor dem Himmelstor.

„Wahrscheinlich hast du wieder einmal Recht mit deiner Erklärung." Muriela bestätigte meine Aussage mit einem befremdenden Unterton, als wollte sie mich gedanklich Lügen strafen.

Erklärung? – Ach, lass sie denken, was sie will!, fuhr mir durch den Kopf, und im Nu tangierte mich wieder das glückselige Gefühl, so viel zu wissen. Neugierde kann unter Umständen eine Qual und Ballast bedeuten, für andere wohlgemerkt, doch ich bin sehr stolz auf mein Wissen über die vielfältigsten Dinge der Welt. Natürlich ist es völlig unmöglich, die Gesamtheit des universalen Wissens zu speichern, überhaupt aufzunehmen, zu sortieren und in die betreffenden

Gedankenschatullen zu sperren. Oberflächliches Halbwissen ist selbstverständlich allerdings different zu betrachten. Sollte ich wider Erwarten an jemanden geraten, der mich bis ins Äußerste abfragt oder gar auszuquetschen versucht, müsste ich salopper Weise mit Flunkereien antworten. Jedoch die Vielzahl der aneinander gereihten Wissenspakete waren stets abrufbereit geschnürt.
Vielwissen-Engel.

„Lass uns weitergehen, ich höre dort hinten Geschrei. Ein wildes Durcheinander scheint das zu sein", bemerkte Muriela weiter, aber goldrichtig.

„Ja, die Affen, die sprechen Bände und wir darüber, wenn wir wollen!"

Ich, Midron, der *Zoo-Engel*, schlenderte am Eisbärengehege entlang. Eigentlich waren die Bären ja nicht wirklich eingesperrt. Doch dicke massive Betonquader, die man aneinander gelegt hatte, verhinderten, dass die Eisbären stiften gehen konnten. Immer wieder zwitscherten Vögel, von weitem schon hörbar. Mancherlei Getier war so heimisch geworden, dass es stets freiwillig in den Zoo zurückkam. Speziell Standvögel wie heimische Amseln, Meisen, Zaunkönige und dergleichen wussten, wo das Futter verstreut wurde. *Gewohnheitstäter in Mundraubmanier.* Aber keinen störte das. Es lag genügend Körnerfutter, für alle verteilt, im Zoogelände umher.

Die aus warmen Gegenden importierten Löwen konnten in Gefangenschaft hauptsächlich nur Fleisch von toten Tieren fressen. Dargereichte lebende Tiere als Nahrung stellte zwar auch eine Möglichkeit dar, doch den Anblick des Tötens wollten die als verantwortlich geltenden Zoobetreiber den Besuchern ersparen. Ich hatte allerdings schon von un-

vorsichtigen Menschen gehört, die etwaige Hinweise ignorierten, zu nah am entsprechenden Gitter standen und leider beinahe als Appetithappen endeten. Da frönte manche Raubkatze ihrem leichten Spiel. *Guten Appetit, mein Löwe.* Es gab allerdings Begebenheiten im Leben, die waren wesentlich unerfreulicher, um nicht zu sagen, Ekel erregender!
Horrorgeschichten und Teufelswerke – bitte andere Baustelle ansteuern!
Vor den Affengehegen amüsierten wir uns köstlich, um nicht zu sagen königlich. In welcher Art und Weise diese Primaten zur Sache gingen, wenn es sich darum handelte, sich untereinander zu necken, war einfach mit dem allergrößten Humor zu genießen. Stundenlang hätten wir allein dort verbringen können. Schaut man einem Affen lange genug zu, erwächst zwangsläufig der Verdacht, dass die Menschen diesen Primaten dermaßen nahe kommen, dass es mitunter unheimlich anmutet. Ihre tolle Gestik findet sich in mancher Situation wieder. Ihr Verhalten unterscheidet sich kaum von dem eines *Sprachlosen.* Wie viele Laute entspringen Menschenmund, die eher tierischen Ursprungs hindeuten? Da könnte ich mir einen Spaß machen, sie alle aufzuzählen, zumindest gedanklich während des Weitergehens. *Oh, ist das witzig!*
„Komm, Muriela, wir gehen weiter. Ich habe schon Magenschmerzen vor lauter Lachen!"
„Ja, du hast Recht, es ist einfach zu köstlich ..., – schau, der Affe dort oben ...!" Ein Schimpansen war gerade damit beschäftigt, eine Banane zu entkleiden und die Schale einem anderen Gefährten an den Kopf zu werfen!"
Wie die Tiere!, dachte ich spaßig.
Noch im Fortgehen grinsten wir wie die *Schneekönige.* Lange hatte ich nicht mehr so herzhaft lachen können, und

selbst Muriela musste sich die ein oder andere Träne aus ihren Augenwinkeln wischen.

An Horrorgeschichten und Teufelswerke wollte ich mich im Moment der Freude in diesem Zoo nicht gerne erinnern. Während des Weitergehens erspähten wir einen Kiosk und nahmen an einem runden Tisch Platz, um uns eine Kleinigkeit einzuverleiben. Auch ein bestelltes wie gebrachtes kühles Getränk befriedigte unser Inneres und diente so als flüssiges Labsal unserer Mägen. Wir saßen halbwegs bequem und ließen es uns schmecken. *Käsebrötchen und Orangensaft, originell wie schmackhaft!* Verstreut über den ganzen Zoo steckten kleinere Lokale in der Tierlandschaft, damit jeder Besucher die Gelegenheit wahrnehmen konnte, sich zu stärken. Die großzügig gestalteten Verbindungswege innerhalb des Zoos waren mit vielen Pflastersteinen ausgelegt oder asphaltiert. Manchmal bestand der Untergrund noch aus dem ursprünglichen Zustand, einem unbefestigten Weg. Je nach Standort und Geländebeschaffenheit wurde viel Wert auf diese Natürlichkeit gelegt.

Nach einer halben Stunde des Verschnaufens tingelten wir weiter in die Tiefen des Zoos hinein. Neugierig, als würden wir mit Macheten in einen Urwald vordringen, pirschten wir des Weges. Als irdischer Jüngling mit mäßiger Erfahrung und verhaltenem Verstand, erstand ich einst leibhaftig ein Buschmesser, das ich schliff, um damit einem gefiederten Freund den Kopf abzutrennen. Er diente der Speise, und mir sei deswegen verziehen. Ein weiterer notwendiger Prozess des Lebenslöschens war die Erlösung eines Mauerseglers, der sich beide Flügel brach. Diese Taten beeinflussten zum Glück nicht das Engelwerden. Da hat auch Gott einen weiten Spielraum. *Ja, Midron, da siehst du wieder einmal, was ich für ein abwägendes Herz in mir trage!* Ich blieb gedanklich einen Moment harren.

„Schauen wir doch mal, was uns jetzt erwartet!", gierte Muriela. Mit Mund, Fuß und Augen sah sie sich gedanklich schon ein Stück weiter. Sehr schöne Gehege kamen zum Vorschein und erfreuten unsere Farbe einsaugenden Augen. Selbst das Grün der chlorophylltragenden Blätter war als eine Wohltat anzusehen. Die Vielfalt der zwar eingesperrten, sich aber dennoch lebhaft verhaltenden Tiere war groß und weit gefächert.

Lange und betretene Mienen kamen von Seiten der Zoobesucher zum Vorschein, wenn der eine oder andere Vogel sich nicht zeigen wollte oder Füchse sich zum verdienten Mittagsschlaf verabschiedet hatten.

Ab und an erwuchs in uns ein Gefühl, als befänden wir uns in einem Tropenhaus. Feuchte Luft durchspülte an verschiedenen Stellen die Wege und drang vor bis an unsere Wangen. Es verhielt sich, dass vorhandenes Blattwerk einiger Bäume dermaßen dicht verwachsen war, dass die Feuchtigkeit wie in einem Glaskäfig gefangen von den Wänden heruntertropfte.

„Dort oben, sieh, ein recht seltsamer Vogel!" Muriela stockte der Atem. Sie riss den rechten Arm hoch, zeigte auf einen Baum. In der Verlängerung ihres Arms deutete der ausgestreckte Zeigefinger auf ein äußerst bunt ausgestattetes Federvieh. Kein Fasanenvogel wie der Pfau, kein lang schnabeliger Tukan und kein südamerikanischer Ara konnte sein Gefieder so prachtvoll darbieten, wie es dieser herrlich farbige Vogel tat.

Schaak, schaak! – Ein schmetterndes Geräusch, ohrenbetäubend laut, drang aus dem hohen Baum hernieder. Die dicht gewachsenen Blätter dieses Baumes ließen es nicht zu, dass wir diesen Schreihals sofort erblicken konnten. Er hüpfte auf einen nah vor ihm befindlichen dickeren Ast, als wolle er uns sehen.

Schaak, schaak! – In einer so eindringlichen Weise hörte selbst ich noch keinen gefiederten Herrscher der Lüfte schreien.

„Wahrlich, ein interessanter Zeitgenosse, dieser schwirrende Lärmbolzen", bemerkte ich, Midron, der im Zoo wandelnde *Fühl-gut-Engel*. Dieser Brüller tänzelte äußerst gewandt wie selbstsicher über das reichlich vorhandene Astwerk. Bei fast jedem Sprung, der eher einem großen Hopser ähnelte, schrie er diese Laute heraus. Dabei öffnete sich sein Schnabel in bemerkenswertem Gebaren.

Schaak, schaak!

Er breitete sein prächtiges Gefieder aus, als wollte er starten. Unter monströsem Dröhnen und Flattern erhob sich dieser bunte Vogel wie ein *Phönix aus der Asche*. Er flog eine steile Rechtskurve und touchierte ein paar Blätter jenes Baumes, auf dem er zuvor saß und vielleicht sogar nächtigte. An die drei Meter Spannweite ergaben sich nach dem Ausbreiten seiner Fittiche. Er überdeckte den Platz derart, dass es einen riesigen Schatten herniederwarf. Dieser mithuschende Schatten verfolgte den fortfliegenden Vogel und glich sich seiner Bewegung stets an.

Die Sonne schien unvermindert warm vom tiefblauen Himmel herab, und der ausgedehnte Spaziergang unter dem Schutz der vielen Bäume erquickte unser beider *Seelen*.

„Was für ein Vogel!", rief ich, immer noch überwältigt von dieser Pracht und Größe.

„Ungeheuer groß, so einen in der Art habe ich noch nie gesehen!"

Muriela staunte weiterhin nicht schlecht, als sie mit ihren Augen diesen Fittichträger verfolgte.

„Ich auch nicht. – ... und überhaupt, was für ein Vogel es immer ist, und die Tatsache, dass wir zwei hier unten auf der Erde sein dürfen ..., allein das ist schon unbeschreiblich schön, nicht wahr?"

„Ja!" Muriela blickte zu mir herüber und gestand mir Sekunden später, gedacht zu haben, ich hätte so geschaut, als bereite ich eine längere Rede vor. Das schien jedoch nur so zu sein, obwohl ... Einen Gedanken musste ich noch anfügen:

„Durch die für uns unbegrenzte Zeit auf Erden fällt es extrem auf, wie kurz doch ein Menschenleben währt. Klingt nicht einmal paradox, weil es sich genau so darstellt: Jeder Tag oder besser gesagt, jeder beginnende Tag, der am frühen Morgen seinen Anfang hat und sich bis spät in den Abend fortsetzt, ist nur ein Hauch, ein kurzer Strich auf der langen Linie des Lebens. Jeder Mensch verfügt in seinem tiefen Inneren gedanklich über einen imaginären Stift und ein leeres Blatt Papier. Es bleibt ihm überlassen, was er damit anstellt. Lass es mich so darstellen ..."

Ich ereiferte mich in meinen philosophischen Ausführungen und erzählte weiter, während Muriela nun schwieg und mir gespannt zuhörte:

„Die fiktiv auserwählten Menschen, die ich jetzt aufzähle, werden während ihres irdischen Daseins alle etwas anderes mit Blatt und Stift anstellen, je nach dem, welche Anlagen sie in sich tragen.

Der *Tatsachenmensch* wird jeden Tag einen kurzen, imaginären Strich auf dem Papier ziehen, um seine Lebenslinie fortzuführen, ja, sie vollenden zu können. (*Der Realist*)

Der *durchschnittlich denkende, unscheinbare Mensch* wird vielleicht ein Ebenbild auf dieses Blatt Papier malen in der Hoffnung, die Mine seines Schreibstiftes bleibt so lange gefüllt, bis das Produkt sehenswert erscheint. *(Der Optimist)*

Der *Wüstling* wird den Stift zerbrechen und das Papier zerknüllen, um es einem anderen Menschen an den Kopf zu werfen. *(Der Jähzornige)*

Der *Spaßvogel* wird sich aus dem Papier eine Maske basteln, um sie sich vor sein Gesicht zu halten. Sein Stift wird zuvor die komischsten Gesichtszüge aufmalen, wozu kein fremder Mensch im Stande sein wird, ähnliche zu erzeugen. *(Der Alleskönner)*

Der *Raffsüchtige* wird das Duo Stift und Papier dazu benutzen, seine bilderbuchartigen Bilanzen niederzuschreiben, um sich jeden Tag daran zu erfreuen, wieder ein Stückchen reicher geworden zu sein. *(Der Langweilige)*

Der *Träumer* wird das Stück Papier zwischen seine Lippen halten, um hineinzupfeifen, bis der gewünschte Ton erbrandet. Er wird gekonnt die untere Seite des Stiftes unter die Unterlippe klemmen, um eine komische Figur abzugeben. *(Der immerwährende Träumer)*

Der *Weise* hingegen wird das Blatt Papier vor sich auf einen Tisch legen und dieses Blatt mit dem Stift beschweren, damit es nicht fortgeweht werden kann. Dann wird er darauf starren und überlegen. Er wird nicht lange dazu benötigen, um zu erkennen, dass er seinen Stift nicht vorzeitig unnütz leer schreiben sollte, falls er ihn später dringend braucht. Denn nicht selten werden Stifte jeder Form und Art dazu benutzt, in Gefängnissen die Tage, Wochen und Jahre zu zählen, indem man auf die Zellenwand die kurzen Striche malt. Jedes Papier sei damit überflüssig.

(Der Denker)

„Gut dahin philosophiert", entgegnete Muriela meinem Vortrag und schaute nachdenklich vor sich hin, ohne sofort meine Gedanken zuordnen zu können.

Ich selbst schwieg nach diesen Ausführungen und starrte kleine Löcher in den Kies, der einen Weg zierte. Der farbige Vogel hatte eine ausgedehnte Runde über dem Zoo gedreht. Seine scheinbar erlahmenden Flügel schrien nach einer Ruhepause. Er steuerte einen großen Ast an, der eines anderen Baumes im Tierpark. Dieser stand nahezu rechtwinklig ab. Genüsslich, sein mächtiges Gefieder putzend, hockte er dort oben und blickte mit pickreflexartigen Kopfbewegungen auf die vielen Besucher dieses Zoos. So auch auf uns.

Aus meinen Augenwinkeln heraus sah ich etwas recht Seltsames. Der Vogel zwinkerte mir zu. Mir. – Mir? Nicht zu übersehen war dieser Augenaufschlag des mächtig anmutenden Vogels. Ich blickte augenzwinkernd zurück. Der Vogel drehte den Kopf nach hinten. Der Schnabel verschwand unter seinem rechts befindlichen, großen Flügel. Er schob den Kopf etwas nach und konnte sicher sein, verschiedene Dinge noch erspähen zu können. Genauso, wie er es wollte.

„Schlaf gut, mein Freund", rief ich dem offensichtlich ruhenden Vogel zu. Muriela wunderte sich noch immer, legte ihr Kinn in ein Daumen-Finger-Vau und fragte mich in süffisantem Ton:

„Kennt ihr euch etwa, Midron?" Bei dieser Frage zuckte sie bestimmt fünfmal in der Sekunde mit ihren Augenbrauen.

„Pst. – Was soll dieser arrogante Unterton? Es wird nichts verraten, ich kann schweigen wie ein Grab!" *Das wird dem Teufel aber gar nicht gefallen!*

Die gutmütige Sonne wanderte weiter nach Westen, und demgemäss setzte ihr täglicher Sinkflug ein. Ihre Wärme wich etwas zurück, und die Strahlung selbst war nicht mehr so intensiv. Unsere Beine wurden müde, die langen Wege, reichlich frische Luft und die unendlich erscheinenden Impressionen brannten ihre Spuren in die Muskulatur unserer Körper. Infolgedessen nahmen wir Kurs auf den Ausgang des Tierparks. Gegen Abend fanden wir nicht mehr so viel Publikum vor, wie noch morgens! Der Tausendfüßler war nunmehr höchstens noch ein Hundertfüßler, wenn überhaupt! Unsere nahezu schachmatt gestellten Beine verlangten nach einer kleinen Erholung. Selbst unsere Finger hatten sich vom vielen Laufen verdickt. Klingt ein wenig irritierend, ist aber definitiv logisch zu erklären.

Schaak, schaak, schaakaahakaak!

Was ein Engel im Leben alles erlernen, verarbeiten und behalten muss, kam mir an diesem Tag leider nicht sehr zu Nutze. Den dritten Laut aus dem Schnabel dieses kuriosen Vogels konnte ich nur noch erahnen und somit nicht präzise interpretieren. Bei den ersten beiden *Schaak* war ich mir nicht ganz sicher. Eine Ahnung beschlich mich jedoch.

Grüßt mich ein Freund aus uralten Zeiten? Handelt es sich um den gewissen Freund, der mir nicht unbekannt ist? Sind wir beide in der Lage, einen fiktiven Punkt zu erreichen, ohne den Boden zu berühren. Kann ich so sein, wie der Vogel?

Ich überlegte, wie ich mir diese Gedanken zu deuten hatte. Ein *normal* lebendes Wesen konnte es jedenfalls nicht sein. War ein Faktum in meinem Kopf in Vergessenheit geraten, dass ich annehmen musste, dieses Geschöpf war längst von Gott zum Engel berufen, und ich hatte diesen Umstand vergessen? Vergessen, einfach vergessen? Ich vergrub mein Gesicht in den Händen und grübelte. Helle Funken sprangen nach kurzer Weile in meinen Gehirnwindungen über. Wie auf einer Schalttafel, die mit mehreren großen Relais bestückt war, huschten wichtige Informationen hin und her. Aufgedampfte Widerstände glühten, Mikroprozessoren erwärmten sich, und die vielen Leiterbahnen konnten dem Andrang dieser plötzlichen Botschaften kaum standhalten.

Die Stelle, auf der dieser Vogel saß, verdunkelte sich. Weit reichendes Blättergebilde überdeckte einen großen Teil des Astes, der dem gefiederten Freund als Sitzplatz diente. Sekunden später neigte sich das Blattwerk und sprühte auseinander.

Ein unscheinbares Wölkchen stieg auf und bahnte sich den Weg durch das Geäst nach oben in den Himmel. Begleitet wurde die Szenerie von schwachem Zischen und flüsterndem Rauschen. Ein Lichtkegel erschien wie eine zweite winzige Sonne am Firmament und breitete sich aus, zerbrach in sich und verschwand wie von Geisterhand beschworen wieder in der Tiefe des Baumes. Ungewöhnlich für einen Freund?

„Was war denn das?", brach es aus mir heraus.

„Das kann ich dir auch nicht sagen, aber komm, da vorne steht eine Bank, dort können wir uns einen Moment setzen", sagte Muriela und ließ dabei ihre Augenlider zu Boden fallen. *Nicht schon wieder eine Bank, obwohl ..., setzen – keine dumme Idee,* schoss mir in den Kopf.

„Ja, das sollten wir unbedingt machen. Mit Bänken scheinst du dich gut auszukennen", unkte ich und blickte noch einmal zurück in den Tierpark, besser gesagt, schräg nach oben auf den Baum. Dieser war durch seine imposante Höhe weit sichtbar.

Was ging diesem paradiesisch anmutenden Vogel durch den Sinn, dass er eine solche Vorführung darbot? Warum schien das Szenario in diesem Zoo wie ein alter Film abzulaufen? Ein Film, der in mir erloschen war ...?

Immer gerade dort, wo ich mich aufhalte, geschehen die merkwürdigsten Dinge. Seltsam, komisch, bizarr, merkwürdig, unerklärlich, verrückt, grotesk ..., der helle Wahnsinn, irrational bis schizophren anmutend ..., mir fehlen die Worte.

Mein Kopf wurde urgewaltig bleischwer, der Körper machte bereits Anstalten, sich zu setzen. Meine Gedanken blockierten noch einen Augenblick meinen Kopf. Ich stand noch leicht gekrümmt auf der Stelle und hielt beide Hände vor mein Gesicht. Totale Stille umgab mich einen Moment, den ich dennoch wohlwollend wahrnahm.

„Ist dir nicht gut, Midron, hast du etwas?", stieß mich Muriela mit ängstlichem Wort und Blick an.

„Es geht schon wieder, nur keine Sorge!" Ich sprach ein paar erleichternde und beruhigende Worte, da Muriela in der Tat sehr besorgt zu mir herübergeschaut hatte.

„Alles in Ordnung, ich habe für einen Augenblick gedacht ... – egal, setzen wir uns!" Mein Gesäß erreichte das Holz der Bank, ich atmete schwer aus, lehnte meinen Körper zurück und verschränkte die Arme hinter meinem Nacken.

Die Nachmittagssonne nannte ich von da an Abendsonne.

Wir zwei Hübschen saßen bestimmt drei oder vier Stunden auf dieser Bank, nur ein paar Schritte entfernt vom Zoo. Sicher musste der Eindruck entstehen, dass es sich bei uns um Geschöpfe handelte, die in den Tag lebten, vielleicht ihrem Urlaub frönten, aber sonst dem *lieben Gott* den schönen Tag stahlen. Es warteten schon nicht mehr so viele Autos auf dem Parkplatz auf ihre Insassen wie noch vor Stunden. Die mittlerweile verkrustete wie *eingebrannte* Taubenkacke auf den erhitzten Autoblechen konnte sicherlich niemand wirklich wegzaubern. Es war sichtlich heiß gewesen an diesem Tag. In den Nachmittagsstunden gegen Abend wurde es angenehmer, der Schweißfluss hielt sich in Grenzen, die Stirne transpirierten kaum noch, und der Achselschweiß verebbte allmählich.

Der bestehende Blick nach vorn lechzte förmlich nach unserer Standhaftigkeit, die unsere zukünftige Perspektive untermalen sollte. Sollte uns ein Wink widerfahren sein, ohne dass wir ihn direkt erkannt hatten? Beriefen uns Gottes telepathische Fähigkeiten zu neuen Wegen? Wir ruhten sicherlich einige Zeit zu lange auf der Bank und wären beinahe noch eingeschlafen. Doch das behagliche Dösen schien uns gut getan zu haben. Ein Recken und Strecken, ein Armlokkern und Beinzappeln und ... – hach ...!

Wir fühlten uns wie *neu geboren*. – *Entschuldigung, Gott Vater!*

Unsere Beine verrichteten fortan die erlernte Fähigkeit. Sie gingen unter uns, wir stützten uns auf sie. Sie trabten peu á peu vor sich hin, einen Fuß vor den anderen setzend, wir folgten mit den Oberkörpern. Jäh hinter meinem rechten Ohr verbreitete sich ein Geräusch, das doch *sehr* vertraut klang.

Schaak!

Der ungeheuerliche Vogel mit den breiten Flügeln und dem himmlischen Blick kreiste in nicht allzu großer Höhe hinter uns am Horizont.

„Da hat jemand etwas wiedererkannt und wohl noch nicht vergessen", orakelte Muriela, stieß mich ein wenig an und gleichsam zur Seite, wobei sie anschließend mit ihren Fingern an meiner Kleidung zupfte. Völlig sinnloses Gebaren.

„Lass das!" Ich federte auf dem linken Fuß ab und entgleiste kurz, ohne zu fallen.

Schaak, schaak!

Wieder dieser Ruf, der Schrei in der Luft. Er brach sich beinahe am Boden und schallte trichterförmig umher, ähnlich zu vergleichen mit einem Wasser gefüllten Ballon, der auf den Asphalt schlägt und sich ebenfalls im Rund seiner Umgegend verbreitet.

„Komm herunter, wenn du etwas zu sagen hast, du Schreihals!" Jetzt drehte ich mein sprachliches Transistorradio voll auf.

„Hey, du Vogel, wer bist d u u u ...?"

Mein bassbetonter Stimmenlautsprecher dröhnte in die Weite der Umgebung. Sonor in der Melodik und tenorartig in meiner männlichen Sangesstimme dröhnte das Organ, dass es das Zäpfchen im Hals zum Vibrieren brachte. Ein leichter Schauer durchfuhr mich, und für einen Moment sogar, schüttelte es mich.

„Du hast etwas gespürt, gib es doch zu, Midron!" Muriela war sich sehr sicher, so bestimmend klar hörte ich ihre Stimme den Stimmbändern entfliehen. Sie beendete ihr albernes Ärmelzupfen, indem sie mich losließ, blieb allerdings nahe bei mir stehen.

Das ist schön, so dicht bei mir, schwelgte ich in Kompliment-Manier.

Der Vogel unterbrach seine geflogene Schleife in der Luft und *stürzte* über seinen rechten Fittich atemberaubend ab. Ohne seine Flügel zu bewegen, mehr oder weniger im Gleitflug, kam er uns bedrohlich nahe.

Schaak, schaak!

Keine drei Meter mehr trennten uns von dem lautlos gleitenden Kunstflieger. Er kreiste bedrohlich nah über unseren Köpfen. Über M.'s und M.'s Köpfen. Um mir Gewissheit zu verschaffen, schrie ich ihn nochmals an: „Ich kann dich nicht richtig v e r s t e h e n, du klingst so e i n s i l b i g! Willst du dich nicht zu e r k e n n e n geben, wenn dir schon dazu b e f o h l e n wurde?" *Ich gehe stark davon aus, dass es so ist,* dachte ich.

Eine charakterliche Spezialität, nicht nur von Engeln, ist es, *mit der Lüge nach der Wahrheit zu fragen.* Ich reckte meinen Kopf zu dem Vogel hoch und blickte direkt auf ihn. In fast gleichem Atemzug erhob der Vogel beide Flügel und schlug unter lauten Dröhnen mit den mächtigen Schwingen. Einen gewissen Sicherheitsabstand hielt er schon ein, der himmlische Gleiter. Er landete. Punktsicher und genau. Der paradiesisch anmutende Großvogel stand wie hingegossen rechts neben mir auf dem Boden in etwa zwei Metern Abstand und sortierte mit seinem Schnabel das bunte wie dichte Brustgefieder. Feder für Feder. Etwas unschicklich ist es schon, wenn ein großer Vogel sich mit dem Schnabel das wichtige Sekret aus seiner Aftergegend hervorholt, um sich damit die Federn zu fetten. Trotz des intervallreflektorischen Kopfabwendens ließen seine Augen nicht ab von uns.

Schaak! – Dieser Vogellaut verstummte abflauend bis unhörbar, und sogleich ergab sich ein nahezu deutlich zu verstehender Redefluss, obwohl ein solcher Schnabel eigentlich eher nicht sprechen kann. Aus den Tiefen seines Schlundes drang ein stimmbandgesteuertes:

„Seid herzlichst gegrüßt, ihr Engel Midron und Muriela, Entschuldigung, Erzengel Midron und Muriela, so viel Zeit sei mir gegeben. – Wie geht es euch an einem so herrlichen Tag?"

„Äh ..., ja!" Mehr entfuhr mir augenblicklich nicht ..., – ... und Klappe. Konsterniert und baff zugleich schlugen nun auch Murielas Lippen zusammen.

„Oh ..., hm, ah ...! tststst ... – ... hä?" Ihre onomatopoetischen, kurzen Worte erreichten nur sehr langsam die Vorderkanten ihrer wohl geformten Lippen.

Der Schnabel des wundersamen Vogels öffnete sich im Rhythmus seiner Frage. Nun doch ebenfalls fassungslos, erschrocken und verblüfft zugleich starrte ich auf ihn, in sein *Gesicht*. Meine Augäpfel verharrten bewegungslos, und sogar die Augenlider verhielten sich wie unter die Brauen gepresst.

Der Schnabel sprach. – Der Vogel sprach. – Sprach etwa Gott? – Oder ein Abgesandter? – Aus dem Schnabel drangen erneut nun hundertprozentig verständliche Worte:

„Lasst uns ein Stück in Richtung des Waldes gehen, ich habe eine gottbefohlene Botschaft für euch." Akuter Eisbefall auf meinem Rücken. *Heiliger Vater! – Ich glaube das nicht. Es gibt doch sicher andere Möglichkeiten, uns zu erschrecken!*, dachte ich über den gelandeten Flieger hinweg. Der Vogel hüpfte ein Stückchen vor, wir schauten uns stumm an und erreichten hebenden Blickes, dass sich unsere Augenbrauen nun bis zur Stirn hochzogen. Wir schritten langsam und bedächtig hinter dem Vogel her, nahezu andächtig einer Prozession gleich. Dieser Anblick hätte so manchen Erdenbewohner zu Beifallsstürmen hinreißen können, aber wie es der Zufall wollte, war niemand weit und breit zu sehen. Typisch, diese Situation. Der Vorführeffekt begann, in der Wirklichkeit zu funktionieren.

Ich bekomme das pittoreske Bild nicht mehr aus meinen Augen: Zwei Engel traben einem großen Vogel hinterdrein. Der Vogel stolziert wie ein König über einen roten Teppich und bewegt seinen Kopf in beobachtender Weise von einer Seite auf die andere.

„Weiter, noch ein Stück ..., – bis dort hin ...!", ächzte der Vogel, der das richtige Laufen wohl wieder erst aufs Neue lernen musste. *Schlappvogel.*

Pah, da schlag einer hin!
Im Schutze mehrerer dicker, riesiger und stattlicher Bäume überdeckte ein Mantel aus gleißendem Licht diesen paradiesischen Vogel. Hell erleuchtet, wie ein blendender Autoscheinwerfer direkt in die Pupillen gerichtet, vollzog sich seine unglaubliche Verwandlung.

Der Wandelstrahl stellt eine Abart zum Lichtstrahl dar. Er bezieht sich auf das reguläre Verwandeln von einem Geschöpf in ein anderes. Der für diesen Transport zuständige Lichtstrahl dient ausschließlich der Distanzüberbrückung.

Der Vogel hatte eine geeignete Stelle ausgesucht. Niemand weit und breit. Wir waren partiell gelähmt und nur unsere pendelnden Arme verrieten, dass es sich bei uns nicht um zwei steinerne Marmorstatuen handelte. Diese Arme baumelten an den Lenden entlang, wie es schuldbewusste kleine Kinder mit ihren Tentakeln tun, wenn sie erwischt wurden. Anschließend wuschen die Hände unsere Gesichter, und die Finger zerdrückten um ein Haar den im Moment nicht sichtbaren Heiligenschein, wären sie höher über die Köpfe geglitten. Wenn wir Engel uns verwandeln, ist das immer aufregend. Wir kennen es voneinander. Nur bei dieser Verwandlung des Vogels musste selbst ich etwas schlucken. In einer Perfektion, die ich noch nicht in der Form erlebt hatte, lief diese Prozedur vonstatten.

Der zaubernde Mensch sage jetzt: Abrakadabra ... – und dreimal Schwarzer Kater! Der hätte dem Vogel allerdings nichts anhaben können ... – *der Schwarze Kater.*

Aus dem Vogel entwickelte sich eine menschengleichende Gestalt. Wie eine Aufsichtsvorlage für irdische Geschöpfe präsentierte sich der Vogel nun. Wir sahen auf eine rosa Hauthülle und fließendes Blut in den sichtbaren Adern und Venen. Wie es sich geziemte, trug er angenehme Kleidung.

Ein gut situierter Erdenbürger stand uns gegenüber. Unsere sonst losen Münder bestanden aus wie aus in Stein gehauenen und aus geschlossenen, eher fest zusammengepressten Lippen. Im Gegensatz zum vorherigen Status seiner Statur hatte dieses *Wesen der Lüfte* keine Mühe mehr, seinen Mund vorschriftsmäßig zu benutzen. Wo noch vorher ein Schnabel aus dem Kopf lugte, präsentierte sich nun ein sprachgewandter Mund. *Er* wäre nicht *er* gewesen, wenn er diese Verwandlung nicht hätte vollziehen können. So tropften weitere, liebliche Worte aus ihm heraus:

„Ich wünsche euch nochmals einen guten Tag und kein animalisches *Schaak*, nein, ein *Engels-Schaak*. Seid nicht zu sehr erschreckt, ich werde euch alles erzählen und erklären, wenn nötig!", artikulierte der seltsame Vogel, der ja jetzt offensichtlich keiner mehr war.

„Dass wir fast *zu Tode* erschrocken sind, kannst du dir doch wohl lebhaft vorstellen. Wer bist du denn eigentlich ..., ... und woher kommst du überhaupt? Du bist doch wohl nicht etwa der ...?" Ich mutmaßte allerhand, bekam aber keine innere Antwort und konnte als Erster meine *verklebten* Lippen auseinander klappen, erhob mein Wort zu Fragen und blickte noch immer ungläubig in das Gesicht des wandlungsfähigen Gefiederten. Muriela stand weiterhin wie angewurzelt und versteinert da. Jedoch wurde ihre Muskulatur geschmeidiger, je mehr Zeit verging. Dass es natürlich völlig unkontrolliert aus mir herausplatzte, war kein Wunder. Erstens war dieser Vorfall eine sicher unerwartete Angelegenheit und zweitens ...: *Ja, wo gibt's denn so was?*

Ich wollte logischerweise schnellstens wissen, wer uns da als menschlich wirkendes Wesen gegenüberstand.

Mit einem schnippenden Fingerzeig begann die *Gestalt*, erneut zu reden:

„Mein Name ist Kobin. Ich bin der Zweite Seraph von Gott berufener Engel aus der Ersten auserkorenen Staffel. Kobin, sagt einfach Kobin zu mir."

Noch ein Lichtengel, wenn das so weitergeht!, dachte ich mir und kratzte etwas verlegen zwischen Hals und Kragen mit den Fingern.

„Angenehm, ich bin Midron, und das hier ist meine Begleiterin und gute Freundin Muriela, aber ich denke, du wirst unsere Namen kennen."

„Ja, aber ganz sicher kenne ich eure Namen", hauchte er, und ich wurde das Gefühl nicht los, ihn von *oben* zu kennen.

„Schön, das freut uns, nicht wahr, Muriela?"

Sie nickte.

Gleichzeitig spürte ich, wie sich endlich dieser massive Kloß in ihrem Hals löste. Eine unmittelbare Sprechwilligkeit stand somit bevor.

Unser nett anmutendes Gegenüber flötete weiter die Tonleiter hinauf:

„Nun, liebe Muriela, lieber Midron: Es steht außer Frage, ich wäre nicht Kobin, hätte ich mich nicht vor der Reise auf diesen Moment vorbereitet. Gott hat mich geschickt, wie ihr euch vielleicht schon zusammengereimt habt. Es schien ihn sehr zu eilen. Darüber hinausgehend soll ich euch ausrichten, dass er sehr zufrieden mit euch ist, und im Übrigen gibt es eine neue Aufgabe für euch. Ein Plan, den ich hier für euch bereithalte, wird Aufschluss geben über den bevorstehenden Einsatz hier auf der Erde." Kobin wischte sich mit der Hand über den Mund, nachdem sich kleine Speichelbläschen zwischen den Lippen versammelt hatten.

„Das klingt sehr spannend, Kobin. Was ist das für ein Plan?", wollte Muriela neugierig wissen. Ihre marmorne Steifigkeit verwandelte sich in eine biegsame Feenhaftigkeit. War ich froh darüber. Ich dachte schon, sie würde gar nicht wieder auftauen, nach dem *Schrecken*.

„Alles zu seiner Zeit!", bemerkte Kobin forsch.

Ein sanfter Wind bahnte sich den Weg durch den Wald. Er huschte durch Büsche und entlang der schlanken Bäume. Ein Säuseln durchflutete den Hag, kaum wahrnehmbar. So ungestüm sich dieser existente Wind hörbar präsentierte, so schnell war er in der Weite des Horizontes verschwunden.

„Das war der Hauch Gottes, hast du i h n gespürt, Kobin? – Gott kann eben nicht ablassen von mir und Muriela. Er verfolgt unsere Missionen auf der Erde!" Ich sprach mit stolzer Brust diese etwas blasiert wirkenden Worte. Kobin schien sehr beeindruckt von meiner These, der Windhauch wäre der Odem Gottes.

Er, Kobin, der sich übrigens sehr freute, wieder einmal auf der Erde himmlische Nachrichten übermitteln zu können, ging recht merkwürdig auf seinen menschgewordenen Füßen. Es sah schon recht lustig aus, wenn er nur stand, geschweige, wenn er einige Schritte ging ... – Es war einfach unbeschreiblich. Kein irdisches Märchen beschrieb je eine solche himmlische Geschichte.

Der währende in ihm verborgene Vogel galt als die wahrscheinlichste Erklärung für diese seine Bewegungen.

„Was bedeutet dieses *Schaak*? Ich kann es nicht mehr fachgemäß aus meinen Wortschatz herauskristallisieren", wollte ich Kobin entlocken, der es schließlich wissen musste.

„Nun, dieses Wort ist ziemlich einfach zu interpretieren. Hast du damals beim Unterricht vielleicht *etwas* geschlafen, mein Freund? *Schaak* heißt schlicht und ergreifend *Freundschaft*. Nicht mehr und nicht weniger. – Oder denkst du etwa, ich bin dir schlecht gesonnen und grüße dich fälschlich redend? Selbiges gilt natürlich auch für dich, Muriela. Übrigens, *Schaak* ist ein so uraltes Wort, das ich es bereits seit Jahrhunderten benutze und als Freundesbekundung ausspreche."

So also Kobins Erklärung. *Wie konnte ich das vergessen?*, fragte ich mich und spürte, wie leichte Schamesröte meine Wangen zum Leuchten brachte.

Nun, ein bisschen himmlischer Nachhilfeunterricht konnte ja nicht schaden.

„Richtig, Kobin, ich vergaß die Bedeutung dieses Wortes. Verzeih mir, es ist schließlich lange her, es war keine Absicht!"

So wabbelig hörten sich also meine Entschuldigungen an.

Kobin nickte verständnisvoll und bestätigte tatsächlich meine Behauptung, dass es sich um den Hauch Gottes handelte, der unsere Ohren touchierte:

„Alles kein Problem, Midron. Gott gab mir dieses Schriftwerk, hier aufgerollt, wie du siehst. Auf der Rolle steht euer neuer, schriftlich abgefasster Einsatzbefehl."

Der Zweite Seraph nestelte an sich herum und zog aus seiner Jacke, die etwas unförmig an ihm herabhing, diese Schriftrolle heraus, die mit einer göttlichen Botschaft versehen war. Er überreichte mir das Schriftstück mit den Worten:

„Nimm die Rolle an dich, öffne sie, wenn du sicher bist, dass ich in weiter Ferne entschwunden bin. Es wird mir auf der Erde allmählich ein wenig zu heiß. Nicht unbedingt mein Terrain. Eigentlich sollte mir dieser Überbring-Auftrag ja nicht unangenehm sein, aber ich bin ein unsteter Vogel, der eher in anderen Regionen wildert, nicht gerade hier, verstehst du das?"

„Ja, ich verstehe!", antwortete ich und zog das Unterlid meines linken Auges nach unten. – „ ... und danke, ich werde den niedergeschriebenen neuen Befehl als auch deine Bitte akzeptieren und befolgen!" Verspürte Kobin etwa Unbehagen, eventuell noch selbst Hand anlegen zu müssen oder gar bei einer unbequemen Angelegenheit zu helfen? Um was für einen Befehl in dieser Rolle es sich auch handelte, er musste etwas Okkultes oder Mystisches an sich haben, *dieser Befehl*. Äußerst merkwürdig!

Wie befohlen nahm ich die Rolle an mich und ließ sie im hinteren Bund meines Beinkleides verschwinden. Das Ende der Nachrichtenrolle lugte ein Stück aus der Hose heraus. Das sah für einen Engel recht lässig aus. Ich formte meine rechte Hand zu einem Sprachrohr, dass Kobin nichts hören konnte, beugte mich nah zu Muriela hinüber und flüsterte ihr ins Ohr:

„Das klingt aber sehr geheimnisvoll, nicht wahr? Aber ich denke, eine Falle wird es schon nicht sein."

„Sicher nicht, Midron, wenn aber Kobin möchte, dass du so lange wartest, bis er verschwunden ist, dann habe Geduld."

„Ja sicher, was denkst du denn? Die zwei, drei Minuten kann ich schon noch warten!"

„Nun dann."

Kobin ging ein paar Schritte zur Seite und verbeugte sich:

„Ich werde euch nun verlassen, meine lieben Engel. Grüßt den Vogel, den ihr gleich von hier unten aus sehen werdet. *Schaak* – und nochmals *Schaak*! Nebenbei bemerkt, das *schaakaahakaak* bedeutet lediglich: *Meine willkommenen Freunde.*"

„Das habe ich allerdings jetzt auch verstanden!", zwinkerte ich Kobin mit einem Auge zu. *Ich werde noch Sehstörungen bekommen vom vielen Augenzwinkern, Auf- und Zudrücken*, dachte ich.

Die Rückverwandlung zum Gefiederten vollzog sich in nur wenigen Sekunden. Kobin konnte sein *Vogelsein* nunmehr wieder so richtig auskosten.

Der gleiche Wandelstrahl, der zuvor erschienen war, blühte erneut vor unseren Augen auf. Noch immer zeigten sich weder Tiere noch irgendwelche zufällig vorbeigehende Menschen in der Nähe des Waldes. Wo waren sie alle? Unheimlich anmutende Ruhe herrschte vor, eine seltsame Ruhe. Irgendwie verstand es Gott immer wieder, die Szenerie so zu formen, dass sie für alle Beteiligten besonders interessant war, sicher entfernt von irdischen Augen. Das gleißende Hell des Wandelstrahls erlosch, und der Vogel Kobin ruhte wieder auf seinen ihm vertrauten Vogelbeinen. Die spitzen Krallen tauchten in den Waldboden ein; lange, scharfe Krallen bohrten sich durch das Moos. Was für ein Anblick!

Mich hätte wahrlich brennend interessiert, welche besondere Mission Kobin als Vogel auf der Erde sonst zu absolvieren hatte.

In anderen Regionen wildern ...! Welch Aussage! Mein Gedankenreisezug stand vor einer Weiche ...!

Noch während ich auf den Vogel starrte, öffnete sich sein Schnabel: *Schaak, schaak!*

Wir riefen ebenso ehrlich wie leise erst: *Schaak,* dann: *S c h a a k !*

Der Botschafter Kobin, Zweiter Seraph der Ersten Staffel, gesandter Gleitvogel des Himmels, erhob sich mit einem gewaltigen Aufschwung und verschwand am weiten Horizont. Zuvor versäumte er nicht, noch eine ausgedehnte Runde über dem Tierpark zu drehen. – *Schaak, schaak!*

Da zog er hin ..., dieser komische Vogel!

Warum muss sich ein Bote, von Gott geschickt, erst in einen Vogel, dann in ein menschenähnliches Geschöpf verwandeln, um eine Nachricht zu überbringen? Dieses Paradoxon tänzelte in meinem Gehirn auf Zehenspitzen umher und suchte nach einer befriedigenden Antwort. Keine da! – Schon wieder ein: *C'est la vie.*

Majestätisch und rhythmisch schwingend erblickten wir nur noch einen kleinen, äußerst winzigen Vogel am abendgeneigten Firmament, der für einige Momente seines Lebens wieder einmal das irdische Sein-Gefühl erfahren durfte.

„Ich bin wahnsinnig aufgeregt, das verstehe ich gar nicht. Ich traue mich irgendwie nicht, die Rolle zu öffnen. Mir erscheint alles überspannt und unwirklich zu sein."

Ich stutzte, mit den Augen nach Rat suchend.

„Aber du kennst doch die himmlischen Gepflogenheiten, das ist eben so. Sorge dich nicht, mach die Rolle auf und lies vor, was geschrieben steht", verlangte Muriela mit gezielt forscher Stimme. Wie ein Pennäler aus der ersten Schulklasse etwas verschämt, griff ich hinter mich in den Hosenbund und holte die Schriftrolle hervor. Kobin war ja verschwunden. Weg. Einfach fort.

„Nun höre gut hin, Muriela, ich lese das hier nun vor."

Ich hielt die Rolle mit beiden Armen ausgestreckt vor mich hin, so dass Muriela nur die Rückseite dieses Papiers zu Gesicht bekam. Ein wenig theatralisch wirkte diese Szene schon, denn ich blinzelte erst nur mit den Augen über den oberen Rand der Rolle. Mein Kopf senkte sich wieder, und mein Unterkiefer klappte, wie an einem Gummiband gezogen, nach unten.

„Oh. – Wie, was? – Nein, o Gott, nein. – Was? – Das kann ich nicht glauben, nein ... – Oh ... bitte? – Oh ... – Wie ...?"

Gestammelte Satzfetzen erklangen hinter der Rolle, auf der die himmlische oder besser gesagt die göttliche Botschaft aufgeschrieben stand. Muriela war einen Schritt vorangegangen und reckte ihre Nase über die Rolle. Ich sah in ihre Nasenlöcher. *Ha!* ... keine Haare da. Ich kämpfte gegen meine Nasenhaare, wie *Quixote es gegen Windmühlen* tat. Vergeblich, sie wuchsen wie der Teufel. *Oh, Verzeihung, du elendes Geschöpf von einem Satan trägst wahrscheinlich Borsten in deinem verkorksten Riechorgan!*

„Was stammelst du für Worte in diese Rolle? – Geht es dir irgendwie nicht gut? – Was ist denn geschehen, was steht da geschrieben?", wollte Muriela wissen. Ihre Neugierde ließ sie zehn Zentimeter größer werden. Nun, es war doch mehr die Tatsache, dass sie sich auf die Zehenspitzen gestellt hatte.

Anders als Schuhabsätze. *Sie lassen auch Menschen höher erscheinen ..., aber nicht größer!*

Verblüfft fuhr ich die Rolle ein, nahm das Band, das sie verschlossen hielt, und steckte diese Papierrolle an ihre Stelle in meine Hose zurück. Muriela sah in mein Gesicht, in das eines leicht verschreckt blickenden Engels. Die Tatsache, dass ich keine wirklichen Falten ins Gesicht ziehen konnte, wurde augenblicklich ad absurdum geführt. Winzige Querlinien auf der Stirn zierten den Bereich über meinen Augen. Mein Mund war zu einer Ruine zusammengefallen und sah aus, als hätte jemand mit einem Saugrohr die Lippen zu einem „O" geformt. Meine Augen selbst hatten ihre Position geändert und schielten auf die Nasenspitze.

„Jetzt heißt es, Seelenkundler, sei wachsam!" Ich sprach einen unplatzierten Satz.

„Bringe bitte keine Seelen ins Spiel, das bringt doch Unglück. Lass uns die Sache mit Verstand angehen. Was steht denn nun dort geschrieben?"

Muriela platzte vor Spannung. Sie hüpfte auf und ab wie ein Jojo, wenn auch nur wenige Zentimeter, dabei schlakkerte sie mit ihrem Haar wie es sich jüngst mit der Kleidung von Kobin beim Gehen verhielt. Oder besser, dem Zweiten Seraph Kobin, der als Vogel erschien und nun wieder zurück in Gottes Reich entschwunden war. Das vermutete ich jedenfalls. Hinter einem Hügel würde er sich zu einem Lichtstrahl entwickelt haben und von oben zurückgeholt worden sein.

Ich holte tief Luft und verkündete die auf der Rolle niedergeschriebenen Worte. Muriela lauschte äußerst aufmerksam. Ich würde sagen, jedermann hätte die berühmte Stecknadel fallen hören können, die just den Boden berührt hatte.

„Wir sind durch dieses Schreiben wieder berufen, eine neue Gestalt anzunehmen und einem bestimmten Ort aufzusuchen. – *Das steht alles hier drin.* – Wort für Wort. Ein Hilferuf. – *Der Engel denkt, Gott lenkt!* – Wie wir da allerdings helfen sollen, ist mir im Moment noch völlig schleierhaft. – ... und von dem hier angegebenen Ort habe ich bisher nichts gehört oder gesehen. – Aber auf dem Einsatzplan steht alles genauestens beschrieben", verkündete ich stockend, während sich meine Augen in das Papier der Rolle fraßen.

„Ja, das ist doch wunderbar. Dann haben wir eben jetzt eine neue Aufgabe. Wir beide zusammen. Verstehst du? Ein zweiter Auftrag, wieder die Chance, zu helfen. Das ist doch sehr schön, oder findest du nicht, Midron?" Muriela strich sich das Haar mit zwei Fingern glatt, wickelte es um einen weiteren Finger und drehte und drehte, bis sie eine Locke geformt hatte.

„Wunderbar? Das artet ja allmählich in Arbeit aus!" – *Faulengel!*

„Midron, das habe ich jetzt aber nicht gehört!" – *Mutengel!*

Das *Schaak* gewann wieder an immenser Bedeutung, denn es wurde gebraucht wie lange nicht mehr. Zumindest so.

Ohne *Schaak* keine Freude. Ohne Freude kein totaler Einsatz. Ohne Einsatz vielleicht Tod und Verderben. Denkbar andere Geräusche, als wir sie bisher kannten, gewannen in der kommenden Zeit mehr an Bedeutung, und dem wurde von unserer Seite aus sehr viel Achtung beigemessen.

Schaak, das Wort Freundschaft, geht um die Welt!

Eine Reise als Lichtpunkt stellt für uns Engel ja in keiner Weise mehr ein Problem dar. Wir erwiesen uns mittlerweile als sehr firm darin, selbst was die Verwandlung beziehungsweise Rückverwandlung betraf.

Gottgesteuerte Energie.

Energisch angespornt umarmten wir uns wie zwei Liebende, die wir eigentlich doch waren, bevor die Lichtstrahlen uns in eine andere Region auf dieser Erde katapultierten. Diese von Gottes Kraft erzeugten gleißend hellen, wenn auch winzigen Lichtpunkte erreichten in Bruchteilen von Sekunden ihr neues Ziel.

Es war ein lohnendes Ziel. Ein lebenswichtiges Ziel. Wie geschaffen für eine neue Aufgabe auf Erden. Im uns steuernden *Gottesprogramm* war die Umwandlung in zwei andere Gestalten bereits vollzogen, so dass wir gut vorbereitet in unserem neuen Erscheinungsbild auftreten konnten. Nun, ein ungewöhnliches Auftreten war schon verlangt, und es wurde definitiv gleich umgesetzt. ... und das geschah mehr oder weniger ziemlich einfach.

Die Herausforderung

„Von wo um alles in der Welt kommen diese beiden Hunde her? Zu wem gehören die wohl? Die sind doch nicht einfach so vom Himmel gefallen! Ja, muss ich mich denn hier um alles kümmern, verdammt noch mal? Antwort! Bekomme ich vielleicht von irgendjemandem eine Antwort?"

Was für ein hysterischer Schreihals, der sich so wichtig machte!

Wenn der wüsste, was so alles vom Himmel fällt und gar fallen kann!

„Ich habe k e i n e Ahnung, Peter!" Eine vage Erwiderung hallte durch eine der ungezählten Staubwolken, und ein beängstigendes Husten prallte gegen eine unangenehme Nebelwand aus feinsten Partikeln, die vom Wind aus vorhandenem Schutt herausgelöst wurde.

Jene rauen und gleichzeitig fragenden Worte drangen durch diese dichte weiße Staubwolke, die über einem Haufen unbrauchbarem Schutts innehielten. Eine wuchtige Planierraupe mit einer riesigen Schaufel vorneweg bahnte sich ihren Weg über das, was sich einst Haus nannte. Auf ihr haftete ein dunkelgelber Anstrich. Teile ihres Farbkleides waren von Asche und kleinen Trümmerteilen bedeckt. Die drei langarmigen Scheibenwischer, die jene dickglasige Frontscheibe versuchten, sauber zu halten, hatten schon eine Menge Schlieren hinterlassen. Die Gummis dieser Wischer leisteten Schwerstarbeit, um dem immer wieder neu anfallenden Staub Herr zu werden. Der umherwirbelnde Staub und der feine Dreck drangen durch jede Ritze in den Innenraum dieses monströsen Räumfahrzeuges. Der runde Schutzdeckel, der sich am Ende des in den Himmel ragenden Auspuffs befand, stand ebenfalls senkrecht nach oben gerichtet. Wenn diese Planierraupe die gewaltige Kraft durch Gaswegnehmen mäßigte, klapperte dieser Abschlussdeckel ganz unruhig auf dem Abgasrohr. Der überwiegend gewaltige Druck des scheinbar giftigen schwarzen Abgases hielt ihn ansonsten in seiner Position aufrecht. Dieser ohrenbetäubender Lärm, der vom PS-starken Motor bis in diesen Auspuff übertragen wurde, war nun wirklich nicht zu überhören. Auch sonst umgab diese Raupe ein exorbitantes Dröhnen. Die unsagbar angsteinflößenden Ketten des Monstrums zermalmten augenscheinlich alles, was sich ihnen in den Weg stellte. Sie rasselten kontinuierlich vor Kraft. Eisern, stählern, ja schon fast titanisch. Diese gigantische Planierraupe kannte keine Gnade und somit nur die horizontale Fortbewegungsrichtung. Sie bezwang zudem jeden noch so hohen Schutthügel, wenn selbst das von Nöten war. Jeden!

Einfach jeden Trümmerberg.

„Was ist hier bloß passiert?", fragte mich Muriela, der ich ihr nun auf vier Pfoten gegenüber stand. Wir wirkten augenscheinlich etwas perplex, als wir unsere neuen *Gewänder* sahen. Dunkelbraun bis hin ins Schwarz verlaufend waren sie. Haarig, aus dichtem Fell und struppig dazu. Hinten wedelte ein ebenfalls behaarter Schwanz. Am vorderen Teil des Kopfes ragte je eine lange Schnauze mit einer schwarzen kalten Nase in die Trümmerberge; pechschwarze, nasse, schnuppernde Nasen, die sich seitlich der Nasenlöcher in je zwei Flügel teilten. Unsere grazilen, dennoch kräftigen Körper schüttelten wir vehement, die nun die Gestalt von zwei schwarzbraunen Schäferhunden angenommen hatten. In unseren Fellen verborgener Staub und tausende winziger Sandkörner übersäten die nähere Umgebung. Muriela drehte ihren Kopf zur Seite, während sie die Augen schloss, um diese zu schützen. Gleich anschließend kläffte sie mich an:

„Wie siehst denn du aus?"

„Ja, schau an dir herunter, das wird deine Frage beantworten!", bläffte ich zurück.

„Oh, wie hübsch, aber sag mir ...", Muriela klappte ihre lange Zunge ein und knurrte:

„Was für ein irrsinniges Chaos ist das hier, dieser gewaltige Dreck, diese vielen Trümmer! Wie kann so etwas immer wieder aufs Neue geschehen?"

„Ich kann es dir nicht sagen, aber wie ich vermute, hat hier gewaltig der Boden gewackelt!"

Während ich bellte, brüllte ich laut vor mich hin. Es war eigentlich nur ein bestätigender Aufschrei. Für den Erdbebenhelfer in der göttlich geschaffenen Tierkluft konnte es nur dieses aggressive Bellen sein.

Bei der sinnigen Botschaft aus der Papierrolle handelte es sich klar um eine Aufforderung zur *humanitären* Hilfe in einem Erdbebengebiet. Als Suchhunde getarnt, als heilbringende Engel eingesetzt und von Gottes Hand geführt, mit seinen Gedanken begleitet begannen wir, den wünschenden Befehl unseres Herrn in die Tat umzusetzen.

Die Sonne entledigte sich gerade ihrer Schlafmütze, als das ultimative Grauen seinen Lauf nahm. An jenem Morgen hatte die Erde in dieser Region dermaßen stark gebebt, dass eine ganze Stadt praktisch wie ein angepustetes Kartenhaus zusammengefallen war. Kartenhäuser können bekanntlich nicht stabil gebaut werden. Die Konsistenz der Karten selbst macht das schon unmöglich. Deshalb führte ein bezeichnender Satz wie *Mein Kartenhaus ist aber stabil* allein schon die Sache ad absurdum.

Dass wir erst kürzlich eine erfolgreiche Mission abgeschlossen hatten, kam Gott gerade recht und gut zu Passe. Wir Engel waren durchtrainierte Geschöpfe, kräftig, seelisch gefestigt und erfahren genug, jegliche Art von schwerster Arbeit zu erledigen; prädestiniert für diesen Job, erwarteten wir unwiderruflich die göttlichen Befehle ohne Wenn und Aber.

Wir konnten uns also nach dieser Erkenntnis in Gestalt zweier Such- und Erdbebenhunde nützlich machen. Eine äußerst gute und empfindliche Nase wurde speziell den für solche Situationen ausgebildeten Spürhunden nachgesagt. Uns beiden Engeln, erfahrungslos allerdings, was das Hundsein anbelangte, wurde während der Lichtstrahlreise von Gott eine unglaubliche *Schnellausbildung* zuteil, die durchaus als erfolgbringender *Crashkurs* bezeichnet werden konnte.

Bei diesen Blitzimpfungen bewies sich wieder einmal mehr, welche Macht und Fähigkeiten in unserem Gott Vater enthalten waren.

Acht sensible Pfoten, von Gott geleitet, zur sofortigen Hilfe auserkoren, verrichteten ihre Arbeit auf den Schutthaufen. Zwischen geborstenen Glasscherben, auseinander gerissenen Betonteilen und im Anblick an weitere Trümmerstücke, verbrachten wir erst einmal den Rest dieses ersten, wohl sehr anstrengenden Tages. Da notgedrungen wie selbstverständlich auch nachts durchgearbeitet wurde, blieb für uns Himmelshundeboten, nun *Suchhunde-Engel*, keine Zeit zum Ausschnaufen. Die kurzen Ruhepausen zwischendurch mussten ausreichen. Wir packten an, hart, sehr hart. Mit totaler Heftigkeit buddelten wir Suchengel, was unsere Körperkraft hergab. Unermüdlich wühlten wir mit den Vorderpfoten im Gestein. Unsere ausgezeichneten Nasen spürten einige Verschüttete auf. Bald schon waren die Krallen an unseren Pfoten abgestumpft und schmerzten zudem. Ab und an reckten wir unsere verstaubten Hundekörper und lamentierten uns ein wenig gegenseitig an:

„Puh! Welche Schinderei ..., aber wir schaffen das! ... wenn mir nicht vorher die Pfoten abbrechen ...!", kläffte ich zu Muriela hinüber.

„Weiter, Midron, mir schmerzt der Rücken!" Bei uns Engeltieren fehlten Teile des Fells an den Vorderbeinen. Starke Hämatome auf der Haut und Schürfwunden säumten unsere gesamten Körper. Verbissen zeigten wir mit jeder Faser unserer Existenz an, dass wir die unermüdliche Einsatzkraft und diese gottbefohlene Bereitschaft, bis an die Schmerzgrenzen zu gehen, in uns trugen. Nur gelegentlich brachen wir ein und hatten das Gefühl, an eine Stelle zu kommen, an der es nicht mehr weiterging.

Allzu oft fanden wir Verletzte mit stark blutenden Wunden zwischen den Trümmern. Da und dort kam es vor, dass manche Menschen mit abgetrennten Gliedmaßen schreiend, wimmernd oder gar schon bewusstlos von uns entdeckt wurden. Kein schöner Anblick. Wir bellten aus Leibeskräften die vielen Helfer herbei, die sich häufig erst einmal abwandten und Luft holten, um sich anschließend den Verletzten widmen zu können. Einige der unermüdlichen Helfer mussten sich zuweilen übergeben und stapften mit blutverschmierten, verdreckten, durchnässten und halb verschlissenen Stiefeln durch die vielen Trümmerfelder. Hunderte verletzter Stadtbewohner verbluteten, weil keine Hilfe sie rechtzeitig erreichte. Sie waren eingekeilt oder sogar verschüttet, unfähig, sich zu befreien. Aus diesem Grund wurden Menschen unter den Schuttbergen einfach übersehen. Hunde wittern Verschüttete zweifelsohne, nur die Zahl der Suchhunde reichte bei weitem nicht aus, um all diese unter Trümmern verborgenen Verletzten rechtzeitig aufzuspüren. Jede Stunde, geschweige jeder Tag, zählte. – ... zudem zählten die Retter Leichen. *Sehr viele Leichen.*

Die meisten Opfer waren von den tonnenschweren Trümmern einfach zerquetscht worden. Wie zertretene Kaugummis auf dem Asphalt, zerdrückt wie eine leere Zigarettenschachtel oder verschmiert wie eine mit der Fliegenklatsche zerstörte Schmeißfliege. Es fehlten den ungeheuer vielen Opfern Gliedmaßen wie Arme, Beine, Finger und Zehen, aber auch Ohren, Nasen, Unterkiefer mit den dazugehörigen Zähnen und leider auch beiderlei Geschlechtsteile. Ein ekelhafter Anblick! Kleidungsfetzen, die in die Wunden hineingedrückt wurden, rundeten in negativer Weise das Bild ab. Apokalyptische Szenen, Grauen erregende Bilder und abscheuliche Impressionen waren Bestandteil dieser zentralen Urgewalt. *Wie hält ein Mensch das aus? – Wie hält ein Hund das aus?*

Unzählige Hautfetzen, teils mit Fleischresten versehen, diverse Haarschöpfe als Skalpe, abgerissen. Eine Widerwärtigkeit im Leid. Eine Tatsache, die nicht wegzuwischen war oder beschönigt werden konnte. Einen solchen Anblick zu verarbeiten, war nicht ganz einfach, und nur die ganz hart gesottenen Helfer widerstanden ihrer eigenen Übelkeit. Nur wenige der Opfer konnten *am Stück* geborgen werden. Falscher Sarkasmus, dennoch notwendige Erwähnung! Jugendliche, ebenso viele kleine Kinder als auch alte Männer und weinende Frauen wurden geborgen. Zu allem Übel fanden die tapferen *Erlöser* noch elend verreckte Tiere wie Pferde, Kühe und Schweine, Schafe und Ziegen auf ihren Wiesen, Hühner, Gänse und Enten und anderes Geflügel in ihren Verschlägen. Ihnen war das gleiche Schicksal zuteil geworden, vorangegangene Aufzählungen wären bei den Kreaturen ebenfalls anzumerken.

Ziervögel wie Wellensittiche, Kanaren, Finken oder sogar Aras und deren anderer Papageien flatterten umher oder saßen orientierungslos auf irgendwelchen Trümmersteinen oder auf himmelragenden Abfluss- oder Heizungsrohren. Der Situation nachhängend jaulten eingeschüchterte Hunde und verängstigte Katzen in die Trümmerwolken hinein oder sie wimmerten zwischen eingefallenem Gestein, um zu signalisieren: *Holt uns hier heraus!* Immer wieder schreckliche Anblicke und Geräusche. Speziell die Geräusche der Schwerstverletzten, die ihren letzten Odem versuchten, zwischen den Trümmern hindurchzublasen, waren die schlimmsten und blieben in den Erinnerungszentren der zu spät eintreffenden Retter eingebrannt. Irrtöne und Klagelaute des Unbegreiflichen oszillierten zwischen fester, flüssiger und gasförmiger Materie. Ihre arg gepeinigten, sonstigen Wohlklänge waren durch vieler Menschen Ohrengänge gedrungen, um sich lange nachhaltend in den Köpfen unangenehm festzusetzen.

Die tapferen Feuerwehrleute, die hunderte von aufkeimenden Bränden löschen mussten, taten wahrlich ihr Bestes, verausgabten sich mit vereinten, manchmal letzten Kräften. Immer wieder durchfluteten Staubwolken die Gegend um und über dem Katastrophengebiet. Dort, wo freie Plätze entstanden, kamen etliche Kameraleute und Journalisten von den unterschiedlichsten Rundfunk- und Fernsehanstalten nicht umhin, all diese schrecklichen und unmenschlichen Szenen auf ihre Magnetstreifen zu bannen. Durch die Staubschutzeinrichtungen der bereitgehaltenen Mikrofone drangen die entsetzlichen Schilderungen über dieses Ereignis in die Aufnahmegeräte dieser sensationsgierigen Nachrichtenerstatter. Geifer um sich schleudernde, sich unzähligen Gefahren aussetzende erwachsene Menschen trampelten durch bunte Scherben, bröckelndes Gestein, dampfende Trümmer und übel riechende Gaswolken, um ihren Trieb zu befriedigen.

Oh, seht ihr die überragenden Schlagzeilen und scheußlichen Bilder in den farbigen Gazetten der Welt. Schaut ihr auf die Headlines der Boulevardmagazine und Sensationspressen. Seht ihr, wie die farbigen Aufnahmen und knackigen Reportagen auf euch einwirken, euch gefangen halten und faszinieren, immer denkend, gut, dass m i r das nicht widerfahren ist!

Ein großes Glück, nicht wahr? Das Pokern und Schachern um die Seelen beginnt stets direkt anschließend an eine Katastrophe, immer dann, wenn Gott und der Teufel sich nicht einig werden, wem denn nun welche Seelen zustehen! Kann Gott sie erspielen und im Himmelsgewölbe ausstaffieren, oder hakt sie sich der Beelzebub unter, um mit ihnen durchs Fegefeuer in der Hölle zu entschwinden? –

Lasset die beiden ihren Kampf ausfechten, wir fechten den unsrigen aus!

Aus gesellschaftlichen Erfahrungen heraus bastelt sich der neugierige Mensch ein *Wissbegierigenkostüm*, um damit überall präsent sein zu können. Schaulustige Menschen jedweden Alters, Geschlechts und Nationalität verhinderten den von überall herangeeilten Hilfstruppen das überlebenswichtige Durchkommen. IQ-niedrige Gaffer, scheinbar demenzverseuchte Spinner, irreparabel kranke Geistesgestörte und die für den Fortbestand der Menschheit nicht wichtigen Nichtsnutze versperrten so manch Hilfespendendem die Zufahrt sowie den Zugang zu den Bedürftigen, Gebeutelten und Verlassenen. Nicht selten mussten Unverbesserliche unter Androhung von Waffengewalt zurechtgewiesen werden. Egal, was immer auf dieser Welt stattfindet, eines scheint sicher zu sein: Die morgendlichen Zeitungen erscheinen pünktlich, denn die informativen Gazetten wollen schließlich den Mitmenschen in den gesicherten Regionen, die von einer Katastrophe verschont blieben, berichten. Unbedingt müssen ihnen diese scheußlichen Bilder vor Augen gehalten werden. Schreiberlinge dieser Welt wollen sich in ausgefeilten Texten ereifern und die vom Unheil unberührten Bürger darauf hinweisen, wie viel Glück ihnen doch widerfahren ist.

Die Informations- und Pressefreiheit ... – das ist Gesetz, ... das muss sein! Dass da nur niemand vergesse, wie wichtig scheußliche Nachrichten sind! – Die Welt will informiert werden, um im Bilde zu sein – ... und sie wird aufgeklärt! Dafür wird gesorgt, und nicht zu knapp!

„Hierher, beeilt euch, hier liegt ein Kind, hier vorne, schnell!"

Ein junger Feuerwehrmann, so um die 25 Jahre alt, stemmte einen schweren Betonbrocken hoch, um näher an das hilfeschreiende Kind heranzukommen. Ein Mädchen, vielleicht acht oder neun Jahre alt, lag mit verschmutztem Kleid eingeklemmt zwischen den Trümmern und wimmerte sacht. Wie schön das Mädchen wohl vor dem Beben in ihrem hübschen Kleid gespielt oder getanzt hatte? Wahrscheinlich voller Freude! Das Design des Kleides, der Druck, das Plissier oder die Batik, wie auch immer, waren verblasst. Dass es sich um bunte Blumen handelte, konnte der junge Helfer trotz starker Verschmutzung noch gerade erkennen. Farbige Blumen mussten es gewesen sein, die vor der Katastrophe noch hell leuchteten und dem Mädchen eine kleidungsbetonte Unbekümmertheit verliehen. Die verstaubten langen Haare des unter Umständen zur Waise gewordenen Kindes lagen auf grotesk verbogenen Heizungsrohren. Die Farbe, die einst den Rohren ihr perfektes Aussehen verlieh, lag zum größten Teil abgeblättert, gar abgeplatzt im näheren Umkreis verstreut.

Eine ungeheure Explosion zerlegte dieses große Wohnhaus in seine Einzelteile, Beton- und Steinbrocken lösten sich und fielen bis in den Keller, zerbröselte Dachpfannen aus rotem Ton waren wie Parmesankäse über einen Teller *Spaghetti Bolognese* gestreut. Die drei auf dem Dach thronenden Kamine waren tot. Kein Teufel hätte nur im Entferntesten ein besonderes Interesse an diesen Schloten angemeldet. Ein Fallrohr, das dem Regenwasser behilflich war, nach unten zu gelangen, ragte aus dem Trümmerberg. Es sah wie ein runder Schornstein aus. *Welch Ironie des Schicksals!*

In einigen Kellern mussten sogar die Ratten um ihr Leben bangen. Die noch vorkommenden Kleinstlebewesen verweilten stumm in ihrem Leid, wenn sie sich dazu noch in der Lage befanden. Zwar ungeliebt, dennoch in der Nahrungskette erscheinend, kämpften diverse Asseln, feuchtraumliebende Silberfische, schnell huschende Spinnen, verirrte Milben und manch sonstiges Gewürm um ihr Leben. Wie verhielt es sich mit ihnen? Noch niedriger in ihrer Form konnten lediglich noch Einzeller und Pantoffeltierchen existieren. Entstandene Hohlräume gab es nicht die meisten an der Zahl. Ein wahres Wunder, dass dieses kleine Mädchen mit dem einst so schönen Blumenkleid überlebte, überhaupt noch lebte.

Ein Wunder? *– Ja, ein großes Wunder!*

Zwei Rettungshunde lauerten am Fuß eines mächtigen Trümmerfeldes.

Der Himmel hatte sie geschickt! – M. und M. aus dem H.

Eine Spielpuppe mit zerfetztem Kleid lag neben dem Kind. Im Gegensatz zu dem Mädchen konnte sie nicht mehr weinen. Schmutzig war die Schlafaugenpuppe und beschädigt dazu. Ein Schuh fehlte. Der linke. Ein Bein auch. Das rechte. Der ungefähr 50 Zentimeter große Körper dieser Puppe bestand aus Kunststoff. Sie besaß einen hohlen Kopf. Ihre mit einer blonden Perücke versehene Schädeldecke war abgequetscht. Ein Arm fehlte auch noch bei näherem Hinsehen, doch das Gesicht blickte noch ansehnlich. Ansehnlich? Na ja! Die Nase war nach innen gestülpt. Vom Scheitel bis zu den Augenbrauen sah man in ein Nichts. Ins Hohle.

Die blau schimmernden Augen der Puppe waren gespenstisch weit aufgerissen.

Der Kopf dieses Püppchens verfügte über einen Klappmechanismus. Sobald man die Puppe hochnahm, öffnete sie ihre Augen. Wenn man sie zum Schlafen ablegte, wurden sie geschlossen. Die Puppe hatte zudem Tränen vergossen. Ihre letzten. Unsichtbare Tränen. Tränen der Trauer und Angst um ihren Beschützer. Ein Menschenschicksal, ebenso ein Puppenschicksal. Eines von vielen. Niemand hatte die vermutlich 2.000 Teddys gezählt, von denen einige keine bunten und großen Knopfaugen mehr besaßen. Das kleine Mädchen in den Trümmern wimmerte weiter und weiter.

Es stank Ekel erregend aus dem Trümmerberg. Bestialische Gerüche von Öl, Benzin und Fäkalien beherrschten die Szene. Unter einem Steinbrocken, der blutverschmiert auf einem zweiten ruhte, sah ich ein Stück menschlichen Darm und einen Fetzen Menschenhaut. Sonst nichts. Gar nichts! Ich musste würgen!

„Warte, ich bin sofort bei dir, ich bring den Hund mit." Ich schnellte mit meinem Schädel hoch und folgte sittsam dem Mann.

Ein kräftig wie gestandener Schutzbeamter in verdrecktem Grün mit dem kaum noch weißen Schutzhelm, das Visier heruntergeschlagen und einer eisernen Brechstange in Händen, hockte zusammen mit dem Feuerwehrmann vor dem jammernden Kind. Sie knieten sich nieder in den Staub.

Gemeinsam lösten sie ein großes Trümmerteil von den Beinen des schluchzenden Mädchens.

Ich knurrte, noch während ich mitlief. Meine Pfoten bahnten sich ebenfalls den Weg zu dem halb verschütteten und eingeklemmten Kind. Ganz behutsam schleckte ich mit meiner Zunge über ihre geschundene Hand. Durch die sauber geleckte Stelle erkannte ich blutige Kratzer, nicht allzu tief, aber das Kind weinte bitterlich.

Ich, nun Hund Midron, der Engel auf den Trümmern, nahm den Stoff des Kleides am Ärmel und zog das Kind vorsichtig mit meinem Maul hoch. Meine Zähne setzte ich dabei sehr vorsichtig ein. Die Eckzähne waren besonders lang und spitz, doch ich war ausgesprochen zärtlich und mitfühlend. Unkontrolliert und urplötzlich rutschte die beschädigte Puppe wie vom Teufel angesaugt in eine schmale Steinspalte, die sich ergeben hatte. Ich schnappte noch hinterher, konnte der Puppe aber nicht mehr helfen. *Vom Teufel angesaugt. – Ich bitte doch sehr!*

Durch dieses unverschuldete Missgeschick beflügelt jaulte ich in perfekter Werwolfmanier, dass es Murielas Blut gefrieren ließ. *Huuuu! – Wuhuuu!* Herzzerreißende Laute durchdrangen die Luft. Die entstandene Spalte war leider breit genug, um das wohl einzig übrig gebliebene Spielzeug des Kindes brutal zu verschlucken. Metalldrähte jeglicher Dicke ragten wie Spieße aufrecht, kreuz und quer aus den Trümmern heraus. Stein- und andere Eisenfragmente ergaben ein düsteres Bild, wie von Pieter Breughel gemalt, dessen Turmbau zu Babel dann doch schon eher als *aufbauend* zu bezeichnen war.

Wie der Anblick einer Hand, die von einem Piranha angefallen und angenagt wurde, so schaurig stellte sich das Bild da. Später erst sahen sich das Kind und ich ganz bewusst an.

Auge in Auge. Durch die tränengetränkten Augen erkannte das leidende Mädchen ihren Schutzengel. Mich. Der Hund, den sie sah, winselte sanft, und seine Rute wirbelte den grauen Staub auf und den Dreck durcheinander. Das Kind lebte. Was gab es Wichtigeres? Ich war sehr froh und etwas Feuchtes verklärte meinen Hundeblick. Was war denn das? Ach ja, Tränen. Hundetränen.
Meine Tränen.
Tränen des Glücks.

Das gerettete Kind begann zu lächeln. Ein Fortschritt. Es schien die Schmerzen verdrängt zu haben und vergessen zu wollen. Eine kontinuierliche Brise kalten Windes ließ den Schmutz in ihrem Gesicht eintrocknen. Der junge Feuerwehrmann nahm eine Tüte aus seiner linken Jackentasche. Hektisch zerrte er einen Wickel herbei. Es war ein zwei Meter langer Verband aus weißem Gazestoff. Ganz behutsam versorgte er am Oberarm des Mädchens eine blutende Wunde. Mit viel Feingefühl verband er die verletzte Stelle. Zwei andere Helfer, die der anwesende Polizist herbeigerufen hatte, schleppten eine Transporttrage durch die Trümmer. Ihre Füße stießen beim Gehen loses Gestein fort. Es zischte und dampfte neben ihnen, über ihnen, überall. Ein übler Geruch zog durch alle Ritzen. Es schien noch immer der teuflisch ekelhafte Gestank von klärbedürftigen Fäkalien zu sein, nicht wiedererkennbare Lebensmitteln, durcheinander geflossene Flüssigkeiten und sonstige Gebrauchsgüter, die sich verbanden zu etlichen stinkenden und übel riechenden Pfützen. Eine *pestilenzialische* Kloake reihte sich an die andere. Das gesamte Katastrophengebiet erwuchs zu einer einzigen regionalen Güllegrube umgeben mit einer schaurigen wie abscheulichen Aura!

Muriela lief durch nasse, enge Gassen, die das verheerende Beben noch übrig gelassen hatte. Nur eine kurze Zeit verging, bis sie mit einem verbeulten Gefäß im Maul zu der Stelle kam, an der das Kind lag. Unterdessen befreiten der muskulöse Polizist und der tapfere Feuerwehrmann das Kind und hüllten es in eine verstaubte Decke. Zusätzlich hielten sie schützend ihren Kopf. Mit dem guten und nahen Gefühl, gerettet und sicher zu sein, begann das Kind, stockend zu reden. Erst ganz leise, dann etwas lauter, drangen die ersten stammelnden Worte aus ihrem Mund:

„Wo, wo ist meine Mutter?" Immer wieder stellte sie diese eine Frage an die verstaubten Männer, die sich über sie beugten. Von der Seite aus blickte ich mitfühlend, fast wehleidig in dieses Szenario. Mehr vermochte ich in jenem Moment nicht zu tun. Wenn von einem Hund gesagt wird, er hat einen Dackelblick, hätte diese Aussage sicherlich zu mir gepasst.

Dieser eine Satz, diese Hilfe suchende Frage des Mädchens, ließ mich nicht los. *Warum rufen Kinder immer zuerst nach ihrer Mutter?*, philosophierte ich, während mein Hinterteil auf dem Schutt ruhte. Sicher nicht ganz der Augenblick für philosophische Betrachtungen, aber wenn es mir schon durch den Hundeschädel schoss! – Weil die Väter oft nicht anwesend waren, arbeiten gingen, verreisten oder sich auf einer Geschäftsreise befanden, mit Freunden lieber durch Kneipen zogen oder irgendeinem Sport frönten? – Vielleicht davongelaufen, der Verantwortung entflohen? Vielleicht. Nicht ganz unwahrscheinlich. Weil es die Mutter war, die sie gebar und ein Leben lang doch die beschützende Hand über sie hielt? Möglich – und wahrscheinlich ruft ein Hilfesuchender nach der Person, die ihm am nächsten steht?

Auf die Beine!, hieß es. Schnell stand ich mit meinen vier lädierten Pfoten ganz oben auf dem staubigen Schutthaufen, der einmal ein stolzes Haus gewesen war, blickte weiter über ein großes Feld von eingestürzten Gebäuden und sah eine stählerne Brücke, die niemand mehr befahren konnte. In wieder weiterer Ferne lag ein umgestürzter Schornstein, der ein Einkaufszentrum erschlagen hatte, mit Mann und Maus. Kein Rauch wird mehr aus ihm dringen, kein noch so kleines Qualmwölkchen. Ich, Midron, der *Hunde-Schutz- Spür- und Suchengel*, schaute auf verbeulte Autos, zerstörte Lastwagen, demolierte Busse, zermalmte Drahtesel und Motorräder, zerquetschte Kinderroller und unansehnliche Leichen. – ... und viel Blut, frisches, den Menschenkörpern entronnenes Blut. – ... überall nur dieser vergossene, rote Lebenssaft. – ... unter Rauchschwaden fließend und sich unter zerbröselten Trümmern seinen Weg bahnend. – ... und unsagbar viele Tote. ... unschuldige Menschen wie auch hilflos gestorbene Tiere. Tausendfach. ... und immer wieder und wieder und nochmals wieder.

Mein verschmutzter Hundekopf senkte sich. Eigentlich ungewöhnlich und nicht im Programm enthalten waren meine *menschlichen* Züge. Ich weinte unaufhörlich. Bitterlich. Die Eindrücke verschwommen durch die glasigen Augen. Zwei schmale Straßen von Tränen bahnten sich den Weg aus meinen Augenwinkeln. Sie überliefen den Staub und Schmutz. Es tropfte in durchsichtigen Kügelchen vor mich hin. *Klack, klack, klack.* Ich merkte es nicht einmal; ich wollte es auch nicht sehen. Muriela war zu mir aufgestiegen und hockte sich neben mich.

„Traurig, nicht wahr? Die Erde wehrt sich auf brutale Art und Weise. Das haben die Menschen nicht verdient", lamentierte meine Begleiterin in Hundegestalt.

Sie weinte ebenfalls, doch eher verhalten und nicht ganz so mitleidig vielleicht. Ich gönnte uns eine gedankliche Pause, nahm all meinen Atem zusammen und bellte eine lange Hundesymphonie in die staubige Umgebung sowie in Richtung Murielas Kopf:

„Ja, es ist grausam, und doch haben es sich die Menschen oft selbst zuzuschreiben. Sie tragen die Hauptschuld an mancher Misere. Sie dürfen nicht immer alles auf die Natur schieben, sie dürfen nicht die Folgen des Unvorhersehbaren auf Mutter Natur abwälzen. Es ist falsch. Die Erdbewohner haben alles perfide eingefädelt mit all ihrem angeblichen Sachverstand. Sie haben dabei wissentlich zerstört, brutal vernichtet und gedankenlos ausgeraubt. Denke nur an die unterschiedlichen Umweltsünden wie die gedankenlose Meeresüberfischung, die unaufhörliche Luftverschmutzung übelster Art, die teils unerlaubte Ausbeutung der Bodenschätze, die permanente Regenwaldabholzung, und und und. Das alles hat dazu beigetragen, die Erde aus dem Ruder laufen zu lassen. Lege dem Schiff die Steuerungsanlage in *Schutt und Asche*. Verzeih den Ausdruck, gerade jetzt! So wird es in keine vorbestimmte Richtung mehr fahren können, kein Kurs wird beibehalten werden. Die Menschen haben die perfekte Vorarbeit geleistet und schauen wahrlich sehr sparsam drein, wenn die Natur von sich aus den Rest zur Vernichtung beisteuert. – ... und irgendwann wird Gott die Laden seines Fensters aufstoßen und auf die Erde herniederbrüllen:

Gute Arbeit! – Ausgezeichnet! –

Herzlichen Glückwunsch! –

So habt ihr eine Kugel aus meinem Spiel zerstört. – Die anderen „Boccias" werde ich euch nicht überlassen!

Es käme die gesalzene Quittung ins *Menschenhaus* geflattert. An ihr würde das gesamte Salz der Erde haften. Das stattfindende Gezeter und Gebaren wäre vermutlich übermächtig groß:

Die *Unwiderstehlichen* zerbrächen an ihrer Eitelkeit, denn wo wollten sie dann in ihrer zerbrochenen Welt einen Spiegel finden, um gaffend hineinzusehen?

Die *Spezies Krösus* würde ersticken an ihrem angehäuften Vermögen, das es gelte, schnell zu verzehren, bevor der Nächste mit seinen raffenden Pranken danach greift.

Die *Neidvollen* hätten Besseres zu tun, als sich Gedanken um ihre Nächsten zu machen, die sie eh schon nicht mehr ansehen.

Die *Kriminellen* könnten ein letztes Mal ihre abgrundtiefen Fähigkeiten unter Beweis stellen und ihre Mitmenschen beruhigt zu Mitwissern werden lassen; wer sollte sie wohl bestrafen? Das Gesetz, das wie vieles andere auch von der Waagschale springt?

Die *Narren* könnten zu guter Letzt vor ihren Königen am Hofe auftanzen, um sie zu amüsieren, denn außerhalb eines Schlosses sind sie nur die Dummen, die nicht merken, dass die Welt versinkt.

Die *Intellektuellen* würden sich alle versammeln, um gegen ihre Feinde in der Gesellschaft zu protestieren, damit es auch der Letzte sieht: *Schaut, da stehen die Intellektuellen!*

Die Natur schlägt unbarmherzig zurück. Sie wird das immer tun. Jetzt und morgen und übermorgen ... und überübermorgen, verstehst du?"

Ich musste mir selbst dieser Tatsache erst wieder einmal bewusst werden. Ich fand dann auch oft genau *diese* Worte.

„D a s war ein Vortrag! Midron, ich muss schon sagen, du bist ein ziemlich gewiefter und gedanklich ausgekochter Engel!", entgegnete mir Muriela, welche die ganze Zeit aufmerksam an meinen Lefzen hing.

„Danke der Bestätigung. Ich weiß, ich bin gut. Du bist ebenso gut. Zusammen sind wir stark und besser. *Sie* werden *oben* stolz auf uns sein!", fügte ich ihrer Beweihräucherung hinzu.

Wie wohl kein Zweiter versteht ein Engel, was Menschen vollbringen können, wie sie dazu stehen und was sie nicht akzeptieren wollen oder können. Ich durfte mir jegliche Form von solchen Urteilen erlauben. Schließlich wusste ich, wovon ich sprach.

Ich spürte Gott und *sah*, wie er nickte.

„Da muss ich dir Recht geben, Midron, dein Sein kommt nicht von ungefähr, wir werden niemanden enttäuschen!", bellte Muriela mir in die spitzen Hundeohren.

Ein paar Meter weiter von uns Such- und Helferhunden entfernt spielte ein verstaubtes Radio im Schutt verborgen. Ich konnte das Geräusch erst nur schwach wahrnehmen, aber dann drang rhythmische Musik aus dem eingebauten Lautsprecher. Ein Blues. Ein langsames Stück. Instrumental. Das Rundfunkgerät spielte batteriebetrieben. Kein seltener Umstand und eher als fortschrittlich zu betrachten, da längst alle Welt größtenteils zu draht- und schnurlosen Kommunikationsgerätschaften übergegangen war. *Kabellos. – Wireless*, wie der Fachmann zu pflegen sagt, in einer Zeit des ständigen Wandels und des überhasteten Fortschritts. Zum Glück präsentiert sich noch keine perfekte Welt, denn sonst hätten wir Schutzengel kaum noch etwas zu beschützen. Das wäre Gott zu viel Gedränge in seinem Himmelsgewölbe. Also: Gott bewahre vor zu viel Fortschritt und Neuerungen. Das ist nicht unbedingt erstrebenswert, denn:

Wer versucht, sich im Laufe seines Lebens selbst zu überholen, darf sich nicht wundern, dass er vielleicht als Erster sein Ziel er-

reicht, aber auch damit rechnen muss, eventuell dabei auf der Strecke zu bleiben.

... und wem würde das am besten ins Konzept passen? – Genau, dem da unten!

Dichte Wolken zogen auf. Das strahlende Blau des weiten Himmels, das durch Rauch und Staubwolken verdeckt war, hatte sich zusehends in ein Grau verwandelt. Die undurchdringlichen Wolken konnten den Großteil des Wassers, das sie in sich trugen, zwar noch halten, doch der erste Sprühregen kam schon hernieder. Das allein half allerdings noch wenig bei den bevorstehenden Löscharbeiten. Irgendwo schwelte noch immer ein Brand, loderte eine Flamme und suchten sich die tückischen Feuer ihren Weg zum Papier, zu Kunststoffen und zu allem, was brennen konnte. Glücklicherweise befand sich nahe dieses verwüsteten Ortes ein großer Teich, eher ein tiefer See, aus dem sich die Feuerwehr bedienen konnte. Bei dieser Totalkatastrophe, für die Stadt der Supergau, grenzte das wahrlich an ein kleines Wunder, dass einige Einsatzfahrzeuge unbeschädigt blieben. Auch wenn es noch so schlimm anmutete, ein Trost war den Überlebenden gewiss: Tausende und abertausende helfender Hände aus der *Nachbarschaft* wie den verschont gebliebenen Gebieten und weit darüber hinaus gab es reichlich an der Zahl. Dass sich in den Augenblicken der Qual und Schmerzen so unendlich viele Retter einfinden, alles von sich abverlangen, um den Betroffen beistehen zu können, ist eine wunderbare Charaktereigenschaft der Menschen, wenn auch der Schein trügen sollte; viele erinnern sich an ihr eigenes, schwer ertragenes Leid und können deshalb eine Notsituation physisch und psychisch nachvollziehen.

Die Zerstörung der Wohngebäude und anderer Bauwerke machte über 90 Prozent der Gesamtschäden aus. Wann immer ein Mensch auf Zerstörtes blickt, fehlen ihm selten die Hoffnung und der Glaube daran, dass alles wieder so aufgerichtet werden kann, wie er es im Ursprungszustand einst vorfand. Ein Wiederaufbau dieser Stadt erschien im Vorfeld ziemlich sinnlos zu sein, doch es liegt nun einmal unumstößlich in der Natur der Menschen verankert, Verlorengeglaubtes wiederzufinden, das Zerstörte aufzubauen und das Alte wieder herzurichten oder es zu sanieren. Ob und wann in dieser Stadt irgendwelche hübsche Mädchen wieder auf irgendwelchen Tischen tanzen würden, war für das Erste dahingestellt. Primäre Schadensbegrenzungen, umfangreiche Aufräumaktionen und diverse andere Hilfsmaßnahmen standen vorrangig an erster Stelle.

Die Ärzte aus den überfüllten Krankenhäusern der Nachbarstadt stöhnten zu Recht auf. Aber ihr hippokratischer Eid wehte allem voran. Sie mussten schließlich helfen, auf Gedeih und Verderb. Medizinische und ärztliche Hilfe konnte noch geleistet werden, wenn auch nur noch von denen, die bei der Erdbebenkatastrophe unversehrt geblieben waren. Wie dankbar Verletzte und Gerettete sein konnten, erfuhren wir schon bald darauf.

Die vielen Tage der persönlichen Hilfe, die schmerzhaften Tage des Verzichtes, die eisigen Tage und Nächte der Ängste, der Kälte und der Ungewissheit waren vergangen. Von Gottes Hand geführt erlangten die Menschen eine gewisse Fähigkeit des Verstehens und verbanden damit eine unerschütterliche Erkenntnis, die immer erst im Notfall zum Vorschein kam: Hilf den Bedürftigen in der Not, und dir wird ebenfalls geholfen, wenn es erforderlich sein sollte.

Viele helfende Hände schaffen eben ein schnelles Ende. Das ist nicht nur dahingesagt!

Dutzende von Sprichwörtern könnten zitiert werden und hunderte von Aphorismen stehen danieder geschrieben, doch eines hat nach wie vor unverrückbaren Bestand: *Gottes gnadenvolle Hilfe ist unauslöschbar in seiner Kraft und Güte. Sein Wille, sein Verständnis, seine Gabe, seine Opferbereitschaft, seine himmlische Kraft, ob psychischer oder physischer Natur, werden stets allgegenwärtig sein.* Zweifelsohne war es eine Glaubensfrage, aber verlieren denn die Menschen auf ihren Trümmerfeldern ihren Glauben? Alles, aber das nicht. – Zuerst vielleicht ein wenig, doch nicht nachhaltig. Hatten sie in diesem besonderen Fall das Wunder von der groß angelegten Hilfe geträumt? Nein, natürlich nicht! Diese Hilfe ward zuteil, da bedurfte es keines Traumes. Dafür sorgte Gott.

Muriela und ich, wir tauchten unsere Schnauzen in zwei blecherne Schüsseln, gefüllt mit kaltem Wasser, die wider Erwarten sauber waren, wenn auch nicht unbedingt keimfrei. Extreme Nebensächlichkeiten! Neben unseren Wassernäpfen standen zwei weitere Gefäße, in denen sich verschiedene, gar matschige Fleischbrocken, einige gekochte Kartoffeln und eine Hand voll trockener Haferflocken befanden. Die mobilen Gaskocher boten in jenem Moment die einzigen Kochstellen auf, die von den Helfern parat gehalten wurden, um die noch auffindbaren Lebensmittel zu erwärmen oder zu erhitzen. Das nahrhaft Essbare für uns Hunde musste etwas vermischt werden und diente lediglich als Stärkung in der Not. *Suchhundehelferfutter.* – Zweifellos lecker im Notfall.

„Woher seid ihr eigentlich gekommen? Ihr habt gute Arbeit verrichtet, wo ist euer Führer? Nun, wo?" Im Wechsel strich uns ein Mann über das Rückenfell wissentlich, dass wir ihm wohl kaum richtig antworten konnten.

„Brave Hunde. Feine Kerlchen. Ihr seid nette Kerle. – Brav. – Brav!"

Ja, ja, wir tun, was wir können, dachte ich und verdrehte, vielleicht ein wenig kurios, meinen Kopf. Ich winselte und zeigte durch ein gutmütiges Jaulen an, dass ich dem *Streichler* gut gesonnen war.

Es handelte sich um den Feuerwehrmann aus den Trümmern des Hauses, aus dem das gerettete Mädchen stammte. Er kniete mit beiden Beinen vor uns. Wir konnten dem Vernehmen nach schlecht sagen, woher wir kamen. Ein aufmunterndes Bellen hätte der Mann sicherlich ebenso wenig interpretieren können wie ein Pfotenkratzen oder gar ein Rundtanz des gesamten Körpers mit springender Auf- und Abbewegung während eines gezielt eingesetzten Männchenmachens. Um also einigermaßen antworten zu können, wedelten wir nur zufrieden mit den Schwänzen und fraßen der Einfachheit halber unsere Töpfe leer. Das schnell gezauberte Labsal kam gerade recht, denn knurrende Mägen gefallen selbst den tapfersten Hunden nicht.

Der Mann in der verschmutzten Feuerwehruniform griff an den behaarten Nacken von Muriela. Skeptisch verfolgte ich sein Handeln aus den Augenwinkeln heraus. Er zog das lederne Halsband ein wenig ab und versuchte, zu entziffern, was auf der Marke stand, die daran an einer chromglänzenden Metallöse angebracht war. Eine eingravierte Nummer erkannte er darauf wie einen für ihn ungewöhnlichen Namen; zum Glück konnte der Mann nicht deuten, dass Muriela ein von Gott eingesetzter Suchhund war und durch diesen Namen eigentlich bloß in die Irre geführt werden sollte. *Ist dieser Name wohl ein Codewort, ein Losungswort?* – Still sah der Feuerwehrmann auf diese Plakette und schwieg sinnend. Bei der Ziffer auf der Marke handelte es sich um die Zahl zwei, und der Name, der darüber stand, lautete: *Kobin.* Meine neugierigen Augen verpassten nicht den Hauch eines Moments.

Kobin, alle Achtung, dachte ich, *dabei handelt es sich mit Sicherheit um keinen Zufall.* Gespannt verfolgten nun Murielas Augen, was wohl der fremde Mann an meinem Halsband entziffern würde. *Welch Wort oder Ziffer war wohl in meiner Marke eingraviert? Eine eins und Kurim?* Natürlich, was denn sonst. Es schien ziemlich klar, dass die Ziffern und Namen stellvertretend für Muriela und mich standen, göttliche Leihgaben von oben. *Vom Himmel hoch, da kommen wir her* ... Wer hat das ausbaldowert? Gott? Gott und die zwei Seraphim? – Hm!

Danke, sehr schmeichelhaft, das Ganze, ausgesprochen angenehm!

Gottes vorhersehbare Absichten mit den dazu gehörigen Gedanken und seine daraus resultierenden Entscheidungen konnten zuweilen sehr verworren sein, aber wir wollten ihm den Spaß daran nicht nehmen. Ob es sich bei der Vergabe dieser Hundemarken nur um einen Spaß gehandelt hatte oder nicht, würde sowieso immer ein Rätsel bleiben. Eins stand zumindest fest: Bei uns Hunden handelte es sich nicht um die zwei Seraphim, das schien klipp und klar, das waren schon wir. M. und M. – *Ein wahrlich seltsamer Spaß von Gottes Seite aus gesehen!*

Es dauerte keine fünf Minuten, und die gut gefüllten Fressnäpfe waren geleert. Mit großer Genugtuung schleckten wir die durchaus bekömmlichen Essensreste von unseren Schnauzen.

Sauber und ordentlich – sollte auf den Plaketten ebenfalls stehen!

Die stets feuchten Nasen, unser Hundeoutfit war perfekt, witterten noch einige verschüttete Menschen. Die zu bewältigende Arbeit war noch nicht gänzlich erledigt, es bedurfte noch einiger wichtiger Einsätze. Wir spürten natürlich auch, dass in verschiedenen Fällen die eingeschlossenen Menschen längst verstorben waren; zerquetscht und zermalmt von schwerem Gestein, zerdrückt von Beton- und Zementbrokken. Sehr schicksalhaft, denn wir wussten von anderen Ereignissen, dass eine Identifizierung um so schwerer vonstatten geht, wenn unter Umständen eine visuelle Fleischbeschau nicht mehr möglich ist. Anhand von Zahn- und Gebissbildern sowie etwaiger DNS-Strukturen aus Haar- oder Hautpartikeln gewonnen, konnten die betreffenden Leichen identifiziert werden. Trotz aller medizinischer Erkenntnisse aus Langzeitforschungen, experimentellem Know-how und den daraus resultierenden Möglichkeiten war und blieb es eine sehr unschöne Aufgabe für die Hinterbliebenen. Sie schleppten das erlebte Grauen einer Wiedererkennung oft monatelang mit sich herum und banden es ungewollt in ihre Schlafphasen ein. Keine Nacht verging ohne schweißtreibende Träume. Ein Horrorszenario wie vom Teufel erschaffen. Die alleinigen Bilder dieser ablaufenden Szenen stellten sich für den Satan als eine Art Heimatfilm dar; ein Thriller allerfeinster Güte, in der dieser mephistophelische Widerling in der ersten Reihe seines teuflischen Kinos saß und tütenweise zerschnippelte Seelen vertilgte.

Wir, zwei *Hilf-, Such- und Spürhunde-Engel*, warteten geduldig auf weitere Anordnungen und Anweisungen der selbst ernannten Hundeführer.

Wie von Geisterhand gezogen und vom Teufelsmaul eingesaugt, verwaiste die zerstörte Stadt zu einen Ort der Verdammnis. Diese Trümmerstadt leerte sich von Hilfe spendenden Menschen.

Was war geschehen? Waren alle Toten geborgen, alle Verletzten versorgt und in Krankenhäusern untergebracht und ärztlich behandelt worden? Hatten wir Hunde irgendetwas nicht verstanden oder gar nicht erst mitbekommen? Ich sah Muriela an, Muriela schaute mich an:

„Was hat das zu bedeuten?", fragte Muriela durch die Lefzen ihrer Schnauze.

„Ich habe keine Ahnung. Was sollen wir anderes machen als abwarten? Wir können im Moment nichts tun, gar nichts!", kläffte ich leise unter meiner feuchten Nase hervor.

Abrupte Befehle hallten über den Ort des Schweigens und der ausweglosen Finsternis, im Rauch verhüllt und somit im Qualm erstickt. Kein anwesender Helfer befahl mehr, per Kommando zu suchen. Kein Polizist, Feuerwehrmann oder Zivilhelfer war zugegen, um uns vielleicht neue oder andere wichtige Befehle zu erteilen. Niemand. – Keiner. – Nicht ein Hauch von einem Hilfstrupp!

Die Suche nach weiteren Verschütteten wurde unverständlicherweise augenblicklich eingestellt. *Zapfenstreich im Karpfenteich. – Ende im Gelände. –*

Im wahrsten Sinne des Wortes! – Traurig, aber wahr.

Ein kreischendes Megaphon dröhnte durch die zu schneidende Luft, die längst von scheinbarer Ignoranz vergiftet war.

Achtung! Achtung! Hier spricht die Einsatzleitung! Bitte beenden Sie alle weiteren Bergungsversuche, so klang es in die Weite der Trümmerlandschaft. Wir mussten uns unsere *Worte* der Fragen und Antworten schon zurechtlegen, um uns einigermaßen verständigen zu können.

Einige unterschwellige Geräusche drangen noch aus den Trümmern der zerstörten Stadt. Es war für diejenigen, die sich unmittelbar in der Nähe aufhielten, ein mächtig lautes Unterfangen. Wie ein versinkendes Schiff, dem die Schotten brachen und der immense Wassereinbruch das Genick entzweite, erklangen ein Quietschen und Knarren, ein Pfeifen, Zischen und Poltern. Zwischendurch vernahmen wir atemlose Stille und abflauende Geräusche der verschiedensten Art.

„Das hat der Mann dort vorne gerufen, den habe ich hier am Ort noch nie gesehen, die ganze Zeit über nicht. Gehört er überhaupt hier her, darf er diese Order ausrufen?", bellte Muriela zu mir herüber und schaute ganz aufgeregt, indem selbst ihre Ohren wie Peilsender nach vorne zeigten.
„Ich denke schon!", antwortete ich kopfnickend und witterte *Morgenluft*.
Werden wir bald abgerufen?
Dieser besagte Mann hockte mit seinem Megaphon in den dampfenden Trümmern und verkündete, wie in früheren Zeiten dem Nachtwächter gleich, das definitive *Aus* der Suchmaßnahmen. Er schritt durch die schuttübersäten Straßen, dort entlang, wo es der zu beschreitende Untergrund zuließ. An jeder Ecke, wenn sie als solche erkennbar war, blieb er stehen und rief nochmals die gleichen Worte: *Die Suche wird abgebrochen ... – ... Kommen Sie alle zu den Ausgangslagern ... –*
... Der Einsatz ist beendet ... –
Achtung! Achtung! – Hier spricht die Einsatzleitung ... –
Beenden Sie alle ...
Er war nicht der Einzige, der schrie und diese Aufforderungen verkündete:
Beenden Sie alle ... und wieder und von neuem die gleiche *Leier ...*
(Auch ein sehr schönes Saiteninstrument, das bei himmlischen Veranstaltungen stilvoll zum Einsatz kommt ...!)

Das bedeutete unwiderruflich, dass alle Helfer ihre Arbeit abbrechen und damit sicher sein konnten, dass die Verschütteten, die noch nicht gefunden wurden, wahrscheinlich tot waren. Höchstwahrscheinlich, doch Restzweifel bleiben immer! Nicht selten kam es vor, dass nach Tagen des Totglaubens noch Menschen aus ihren Trümmern befreit werden konnten, aber ... – die innere Hoffnung war dünn gesät.

Ich sah von unten nach oben hinan auf den Schutthügel, überlegte einen Moment und drehte meinen Kopf zur Seite. Wie wild durcheinander gefallene Mikadostäbchen ragten die Trümmer auf.

„Wir müssen versuchen, unsere Aufmerksamkeit gen Himmel zu lenken, damit Gott Vater die Angelegenheit hier für uns alle zufriedenstellend zum Abschluss bringen kann!", murmelte ich Muriela zu, im Glauben, dass mein Wunsch in Erfüllung ginge.

„Eine hervorragende Idee, aber können wir in großer Eile Kontakt zu Gott oder seinen Seraphim aufnehmen?", fragte meine weibliche Begleitung, indem sie ihre Zunge im Wechsel von einer zur anderen Lefze schlug. Muriela der Engel, der noch immer wie ich ein Suchhund war, hielt die Augenlider halb verschlossen. Sie war müde und abgekämpft. Partielle Bluttropfen und Bahnen roten Lebenssaftes drangen durch ihr Fell; zum Glück handelte es sich dabei nicht um lebensbedrohliche Verletzungen.

„Das ist wahrlich schwer zu sagen, Muriela! Eigentlich müsste Gott uns noch im Blickfeld seiner Augen haben. Seine Gedanken zumindest werden bei uns sein. Obwohl, vielleicht hat er im Augenblick Wichtigeres zu tun!", erklärte ich ihr und hegte die Hoffnung, dass mein *Herr und Gebieter* uns wie eine Hand voll Wasser aus einem Brunnen gehoben wieder in normale Bahnen leite.

„Gibt es Wichtigeres, als wir es sind?" Muriela drehte ihren kraftvollen *Verstärker* auf.

„Nun werde nicht überheblich, die Angelegenheit wird sich schon klären, nur Geduld. Du weißt doch: Geduld ist .... äh ...!"

Sie unterbrach mich jäh.

„Ja, ja, ich weiß, das hast du nun schon zigmal erzählt. Erspar mir Weiteres!"

Jetzt war sie bockig! *Ein Hund, der bockig ist, wie lustig!,* dachte ich.

Eine kleine Pause entstand. Wir blickten uns in die Augen und schwiegen uns stumm an. Ab und zu schüttelte einer von uns den Kopf. – *Pantomime pur!*

„Ich finde, wir können uns in diesem Hundeoutfit überall sehen lassen", strotzte Muriela aus dem Schweigen heraus. *Das war aus den unendlichen Tiefen herausgeschleuderte Frauenpower gepaart mit logischem Gegenwartsdenken.*

„Wie kommst du nur plötzlich darauf, das steht im Moment gar nicht zur Debatte! Es lebt sich zwar recht angenehm in diesem *tierischen Kostüm,* doch in Kürze würde ich dieser tierischen Hülle gern enteilen. Ich denke, wir werden bald eine Mitteilung von *oben* erhalten, dass unsere Dienste nicht mehr weiter erforderlich sind."

„Dem stimme ich zu!", bestätigte meine *Super-Power-Engel-Hündin!*

„Was machst du mit den beiden Hunden?", wollte ein entfernter, aber auch uniformierter Kollege von dem hilfsbereiten Feuerwehrmann wissen, der unter Einsatz seines Lebens durch Schutt und Trümmer gestapft war.

„Ich weiß es nicht. Sie tauchten aus dem Nichts auf. Ich habe nur die Nummern und die Kennzeichen ihrer Marken.

Mehr nicht. Sie gehören schließlich nicht zu mir und mit den Beschriftungen allein kann ich nichts anfangen, tut mir Leid!", entgegnete der junge Feuerwehrmann und schien einem Anflug von Gewissensbissen zu unterliegen.

„Können wir sie allein zurücklassen, ohne jemanden zu informieren?"

„Sicherlich, ich denke schon, dass wir das können!"

„Obwohl, ich hoffe, sie werden zu ihrem Herrn oder Hundeführer zurücklaufen."

„Gut, wir sollten kurz überlegen, und ..."

Der flüchtige Dialog der beiden Männer wurde abrupt beendet, als sie von ihren Vorgesetzten jeweils persönlich abkommandiert wurden. Sie stiegen, dem Kommando folgend, in ein Fahrzeug und fuhren dem Augenschein nach zu einem anderen Einsatzort oder ihrem Stützpunkt zurück. Die schwer zu befahrene Straße führte sie hinaus aus der Stadt. Im Mannschaftswagen sitzend, dachten sie noch einmal über eine etwaige Verfahrensweise in Bezug auf uns Hunde nach, doch so schnell, wie das Fahrzeug entschwang, verschwand auch der Gedanke daran. Jegliche weitere Verantwortung war somit abgelegt und wurde flott verdrängt.

So ungestüm vollzieht sich das Denken in der rasch forthuschenden Zeit!

Es ist so leicht geworden, gewisse Dinge zu ignorieren, sie zu delegieren, sie zu verschweigen, sie zu tabuisieren und damit unter den Teppich zu kehren. Selbst nach schwierigen Gefahren- oder Katastrophenfällen stellt sich rasend schnell die Normalität wieder ein, und es gibt wohl nichts Näherliegenderes als diese Normalität mit ihren unterschiedlichen Begleitumständen. So kann immer eine gewisse Distanz zur Sache an sich bewahrt werden.

Jeder Mensch geht gewissermaßen auf seine Weise *über Leichen!*
Leichen? – Ah! ... – Tod ... – Das bedeutet Seelen! Böse Seelen, will ich hoffen ...! Diese verdreckte Stimme klang nach Luzifer, wer sonst prahlt mit seiner steten Präsenz?
Scher dich zur Hölle, Teufel!
Ich, Midron der Engel, kann nur hoffen, dass derjenige, der diese Äußerung macht, nie in die Verlegenheit kommt, diesen Ort besuchen zu müssen.

Die Menschen leben und agieren unten auf der Erde, die berufenen Engel warten oben im Himmel auf ihren Einsatz. Ob ein berufener Engel gleich nach einer Menschengeburt als Schutzengel herniederfährt, ist ungewiss. Allerdings können sich die Menschen und Engel blind akzeptieren, da sie nicht unmittelbar miteinander in Berührung kommen. Menschen auf dem Planeten und Engel auf Erden als Beistand. Es funktioniert. Sicher spielt der Glaube eine nicht unwichtige Rolle dabei. Ehrlich betrachtet sehnt sich jeder Mensch nach einer Schutzbedürftigkeit. Dass in den meisten Fällen die himmlische Betrachtungsweise hineinspielt, ist eine Frage der allgemeinen Akzeptanz.
Der Glaube versetzt noch immer Berge!
Auf Grund dieser Tatsache darf ein Mensch nicht lächelnd vor Hügeln stehen!
Bei den meisten Betroffenen, wie zum Beispiel nach der Erdbebenkatastrophe, stehen sicher etliche Fragen offen. Sie zu beantworten, ist schwierig. Was glaubte der Feuerwehrmann, was dachte der Polizist, was überlegte das sicher versorgte Mädchen nach der Hilfsaktion und der damit zusammenhängenden Rettung? Woran glaubten all die anderen Menschen, die diesem Fiasko entkommen waren? Wie fühl-

ten sich die vielen Geretteten in den Krankenhäusern? Würden sie himmlischen Beistand in Form von heilenden Gedanken erfahren? Dachten sie an all die anderen, die das gleiche Schicksal mit ihnen teilten? Betet derjenige zu seinem wahren Schöpfer, der die Hände fest faltet und selbstberuhigende Worte spricht, um sein Seelenheil zu finden? Ja, all die Fragen, die sich die Menschen zu Lebzeiten auf der Erde stellen, werden sie noch am Ende der langen Strecke beantwortet, oder müssen die Sterblichen warten, bis ihre Fragen einer himmlischen Beantwortung zugeführt werden? *Dazu wird und darf sich kein Engel äußern!*

Gott befehligte den Zweiten Seraph aus Erster Staffel zu sich.
„Was denkst du, Kobin, alter Vogel?" Gott schabte mit seinen Fingern an der Brustseite seines Gewandes und trug ein süffisantes Lächeln im Gesicht.

(Das war doch nur wieder so eine plumpe Anspielung an die Geschichte im Zoo!)

„Wie beurteilst du das Verhalten, den Einsatz und den Erfolg unserer beiden Engel Muriela und Midron? Können wir mit ihnen zufrieden sein?"
Kobin, der hierarchisch bedingt zuweilen auch den Ersten Seraph aus der Ersten Staffel vertrat, fuchtelte etwas ungestüm mit seinen Händen vor Gottes Augen herum und erklärte:
„Ich bin mir ausgesprochen sicher, dass ihre irdischen Einsätze große Erfolge waren. Sie haben ihre Aufgaben gut ausgeführt und bewältigt. Doch, ja ..., ich bin sehr zufrieden. Allerdings umschleicht mich da so ein Gefühl, dass sich Midron von Muriela etwas hat ablenken lassen."

„Was heißt ..., – ein Gefühl?" Gott ging dieser Aussage sofort auf den Grund und fragte Finger zu Boden dirigierend weiter:

„Was meinst du mit ... *hat ablenken lassen?* Wie ich das von meiner Warte aus sehe, haben die beiden ihre befohlenen Angelegenheiten mit Bravour erledigt. Erst Midron allein, dann gemeinsam mit Muriela. Sehr schön. Aber gut, holen wir sie herauf. Um ganz sicher zu gehen, dass die Missionen ein hundertprozentiger Erfolg waren, werde ich noch einige Experimente ins Leben rufen. Ganz kleine." Gott zeigte Kobin einen Spalt zwischen Daumen und Zeigefinger, durch den ein Blatt Papier hätte noch gerade rutschen können.

„Ja, eine gute Idee, dem kann ich nur beipflichten. Ich werde das Erforderliche gleich einleiten. Sie können noch heute zurückkommen. Ich hole sie persönlich herauf und werde das alte Lichtrohr von mir benutzen. Die Lichtstrahleinheiten werden gerade inspiziert und unterliegen momentan der nötigen Generalüberholung. Es müsste zwar alles sehr schnell vonstatten gehen, aber ich denke, das bekomme ich hin. Dieses Lichtrohr habe ich lange nicht mehr für einen Rücktransport benutzt, aber andere Möglichkeiten bestehen ja momentan nicht."

Kobin wollte uns nicht länger als nötig *unten* behalten. Wenn eine Sache erst einmal beschlossen ist, dann vollzieht sich das Ganze schleunigst. Gott nickte und tat sein wohlwollendes Einverständnis kund:

„Ich könnte doch *auch* mal wieder ..."

„Nein, nein, nein, nein, nein, ich führe die Angelegenheit selbst aus! Chef, das ist mein Befugnis! Ich sause nach unten und hole die beiden *Hündchen* persönlich herauf!", so Kobin. Das ließ er sich nicht nehmen.

„Nun, gehe in meinem Namen und leite alles Notwendige in die Wege."

Kobin beugte sich leicht nach vorne, grüßte verabschiedend mit stummen Lippen und legte die Arme gekreuzt vor seine Brust, so dass die Fingerspitzen jeweils die Oberarme berührten, worauf er von dannen zog. Gott wartete, bis Kobin um die nächste Ecke gebogen war, und stampfte anschließend von leichtem Unbehagen begleitet mit dem rechten Fuß auf den Boden:

„Ich soll hier oben wohl gar nichts mehr machen ...? Ach, diese Engel ... äh, ... diese Seraphim, ... ich werde alt und müde – schon wieder!" *Uaaah!*

Ein Gähnen durchengelte den Raum.

Gott wird alt und müde! Ha! – Mein Freund, lege dich nur hin und schlafe, ich werde dir mit meinem Dreizack schon noch in den Hintern stechen, Herr des Himmels, G o t t! – Hähähä .... – warte nur, warte!

Ein unflätiges Gezeter drang aus der Hölle empor. Der Beelzebub hatte wohl nichts anderes zu tun, als sich ständig um seinen Widersacher Gedanken zu machen ...

Das Lichtrohr war eine absolut altertümliche Transportmöglichkeit für die Reise zur Erde und wieder zurück. Diese alte Reisemöglichkeit nutzte auch Gott gelegentlich. *(Er benutzte am liebsten das alte Lichtrohr. Da kannte er sich aus. Das war immer so und das sollte auch immer so bleiben. Da wollte er sich nicht an die Neuerungen klammern. Neumodischer Schnickschnack, wie er immer sagt.)* Die kegelartig gegeneinander gewandten Enden dieses Lichtrohres verbanden sich für einen Bruchteil einer Millisekunde. Im Inneren erlaubte ein mikroskopisch kleiner Durchlass die mögliche Reise, und so wurde der ausgewählte Protagonist durch das Rohr impulsartig zum

Bestimmungsort geschickt. *Klingt etwas kompliziert, ist es aber nicht!*
„Ich spüre die Nähe unseres Gottvaters und Herren und ... – Sieh an, auch von Kobin, dem Seraph. Wir werden also höchstpersönlich abgeholt, wie schön. Da müssen wir hier unten auf der Erde aber einen bleibenden Eindruck hinterlassen haben, wenn Kobin speziell für uns herunterkommt und ..."

„Dass du das so schnell spüren und erkennen kannst, Midron", knurrte Muriela mit noch spitzer Hundeschnauze herüber.

„Ha! – Das ist eben eine meiner Professionen. Ich spüre gewisse Geschehnisse eher als jeder andere Engel. Das hat mich zu Gottes Liebling erblühen lassen."

„Sei nicht so eingebildet, Midron, du trägst ziemlich dick auf!" Muriela hob ihren Kopf wie eine beleidigte Afghanenhündin, der untersagt wurde, an einer Seepromenade zu flanieren.

Das von uns erwartete *Lichtrohr* näherte sich rasant. Diesmal erschien kein Vogel, wenngleich das *Schaak* nie an Bedeutung verlieren würde. Das millisekundenlang tönende Rauschen wurde blitzgeschwind hörbar, nur ganz kurz der kegelförmige, gleißende Lichtpunkt sichtbar. Wir wichen auf den Pfoten leicht zurück, und vor unseren treuen Hundeaugen erschien Kobin am Ende des Lichtrohrs und in seiner wahren Größe. Hinter einer halb eingestürzten Hauswand erstarkte der Zweite Seraph aus der Ersten Staffel zur Gestalt und sprach, nachdem er eine schaumige Speichelwoge verschluckt hatte:

„Ich grüße euch, Erzengel Midron ..., – Erzengel Muriela. Eure Mission ist erfüllt. Gott wird gleich zu euch sprechen, wenn er nicht wieder schläft. Er kommt mir oft müde vor.

Eine Marotte in letzter Zeit. Ich dagegen habe, wie ihr euch denken könnt, nur wenig Zeit, diese mir aber für euch genommen."

„Wie schön, Kobin, wir freuen uns, zurückzukehren!", kläffte ich ihm wohlgesonnen zu.

„Kommt nun schnell, ich muss heute noch anderes Wichtige erledigen."

Was das wohl wieder war?

Waren in dieser Aussage Worte verborgen, die darauf hindeuteten, dass der Seraph Willens ging, einmal an Gottes Stelle zu treten, um den Himmel zu dirigieren? Warum sprach er von Gottesmüdigkeit? Der ironische Unterton war durchaus angekommen bei mir, und ich musste erst nachdenken. *Na, na, lieber Seraph, da wollen wir aber schön vorsichtig sein ..., – ... mit diesen Gedanken!*

Die dunkelbraunen Hüllen der augenscheinlichen Hundegestalten verschwanden wie atomisiert. Schnell. – Wie immer. – Blitzartig. – Rasend schnell.

Drei gleißende Lichtpunkte entstanden. Der Seraph Kobin katapultierte uns drei durch den nahezu unendlichen Raum zum Himmel empor.

Gottes Entscheidung, Kobins kompetentes Handeln, gepaart mit seinem unbrechbaren Willen, wurden oft sehr rasant in die Tat umgesetzt.

Ein kaum vernehmbares Zischen erleichterte die Erde um drei Gestalten. Aus der irdischen Hülle entschlüpft, raste das Dreigestirn in Richtung des himmlischen Gewölbes. Ein verdienter Seraph aus alten Zeiten und zwei triumphierende Erzengel der jüngeren Art. Ich sah Muriela an:

„Wie du aussiehst!" Sie schaute an sich herunter:

„Sieh, Midron, das Gewand!" Die *Hundekostüme* gehörten der nahen Vergangenheit an.

„Willkommen zurück."
Gott reckte seine Arme in die Höhe. Er war nicht eingeschlafen, machte allerdings bei der Begrüßung nicht all zu viele Worte.
Wenn er Zeit hat, nimmt er sich die Zeit und dann hat er Zeit.

Beinahe von den Schuhhacken gekippt, nuschelte Gott sich in seine im Gesicht tragende Manneswürde:
„Gut gemacht, ich bin stolz auf euch, das habt ihr sehr, sehr gut gemacht, kommt bitte mit!"
Er ging voran, wir beide trotteten hinterdrein. Weiter murmelnd und im Vorangehen ließ er unverständliche Worte in seinen weißen Bart tropfen. Der Seraph, stets bedächtig schreitend in langem Gewand, benutzte einen anderen Weg. Er entschwand in einem langen hellen Gang mit einer präzise geformten Deckenwölbung und schien sich mit einem anderen Engel zu treffen. Muriela und ich sowie Gottes *Wenigkeit* traten in die Räumlichkeit ein, die im Normalfall für wichtige Konferenzen ausgelegt war. Wir setzten uns an den großen, langen Tisch, und Gott Vater blickte erwartungsvoll in unsere doch leicht abgekämpften Gesichter.
„Nun, eine Prüfung, ein paar Experimente, werde ich euch vielleicht noch auferlegen, oder seid ihr eher der Meinung, dass ihr schon alles gemeistert habt? Ich überdenke es. Aufsteigen in der Hierarchie werdet ihr wahrscheinlich ohne weitere Versuche und Prüfungen, denn was soll ich euch noch beibringen? Bei Unstimmigkeiten werde ich den großen Rat zusammenrufen. Eigentlich will ich euch nur nah bei mir wissen. Denkt, ich habe nicht oft dieses gute Gefühl, dass zwei meiner Engel etwas ganz Besonderes sind. Vielleicht hat euer Zusammensein doch Wunderbares bewirkt. Weiteres wollen wir sehen. Dein Flehen, Midron, ich sage es nur un-

gern, aber du hattest Recht damit, nach einem Engel an deiner Seite zu rufen!"

Gott nahm sich seine kostbare Zeit für die Worte und Ausführungen, wenngleich all seine Entscheidungen schon feststanden.

Wir durften uns leger geben und ungezwungen stärken. Zwei Becher, gefüllt mit frischem Wasser, standen vor uns auf dem Tisch. Der himmlische Vater hatte noch einen Becher mit einer zauberhaften Flüssigkeit vor sich stehen. Diese Mixtur bestand aus seltsamen Ingredienzien, die, wie er sagte, seiner Seele unheimlich gut tun würden. *Ich tippe da auf Wein, aber das ist nur eine Vermutung,* durchschoss es mich. Neben dem Becher platziert lag eine marmorne Schale mit Manna, dem bekannten Himmelsbrot. Gott hielt seine greisen Arme verschränkt und drohte, tatsächlich einzuschlafen. Sicher nur ein kleiner Schwächemoment. Es wäre nicht auszudenken, ja zweifelsohne eine Katastrophe, würde er nach vorne schlagen und auf seinen Becher fallen.

Wir gaben keinen Ton ab und wagten kaum, uns zu bewegen.

„Jetzt gleich, gleich passiert es, er schläft ein, pass auf!", flüsterte ich Muriela zu, die mich ständig in die Seite boxte, um zu signalisieren, ich sollte ihn doch besser wach halten.

„Midron, pass auf, Gott schläft wirklich jeden Moment ein!", zischelte Muriela fast unhörbar und zustimmend.

„Pst! Nicht so laut, der kommt allein schon wieder zu sich!"

Pustekuchen, dem war nicht so.

Gott war also wider Erwarten und letztendlich eingeschlafen. Wären alle Himmelsbewohner in der näheren Umgebung ebenso in einen Schlaf gefallen, hätte Gott gut daran getan, besser gleich in einen Tiefschlaf zu fallen. So wären alle *überanstrengten* Engel ebenfalls von den müden Beinen gekommen!

Spürbare Lautlosigkeit durchflutete den Raum. – Siesta im Himmel.

Faules Engelspack! Wenn Gott wüsste! *Gott bekommt oft wenig mit,* meint die Engelschar. *Eigentlich nichts Ungewöhnliches,* meint die Engelschar ebenfalls.

(Diese Aussage schreit nach Verrat!)

Allgewaltige Stille im Himmel ..., das war sogar zuweilen Pflicht. Aber nur in Ausnahmefällen. So ruhig wie an diesem Tage war es lange nicht mehr im Himmel.

Wenn Engel reisen ... oder Neugieriger Engel

Der Zweite Seraph aus der Ersten Staffel, Kobin, traf auf den Ersten Seraph Kurim, ebenfalls aus der Ersten Staffel. Bei Kurim handelt es sich um einen strengen und getreuen Untertan Gottes, der in der Hierarchie direkt ihm unterstellt ist. Bedingt durch die Vielzahl seiner Aufgaben bekommen ihn die Gefolge-Engel nur selten zu Gesicht. Penibel, fast militärisch geordnet ist diese Hierarchie im Himmel. Nur dass Gott die eine oder andere Figur auf seinem himmlischen Schachbrett nach Belieben verschieben kann.

„Ich habe die beiden auserwählten Engel aus unserem Geschwader beobachtet, – *mein Gott*, sind die verliebt ineinander!", tönte es aus Kobins Mund, und zusätzlich noch fragte er neugierig seinen sechsflügligen Nebenmann:

„Gott will sie noch einer Prüfung unterziehen, wie ich hörte?"

„Vielleicht, ich denke, vielleicht!", begegnete Kurim, der getreue *Vize-Engel*. Kurim wusste oft etwas mehr, als er seinen Untergebenen mitzuteilen bereit war.

Der Seraph Kobin lauschte sehr aufmerksam den weiteren, spekulativen Ausführungen seines Gesprächspartners vis-a-vis.

„Mein *Gott*, der schläft aber tief und fest!", bemerkte ich und zupfte zögerlich am göttlichen Gewand. Es bestand aus dichtem und wärmenden Gewebe. Ich fasste die gebotene Gelegenheit am Schopfe, und aus meinem Mund wehte der windgeräuschartige Hauch als eine forsche Aufforderung zu Gott herüber:

„Aufwachen, wir sind bereit für alle neuen Prüfungen und Schandtaten, wenn es denn unbedingt sein muss."

Muriela nestelte an der anderen Seite seines mit viel Liebe geschneiderten Gewandes herum. Gott schien offensichtlich sehr tief zu schlafen. War er schon gänzlich weggetreten? Hoffentlich träumte er nicht schon? Wenn aber doch, wären es sicherlich ambrosische Träume in rosa Wolken und wattebauschigem Weiß getaucht. Es hätte ungeahnte Folgen für uns gehabt, wenn wir ihn abrupt geweckt hätten. Denn im Traum geweckt zu werden, mochte Gott überhaupt nicht gern. Um nicht zu sagen: das machte ihn fuchsteufelswild.

Was ist mit mir, ich höre meinen Namen eingebettet? Aus den Tiefen der tiefsten Tiefen erklang ein jämmerliches Gewinsel.

Ach so, nur der Teufel!

So lange es sich nur um die Stimme Satans handelte, die nach *oben* drang, bestand keine unmittelbare Gefahr. Dieser Zustand wurde demzufolge ignoriert. Anders würde es sich verhalten, gelänge der Leibhaftige nach oben, drängte den Cherub zur Seite, um sich Einlass zu verschaffen, und scharwenzelte unverfroren durch die Gewölbe des Himmels. Man möge es sich nur vorstellen, wie der bocksbeinige Antichrist mit schwungvollem Gange, vorausgesetzt, das zweite Bein wäre nachgewachsen, durch die Flure taperte und mit seinem Dreizack an den Wänden entlang führe und die weiße Farbe anritzte. Obwohl, würde diese bestialische Teufelsgestalt überhaupt so weit vordringen können? Ich glaube, nein, deren Offensiv-Engel wären zuhauf gegenwärtig, um diesem Fiesling den Garaus zu machen oder wenigstens seinen Dreizack zu zerstören und ihn des Feldes zu verweisen. Würde der Satan singend mit fratziger Fresse sagen?: Ha! – *Jetzt werde ich euch ärgern, ihr Engel, erstechen und jagen werde ich euch, ha! Verbrennen und die Hände und Füße abschneiden werde ich euch, hahahaha!* – Unvorstellbarer Gedanke!

„Pst, aufwachen."

Ich wurde noch etwas energischer, in dem ich meinen Kopf vorreckte und mit meinen Lippen fast in Gottes Ohrmuscheln versank. Meine Zungenspitze ragte durch die Lippen hindurch. Sah sehr komisch aus, in der Tat.

„Aufwachen, Vater, Herr, Gott Vater, mein Herrscher, – aufwachen!"

Muriela sprach verhalten mittellaut und zog nun etwas stärker an dem weißen Gewand, fester, fast schon unverschämt stark erfolgten ihre Zuckungen.

„Das ist doch nicht möglich!"

Ich dirigierte mit beiden Händen, als wollte ich das gesamte Himmelsorchester zur Höchstleistung animieren. Unverdrossen erhob ich mein Haupt und blickte über den Kopf Gottes hinweg. Dabei schaute ich Muriela erwartungsvoll, wenn auch ungläubig an.

„Er schläft unglaublich tief, hast du vielleicht eine Idee, was wir machen können, um ihn zu wecken?", fragte ich.

Muriela überlegte nur kurz und nickte mit den Worten:

„Ja, damit es nicht zu rücksichtslos wird, werde ich zwei oder drei Engel aus unserem Chor bitten, uns zu helfen. Ich kenne den Vorsänger ganz gut." Diese Möglichkeit traf postwendend auf unser beider Zustimmung. Es war sicher besser so, jemand anderen vorzuschieben als selber die Nackenschläge einzustecken. Delegation der Verantwortung. *Feig-Engel?* – Na und? – Das schrie doch schon wieder irgendwie nach irdischer Schlechtigkeit.

In wenigen Schritten eilte Muriela zum Gemach des ihr bekannten Sängers. Sie klopfte an die Tür. Nach einem *Herein*, einer Begrüßung, einer flüchtigen Unterhaltung und kurzem Warten verließen die beiden den Raum, um zurückzugehen. Zwei oder drei Gemächer weiter, schritt der

Vorsänger in einen anderen Raum und *zerrte* auf nettsanfte Art zwei weibliche Engel heraus, die ihnen nach einer kurzen Bitte folgten. Spannung ward kundgetan. Ein zufriedenes Lächeln erblühte in allen Gesichtern. *Na dann aber los!*
„Was sollen wir denn singen?", wollte der Vorsänger wissen, der nun in hübscher Begleitung dieser zwei im Chor singenden Engel neben uns weilte.

Überhaupt gibt es viele hübsche weibliche Engel im Himmelsgewölbe; eine reizende Schar von modellträchtigen *Skycatwalkerinnen* könnte aufgeboten werden. Wieder wird die Vorstellungskraft gefordert: Engel, umhangen, gekleidet und ausstaffiert mit elegantem Stoff und allerfeinstem Himmelsgarn würden lustwandeln mit nacktem Fuß oder spärlicher Pantolette, mit Pumps oder lederner Sandalette versehen. Links und rechts dieses himmlischen Laufsteges säßen die Zuschauer dicht gedrängt aneinander, und ihre Augen fielen auf diese Grazien, die mit ambrosischer Designerkunst überzogen, flanierten. Stolz tänzelten die jungen Gelockten mit göttlichen Gewändern, Stolen, Boas und zarten Hüten auf den Koronen. Allein diese Vorstellung löste in mir den Wunsch nach einer solchen Veranstaltung aus. Doch, da schöbe Gott als Erstes einen Riegel vor, mit Sicherheit und Ende, Punkt. Ich schmetterte diesen Gedanken so schnell ab, dass er Gottes Geist erst gar nicht berühren konnte. – Gedankenpause ...

„Erst einmal Danke für euer Kommen", bemerkte ich, rieb mir die leicht fröstelnden Hände und verspürte irgendwie spontan Spaß an dieser Sache. Diese kalten Hände sollten schon bald wie meine Wangen vor Spannung glühen.
Gott wecken – heikel, sehr heikel!

„Kennt ihr ein geeignetes Lied, das Gott gefällt und sein Singen ihn allmählich weckt, ohne dass er gleich vom Sessel fällt?", fragte ich unter Abschwächung meiner fast krankhaften Neugier. – *Wie das wohl ausgeht?*

„Wir möchten aber nicht die Schuld daran tragen, wenn wir Gott wecken und er euch dafür bestraft." Einer der hübschen Engel war ganz blass im Gesicht, aschfahl sozusagen. Anders der Vorsänger, er stand gespannt etwas breitbeinig da wie ein Matador in einer Arena in Erwartung eines wütend gemachten Stieres.

„Nein, ich glaube nicht, dass Gott Vater uns bestrafen wird. Singt einfach, was euch beliebt und bekannt ist und ihr fehlerfrei darbieten könnt. *Andante* und nicht allzu *piano* bitte – ... und der Text sollte angemessen sein." Ich wollte da doch ein wenig sichergehen, dass ich nicht mit Pauken und Trompeten, geschweige mit Glanz und Gloria in das berühmte Fettnäpfchen treten würde. Ein kurzes Getuschel erbrannte unter den herbeigeeilten Engeln. Wie dem Platttreten eines auf dem Boden liegenden Pergamentpapiers gleich, knisterte es im Raum. Spannung pur.

„Was sollen wir bloß singen?", fragte einer der weiblichen Engel in die Runde.

„Mir fällt da spontan nichts ein", flüsterte der Zweite und verdrehte genauso gewandt den Kopf wie der nebenstehende Engel.

„Vielleicht haben die beiden Erzengel eine Idee", so der dritte Sangesbruder und Vorsänger von Gottes Gnaden, „wir wollen keinen Fehler begehen!"

Der Vorsänger-Engel hatte seinen Körper vor uns aufgebaut:

„Habt ihr spontan einen Gedanken an ein geeignetes Lied, Muriela, du oder Midron, du vielleicht?"

„Ihr findet ein Lied, bestimmt, mir fällt im Moment keines ein, dir, Muriela?"
Ebenfalls erbrannte noch ein schnelles Gespräch zwischen Muriela und mir.
„Nein, so schnell nicht, es tut mir auch Leid!"
„Ihr werdet eins finden, ihr seid doch Sänger! Wenn jemand in der Lage ist, auszuwählen und aus dem unerschöpflichen Repertoire zu singen, dann doch sicher ihr!", sagte ich bestimmend und stach mit meinem rechten Zeigefinger vor mich in die Luft, dabei rutschte der Ärmel meines Gewandes über den Arm wie das Zurückschlagen bei einem Repetiergewehr.
„Ja, das ist auch meine Meinung, jetzt muss nur noch die passende Weise her", hallte es aus Murielas Mund. Eine kurze bis längere Pause kündigte sich an. Die drei Sanges-Engel beratschlagten sich. Sie hatten nun ihre Köpfe zusammengesteckt. Nach Minuten des Wartens erhob ich, mittlerweile ungeduldig, meine Stimme:
„Nun, wie habt ihr entschieden? Ist euch ein annehmbares Lied eingefallen?"
In Murielas Fingern kribbelte es vor Erwartung. Ihre Nägel schabten in den Handflächen, dass es ein mäusenagendes Geräusch ergab. Es herrschte erwartungsgeladene Hochspannung. Der hoch gewachsene Vorsänger des Engeltrios schrak hoch, trat hervor und sprach zu uns:
„*Herr Gott, dich loben wir,* ... das könnten wir singen. Vielleicht beteiligt ihr euch sogar dabei. Die erste Zeile singen wir, die zweite singt ihr, die letzte Zeile dieser ersten Strophe singen wir dann gemeinsam."
„Ach, *das* Lied. – Eine gute Idee! – *Te Deum.* – Von Luther ..., ... liturgische Gesänge, ... Werke für nicht nur gläubige *Menschen* ..., ja, das Lied ist uns bekannt. Gut. Ein-

verstanden. Das würde trefflich passen. ... aber nur die erste Strophe. Das muss reichen. Ich habe es nicht unbedingt mit dem Gesange! – Also ... – Lasset ihn uns wecken in wohl gemäßigtem Ton, denn ein schwaches *pianissimo* würde er wahrscheinlich überhören!", betete ich in die Runde und dämpfte mit beiden Handflächen die Luft, als schlüge ich einen Brotteig platt.

Wir stolzierten wie die Reiher umeinander.

Etwas mulmig und zitterig schienen alle Anwesenden zu sein, denn *so* aufmerksame Mienen erstrahlten nur selten in Gottes Nähe.

Der Plan musste sofort umgesetzt werden. Auf der Stelle. So bauten wir uns mit den *Hilfe-Engeln,* fast im Halbkreis angeordnet, hinter Gott auf. Der gute Vater des Himmels saß schon ganz zusammengefallen danieder und drohte, nach rechts zur Seite zu kippen. Seine Schulter verhinderte jedoch, dass der Kopf herunterfiel. Zudem diente der Rauschebart noch als Pufferzone. Muriela und ich standen rechts hinter ihm, die anderen drei Sänger hatten sich links platziert. Ein sechster Sänger hätte den Halbkreis perfektioniert. Aber auch so sah die Sache ganz annehmlich aus. Bedingt durch die unterschiedlichen Körpergrößen kam zum Glück in keiner Phase dieser Darbietung der Gedanke auf, dass wir Darsteller wie die Orgelpfeifen versammelt dastehen würden. Diese Form der Aufstellung missfällt mir, ich weiß nicht, warum. Der Vorsänger hob den rechten Arm. Der Anblick würde eher auf einen Heerführer schließen als auf einen singenden Engel, der in den Startlöchern stand. So heroisch sah das aus. Sein Zeigefinger symbolisierte einen hölzernen Taktstock, und der Daumen drückte auf den Mittelfinger, der die beiden restlichen Finger unter sich begrub. Der Einfallsreichtum kann jedwede Geste erblühen lassen. Er hätte auch einen Bleistift, einen Ast oder eine Gardinenstange benutzen können. Allerdings, der imaginäre Taktstock, der dem Luftspiel unterlag, konnte bei ihm keinerlei Verletzungen heraufbeschwören. Es hat Engel gegeben, die sich beim Dirigieren beinah die Augen ausgestochen hätten. Er bewegte den Finger viermal auf und ab und schien alsdann im Takt zu sein. Alle Augen waren auf ihn gerichtet. Unsere Lippen wurden von uns mit den Zungen befeuchtet und gespitzt. Ohne den Kammerton „A" anzusummen, waren wir der guten Hoffnung und Lage, auf Anhieb den richtigen Ton zu treffen. Wie eine undichte Erdgasleitung zischend holten wir Engel tief Luft, um gemeinsam das klerikale Lied zu intonieren.

Diesbezüglich beseelt, begann dieses einstrophige Gesangstück, das mit Sicherheit fast jedem Engel ein paar Tränen in die Augen getrieben hätte.

Herr Gott, dich loben wir
Herr Gott, wir danken dir.
Dich, Vater in Ewigkeit,
ehrt die Welt weit und breit.
All Engel und Himmelheer
und was dienet deiner Ehr,
auch Cherubim und Seraphim
singen immer mit hoher Stimm:
Heilig ist unser Gott,
heilig ist unser Gott,
heilig ist unser Gott, der Herre Zebaoth.

Das klang wahrlich nicht schlecht. *Himmel, Welt- und Spitzenklasse* hätten Kurim der Erste und Kobin der Zweite Seraph *garantiert geäußert*, aber sie waren glücklicherweise nicht zugegen. Es hätte auch nur wieder Ärger gegeben.

„Ich muss mich selber loben, ausgezeichnet, Midron", sprach ich stolz und grinste verstohlen in die noch in Haltung stehende Engelschar. Der Vorsänger versinnbildlichte mit zusammenklappenden Händen meine Sangeskunst. Dieser gedämpfte Applaus galt ihm selbst als auch den anderen beiden Engeln, in erster Linie aber Muriela und mir.

Klatsch, klatsch! – Diese Geste machte mich ein ganzes Stück erhabener. Ähnlich wie bei einem Schuhabsatz. Obwohl, ein Absatz lässt einen Engel zwar höher erscheinen, nicht aber größer! *Tiefenpsychologie par excellence!*

„Das hat doch ganz prima geklappt!" Der chorleitende, große *Taktstock-Engel* blickte auf seine Mitstreiter herab: „Fantastisch, das war ausgezeichnet, famos, toll – das müssen wir wiederholen!"

Freudige Gesichter, nur freudige Mienen – wie lange noch?

Richtig laut und ungemütlich wurde es hinter Gottes Haupt. Im Zeitlupentempo zitterte er vor sich hin. *The slow motion in emotion.* Dabei bewegten sich seine Schultern im Rhythmus dieses Zitterns. Der gesamte Brustkorb erblühte zu neuem Leben. Stotternd. Ein dumpfes Grummeln hallte über den Tisch. Er lehnte sich zurück auf seinem Stuhl, während der Kopf wieder in die Position rückte, in der er nun einmal hingehörte, zwischen die Schulterblätter gerade auf dem Hals ruhend. Seine Augen waren noch fest verschlossen. Er hüstelte leise:

Ächütt! – uffa! – Ächütt! – uffa!

Sein dichter weißer Vollbart hing etwas unförmig in und an seinem Gesicht. Er war auf der rechten Seite etwas eingedrückt worden. Doch das wuschelte er sich schon wieder zurecht.

Uch! – Ein altgewohnter Laut drang über seine fast eingetrockneten Lippen.

Uch! – Nun begannen sich seine schweren Augenlider langsam nach oben zu heben. Die Pupillen starrten nun auf den Becher, der vor ihm auf dem Tisch stand. Etwas verschwommen kam Gott ebenso das Brot vor. Es entwickelte sich vor ihm zu einer bräunlich-gelbgrauen Masse. Bei näherer Betrachtung erstarkte das Manna unbeweglich zu dem ihm bekannten Aussehen. In Folge des Wiedererblühens seiner physischen Fähigkeiten funktionierte selbst der Klappmechanismus der Augendeckel wieder. Die Lider seiner Augen schoben die Hornhaut frei. Sämtlich eventuelle Staubpartikel oder sonstige Sandmannprodukte schaufelten diese zwei bewimperten Hautläppchen hinfort.

„Was macht ihr Engel denn alle hier? ... und was in *drei Teufels Namen* war das für ein ohrenbetäubender Lärm gerade?" – *Gott ruft meinen Namen?* – Ruhig, Satan!

So viel sei zu diesem Thema *tief und fest schlafen* gesagt. Gott saß putzmunter auf seinem Stuhl. Nach ausgiebigem Strecken aller Gliedmaßen, also gemeint sind nur die Extremitäten wie Arme und Beine, lief er verbal zu seiner altbekannten Hochform auf:

„Kann sich irgendwer von euch in seinem Engelskopf vorstellen, dass ich geträumt habe, während ich eingenickt sein muss? – Wie oft schon habe ich verlauten lassen, dass ich nicht gestört werden will, Himmeldonnerwetter noch mal!" Die Vermutung bestätigte sich auf dem Fuße.

Er hatte geträumt. – *Oh, glückseliger Vater! Wie viele Nächte der Traumlosigkeit verliefen mir in der Vergangenheit wie eine Träne im Fluss, wie ein Sandkorn am Strand und wie ein Wölkchen inmitten eines Gewitters, allein, unbekannt und vergessen!*

„Möchte mir vielleicht einer von euch erklären, was der Auslöser war für diese Veranstaltung?" Ein vernehmliches

Achselzucken von unserer Seite aus stand nun auf dem Programm. Unsere aufgerissenen Augen waren nach oben gerichtet, und höher ging es nun eigentlich nicht mehr. Alle Iris der Sehorgane verschwanden unter den oberen Augenlidern. Dann blickten wir in die totale Leere der Unendlichkeit.
In unseren Kopf!

„Ja, äh, Entschuldigung, Vater, es tut uns Leid, wir konnten ja nicht wissen, dass ..." Ein Engel der Sangesrunde trat an den Stuhl Gottes und schwieg ihn anschließend mit gefalteten Händen und verzeihendem Blick an. Gott übersah beflissentlich solche Gebärden:
„Unsinn, papperlapapp, dafür gibt es keine Entschuldigung."
Gott fühlte sich schwer getroffen, war ziemlich erregt und verärgert. Das sahen wir schon daran, dass er unentwegt mit seinen Fäusten vor sich auf den Tisch klopfte.
Das Ganze geschah zwar ziemlich laut und heftig, aber wenigstens abwechselnd. Der Teller mit dem Brot vibrierte jedes Mal, wenn eine Faust donnernd herniederkrachte. Der Becher tanzte etwas *Hula* dazu und kreiselte, allerdings fast unsichtbar, gegen den Uhrzeigersinn. Die Flüssigkeit in ihm ließ kleine Tropfen nach oben springen. Diese hüpften wenige Zentimeter aufwärts, kamen so bald zum Stillstand und ließen sich anschließend wie ein Klippenspringer zurück in den großen See fallen.
Er hatte fast für alles Verständnis. Selbst für manche Kleinigkeiten, Unsinnigkeiten und Banalitäten. Gutheißen tat er, wenn auch selten, naive Spielereien, unkontrollierten Abgesang diverser Stimmen und Sahneblasen. Das muss ich erläutern: Die liebste Speise der süßen Art sind die himmli-

schen Blätterteigknochen mit Sahne gefüllt. Man nimmt diesen Knochen in beide Hände und versucht, den sahnigen Inhalt zwischen den Blätterteighälften herauszupusten.
Jungengelbelustigungsspiele der eher kleckernden Art.
Fantastisch und doch so irrsinnig naiv und komisch. Das machte Gott Freude. Soll man es glauben? Ja, muss man! – Nur wenn es um seinen hochheiligen Schlaf ging und der dazu noch einen Traum umfasste, da verstand er keinen Spaß mehr.
Da tönte Gott wie ein Fagott, da wurde jeder Engel zum Bengel.
Er hob seine rechte Hand und wischte damit vor seinem Gesicht herum. Die Anzahl der Finger seiner Hand schien sich zu verzehnfachen, so wild gestikulierte er. Die Muskeln seines Oberarmes schlugen, durch die hektischen Bewegungen bedingt, innen an sein Gewand. Wie ein erboster Schwan, der mit dem Kopf voran in einen Sumpf gesteckt wurde, zeterte er noch eine geraume Weile herum. Anschließend stand er auf und fluchte wie ein Rohrspatz. Er setzte sich wieder hin und schlug wieder auf den Tisch. Bei einem erneuten Schlag traf er sogar den Rand der Schale mit dem Brot. Das Manna machte einen nicht unwesentlichen Satz zur Seite. Wie vom Teller geschossen flog es zu Boden. Damit aber nicht genug. Während des Freifluges konnte das Stück Brot nicht davon ablassen, seinen Becher umzuwerfen.
„Kindsköpfige, unüberlegte *Engelei!* ... und das alles nur wegen des *Geschreis.*"
Die Wahl seiner Worte ließ zu wünschen übrig. Dieser und nachfolgende Sätze begannen, sich zu reimen, zum Glück nicht zu dichten. Was wäre, wenn Gott seine Fähigkeit der Dichtkunst noch weiter ausleben könnte, weil er vielleicht genügend Zeit dazu hätte ... – gar nicht auszudenken. Ob-

wohl, er war schließlich der Herr im Haus und der konnte und durfte ja bekanntlich fluchen, schreien, toben, reimen und lamentieren, wie es ihm gefiel. – Das gefiel mir! Diesmal dichtete *ich* in Gedanken mit geschlossenen Augen und ziemlich rasch:

Ist er allein im Kämmerlein, trägt er's Gedicht ins Büchlein ein.
Läuft genügend Tinte nach, greift er zu seinem Almanach.
Sind alle Seiten vollgeschrieben, hat Gott es halt zu weit getrieben!

Da sage jemand, der Erzengel Midron hat kein Talent! *Nun es lag vielleicht in seiner Wiege?*

So mancher Seraph erlebte jene, dennoch wie aus dem Hut gezauberten sich reimenden Sätze, die spöttischen Xenien, die rasch ersonnenen Vierzeiler, die amüsanten Limericks, eben die vielen Gedichtchen und Geschichtchen – und das gar unzählige Male. Einige konnten ein Lied davon singen. Nur nicht zu diesem Zeitpunkt. Das wäre erstens höchst unklug und zweitens nicht möglich gewesen. Allein die umfassenden Erzählungen darüber hätten Bände füllen können. Weil es eine unumstößliche Tatsache war, hielten die Seraphim, Cherubim, oder wer immer etwas hörte, den Mund und somit die Angelegenheit für sich.

„Ich will niemanden sehen. Geht, geht und findet, was immer ihr suchen wollt, und wenn ihr meinetwegen aus den Wolken rollt!"

Die Milliarden von Jahren, kaum weniger als die *Ewigkeit alt*, hatten so ihre hörbaren Spuren hinterlassen. Alle Wetter, konnte Gott sich noch in seinem biblischen Alter erzürnen! „Was geschieht nun mit unseren angeblich letzten Prüfungen oder Tests, Vater?", warf Muriela vorsichtig ein.

Dabei war ihr schon etwas bang ums junge Herz. Schließlich kannte sie Gottes unüberhörbares Aufbrausen.

„Raus, alle raus, jetzt nicht. Meldet euch in 1.000 Jahren wieder zurück. Dann habe ich mich vielleicht abgeregt. Aber jetzt nicht, raus!"

Das war eindeutig. *Hohoho!* Prüfungen, Tests – Lebt wohl. Ausschlafen und im Himmel herumhängen war in Bezug auf diese Aussage fortan nun wohl eher als Tatsache hinzunehmen. *Da springt der Engel vor Freude hoch!*

„Lassen wir ihn in Ruhe toben, komm, wir besuchen Martinus und die anderen. Was die wohl jetzt gerade machen?", hauchte ich meiner schönen Begleiterin zu. Während sich unsere Blicke trafen, hob Muriela den Kopf und schob ihn an meine Wange. Mit einer geschickten Drehung konnte sie bewirken, dass sich unsere Lippen berührten.

„Liebster Midron, wir sind losgelöst von den Verpflichtungen, ein Grund zum Jubeln, freue dich doch!"

Zur Salzsäule erstarrt, stotterte ich die folgenden Worte:

„Oh nein, Muriela – küssen, das d-d-dürfen wir nicht, d-d-das weist du g-g-genau!" Muriela errötete leicht und schwieg auf der Stelle. Sie ging einen Schritt zurück und blickte verstohlen, mit einem Selbstvorwurf behaftet, auf den Boden. Da schien sich etwas anzubahnen. Durfte aber nicht!

Wenn Engel reisen ... das ist auf jeden Fall turbulent und ereignisreich genug, aber: *Wenn Engel sich lieben ...* das würde härter gewertet, weil es nun einmal verboten ist. Strikt untersagt! Da steht Gott vor. Die Art von Liebesbezeugung irdischen Ursprungs stand Gott noch immer auf die Stirn geschrieben. Was hatte er sich Mühe gegeben, den Menschen nach seinem Abbild zu formen, zu versuchen, ein existentes Leben zu gestalten, in dem alles Lebendige zusammen in Harmonie auf der Erde verweilen kann. *Oje, da sind ihm ei-*

nige gravierende Fehler unterlaufen. Die Sache mit der Nahrungskette bekam er hingegen in den Griff. Nun, jedenfalls grob.

Also, liebe Engel! Was hat Gott euch immer gesagt: *Keine Engeleien! – ... und schon gar nicht hier oben im Himmel. Dazu war genügend Zeit im irdischen Leben.*

Das bedeutete aber nicht, dass ich Muriela nicht mögen durfte. Nur, es war eben besser, wenn die Sache weiterhin auf platonischer Ebene verlief.

Die irgendwann einmal gezählten Gänge im unendlich erscheinenden Himmelsgewölbe liegen labyrinthartig verzweigt. Wir Engel gingen nur gedanklich weich gebettet auf den langen Fluren, ansonsten sind sie ja kühl und hart. Es erinnert schon sehr an ein großes Sternehotel, in dem sich allerdings, anders als hier, nicht alle Zimmer zu *ebener Erde* befinden. Die meisten Räume enthalten die Wohn- und Schlafstuben. Abgegrenzt liegen schmückende Speisesäle, eine voluminöse Arena für Großveranstaltungen, ein ganz *spezieller* Raum sowie einige Ertüchtigungsräume für schwächelnde Engel und andere Örtlichkeiten für Besinnung und Muße. Saunen, Glücksspielstuben, Schankräume oder etwa andere anrüchige Orte sucht ein Engel im Himmel vergeblich. Eine anschauliche Bibliothek allerdings ist ebenso vorhanden wie ein groß angelegtes Schwimmbad. Die Bibliothek erinnert mich immer noch ein bisschen an die alte Residenz, in der ich leider nur sehr kurz verweilen und arbeiten konnte. Nun, der Abgang war schließlich meine Entscheidung. Ich dachte noch oft an das Buch, das ich eigentlich lesen wollte und zu dem es letztendlich nicht gekommen war ... Schade, wer weiß, welche Lebenserkenntnisse ich ihm hätte unter Umständen entlocken können.

Aus dem Zimmer von Martinus drang kein Antwortlaut zurück. Er war nicht anwesend. Auch der Zimmernachbar von gegenüber auf dem Flur konnte mir da nicht weiterhelfen.

„Ich habe keine Ahnung, wo er abgeblieben ist!", erklang die kurze und prägnante Antwort eines verschlafen wirkenden Engels. Genius, der in *seinem Reich* nur ein paar Meter weiter residierte, schien ebenfalls das Weite gesucht und gefunden zu haben.

„Schade, ich hätte dir gerne Freunde von mir vorgestellt." Ich stieß Muriela mit dem Ellenbogen zart gegen den Arm. Sie katapultierte ihren Kopf flugs zur Seite und pustete mir ihre Meinung ins Gesicht:

„Ich kann mir gut vorstellen, dass deine Freunde ausgeflogen sind. In dem Alter! Warst du denn zu Hause, um diese Uhrzeit und überhaupt ...?"

„Ach ja, ach nein, alte Zeiten, alte Geschichten, ich weiß nicht mehr genau ..., – natürlich saust ein junger Engel gerne durch die Gefilde der Weiten des Himmels, wenn es ihm gewährt ist!", antwortete ich beinahe schon entschuldigend.

„Vielleicht ist wenigstens Brusian in seinem Zimmer. Aber da müssen wir noch ein ganzes Stück weiter des Weges gehen. Der wohnt in einem anderen Abschnitt", fügte ich meiner Antwort hinzu.

Eine Viertelstunde waren wir stramm marschiert. Während der vielen Schritte auf den Gängen grüßten wir mehrmals. Ab und an, wenn es gerade zusammenpasst, finden wahre Völkerwanderungen in den Gewölben statt. Wie auf einem Jahrmarkt huschen und stoßen, eilen und grüßen, gestikulieren und singen die Engel. Eine nicht uninteressante Geräuschkulisse bietet sich dem eher leisen und bedächtigen Spaziergänger. Ganz wichtig, wenn auch für einige Engel nicht nachzuvollziehen, ist die Tatsache, dass ein Kommunikationsverbot der besonderen Art vorherrscht. Im Himmel gibt es keine Möglichkeit des *Telefonierens*, ebenfalls ist keine *Mailbox* eingerichtet, kein *Faxgerät* kann benutzt werden, und kein Betrieb eines *Handys* oder eines ähnlichen Himmelfriedenstörers ist erlaubt. Das mag Gott nicht. Das ist für ihn unkeusch und zu modern. Ich verstehe ihn manchmal, mir erscheint auch vieles in der Welt überflüssig und beängstigend.

Weit oben im Himmel wurde eben anderweitig kommuniziert, ganz anders. Wunderschön gefertigte Harfen, glänzende Trompeten und leichtgängige Posaunen sind derer zuhauf zu erlangen. In dem einen oder anderem Gewölbe ertönt des Öfteren der Klang eines dieser schönen Musikinstrumente.

Liebevoll hing der Name *Brusian* in rotem Faden gestickt an der Eingangstür zum Raum des Fürsten. Ein leises, obwohl schon kontinuierliches Klopfen versetzte den Raum in leichte Schwingungen.

Pock-pock-pock.

Wieder kein *Herein* zu hören.

„Mein Gott, warum ist eigentlich niemand zu Hause? Jetzt sind wir schon so lange gewandert und ... – wieder nichts!" Extrem achselzuckend legte ich meinen rechten Arm über Murielas Schulter, mehr nicht, nur eine freundschaftliche Geste, nicht mehr! – Gut, etwas mehr, denn meine Fingerspitzen klopften zart auf ihr Schlüsselbein.

„Dann beobachten wir eben die Menschen von hier oben, du weist doch, Midron, von diesem Raum aus ..." Ich wusste augenblicklich, was ihr Begehr war, bezweifelte aber, ob sie das zu Erwartende wirklich sehen wollte. Muriela schien momentan ganz vernarrt in diese Vorstellung zu sein, im Geiste wie vom Blitz getroffen.

„Die Menschen beobachten? Aha, ja ... – du bist dir sicher? Willst du dir allen Ernstes von hier oben diese ganzen Schandtaten mit ansehen, die gerade auf der Erde geschehen." Zweifelnd runzelte ich die Stirn und warf sie horizontal in Falten.

„Ja, ich möchte mir das wirklich einmal anschauen. Gezielt habe ich es noch nie gemacht. Wir weiblichen Engel durften doch nicht. Es war uns verboten."

„Hm, seltsam, schau, das habe ich nun wieder gar nicht mitbekommen, aber gut, wir müssen allerdings dort entlang gehen." Ich deutete mit dem rechten Zeigefinger voran die Richtung an:

„Du wirst vom Anblick erschreckt sein, der dich da augenscheinlich erwartet. In deinen kühnsten Vorstellungen und Träumen kannst du dir einfach nicht vorstellen, wozu die Erdbewohner noch immer fähig sind. Deine Augen werden aus den Höhlen treten. Es wird dich stellenweise anwidern, glaube es mir. Aber wenn du Spaß daran hast, Vergnügen dabei empfindest, nur zu, sieh es dir genau an, ganz genau!" Muriela bestand darauf trotz Warnung meinerseits, und sie wurde n i c h t enttäuscht.

Der Raum, der den Blick auf die Erde freigibt, ist der einzige seiner Art. Aus ihm heraus lugen spezielle Fenster, die das Zeitgeschehen teils versetzt, teils gleichzeitig widerspiegeln. Das Glas, das diese Fenster ausmacht, ist ein ganz besonderes, das den befugten Engelsaugen die ganze *Pracht jener Abscheulichkeiten* vorspielt. Um nicht jedem Neugier-Engel Einlass zu gewähren, gibt es einen Spezialschlüssel, der diesen Raum verschließt. Das erweist sich als gut so, denn damit ist gewährleistet, dass kein Unbefugter eindringen kann. Es sei denn, der Betreffende würde mit Gewalt eindringen, aber eine solche Freveltat wird von Gott gnadenlos geahndet. Ich war befugt, diesen Schlüssel zu benutzen. Der hierarchische Stand unter den Engeln gestattete es mir. Es handelt sich dabei um eins der vielen Privilegien, die mir zustehen und nur Erzengeln erlaubt sind und bleiben.

Obwohl ich Muriela nochmals warnte, bestand sie darauf, durch diese Fenster zu schauen. Nachdem wir den Raum von innen gut verschlossen hatten, traten wir an das erste Fenster heran. Muriela blickte anfänglich auf eine kilometerbreite Überschwemmung, die ein gewaltiger Orkan auslöste, der tausende von Menschen ins Leid getrieben hatte. Die optischen Aufnahmen der erspähten Szenen werden gerafft und somit etwas zeitversetzt wiedergegeben und durch diese Spezialscheiben der Fenster in die Augen gespiegelt. Diese galaktische Konstruktion ist ein Meisterwerk der computerisierten und volltechnisierten Zeit, geschaffen von den besten Konstrukteuren und Erfindern im Himmel. Keine zukunftsweisende Apparatur von Menschenhand erdacht und produziert wäre in der Lage, Ähnliches nur ansatzweise auszuführen. Das bleibt in den Plänen der Erfinder und Erbauer verborgen und wird nie irdisches Territorium erreichen.

Ein gewaltiger Schatz, den Gott da hütet.

„Nein, das glaube ich nicht, sieh dir nur das an, Midron, das kann doch nicht wahr sein. Ich habe akute Halluzinationen!", rief Muriela, sichtlich angegriffen.

„Das sind keine Sinnestäuschungen, das geschieht jeden Tag irgendwo auf der Erde, und leider sind es nicht einmal die schrecklichsten Grausamkeiten, die den unschuldigen Menschen widerfahren!", erklärte ich und hielt ihr meine rechte Hand vor die Augen.

„Lass das!"

Um alles aufschreiben zu können, was Murielas Augen erblickten, hätte es ein riesiges Fass voller Tinte bedurft und eine Reihe von ungeschriebenen Büchern mit unbedruckten, leeren Seiten hintereinander gelegt, die erst hinter dem Horizont verschwinden könnten.

Muriela sah grausige Sequenzen eines stattfindenden Krieges.

„Unmenschlich, schau, Midron, abscheulich, es ekelt mich an!"

Sie schwenkte ihren Kopf ein paar Zentimeter herum in eine andere Richtung und war Augenzeuge einer barbarischen Hinrichtung. Ein Delinquent wurde in einem von Militär abgeriegelten Hinterhof standrechtlich erschossen. In einem Land auf der Erde, in dem die Todesstrafe nicht abgeschafft war und der Teufel einen Heidenspaß an diesem Zustand verspürt. Meine Augen waren leider nicht gewillt, wegzusehen. Eigentlich hasse ich Sensationslüsternheit, doch ich musste Muriela beistehen, um ihr im Zweifelsfall antworten zu können. Durch meinen Kopf zogen die Gedanken an das Sichtbare: *Ich kann die Kugel förmlich spüren. Ich sehe die Gewehre, die blinde Munition abfeuern, Schreckschussmunition. Ich sehe die neun Soldaten, die mit ihren Gewehren auf den Mann zielen und schießen. Ich sehe aber auch den einen Soldat, der die tödliche Kugel verschießt. Zehn Männer stehen nebeneinander und schießen auf einen Menschen.*

Mit nur einer schwarzen Binde vor Augen und hinter dem Rücken gefesselten Händen stand der wahrscheinlich rechtens zum Tode verurteilte Mörder vor einer mit Blutspritzern übersäten Wand. Relikte anderer Erschießungen. Farbenfroh wie ekelhaft. Viele zielten und schossen. Die Platzpatronen verpufften, aber der Todesschütze mit der scharfen Kugel

traf. Direkt in die Stirn, oberhalb der schwarzen Binde. Der Mann sank tödlich getroffen zu Boden.
Das war's.
Das befähigte Erschießungskommando ist zu diesen Taten berufen und autorisiert. Der betreffende Staat ordnet diese Vorgehensweise an ..., – ... es ist Gesetz!
„Das ist doch bestialisch, das geschieht doch nicht wirklich? So können Menschen zu Menschen nicht sein!", wimmerte Muriela und verspürte starken Hass in sich aufkeimen. Verboten. Der Hass. Im Himmel. Nicht erlaubt!
„... und wie sie das können!", züngelte ich mit teuflischem Blick zu ihr herüber, die Augen satanisch halb verschlossen. Meine Miene spiegelte nur das entsetzliche Gesicht der grausamen Menschen wider. *Gesicht, habe ich Gesicht gesagt?*
Muriela sah zu, wie auf einem anderen Kontinent, in einem anderen Land, in einer anderen Stadt, auf einem anderen Platz, ein Mensch geköpft wurde. Wahrhaft eine Hinrichtung der sicher ganz anderen Art.
Wir befanden uns nicht in der Zeit der Französischen Revolution, wo es an der Tagesordnung gelegen war, mit einer Guillotine Menschen zu köpfen, sondern neuzeitlich augenblicklich an jenem Ort, an dem mit einer schwertähnlichen Schlagwaffe gearbeitet wurde. Mit einem scharfen langen Säbel. Ein maskierter, männlicher Vollstrecker, der sich oft freiwillig bereit erklärt, wenn nicht dazu berufen, schlug einem Menschen, einem schuldig verurteilten Verbrecher, den Kopf ab. Der Schuldige musste lediglich niederknien, indem er dazu seinen Oberkörper nach vorn streckte, *zack*, ein gezielter Hieb, und diese Prozedur des kurzen Aktes gehörte der Vergangenheit an. Vor der Exekution wurde diesem Delinquenten noch ein Leinensack über den Kopf gestülpt und am Hals zusammengebunden. Menschlichkeitsgebaren? Oder

sollte er nur nicht in die Augen seines Henkers oder Scharfrichters sehen, der eh sowieso auch maskiert war. Ein zweiter Beteiligter des Exekutionskommandos nahm den Sack mit dem abgeschlagenen Kopf auf und trug ihn fort. Seine Beine waren schnell, seine Füße wirbelten Staub auf. Er entschwand im Handumdrehen. Der übrige Leichnam wurde, wie ein Stück Vieh nach dem Ausbluten, ebenfalls fortgetragen und der nun aus zwei Einzelteilen bestehende, menschliche Körper irgendwo an einem anonymen Ort verscharrt, mit Glück nach nur kurzer Beerdigungszeremonie, die kaum ein zweizeiliges Gebet versprach. Nicht einmal ein *rip*, ein *rest in peace*. Bestattungen in Ländern, in denen die Sonne gnadenlos brannte, gingen sehr rasch vonstatten. Hingerichtete ohne Angehörige wurden nicht selten wie räudiges Vieh vergraben und vergessen. In den seltensten Fällen zierte ein namenloses Holzkreuz die Grabstätte.

So rau und barbarisch waren die Sitten in dieser Welt.

Und unumstößlich ist die Tatsache, *dass nicht das Gewehr den Menschen tötet, sondern der Schütze, der es benutzt.*

Vielleicht war es nur ein *Weltgesetz*, vielleicht wurde es nur geflissentlich übersehen, aber Frauen wurden nicht zum Henker berufen. Als weiblicher Richter, Staatsanwalt, Verteidiger und Geschworener wurden Frauen als Judikative und im Polizeidienst als Exekutive sehr wohl eingesetzt, nur nicht als *die* ausführende Gewalt im Falle des zu Richtenden. Das lag nun einmal in der Natur des Menschendenkens verankert. Vorurteile, dass Frauen zu schwach wären oder Ähnliches, grassierten nach wie vor rund um den Erdball.

Die Drecksarbeit blieb den Mannen vorbehalten.

Die Art und Weise der weltweit stattfindenden Hinrichtungen waren sehr unterschiedlich zu betrachten. Von den bislang *menschlicheren Formen* wie der aus humaner Sicht gesehen, elementaren Giftspritzen oder dem elektrischen Stuhl einmal abgesehen, verfügten die brutalen Schlächter und Berserker zudem über Methoden, die einem jeden gläubigen Menschen das Blut in den Adern gefrieren ließ. Von Rechts wegen waren weniger humane Methoden in den jeweiligen Ländern leider legitimiert worden. Dabei stellte das *Erhängen* mitunter noch eine *saubere* und *billige* Lösung da. Darüber hinausgehend allerdings waren Hinrichtungen wie eben das blutige Enthaupten, das ultimative Erschießen sowie das Foltern bis zum Todeseintritt schon eher abscheulich mit anzusehen. Doch deren Erklärungen und Ausführungen im Detail sollten nicht an uns gutherzige Engel herangetragen werden. Überflüssig, denn wir wussten sehr wohl, wie diese Gräueltaten abgehandelt wurden und wie sie geschahen.

Mitunter war es gezwungenermaßen wichtig und notwendig, gewisse Dinge zu tabuisieren, um das *engelhafte Glücksgefühl* beizubehalten. Wie schlecht es auf der Erde zuging, war jedem von Gott berufenen Engel hinlänglich bekannt. Das Thema der Verfolgung, Bestrafung und Ausführung sollte im Himmel nicht so vertieft und zwangsläufig angeschnitten werden.

„Das war keine gute Idee von uns. Das hat mir wohl gereicht." Muriela erlangte diese Selbsterkenntnis im Handumdrehen.

„Was heißt von *uns,* ich habe dich nicht gezwungen, dahin zu sehen, du wolltest ja unbedingt!"

„Ja, aber wer denkt denn, dass es ...!"

„Ich habe es dir gesagt!"

Armer Erzengel Muriela. Zarte Frauen*seele.* Liebevoll nahm ich Murielas Hand, drückte sie sanft und flüsterte ihr ein paar ablenkende Worte ins Ohr:

„Denke an was Schönes, denke an mich und denke daran, was wir bereits Gutes vollbrachten und dass Gott sehr zufrieden ist mit uns. Vergiss, was du gesehen hast!" Mit einem glückseligeren Blick in ihren Augen sah doch nun alles wieder viel sonniger aus. Muriela tropften noch einige abschließende Worte aus dem Mund:

„Diese Art von Voyeurismus mag ich nicht mehr betreiben. Ich habe es nun einmal gesehen, wie die Menschen richten können, das reicht mir für alle Zeit. – Wie sie ihren ultimativen Spaß daran verspüren, zu quälen und zu morden. Nein, nein. Mir hat das jedenfalls nichts gegeben, glaube es mir."

„Gut, aus und vorbei!", betonte ich ganz salopp. Muriela nickte zustimmend freundlich und führte noch fragend die Bestätigung eines besseren Selbstseins aus:

„Trotzdem fürchterlich. Waren wir eigentlich auch so in unserem früheren Leben, ich glaube nicht oder?"

„Nein. Muriela, so waren wir nicht. Wie wären wir sonst nach *oben* gekommen? Meinst du, Gott hätte so etwas zugelassen, ... dass solch schäbige Seelen in den Himmel dürfen? Die Seelen unserer früheren Körper haben es nach oben geschafft, weil wir gute Menschen waren, verstehst du? Die von den Bösen, die hat der Beelzebub einkassiert. Und das gerne!"

So brachte ich nun vor Muriela nochmals deutlich zum Ausdruck, dass wir gute Menschen gewesen waren. Gemeinsam kehrten wir diesem Raum den Rücken und wendeten uns einer anderen Beschäftigung zu. Engel sollen die vielen Möglichkeiten nutzen, die sich ihnen im Himmel bieten. Der Himmel ist stets voller Überraschungen. – Immer.

Dieser Tag stand irgendwie unter keinem guten Stern.

Gott schmollte geradezu pubertär, war doch etwas wütend über uns Engel, die wir noch einige Prüfungen und Tests absolvieren sollten. Aber er hatte uns schließlich fortgejagt, er ... – Also!

Muriela hatte sich erschreckt über die Freveltaten und unmenschlichen Begebenheiten auf Erden, die alten Bekannten waren alle ausgeflogen, und bevorstehende Besonderheiten gab es ja sowieso ständig! Nur ich war noch einigermaßen froher Dinge.

„Wir sollten uns schlafen legen, jeder in seinem Zimmer!", stimmte ich ein und rieb demonstrativ mit dem linken Handrücken über meine Augen. Dabei klappten die Augenlider nach oben, und mein Antlitz glich dem eines Monstrums. Mit hektischen Bewegungen egalisierte ich mein Aussehen.

„Wir sehen uns dann heute Abend?", fragte Muriela, die wahrscheinlich nur dösen würde und nicht einschlafen könnte. Auch ein Engel braucht eine gewisse Zeit, um furchtbare Impressionen geistig zu verarbeiten. Vielleicht besonders ein weiblicher.

„Na dann – bis später", entgegnete ich und hatte auf meinem Absatz bereits kehrt gemacht.

Gott Vater schrieb sich erneut einen Satz hinter die hohe Stirn:

Ich bin zwar etwas eingeschnappt, das muss ich mir ja durchaus eingestehen, aber dass die Engel am helllichten Tag schlafen wollen – das muss ja schließlich nicht sein!

Gottes Gedanken erreichten leider jeden Ort des Himmels und schossen dummerweise nicht *leer* wieder zurück. Sie trafen ebenso die Schlafzimmer von ruhenden Engeln. *Ja, ja!* – *ihr Schlafmützen.* Gott schüttelte sein weises und greises Haupt. Sinnierenderweise wandelte er durch die weiten Flure und musterte die Ordnung, denn er achtete penibel auf Sauberkeit in seinem Reich. Immer schön aufpassen! Wer aber war letztlich eingeschlafen und hatte sich über den schönen Engelsgesang erregt? Wer? – *Ja, ja, ja!* – Wer also?

Gott dachte an uns beide:

Ich lasse sie vielleicht noch zehn Tage zappeln, dann werde ich sie prüfen. Ein letztes Mal testen? Mal sehen, dass ich es auch nicht vergesse, aber wenn ich daran denke, dann werden es bestimmt schon harte Tests und Prüfungen. Wenigstens ein paar kleine!

Gott wuselte beidhändig an seinem wallenden, weißen Bart herum und massierte mit den Fingernägeln seine schon tief gefurchte Gesichtshaut. Ein schelmisches Grinsen überdeckte sein göttliches Antlitz. Er fuhr mit seinen Händen hinab und vergrub sie in den Taschen seines Gewandes. Dabei senkte er seinen Kopf so weit nach unten, dass der Eindruck entstand, sein Haupt wäre in den Tiefen zwischen den Schulterblättern versunken. Ein lautes Gähnen hallte über einen Korridor. Gottes tadelloses Gebiss leuchtete auf dem Flur. Um zu verhindern, dass sein Hauch weiterhin austrat, hielt er sich die rechte Hand vor den Mund und gähnte nun nach Herzenslust in die zusammengepressten Finger. Unter Abspreizen der Finger im Wechsel, der Handballen ruhte währenddessen auf dem Kinn, erklang eine Art von Indianerlauten. *Wawawah!* Das schien ihm beträchtliche Freude zu bereiten. Er wusste sich schließlich allein und ließ seinen Gefühlen freien Lauf.

Eigentlich bin ich immer noch müde!

(Ich hoffte, dass er die Sache mit diesen unsäglichen Tests vergessen würde.)

Mit halb geschlossenen Augen schlurfte Gott nun in sein Gemach und schloss ganz bedächtig die Tür hinter sich. Der

Schlafraum verfügt über große Fenster, an denen Gott manchmal steht, wenn er nicht einschlafen kann. Seine Panoramaeindrücke speichert er bewusst in seinen grauen Zellen ab. Wenn er die Zeit vergaß, kam es schon vor, dass er sich erkältete. Dann war er sicherlich mit blanken Füßen zu lange auf dem kalten Steinboden gestanden.

Er setzte sich auf die Kante seines riesigen Bettes. Mit dem Absatz des rechten Schuhs schob er sich den linken Schuh vom Fuß. Das Gleiche geschah auf der anderen Seite, nur dass er diesen Vorgang mit dem Strumpf am Fuß bewältigte. Er schaute an sich herunter. Er blickte auf seine Strümpfe, beugte sich schlaftrunken nach unten und murmelte: *Schöne Strümpfe.*

Dicke Fußkleider steckten auf seinen großen Füßen. *Ich müsste mir die Fußnägel wieder einmal abschneiden,* sagte er sich: *Aber ich komme da so schlecht dran!* Wie kleine, eingepackte Türmchen bohrten sich die Nägel in die Strumpfspitzen. Mit letzter Kraft konnte er sich der Strümpfe entledigen, arbeitete sich wieder hoch, ließ sich seitlich abfallen, schob seinen Körper zurecht und versank in den Weiten seines großen Bettes. Welcher Traum würde ihn begleiten? Konnte er überhaupt träumen vor lauter Aufregung? Erst sein jüngstes Wecken, dann wir, die beiden Engel, die ihm ungelegen kamen, und nun auch noch der bevorstehende Geburtstag. *Was muss ich alles planen und organisieren? Hm! Ich habe ja meine Engel, die sollen das mal machen, obwohl, ah ja, ich weiß schon, was ich machen muss. Das können d i e ja doch nicht!*

Gott schlief darüber ein. Tief und selig stöberten diese seine Gedanken in den ewigen Weiten des Unendlichen – seines Schädels. – Hinein in seine göttlichen Windungen, in die ungezählten Krümmungen dieser hauptsächlich grauen Masse.

Gottes Geburtstag

In den Tiefen irgendeines Raumes versteckt, bliesen immer einige der unbelehrbaren Engel in ambrosische Lärmgeräte. Mehrlöcherige Flöten waren dabei. Fanfaren erklangen in den schrillsten Tönen. Egal, ob Blech- oder Holzblasinstrumente, es wurde mitunter getrötet und geblasen, was das Zeug hielt. Von mehreren seitlich in den Himmel ragenden Engelsposaunen geweckt, zuckte der große alte Vater des Himmels erneut zusammen. Zum Glück verlief Gottes Schlaf diesmal traumlos, denn gar nicht auszudenken, was geschehen wäre, wenn sich *das Weckmalheur* wiederholt hätte. Er fuhr die Lider im Schneckentempo hoch und blieb mit seinen schlaftrunkenen Augäpfeln an der Raumdecke haften. Seine buschigen Augenbrauen ruhten auf dem unteren Bereich der Stirn. Seine Lippen öffneten sich einen Spalt, und seine Schneidezähne bildeten eine geschlossene Einheit. Erst dann trennten sich das obere Gebiss und der Unterkiefer. Ein leises Murmeln krabbelte aus seinem Mund:
Nun bin ich wieder aufgewacht!
Dazu ertönte ein *Grrrrrh* ... aus seinem fast ausgetrockneten Rachen, das sein Zäpfchen wie wild hin- und herschleudern ließ. Ein unwohliges Gurren entfuhr seinen Stimmbändern.
Uuuwäääh! –
Räkelnd floss sein gewärmter Körper aus dem großen Bett heraus. Er winkte mit der rechten Hand ab und dachte:
Ja, dann will ich mal wieder ...
Dabei schaute er nach links, hielt inne, schaute zurück nach rechts, hielt inne und wieder zurück in den Normalzustand, doch seine Augen waren noch nicht richtig arretiert. Die langsame Bewegung der Hand fror ein. Sein schwerer

Kopf pendelte noch zwischen den Himmelsrichtungen Osten und Westen hin und her:
Ach ja – das tat mir gut!
Ein langes, ausgiebiges Gähnen verlangte er erneut seinem Körper ab. Das penetrante Erschallen der blechernen Instrumente war schließlich nicht zu überhören. Die buschhaarbewachsenen Gottesohren spitzten sich.
„Was geht hier vor?", schrie Gott über den langen Gang, der vor seinen Räumlichkeiten lag. Er hielt die Türklinke gedrückt und damit fest in einer Hand, als hätten sie *Schlosser-Engel* daran angeschweißt. So konnte er wenigstens nicht umfallen, denn der erwartete Wachzustand, wie er ihn kannte, hatte sich immer noch nicht eingestellt. Aus dem rechten Augenwinkel heraus sah er eine kleine musizierende Engelschar in hellen Gewändern die Flucht ergreifen. Noch bevor er in sich gefestigt dastand, verschwand die Horde von Bläsern hinter einer Ecke am Ende des Ganges und ward nicht mehr gesehen.
Diese vermaledeiten Engel, irgendwann schließe ich die Tröten weg, dann ist aber Schluss mit diesem ohrenbetäubenden Lärm! – Hosianna in der Höhe!
Der Vater des Himmels verschloss die Tür, schlich mit nachdenklicher Miene durch seine Gemächer und hing ein wenig seinen Gedanken nach:
Jetzt bin ich schon wieder um ein Jahr gealtert, aber mich stört das wenig, ich bin ja unsterblich. Ha! Das wird manche ziemlich wurmen, doch wer die Pforte erst hinter sich schließt, der bleibt ewig! – Auch schön und gut! – (Das hat er mit seinem Petrus so abgesprochen!)
Es gibt eine Vielzahl von armen, wenn auch aufrichtigen Seelen, die begehren, Einlass nehmen zu dürfen. Ungeduldig stehen sie in der langen Reihe vor dem Himmelstor, über-

denken ihr irdisches Sein und scharren mit den Hufen, um endlich nach der langen Reise den ersehnten Frieden zu finden. Anders als bei einer großen ambrosischen Feier wie einem Geburtstag zum Beispiel vollzieht sich der Eintritt. Hier wird sortiert, nummeriert, gewertet und beurteilt. Der paradiesische Cherub steht mit seiner Bauchlade vor den Einlassbegehrenden und mustert sie nach Vorgaben aus den göttlichen Bestimmungen. Die Älteren zuerst, die Jüngeren folgen darauf. Der Weg wird ihnen gewiesen, und so stelle man sich vor, finden sich alle Seelen ein, an der langen Theke, an der es schließlich heißt: Wiedersehen feiern und die geringe Schuld, soweit überhaupt vorhanden, einzugestehen. Wie erwähnt drückt Gott nach so vielen Jahren der Erfahrung, auch gerne einmal ein Auge zu. Was kann es im folgenden Sein Schöneres geben, erst einmal sowieso zu wissen, dem Beelzebub entsprungen zu sein, als sich friedfertig den kommenden Himmelsaufgaben zu stellen. *Hosianna, da wächst die Schar der Engel.* Wie bei einem gut ausstaffierten Heer ist auch die Schar der Engel zu erheblich vielen Leistungen fähig. Ich egoistisiere einmal, vorzugsweise ich.

Da hau einer hin, der Engel scheint mir, besitzt reichlich Humor! Ein sanftmütiges Murmeln kugelte durch einen der langen Flure des unendlichen Himmels.

„Weißt du eigentlich, welcher Tag heute ist?", fragte ich so ganz nebenbei meine hübsche Engelsfreundin Muriela und tippte mit dem Nagel meines Zeigefingers auf das Uhrglas. *Tipp-Tipp-Tipp.* Für einen kurzen Augenblick erzitterte das Uhrwerk, ließ sich aber nicht aus der Ruhe bringen, da es sich um ein Präzisionswerk der feinsten Uhrmacherkunst handelte. Die schwarze Zahl, die im quadratischen Kästchen im unteren Bereich des Zifferblattes auf emailliertem Grund erschien, sagte mir: *Heute ist dieser besondere Tag. Sein Tag. Gottes Tag. Dennoch nur einer von vielen Tagen, den er durchstehen musste, aber auch genießen und sich an ihm erfreuen.*

„Ein Tag wie jeder andere auch, würde ich sagen", antwortete sie lakonisch und stand besohlt mit neuem, glänzenden Schuhwerk im Gang, mit der Schulter an der Wand angelehnt.

(Das kannte ich von mir.)

Sie erweckte einen müden Eindruck, da sie mit dem Handrücken ihrer rechten Hand vor dem Mund herumfuchtelte und ihre Lippen in die Haut tauchte. Ihr Atem stob im Oval ihrer umgebenen Lippen, die ihre weißen Zähnchen schwungvoll überdeckten.

„Falsch, heute ist der *ich-weiß-nicht-wievielte* Geburtstag von unserem Gott Vater. Hast du die Posaunen nicht gehört? Die erklingen immer an diesem Tag. Das ist doch schon längst Brauch hier oben bei uns."

„Ich bin doch noch nicht *so* lange hier, das habe ich dir doch erzählt!", erklang die Stimme des weiblichen *Neuschuh-Engels*.

„Stimmt, das habe ich vergessen!", bemerkte ich kopfschüttelnd und schob mit zwei Fingern und Daumen meiner rechten Hand die Wangen in Falten. Der Ellenbogen stemmte sich dabei in den flankierenden Thorax, und meine Unterlippe hüpfte über den Zeigefinger. Ein runzeliges wie fratzenhaftes Gesicht entstand, als drückte jemand seine geballte Faust in ein vorher akkurat niederliegendes Zierkissen. Nach diesem eher verlegenen Mienenspiel, beherrschten mehrere Kniffe mein jugendlich wirkendes Engelsgesicht. Rote und weiße Streifen waren entstanden, geziert von leicht nachwachsendem Bart.

„Was geschieht nun Besonderes heute?", wollte Muriela natürlich sofort wissen.

„Nun, es gibt wie jedes Jahr ein großes Fest in der geschmückten und eindrucksvollen Arena. Sie ist nicht mit Sand ausgelegt, wie wir es von anderen für Kämpfe erbauten Arenen kennen, sondern mit feinstem Marmor. Hast du sie schon einmal gesehen? Sie ist gewaltig groß und liegt hinter dem letzten Flur vor den Staffeln der Seraphim. Dort hängen riesige Tafeln, und der Gang ist geschmückt. Da lässt es sich Gott so richtig gut gehen. Da beweist er, dass er in seinem tiefsten Inneren eigentlich ein *Feierling* ist. Das ist heute *sein* Tag. Den lässt er sich von niemandem verderben", führte ich lässig aus, formte dabei die Finger der jeweiligen Hand zu spitzen Hügeln und knipste mit den Fingernägeln.

„Das hört sich aber sehr hochherzig an", begegnete mir Muriela, indem sie ihre Augen weit geöffnet hielt.

Wie kann ein weißes Weiß im Auge so weiß sein?

„Du solltest genau hinsehen, was er auftafelt, es ist grandios. Die vielen herzhaften Speisen und erfrischenden Getränke. Es gibt herrlichsten Tanz und herzerweichenden Gesang, engelhafte Harfenmusik, etliche Chöre von Engeln spielen auf ihren blank geputzten Posaunen und Trompeten. Das ganze Gewölbe erzittert, wenn alle zusammen aufmarschieren und spielen."

„Hör auf damit, ich werde schon ganz nervös. Ich bin aufgeregt genug. Das muss ja eine tolle Party werden!" Muriela kratzte sich an der Stirn und machte nun einen ziemlich zappeligen Eindruck.

„Oh wie salopp, Party! Du fortschrittlicher Engel du, wir sagen aber nach wie vor Feier dazu."

„Nun, du musst schon ein wenig mit der Zeit gehen", bekräftigte Muriela und wollte doch sehr auf jungen Engel machen.

„Ach, weißt du, mit der Zeit gehen, wir haben hier oben alle Zeit der Welt, und jeglicher neumodischer *Schnickschnack* scheint mir irgendwie völlig fremd geworden."

Diese Aussage blieb eine geraume Zeit bestehen und verblasste anschließend im Nichts. *Floskeln, Abwägungen, Vergleiche zwischen den Generationen, immer wieder dieselben langweiligen Phrasen!*

„Wann beginnt denn nun dieses tolle Fest und ... – äh ... – ... müssen wir denn etwas mitbringen?", wollte Muriela, mein moderner Engel, wissen, während sie schon in Gedanken an die Feier *ihre Hände in roten Rosenblättern badete.*

Welch weiches Umfluten der grazilen Finger, wenn rote Blätter der zartesten Sorte die femininen Hände zärtlich umschmeicheln.

Midron, das hast du aber schön gesagt!

„Heute Abend pünktlich um 20 Uhr. Gott besteht darauf, denn er mag es partout nicht, wenn nach seinem festgelegten Termin noch irgendein Geflüster oder Schuhgeklapper vorherrscht. Jeder bringt ein kleines Überraschungsgeschenk mit. Es muss nichts Umwerfendes sein. Gott hat ein ausgesprochenes Faible für Kleinigkeiten. Er frönt gern der Sammelleidenschaft. Nahezu fanatisch, zumindest frenetisch. Heerscharen von Nippes und Setzkastenfigürchen nennt er sein Eigen. Wenn du einen Blick auf seine Sammlungen werfen könntest, würden dir garantiert die schönen Augen stehen bleiben. *Auf-eine-Stelle-glotz-Engel.* Also, etwas Kleines von Herzen reicht ihm. Vielleicht ein gefälliges selbstgebasteltes Geschenk. Keine überflüssigen Serviettenringe oder gar idiotische Messerbänkchen, eher aus Holz oder Metall gefertigte Kunstgegenstände. Zierliche Figuren, grazile Plastiken, alraunenartige Machwerke oder so etwas in der Art, das kommt immer gut bei ihm an. Das mag er. An deren Anblick erfreut sich sein Auge."

Ich konnte mich richtig ereifern. Einmal, wirklich nur einmal konnte ich einen kurzen Blick erhaschen auf seine geschmackvollen Regale in dem Raum, indem er diese zuhauf gestapelten *Utensilien* aufbewahrte.

Gott im Himmel, was war das alles nur? Wer hat das alles angeschleppt, geschenkt und überbracht? Ja ist es denn möglich, dass Gott das alles gehortet hat? Bei mir würde sicherlich schon eine Ebene eines Regals eine Reihe von Gehirnwindungen blockieren. Ein buntes Briefmarkenalbum mit Millionen von Marken reicht nicht annähernd an das, was meine Augen erspäht hatten. Baff! – Das richtige wie zutreffende Wort des Ausdrucks in jeglicher Hinsicht.

„Da fällt mir schon etwas Passendes ein. Ich weiß, was ich mitbringe, ich habe da eine wirklich gute Idee."

„Was ist es denn?", fragte ich unbefangen und salopp, während mir die Augenlider wie festgeklebt unter den Brauen ruhten. Ich fühle mich einfach besser, wenn mir gewisse Dinge im Vorfeld schon bekannt werden. So auch die Art der Geschenke, überschaubare Ereignisse, deren Verlauf nahezu sichtbar wird, und andere Berechenbarkeiten.

„Sei nicht so neugierig, warte ab, wir sehen uns dann also später! Holst du mich denn ab?", wollte Muriela wissen und konnte seltsamerweise je mit einer Hand applaudieren.

„Ja, um 19 Uhr 30 klopft es bei dir an die Tür. – Bis dahin." Nun, in diesem speziellen Fall musste ich resignieren, denn Muriela ließ nicht den geringsten Ton verlauten, was sie schenken würde.

Die Erwartung war wie jedes Jahr sehr hoch gesteckt. Alles, was im Himmel Rang und Namen hatte, wurde vom großherzigen Wohltäter und *Geburtstagskind* Gott eingeladen; auch diejenigen, die kränkelnd daniederlagen, sie konnten nur leider verständlicherweise nicht teilnehmen. Es konnten die gesunden, eingeladenen Gäste allesamt erscheinen. – Bis auf einen blutjungen *Kopflos-Engel*. Im übertragenen Sinne, denn dieser Luftikus schwelgte zumeist in seiner Freizeit in anderen Sphären und hing den unmöglichsten Gedanken nach. So versäumte er dieses Jahr erneut die göttliche Geburtstagsveranstaltung.

Armer Engel, das hast du deiner Träumerei zu verdanken! Ich glaube, zu irdischen Zeiten war er Fantast. Ein ebenfalls junger Fantast, der seine Mitmenschen durch seine träumerische Penetranz an den Rande des Wahnsinns bringen konnte.

Wie sich die göttliche Engelschar doch wieder herausgeputzt präsentierte! Ich war jedes Mal aufs Neue erstaunt, was die *Schneider- und Kostümbildner-Engel* so alles *zusammengeschustert* hatten.

Seht die Seraphim! Gottes Erste Garnitur. Durchtrieben schlau, körperlich stark, geistig fast perfekt und schnieke gekleidet, genau so erschienen sie als erste Besucher zu dieser jährlich stattfindenden Himmelsfeier.

Was für ein Erscheinungsbild! Das übertrifft jeden für eine Modeschau herausgeputzten *Catwalk-*Begeher. Zum Teil ein Hauch von *Overdressed!*

So nach und nach gesellten sich die nicht minder gut gekleideten Cherubim, die Throne, die Mächte, die Herrschaften, die Gewalten, die Fürsten, die Erzengel und letztlich die ganze Schar der noch nicht mit Orden ausstaffierten Himmelsboten dazu. Beim großen Empfang weilte Gott an der gewaltig großen Eingangstür, die eher ein Tor darstellte, und begrüßte die Schar seiner geliebten Untertanen persönlich mit festem Händedruck. Nach Beendigung dieses Begrüßungszeremoniells drückte Gottes rechte Hand weiterhin Hände. Mindestens an die hundert. Aber Phantomhände. Leere Hände ohne Arme. Die mechanische Bewegung hielt er noch Minuten später aufrecht. Wenigstens klagte er nicht über Schmerzen im Handgelenk oder in den Fingern. Nur der dicke Ring, den er trug, hinterließ leichte Spuren. Hätte der Ring sein Muster innen getragen, wäre sicher das Bild des Abdrucks vom Siegelring in Wachs entstanden. Gott drehte den Ring vier- bis fünfmal um den Ringfinger herum, und so egalisierte sich die Oberfläche der darunter befindlichen Haut. Etwas ledern, trotz allem. Die Haut!

Es erklangen die majestätischen Fanfaren des feiernden Himmels. Eine Gänsehaut überdeckte die nächste, eiskalte Schauer liefen den gespannt blickenden Gästen über die eh schon feuchten, vor Aufregung benetzten Rücken. Oftmals schallte es so laut aus den Wolken, dass selbst Satan seine höllischen Widerlichkeiten unterbrechen musste, um aus der Hölle aufzufahren und drohend mit seinem Dreizack Richtung Himmel zu stochern: *Elendes Himmelspack, ich werde euch fassen und jeden Einzelnen von euch nach und nach abkochen, bis kein Ton mehr aus euren Mündern dringt. Ich werde eure verkrüppelten Seelen schinden und quälen, bis das sanfteste Leid die stärkste Qual sein wird. Ahhh! – Ihr ekelt mich alle an! – Ahhh! – Wenn es sein muss, werde ich eure Seelen verbrennen und das Verbrannte nochmals verbrennen, bis der übrig bleibende Staub nicht einmal mehr ein Hauch des Sichtbaren sein wird! – Hahaha! – Gnade euch ... – ... nicht!*

Satan würde allerdings nur kurz, wenn auch heftig ausspucken, um seinem Ungemach Luft zu verschaffen. Meistens verging lediglich eine, vielleicht zwei Minuten maximal, dann fuhr er fort mit seinem Morden der Seelen schon im Fegefeuer und er schwelgte in der Lust des Intrigierens gegen alles, was ihm *unheilig* war. Wahrlich ein ganz übler Zeitgenosse, dieser Teufel. Er wurde ja nicht einmal herbeigesehnt, wenn es darum ging, jemanden Schlechtes zu bestrafen. Dieser Fratz konnte hingehen, wo der Pfeffer wächst und vielleicht noch ein paar Schritte weiter. Könnte ich einen Schal aus Liebe stricken, würde ich ihn dem Teufel so fest um den Hals schnüren, dass seine Kehle mehr einem jämmerlich dünnen Halm ähnelt. Aber nur, wenn ich könnte. Zu welchen Auswüchsen dieser Dämon fähig war, konnte ich schließlich erst jüngst erfahren!

(Haha! – Da gibt es bei mir in der Hölle ganz andere Leckereien! ... als diese Ach-sieht-das-wieder-gut-aus-Fressalien!) – Ruhe Teufel, du hast jetzt Pause! Sich über das herrliche Büffet auszulassen, grenzte schon sehr an der übelsten Unverschämtheit. Doch, wen sollte das noch interessieren, vor allem, an einem solchen Tag?

„Das sieht ja enorm aus, mein Kompliment, Gott Vater, da möchte ich gar nicht zugreifen, um auch nichts zu zerstören von all diesen herrlichen Leckereien", bemerkte ein wohl hungriger Cherub, der mit lüsternen Blicken zwischen zwei wartenden Fürsten hindurchsprach. Verstand war schon dabei, dass er so tat, als geniere er sich. Doch in Gedanken lud sich dieser Cherub schon seinen Teller voll. Aber erst nach dem tatsächlichen Zulangen konnte er richtig genießen und die köstlichsten Schlemmereien in seinen knurrenden Magen einfahren. „Du sollst nichts zerstören, sondern in Ruhe genießen und essen, mein Lieber!", sprach Gott und schnalzte dezent mit seiner Zunge. Das verriet, dass wohl auch er nicht abgeneigt war, mit beiden Händen in das Büffet zu langen.

„Bedient euch, meine lieben Kinder. Labt euch an den vielen appetitlichen Delikatessen. Nur zu, keine Bescheidenheit, es ist genügend vorhanden!"

Gott hielt beide Arme in die Höhe gereckt, um sicherzugehen, dass er jeden mit seinen Worten erreichte. Er stellte sich während seiner kurzen Ansprache auf die Zehenspitzen. So maß er nahezu zwei Meter fünfzig und überragte sogar noch die Seraphim, die Garde der *langen Engel*.

Niemand wollte und würde es ja je eingestehen, dass er äußerlich größer dastand als der stets spendable Himmelsvater.

Gott konnte stehen, wo immer er wollte, er war stets einen halben Kopf größer als jeder Einzelne von uns. Diese Tatsache war dem Ersten Seraph auf einer anderen Feier einmal sehr sauer aufgestoßen. Kurim, der sich schon immer für den größten Zweiten im Himmel hielt, musste einst einen Tadel aus Gottes Mund hinnehmen. Was musste er sich auch über Körpergrößen auslassen, speziell über die Gottes. Gott war eingeladen worden, ohne dass der Seraph Kurim davon wusste. Wenn jemand nicht genau schaut, wer hinter ihm steht und schlecht über den Betreffenden redet, begeht schnell einen Fauxpas. Einen nicht revidierbaren Fehler.

Da frage ich mich doch allen Ernstes, ob Gott zwangsläufig Rechenschaft ablegen muss, wenn er irgendwo eingeladen wird? – Sicher war es so, dass Gott sich beim Ersten Seraph sonst abmeldete.

(Aber diese Vergesslichkeit!)

Jeder Engel sollte in Gottes Gegenwart besser schweigen, wenn er schon über ihn herzieht, selbst wenn es nicht bösartig gemeint ist.

Die große Geburtstagsfeier begann.
Die beinahe erdrückend mächtige Tür zu dieser prachtvollen Arena wurde von zwei Arbeitsengeln geschlossen. Es knarrte hörbar. *Krrrkrrrk!* – Diese beiden hintertriebenen *Brüder* waren auch zwei von denen, die vor Weihnachten diverse Päckchen für die Menschen auf der Erde packen mussten. Zwei Engel aus einem Strafregiment.
(Auch das gibt es!)
Bestraft und begnadigt werden, Gottes Gerechtigkeit ist ein Beispiel an Weitblick!
Wie steht es schon im *Vater Unser* fest verankert: ... *wie im Himmel, so auf Erden.*
Nur dass Gott sich immer wieder als gnädig erweist. Trotz allem Unken ging es den gestraften Engeln eigentlich recht gut im Himmel.
Alsdann ertönten nochmals die imposanten Fanfaren. Wenn ich so zurückdenke an meine irdischen Erlebnisse als Mensch, verbunden mit visuellen und geschichtlichen Eintrefflichkeiten, erinnert mich das Aufspielen dieser Fanfaren doch sehr stark an die Zeit des Römischen Reiches und damit verbunden an den glamourösen Einzug der Gladiatoren vor jenen Schaukämpfen, die an Grausamkeiten kaum zu überbieten waren.
Tätärätätä ... tätärätätäää ...
Die Feier war offiziell eröffnet, hatte aber zum Glück mit grausigen Kampfszenen nicht das Geringste gemein.
Die nächsten Hungrigen lauerten schon vor dem ausladenden Büffet, Messer und Gabel bei Fuß, um in die angebotene Schlemmerpracht zu stechen. Sie schaufelten kleine Berge von Essbarem auf ihre Teller. Ich möchte es gar nicht aussprechen, welche Arten von Delikatessen sich mir boten. Kopfschüttelnd, von oben nach unten nickend sowie von

links nach rechts schiebend, bewegte sich mein Haupt. Positives Entsetzen stach in meine Augen. *Paaah ...!* – Ist nicht zu glauben! – Der helle Wahnsinn, da hat sich einer aber nicht lumpen lassen ...

Einmal im Jahr orderte Gott diese irdisch schmackhaften wie farblich zusammenkomponierten Speisen und edlen Getränke. Da war ihm nichts zu gut und teuer genug. Da zeigte er sich fast verschwenderisch. Diese unumstößliche Tatsache trieb dem jeweiligen Finanzengel das ein oder andere Jahr die aufgestaute Zornesröte ins Gesicht. Diesem Geizkragen *(Es war jedes Jahr das Gleiche: der zuständige Finanzengel schien zugenähte Taschen zu besitzen!)* bei der Arbeit zuzusehen, war keine wirkliche Lust. Wenn er über seinen Bilanzen brütete und immer wieder den Rotstift ansetzte, fluchte, sich ärgerte über unnütz anfallende Ausgaben, dann versprühte er all seinen ungeliebten Charme. Doch eins musste ihm zugute gehalten werden: er hatte die Finanzlage stets im Griff. *(Himmlischer Erbsenzähler und Dünnbrettbohrer!)* Anders als irdische Finanzjongleure, denen wir nachsagen, sie spielen wie Kinder mit den Barschaften der anderen, kam er niemals in die roten Zahlen.

„Langt zu, esst und trinkt; erfreut euch an den himmlischen Klängen."

Gott rief lauthals über die Köpfe seiner Gäste hinweg. Funkelnde Instrumente, herausgeputzte Engel in glatt gebügelten Gewändern zierten das mächtige Oval. Der bequemen Sitzmöglichkeiten waren viele gegeben. Gut ausgepolstert saßen die sich wohlfühlenden Engel hernieder und plauderten über ihre epochalen Erlebnisse, ihre heroischen Glanztaten, aber auch über ihre winzigen Fehltritte und zum Schmunzeln komische Schandtaten.

Vollkommene Engel gibt es ja bekanntlich nicht.

Auch an den ungezählten Stehtischen erblühten die fantastischsten Geschichten. Irgendein Possenreißer war immer zugegen. Ein durchtriebener Clown im Himmel durfte nicht fehlen. Ein Engel als Hofnarr? – Nein! – Nein? ... und es gab ihn doch. Rahel Ella, der Engel, der aus dem Rahmen fiel.

Der große R a h e l E l l a ! – Im Himmel *der* Name für Eulenspiegeleien.

Wenn dieser Komiker, auf welcher Bühne auch immer erschien, war nicht nur der Teufel los. Mit dieser schelmenhaften Gewandtheit und klingelndem Schellenbaum auf dem Kopf, mit der fest sitzenden Narrenkappe und den viel zu großen rotschwarzen Spitzenschuhen tänzelte er durch die Arena, in der die jubelnde Menge grölte. Dort, wo er auftauchte, brachen ungehemmt die Lachstürme und Schreiattacken der illustren Gäste aus. Rahel hopste wild wie an unsichtbaren Fäden gehalten, die verhindern sollten, dass er sich die Gliedmaßen heraustanzte. Er riss seine Beine auseinander und die Arme in die Höhe. Er ließ sich fallen und sprang auf, wie vom Boden reflektiert. Wie ein Gummiband verdrehte er sich, flutschte und rutschte, stürzte und strauchelte, pirouettierte und sprang. Wahrlich toll mit anzusehen. Eine gekonnte Pirouette nach der anderen drehte er vor der beglückt aufschreienden Menge. Jeder empfand eine *Höllennarretei*.

Gott applaudierte begeistert dazu:

„Bravo, Rahel, ... weiter, weiter, weiter so!"

Wie in Ekstase versunken hämmerte er die Handflächen zusammen, dass jeder Angst haben musste, er würde sich die Finger brechen. Aber was umgab ihn doch für ein irrer Spaß! Die vielen Engel applaudierten im Takt zur aufspielenden Musik. Eine Engelscombo improvisierte etwas später am Abend. Die himmlische *Jamsession* war in vollem Gange. Der

Marmorboden, der die Arena zierte, wirkte wie pulverisiert, als Rahel Ella darüberwirbelte. Die bunten Fetzen an seinem Gewand, sehr akkurat ausgearbeitet, flogen wie wild um die Nasen der staunenden Gäste.
Bravo! Bravo! Bravissimo!
Aus allen Winkeln ertönten die Huldigungen und Beifallsrufe. Ovationen über Ovationen ließen einen infernalischen Donnerhall erklingen.

Er war ein ausgezeichneter Tänzer und verrückter Spaßvogel dazu. Fast eine halbe Stunde lang konnte der Wirbelwind die tobende Menge begeistern. Mit einem gewaltigen Satz, und nachdem er kiloweise Konfetti über sich gestreut hatte, entschwand er durch eine scheinbar unsichtbare Tür, nicht ohne einen finalen Schrei auszustoßen: *Voilalala ...!*

Bedingt durch die Rasanz und Schnelllebigkeit dieses Auftritts erwuchs sogleich bei einigen Zuschauern das Gefühl, dass sie nur Humbug und faulem Zauber erlegen seien. Eine projizierte Fata Morgana auf himmlischen Marmor gegossen oder etwa augenscheinliche Verzückungen, gepaart mit unwirklicher Darbietung, eine Scharlatanerie sondergleichen? War es das auch? Der Narr sollte – und jeder muss das Ganze augenzwinkernd betrachten – ein wenig ablenken von den Sorgen, die auch im Himmel durch manchen Kopf wirbelten. Belustigung, göttlicher Schnickschnack auf komödiantischer Ebene, mehr nicht. ... und den Engeln gefiel das unglaublich gut. An einem Tag wie diesem, drückte der liebe Gott schon mal beide Augen zu. – *Nicht dabei gehen!*

Der glanzvolle Höhepunkt dieser Geburtstagsfeier drängte sich zur Mitte der Veranstaltung, als Gott allgemein zum Tanze bat. Herren- und Damenwahl zur gleichen Zeit. *(Da muss einer erst einmal drauf kommen!)* Paarweise liefen die Engel heran, um Aufstellung zu nehmen. Danach verwandelte sich die große Arena in einen tosenden Ballsaal. Dieses überdachte Himmelsschauspiel ließ bei mir im Geiste sämtliche innere Glocken erklingen. Wie hüpften die jungen Engel umher, wie sprangen sie mit ihrem grazilen Schuhwerk über den Marmor, wie juchzten sie dabei fast unanständig, ließen ihre Kleider und Röcke fliegen, wie anmutig hielten die männlichen Himmelsboten ihre Begleitungen in den Armen? – Herrlich mit anzusehen. Gott drehte sich immer wieder um die eigene Achse.

Juhuuuuh ...! – Solo for god! – Der alleinige Vater des Himmels tanzt sich den einsamen Wolf! Substanzielles Resultat körperlicher Überanstrengung aus medizinischer Sicht.

Einzelheiten bleiben verborgen ... – im Himmel ...!

Doch selbst das schönste Tanzfest nähert sich einmal seinem Ende. Als Gott schachmatt niedergesunken auf einem Sessel ruhte, verstummte die von Engeln besetzte Kapelle allmählich, und der Seraph Kobin rief in die verwunderte Menge:

„Gott hat mir aufgetragen, zu berichten, dass nun Gedichte vorgetragen werden dürfen ... oder anderes. Also, wer sich als begabt erachtet, trete vor!"

Alle begabten Engel aus der Ersten Garnitur sowie diejenigen, die sich Ruhm und Lorbeer erworben hatten, durften nun anschließend nach dem Tanz so ein Gedicht zum Besten geben. Es durfte ein kurzes Lied sein, das vorgetragen wurde, oder auch eine pantomimische Darstellung konnte Gottes Herz erfreuen und zum Strahlen bringen.

Ich wollte dort als besonderer Engel glänzen, als Erzengel sowieso, denn ich war ja sehr wohl und recht gut in Gottes Gedanken haften geblieben. Nach einer kurzen Phase des Verschnaufens trat Gott selbst vor, ging einen Schritt und blickte auf mich, als ich mein Schauspiel anpries. Auch er reckte wie viele andere seine Nase, stellte sich auf die Zehenspitzen und wirkte so schon wieder größer, als er ohnehin war. Mit spitzer Zunge sagte er:

„Wohl an, Midron, berichte uns, führe vor, singe oder tue, was du möchtest – in Grenzen versteht sich, ich kenne dich schließlich gut genug ...!"

Da ich auf einem Podest stand, überblickte ich die gesamte der Feier beiwohnende Engelschar und schaute mich um. Ein wenig hatte ich gehofft, Brusian, Martinus und Genius wiederzusehen, doch weit und breit kein bekanntes Gesicht. Wo waren sie geblieben? Eine merkwürdige Klausur! Dahinter verbarg sich etwas anderes, das ich erst viel später erfahren sollte.

Doch ich dachte erst einmal an mich und sagte zu mir: *Greif in die Tasten und lege los!*
Mit theatralischen Worten und Stolz begann ich meine Ausführungen:

„Ich hatte das große Glück, einige Zeit auf der Erde weilen zu dürfen. Ich habe dankbare Menschen in einem großen Theater beglückt. Meine Premiere war ein einziger Erfolg. Ich möchte mich zwar nicht hervorheben oder etwa angeben, aber mein Schauspiel hat die Besucher zu gewaltigen Beifallsstürmen hinreißen können. Wenngleich auch die Menschen streckenweise etwas verstört schienen, es hat ihnen gefallen. Nun, es war schließlich für sie die erste Vorstellung eines sichtbaren Engels, muss ich dazu sagen. Prahlen über die Erzengelwerdung möchte ich nicht, ebenso wenig die Geschichten erzählen, die ich allein und später mit Muriela erlebte. Das steht alles niedergeschrieben auf den blauen Tafeln, die in meinem Gang aushängen. Wer von euch möchte, darf gerne vorbeischauen und lesen. Es lohnt sich! Doch genug der Worte, ich möchte beginnen."

Ich verstummte einen Moment und ging gedanklich in mich. Dann blies ich mich auf, lies genügend Luft in meine Lunge strömen und vernahm eine gespenstige Stille in der Weite der Arena. Ohne mich dort oben umkleiden zu müssen, zeigte ich meine nachgestellte Inszenierung, die voller Inspiration, Ausdrucksweise und stegreiflich Gesprochenen mit wohl klingenden Worten besser nicht sein konnte. In meinem festlichen Gewand stand ich erhaben vor der neugierigen Menge. 15 Minuten waren es ungefähr, die ausgereicht hatten, diese himmlische Schar zu begeistern. Als ich mit heroisch versteinerter Miene meine Aufführung beendet hatte, überwarf mich die Menge mit tosendem Applaus und sogar beinaufstampfenden Ovationen.

„Danke, danke, ich danke euch von Herzen."

Das war angekommen!

Die anwesende Engelsschar warf ihre Hände ineinander. Von den Engeln bis zu den Seraphim tobte die Menge in dieser wunderbar ausgeschmückten Arena, in der allerdings nie ein Kampf stattgefunden hatte. Warum auch? Das Wort Arena muss nicht gleichbedeutend mit Kampf sein! Im Himmel gibt es keine Schlachten oder zu verachtende Kämpfe. Hier läuft die Maschinerie des *Lebens* in Frieden ab. Diese Arena wurde ja nicht für kämpferische Zwecke gebaut, dennoch gefiel Gott damals der Entwurf eines begabten *Designer-Engels*. Heldenhaft darstellen, aber nicht missbrauchen.

Während ich so dastand und auf die Menge schaute, an Muriela dachte, an die vielen schönen Stunden, an Brusian, diesen eigenartigen Fürsten, an Martinus und Genius, an die Weihnachtsgeschichte und an all die anderen Begebenheiten, wurde mir urgewaltig so warm ums Herz, dass sich einige Tränen auf den Weg machten, um über meine Wangen zu kullern. Morgen würde ich in mich gehen und über ein Fort-

bestehen des allgemeinen Seins und meiner selbst nachdenken. –
... und das könnte verdammt lange dauern ...!

Noch immer stehende Beifallsbekundungen, Ovationen in höchstem Maße, ließen diesen Schauplatz der Feierlichkeit erbeben. Ich drückte die Schultern nach hinten und war ausgesprochen stolz auf mich. Einige Worte warf ich nochmals in diese jubelnde Menge:
„Danke, herzlichen Dank. Ich habe schließlich den besten Lehrmeister genossen, den ich mir vorstellen kann. Nochmals danke."
Das hatte wohl ein jeder anwesende Engel verstanden.
Unverständliches Gemurmel durchzog den geschmückten Bereich in der Arena. Die vielen anwesenden Engel tuschelten und schienen sich kleine Geheimnisse in ihre Ohren zu flüstern. Reden und essen, schwatzen und kauen, kichern und trinken. Es war schon verwunderlich, was die lustigen Engel so alles beherrschten. Obwohl Gott seinen zahlreichen Gästen jedes Jahr das Gleiche erzählte und immer wieder vor Schmerz verursachenden Gefährlichkeiten des übermäßigen Alkoholgenusses warnte, gab es schon einige bedenkliche Aussetzer bei seinen Besuchern. *(Dabei vergaß er nie eines seiner Lieblingsworte zu erwähnen: Acetylsalizylsäure.)*

Der nächste Morgen erwies sich oft für den einen oder anderen Engel als ganz besonderes Erwachen. Dann nämlich, wenn das Damokles-Schwert des Weingeistes über ihnen schwang und sie sich ihre Gedanken zurechtrücken mussten. Die altgedienten und trinkfesten Engel konnten sich noch gezwungenermaßen bändigen und am Riemen reißen. Doch was an manchen Tischen so alles an Gottes Geburtstag zu beobachten war, grenzte schon an Unverschämtheiten der besonderen Art.

Die gute Kinderstube wird halt zuweilen vergessen, besonders wenn es gilt, Spirituosen der unterschiedlichsten Alkoholgehalte zu verköstigen.

Stark torkelnde Erzengel, angeheiterte Fürsten und beschwipste Herrschaften durchengelten das *alkoholausdunstungsgeschwängerte* Terrain. Einige der Engel fuchtelten wild gestikulierend mit den Händen über den Tischen herum, Gefahr dabei laufend, sämtliche Gläser, Weinbecher und Flaschen mit einem Wisch abzuräumen. Andere schienen die Teller und Schalen für Schachfiguren zu halten, die sie hin- und herschieben konnten. Umgestürzte Becher waren zuweilen die Folge. Nicht selten fiel ein Becher vom Tisch, der als Fußball eingesetzt wurde. Der meist rötliche Inhalt floss über den Marmorboden und ergab nicht selten dabei ein pittoreskes Muster.

Ein ohrenbetäubendes Poltern und lautes Scheppern beherrschte den Raum wie kindliches Johlen und mädchenhaftes Kreischen. Nahe dem Ende der Veranstaltung war die Zahl der Angetrunkenen auf ein Vielfaches angewachsen. *Dabei wird der Wein doch nur kontrolliert ausgeschenkt,* dachte Gott, der wie jedes Jahr die Verantwortung für seine Feierlichkeit übernehmen musste. Kontrolliert? Bei einer solchen Veranstaltung und zu vorgerückter Stunde konnte wohl niemand mehr von Kontrolle sprechen. Da irrte Gott ein wenig mit der Annahme, dass sich s e i n e Engel benehmen könnten. Wenn jemand seine Augen über dieser Festlichkeit kreiseln ließ, gewänne das Wort *Rauschgoldengel* eine völlig neue Bedeutung.

Langsam und *gemach*, wieder zwei seiner Lieblingswörter auf der Geburtstagsfeier, verhallten im Gemurmel der feiernden Engelschar. Als alle Feiergäste und *Magenvollstopf-Engel* gesättigt waren und nur noch überwiegend wirre Worte gewechselt wurden, blinzelte Gott seinem Ersten Seraph zu. Gottes Blick wurde zur Aufforderung der Übernahme seiner Verantwortung. Auch das kurze Wort, versehen mit Ausrufe- und Fragezeichen, genügte.

„Kurim!?"

Der Seraph Kurim nickte kurz zustimmend, und im Nu entschwand Gott Vater im Himmel in seinen Gemächern. Das fiel den Feiernden nicht weiter auf.

Sie klammerten sich noch immer an ihren Bechern fest, gefüllt mit edelstem Wein.

So ein Tag ... der schönste Platz ... ja wenn wir alle Englein ... und dergleichen sprudelte nahezu unverständlich von den Lippen der himmlischen Trunkenbolde.

Das ausladende Büffet hatte dem Ansturm der vielen Gäste nicht lange standgehalten. So wie jedes Jahr war es recht schnell abgegrast worden. Aber dank guter Kalkulation der erforderlichen Mengen musste nichts Ess- und Verwertbares vernichtet werden. Lediglich einige angekleckerte Servietten und welk gewordene Beilagen, die ohnehin nicht dem Verzehr dienten, lagen noch auf den ehemals geschmackvoll drapierten Silberplatten. Diverse Kräutersträuße und kalte Gemüsereste, abgesuchte Fischgräten und nicht genießbare Knochen verblieben als optisches Relikt dieses gelungenen Festes. Die einfachen Engel, die den himmlischen Abräumdienst übernehmen mussten, hatten ihre Servierwagen bereitstehen, um nach Ende der Feier diese Arena in ihren Ursprungszustand zurückzuversetzen, bevor all die *Putzteufel* herbeieilten, um den Platz blitzblank zu hinterlassen. Anschließend, als auch zur Zufriedenheit des kontrollierenden Seraph alles seine Richtigkeit hatte, schloss sich das große Tor, bis es sich für eine neue herausragende Feierlichkeit wieder öffnen würde. Währenddessen lag die prachtvolle Arena in ruhiger Erwartung der kommenden Ereignisse. *Engelhochzeit?* Das wäre ein Ding! Doch so weit könnte Gott gar nicht verreisen, als das geschehen würde.

Kobin, der Zweite Seraph, angelte sich fünf kräftige Engel, von denen er glaubte, dass sie noch halbwegs nüchtern waren. Er beauftragte sie mit dem Einsammeln und Fortbringen der vielen schönen Geschenke, die Gott von seinen zahlreichen Gästen erhalten hatte.

„Seid ihr nüchtern genug, Gottes Geschenke zu transportieren, *ohne* sie fallen zu lassen oder sie zu beschädigen?", fragte der Seraph leicht beunruhigt.

„Ja natürlich, wir haben so gut wie nichts getrunken!", ertönte es aus der Mitte der Fünf. Kobin zog die rechte Augenbraue hoch und drohte verbal:

„Das hoffe ich für euch, denn ansonsten gibt es *Langholz!*"

Mit leichtgängigen Handkarren schafften sie die ausgesprochen netten und liebgemeinten Kleinigkeiten der Gäste fort. Dennoch, aus Kleinigkeiten konnte ein Viel werden. Ein ziemlich Viel. Das mussten auch diese hilfsbereiten Engel erfahren. Bis zur schweißtreibenden Kraftgrenze schleppten sie zig große Pakete weg, hunderte von mittelgroßen und tausende von kleinen lieb gemeinten Päckchen.

Den kommenden Tag verbrachte Gott wie jedes Jahr in seinem eindrucksvollen Geschenkzimmer. Dabei handelte es sich um ein annähernd quadratisches Gemach, das hunderte von Regalen beheimatete. Mit Halterungen an den Wänden angebracht ruhten so viele Regalbretter auf eisernen Winkeln, die sie demütig trugen. Fein säuberlich, ja nahezu akribisch, sammelte Gott alles, was ihm zugetragen und geschenkt wurde. Ob es sich nun an seinem zigundzigsten Geburtstag zutrug, bei erwähnenswerten Gedenkfeiern, an heiligen Festtagen verschiedener Art oder einfach so zwischendurch einmal, alles wurde peinlichst genau archiviert. Wenn etwa gähnende Langeweile aufkam und all seine Engel arbeiteten, wenn sie gerade schliefen oder wie nach einer Geburtstagsfeier ausschliefen, schlenderte Gott an den vielen Regalen vorbei und bestaunte die Dinge, die sich in den tausenden von Jahren angesammelt hatten. Wenn er stehenden Beines verharrte und vor einem besonderen Geschenk verweilte, entnahm er die entsprechende Kostbarkeit dem Regal, betastete sie mit seinen alten Händen, strich liebevoll mit den langen Fingern darüber und stellte sie vorsichtig wieder an ihren Platz zurück. So überkam ihn regelmäßig ein erhebendes Glücksgefühl, das er für nichts auf dieser Welt eintauschen würde.

Das hat außer mir keiner, ha! – und das bekommt auch keiner!

Gott sprach wie jedes Jahr wieder diesen einen Satz in seinem Zimmer. Er war dann so außer sich vor Freude, dass es ihm völlig egal war, ob jemand diesen Ausbruch seines Gefühls wahrnahm oder nicht. Doch wenn es irgendeiner zu Ohren bekam, dann konnte es nur Kurim, der Erste Seraph, sein. Er verfügte über eine geniale Kunst. Sein Körper schien sich irgendwo aufzuhalten, aber sein Geist und seine Augen waren überall. Und er war auch dieses Jahr wieder Zeuge, wie Gott in seinem Zimmer jubilierte, mit den Beinen herumstapfte und jedes neue Geschenk wie einen Außerirdischen anglotzte. Leider verfügte Gott über ein sehr lautes Organ, das dem ungewollten Zeugen keine Chance ließ, wegzuhören. Und wie jedes Jahr auch, verdrehte der Seraph erneut

seine Augen, wenn er über den Flur wandelte und in den Tiefen des Himmelslabyrinths verschwand, nicht ohne halblaut zu verkünden:
Ja, Gottes Stellung müsste man innehaben, um diesen mächtigen Status genießen zu können!

Das wirklich Gute an der ganzen Geschenkarie war die unumstößliche Tatsache, dass die Gaben wohl sortiert für alle Ewigkeit aufbewahrt wurden. Völlig ungläubig standen manchmal Gottes Besucher in seinem Geschenkzimmer. Wann immer er sich überwinden konnte, ihnen diese Kostbarkeiten zu zeigen, war es für ihn ein großer Erfolg oder besser, eine große Genugtuung. Die neugierigen Gäste staunten dann mit weit aufgerissenen Augen. Ein *Ooohoo!* und *Aaahhh!* überspülte nicht selten den Strand der gewonnenen Eindrücke. Die unwahrscheinlichsten Gegenstände befanden sich in zahlreichen Regalen. Eine präzise Beschreibung würde eine Ewigkeit dauern. Von filigranem *Nippes* über kleine Blumenväschen angefangen, von hölzernen oder gar bronzenen Skulpturen und Modellen, von irdischen Gebrauchsgütern bis hin zu teuren Gemälden, seltenen Münzen, antiken Schwertern und einst bewohnten Gesichtsmasken. Das alles fällt dem Betrachter in die Augen. Der Mond müsste zwanzigmal die Erde umkreisen, um in der Zeit das alles peinlichst genau katalogisieren zu können. Ein lästiges Staubwischen entfiel sinnvoller Weise bei einigen Dingen, die Gott selbst unter kleinen Glasvitrinen verborgen hielt. Sonstiges übertriebenes Wedeln mit einem Mob entfiel ebenfalls, da es im Himmel äußerst sauber zuging. Ein hier und da eingesetztes Staubtüchlein tat mitunter seine Pflicht.

Eine interessante Frage warf sich allerdings auf: Wenn ein Kleidungsstück, ein Gewand zum Beispiel, immer wieder ausgeschlagen würde, wann näherte sich der Zeitpunkt, dass sich das gute Stück in sich aufgelöst hätte? Da es doch ständig irgendwo staubte, und bei einem Teil, das etwa aus Stoffen oder Wolle bestand, musste es schließlich einen gewissen Abrieb geben. Vielleicht konnte das Verschwinden auf Dauer dargestellt werden wie ein großer, breiter Sandstrand, auf dem unzählige Sandkörner liegen. Nahm man jeden Tag ein Korn fort, würde irgendwann einmal der Strand verschwunden sein.

So sprach der Himmel auch über die Menschen und andere Geschöpfe.

... und Gott würde, wenn die unendliche Zeit überwunden wäre, den für andere Geschöpfe unerreichbaren *Überhimmel* mit dem mächtigen und gut versteckt gehaltenen Schlüssel aufschließen, um an den Ort zurückkehren zu können, von dem aus er einst gestartet war. *Von seinem Geburtsort, seinem eigenen Himmel.* Der verzwackte Bart an diesem geheimnisvollen Schlüssel sitzt fest wie der verankerte Glaube in einer reinen Seele. Seine ungewöhnliche Zahnung ist ambrosisch rätselhaft. Sein unzerstörbares Material birgt göttliche Magie. Seine abnorme Form schmeichelt Gott. Er liegt gut in seiner Hand. Er kann ihn behände packen und mit den fühlenden Fingern meisterhaft dirigieren.

Diesen überhimmlischen Schlüssel.

Um diesen glanzvollen Schlüssel ranken sich tausende von mysteriösen Geschichten, absonderlichste Gerüchte und Mutmaßungen, ja um dieses Schließwerkzeug, das kein Engel zu Gesicht bekommt, nicht einmal der Erste Seraph Kurim. Wer, außer Gott selbst, soll diesen Schlüssel handhaben können? Wem soll es erlaubt sein, den Tresor *Gottes-Heimat-Himmel* aufzuschließen, um hineinzuschauen und ihm somit sein Geheimnis zu entlocken? Dass dieser noch weiter entfernte Himmel ein Geheimnis verbirgt, steht außer Frage. Sollen die Schutzengel der Menschen dort eindringen können und anschließend vielleicht enttäuscht oder gar verwundert dreinschauen? Nein.

Dürfte ich, Midron, einen Blick riskieren? Oh nein, sicherlich auch nicht. Doch sinnieren dürfte ich. Und wie! Daran denken. Gewiss. Spekulieren, mich ereifern, nervös tanzen, von einem Bein auf das andere hüpfen, mit den besohlten Füßen aufschlagen. Das stünde mir offen und frei.

Spring! – *Juchz!* – Hitze verursachendes Händereiben. Neugierig aus den Augen schauen, die Lider weit hochgezogen. Den Mund sperrangelweit aufgerissen.

Ja – sicher, das sei erlaubt. Kein Verbot herrscht über innere Freude, über unbändige Gefühle und deren Ausbrüche.

Ich stellte mir vor, angenommen, dort angekommen: Der geheimnisumwogene Schlüssel drehte sich im exakt zugreifenden Schloss nach rechts zu der Seite, an der die dazugehörige *Tür* angeschlagen ist – (*Oder ich stünde vor einem hohen Tor mit abschließendem Rundbogen von schwerem Metall überflügelt, oder eine marmorne Brücke fiele hernieder mit goldenem Geländer und stählernen Ketten oder ein breiter Vorhang, ein gewaltiger Theatervorhang, eventuell brokatrot, schösse in die Höhe?*) ... und die wuchtige Klinke würde herniedergedrückt, und ich zöge diese schwere Tür auf, so dass ein Spalt entstünde ... – ... und dieser, Gottes *Heimathimmel* täte sich vor mir auf. Was würden meine geblendeten Augen aufnehmen, zuckende Blitze und gleißendes Licht annehmend? Könnte ich in die Unendlichkeit blicken, in die Gottes oder der Zeit? Säßen dort auch hoffnungsvolle Seelen von guten, verstorbenen Menschen? Würde ich schweigsam in Demut, senkenden Blickes auf dem Absatz umkehren und mich abwen-

den im Glauben, eine Freveltat begangen zu haben, indem ich diesen Blick riskierte? Ich, Midron, der Erz- und Schutzengel mit Hang zu Höherem. Die imaginäre Schere zerschnitt auf dem Fuße folgend diesen Gedanken in zwei Stükke. Das eine Stück etwas größer als das andere. Zufall? Nein, Absicht.
Midron, Midron, ich glaube, wir zwei werden noch sehr viel Freude miteinander haben. Du mit mir, mehrmals, und ich mit dir, hoffentlich auch! –
Eine latente Gedankenwolke drang durch meinen Kopf und überspannte meinen Geist. Ich wusste zu gut, wer diese Wolke geschickt hatte. Sollte ich je mit dieser Kraft hadern, sie anzweifeln, verdrängen, ignorieren oder gar fortschließen? Nein. Gottes Herkunft, sein *Geburtsort*, ist und bleibt das größte Tabu. –
Für immer.

Tiefste Zufriedenheit beherrschte den nächsten anbrechenden Tag. Der für einige trinkfreudige Engel allerdings bestehende Katzenjammer verflüchtigte sich zum Glück im Laufe des Tages. Die standhaft gebliebenen Kämpfer gegen den verteufelten Alkohol hatten keine Probleme mit ihren auferlegten Arbeiten. Der weite Himmel schimpfte nur mit den unbelehrbaren *Tunichtguten*. Schließlich herrschte ja kein Trinkzwang. Manchmal brodelte das Gefühl auf, als fände Gott seinen Spaß daran, wenn sich die Engel ein wenig daneben benehmen würden. *Aber reine Spekulation, denn bei ambrosischen Besäufnissen hört doch wohl jeder Spaß auf!*

Was nun bedeutete dieser Geburtstag, der also alljährlich gefeiert wurde, für Gott selbst oder seine Engelscharen? Wieder nur ein Jahr älter geworden? In der Zeitrechnung verschob sich der kleine Zeiger der großen Uhr des Himmels um einen Hauch eines Nichts. Wirklich ändern würde sich rein gar nichts. Das ständige Kommen und Gehen der Engel, das Abdanken und Ernennen, das Verschieben der Kompetenzen oder ähnlicher Verantwortungsgebärden, all das würde unverändert gegenwärtig sein.

Gott würde immer Gott sein und bleiben, egal, wie alt und weise er auch würde. Das Einerlei des Lebens, ob in irdischen oder himmlischen Gefilden stattfindend, würde im Grunde genommen keine Gefahren in sich bergen. Lediglich die Ausschweifungen, Irritationen und Verfehlungen jedes Einzelnen würfen das gesamte Gefüge minimal aus der Bahn.

Gott wurde schließlich nicht gewählt wie ein Papst, ein Kanzler oder ein Präsident.

Diese unaufhebbare Kraft wird allgegenwärtig alle Menschen für alle Zeit begleiten. Lassen wir Gott in unser aller Karosse einsteigen und nehmen wir ihn ein beachtliches Stück unseres eher kurzen Lebensweges mit.

Gemessen an der allmächtigen Unendlichkeit wirkt ein Menschenleben wie ein Hauch, den noch kein Atemorgan so richtig freigelassen hat.

Zwischen der Geburt und dem Tod liegt ein Weg, den jeder einzelne Menschen selbst definieren muss.

Ob es ein kurzes Aufbäumen ist oder ein langes Stöhnen, den Schmerz und die Wonne des Lebens erfährt jeder.

Das ist auch gut so!

Dennoch:

In keinem noch so tiefen Meer werden wir versinken.

Unsere Lungen werden die Hoffnung tragen, stets atmen zu können.

Keine noch so enge Kreuzung wird uns bremsen.
Unser irdisch geistiger Treibstoff wird nicht versiegen.
Unser rollendes Gefährt ist zeitlebens ausbalanciert.
In der goldenen Waage gehalten.
Vom Wohlwollen Justitias getragen, wenn auch nur mit einer Hand.
Vollkommene Gerechtigkeit trotz einer Augenbinde, die Gott nicht benötigt.
Vielleicht lassen wir unseren allseits geliebten Gott *nicht* aussteigen?
Wer weiß?
Wer weiß das?
Wer weiß das schon?

ENDE

Nachwort

Die gesamte auf Erden erlebte Zeit wird für jeden einzelnen Menschen vorbeigehen, ja enteilen, eine Epoche wie Sand durch die enge Taille einer Sanduhr verrinnen, und die unterschiedlichsten Fragen werden somit auftreten.

Gewiss, an interessanten Fragen wird es *weiß Gott* nicht mangeln.

Die absonderlichsten Fragen werden das menschliche Denkzentrum durcheilen.

Diese notwendigen Fragen werden also gleichsam in der Luft schweben und ihre Antworten vielleicht nie finden.

Das erweist sich jedoch als völlig normal.

Ein präzise abgestecktes, wissenschaftliches Werk erwächst sicher aus den unterirdischen Knollen, die im Verborgenen weilen.

Und Kurzweil demonstriert reine Betrachtungssache.

Ein guter Engel ruht weder am Tage noch träumt er in der Nacht.

Er genießt eine äußerst gute Ausbildung, die Traumlehrjahre als solche.

Jeder einzelne Engel findet als Unikum seinen Weg zu uns Menschen.

In seinen Taschen trägt er die Wahrheit rechts und die Güte links.

Er kommt selig gefahren zu uns Geschöpfen.

Durch den unsichtbaren Raum oder ...

... in der güldenen Glaubenskarosse mit den zwei weit geöffneten Türen.

Durch *eine* blickt man neugierig hinein, durch eine *andere* schaut man zufrieden heraus.

Gott sei Dank! (Andreas Bauer)

Bücher sind die Hüllen der Weisheit, bestickt mit den Perlen der Worte.
(Mosche Ibn Esra)

Es gibt keine moralischen noch unmoralischen Bücher. Bücher sind gut oder schlecht geschrieben, nichts sonst.
(Oscar Wilde)